BASTEI
LÜBBE
TASCHENBUCH

Weitere Titel des Autors:

Das Schwert des Sehers
Die Speere Gottes

Über den Autor

Daniel Loy ist das Pseudonym eines erstklassigen deutschen Fantasy-Autors. Neben einer Vorliebe für Gothic Rock und Kampfsport zählt der studierte Historiker vor allem zu seinen Hobbys, sich in fremde Welten zu versetzen. In seinen zahlreichen, bereits veröffentlichten Erzählungen und Romanen nimmt er Leser gern dorthin mit.

DANIEL LOY

DER FLUCH DER WEISSEN HEXE

ROMAN

BASTEI LÜBBE TASCHENBUCH

BASTEI LÜBBE TASCHENBUCH
Band 20836

MIX
Papier aus verantwortungsvollen Quellen
FSC® C083411

Dieser Titel ist auch als E-Book erschienen

Originalausgabe

Dieses Werk wurde vermittelt durch die Literarische Agentur
Thomas Schlück GmbH, 30827 Garbsen

Textredaktion: Monika Hofko, Scripta Literaturagentur, München
Titelillustration: © Luisa Preissler
Umschlaggestaltung: Guter Punkt, München
Satz: two-up, Düsseldorf
Gesetzt aus der Caslon
Druck und Verarbeitung: CPI books GmbH, Leck – Germany
Printed in Germany
ISBN 978-3-404-20836-4

1 3 5 7 6 4 2

Sie finden uns im Internet unter www.luebbe.de
Bitte beachten Sie auch: www.lesejury.de

PRÄLUDIUM

WINTER

1. KAPITEL

Januar 964, horomische Zeitrechnung

Ranir stand auf einem Grat an der Bergflanke und ließ den Blick schweifen über Gipfel, die bis zum Himmel aufragten, über verschneite Täler und schroffe Hänge, auf denen das Eis in der Abendsonne glühte. An manchen Stellen säumte Reif die schwarzen Felsen, weiter unten verloren sich gewaltige Gletscher im Dunst.

Alles war tot und zu Eis erstarrt. Kein Grün, nicht einmal Moos wuchs hier. Selbst die kargen, schneebedeckten Wälder lagen so weit unter ihnen, dass Ranir sie nicht mehr sehen konnte.

Die weiße Wolke vor seinem Mund löste sich nicht auf. Sie sank zu Boden und glitzerte wie feiner Schnee.

»Bponur«, murmelte er. »Wir werden sterben.« Seine Worte verklangen in der dünnen Luft, gefroren wie der Atem, kaum dass sie ihm über die Lippen gekommen waren.

Critaan und Draba stapften mit gesenktem Kopf vor ihm her, und Ranir beeilte sich, zu ihnen aufzuschließen. Seine Füße brannten, und er wusste, dass die Kälte bereits an den Zehen fraß.

Er wollte seinen Gefährten etwas zurufen, doch ihm fehlte der Atem dafür. Critaan führte sie eine glatte Steigung hinauf, und Ranir hatte Mühe, das Gleichgewicht nicht zu verlieren. Seine Beine zitterten vor Schwäche, bunte Kreise tanzten vor seinen Augen. Er glaubte, Draba flüstern zu hören. Vielleicht war es aber auch nur das Scharren der Schritte auf den Schneeresten in den Spalten.

Der Hang war nicht allzu steil, und vorstehende Felsgrate boten genug Halt. Aber es ging tief hinab, und wenn man einmal ins Straucheln kam, wusste Bponur allein, wo man am Ende landete.

Critaan wirkte unbeeindruckt von alledem. Er marschierte wie ein Soldat in der Ebene, gleichmäßig und ohne Anzeichen von Erschöpfung. Vor dem Aufstieg hatten sie einige Wochen in den Tälern Rast gemacht, hatten gejagt und ihre Ausrüstung ergänzt. Damals hatte Ranir gedacht, der Grôta hätte seinen wahnwitzigen Plan aufgegeben, in diesem unbekannten, feindseligen Land ein Tor in die Unterwelt zu suchen, aus dem nach den Legenden seines Volkes die Trolle in die Welt kamen.

Critaans Augen hatten ihren Glanz verloren, seine Worte die Begeisterung. Er schien erkannt zu haben, wie fremd sie hier waren und wie fern die Märchen seiner Heimat im Angesicht der Wirklichkeit wirkten. Den Winter überstehen, ein paar Vorräte sammeln und den Heimweg antreten – das wäre vernünftig gewesen.

Dann jedoch war Critaan wieder aufgebrochen, weiter nach Osten, tiefer ins Gebirge hinein. Und Ranir und Draba waren mit ihm gegangen. Aus Gewohnheit? Weil sie keine Wahl hatten? Weil sie auf sich allein gestellt nicht überleben konnten …? Wer wusste das schon.

Es war in jedem Fall eine dumme Idee gewesen, wie Ranir nun erkannte.

Wenn Critaan die Hoffnung verloren hatte, machte ihn das noch gefährlicher. Der Grôta war seinem Traum zu lange gefolgt, um jetzt noch umzukehren, und Ranir fragte sich, ob ihr Führer in Wahrheit den Tod suchte und sie alle mitnahm.

»Wir brauchen … Zuflucht …«, stieß er hervor. Seine Stimme klang so schwach, dass er sie wohl selbst kaum hörte.

Draba, der drei Schritte vor ihm ging, trottete weiter und klammerte sich an seinen Stecken, als könnte der ihm auf dem unsicheren Grund Halt geben.

Critaan war ein gutes Stück voraus und drehte sich nicht um.

Ranir blieb stehen und holte Atem. Er rieb sich mit den Handschuhen über das Gesicht, als könnte er den Blick damit klären. Der vereiste Bart knisterte unter der Berührung. Gerade glaubte er, er habe genug Kraft, um zu rufen, da hob Critaan vor ihm den Arm. Er wies auf einen dunklen Fleck zwischen den Steinen.

Gaban stand auf den gefrorenen Feldern und blickte auf das brennende Dorf. Rauch stieg in den Winterhimmel, vermischte sich mit dem schwarz-weiß gefleckten Hintergrund der düsteren Tannenwälder um den Weiler und zog wie ein Schleier über das Antlitz der Sonne, die gerade hinter den Baumwipfeln versank. Wilde Gesellen, in dichte Felle gehüllt, liefen lachend und brüllend auf der einzigen Dorfstraße umher, zerrten Weiber und Beute aus den armseligen Hütten und machten mit Keulen, Spießen und schartigen Schwertern Jagd auf die Männer.

Einer der Plünderer löste sich aus dem Getümmel – ein Kerl wie ein Baum, mit braunem Haar und struppigem Bart, in dem graue Strähnen glitzerten wie der Reif im Winterwald. Er hatte ein blutiges Schwert in der Hand und schlug damit wie beiläufig nach den Waldbauern, die an ihm vorbei aus dem Dorf fliehen wollten. Lachend schritt er auf Gaban zu.

Der schüttelte den Kopf. Das Schreien der Verwundeten und Verzweifelten brannte in seinen Ohren und schnitt ihm ins Herz. Er umklammerte den Schwertgriff an seinem Gürtel, bis die Knöchel weiß hervortraten. Doch er rührte sich nicht von der Stelle, stand einfach nur da und verfolgte das Geschehen voller Abscheu.

Es war, als würde das sinnlose Gemetzel an diesem Ort die klare Winterluft besudeln.

Und dann war der Graubart bei ihm. »Gaban!«, brüllte er. »Keine Lust, dich am Feuer zu wärmen?« Mit der nackten Klinge wies er auf die brennenden Hütten hinter sich.

Gaban verzog das Gesicht und blickte zu dem anderen hinab. Trotz seiner Jugend war Gaban schon größer als der Hüne vor ihm. Seine wilden roten Haare fielen ihm bis auf die breiten Schultern, über denen ein Bärenfell lag. Mit diesem Mantel, dem Wams und der dicken Hose darunter, die aus den unterschiedlichsten Tierfellen zusammengenäht war, sah er selber aus wie ein Bär – doch seine Augen blitzten wach und klug zwischen den dichten Haaren und dem zottigen Bart hervor.

»Reicht es noch nicht, Vater?«, fragte er. »Wir sollten uns zurückziehen.«

»Angst?« Der braunhaarige Krieger lachte dröhnend.

»Es wäre ungünstig, wenn König Sigwin und seine Männer uns hier im Dorf überraschen würden.«

»König Sigwin!« Augenblicklich wurde der Ältere ernst. Eine Zornesfalte erschien auf seiner Stirn, und er spuckte aus. »Hätt' er wohl gern. Sigwin von der Schweinefurt. Nicht mal ein anständiger Graf ist der Emporkömmling!«

»Trotzdem wird er sein Land verteidigen«, sagte Gaban. »Er wird kommen. Und unsere Spur in den Wald ist leicht zu verfolgen.«

Gaban wies auf die schüttere Schneedecke, die sich in Flecken und Streifen unter den Bäumen fortsetzte.

Sein Vater schnaubte. »Das ist schon der siebte von Sigwins Schweinekoben, den wir niederbrennen. Und bis jetzt hat sich keiner seiner Krieger blicken lassen. Ich bin es leid, im nassen Forst zu liegen und darauf zu warten, dass er angreift. Wir essen im Dorf und wärmen uns auf, bevor wir uns zurückziehen. Dieser Fettarsch von einem König könnte einer Fährte nicht einmal folgen, wenn man sie mit dem Pflug vor ihm herziehen würde.«

»Ich schicke Späher an die Straße«, sagte Gaban.

»Tu das«, antwortete sein Vater gleichmütig und wandte sich ab.

»Vielleicht hätten wir die Hütten nicht niederbrennen sollen, wenn wir hier speisen und uns aufwärmen wollen.«

»Sigwin soll ruhig die Rauchschwaden sehen«, rief der ältere Krieger über die Schulter zurück. »Sein ganzes Königreich soll wissen, dass ihr Herrscher sein Land nicht verteidigen kann.«

In Horome war der Winter meist mild, und es schneite selten. Doch dem Mädchen, das an diesem Tag in der ersten dunklen Stunde der Nacht vor dem Herrenhaus in der Pratengasse stand, wäre Schnee fast lieber gewesen. Denn das Wasser fiel in Strömen vom Himmel, und es war so kalt, wie es unter solchen Umständen nur sein konnte.

Sie zog den Kapuzenumhang enger um die Schultern. Eine nutzlose Geste. Jeder Fetzen Stoff an ihrem Leib triefte vor Nässe, die kurzen schwarzen Haare klebten an der Stirn. Sie blickte auf die düsteren Mauern vor sich, grauer Putz, fast schwarz geworden von Alter, Ruß und Feuchtigkeit; wuchtige Fenstersimse und ein Mauerkranz rings um das Dach, der an die Zinnen einer Burg gemahnte. Verwitterte Wasserspeier saßen auf den Ecken und Erkern und kündeten vom Reichtum und der Bedeutung der Familie, die hier residierte – und davon, dass beides längst vergangen war.

Das Mädchen heftete den Blick auf das massive Portal am Eingang und auf die Bronzeklopfer daran, Löwenhäupter, aus denen die Zunge heraushing wie ein kleiner Hammer. Das Herz schlug ihr bis zum Hals. *Jetzt*, jetzt würde sie die Straße überqueren, die Hand heben … Aber sie stand da wie festgefroren, die Arme an die Seiten gepresst. Das Wasser lief ihr über das Gesicht wie ein Sturzbach von Tränen.

Sie fühlte sich, als wäre sie durch den Fluss geschwommen, und wenn sie noch länger wartete, würde sie bald tot sein, so als hätte sie es tatsächlich versucht.

Dann dachte sie an die Zustände in der Unterstadt. Den Hunger. Die Krankheit. Den Tod, der an jeder Straßenecke lauerte – seit sie hierhergekommen war, hatte sie Horome als Schlachtfeld erlebt. Und diese Schlacht hatte nie ein Ende gefunden, selbst als die Heere weiterzogen. Pracht und Herrlichkeit mochten vergangen sein, dennoch versprach das Gebäude vor ihr einen gewissen Wohlstand.

Sie biss die Zähne aufeinander, ging zum Portal und schlug die Löwenzungen gegen das Metall darunter. Dann trat sie wieder einen halben Schritt zurück, und ihre Gestalt veränderte sich. Sie straffte den Rücken und richtete sich so auf, wie ein Mädchen von gerade einmal fünfzehn Jahren und recht kleinem Wuchs es nur konnte. Sie legte den Kopf in den Nacken, und ein stolzer Ausdruck erschien auf ihrem Gesicht.

Als ein hochgewachsener Lakai die Tür einen Spaltbreit öffnete und misstrauisch nach draußen sah, musterte das Mädchen ihn von oben bis unten.

»Ich will … Ich will den Herrn von Ebertzungen sprechen.«

»Ach?«, gab der Domestik zurück.

»Ja, ach!«, fuhr das Mädchen ihn an. »Melde ihm, eine Verwandte sei zu Besuch gekommen.«

»Eine Verwandte?« Der Bedienstete betrachtete sie genauer. Ihre Kleidung wirkte abgetragen und in Mitleidenschaft gezogen, und der Regen verbarg eher die Mängel, als dass er ihr Erscheinungsbild beeinträchtigte. Der Umhang, das Wams, das Reisekleid – alles war von unzweifelhaft gehobener Machart und irgendwann für eine Person von Stand gefertigt worden. Doch keine Ritterdame, die etwas auf sich hielt, hätte so alte Sachen getragen, schon gar nicht im Umfeld des kaiserlichen Hofes. Nicht in gewöhnlichen Zeiten.

Doch es waren keine gewöhnlichen Zeiten! Krieg und Elend plagten das Reich seit Jahren, und selbst der Adel konnte sich dem nicht überall entziehen. Das Mädchen spürte, wie die Selbstsicherheit des Dienstboten ins Wanken geriet.

Der Mann runzelte die Stirn. »Und wen darf ich melden?«

»Nikodemia von Bürzenfeld … Die Dame des Hauses wird mich kennen. Ich bin eine … Base von ihr.«

Gleich hinter dem schmalen Eingang erweiterte sich die Höhle zu einer Kammer. Critaan öffnete das Bündel mit Feuerholz, das sie aus dem letzten Tal mit heraufgebracht hatten. Schweigend stellten die Männer die Scheite auf. Critaan schlug Feuer, und erst als die Flammen über die dürren Reiser leckten und sich langsam in das dickere Holz fraßen, ergriff Ranir das Wort.

»Was ist mit dem Qualm?«, fragte er.

Draba zuckte die Achseln. Widerstrebend schälte er sich aus der Kleidung, legte die Handschuhe dicht neben die Glut und rückte so nah an das kleine Lagerfeuer heran, wie er nur konnte.

»Mir egal«, knurrte er. »Ich ersticke gern, wenn mir vorher noch einmal warm wird.«

Seine Zähne schlugen aufeinander, während er redete. Die Atemwolken vermischten sich mit dem Rauch. Selbst das Feuer schien matter zu brennen als im Tal. In der Höhle war es kaum weniger eisig als draußen, aber immerhin fanden sie Schutz vor dem Wind.

»Wir müssen umkehren.« Ranir wandte sich an Critaan. »Das ist Wahnsinn, im Winter so hoch im Gebirge. Was machen wir, wenn das Wetter umschlägt?«

»Das Wetter hält«, entgegnete ihr Grôta-Führer. »Und der Weg nach vorn ist jetzt kürzer als der Weg zurück.«

»Woher willst du das wissen?«, fragte Ranir.

»Ich kenne die Berge.«

Aber nicht *diese* Berge, hätte Ranir am liebsten erwidert. Doch er wusste nicht recht, auf welchen Einwand Critaan überhaupt geantwortet hatte – auf das Wetter oder auf den Weg.

Wenn sie noch einmal ein halbwegs einladendes Tal erreichten, das schwor er sich, dann würde er mit Draba dort bleiben. Sie waren nicht mehr die hilflosen Gelehrten aus der Stadt, die sie bei ihrem Aufbruch vor einem Jahr gewesen waren. Mittlerweile konnten sie auch ohne ihren Führer überleben.

Jedenfalls eher als *mit* ihm hier oben auf den Höhen.

»Was ist?« Ranir bemerkte, wie Critaans Blick immer wieder über die Höhlenwände glitt. Etwas daran machte ihn unruhig. Die flackernden Flammen leuchteten die kleine Kammer inzwischen vollständig aus, Schatten tanzten auf den unregelmäßigen Felswänden.

»Der Rauch zieht sehr gut ab.«

»Ja …« Nachdenklich sah Ranir den Rauchschwaden nach. Draba hustete ein wenig, doch da wusste man nicht, ob es am Qualm lag oder nur an der Kälte.

Critaan nahm ein Stück Holz aus dem Feuer und umwickelte es mit Reisern, bis die Flammen daran aufloderten. Dann leuchtete er damit in die Winkel, bis er einen Gang entdeckte, der tiefer in den Berg hineinführte.

»Dort entlang«, sagte er. Ranir bemerkte, wie der Grôta mit der freien Hand seine Axt berührte.

»Das hast du absichtlich gemacht«, warf er Critaan vor. »Du untersuchst diese Höhlen, weil du immer noch deinen Zugang in die Unterwelt finden willst!«

»Wir haben Schutz gesucht«, gab Critaan zurück. »Aber wenn es hier weitere Gänge gibt, sollten wir schauen, wohin sie führen.«

Der Weg führte abwärts in den Berg. Vorsprünge und Spalten in der Felswand machten ihn unübersichtlich, und die kaum merklichen Windungen erschwerten die Orientierung. Nach wenigen Schritten blickte Ranir sich um, und er konnte das Lagerfeuer nicht mehr sehen. Er dachte an Draba, der zurückgeblieben war. Sein Freund hatte nicht gut ausgesehen. Ranir überlegte kurz, ob er allein umkehren sollte. Aber Critaans Fackel war ihr einziges Licht, und gleich hinter Ranir versank alles in Finsternis.

Die Decke schien sich auf sie herabzusenken, und Ranir fühlte sich beklommen. Es war, als wollte der Berg die beiden Menschen in dem engen Gang erdrücken.

»Glaubst du wirklich, wir finden hier etwas?«, fragte er.

Critaan schwieg.

»Ich meine«, setzte Ranir erneut an. »Ein mystisches Tor zu den Höllen – sollte der Weg dorthin … ich weiß nicht … nicht irgendwie bedeutsamer wirken?«

Sein Blick schweifte über das Gestein. Er hatte Grotten und Höhlen gesehen, auch wenn er als Gelehrter die Hauptstadt nur selten verließ. Aber Horome war voll von Gängen und Gewölben, vom Fluss ausgewaschen oder von Menschenhand in den Fels unter der Stadt getrieben. Ranir kannte den Unterschied.

Und an diesem Gang war irgendetwas *falsch!*

Die Wände waren uneben, pockennarbig. Mitunter glitzerte Kalkstein feucht im Fackellicht. Doch je länger Ranir diesen Ort studierte, umso mehr war er davon überzeugt, dass er nicht natürlich war – dass irgendjemand ihn sorgfältig behauen hatte, bis er natürlich *wirkte!*

Er glaubte Spuren zu sehen, die darauf hindeuteten, dass der Stein bearbeitet worden war, Ansätze, wo Werkzeuge den Gang geformt hatten.

Ranir schüttelte den Kopf.

Er bildete sich das nur ein; die Dunkelheit, die Einsamkeit an diesem Ort und die Mühen des Weges nagten an seinem Verstand.

Und dann endete der Gang mit einem Mal. Critaan blieb so unvermittelt stehen, dass Ranir fast auf ihn geprallt wäre. Das Ende der Sackgasse erinnerte an einen erstarrten Wasserfall – glitzernde Fäden von Kalkstein liefen an der bauchigen Felswand herab.

Ranir drängte sich an Critaan vorbei und legte die Hand auf den Stein. Er fühlte sich trocken an.

»Etwas stimmt hier nicht …«, murmelte er. Der Fels sah aus wie von Wasser geformt. Aber sie befanden sich am tiefsten Punkt des Ganges, und es war weder ein Abfluss zu sehen, noch hatten sich Ablagerungen am Boden gebildet.

Critaan sah zu ihm hinunter und runzelte die Stirn.

»Geht es weiter?«, fragte er.

Ranir schüttelte den Kopf. »Lass uns …«

Er zuckte zusammen. Die Wand an der Seite des Ganges, gleich neben seiner Schulter, war lautlos herabgesunken. Und in dem Raum dahinter drängten sich kleine Gestalten, ein Dutzend bärtiger Krieger, die Ranir kaum bis zur Brust reichten. Ihre gedrungenen Leiber steckten in schweren Kettenhemden, und der geschmiedete Stahl der Speerspitzen, die sie ihnen entgegenstreckten, glänzte blutrot im Schein von Critaans Fackel.

Einst war der Ortsteil östlich des Flusses der wichtigste Teil von Horome gewesen: eine Großstadt, in der das Leben brodelte, eine schier endlose Abfolge von Stadtvierteln, von denen jedes seinen ganz eigenen Reiz und seinen ganz eigenes Gepräge hatte. Es gab Knotenpunkte des Handels, der Unterhaltung, einzelne Marktplätze und belebte Wohnviertel dazwischen. Das, was man auf der kaiserlichen Insel als »Unterstadt« bezeichnete, war das wahre Horome gewesen!

Meris hatte dort gelebt.

Heute war der Osten der Stadt vom Krieg verwüstet und zu einem einzigen, halb entvölkerten Elendsviertel geworden. Die Brücken waren zerstört, und der spärliche Verkehr mit Booten wurde streng überwacht.

Aber das früher verschlafene, ländlich geprägte Viertel westlich des Flusses war unbeschadet geblieben. Hier lebte der niedere Adel in großzügigen Anwesen, für die auf der Insel und nahe beim Palast kein Platz mehr war. Reiche Kaufleute unterhielten ihre Kontore; Geistliche und Gelehrte genossen die Ruhe in diesem Teil der Hauptstadt ... Doch in dem Maße, wie der einstige Kern der Stadt verfallen war, hatte sich auch das Leben auf der anderen Seite des Flusses verändert.

Das einstmals winzige Hafenviertel im Westen war gewachsen, allerhand Volk war zugezogen, und die überschaubare Zahl von Kneipen und anrüchigen Häusern fraß sich langsam in die angrenzenden Wohngebiete hinein. Die Bewohner der kaiserlichen Insel suchten jetzt hier Zerstreuung, abseits der Enge und den Regeln des Palastes. Etwas vom Geist des alten Horome lebte noch am Westufer des Ragnats weiter, während der Rest der Stadt in Finsternis versank.

Zwei Frauen schritten durch die dunklen Gassen im Hafenviertel, die einst so friedlich gewesen waren und die sich in den letzten Monaten so schnell mit Gesindel gefüllt hatten, als wäre eine feindliche Streitmacht über den Fluss gekommen. Meris fühlte sich nicht sicher in dem leichten Wams und dem Hosenrock, zu dem Sortor sie überredet hatte. Der weiße Mantel aus zarter Lammwolle, ein Geschenk von Sortor, bot mehr Schutz vor der Kälte, aber nur wenig vor dem Regen und gar keinen bei einem Angriff. Misstrauisch blickte sie auf die Bettler und Betrunkenen hinab, die in den Hauseingängen kauerten, und hielt den Griff ihres Degens unter dem Umhang umklammert. Auf der Waffe hatte sie bestanden, obwohl Sortor darüber nur gelacht hatte.

Die weiße Hexe ging neben ihr, in die formlose blaue Kutte gehüllt, die sie immer trug und die vom Schnitt her an einen Sack mit Kapuze erinnerte. Der Stoff wirkte so steif wie festes Leder, doch er folgte geschmeidig jeder Bewegung der Trägerin. Sortor hatte die Kapuze tief ins Gesicht gezogen, und das Wasser perlte an dem Kleidungsstück ab.

Wenn Meris einen Blick auf ihre Begleiterin warf, ärgerte sie sich über ihre eigene Aufmachung. Aber Sortor hatte sie angewiesen, sich unauffällig zu kleiden: wie eine Beamtin aus dem Palast, die in ihrer freien Zeit ein wenig Zerstreuung suchte.

Einst war Meris eine Agentin des kaiserlichen Geheimdienstes gewesen, dann kaiserliche Sonderermittlerin. Inzwischen … wusste sie selbst nicht mehr, was sie eigentlich tat. Sortors Mann Stard hatte die meisten ihrer Pflichten übernommen. Dennoch war Sortor – die weiße Hexe, Hofmagierin, Hofrätin und Leiterin des kaiserlichen Kurierdienstes – weiterhin Meris' Vorgesetzte.

Also folgte sie der Anweisung, trottete missmutig neben der Zauberin her. Ihr war kalt, sie fühlte sich fehl am Platze und kam sich vor wie das Opfer eines Scherzes, den sie noch nicht verstanden hatte.

Vor einem hohen dunklen Bauwerk ohne Fenster blieben

sie stehen, einer früheren Lagerhalle, deren großes Tor zugemauert war. Eine kleine Pforte war daneben geblieben, ein vierschrötiger Wachmann stand davor.

Auf Sortors Wink hin sprang der Mann zur Seite und ließ die beiden Frauen passieren. Offenbar kannte er die Zauberin.

Im Inneren des Gebäudes schlug ihnen aromatischer Rauch entgegen, der jedoch kaum den Geruch von Schweiß und Bier und Alkohol übertünchte. Ein Spielmann spielte auf und sang aus voller Kehle, doch in dem Lärm, der von der Menschenmenge aufstieg, konnte Meris nur Fetzen des zotigen Liedes verstehen.

Nackte Tänzerinnen stellten sich auf einer Bühne in der Mitte der Halle zur Schau, ölglänzende Männer ließen daneben die Muskeln spielen und rangen miteinander. Die Kundschaft der Vergnügungsstätte stand auf der freien Fläche um die Darbietungen, trank und grölte oder tändelte mit leicht bekleideten Dirnen beiderlei Geschlechts an den Tischen am Rand des großen Saals.

Das musste eines der Bordelle sein, die im Laufe des Winters im Umkreis des Westhafens aus dem Boden geschossen waren.

Meris wandte sich an Sortor: »Was wolltet Ihr mir hier zeigen?«

Sortor schlug die Kapuze zurück und schüttelte ihr langes weißes Haar, das sich um das bleiche herzförmige Mädchengesicht legte. Ein spöttisches Lächeln erschien auf ihrem schmalen Mund, und sie winkte Meris mit sich in Richtung eines offenen Abteils an der Seite des Raumes. Dort brachte ein Kellner sogleich eine Auswahl von Wein und süßem Likör, von salzigem Gebäck und kandierten Früchten.

Verschwörerisch beugte Sortor sich über den Tisch zu ihrer Begleiterin. »Ich mache mir Sorgen um Sie.«

Meris verzog das Gesicht. Sie warf den tropfnassen Mantel auf die Bank neben sich.

»Es geht mir besser als den meisten«, gab Meris zurück. »Wie ich seit meinem letzten Besuch auf der anderen Flussseite weiß.«

»Es tut mir leid, wie das ausgegangen ist«, erwiderte Sortor. »Mein Angebot war ernst gemeint. Bringen Sie mir etwas aus dem Besitz Ihrer Tochter, und ich kann sie aufspüren. Wenn sie noch lebt.«

Und hättet Ihr mir das früher gesagt, hätte ich in meiner alten Wohnung vielleicht etwas von ihr gefunden … Meris unterdrückte die zornige Antwort. Es hatte keinen Sinn, über Dinge zu streiten, die nicht mehr zu ändern waren. Vermutlich wäre es ohnehin zu spät gewesen, selbst wenn Sortor ihr Angebot gleich nach Meris' Rückkehr im letzten Jahr gemacht hätte.

Nachdem der Kanzler sie bedroht und ihre Tochter entführt hatte, war Meris monatelang untergetaucht. Genug Zeit für Plünderer, das verlassene Haus bis auf die Bodendielen leer zu räumen. Tordis war verschwunden, und nichts war von ihr geblieben.

Der Gedanke versetzte Meris einen Stich, und es hatte nichts damit zu tun, dass Sortor das Kind mit so einem Andenken womöglich zurückbringen konnte.

»Es ist vorbei«, sagte sie schließlich. »Alles, was ich je an Vergangenheit in dieser Stadt hatte, ist nun fort. Ich sollte einfach gehen.«

Sortor goss Wein in einen Pokal und schob ihn über den Tisch. »Wir alle haben etwas zurückgelassen. Wir alle haben etwas verloren. Wir müssen nach vorn blicken.«

Meris schnaubte. »Ihr habt Eure Pläne, ich weiß. Aber ich sehe nichts darin, was für mich von Bedeutung wäre. Lasst mich ziehen. Was kann ich Euch nutzen? Ich habe seit Wochen nichts Sinnvolles angefangen, und was die Aufgaben betrifft, die Ihr mir zugedacht hattet – wie es scheint, füllt Euer Gemahl meine Stelle gut und bereitwillig aus.«

»Oh nein«, erwiderte Sortor. »Sie sind weiterhin nützlich für mich. Allein, dass man Sie bei Hofe sieht, ist ein unersetzlicher Gewinn für mich. Stard zieht es vor, im Verborgenen zu wirken.«

»Das kann ich mir vorstellen«, gab Meris zurück. Ihr selbst war das auch immer am liebsten gewesen – obwohl sie sich ungern mit einem Mann wie Stard verglich. »Aber wo ist der Gewinn für mich? Ihr könnt mir nichts bieten. Ihr könnt mir nicht einmal mehr drohen, denn ich habe alles verloren. Es ist besser für uns beide, wenn ich … gehe.«

Einfach verschwinde, hatte sie sagen wollen. Doch sie hatte im letzten Jahr so viele Menschen bei Hofe verschwinden lassen, dass dieses Wort inzwischen eine ganz eigene Bedeutung bekommen hatten.

Sortor lachte leise. »Wenn Sie das wirklich denken würden, Fräulein Meris, wären Sie dann nicht schon längst fort? Ich glaube, es gibt ein paar Dinge, die Ihnen weiterhin am Herzen liegen. Und auf die ich Einfluss habe.«

Meris dachte an die Kaiserin, die in dieser zerstörten Stadt festsaß, an einem Hof, über den die weiße Hexe längst ihr Netz gebreitet hatte. Was hatte Sortor vor?

Egal, befand Meris. *Ich kann nichts daran ändern.*

Und dennoch blieb sie hier, wie ein Schaf, das sich willig auf die Schlachtbank legte. Lag es an dem Drill, an dem, was ihr von frühester Kindheit an eingebläut worden war: *Ein geheimer Kurier des Kaisers verlässt niemals seinen Posten?*

Oder war sie einfach zu träge geworden?

Meris überlegte, dann schüttelte sie den Kopf. Ohne nachzudenken, hob sie den Pokal und trank ihn in einem Zug leer.

Sortor schmunzelte. Sie hantierte mit den Flaschen auf

dem Tablett, wählte ein Gefäß aus facettiertem Kristallglas und goss Meris einen limonengelben Likör in ein frisches Glas.

»Probieren Sie das«, sagte sie, wartete einen Augenblick und fuhr dann fort: »Aber ich bin nicht hier, um mit Ihnen über Pflicht oder Geschäfte zu sprechen.«

»Warum sind wir sonst hier?« Meris blickte sich um. Sie fühlte sich seltsam fremd in dem Trubel um sie herum. »Was habt Ihr für ein Anliegen, das wir nicht gleich in Eurer Schreibstube hätten klären können?«

»*Sie* sind mein Anliegen!«, antwortete Sortor. »Ich habe das Gefühl, Ihnen fehlt etwas in Ihrem Leben. Etwas, was wir ganz gewiss nicht in einer Amtsstube finden.«

»In der Tat«, erwiderte Meris. »Mir fehlt meine Tochter.« Sie kippte den Likör hinunter. Er schmeckte süß und sauer zugleich, und Meris hätte nicht sagen können, ob er Alkohol enthielt.

»Oh, ich hatte diesen Eindruck bereits, lange bevor Sie Ihre Tochter verloren haben. Sie erinnern sich an unsere erste Begegnung? In der Wildnis, vor zwei Jahren? Schon damals habe ich diesen Ernst gespürt, er schnürte Sie ein wie eine erstickende Fessel. Nur Pflichtgefühl. Alles andere haben Sie beiseitegeschoben. Sie haben nie gelernt, das Leben zu genießen.

Ich glaube, wenn Sie die Kraft finden wollen weiterzumachen, die Vergangenheit hinter sich zu lassen, dann müssen Sie erst einmal lernen, sich zu amüsieren.«

»Oh ja«, gab Meris sarkastisch zurück. »Jetzt ist gewiss der richtige Augenblick, um damit anzufangen. Im Krieg. In einer zerstörten Stadt. Nachdem ich alles verloren habe.«

»Der allerbeste Augenblick«, sagte Sortor. »Darum geht es ja beim Amüsieren. Es ist die Fähigkeit loszulassen, und sei es nur für einen Moment. Sich zu entspannen.«

»Eine nutzlose Fähigkeit«, befand Meris.

»Eine bedeutsame Fähigkeit«, widersprach Sortor. »Loslassen, um Kraft zu gewinnen und später umso fester wieder zupacken zu können. Die Kraft, um weiterzumachen, weil man die Belohnung im Hier und Jetzt findet und nicht immer nur an das denkt, was man verloren hat, oder an den langen, trockenen Weg, der noch vor einem liegt.«

»Und so, glaubt Ihr, kann ich Euch nützlich sein?«

Sortor zuckte die Achseln. »Vielleicht.« Sie lächelte mit einem Hauch von Spott in ihren unheimlichen roten Augen. »Ich verlange nicht mehr von Ihnen, als dass Sie es ernsthaft versuchen. Wir werden sehen, ob ein Funke überspringt.«

Niki saß im Salon des Hauses, nicht auf einem der gepolsterten Stühle oder auf einem Teppich im hinteren Teil des Raumes, sondern auf der steinernen Einfassung des Kamins. Ihr war das recht. Immerhin hatte man ihr den Mantel abgenommen und ihr eine trockene Decke gebracht. Das Feuer im Kamin wärmte ihr den Rücken.

Zu ihren Füßen breitete sich langsam eine Pfütze aus, denn aus ihrer Kleidung tropfte immer noch das Wasser. Niki blickte zum Fenster. Der Regen prasselte viel weniger heftig gegen die Scheiben, als sie ihn zuvor auf der Straße empfunden hatte.

Sie zog die Decke enger um den Leib.

Die Herrschaften des Hauses und ein paar Dienstboten standen in einem lockeren Halbkreis um sie herum und sahen auf sie herab. Der Ritter Frideric von Ebertzungen, ein hagerer Mann in den Vierzigern, hatte die Arme in die Hüften gestemmt, einen feindseligen Ausdruck im Gesicht.

»Nikodemia von Bürzenfeld«, stellte er fest. »Und du kommst aus dem Osten; ganz allein hat es dich in die Hauptstadt verschlagen.«

Niki schüttelte den Kopf. »Nicht allein. Mein Vater hat mich mitgenommen … Auf den Feldzug. Ich wollte Ritterin werden.«

»Ritterin!« Flavia von Naudingen-Ebertzungen stand schräg hinter ihrem Mann, eine Frau mit strenger Frisur und scharf geschnittenem Gesicht. Sie zog die Augenbrauen hoch.

»Ich war in der letzten Schlacht bei ihm. Dann … Ich sah noch, wie der Pöbel ihn vom Pferd zog. Dann wurde ich mitgerissen. Das war kein ritterliches Gefecht.«

»Es heißt, die Aufrührer in Meerbergen hätten bezahlte Halunken bis nach Horome geschickt. Söldner.« Die Dame des Hauses sprach halb zu ihrem Mann, halb Richtung Wand und sah das Mädchen zu ihren Füßen nicht an.

»Immerhin haben sie die Barratainer vertrieben«, bemerkte Ritter Frideric. »Wir müssen ihnen dankbar sein.«

Flavia zuckte die Achseln. »Sie waren bestimmt nicht da, um uns einen Gefallen zu tun. Wer weiß, was sie im Schilde geführt haben.«

»Am Ende haben sie sich gegenseitig ausgelöscht und die Stadt damit von allen Eindringlingen befreit«, schloss der Ritter. »Vermutlich war es das Beste, was wir erhoffen konnten.«

»Was von der Stadt übrig ist …«, murmelte seine Frau.

Frideric wandte sich dem Mädchen zu. »Du bist also aus dem Osten gekommen. Mit dem Heer, das die Kaiserin stürzen wollte. Ich bin ein Ritter der Kaiserin – warum bei allen Höllen Gotors kommst du ausgerechnet an meine Tür und bittest um Aufnahme?«

»Es war ein ehrenvoller Krieg«, sagte das Mädchen. »Mein Vater hat mir Euren Namen genannt und mich an Euer Haus empfohlen, wenn etwas geschieht und wir die Stadt nicht mehr verlassen können. Es ist nicht ungewöhnlich, dass die Ritter einer Familie auf unterschiedlichen Seiten kämpfen.

Aber der ritterliche Wettstreit durchschneidet nicht die Bande des Blutes.«

»Pah, Ordensritter.« Frideric von Ebertzungen schüttelte den Kopf. »Mitunter glaubt man, ihr in Barrat lebt in alten Märchenbüchern und nicht in derselben Welt wie wir.«

»Frideric!«, mahnte die Frau. »Sie hat recht. Ritterehre ist Familienehre.«

Der Hausherr drehte sich zu seiner Gemahlin um. »Kennst du sie?«

»Wie sollte ich?« Aufgebracht hob Flavia die Arme. »Das letzte Mal hatten wir Verbindung zu den Bürzenfelds, als mein Neffe Egbert um Aufnahme in den Ritterorden ersuchte. Sie haben ihn für zwei Jahre als Pagen aufgenommen. Das Mädchen …« Sie wies auf Nikodemia. »… kann damals noch nicht auf der Welt gewesen sein.«

»Du hast nicht mit diesem Ritter gesprochen, als er in der Stadt war?«

Flavia lachte auf. »Sie haben uns *belagert*, wenn du dich erinnerst! Und bei dieser Verrückten, die im Palast jedem vermeintlichen Verräter nachstellt, habe ich nicht viel Wert auf einen Verwandtenbesuch gelegt. Aber die Bürzenfelds sind seit Generationen mit den Orden verbunden. Und der Bruder meines Großvaters hat eine Erbin aus dem Haus geheiratet und ist in den Osten gezogen. Es kann gut sein, dass sie die Enkelin ist und ihre Familie bei dem Feldzug dabei war.«

Ritter Frideric musterte die kleine Besucherin. »Es ist fast ein halbes Jahr her, dass der Angriff der Barratainer zurückgeschlagen wurde. Und jetzt kommst du an?«

Zum Glück war Niki auf jede Frage vorbereitet. »Ich habe versucht, auf die Insel zu gelangen«, erklärte sie. »Aber alle Wege waren abgeschnitten. Und die Soldaten der Kaiserin haben Jagd auf jeden gemacht, der zurückgeblieben ist. Die Soldaten … und andere.« Sie zitterte. »Es war furchtbar.«

»Hast du …«, fragte die Hausherrin. »Bist du …?«

Das Mädchen schüttelte den Kopf. »Ich konnte mir das gemeine Volk vom Hals halten. Ich habe mich versteckt. Ich habe überlebt. Und sobald ich mich gut genug auskannte, um einen Weg über den Fluss zu finden, bin ich hergekommen.

Weil mein Vater gesagt hat, dass hier Familie ist.«

»Frideric …« Flavia sah ihren Mann an.

Der Ritter seufzte. »Ihre Sippschaft hat deinem Neffen Gastfreundschaft gewährt. Dahinter können wir nicht zurückstehen. Ich werde vor unseren Verwandten im Osten nicht als ehrlos dastehen, auch wenn es noch so ungelegen kommt.«

»Ich nehme sie als Edelfräulein in den Hausstand.« Flavia wandte sich Niki zu. »Und als Erstes schälen wir dich aus dieser … Pagenkleidung.« Sie rümpfte die Nase. »Abgesehen davon, dass du sie vermutlich das letzte halbe Jahr nicht abgelegt hast – dieses Ritterspielen muss ein Ende haben. Dein Vater mag solche Flausen geduldet haben. Doch wenn die Wege wieder frei sind und wir dich nach Hause schicken, sollen die Barratainer sehen, dass wir in der Hauptstadt sehr wohl eine Dame erziehen können.«

Die Männer des Königs kamen um Mitternacht. Die fellgekleideten Gestalten, die am Abend das Dorf der Waldbauern überfallen hatten, lagerten auf einer kleinen Lichtung im dichten, schneebedeckten Unterholz. Ein paar winzige Feuer glosten matt. Die Männer, die daneben unter ihren Fellbündeln auf dem notdürftig vom Schnee befreiten Boden schliefen, sahen im bleichen Mondlicht aus wie dunkle Maulwurfshügel auf einem gefrorenen Acker.

Gaban hörte den Eulenruf eines Spähers. »Auf!«, brüllte er. »Zu den Waffen!«

Keinen Moment zu früh.

Schon stürmten Reiter auf die Lichtung. Sie preschten über den einzigen Wildwechsel heran, der für Pferde gangbar war. Gaban hatte mit dem Schwert auf dem Schoß dagesessen und war auf den Eulenruf hin gleich aufgesprungen. Er war bereit, als die Berittenen kamen.

Rodbert, der ältere Mann und der Anführer der Schar, stand einen Augenblick später an Gabans Seite.

»Schneller, als Ihr erwartet habt, Vater«, stellte Gaban fest.

»Es hat lang genug gedauert«, knurrte Rodbert. »Bin froh, dass es endlich vorbei ist.«

Unter dem zusammengefegten Schnee zu ihren Füßen lagen Schilde verborgen. Die beiden Männer hoben sie auf und traten Schulter an Schulter den Angreifern entgegen. Ein knappes Dutzend Ritter im Kettenpanzer, einen Speer in der Hand, galoppierte an der Spitze. Dahinter folgten noch einmal doppelt so viele freie Fußknechte, gut bewaffnet und schwer gerüstet.

»He!«, brüllte Rodbert in die Runde. »Männer, los – schlaft ihr?«

Der vorderste Reiter war bei ihnen. Gaban wich der Lanzenspitze aus – flinker, als man es bei seiner riesigen Gestalt erwartet hätte. Mit einem Brüllen sprang er vor, den Schild dicht vor dem Leib, und rammte die Brust des Pferdes. Das Tier geriet aus dem Tritt und strauchelte.

Der Reiter kämpfte um das Gleichgewicht. Da stach Gaban blitzschnell zu und stieß ihm das Schwert durch die Brünne in die Brust.

»Pass auf, wen du triffst«, rief Rodbert, während er sich mehrere Angreifer vom Leib hielt. »Den Schweinekönig brauchen wir … Oh, Scheiße!«

Ein Schwirren erfüllte die Luft, schmale Schatten summten aus dem Wald heran wie ein Schwarm von Nachtinsekten. Armbrustbolzen. Die Geschosse gingen auf die Angreifer nieder und trafen vor allem das Fußvolk. Aber auch einer der Ritter kippte vom Pferd, von einem Bolzen mitten in die Stirn getroffen. An der Spitze des Getümmels duckten sich Freund wie Feind gleichermaßen unter dem Beschuss.

Rodbert fluchte weiter und nahm den Schild hoch. Einer der Ritter nutzte die Gelegenheit und stach mit der Lanze nach ihm, immer wieder, bis er eine Lücke unter dem Schild fand und die Waffe tief in die Pelzkleidung des bärtigen Kriegers stieß.

Es gab ein ratschendes Geräusch, die Felle klafften auseinander. Ein fein gewirktes, schweres Kettenhemd kam darunter zum Vorschein. Die Lanzenspitze glitt wirkungslos über das Eisen.

Jetzt sammelten sich die Verteidiger. Drei von ihnen hatte es erwischt, noch bevor sie den Schlaf abschütteln konnten. Aber der Rest hatte die Waffen genommen und kämpfte verbissen. Kaum etwas erinnerte an die abgerissene Schar, die man am Abend im Bauerndorf gesehen hatte. Die Waffen der Männer waren gut, viele trugen Panzer unter den Fellen.

Ein zweiter Hagel von Geschossen traf nun die Angreifer und lichtete deren Reihen.

Einer der Reiter richtete sich in den Steigbügeln auf. Einen Moment lang kreuzten sich die Blicke der beiden Anführer, ohne dass sie im Mondlicht ihr Gesicht sehen konnten.

»Das ist eine Falle!«, brüllte der Reiter. »Zurück, zurück!«

Er wendete sein Pferd und folgte selbst als Erster seinem Rat.

Aber auf dem einzigen Pfad zu der Lichtung stürmte nun eine weitere Schar heran, schwer bewaffnetes Fußvolk, das entlang des Weges aus dem Unterholz gebrochen war. Weitere Männer kamen aus dem Wald, die sich hinter aufgetürmtem Gehölz verborgen hatten.

Der Reiter hob die Lanze, und die verbliebenen Ritter

schlossen sich um ihn. Sie schickten sich an, das Fußvolk zurückzulassen und die Reihen der Gegner mit der Wucht eines Reiterangriffs zu durchbrechen.

»Oh nein, Eure Majestät«, knurrte Rodbert. Er sprang zu einem Fußsoldaten, der mit einem Bolzen im Bauch dalag und sich totenbleich den Leib hielt, neben sich die Axt. Rodbert hob sie auf, wog sie kurz in der Hand und schleuderte sie, gerade als die Reiter sich formiert hatten und ihren Tieren die Sporen gaben.

Mit einem dumpfen Geräusch traf die Waffe den Anführer der Berittenen zwischen die Schultern, und der Mann sank nach vorn über den Pferdehals. Seine Ritter brachen den Angriff ab und wendeten die Pferde.

»Auf sie!« Gaban übernahm die Führung. Er lief an seinem Vater vorbei, und von allen Seiten brandeten nun die fellgekleideten Gestalten heran und überwältigten die Angreifer.

Es war ruhig geworden auf der Lichtung. Der Anführer der Reiter saß stöhnend an einen Baum gelehnt. Seine Ritter waren entwaffnet, das Fußvolk erschlagen. Einer der Ritter kümmerte sich um seinen Herrn und versuchte, ihn zu stützen.

Rodbert trat neben ihn und blickte auf ihn hinab. »Sehr wehleidig für einen König«, sagte er. »Ihr hättet keine Rüstung anziehen sollen, dann hättet Ihr es hinter Euch.«

Hasserfüllt blickte der Verletzte zu ihm auf. Er wollte sich erheben, doch stöhnend sackte er wieder zurück in die Arme seines Ritters.

»Ihr habt ihm das Rückgrat gebrochen!«, zischte der Ritter, nachdem er seinen Herrn wieder gegen den Baum gelehnt hatte.

»So ein Eber ist zäh«, widersprach Rodbert. »Seine Rüstung hat die Wucht der Axt abgefangen, da bleibt nur eine Prellung zurück. In zwei Wochen suhlt er sich wieder fröhlich in seiner Schweinefurt … Wenn wir ihn heute lebend fortlassen, heißt das.«

»Worauf wartet Ihr noch?«, fragte der Verletzte. Seine Stimme war fast nur ein Keuchen vor Schmerzen. »Bringt es zu Ende, Rodbert vom *Grabhügel*.«

Rodbert erstarrte. Dann verzog er die Lippen zu einem Lächeln.

»Wenn ich Euren Kopf wollte, *König* Sigwin, würde er längst an den Zinnen meiner Burg hängen. Ich bin zu Euch gekommen, weil ich einen Vertrag schließen will.«

»Eine … feine Diplomatie habt Ihr, Herr Graf«, stieß Sigwin stöhnend hervor. »Ihr hättet einen Gesandten nach Swanfurt schicken können … mit Euren Vorschlägen, anstatt … wie ein Räuber in meinen Wäldern zu hausen … meine Dörfer niederzubrennen und meine Bauern abzuschlachten.«

Rodbert winkte ab. »Ich musste mir etwas einfallen lassen, um Euch selbst aus den Mauern zu locken. Ich dachte mir, hier im Wald seid Ihr ein wenig aufgeschlossener bei den Verhandlungen.«

»Was wollt Ihr, Rodbert?«

»Nicht viel.« Graf Rodbert ging neben dem Verletzten in die Hocke. »Ich will Frieden schließen.«

»Frieden?« König Sigwin fuhr auf, sank jedoch gleich wieder stöhnend zu Boden. Er atmete ein paarmal ein und aus, bevor er weitersprach. »Ihr wart es, der mich angegriffen hat. Wieder einmal. Wenn Ihr Frieden wollt …«

»Ihr habt Euch selbst zum König erhoben«, sagte Rodbert. »Das ist eine Kriegserklärung an das ganze Reich. Und eine Götterlästerung. Es gibt nur eine geheiligte Majestät im Omukchar, und die sitzt in Barratain. Wenn ich höre, dass einer meiner Nachbarn sich König nennt, dann weiß ich genau, dass er auch auf mein Land Anspruch erhebt. Ein guter Grund für meine Feindschaft, findet Ihr nicht auch?«

»Das Reich ist tot, Mann«, gab Sigwin zurück. »Der König in Barratain ist eine Legende. Wir können alle … unser eigenes Königreich haben.«

Rodbert brachte ihn mit einer wegwerfenden Geste zum Verstummen. »In dieser Angelegenheit waren wir niemals einer Meinung. Egal, ich will nicht länger mit Euch darüber streiten. Inzwischen habe ich andere Dinge im Blick. Doch nach zwanzig Jahren Krieg können wir uns nicht einfach die Hand schütteln und so tun, als wäre nichts gewesen.

Also dachte ich mir, wenn ich zwischen uns eine Entscheidung erzwinge, fällt es Euch leichter, auf meine Bedingungen einzugehen.«

»Was wollt Ihr, Rodbert?«, stieß Sigwin abermals hervor. »Meine Unterwerfung? Mein Land?«

»Nur Euer Ehrenwort«, gab Rodbert zurück. »Graf Rodbert von Guthügeln und König Sigwin von Swanfurt schwören einander, für die Dauer eines Jahres ihre Grenzen zu achten, keine Händel zu beginnen und auch darauf zu schauen, dass keiner ihrer Vasallen und Verbündeten in dieser Zeit die Hand gegen die Person oder das Eigentum der jeweils anderen Partei erhebt.

Jeder Mann in Swanfurt wird ein Jahr lang friedlich auf seinem Land bleiben und sich um seine eigenen Angelegenheiten kümmern. Leistet mir einen Eid darauf und gebt mir Euer Ehrenwort, jetzt, vor Euren Männern. Dann werde ich Euch ziehen lassen, und Eure Ritter dazu, ohne ein Lösegeld und ohne weitere Forderungen. Nur ein Jahr Friedenspflicht für uns beide.«

»Das ist alles?«, fragte Sigwin.

Rodbert nickte.

»Warum?«, fragte Sigwin und schloss kurz die Augen.

»Nun«, sagte Rodbert liebenswürdig. »Wenn Ihr es anders wollt, bin ich gerne bereit, Euch hier und jetzt für Eure Sünden zu bestrafen. Aber wie gesagt, inzwischen habe ich etwas Besseres zu tun.«

»Was?«, fragte Sigwin und öffnete die Augen wieder.

»Wie Ihr vielleicht gehört habt, wurde mir vor zwei Jahren eine Braut versprochen. Doch sie kam niemals bei mir an. Ich habe vor, mit meinen Verbündeten nach Horome zu ziehen und zu holen, was mir zusteht.«

König Sigwin lachte freudlos, dann stöhnte er auf vor Schmerz und rang nach Atem.

»Ihr wollt mit Eurem Heer vor die Hauptstadt ziehen? Mann, habt Ihr nicht … die Berichte aus dem Süden gehört? Seit zwei Jahren marschiert eine Streitmacht nach der anderen im Kampf um die Krone durch das Land, und eine nach der anderen rennt ins Verderben … Die Kaiserstadt ist eine Knochenmühle, Rodbert, und Ihr führt Eure Verbündeten mitten hinein.«

»Ich will, was mir zusteht«, sagte Rodbert unbeirrt. »Der Kaiser hat mir die Hand seiner Tochter versprochen. Der Süden soll erkennen, dass man die Fürsten des Nordens nicht ungestraft betrügt.«

»Du sollst mein Ehrenwort haben. Verdammt … und meinen Segen noch dazu.« Sigwin lachte wieder auf.

Gaban und Rodbert von Guthügeln sahen zu, wie Sigwins Männer von der Lichtung abzogen.

»Das war der Letzte«, stellte Rodbert zufrieden fest. »Damit haben wir unsere Grenzen gesichert. Endlich können wir den großen Krieg wagen.«

»Wir hätten wenigstens ihre Pferde und Rüstungen behalten sollen«, murrte einer von Rodberts Kämpfern. »Dieser ganze Feldzug im Winter, und fast keine Beute dabei …«

»Das war kein Feldzug«, sagte der Graf. »Im Frühjahr werdet ihr einen Feldzug erleben, und wir werden eine Kaiserkrone als Beute in den Norden tragen. Glaubt mir, Männer, jeder von euch wird dann auf seine Kosten kommen.«

Gaban trat von einem Fuß auf den anderen. Beunruhigt blickte er den abziehenden Feinden hinterher. Rodbert bemerkte das Unbehagen seines Sohnes.

»Was ist los? Erbebt dein Herz bei dem unheilvollen Geunke dieses Schweinekönigs? Wir alle haben die Geschichten aus dem Süden gehört, aber nicht jeder hat sie richtig verstanden. Die wahre Geschichte ist nämlich die: Die Mächte des Südens sind geschwächt vom Bürgerkrieg, und der Norden ist stark genug, um die Ernte einzufahren.

Es wird Zeit, dass die Krone an aufrechte Männer geht. Eine echte Krone – nicht so eine selbst geschmiedete, wie Sigwin sie trägt.«

»Ich sorge mich nicht wegen des Kriegs im Süden, Vater«, sagte Gaban. »Ich frage mich nur, ob wir Sigwin trauen können. Wir hatten so viel Mühe, ihn aus seinem Loch zu locken – und jetzt lasst Ihr ihn einfach ziehen. Er wird uns in den Rücken fallen, sobald unsere Krieger fort sind.«

»Und was hätte ich deiner Meinung nach tun sollen?«, fragte Rodbert. »Wenn ich den Schweinekönig erschlagen hätte, wäre sein Sohn ihm sogleich auf den Thron gefolgt und hätte uns Rache geschworen. Und wenn dem Welpen der Mumm dazu fehlt, hätten seine Ritter ihn schon gedrängt. Nein«, befand Rodbert, »Sigwin am Leben zu lassen, aber ihn vor seinen Männern zu schwächen und ihn zugleich zu binden, das war der beste Weg, um Swanfurt zumindest für eine Weile ruhigzustellen.«

»Aber wie lange wird es halten?«, fragte Gaban. »Glaubst du wirklich, Sigwin wird sich ein volles Jahr an sein Wort gebunden fühlen?«

Rodbert spuckte aus. »Wenn kümmert's? Hauptsache, er hält so lange still, bis ich meine Braut gewonnen und im Süden ein wenig Ordnung geschaffen habe. Die kleine Kaiserin, mein Junge, bringt mir die Krone des Omukchar. Ein, zwei Schlachten, um mit den Südländern aufzuräumen und den Widerstand zu brechen, und schon werde ich Kaiser des ganzen Reiches sein!«

Er sah sich auf der Lichtung um und wies seine Männer an, alles zusammenzupacken. Dann wandte er sich wieder an seinen Sohn.

»Aber du hast recht. Ich traue Sigwin nicht. Genau genommen kann ich keinem meiner Nachbarn wirklich trauen – nicht einmal denen, die sich mir anschließen wollen. Die hoffen doch nur auf einen Teil von meiner Beute und wechseln die Seiten, sobald sie anderswo eine günstigere Gelegenheit wittern.

Und darum, Gaban, wollte ich dich nach Horome schicken. Du wirst mein Heer anführen und mir meine Braut besorgen, während ich zu Hause aufpasse und uns den Rücken freihalte – so lange, bis alles entschieden ist und ich als Kaiser in die Hauptstadt ziehe.«

2. KAPITEL

März 964, horomische Zeitrechnung

Der Winter war hart gewesen. Auf den Hängen bei Raghabar, der letzten Stadt des Reiches in den Ausläufern der Schwarzen Berge, lag immer noch Schnee. Der Eisregen hatte die weiße Pracht zu einer harschigen, halb angetauten Decke zusammensacken lassen.

Zwei Gestalten bewegten sich in der dunklen Stunde vor Sonnenaufgang, der kältesten Zeit des Tages, auf das Stadttor zu: ein dünner Mann in den Vierzigern mit einem scharf geschnittenen Gesicht, das vorzeitig gealtert schien. Er trug eine weite dunkelblaue Kutte mit besticktem Saum. Im trüben Licht der Laterne, die er in der Hand hielt, sah das Gewand fast schwarz aus. Einen halben Schritt hinter ihm folgte eine kleine gebeugt gehende Frau mit strohigen Haaren. Ihr aufgedunsenes Gesicht schimmerte bleich im Lampenlicht, das über die Schulter ihres Herrn fiel, und unter ihrem aufgeplusterten Kittel aus grobem Sackleinen lugten Büschel von Stroh hervor. Auf dem Rücken trug sie einen großen Sack, in dem es bei jedem Schritt vernehmlich klirrte.

»Wir sind gleich da, Strohköpfchen«, sagte der Mann, »dann kannst du dich ein bisschen wärmen.«

Die Frau in ihrer ausgepolsterten Kleidung sah nicht so aus, als machte die Kälte ihr zu schaffen. Anders als ihr Begleiter kniff sie nicht einmal die Augen zusammen gegen den schneidenden Wind und den Regen. Ihr Gesicht war ausdruckslos. Sie blieb stehen, als ihr Herr innehielt, und stapfte ungerührt weiter, als er sich wieder in Bewegung setzte.

Die Wälle von Raghabar hoben sich nun deutlich gegen die Berge ab – ein schmaler schwarzer Fleck im schlierigen Weiß der Landschaft. Einzelne Lichtpunkte blinkten in der düsteren Ansammlung von Gebäuden, die sich kreisförmig an jedes Ufer des Sindon schmiegten. Auf diese Weise formten ihre Mauerringe eine Acht, durch deren Mitte der kleine Fluss strömte. Raghabar, die Zweigesichtige, die Doppelstadt. Die Stadt des Goldes – im Gebirge darum herum lagen die Goldminen des Reiches, die letzte bedeutsame Einnahmequelle, die der Kaiserin in Horome geblieben war, seitdem die Flotte und sie die Kolonien im Süden von ihr abgefallen waren.

Die beiden Wanderer näherten sich Raghabar nicht von Gotors Rücken her – der Grenze zwischen dem Omukchar und dem verfluchten Land der Ronurer –, sondern von der Reichsseite. Deshalb sahen sie das Sonnentor vor sich – ein hochtrabender Name für die kaum drei Schritt hohe und ebenso breite Pforte in der gedrungenen Mauer aus fest gefügten Granitblöcken.

»Duckt sich ins Tal, als würde sie immer noch auf einen Drachenangriff warten, eh, Strohköpfchen?«

Der Wanderer war wieder stehen geblieben und sprach, ohne sich seiner stummen Gefährtin zuzuwenden. Trotz der widrigen Witterung, bei der es ihm die Röte in die Wangen trieb und ihm das Gewand am Leib klebte, wirkte er gut gelaunt. Er hatte eine Menge getrunken, was ihm den Weg und die heutige Aufgabe leichter machte – selbst angerührt, denn er vertraute nur auf seine eigenen bewährten Rezepte.

Wenn man weiß, was der falsche Tropfen anrichten kann …, dachte er bei sich.

Er sah keine Wachen auf den Mauern. Also trat er bis an das Tor heran, löste die Laterne von der Stange und schlug mit dem Eisenstab kräftig gegen die Holzbohlen, die uralt und beinahe versteinert wirkten.

»He, da drin!«, rief er. »Is' kalt vor dem Tor, und dunkel. Macht auf für einen müden Wandersmann.«

»Verschwinde«, ertönte eine Stimme von der anderen Seite gedämpft durch das Holz. »Die Tore öffnen im Morgengrauen.«

»Bis dahin bin ich erfroren«, erwiderte der Ankömmling. »Und jeder Goldgräber von hier bis Maarstein, der in Raghabar ein wenig Zerstreuung und Wärme sucht, würde das bedauern.«

Ein trockenes Lachen kam von der Innenseite des Tores. »Was bist du, Mann? Lustknabe oder Zuhälter?«

»Besser«, gab der Wanderer selbstgewiss zurück. »Ein Connaisseur von ausgesuchten Liqueuren.«

Einen Augenblick lang blieb es still. Nur der Wind fegte mit eisklammen Regenfingern gegen Tor und Mauern.

Dann erschien ein verhüllter Umriss auf der Mauerkrone, beugte sich zwischen den Zinnen nach vorne und versuchte, die Gestalten im Lichtkreis vor dem Tor genauer zu erkennen.

»Ein *was*?«, fragte die Wache.

»Ich handle mit erlesenen Schnäpsen von ausgesuchter Qualität.« Mit ausladender Geste wies der Wanderer auf seine Begleiterin, vielmehr auf den Sack, den sie auf dem Rücken trug. »Rezepte aus dem Süden. Ich habe gehört, hier in den Bergen weiß man einen guten Tropfen zu schätzen und findet doch nur den Selbstgebrannten aus dem Busch, bei dem es einem die Augen aus dem Kopf treibt.«

»Schnapshändler, sagst du?« Die Wache kniff die Lider zusammen. »Und alles, was du verkaufst, trägt das Mädchen da?«

Die so Angesprochene stand nur da und regte sich nicht, ein wenig gebückt unter dem Gewicht des prallen Sacks auf ihren Schultern. Ihr Begleiter hob das Tuch ein Stück an, und man sah die bauchigen Flaschen darunter.

»Ist folgsamer als ein Muli, die Kleine«, erklärte er. »Und

genauso kräftig. Leider auch genauso stumm und um einiges dümmer – aber wer will schon eine kluge und redselige Magd einstellen?« Der Kaufmann lachte.

»Und warum seid ihr nachts unterwegs?«, fragte der Wächter misstrauisch.

»War nicht so geplant.« Der Händler zuckte mit den Schultern. »*Vor Einbruch der Dunkelheit sicher in Raghabar*, das hat der Jäger versprochen, als er uns die Abkürzung gezeigt hat. Aber als die Nacht kam, irrten wir immer noch in der Wildnis umher, und dort haltzumachen hätte unseren sicheren Tod bedeutet.

Nun lass uns schon ein. Bin höllisch froh, dass wir die Stadt überhaupt gefunden haben und nicht vollends verloren gegangen sind. Wenn wir die Lichter nicht gesehen hätten von dem Hügel da hinten aus, wären wir gewiss nie irgendwo angekommen.«

Die Wache hob den Kopf und versuchte, die Dunkelheit zu durchdringen. Außer den beiden Wanderern zu seinen Füßen war weit und breit niemand zu sehen. Nur der Regen bewegte sich in dieser Spätwinternacht, und der eisverkrustete Boden leuchtete in einem geisterhaften Schimmer unter dem wolkenverhangenen Himmel.

»Ich zahle auch ein Weggeld, wenn ich mir dafür gleich die Füße in einem anständigen Gasthaus trocknen kann«, drängte der Händler. »Oder wollt ihr warten, bis ich im Morgengrauen steif gefroren vor den Mauern liege und ihr alle meine Flaschen einstecken könnt?«

»Schon gut, schon gut«, knurrte der Posten.

Er winkte nach unten, und man hörte ein Scharren und Ächzen von der anderen Seite. Dann ging das Tor knirschend auf.

Die beiden Wanderer traten ein, und hinter ihnen schlossen die Stadtwachen das Tor wieder. Mit einiger Mühe schoben sie den baumstammdicken Riegel vor. Der Schnapshändler sah sich auf dem Torplatz um. Die drei Wachen, die hier standen, zogen sich so schnell wie möglich unter ein kleines Dach zurück, das dicht neben dem Tor aus der Mauer ragte. Ein Kohlebecken glühte dort. Einer der Männer fluchte und schlug die halb gefrorenen Tropfen von seinem Mantel.

»Hoffe, es hat sich gelohnt«, knurrte er.

»Ganz gewiss, ihr Herren.« Der Schnapshändler winkte seiner Magd, und die legte den Sack gleich neben dem Unterstand auf dem von Rinnsalen überzogenen Pflaster ab. »Meine Braukünste sind eines Kaisers würdig, das verspreche ich euch.«

»Braukünste?«, fragte einer der Posten. »Ich dachte, es ginge um Branntwein.«

»Du stellst deine Getränke selbst her?«, wollte ein anderer wissen.

»Ja und ja«, erwiderte der Wanderer aufgeräumt. Er öffnete den Sack und zog einen großen Tonkrug heraus, der verkorkt und versiegelt war. »Jeden einzelnen Tropfen habe ich von Hand destilliert und abgefüllt. Ich habe mein Handwerk in der Hauptstadt gelernt – und ›brauen‹ ist wahrlich der richtige Ausdruck für diese Kunst, auch wenn mein Trunk um einiges stärker ist als Bier.«

Er schnitt das Siegel mit dem Messer durch und entkorkte die Flasche. »Habt ihr Becher da?«, fragte er.

»Wir sind Brüder«, verkündete einer der Wächter. »Wir lassen einfach die Flasche kreisen.«

Der Wanderer verzog das Gesicht. »Das scheint mir ein wenig … würdelos. Das hier ist nicht die Art Tropfen, die man in den Bergen gemeinhin findet.«

»Nun gib schon her«, sagte der Wächter. »Wenn es stark genug ist, schmeckt es auch aus dem Flaschenhals.«

»Wir hatten mal einen Alchemisten zu Besuch«, verkündete ein anderer Wächter. »Der hat uns erklärt, das Beste verdunstet, sobald man es in einen Becher gießt.«

Der Händler rang sich ein Lächeln ab. »Nun gut, ich habe euch einen Torzoll versprochen.«

Er gab die Flasche weiter, und jeder Wächter nahm einen Schluck.

»Schmeckt ihr die Ingredienzen heraus?«, fragte der Händler.

»Die was?«, fragte einer der Wächter zurück.

»Die Zutaten.«

»Oh ja.« Der Wachposten grinste. »Scharfes Zeug.«

Der Kaufmann seufzte. Er zog eine kleine Flasche aus dem Bündel. »Hierfür habe ich Obst verwendet. Wenn einer von euch die Früchte erraten kann, lege ich eine weitere Flasche drauf.«

Die Männer standen beisammen und zechten eine Weile. Ein feiner Lichtstreifen am östlichen Horizont schimmerte durch den Regen. Der Schnapshändler fand einen Becher in seinen Taschen und trank ein paar Schluck mit, während er eine Probe nach der anderen anpries.

»Wos'n das Mägdchen hin?«, fragte einer der Wächter schließlich. »So'n dummes Mägdelein. Kann man noch drauflegen auf'n Wegezoll, eh?«

Der Händler zeigte ein feines Lächeln. »Wenn sie keinen Einwand hat«, sagte er und sah sich um. Er entdeckte seine Begleiterin auf der Mauer über dem Tor. Sie hatte die Laterne neben sich abgestellt, stützte sich auf die Zinnen und sah ins Land hinaus.

»Strohköpfchen«, rief er. »Komm herunter. Die Männer wollen mit dir … tanzen.«

Gehorsam trottete die Magd die Treppe vom Wehrgang herab. Das Licht ließ sie oben zurück. Einer der Wachmänner ging ihr entgegen. Doch plötzlich knickten die Beine unter ihm weg, und er landete mit dem Gesicht voraus auf dem Pflaster.

Seine Kameraden lachten.

»Kümmere dich um ihn, Strohköpfchen«, sagte der Schnapshändler sanft. »Zeig ihm, wie du einem Mann den Kopf verdrehen kannst.«

Die plumpe Magd bückte sich nach dem Soldaten, fasste ihn mit einer Hand unter dem Kinn, mit der anderen unter dem Arm und zog ihn auf die Füße. Der Mann stand ein wenig wackelig auf den Beinen. Er legte einen Arm um das Mädchen und wollte sie unter das Dach ziehen.

Sie packte sein Kinn fester, schlang ihm den freien Arm um die Schultern und zog ihn an sich. »He, he«, sagte der Soldat. »Nicht so heftig.« Er lachte unsicher, aber schon bald ging sein Lachen in ein schmerzhaftes Stöhnen über. »He!«

Mit der einen Hand hielt sie seinen Oberkörper fest, die Hand unter dem Kinn drückte den Kopf nach hinten und drehte ihn zur Seite. Die Finger gruben sich tief in den Hals des Mannes. Er schrie erstickt auf. Er zappelte und wehrte sich. Ungerührt drehte die Magd den Kopf weiter.

»Was zu den Höllen …«

Den anderen Torwächtern dämmerte nur langsam, dass etwas nicht stimmte. Sie trauten ihren Augen nicht. Und dann, mit einem deutlich vernehmbaren Knacken, brach das Genick ihres Kameraden. Die Magd ließ den toten Körper fallen, der Kopf schlenkerte bei dem Sturz lose umher.

Der Schnapshändler nutzte die Ablenkung. Mit einem Dolch näherte er sich den beiden verbliebenen Wachmännern von der Seite. Gerade als diese nach ihren Waffen griffen, zog er einem der Männer die Klinge über die Kehle. Der Händler sprang gleich zurück, doch in der beengten Nische an der Mauer konnte er nicht verhindern, dass ein Schwall von Blut auf seine Kutte spritzte.

»Na großartig«, zischte er. »Schau, was du angerichtet hast!«

Er stach nach dem dritten Wächter. Aber der wich aus und riss das Kurzschwert aus dem Gürtel. Er holte aus, und der Schnapshändler fuhr fluchend zurück.

Jetzt, mit der längeren Waffe, war der Wachposten im Vorteil. Er rückte vor, fuchtelte mit dem Schwert und drängte seinen Gegner Schritt für Schritt von der Mauer weg. Der Händler entging den Angriffen allein deshalb, weil der Soldat so unsicher auf den Beinen war und nur schlurfend hinterherkam.

»Verflucht«, knurrte der Fremde in seiner blutbesudelten Kutte. »Fall endlich um! Die Mischung, die ich euch verabreicht habe, sollte jeden von den Füßen holen, der nicht daran gewöhnt ist!«

Er suchte nach einer Lücke in der Deckung des Wächters, doch trotz seiner Benommenheit hielt der Mann dagegen. Der Wächter wollte nach Verstärkung rufen, doch heraus kam nur ein heiseres Krächzen. Es war, als hätte der Alkohol ihm die Kehle verbrannt.

Dennoch sah der Schnapshändler sich argwöhnisch um. Sie mussten es rasch zu Ende bringen, bevor jemand aufmerksam wurde.

Die Magd verharrte einen Augenblick neben der Leiche. Dann machte sie Anstalten, ihrem Herrn zu Hilfe zu kommen.

»Vergiss es!«, rief der. »Den Querbalken! Nimm den Querbalken vom Tor!«

Die blonde Magd zögerte. Bedächtig ging sie auf das Tor zu und legte die Hände um den Holzbalken. Der Riegelbalken, den drei Männer kaum zu heben vermochten, glitt langsam aus der Führung.

Mit einem heiseren Fluch schlug der Wachsoldat ein letztes Mal nach seinem Gegner. Dann wankte er zurück in den Unterstand, ließ das Kurzschwert fallen und ergriff einen Spieß. In einer fließenden Bewegung, die seine trägen Füße Lügen strafte, fuhr er herum, holte aus und schleuderte die Waffe.

»Nein!« Der Schnapshändler sprang vor und stach dem nun waffenlosen Posten den Dolch in die Brust. Zu spät.

Der Speer fand sein Ziel, fuhr der Magd in den Rücken und durch ihren Leib hindurch ins Holz, sodass sie an den halb herausgezogenen Riegel genagelt war.

»Gotor piss mich an«, stieß der Händler zwischen zusammengepressten Zähnen hervor. Er riss den Dolch heraus und stach wieder zu. Und noch einmal. Der Soldat ging zu Boden und rührte sich nicht mehr.

Vom Stadttor her ertönte ein Bersten. Die Magd zerrte an dem Riegelbalken und stemmte sich mit den Armen und ihrem ganzen Körpergewicht dagegen.

»Nein!« Der Schnapshändler barg den Kopf in den Händen. »Das macht die Sache nur noch schlimmer.«

Aber er tat nichts, um seine Bedienstete aufzuhalten, und so bog sie langsam den baumdicken Balken gegen die Führungsschienen, bis das Holz splitterte und der Riegel und Teile des Torbeschlags zu Boden fielen. Dann kroch die Magd davon, den Riegelbalken, an den sie genagelt war, hinter sich herziehend.

Die ganze Zeit hatte sie keinen Laut von sich gegeben.

Der Schnapshändler sprang vor und drückte einen Türflügel auf. Sogleich stürmte ein Reiter herein, dem weitere folgten. Sie mussten den Kopf einziehen, um nicht oben an den Torbogen zu stoßen. Schwer bewaffnete Krieger zu Fuß kamen hinterdrein.

Die Männer sammelten sich auf dem Torplatz. Die Reiter wendeten ihre Pferde und hielten Ausschau. Als kein Feind sich ihnen in den Weg stellte, lenkte der Anführer sein Tier zu dem Schnapshändler.

»Ihr habt Euer Versprechen tatsächlich gehalten, Meister Runnik«, sagte er und klang fast enttäuscht. »Der Graf wird zufrieden sein.«

»Das hoffe ich doch«, erwiderte Runnik. »Er hat mir die Herrschaft über Raghabar versprochen, wenn ich die Tore der Stadt für ihn öffne. Nun seid leise, bis Ihr an die Brücke kommt, Ritter Amselfink. Wir müssen beide Teile der Stadt besetzen, bevor Alarm gegeben wird – sonst zerrinnt uns der Erfolg zwischen den Fingern.«

Die Krieger zogen weiter. Runnik blieb zurück. Als der Torplatz wieder verlassen vor ihm lag, wandte er sich seiner Magd zu. Die lag neben dem Zugang bäuchlings auf dem Querriegel, und der Speer ragte aus ihrem Rücken, als hätte man sie gepfählt.

»Strohköpfchen.« Runnik schüttelte den Kopf. »Das wird mir Arbeit machen.«

Er packte die Waffe und riss sie mit einigem Geruckel aus dem Holz. Dann zog er den Schaft aus dem Leib der Dienerin. Kein Blut klebte am Holz oder an der stählernen Spitze. Nur Stroh quoll aus dem Loch in der Kleidung.

»Das werde ich nähen müssen«, stellte Runnik fest. »Am besten, bevor es weiter einreißt.«

Es war der erste Frühlingstag im Meerbergener Land – so fühlte es sich jedenfalls an. Die Sonne strahlte vom wolkenlosen Himmel, und ein lauer Wind vertrieb die Kälte, die immer noch vom Boden oder vom Meer her aufstieg.

Ritter Lacan von Galdingen nutzte die Gelegenheit für einen Ausflug mit seiner Nachbarin Nessa.

»Wohin reiten wir?«, fragte sie, als Lacan sie durch die Wiesen und Waldstücke führte, die sich zwischen den Rittergütern im Hinterland der großen Hafenstädte an der Südküste des Reiches erstreckten.

»Hm, hm …« Lacan fühlte sich plötzlich beklommen und hätte fast nach einem Vorwand gesucht, um sein Vorhaben abzublasen. Aber das durfte er Nessa nicht spüren lassen – sie hatte nichts übrig für Feigheit. »Das wirst du schon sehen«, sagte er nur. »Wenn du mithalten kannst!«

Er gab seinem Ross die Sporen.

Nessa lachte. Sie beugte sich tief über den Hals ihres Pferdes und trieb es an. Bald hatte Lacan alle Mühe, vor ihr zu bleiben. Selbst wenn er keine Rüstung trug, wog Nessa kaum mehr als halb so viel wie er, und er vergaß immer wieder, was das beim Reiten ausmachte.

Sie galoppierten über eine Wiese, auf der knöchelhoch das Wasser stand. Unter den Hufen spritzten Wasserfäden und losgerissene Grassoden auf. Lacan hatte Bedenken, dass sein Wallach auf dem unsicheren Grund stolperte. Aber er hatte das Rennen angefangen und konnte jetzt keinen Rückzieher machen. Sein Herz raste schneller als zuvor, doch auf angenehme Weise. Es half ihm, die Sorgen zu zerstreuen.

Vor einem Wäldchen fiel er dem Pferd in die Zügel und lenkte es vorsichtiger den schmalen Pfad entlang. Nessa brachte ihr Pferd neben ihm zum Stehen und ließ es verspielt steigen.

»Was ist?«, fragte sie. »Ist dein Zossen schon erschöpft? Ich habe gehört, du hast deine Streitrosse im Stall fett und faul werden lassen während des Winters.«

»Sie haben ein wenig Ruhe verdient«, gab Lacan zurück.

Der Rückmarsch von Horome im letzten Jahr war beschwerlich gewesen. Bei dem Kampf in den Gassen der Stadt hatten sie viele Männer verloren, und Lacan wusste bis heute nicht genau, ob es ein Sieg gewesen war oder eine Niederlage. Aber die Ritter aus Barratain hatten sich aus diesem Teil des

Reiches zurückgezogen, also konnte er den Feldzug wohl als Erfolg ansehen.

Doch sein Heer hatte sich noch am selben Tag aufgelöst, und Lacan und Nessa hatten auf dem Rückweg erlebt, wie unsicher die Straßen waren, wenn man nicht mit ein paar Tausend Kriegern unterwegs war.

»Aber reden wir nicht davon«, sagte er. »Heute wollte ich den Frühlingsanfang feiern!«

Sie ritten weiter und ließen den Wald hinter sich und gelangten auf eine ausgedehnte Lichtung. Ein großer flacher Tümpel mit torfigem Rand lag dort inmitten von saftigem Grün. Bunte Blüten trotzten der frühen Jahreszeit, Büsche und Schilf säumten malerisch das Ufer. Gleich vor ihnen lag ein Boot, lose an einer Wurzel vertäut. Die Ruderbänke waren mit weißem Tuch bedeckt, ein Picknickkorb stand am Bug, Blumengirlanden hingen am Bootsrand.

Lacan stieg ab und führte das Pferd am Zügel. Nessa folgte ihm. Der sumpfige Boden schmatzte unter ihren Stiefeln. Nessa zog die Stirn kraus und sah sich um. Sie zeigte auf die Blumenwiese.

»Bei manchen dieser Blüten könnte ich schwören, dass sie hier unmöglich wachsen können.«

Und schon gar nicht zu dieser Jahreszeit. Lacan lächelte. Er hatte Sobrun mit einigen Mädchen noch vor dem Morgengrauen losgeschickt, damit sie die letzten Vorbereitungen trafen. Und es gab Blumenhändler in der Hafenstadt, die konnten Wunder wirken.

Lacan zog das Boot heran und hielt es fest. »Nach Ihnen, meine Dame.«

Leichtfüßig sprang Nessa an ihm vorbei und setzte sich an den Bug. »Wohin geht die Überfahrt, mein Ritter?«, fragte sie.

»Oh«, sagte Lacan. »Ich hoffe, in der Mitte des Sees mit Euch einen Schatz zu heben.«

Er setzte einen Fuß über die Bootswand, und das Boot begann zu schaukeln. Ungeschickt ruderte Lacan mit den Armen. Nessa hielt den Korb mit den Vorräten fest, damit er nicht über Bord ging.

»Gemach, gemach!«, rief sie.

Gebückt hievte sich Lacan über die Planken, bis er die Ruderbank fassen konnte. Schwer atmend ließ er sich fallen. Das Boot beruhigte sich langsam.

»Du warst nicht oft auf dem Wasser«, stellte Nessa fest.

»Ich war oft hier als Kind«, erklärte Lacan. »Es ist einer der schönsten Orte, die ich kenne. Zur richtigen Jahreszeit hört man die Frösche und die Vögel, und die Grillen von der Wiese. Doch meine Mutter hätte mir nie erlaubt, ein Boot herzubringen.«

»Ich hoffe, du erwartest nicht, dass ich rudere«, sagte Nessa spöttisch.

Lacan schüttelte den Kopf. »Auf keinen Fall. Ich mag zwar mit Booten nicht vertraut sein, aber ich bin kräftig genug, um die Ruder zu führen.«

»Um damit zuzuschlagen«, bemerkte Nessa spitz.

Lacan zuckte die Achseln. »Ich habe einmal gesehen, wie es geht. Das kann ja nicht so schwer sein.«

Er tauchte die Ruderblätter in den Teich, und das Boot schaukelte wieder. Lacan biss die Lippen aufeinander.

Nessa sah ihn an, und Lacan bemerkte ein Blitzen in ihren Augen.

»Was ist?«, fragte er misstrauisch.

»Die Leinen.« Nessa wies an ihm vorbei zum Ufer.

Lacan erkannte, dass das Boot noch dort vertäut war. Er fluchte leise, als er abermals durch das Boot stakste und die Knoten löste. Wieder schaukelte es. Schnaufend ließ Lakan sich auf der Ruderbank nieder. Dann ruderte er los.

Nach drei Zügen glitt das Boot sanft zur Mitte des Sees

hinaus, und Lacan befand, dass dies genau die richtige Geschwindigkeit war. Er legte die Ruder weg, das Boot trieb eine Weile dahin und lag schließlich ruhig auf dem Wasser. Dann drehte es sich langsam, sodass Lacan und Nessa die Landschaft gemächlich vorübergleiten sahen.

Es war perfekt.

Lacan lächelte.

»Also«, sagte Nessa. »Was hat es mit dem Schatz auf sich? Müssen wir ihn einer bösen Meerjungfrau entreißen?«

Lacan erinnerte sich an ein Wasserwesen, das er auf der Rückreise von der heiligen Wacht in den Schwarzen Bergen gesehen hatte. Es kam ihm vor wie ein anderes Leben. Ihn fröstelte.

»Der Wein.« Er wies auf den Korb. »Ich habe einen wirklich guten Tropfen einpacken lassen.«

Nessa legte die Hand auf den Korbdeckel. »Sollte man das Feiern nicht verschieben, bis der Schatz gehoben ist?«

»Vertrau mir.« Lacan grinste. Allmählich fühlte er sich sicherer. »Bei diesem Schatz kommt alles auf die Stimmung an.«

Sie tranken. Nessa suchte in dem Korb und fand die Süßigkeiten aus der Stadt unter dem weißen Brot und den Früchten aus den Kolonien. »Was hast du dafür bloß ausgegeben?«, fragte sie.

Es war still auf dem Wasser. Frösche hörten sie keine quaken, doch auf der anderen Seite des Waldes krächzten ein paar Krähen so laut, als würden sie streiten. Der Wind über dem Teich fühlte sich kälter an, als sie so dasaßen.

Es war die falsche Jahreszeit.

Nessas Finger tippten auf den Korb.

Lacan biss sich auf die Lippen. Er straffte sich.

Jetzt oder nie!

Er sprang auf, tat einen halben Schritt auf Nessa zu und beugte die Knie. »Nessa«, rief er. »Ich wollte …«

Das Boot schaukelte heftig. Lacan ruderte mit den Armen. Nessa schrie auf und klammerte sich an der Bootswand fest, dann löste sie eine Hand und hielt den Korb fest, der an ihr vorbeirutschte.

»Lacan!«, rief sie. »Setz dich hin!«

Lacan kämpfte um das Gleichgewicht, aber mit jeder hektischen Bewegung verstärkte er das Schaukeln nur, und vom eigenen Schwung getragen, kippte er über die Seite. Einen Moment lang schlug er in Panik um sich. Das Wasser um ihn wurde schwarz, als er den morastigen Grund aufwühlte.

Dann spürte er den Boden unter den Füßen und richtete sich auf.

Prustend und spuckend kam er an die Oberfläche. Der Tümpel war nicht tief. Das Wasser reichte ihm gerade bis zum Bauchnabel. Gleich vor ihm trieb das Boot, es schaukelte immer noch leicht. Nessa saß wie festgewachsen im Bug, hielt den Picknickkorb im Arm. Sie war tropfnass – sie musste einen Schwall abbekommen haben, als er ins Wasser gefallen war.

Lacan spürte, wie er rot wurde, und dann stieg ein Kichern in seiner Kehle hoch, das er nicht unterdrücken konnte. »Entschuldige«, sagte er. »Entschuldige, ich …« Er prustete los.

»Ich überlege gerade, ob ich allein zurückrudere«, sagte Nessa.

»Es tut mir leid«, sagte Lacan und rang nach Atem. Allmählich spürte er, wie kalt das Wasser war. Seine Zähne schlugen aufeinander.

Nessa hielt ihm die Hand hin. »Nun komm schon wieder rein.«

Einen Augenblick lang hatte er das Gefühl, dass er das Boot vollends zum Kentern bringen würde, aber mit Nessas Hilfe – und indem er ihren Anweisungen folgte – saß er schließlich wieder darin. Er beugte sich auf der Ruderbank vornüber und schlotterte. Die Sonne schien mit einem Mal gar keine Kraft mehr zu haben.

»Es tut mir leid«, wiederholte er jetzt zerknirscht.

»Was sollte das eigentlich werden?«, fragte Nessa.

Aus seiner zusammengekauerten Haltung blickte Lacan zu ihr auf. Er lächelte verlegen. »Ich wollte dich fragen, ob du mich heiraten willst.«

»Jetzt?«, fragte Nessa. »Wenn du dafür eine Bootsfahrt machen willst, warum wartest du nicht auf den Sommer?«

»Nun«, sagte Lacan. »Das Fest des Lebens steht bevor. Ich wollte es vorher klären. Womöglich können wir dann schon heiraten.«

»Das Fest des Lebens?« Nessa sah ihn fassungslos an.

»Ich war wohl voreilig.« Lacan nahm eine der Decken von der Bank und trocknete sich damit ab. »Ich hatte es mir anders vorgestellt. Es ist wirklich ein schöner Ort hier.«

Nessa nahm ihm die Decke ab.

»Das Fest des Lebens«, wiederholte sie. »Glaubst du, ich brauche einen dummen Feiertag, um mir zu nehmen, was ich haben will?«

Sie beugte sich zu ihm und löste die Knebel an seinem Wams. Lacans Herz schlug schneller, und er vergaß, wie kalt ihm war. Erst zögernd, schließlich rascher half er auch Nessa aus ihrer nassen Tunika.

Dann zog Nessa die Decke über sie beide.

Auf dem Rückweg übernahm Nessa die Führung. Gedankenversunken ritt Lacan hinter ihr und zog an dem feuchten Stoff seiner Kleidung, die klamm auf der Haut klebte. Es dauerte eine Weile, bis er bemerkte, dass der Weg nicht heimwärts führte.

»Wohin willst du?«, fragte er.

»Nur Geduld«, gab Nessa zurück. »Ich wollte dir heute auch noch etwas zeigen.«

Sie waren lange unterwegs, und Lacan bedauerte schon, dass er Nessa die Decke als Mantel überlassen hatte. Endlich gelangten sie über eine Allee zu einem Anwesen, einem weitläufigen, bogenförmigen Bau, um den herum fünf gleichartige Nebengebäude sternförmig angeordnet standen. Im ersten Moment glaubte Lacan, dass Nessa ihn zu einem besonders prachtvollen Gutshof gebracht hatte. Aber bis auf einen Stall sahen die Nebengebäude nicht aus wie Wirtschaftsräume, sondern dienten anscheinend zum Wohnen.

Ein fast zwei Meter großer Hüne trat aus dem Haupthaus. Mit seinen breiten Schultern und dem kräftigen Körperbau hätte er als Krieger durchgehen können, doch er trug eine einfache weiße Kutte. Er hob die Arme zu einem Willkommensgruß, und Nessa stieg ab und führte ihr Pferd auf ihn zu.

»Meister Zindal!«, begrüßte sie den riesenhaften Mann.

»Nessa, meine Liebe!« Zindal legte ihr eine Hand auf die Schulter, kniff die Augen zusammen, und sein Blick streifte Lacan. »Schön, dass ihr hier seid. Ihr müsst euch erst umkleiden und euch aufwärmen, wie ich sehe!«

Er winkte, und weitere Menschen kamen heran, einfache Knechte, aber auch Männer und Frauen in geistlichen Kutten. Lacan bekam ein flaues Gefühl im Magen.

Das ist ein Kloster!, schloss er. Wollte Nessa ihn etwa beim Wort nehmen und ihn auf der Stelle heiraten? Lacan hatte noch nie von diesem Ordenshaus gehört, obwohl es kaum drei Stunden zu Pferd von seinem Landgut entfernt lag.

Die Knechte brachten die Tiere in den Stall, während die Ordensleute Nessa und Lacan zu einem der Nebengebäude führten. Dort gaben sie ihnen frische Gewänder und ließen ihnen Zeit, sich umzukleiden. Dann brachte man die Besucher zurück zum Haupthaus, wo sie bald mit einem Glas

Punsch behaglich vor einem Kamin in einer Art Leseraum saßen.

Meister Zindal wartete schon auf sie. In seiner schlichten Kutte sah er nicht aus wie einer der Oberen des Klosters. Dennoch stand er unbefangen zwischen den Vorstehern, die sich nach und nach versammelten. Er trat als ihr Sprecher auf und stellte mit angenehm tiefer Stimme seine Mitbrüder und Mitschwestern vor:

»Meister Ander«, begrüßte er einen Mann in mittleren Jahren, der noch weniger nach einem Priester aussah als Zindal selbst: Ander trug ein bürgerliches Wams aus schwarzem Samt und eine glänzende schwarze Hose. Mit seinen schwarzen Haaren, den dichten Brauen und dem mürrischen Ausdruck im Gesicht bot er ein finsteres Bild.

Er nickte den Gästen zu, nahm sich einen Becher Punsch und ließ sich schweigend nieder. Es folgten zwei schwarzhaarige, dunkeläugige Priesterinnen, die aussahen wie Zwillingsschwestern und die sich nur in der Farbe ihrer Roben unterschieden: Scabeas Gewänder hatten einen matten Grünton, während Scipia mit ihrer rot-gelben Kutte zumindest bponursgefällige Farben trug – wenn auch in einem Muster, das selbst bei einem Ballkleid Aufsehen erregt hätte. Seide raschelte, als die Schwestern Platz nahmen.

Etwas lag in der Luft, aber Lacan hatte keine Ahnung, was bei diesem Treffen herauskommen sollte. Nessa hatte ihm nichts verraten, und Zindal schien auf jemanden zu warten, denn er blickte immer wieder zur Tür. Inzwischen gab er ein paar allgemeine Erklärungen.

»Wir sind ein sehr kleiner Orden«, erzählte der Priester. »Fünf Meister und neun Schüler leben hier, dazu natürlich das Gesinde.«

Lacan ließ sich tiefer in den bequemen Sessel sinken. Er wusste, dass Zindal vor allem zu ihm sprach, dennoch kämpfte er gegen den Schlaf an. Zindals tiefe, wohlklingende Stimme verwob sich mit dem Geflüster der Zwillinge, die im Hintergrund leise miteinander tuschelten. Der warme Punsch stieg ihm in den Kopf – vor allem, da er und Nessa auf dem Boot schon eine Flasche Wein geleert hatten.

»Wir haben uns der Erforschung der Magie verschrieben«, erklärte Zindal. »Jeder unserer fünf Meister hat ein besonderes Fachgebiet: Ich studiere die Alchemie …«

»Moment!« Lacan fuhr auf. Er erinnerte sich an das Steckenpferd seines alten Mentors Valdar und daran, wie dessen eigene Zauberei ihn getötet hatte – während er damit Nessa und die Patrizier von Meerbergen vor einem Angriff geschützt hatte. »Hat die Kirche die Alchemie nicht verboten?«

»Hm.« Zindal räusperte sich. »Wir sind nicht so orthodox. Die Kirche muss wissen, womit sie es zu tun hat, und die reine Forschung …«

»… kann schon einmal an die Grenzen gehen«, mischte sich Meister Ander ein, der in der Runde saß wie eine düstere Krähe. Ein boshafter Unterton schwang in seiner Stimme mit. »Ich will nicht bestreiten, dass es auch innerhalb des Ordens Kritik an Zindals Arbeit gibt. Ich hingegen widme mich den magischen Zeichen, die von der Kirche mit mehr Wohlwollen betrachtet werden. Unsere Schwestern Scipia und Scabea hingegen erforschen die Elemente und die Natur.«

»Wobei meine Schwester eine Menge von meiner Forschung kopieren und als ihre eigene ausgeben konnte«, warf eine der beiden Frauen ein.

»Moment mal«, beschwerte sich die andere. »Wenn ich mich recht entsinne, habe ich als Erste den Gegenstand meiner Forschung gewählt, woraufhin du dich einfach nur daran angelehnt hast!«

»Das ist doch heute alles ohne Belang …«, wandte Zindal ein und brach ab. Die Tür zum Kaminzimmer schwang auf, und ein weiterer Ordensbruder trat ein: ein gebeugter Greis, der doppelt so alt aussah wie die vier anderen Meister. Sein schütteres graues Haar fiel auf eine Kutte von grobem, ungebleichtem Leinen, gegen das selbst Zindals weißes Gewand edel aussah. Der Alte hatte eher etwas von einem Eremiten in der Waldhütte als von einem Vorstand eines Ordens, der offenbar über erhebliche Mittel verfügte.

»Der ehrwürdige Meister Jerathel«, stellte Zindal den Neuankömmling vor und räusperte sich. »Ein Gründungsmitglied unseres Ordens. Vielleicht möchte er nun das Wort ergreifen, denn es ist eine Geschichte aus seiner Zeit, über die wir heute reden wollen. Er ist von Anfang an dabei gewesen.«

Aller Augen richteten sich erwartungsvoll auf den Greis. Meister Jerathel schien die anderen Menschen im Raum gar nicht wahrzunehmen. Und auch die Besucher beachtete er nicht. Stattdessen schlurfte er in die Mitte des Zimmers, hielt kurz inne und betrachtete den letzten freien Sessel – den Platz, der am weitesten vom Kaminfeuer entfernt stand. Dann wanderte sein Blick zu den Bechern und dem Topf mit warmem Punsch, und obwohl der Alte keinen Laut von sich gab und sein Gesicht vollkommen reglos blieb, glaubte Lacan doch einen Seufzer von ihm zu vernehmen.

Jerathel schritt zu dem freien Sessel, ließ sich darauf nieder und saß so reglos da, dass er hätte tot sein können. Stille senkte sich über den Raum, nur das Feuer knackte im Kamin, und Zindal räusperte sich verlegen ein weiteres Mal.

»Verstehe ich das richtig?« Lacan ergriff das Wort. »Nessa hat mich hierhergeführt, weil ihr mir von der Gründung eures Ordens berichten wollt? Was habe ich damit zu tun? Ich habe dieses Kloster bis heute gar nicht gekannt, und ich bin jünger als ihr alle.«

Meister Zindal wand sich auf seinem Sessel. »Ihr habt im Schwarzen Gebirge gegen die Schrecken Gotors gekämpft.

Ihr habt Euch gegen Euren Vater gestellt und Meerbergen gerettet. Und Ihr habt die Streitmacht der Stadt bis nach Horome geführt und die Ritter aus dem Osten vertrieben.

Ihr seid ein Held in dieser Gegend, Ritter Lacan. So jemanden brauchen wir jetzt. Denn die Folgen dieser alten Geschichte reichen bis in die Gegenwart.«

Es gefiel Lacan nicht, worauf das hinauslief. Er sah Nessa an. Hatte sie es etwa so eingefädelt, dass er gleich wieder in ein neues Abenteuer ziehen sollte, kaum dass er die letzten Gefahren überstanden hatte? »Das Reich versinkt im Bürgerkrieg«, wandte er ein. »Das ist nicht der richtige Zeitpunkt, sich in Questen zu verstricken, die von irgendwelchen alten Geschichten herrühren. Wir haben genug neue Probleme, um die wir uns kümmern müssen.«

»Um eben diese Probleme geht es uns«, sagte Zindal. »Hört erst einmal an, was wir zu sagen haben, bevor Ihr eine Entscheidung fällt. Unsere Geschichte nimmt ihren Anfang vor ungefähr vierzig Jahren, als Meister Jerathel und andere Priester aus verschiedenen Orden sich zusammentaten und beschlossen, eine eigene Gemeinschaft zu gründen: den Orden der bewahrenden Hand Bponurs. Darunter waren Persönlichkeiten aus reichen Familien, die das Geld stifteten. Aber vor allem einte sie der Wunsch nach Wissen. Die Überzeugung, dass die Kirche die übernatürlichen Künste besser verstehen muss – sei es, um sie nach dem Willen Bponurs zu nutzen, oder sei es, um sich dagegen zu verteidigen, wenn die Feinde Bponurs sie gegen uns einsetzen.

Es war eine wilde Zeit«, fuhr Zindal fort, und er klang so, als wäre er dabei gewesen. »Wir mussten vieles neu aufbauen – die Räumlichkeiten für unsere Mitglieder und für unsere Forschung, eine angemessene Bibliothek ... Doch zugleich war der Orden getragen von der Begeisterung der Gründer für das gemeinsame Ziel. Wir unternahmen Forschungsreisen, gingen Gerüchten nach, suchten nach Orten der Magie, über die wir etwas lernen konnten. In diesen Jahren, kurz nach der Gründung des Ordens, hörte eine unserer Schwestern von einer Quelle im hohen Norden, die Zauberkraft hatte und die beschützt wurde von Ungeheuern.

Sie brach allein auf, um danach zu suchen. Und sie kehrte nie zurück.«

Lacan hob spöttisch die Augenbrauen. Eine Nonne, die allein zu einer Quelle mit Ungeheuern zog und nicht mehr zurückkehrte – das klang für ihn nicht so, als sollte es irgendeinen Zuhörer überraschen.

Zindal schien seine Gedanken zu lesen, denn er nickte. »Solche Dinge geschahen häufiger. Es hat Jahre gedauert, bis sich wieder jemand an dieses Wagnis erinnerte und bis die Mitbrüder sich Sorgen machten. Wir …«, er blickte den alten Jerathel an, »ich meine, die damaligen Meister heuerten ein paar tatkräftige Gesellen an und schickten sie aus, um unsere Schwester zu retten, falls das überhaupt noch möglich war. Ich nehme allerdings an, dass diese Männer den Ort nicht fanden, an dem sie verschwunden war, und die Priester des Ordens, die geblieben waren, hatten nur eine unbestimmte Vorstellung davon, wohin sie gegangen war.«

Er hielt inne und zuckte die Achseln. »Wie dem auch sei«, fuhr er fort. »Die Sache geriet in Vergessenheit. Zwei Jahrzehnte vergingen. Ordensleute starben, neue Brüder und Schwestern wuchsen nach. Das Schicksal der verschollenen Priesterin war bald nur eine Geschichte unter vielen. Selbst die alten Meister, die die Frau noch gekannt hatten, glaubten nicht mehr an eine Rettung.

Dann kam der Tag, an dem unser Kloster überfallen wurde. Von Männern, die man als livrierte Kriegsknechte beschreiben könnte – keine wilden Räuber, sondern Krieger, die je nach Rang grüne oder rote Kutten trugen. Es gab zwei oder drei Tiermenschen unter ihnen, Bestien mit der Kraft von drei Männern, die Angst und Schrecken verbreiteten. Während die grünen Knechte und die Bestien die ganze Klosteranlage unsicher machten, hatten die Rotgewandeten ein klares Ziel: Sie stürmten unsere Bibliothek und suchten dort Hinweise auf die machtvollsten magischen Artefakte, die unsere Geschichte kennt – auf die Orte, wo man sie finden kann oder wo sie vermutet werden.

Ich nehme an, sie haben recht wenig entdeckt. Wie sich herausstellte, war ihr Wissen über unser Haus fast zwanzig Jahre alt, und sie suchten nach Forschungen, die damals durchgeführt wurden, die inzwischen aber abgeschlossen oder in andere Ablagen gewandert waren. Wie dem auch sei. Wir konnten später nachvollziehen, dass die Angreifer aus dem Norden kamen und dorthin zurückkehrten. Weit in den Norden.

So dämmerte uns die Erkenntnis, dass es eine Verbindung zu unserer verschwundenen Schwester geben muss.«

»Da hat sie an ihrem Ziel wohl nicht nur ein paar hirnlose Ungeheuer vorgefunden«, vermutete Lacan. »Sie muss auf einen Gegner gestoßen sein, der durch sie von eurem Orden und von den Forschungen erfahren hat, und der schließlich noch mehr wissen wollte, als die Nonne ihm verraten konnte.«

»Das haben wir auch gedacht«, sagte Zindal. Wieder sah er Jerathel an, als erhoffte er von dem Alten eine Bestätigung für seine Geschichte. Aber der Greis saß in sich versunken da, als wäre er meilenweit fort von diesem Kaminzimmer.

Zindal sprach weiter: »Seit diesem Tag führen wir eine Art Krieg gegen die Leute, die uns überfallen haben. Die roten ›Jünger‹ und ihre grün gewandeten ›Knechte‹. Wir haben erfahren, dass diese Gestalten schon seit Jahren in vielen Teilen des Reiches ihr Unwesen treiben. Sie stecken hinter Morden und Raubzügen, sie fädeln Intrigen ein, werben Gesetzlose an und benutzen sie, um an der einen Stelle des Reiches zu plündern und mit dem Gewinn anderswo die Mächtigen zu bestechen. Unser Feind war organisiert wie ein Handelshaus und wuchs immer weiter – nur dass kein Handel getrieben, sondern mittels Zauberei alle Arten von Verbrechen begangen wurden und der Ertrag in politischen Einfluss umgemünzt wurde.

Jemand versuchte, mit Magie das ganze Reich einzunehmen. Wie einst die Ronurer, nur dass dieser Krieg nicht offen geführt wurde, sondern im Verborgenen.«

»Das ist doch verrückt«, wandte Lacan ein. »Die Ronurer waren Hexenmeister, aber vor allem waren sie Herr im eigenen Land, mit großen Armeen und mit der Macht von Fürsten. So konnten sie das Omukchar erobern. Die Zauberer von heute haben nichts außer ihrer Magie …« Lacan sah die Priester an und nickte entschuldigend. »Die meisten können damit kaum ihren Lebensunterhalt bestreiten, und wenn sie ein wenig Ansehen gewinnen, arbeiten sie vor allem als Gelehrte.«

»Hexenmacht ist die eine Sache«, gab Zindal zurück. »Geschicktes Taktieren und Intrigen sind ein weiterer Baustein. Ob beides zusammen ausreicht, um ein Reich zu erobern, wer weiß? In jedem Fall konnten wir beobachten, dass unser Feind auf beiden Feldern versuchte, mehr Macht zu erlangen. Schon vor dem Überfall auf unser Kloster hat er damit angefangen, und in den zwanzig Jahren, die seitdem vergangen sind, hat er nicht aufgehört. Wir führen diesen verborgenen Krieg nun schon seit Jahrzehnten, Ritter Lacan. Und wir haben dabei nur wenig erreicht – außer einer Sache: Wir haben herausgefunden, wer dahintersteckt!«

Nun wurde Lacan doch neugierig. Er beugte sich vor. »Wer?«

»Es ist unsere verschwundene Schwester selbst.« Zindal seufzte. »Es gibt keinen Feind, der sie überwältigt hätte. Stattdessen hat sie die Quelle der Magie gefunden, nach der sie suchte. Die Ronurer hatten ein eigenes Land, ein Volk und die Macht von Fürsten, sagt Ihr? Nun, genau das hat unsere Schwester sich auch geschaffen in jenen ersten Jahren, als wir sie verloren glaubten.

Sie hat sich die Macht der Quelle dienstbar gemacht und sich damit im Norden ein eigenes Reich aufgebaut. Für die Stämme, die dort leben, ist sie eine Göttin geworden. Sie hat die Ungeheuer der Quelle unterworfen und dann die Hand nach dem Omukchar ausgestreckt. Sie war eine Fürstin in den wilden Landen rings um das westliche Ephelgrat, und von da aus hat sie ein Netz aus Bestechung, Erpressung und Mord über das ganze Reich gesponnen.«

»Wenn sie so ein mächtiges neues Zauberreich geschaffen hat«, gab Lacan zurück, »warum haben wir dann nie etwas von ihr gehört?«

»Nun«, meldete sich Ander zu Wort, der Meister der Runen. »Ihr habt vom Mahdi gehört, nicht war? Der hat im letzten Jahr das Zentrum des alten Reiches erobert und sogar den König in Barratain zu einem Vertrag gezwungen. Jetzt ist der Mahdi eine Macht im Reich – doch noch ein Jahr zuvor kannte ihn kaum jemand, und wer ihn kannte, der hielt ihn für einen einfachen Räuberhauptmann. Das Land unserer Schwester lag noch weiter im Norden, tiefer in der Wildnis. Wundert es Euch wirklich, dass niemand es wahrgenommen hat?«

»Und denkt daran«, sagte Zindal, »im Gegensatz zum Mahdi ist sie nie offen an den Grenzen des Reichs in Erscheinung getreten. Dennoch war sie in einen blutigen Krieg verstrickt, in eine Auseinandersetzung, die viele Mittel im Norden gebunden hat! Sie und der Mahdi rangen um die Vorherrschaft im Norden!« Zindal seufzte. »Ach, wäre es doch dabei geblieben! Hätten sie sich doch gegenseitig ausgelöscht! Eine Zeit lang haben wir gehofft, dass es so kommen möge.

Aber im letzten Jahr haben wir gehört, dass der Mahdi die Festung unserer Schwester zerstört und alle ihre Ungeheuer erschlagen hat. So gewann er die Stämme, die vorher ihr ergeben waren. Und wir alle wissen, was dann geschah.«

Lacan nickte. *Das Amradim war gefallen. Der Mahdi war auf der Landkarte der Fürsten erschienen als Macht, mit der man rechnen musste.*

»Doch eure Geschichte scheint damit ihr Ende zu finden«, sagte er laut. »Der Mahdi hat eure Schwester besiegt. Alles andere liegt nicht in eurer Verantwortung.«

»Wenn es so einfach wäre«, erwiderte Zindal. »Unsere Schwester wurde vertrieben. Sie hat ihr Land verloren, aber ihr Netz spannt sich weiterhin über das Reich, und sie ist weich darin gelandet. Sie strebt immer noch nach der Herrschaft über das Omukchar.«

»Wie will sie das erreichen – als Flüchtling in einem Reich, wo ohnehin jeder um die Krone kämpft und wo es kaum eine Ordnung gibt?«

»Nun«, sagte Zindal. »Sie ist näher an der Krone, als Ihr glaubt. Der Name unserer verirrten Ordensschwester lautet Sortor. In diesem Augenblick ist sie die Hofmagierin und Hofrätin der Kaiserin in Horome – und nach allem, was man hört, ist sie die Graue Eminenz in der Hauptstadt. Sie wird das Reich in den Abgrund reißen, Ritter Lacan, und wir müssen sie aufhalten. Sie war unsere Schwester.

Sie ist unsere Verantwortung.«

Ranir und seine beiden Gefährten sahen niemals die Sonne unter dem Berg. Die kleinen Menschen führten sie auf Wegen tief unter der Erde, durch Gänge und unterirdische Städte, und Ranir wusste nicht, ob es Wochen dauerte oder Monate. Doch er beklagte sich nicht. Es war kühl, aber verglichen mit dem Marsch über die Berghänge war es paradiesisch. Und das kleine Volk, das sich selbst als die »Gom« bezeichnete, behandelte die Gefangenen gut.

»Ich habe gehört, es gibt solche Wesen auch in den Schwarzen Bergen«, sagte er einmal zu Draba. »Unter der Herrschaft der Ronurer, so heißt es, wanderten sie frei im Reich umher und boten ihre Dienste an bei der Arbeit mit Metall und Stein.«

»Ich kenne die Geschichten«, gab Draba zurück. »Heute streiten sich die Priester, ob es verkümmerte Menschen sind oder Geschöpfe Gotors. Womöglich werden wir das bald erfahren.«

Schließlich traten sie durch ein Tor, und Ranir schloss geblendet die Augen. Im ersten Moment glaubte er, dass sie den Berg verlassen hätten. Er blinzelte gegen das Licht und erkannte endlich, dass sie in einer Grotte standen – und vor ihnen erhob sich ein Palast, der jedes Bauwerk von Menschenhand übertraf.

Es war eine Festung mit Brustwehr über Brustwehr, aus dem lebenden Felsen gehauen, mit Türmen und Toren aus Gold und aus Stahl. Doch anders als an der Oberfläche stiegen die Mauern nicht nur vom Boden auf, sie wuchsen ebenso von der Decke nach unten, wie ein Spiegelbild der Anlage, das an den höchsten Türmen miteinander verschmolz. Kristalle in den Steinen schimmerten von innen heraus und ließen die Höhle mit dem Palast so hell erstrahlen wie in einer Vollmondnacht, monumental und verträumt zugleich.

Die Wächter trieben die drei Menschen vorwärts bis in einen gewaltigen Saal, wo schwarze Stufen zu einem Thron führten, wie aus einem schillernden Diamanten geschliffen, ein Edelstein, in dem Adern von Gold blitzten. Hunderte

Wachen säumten die Stufen, von Kopf bis Fuß mit Eisen gepanzert, stumm und reglos wie Statuen.

Der Gom auf dem Thron trug eine Rüstung aus schwarz brüniertem Stahl mit Einlegearbeiten aus blauem Stein, deren Muster die Umrisse des Brustpanzers betonten. Die Wachen hielten mit den Gefangenen vor ihm inne, und er blickte auf sie herab und strich sich den geflochtenen Bart, der im Schein des Thronsessels rotgolden schimmerte.

»Menschen«, sagte er. Er musterte Critaan. »Ein Mensch der Steppe – ich habe schon seit Jahrhunderten keinen mehr gesehen. Und ihr seht anders aus.« Er betrachtete die beiden Gelehrten aus Horome.

Ranir verbeugte sich ungeschickt, obwohl niemand das von ihm verlangt hatte. Die Gefangenen hatten vorher schon festgestellt, dass das kleine Volk die Sprache der Grôta beherrschte, Critaans Muttersprache. Es schien die einzige menschliche Zunge zu sein, die den Gom bekannt war. Ranir hatte sich schon gefragt, wie das sein konnte, wo doch Tausende Meilen zwischen ihnen lagen. Aber die Stämme der Grôta hatten vor Jahrhunderten in der Steppe gelebt, und vielleicht waren sie einst die Nachbarn der kleinen Leute gewesen – vor so langer Zeit, dass selbst die Erinnerung daran bei den Grôta verloren gegangen war.

Nicht jedoch bei den Gom, wie es schien.

Vor Jahrhunderten …

Ranir fragte sich, wie alt dieser König war. *Er ist gewiss kein Mensch*, dachte er bei sich. *Oh Bponur …*

»Warum haltet ihr uns fest?«, wollte Critaan wissen. »Ihr gehört nicht zu den Verbrannten. Seid ihr … Dämonen, die das Tor zur Unterwelt bewachen?«

»Verbrannte?« Der König legte den Kopf schräg.

»Er meint das Blaue Volk«, erklärte eine der Wachen. »Er hat auf dem Weg oft davon geredet: wie diese Verbrannten in die Steppe kamen und die Menschen vertrieben. Das kann nur das Blaue Volk gewesen sein – sie verbrennen unter der Sonne.«

»Ja.« Der König der Gom hatte sich von seinem Thron erhoben, um die Gefangenen besser sehen zu können. Jetzt setzte er sich wieder. »Das Blaue Volk. Die Trolle. Sie können eine Plage sein. Von frühester Zeit an haben sie uns hier in den Bergen heimgesucht. Sie haben uns die Höhlen und die Schätze der Erde geraubt. Mein Vater hat sie schließlich vertreiben lassen. Es war ein großer Krieg, aber am Ende haben wir sie hinausgejagt in das Sonnenlicht.

Wir hatten gedacht, dass sie sterben werden. Doch manche von ihnen haben überlebt, und ihre Haut ist grau geworden und rissig wie Stein. Seither irren sie durch die Steppe, und unsere Späher sehen sie mitunter und achten darauf, dass sie nicht zurückkommen.«

Critaan sah den König aus großen Augen an und versuchte, dessen Worte mit den Legenden seines Volkes in Einklang zu bringen.

»Wir hätten nicht gedacht, dass sie nach ihrer Niederlage stark genug sind, um die Menschen der Steppe zu bedrohen. Das würde allerdings erklären, weshalb wir deine Art seitdem so selten erblicken.« Der König zuckte die Achseln. »Wir bedauern euer Schicksal. Doch wir müssen zuerst an unser eigenes Volk denken. Mein Vater wollte dem Krieg in den Bergen ein für alle Mal ein Ende setzen.«

Critaan starrte den König an. Ranir glaubte, Tränen in Critaans Augen zu sehen. »Warum haltet ihr uns fest?«, wiederholte der Grôta. Es klang ein wenig trotzig, aber vor allem ratlos und verzweifelt. Was auch immer den Grôta in die Steppe geführt hatte, seine Hoffnung, sie endete hier. Es gab kein mystisches Tor, das man einfach schließen konnte, um die Trolle fernzuhalten. Es gab nur noch mehr Völker und noch mehr Kriege, nichts, was ein einzelner Mann hätte ändern können.

»Ihr habt die Schneebartwacht betreten«, sagte der König. »Einen Spähposten unseres Volkes. Natürlich mussten wir euch befragen, um zu erfahren, was ihr dort wolltet. Ihr seid keine Trolle … Aber Menschen kommen nicht so hoch in die Berge ohne einen Grund, und wir müssen wachsam sein in diesen Tagen.«

Es fiel Ranir schwer, den Mann zu deuten. Es war kein Mensch, und Ranirs Herz schlug schneller bei diesem Gedanken. In der göttlichen Ordnung gab es nur Menschen und Tiere und *Ungeheuer* wie die Trolle. Gottlose Kreaturen, die nicht zu Bponurs Schöpfung zählten. Er durfte diesen Wesen nicht trauen.

Dennoch hatte Ranir das Gefühl, dass diese Zwerge nicht ihre Feinde waren. Der König wirkte eher gleichgültig und schien in Gedanken ganz woanders zu sein, während er mit seinen Gefangenen sprach.

Ranir fasste sich ein Herz. Er erklärte, wie sie hergekommen waren: wie sie sich einem großen Feldzug der Menschen gegen die Trolle angeschlossen hatte; wie ihr Heer besiegt und zerstreut worden war … An dieser Stelle schluckte Ranir und stockte. Er wusste nicht, wie er das ganze Grauen beschreiben sollte, das er gesehen hatte.

Er fuhr damit fort, wie Critaan, der unter den Grôta ein angesehener Späher und Trolltöter war, die beiden anderen Männer gerettet hatte und wie sie ihm weiter nach Osten gefolgt waren. Dorthin, wo Critaan den Rand der Welt und den Ursprung der Trolle vermutet hatte.

Der König betrachtete die Menschen und besonders den Grôta mit einem Blick, der wie versteinert wirkte. Er stellte ein paar Fragen zu den Einzelheiten, zu den Schlachten, zu den Gegnern. Als Ranir geendet hatte, schwieg er.

Die Stille zog sich hin, und endlich warf Draba ein: »Natürlich wussten wir, dass der Grôta nur einer Legende folgt, Eure Majestät. Aber wir konnten ihn nicht davon abbringen.«

Bei diesen Worten merkte der König auf. Er beugte sich auf dem Thron vor und heftete den Blick auf den Gelehrten. »Alte Legenden …«, sagte er. »Ihr glaubt nicht daran?«

Draba wich zurück. »Ihr … Ihr habt uns erzählt, woher die Trolle kommen«, stammelte er. »Da gibt es doch kein Tor zur Unterwelt, wie die Grôta glauben … nicht wahr?«

Der König lehnte sich wieder zurück. »Nicht im wortwörtlichen Sinne, das mag sein. Aber seht ihr nicht die Wahrheit hinter der Geschichte? Womöglich steckt sogar noch mehr dahinter, als ihr ahnt. Wir Gom haben einen Krieg erwartet. Wie es scheint, hat euer Volk ihn schon vorher geführt.«

»Ein Krieg mit den Trollen …«, stammelte Ranir.

Der König schnitt ihm das Wort ab. »Die Trolle waren ein Werkzeug. Sie sammeln sich niemals aus eigenem Antrieb zu einem Heer, so wie ihr es beschrieben habt. Nein, ihr alter König ist zurückgekehrt!«

»Ein Trollkönig!« Ranir überlegte. Er sah Draba an, und der zuckte die Achseln. Von so einem Wesen hatte keiner der Gelehrten je gehört.

Der Herrscher des kleinen Volkes lachte. Es war ein trockener Laut wie von mahlenden Steinen. »Kein Trollkönig. Ein König von *allem!* Und zumindest die Trolle dienen ihm immer noch.«

Er sah die erwartungsvollen Blicke der Menschen und fuhr fort: »Vor langer Zeit, so heißt es – und das ist selbst nach den Maßstäben unseres Volkes eine alte Legende, die in Zeiten zurückreicht, bevor wir überhaupt von Menschen gehört haben … In jenen alten Zeiten jedenfalls, da herrschten die Sidhe, die Sterngeborenen, wie sie sich nennen, mit eiserner Faust über alle anderen. Und ihr König war Hadriel, der Schlächter unseres Volkes. Die Trolle waren seine Sklaven, so wie viele Geschöpfe, die heute vom Antlitz der Welt verschwunden sind.

Wie gesagt, für uns war das eine alte Legende, so märchenhaft wie die Geschichte, die euren Freund hierhergeführt hat.« Der König wies auf Critaan. »Kaum jemand glaubte daran. König Hadriel, so hieß es, verschwand eines Tages, und die Sidhe zogen sich in die Wälder des Nordens zurück und gaben ihr mächtiges Reich einfach auf. Wer würde so etwas tun? Es musste ein Märchen sein!«

Der König seufzte. »Doch dann … ist Hadriel erwacht. Unsere Steinseher und Zeichendeuter warnten uns als Erste, es ist nur wenige Winter her. Ich lachte darüber. Später trafen Berichte ein, auf geheimen Wegen unter der Erde. Flüchtlinge. Überlebende. Es fing wieder an …

Denn Hadriel hasst unser Volk wie kein anderes, und in den Bergen fern im Osten, wo er wieder erschienen ist, da begann das Morden.«

Ranir und Draba blickten einander an. *Berge im Osten …* Sie kamen aus dem Osten und kannten zwei Gebirge dort. Und ihre eigene Heimat, das Omukchar, lag dazwischen.

Der König bemerkte ihre Bewegung und nickte. »Seit drei Jahren bereiten wir uns auf einen Krieg vor, aber wie es scheint, ist Hadriel vorher zu euch gekommen. Die Trolle, gegen die ihr gekämpft habt, standen gewiss unter seiner Führung. Und es war keine zufällige Begegnung. Wenn Hadriel die Trolle gegen euch in die Schlacht führt, hat sein Krieg gegen die Menschen schon längst begonnen, und seine Pläne sind gegen euer Land und euer Volk gerichtet.«

»Was für Pläne?«, fragte Draba.

»Wer sind diese Sidhe?«, wollte Ranir wissen.

»Große Zauberer«, sagte der Zwergenkönig. »Große Krieger. Tückisch und verschlagen, und jeder Einzelne von ihnen ist so stark wie ein ganzes Heer. So berichten es die alten Legenden, und wie es scheint, müssen wir ihnen glauben. Die Sterngeborenen sind mächtig, doch es gibt nicht viele von ihnen. Ich nehme daher an, dass sie euer Land zuerst schwächen werden, eure Kräfte spalten und gegen euch wenden, um schließlich mit List die Herrschaft zu erlangen. Sie werden nicht selbst kämpfen, wenn sie nicht müssen.«

»Also kann man sie besiegen.«

»Nach den alten Legenden … niemals«, sagte der König. »Aber die Zeiten haben sich geändert. Wir werden kämpfen, wenn sie zu uns kommen. Ihr Menschen jedoch, ihr habt keine Berge, keine Festungen und keine Waffen …«

»Wir haben Festungen!«, rief Draba empört. »Und messt unsere Bewaffnung nicht an dem, was wir drei Monate lang durch die Einöde tragen konnten.«

»Möge Grîmnir euch beistehen«, sagte der König. »Viel Leid bliebe uns allen erspart, wenn Hadriel bereits von seinem ersten Gegner zurückgeschlagen werden würde. Aber ich fürchte, dass wir Gom als Einzige den alten König besiegen können. Und das auch nur im Mark der Erde, wo wir stark sind. Darum hasst er uns so.«

Ranir blickte den König an. Es fiel ihm immer noch schwer, die kantigen Züge des kleinen Mannes zu deuten. Doch er hatte das Gefühl, dass es den Worten an Überzeugung fehlte. Es klang wie ein Pfeifen im Walde – wie eine tröstliche Hoffnung, an die der König der Gom selbst nicht glaubte und an die er sich trotzdem klammerte.

Ranir fröstelte bei dem Gedanken.

»Wir müssen zurück«, sagte er. »Wir müssen irgendwie ins Omukchar gelangen und die Fürsten dort warnen. Zu Hause weiß ja niemand, womit wir es wirklich zu tun haben!«

I. TEIL

FRÜHLING

3. KAPITEL

Auf den Straßen der Weststadt hätte man fast vergessen können, dass Horome im Elend versank. Bunte Girlanden hingen zum Fest des Lebens zwischen den Häusern, Straßenhändler priesen ihre Waren an – kandierte Früchte, gegrilltes Fleisch, Fruchtbarkeit verheißende Symbole und Aphrodisiaka. Die Menschen wogten durch die Gassen und suchten an diesem feuchtkalten Frühlingstag vor allem Wärme, mit berauschenden Getränken oder an den Leibern der Mitfeiernden.

Man sah Masken aus Gold und Bronze, oft mit obszön aufgerissenen Mündern, mit Hörnern und Ziegenbärten. Das einfache Volk war nicht verkleidet, und so dienten die Masken zugleich als Schild, der selbst an diesem Tag der Ausschweifung die Schichten voneinander trennte und dafür sorgte, dass man unter sich blieb.

Meris schob sich durch das Getümmel. Sie trug keine Maske, aber einen roten Mantel aus dicker Wolle mit einem weiß gefassten Saum mit Mäandermuster und warme Stiefel. Die Kapuze hatte sie tief ins Gesicht gezogen. An einem Stand trank sie einen Becher warmen Weines und ließ den Blick über die Menge schweifen.

Die Zauberin hatte ihr aufgetragen, sich zu vergnügen, und das Fest des Lebens war der Gipfel der Ausgelassenheit.

Sie fand es allerdings kaum vergnüglich, sich in der aufgeheizten Menge mittreiben zu lassen, während die Kälte langsam von unten in ihren Körper kroch. Meris lief mit, sah, wie die Menschen um sie herum miteinander tändelten, und sie hatte das Gefühl, dass sie nicht dazugehörte. Sie war zu keiner der privaten Feiern eingeladen – als Inquisitorin der Kaiserin wurde sie von den meisten Menschen, die sie kannte, gefürchtet; und die anderen verachteten sie als Emporkömmling. *Ich bin nun mal kein Mädchen, mit dem man sich vergnügt,* dachte Meris spöttisch.

Und während rings um sie herum die Menschen ausgelassen plauderten, sich küssten oder gar eng umschlungen in irgendeinem Hauseingang verschwanden, schenkte ihr niemand Beachtung, und das kränkte sie doch. Sie schob die Kapuze hoch, funkelte einen Haufen Betrunkener zornig an, die an ihr vorbeidrängten, und schob sich hastig weiter.

Ihr Blick fiel auf einen Jüngling, der als Faun verkleidet war: ein Kostüm aus grünen Stoffstreifen, die wie ein Netz von Efeuranken um seinen Körper lagen und die schlanke, ein wenig schlaksige, wenn auch wohlgeformte Gestalt mehr betonten als verdeckten. Der Junge sprach ungeschickt ein paar Frauen an, und er zitterte dabei vor Kälte.

Ein Professioneller, ohne Zweifel, wenngleich sehr unerfahren. Meris ging davon aus, dass er genau wie sie keine große Lust hatte, sich länger auf der Straße herumzudrücken. Also, was immer sie an diesem Tag beweisen wollte – warum sollte sie noch mehr Zeit verschwenden?

Sie lächelte, schlug die Kapuze zurück und trat auf den jungen Mann zu.

Kurzerhand schob sie einen Arm unter den seinen, hakte sich bei ihm ein und neigte sich zu ihm.

»Ich fürchte, ich bin auf der falschen Seite des Flusses gestrandet«, sagte sie und zwinkerte. »Kennst du hier vielleicht einen Ort, wo man ein warmes Zimmer und ein Bad bekommen kann – und noch andere Annehmlichkeiten vielleicht?«

Auf dem Höhepunkt des Festes lud der Graf von Edern seine Getreuen in einen privaten Salon. Seine Pagen schenkten

Wein aus an die Ritter und die Damen in der großen Halle, während der Kriegsrat in dem abseits gelegenen Raum zusammenkam. Die Besucher legten ihre Masken ab. Die Diener hatten auf dem Tisch eine Landkarte ausgebreitet, und die Feldherrn und Berater des Grafen versammelten sich darum. Thomus von Bergwart, ein verdienter Ritter in den Fünfzigern, machte ein missmutiges Gesicht und ließ sich den Weinpokal füllen, zum dritten Mal in kurzer Zeit.

Auch Taranc, der Sohn des Grafen – ein kräftiger blonder Jüngling Anfang zwanzig –, war nicht glücklich über dieses Treffen an einem der höchsten Feiertage im Jahreslauf, einem Tag, der ausgelassenem Vergnügen vorbehalten sein sollte. Trotz seiner fürstlichen Abkunft war er ein Ritter aus Überzeugung und verachtete alles, was er über das ausschweifende Leben in der Hauptstadt gehört hatte. Aber die Achtung vor Bponurs heiligen Tagen zählte zu den Pflichten eines Ritters, genau wie der Kampf und die Ehre und der Dienst für den weltlichen Herrn.

Graf Angwar von Edern war allerdings der Ansicht, dass jede Zusammenkunft des Rats seine Feinde warnen würde – Spione waren schließlich überall. Also hielt er die Beratungen zunächst in kleinerer Runde ab, und die Einberufung des gesamten Kriegsrats, so befand er, ließ sich am besten im Verlauf eines großen Festes tarnen, wo niemand darauf achtete, wer mit wem und zu welcher Stunde verschwand.

Der Graf traf ein, und die übrigen Teilnehmer erhoben sich von ihren Plätzen und verneigten sich knapp. Angwar von Edern war trotz seiner Jahre eine beeindruckende Gestalt – er war runder geworden seit seiner Jugend, aber man konnte die Muskeln noch ahnen; sein schütteres ergrauendes Haar war kurz geschoren, der Schnurrbart dagegen war noch buschig und nur ein wenig heller geworden. Er trat an den Tisch, klopfte auf die Karte und begann ohne weitere Umschweife.

»Ich will gleich unser größtes Problem ansprechen.« Er grinste in die Runde. »Wir sind ungeheuer reich. Und es erweist sich als unerwartet schwer, unser Vermögen auszugeben.«

»Nun.« Thomus von Bergwart hob den Pokal. »Das Fest ist ein guter Anfang.«

Der Graf runzelte die Stirn. Sein Lächeln erstarb. »Ich meinte, es *sinnvoll* auszugeben. Dazu will ich heute Ideen hören, bevor ich entscheide, wie wir den Krieg weiterführen.«

»Haben wir denn Krieg?«, fragte Aldard von Edern-Winterrand, ein Verwandter der gräflichen Familie. »Wir haben den Friedensvertrag mit dem Kanzler nie förmlich widerrufen. Diesen Zustand können wir beliebig lang in der Schwebe halten und einfach abwarten, was die Kaiserin unternimmt.«

»Wir haben Raghabar eingenommen«, widersprach der Graf. »Seitdem sind wir wieder im Krieg. Dabei haben wir das Gold erobert, das für den Hof bestimmt war. Wir haben die Initiative ergriffen, und die will ich ungern aus der Hand geben. Dennoch, was fangen wir mit dem Gold an? Söldner und Waffen findet man am ehesten im Süden. Doch seit wir uns am Feldzug des Kanzlers in Meerbergen beteiligt haben, ist uns dieser Weg versperrt. Und Meerbergens Einfluss reicht inzwischen bis zur Hammerschlagfurt. Das macht es so gut wie unmöglich, diese Stadt zu meiden.«

»Ich habe von Anfang an gesagt, dass das Bündnis mit Arnulf ein Fehler war«, murmelte Taranc. »Er war ein gottloser Halunke, dem es an Ehre mangelte. Auf einem solchen Bündnis liegt kein Segen.«

Der Graf warf seinem Sohn einen finsteren Blick zu, entschloss sich dann aber, den Einwurf zu übergehen. »Vielleicht ist es ohnehin nicht geraten, im Süden Hilfe zu suchen. Man hört beunruhigende Gerüchte von der Küste. Wenn wir dort Krieger werben, würden sie uns womöglich eine Krankheit einschleppen.

Östlich vom Fluss ist genauso wenig zu holen – da haben die Barratainer gewütet, und jede Ordnung ist zerfallen. Das ist allerdings von alters her ein Hinterland der Kaiserin, so schadet das ihr mehr als uns. Daher will ich es als Vorteil ansehen.

Ich hatte meine Hoffnung auf die Grafschaften im Norden gesetzt. Ich habe Boten entsandt und nach Verbündeten gesucht. Ich habe Gold geboten, aber keine Antwort erhalten. Keine Ahnung, was in diesen Sturköpfen vorgeht. Tatsache ist, wir sind mehr denn je auf uns gestellt.«

»Kein Problem.« Ritter Thomus schwenkte seinen leeren Becher. »Unser Heer ist gerüstet. Wir haben in Meerbergen nur ein paar Söldner verloren, und Edern ist stark geblieben.«

»Wohl wahr«, räumte der Graf ein. »Doch sind wir auch stark genug für den Angriff auf die stärkste Festung des Reiches? Die Ritter aus Barratain sind an den Mauern Horomes gescheitert, und ihre Streitmacht war machtvoller als alles, was wir aufbieten können. Wir besitzen zwar das Gold von Raghabar, aber es nützt uns nicht im Kampf.«

»Immerhin nützt es auch nicht der Kaiserin«, sagte Alan von Sindelfeld, ein Ritter aus dem Westen von Edern. »War das nicht der eigentliche Grund für den Vorstoß: die Kaiserin zu schwächen?«

»Und wir können sie weiter schwächen«, sagte Fürst Aldard. »Wir können uns mit dem Geld mehr Einfluss im Westen der Stadt erkaufen. Wir können unsere Verbündeten unterstützen und einflussreiche Leute am Hof bestechen.«

»Ja«, knurrte von Sindelfeld. »Aber passt auf, dass wir damit nicht zugleich den Hofstaat der Kaiserin finanzieren. Was hilft es uns, wenn wir ihr die Minen von Raghabar nehmen, nur um das Gold dann selbst in ihren Palast zu tragen?«

»Genau.« Der Graf zog einen Kreis um die Hauptstadt. »Wir müssen behutsam vorgehen. Unsere größte Stärke ist es, dass wir die Kaiserin in ihrer Stadt eingeschnürt haben. Es ist nur eine Frage der Zeit, bis auf der kaiserlichen Insel alles zusammenbricht und dem Callindrin-Mädchen die letzten Getreuen weglaufen.«

»Also ... warten wir ab«, stellte Taranc unzufrieden fest.

Der Graf nickte. »Wie gesagt, ich gebe die Initiative ungern aus der Hand. Wenn es einen besseren Plan gibt, will ich ihn hören. Doch die Zeit arbeitet für uns, und wenn wir zu rasch vorgehen, könnten wir mehr Fehler machen, als dass wir etwas gewinnen.«

»Die Zeit arbeitet schon so lange für uns«, sagte Thomus von Bergwart. »Trotzdem sitzen wir immer noch hier, und die Kaiserin sitzt auf ihrem Thron.«

»Anderthalb Jahre«, entgegnete Fürst Aldard. »Anderthalb Jahre, seit der Kaiser gestorben ist. Was sind zwei Jahre, wenn es um eine Krone geht? Für eine Belagerung braucht man Geduld. Wir sollten froh sein, dass wir daheimsitzen können und nicht vor ihre Mauern ziehen müssen, um die Kaiserin dort zu belagern.«

Der Graf blickte in die Runde. »Dann ist es entschieden. Wir halten die Stellung und bauen unsere Positionen aus. Taranc, ich möchte ...«

Es klopfte an der Tür. Ein Lakai trat ein, gefolgt von einem Boten. Die Ratsmitglieder sahen das stoppelübersäte Gesicht, den Dreck an den Stiefeln – das war ein Fernkurier, keiner der üblichen Agenten, die zwischen Edern und der Hauptstadt verkehrten.

»Ein Heer ...«

Der Mann besann sich, verneigte sich vor dem Grafen und setzte erneut an. »Herr Graf, ich komme gerade vom Spähposten in Marc. Die Fürsten des Nordens marschieren! Ein großes Heer unter der Führung des Grafen von Guthügeln ist unterwegs nach Horome.«

Meris und ihr Begleiter nahmen ein Bad und mieteten danach ein Zimmer in dem Badehaus. Meris sah keinen Grund, ihren neuen Status nicht auszunutzen – sie wählte ein teures Zimmer und ein erstklassiges Haus! Es war hell und großzügig, mit frischen Laken und mit einem Bett, das einer Polsterlandschaft glich.

Der Jüngling rieb sie mit duftendem Rosenöl ein, er strich sanft über ihre Haut und verstärkte an verhärteten Stellen den Druck. Sie seufzte, entspannte sich und versuchte, sich ganz der Bewegung seiner Hände zu überlassen. Er flüsterte ihr leise Schmeicheleien ins Ohr, und das Schnurren seiner Stimme bewirkte mehr als die Worte.

Meris fragte sich, wo der junge Mann zwischen den Feiertagen seine Kundschaft fand, und wem er dann seine Dienste anbot. Er hatte sein Handwerk gelernt, ohne Zweifel. Wie alt war er?

Ihre Gedanken wanderten zurück in eine andere Zeit, zu ihrer eigenen Ausbildung. Wie alt war sie gewesen? Vierzehn, fünfzehn? Damals war bereits entschieden worden, dass sie für besondere Posten bestimmt war, und die Kunst der Verführung war nützlich für eine Agentin des Kaisers. Natürlich war sie darin unterwiesen worden.

Die Berührung des Jungen erinnerte sie an diese Tage. Sie erkannte manch einen Griff und ertappte sich dabei, wie *sie* es machen würde. Wo die Unterschiede lagen, je nachdem, ob man eine Frau erregen wollte oder einen Mann. Was als entspanntes Miteinander begonnen hatte, nahm sie plötzlich als einstudierte Übung wahr.

Es sollte Vergnügen bereiten, aber damals, auf der Schule des kaiserlichen Kurierdienstes in Sir-en-Kreigen, war es nicht um *ihr* Vergnügen gegangen. Es war kein Spiel gewesen. Der Junge hatte sein Handwerk gelernt, doch Meris bemerkte, wie ungeschickt er war. Sie hatte so viel mehr Erfahrung!

Meris setzte sich auf. Sie streifte die Hände ihres Begleiters ab, hockte sich vor ihn und zog ihn zu sich herunter, ließ die Finger auf seiner Haut kreisen. Sie begann ihn zu massieren, zog ihn auf das Bett, setzte sich auf ihn, während ihre Hände über seinen Körper wanderten. Sie hörte, wie sein Atem schwerer wurde, und folgte seinem Blick, der auf sie geheftet war, als sie sich zu ihm hinunterbeugte.

Ihre nackten, eingeölten Leiber schmiegten sich aneinander.

Meris hatte versucht, die Begegnung zu genießen. Doch sie genoss es noch mehr, die Kontrolle zu haben.

Er löste sich von ihr, obgleich sie seine Erregung spüren konnte, kniete sich vor sie und hielt sie an den Schultern. Zog sie zu sich, bis ihre Oberkörper aneinandergeschmiegt waren und sein Mund ihr Ohr berührte. »Du hältst etwas zurück«, sagte er. »Du willst es nicht wirklich, oder?«

Seine Stimme war so sanft, als schwebten die Worte in ihrem Geist.

Meris lachte, aus Verlegenheit oder weil sie doch etwas empfand, was sie nicht recht deuten konnte und was eigentlich gar nicht passte.

»Ach, so ein Fest ist einfach nichts für mich.«

»Du bist nicht bereit, dich gehen zu lassen«, sagte der Jüngling. »Nicht einmal an Bponurs höchstem Feiertag der Liebe.«

»Liebe ist ein großes Wort für das, was an diesem Tag geschieht«, erwiderte Meris spöttisch.

»Dennoch hast du etwas gesucht, als du mich angesprochen hast«, sagte der Junge. »Aber du hast es nicht gefunden.«

Klang er traurig? Enttäuscht? Schuldbewusst? Sie zuckte die Achseln. Was bedeutete das schon für ihn? Es war nur ein Geschäft, und wenn sie nicht mehr darin sehen konnte, war das kein Fehler. Es war nur ein Zeichen dafür, dass sie mit beiden Beinen fest auf dem Boden stand.

»Ich kenne so etwas«, sagte der Jüngling. »Aber ich kann es ändern … wenn du mich lässt.«

»So?«

Er ließ sie los. Einen Augenblick lang hockten sie voreinander, und er lächelte. Dann erhob er sich und holte eine kleine Tasche, die an dem Teil des Rankenkostüms hing, der wohl den Gürtel darstellte, und zog eine Phiole heraus.

»Ein ganz besonderes Duftöl?«, fragte Meris.

»Es entspannt«, sagte der Junge. »Ich kann es auf die Haut auftragen. Aber noch besser wirkt es an den Stellen, die Bponur empfänglich gemacht hat. Auf der Zunge … und anderswo.«

Er schwenkte das Fläschchen. Der gelbliche Inhalt schwappte ölig in dem Glas.

»Eine Droge«, stellte Meris fest.

»Mehr als das. Es schenkt Glück. Ich habe es schon mehrmals ausprobiert, und jeder kann damit das Paradies auf Erden finden. Darauf verwette ich den Lohn eines ganzen Tages.«

Meris runzelte die Stirn. Als Agentin des Geheimdienstes kannte sie genug Substanzen. Ein Gift für jeden Zweck … Und etwas anderes waren die meisten Mittel, die Glück versprachen, auch nicht.

»Was für eine Droge ist es?«, fragte sie.

Der Junge zuckte die Achseln. »Sie ist neu«, sagte er. »Vom südlichen Kontinent. Es heißt, die Geisterbeschwörer dort lassen es aus den jenseitigen Sphären gerinnen. Die Händler bieten es unter verschiedenen Namen an, aber keiner davon hat sich bis jetzt durchgesetzt.«

»Großartig.« Meris verzog höhnisch das Gesicht. »Schön zu sehen, dass immer noch *etwas* aus dem Süden bis hierher durchkommt und *irgendwer* seine Geschäfte macht, selbst wenn die Flotte meutert und die Hauptstadt abgeschnitten ist.«

Der Jüngling sah enttäuscht aus. »Es tut mir leid, wenn ich Euch gekränkt habe. Ihr kommt aus dem Palast, nicht wahr?«

Er schickte sich an, die Flasche wieder wegzustecken.

Doch Meris hielt ihn zurück.

Sie hatte Sortor versprochen, dass sie ernsthaft versuchen wollte, sich zu vergnügen. Warum also etwas auslassen? Heute war das Fest des Lebens, und was konnte es schon schaden, wenn sie dieses Mittel ein Mal probierte.

»Nicht«, sagte sie. »Zeig mir das Paradies.«

Er lächelte, warf das Fläschchen auf das Bett und drückte Meris sanft hinunter, sodass sie auf dem Rücken lag. Sie ließ es geschehen. Er holte frisches Rosenöl und massierte sie erneut. Langsam glitten seine Hände über ihren Leib, fuhren an den Brüsten entlang, über den Bauch, dann intensiver über die Schenkel. Sie schloss die Augen.

Nur ein Mal probieren, dachte sie. *Warum nicht.*

Als der Jüngling innehielt, sah Meris auf. Er entkorkte das kleine Fläschchen und träufelte einen Tropfen daraus auf seine Zunge. Dann beugte er sich vor. Seine Hände spreizten ihre Beine, sein Gesicht sank in ihren Schoß. Sie fühlte seine Zunge auf ihren Schamlippen. Die Zunge glitt hindurch, über ihre Knospe und tiefer.

Meris spürte ein Prickeln.

Sie stöhnte.

Im ersten Augenblick war es so, wie sie es kannte von der körperlichen Liebe. Dann wurde ihr Schoß warm, anders, als die bloße Berührung es hervorrufen konnte. Das Gefühl breitete sich aus. Ihr wurde leicht zumute, und sie entspannte sich. Etwas fiel von ihr ab, und plötzlich war sie selbst nicht mehr da. Sie fragte nicht länger, sie spürte nur seine Zunge und schwebte darin.

Versank darin.

Irgendwer atmete schneller.

Meris löste sich auf im Glück und vergaß.

»Das ist gut für uns, oder?« Fürst Aldard sah seinen Vetter an.

Graf Angwar von Edern zupfte nachdenklich an seinem Schnurrbart. Er stellte dem Boten Fragen zu dem Heer aus dem Norden und zu dem Weg, auf dem es marschierte. Dann schickte er den Mann hinaus.

»Wir können jedenfalls froh sein, dass wir uns zurückgehalten haben«, sagte er schließlich zu Aldard. »Wären wir gegen Horome gezogen, stünde unser Heer nun zwischen der Streitmacht der Kaiserin und den Kriegern des Nordens. Was uns lehrt, wie schlau es ist, wenn man sich nicht zu früh ins Feld wirft.«

Er warf einen Blick in die Runde. »Schon einmal ist ein Ritterheer an den Mauern Horomes gescheitert. Ich glaube nicht, dass die Nordleute mehr ausrichten. Wir können also zusehen, wie dieser neue Thronanwärter und die Kaiserin sich gegenseitig schwächen, und am Ende unterwerfen wir den geschwächten Sieger, bevor der sich wieder erholen kann.

Dennoch müssen wir wachsam sein. Taranc …« Er wandte sich an seinen Sohn. »Runnik hatte Zeit genug, unsere Stellung in Raghabar zu festigen. Ich brauche die Truppen, die wir dahin geschickt haben. Gleich nach dem Fest wirst du aufbrechen und dafür sorgen, dass die Verstärkung von dort bald hier ist.«

In Raghabar war kaum einem zum Feiern zumute. An einigen Gebäuden hingen bunte Girlanden vor den Fenstern, und eine Handvoll Verkleideter war draußen unterwegs. Sie flohen rasch in die Seitengassen, als ein Dutzend brutal aussehender Gestalten die Straße herunterkam: vierschrötige

Burschen mit narbigen Gesichtern und breiten Schultern, schwere eisenbeschlagene Keulen in der Hand.

An der Spitze des Trupps lief ein stiernackiger Kerl mit Igelhaarschnitt und in einem schmutzig gelben Wams. Seine Nase saß wie eine zerdrückte Kartoffel zwischen den schlaffen Wangen.

Einer der Männer, der einen schlecht sitzenden und angerosteten Brustpanzer trug, scherte aus der Schar aus und ging grinsend auf eine Frau in Festtagskleidern zu, die sich vor einer verschlossenen Tür in einen Hauseingang drückte. Der Anführer hielt ihn auf.

»Dorn!«, brüllte er. »Wir haben noch was vor.«

Dorn verzog das Gesicht und reihte sich wieder bei seinen Kameraden ein. »Is gut, Marnok«, murmelte er.

Sie gelangten an ein bescheiden geschmücktes Herrenhaus, drei Stockwerke mit zurückgesetztem Erdgeschoss. Die mit Holz verkleidete Fassade und die Fenster zeugten von Wohlstand. Mit Gebrüll stürmte die ganze Bande los. Sie brachen durch die Vordertür, und ein paar von ihnen schlugen mit den Keulen die Fenster ein und kletterten hindurch.

Marnok stapfte vor seinen Begleitern durch den Flur. »Verhaftung!«, brüllte er. »Im Namen Runniks, dem Statthalter von Raghabar. Wer sich widersetzt, wird erschlagen!«

Ein alter Mann in der Livree eines Hausdieners steckte den Kopf aus einer Tür, die dem Geruch nach in die Küche führte. Marnok rümpfte die Nase und ließ seinen Knüppel niedersausen. Die Waffe war mit dornenbesetzten Eisenringen verstärkt, die sich mit einem Knacken in den Schädelknochen bohrten. Der kahlköpfige Domestik brach zusammen, die Mägde in der Küche hinter ihm schrien auf.

Marnok ging an der Küche vorbei. »Erst die Herrschaften!«, befahl er seinen Männern und führte sie die Treppe hinauf.

Inzwischen war das ganze Haus in hellem Aufruhr. Knechte, Laufburschen und Zimmermädchen liefen durcheinander. Marnok und seine Begleiter teilten nach allen Seiten Schläge aus und achteten nicht darauf, wen oder was sie trafen – das Personal war ohne Bedeutung für sie.

Im Obergeschoss gab es einen großen Saal, wo der Hausherr und seine Gäste um einen Tisch saßen. Ein paar Gäste waren aufgesprungen, doch es gab keinen Ausweg. Marnok blieb in der Türöffnung stehen.

»Ihr da!« Er wies auf die Versammlung. »Alle mitkommen!«

»Aber …« Ein kleiner Mann mit wirren dunklen Haaren, einer lächerlichen blauen Augenmaske, die er auf die Stirn geschoben hatte, und einem Samthalstuch mit Brosche, die ihn als Mitglied der Advokatengilde der Stadt auswies, trat zaghaft auf Marnok und dessen Handlanger zu. »Ich bin nur zu Gast hier«, erklärte er. »Ich gehöre gar nicht zum Hausstand.«

»Gut zu wissen«, erwiderte Marnok. Er stieß dem Mann das Ende seines Knüppels ins Auge, und als der Advokat kreischend zurücktaumelte, hieb Marnok auf ihn ein, bis der Schädel aufplatzte und Blut und Gehirn über den Boden spritzte. Dann bückte er sich, nahm die Brosche an sich und steckte sie ein.

»Sonst noch jemand hier, den wir nicht brauchen?«, fragte er in die Runde. Niemand sagte etwas, und nach einer Weile nickte Marnok seinen Leuten zu. »Hab ich mir gedacht – treibt das Pack zusammen!«

Spät an diesem Abend kehrte Meris in den Palast zurück. Sie war zittrig auf den Beinen, und die Wirkung der Droge klang in ihr nach. Es war angenehm und beunruhigend zugleich. Sie hatte zwar Vergnügen gefunden. Doch die Erinnerung an diese Erfahrung war flüchtig und ließ sich so schwer fassen wie ein Schatten in ihrem Geist.

Sie widmete sich wieder ihren Pflichten, um sich daran festzuhalten.

Ohne sich umzukleiden, noch in ihrem Festtagsgewand, betrat sie einen Seitentrakt des Palastes und schritt durch eine Geheimtür in jene Tunnel, die vor zwei Jahren vor allem Runnik genutzt hatte – der gefürchtete Hofmagier des alten Kaisers. Schmale fensterlose Durchgänge und eine Treppe führten hinab in die Gewölbe.

In vielen der Kerker schienen mehr Gefangene zu sein als bei ihrem letzten Besuch. Meris versuchte sich zu erinnern, wann sie zuletzt hier gewesen war. Offenbar fand Stard auch ohne ihre Hilfe genug Verräter, die er verhaften konnte. In einer Zelle lag ein Gefangener auf dem Bauch und stöhnte, während eine Blutlache sich um ihn ausbreitete. Ein halbes Dutzend weitere Gefangene saßen teilnahmslos an der Wand, als wären sie möglichst weit zurückgewichen vor dem Verletzten.

Es gab noch mehr Gefangene, die Verletzungen hatten und ausgezehrt aussahen. Meris beschloss, einen ihrer Leute zumindest nach den am schlimmsten Verwundeten sehen zu lassen.

Sie hörte Schreie aus dem Befragungsraum und andere Geräusche, die sie nicht deuten konnte. Als sie näher kam, erkannte sie Hundegebell, dazu Gejohle und Anfeuerungsrufe und die ruhige, gebieterische Stimme von Stard – Sortors Gemahl, der in ihrer Abwesenheit der Befehlshaber der politischen Geheimpolizei im Kaiserpalast war.

Meris trat durch die Tür in das große Gewölbe, wo einst Runnik seine Experimente durchgeführt hatte. Viele seiner Gerätschaften hatte man für die neuen Aufgaben übernehmen können. Heute hing ein nackter Mann an dem Flaschenzug unter der Decke, zusammengeschnürt wie ein Paket. Stard hatte dem Gefangenen die Arme ausgerenkt, und der Strick um die Handgelenke trug das ganze Körpergewicht – das allein musste dem Verdächtigen unsägliche Qualen bereiten. Zusätzlich waren ihm die Beine an den Oberkörper gebunden, sodass er nun mit dem Gesäß nach unten hing. Die Geschlechtsteile baumelten herunter – und zwei angekettete Hunde drehten sich auf dem Boden und schnappten danach. Sie sprangen hoch, umkreisten sich, knurrten und kläfften wie wild. Einer der Männer hielt das Seil, zog den Gefangenen hoch und ließ ihn wieder hinab, um die Hunde anzuheizen; der Rest von Meris' Truppe stand im Kreis darum, wettete und kommentierte das Geschehen.

Blut tropfte von den Hoden des Mannes.

»Was ist das?«

Meris wiederholte die Frage, um sich Gehör zu verschaffen. Schließlich drehte Stard sich zu ihr um. Schwert und Hut hatte er abgelegt, dennoch wirkte er ziemlich beeindruckend – ein düsterer, hochgewachsener Mann in schwarzen Gewändern, der alle übrigen im Raum überragte, eine schwere Silberkette wie ein Amtssiegel um den Hals. Das Geschrei der Männer wurde ein wenig leiser. Nur die Hunde gebärdeten sich wie wild und sprangen weiter, und der Gefangene schrie vor Schmerz und Panik.

»Meris!« Stard breitete die Arme aus. »Ich hatte Sie heute nicht hier erwartet. Täuscht mich etwa meine Menschenkenntnis? Ich war davon ausgegangen, dass Sie am Tag der Freude Ihr Vergnügen anderswo suchen.«

Der Mann am Seil war kurz abgelenkt. Der Gefangene glitt ein Stück nach unten, ein Hund sprang hoch. Der Gefangene schrie gellend auf. Der Hund hing an ihm und zerrte – dann landete er mit blutigen Fetzen im Maul wieder auf dem Boden.

Die Schreie verstummten. Blut spritzte.

Der Posten ließ den Strick ganz los, und der Gefangene stürzte bewusstlos zwischen die Hunde, die sich wütend in seinem Fleisch verbissen.

Stards Lächeln verblasste. »Fischauge, schläfst du? Treibt die Kläffer auseinander. Verdammt.«

Stard ging selbst dazwischen. Die Hunde senkten den Kopf und sprangen zur Seite. Sie duckten sich, sobald der Hexenmeister in ihre Nähe kam. Es wurde still in der Halle. »Jetzt müssen wir einen neuen Gefangenen holen.« Er sah Meris an, als wäre das ihre Schuld. Auf seinen Wink hin sprangen einige Söldner heran und hoben den Bewusstlosen auf.

»Und löst Fischauge am Strick ab«, fügte Stard hinzu. »Ich hätte nicht übel Lust, ihn als Nächsten an den Haken zu hängen.«

Meris sah zu, wie der grausam zugerichtete Gefangene weggebracht wurde. »Ihr müsst die Blutung stoppen, wenn ihr noch etwas von ihm erfahren wollt.«

Stard winkte ab. »Unwichtiger Beifang. Ich kann ohnehin nicht jeden befragen, den wir anschleppen.«

»Und warum hing der dann gerade an der Leine?«

Stard schnaubte. Sein Lächeln kehrte zurück. »Es ist Feiertag, Meris. Das Fest des Lebens! Da werden wir doch nicht Gott lästern und arbeiten. Nein, ich und die Männer, wir haben nur ein bisschen Spaß.«

Schon schleppten die Wachen einen neuen Gefangenen herein. Der Mann bäumte sich auf. Die Söldner traten ihn, während andere ihm die Arme nach hinten bogen und den Strick darum banden.

Meris wandte sich ab. Ihr war elend.

»Bringt ihn zurück«, befahl sie. »Das ist immer noch eine Behörde der Kaiserin und keine Räuberhöhle.«

Stard lachte. »Runnik war der Hofmagier des Kaisers. Ich

nehme an, er hat auch nicht nur ernsthafte Forschung betrieben hier unten.«

»Runnik ist fort«, beschied Meris ihn. »Auch wenn Ihr das bedauern mögt.«

»Wie ich sagte«, entgegnete Stard. »Ich dachte mir schon, dass das nicht Ihre Vorstellung von Vergnügen ist.« Er trat auf Meris zu, schlug ihren Mantel auseinander und grinste anzüglich auf den knappen Schurz hinab, der als einziges Kleidungsstück darunter zum Vorschein kam. »Ich schlage vor, Sie gehen wieder in die Stadt und feiern auf Ihre Weise, während wir hier … ein bisschen üben, bevor wir nach den Feiertagen die ernsteren Fälle anpacken.«

Er winkte seinen Söldnern. Zwei Männer packten Meris an den Armen. Meris schüttelte sie ab. »Das ist immer noch meine Abteilung!«

»Die Sie mir nur zu gern überlassen haben, Meris.« Stard lächelte auf sie hinab und strich ihr herablassend das Haar aus der Stirn. »Sie leiten diese Abteilung dem Amt und dem Namen nach, und Sortor ist der Ansicht, dass das vorerst auch so bleiben sollte. Das ist alles. Sie können nicht naserümpfend das Weite suchen und uns die ganze Arbeit machen lassen und dann ab und zu mal vorbeischauen und Befehle erteilen, sobald sie genug getrunken haben, um den Besuch hier auszuhalten.«

»Bilden Sie sich bloß nichts ein.« Meris musterte ihn kalt. »Ich habe genug Blut vergossen und kann durchaus tun, was getan werden muss. *Wenn* es getan werden muss.«

Stard zuckte die Achseln. »Meinetwegen. Aber tun Sie es woanders, so wie in den letzten Monaten auch. Denken Sie daran: Sie sind freiwillig gegangen und haben Ihre Abteilung mir überlassen.

Bringt sie hinaus«, wies er die Handlager an. »Sie ist uns bei der Arbeit im Weg.«

»Fasst mich nicht an«, sagte Meris. »Ich finde selbst hinaus.« Sie warf Stard einen letzten Blick zu. »Immerhin bin ich schon länger hier als Ihr und kenne mich um einiges besser aus.«

Stard bedachte sie mit diesem breiten herablassenden Grinsen, das sie ihm eines Tages aus dem Gesicht schneiden würde. Aber nicht heute.

Ja, es stimmte. Stard hatte die Abteilung übernommen, und sie konnte nichts dagegen tun. Nicht jetzt und nicht hier – und Meris war sich nicht sicher, ob sie überhaupt etwas dagegen tun wollte, wenn sie dafür selbst wieder an Stards Stelle treten musste.

Hinter der Befragungshalle bog sie nicht rechts ab dem Ausgang zu, sondern folgte dem Weg nach links, tiefer in die Katakomben hinein. Sie war nicht mehr in Festtagsstimmung und wollte nicht wieder in die Stadt. Sie wollte allein sein, und hier unten gab es Gänge, in denen sie noch nie gewesen war und wo sich vermutlich auch sonst niemand aufhielt.

Meris nahm eine Laterne vom Haken und verschwand in der Stille und in der Dunkelheit. Sie ging an Runniks alten Räumen vorbei, ohne einen Blick hineinzuwerfen, tief in Gedanken versunken, zerfressen von Ärger und Zweifeln.

Dann hörte sie Schreie hinter sich und lief schneller. Sie wollte fort und nie wieder zurückkehren.

Nach einer Weile hatte sie den Überblick verloren, aber es war ihr egal, ob sie wieder zurückfand. Es wurde kälter. Ein Geruch von Moder schlug ihr entgegen. Sie gelangte in gemauerte Kanäle, in denen eine schmutzige Brühe voller Unrat floss. Ein schmaler Trittsteig führte am Rand entlang, und Meris folgte dem Kanal, bis ein Spalt in der Wand eine Grotte preisgab, die aussah wie natürlich gewachsener Fels.

Meris hielt inne und atmete durch.

Es gab so viele Gänge unter der kaiserlichen Insel, von so

vielen verschiedenen Kräften in unzähligen Jahrhunderten gegraben: Fluchttunnel und Verstecke, alte Keller, Kanäle, Kerker und Verliese, Grabgewölbe – alles im Laufe von Generationen zu einem einzigen Irrgarten verschmolzen. Sie fragte sich, ob diese Höhle aus glatt gewaschenem Fels der Ursprung all dessen war, eine Grotte, die schon zu Zeiten der Stadtgründerin hier unter dem Boden entstanden war.

Vor tausend Jahren, als dieser Ort nicht mehr gewesen war als eine Insel an der Grenze des alten Reiches, mit einem kleinen Dorf oder einem Gutshof darauf, wo Horome, die Priesterin, die Prophetin oder Göttin – je nachdem, welcher Legende man glaubte – geboren wurde und wohin sie nach dem Fall des Reiches wieder geflohen war, um das Erbe Bponurs zu bewahren.

In dieser Höhle vielleicht.

Meris zwängte sich durch den Spalt. Es gab keine Spuren eines Heiligtums, aber ein frischer Luftzug wehte durch die Höhle. Meris folgte dem Luftstrom in der Hoffnung, dass er sie zu einem Ausgang führte – zu einem Ausgang, bei dem sie nicht durch Runniks verfluchte Hallen musste.

Hier war nichts befestigt oder ausgeschachtet. Meris musste klettern, sich durch schmalere Gänge zwängen und sich an Vorsprüngen vorbeischieben. Der letzte Gang erweiterte sich zu einer Kammer, deren steiniger Boden zu einer Wasserfläche hin abfiel. Der Wind blies über die Oberfläche und kräuselte sie und trug den Atem der Stadt herein – Rauch und Regen und abgestandenes Flusswasser.

Es war ein Ausläufer des Ragnats, der als kleine geschützte Bucht in diese Grotte hineinreichte. In der Dunkelheit konnte Meris den Zugang nicht sehen, aber der Wind und die Gerüche bewiesen, dass es hier einen Zugang gab.

Doch solange sie kein Boot fand und solange sie nicht schwimmen wollte, würde sie nicht hingelangen.

Meris ließ sich auf einen Felsen am Ufer nieder, stellte die Laterne neben ihren Füßen ab und dachte nach. Sie dachte an Stard und seine Vergnügungen. Daran, was sie selbst getan hatte. Doch sie hatte nie zum Spaß gefoltert, aber machte das einen Unterschied?

Sie dachte darüber nach, wo sie stand. Über ihre Pflichten. Ihre Entscheidungen. Das lenkte ihre Gedanken zu ihrer Tochter. Zu Tordis. Zu allem, was verloren war ... und was ihr noch blieb.

Sie sollte Zerstreuung finden, hatte Sortor ihr geraten.

Was sollte das nützen?

Sie hatte Spaß gehabt an diesem Tag. Einen Moment der Ekstase. Vielleicht hatte es auch länger gedauert. Was für eine Bedeutung hatte das schon?

Aber Meris wurde bewusst, dass es diesen Moment gegeben hatte, und solange es dauerte, hatte die Zeit keine Rolle gespielt. Es gab keine Zeit, so wenig wie irgendetwas sonst, was die Bedeutung des Augenblicks schmälern konnte.

Glück liegt im Vergessen.

Runnik stand im Audienzsaal der Residenz, die zuvor dem Fürsten der Stadt gehört hatte. Es war eine prachtvolle Halle aus Marmor, weitläufig und brechend voll an diesem Tag. Vor ihm knieten die Gefangenen, und Runniks Hauptmann Marnok wartete mit seinen Männern dahinter. Am Eingang des Saals hatten sich die aufgeregten Würdenträger von Raghabar versammelt, und Runnik vernahm durch die Fenster den Lärm einer wütenden Menge, die von den Truppen des Grafen von Edern mühsam vor dem Palast in Schach gehalten wurde.

Es überraschte Runnik immer wieder, wie reizbar diese Bergbewohner waren. Und wie bereitwillig sie Verrat begingen. Er schüttelte den Kopf. Der alte Kaiser hätte so etwas niemals geduldet!

Er schritt die Reihen der Gefangenen ab. Vor einem hübschen blonden Mädchen blieb er stehen. Er bemerkte, wie sie den Kopf noch tiefer vor ihm neigte und dabei zitterte. Runnik bückte sich, fasste sie am Kinn und hob ihr Gesicht. Sie war so jung, und ihre glänzenden Locken waren bezaubernd. Man hätte sie glatt mit einem der Goldtransporte in die Hauptstadt schicken können!

Runnik blickte den Kaufmann an, der, wie zum Festbankett gekleidet, zwischen den anderen kauerte und den Marnok nun schon zweimal wieder auf die Knie hatte stoßen müssen. »Ihre Tochter, Herr Ferdingen?«, stellte Runnik fest. »Ts, ts – haben Sie nie darüber nachgedacht, was Ihr Verrat für Ihre Familie bedeutet?«

»Ich habe keinen Verrat begangen!«, begehrte der Kaufmann auf. »Ihre Schläger sind völlig grundlos in mein Haus eingedrungen, an einem heiligen Festtag! Sie haben meine Gäste erschlagen …«

»Das ist unerhört!«, ertönte eine Stimme am anderen Ende des Saals.

»So kann man sich einfach nicht aufführen!«

»Sie haben kein Recht …«

Die Würdenträger der Stadt, die Runnik als Zeugen zugelassen hatte, waren außer sich. Runnik scherte sich nicht darum. Es waren nur Kaufleute und Handwerker, mit denen seine Garde leicht fertigwerden würde. Marnok blickte ihn fragend an. Er hob den Knüppel andeutungsweise, aber Runnik schüttelte den Kopf.

»Wir werden sehen.« Er umfasste das Gesicht des Mädchens fester und zog sie hoch. »Ich glaube, ich werde sie als Erste befragen. Wir werden sehen, was sie mir über ihren Vater erzählen kann!«

»Nein!« Der Kaufmann sprang wieder auf. Marnok schlug ihm den Knüppel ein drittes Mal in die Kniekehlen, und diesmal fiel Ferdingen auf das Gesicht. Er rappelte sich wieder auf. »Lasst meine Kinder aus dem Spiel! Sie haben nichts damit zu tun.«

»Womit?«, fragte Runnik gespielt freundlich.

Der Kaufmann schwieg. Er war kreidebleich geworden.

»Ihr gebt also zu, dass Ihr Verrat am Grafen von Edern und seinem Statthalter geplant habt? Dass Ihr die Aufrührer unterstützt, die in den Wäldern unseren Transporten auflauern oder hier in der Stadt die Krieger des Grafen bedrohen?«

Ferdingen schüttelte den Kopf.

Runnik nickte einigen seiner Wachen zu und wies auf die Töchter des Kaufmanns. Goslin Ferdingen hatte drei, alle mit der gleichen goldblonden Lockenpracht. Das jüngste Mädchen war vielleicht zehn Jahre alt. Runniks Männer packten sie und zerrten sie auf die kleine Pforte zu, die neben dem Thron des Statthalters in die hinteren Teile des Palastes führte.

»Dann werden wir abwarten«, sagte Runnik, »was unsere Befragung ergibt.«

»Nein!«, rief der Kaufmann verzweifelt. Er starrte auf seine Töchter. Seine Frau schrie und jammerte und versuchte, den Mädchen nachzulaufen. Doch Marnoks Männer hielten sie zurück.

»Nein!«, wiederholte Ferdingen. »Ich gestehe! Ich gestehe alles.«

Runnik nickte. Er hob den Kopf, und sein Blick glitt über die Gefangenen und über seine Wachen hinweg zu den Bürgern der Stadt, die er in die Halle gelassen hatte.

»Seht ihr«, rief er. »Der Kaufmann Goslin Ferdingen hat seine Vergehen gestanden. Er wurde also zu Recht festgenommen. Wollt ihr euch immer noch für ihn einsetzen? Wollt ihr euch wirklich hinter einen Verräter stellen?«

Er musterte die Bürger, einen nach dem anderen, und einer nach dem anderen senkte den Blick und wich zurück.

»Gut«, stellte Runnik fest. »Geht und sagt es allen. Hier hat niemand etwas zu befürchten, der treu und ehrlich ist. Nur die Schuldigen werden keine Ruhe finden.«

Er betrachtete kurz seine Gefangenen. Marnok hatte eine ganze Menge Leute mitgebracht: Gäste des Kaufmanns und die Dienstboten, die den Sturm auf das Stadthaus einigermaßen unversehrt überstanden hatten.

Runnik wählte unter Ferdingens Gästen diejenigen aus, die halbwegs bedeutsam aussahen und deren Gesichter ihm gefielen. Es schadete nie, ein wenig Gnade walten zu lassen.

»Ihr könnt gehen«, sagte er zu diesen und wartete ab, bis sie aus dem Saal verschwunden waren. Ein paar der Mägde, die bleiben mussten, schluchzten.

Runnik schritt zwischen den Gefangenen hindurch und suchte die jüngsten und schönsten heraus. Er ließ sie zu den drei Töchtern des Kaufmanns nach hinten bringen. Marnok wies auf Ferdingen selbst.

»Was ist mit ihm?«, fragte er. »Wollt Ihr ihn weiter befragen? Vielleicht hat er Verbündete.«

»Vielleicht.« Runnik zuckte die Achseln. »Ich kann mich nicht um allen Kleinkram selbst kümmern. Verrat verrät sich am Ende immer selbst.«

Er sah Marnoks Blick und seufzte. »Also gut, nimm ihn dir vor und schau, ob du weitere Namen aus ihm rausprügeln kannst. Der Rest der Bande …«, mit einer ausladenden Geste umfasste er sämtliche Familienmitglieder, Bedienstete und Gäste des Kaufmanns, die noch am Boden knieten, »… gehört euch. Macht mit ihnen, was ihr wollt, aber seht zu, dass am Ende ein paar beeindruckende Hinrichtungen vor dem Palast herauskommen. Das Volk soll Unterhaltung haben, und es soll sehen, was mit Verrätern passiert. Ich …«

Er trat zu den ausgewählten Gefangenen, die vor dem Hintereingang auf ihn warteten, umringt von einigen Wachen.

Er strich der jüngsten Tochter durch das Haar, berührte ihre zarte Haut. *So viel Lebenskraft. So viel Schönheit. Daraus konnte er … nein, daraus musste er etwas machen!*

»Ich muss mich jetzt um die hier kümmern«, beschied er seinen Hauptmann und leckte sich die Lippen. »So viel wichtiger als die Politik sind doch … meine Studien!«

4. KAPITEL

Linos lugte zwischen den Marktständen hervor. Endlich blickte Niki in seine Richtung. Er winkte und zog sich gleich wieder zurück. Niki sah sich misstrauisch um. Sie war in Begleitung einer älteren, wohlgekleideten Dame unterwegs; drei Mägde trugen die Einkäufe.

Niki wartete einen Augenblick, bis alle vier Frauen abgelenkt waren. Die Dame verhandelte gerade mit einem Krämer und wies zugleich die Mägde vor den Auslagen an. Da schlich Niki sich davon und verschwand hinter einem Stand.

Linos empfing sie mit breitem Grinsen.

»Du siehst aus wie die alte Anziehpuppe meiner Schwester. Meine Mutter bewahrt sie immer noch in einer Vitrine auf.« Er rümpfte die Nase. »Du riechst sogar wie die Puppe!«

Niki stampfte mit dem Fuß auf und ärgerte sich sofort darüber. Ihre Gastgeber hatten sie in ein streng geschnittenes Kleid von matter blaugrauer Farbe gesteckt, mit unzähligen kleinen Falten und mit einem Rüschenbesatz am Ausschnitt und an den Ärmeln. Es war so eng um die Taille, dass es ihr fast die Luft abschnürte. Ihr Haar war straff zurückgekämmt und hochgesteckt zu einem schmerzhaften Knoten, ihre schmalen Schuhe zwangen sie zu Trippelschritten – zu »einem damenhaften Gang«, wie »Tante Flavia« betont hatte.

Sie fühlte sich tatsächlich wie eine Anziehpuppe und wollte nicht auch noch anfangen, sich wie ein adliges Püppchen zu benehmen.

»Und du siehst aus wie ein Laufbursche«, gab sie zurück.

Linos streckte sich. Stolz zupfte er an seinem Wams, das in zwei Brauntönen vage die Form eines Wappenschilds nachempfand und an eine Livree erinnerte. Dazu hatte er eine eng anliegende braune Hose an und weiche braune Schuhe. Es war einfache, abgetragene Kleidung, und sie war zu dünn für die Jahreszeit, aber sie verriet eine gewisse Eleganz und hob sich ab vom bunten Erscheinungsbild eines Herumtreibers aus der Unterstadt.

»Eine gelungene Verkleidung, nicht wahr?«, sagte er.

Niki schüttelte den Kopf. Linos war Knappe gewesen, der Sohn eines Feldherrn unter den Ordensrittern, bevor er auf der falschen Seite des Reiches gestrandet war. Wie konnte er nur so zufrieden wirken?

Andererseits, sie hatte als Pferdemagd gearbeitet und spielte jetzt die Ritterdame, und trotzdem hätte sie sich am liebsten die juckenden Kleider vom Leib gerissen. Womöglich hatte Linos das bessere Ende des Handels erwischt.

»Was gibt es Neues?«, erkundigte sie sich. »Bitte sag mir, dass Tay endlich beschlossen hat, mich hier rauszuholen.«

»Dafür bist du viel zu nützlich.« Linos zwinkerte Niki spöttisch zu. »Dein letzter Tipp war Gold wert. Der König fragt, wohin er seine Schritte als Nächstes lenken darf.«

Niki schürzte die Lippen. »Bitte«, sagte sie. »Ich halte es nicht länger aus. Diese Familie …« Sie sprach nicht weiter.

Sie hatte immer Ritterin werden wollen – doch sie hatte das weibliche Gegenstück eines Ritters dabei vor Augen gehabt: hoch zu Ross und in Rüstung, Heldentaten vollbringend … Die Hofschranzen, bei denen sie gelandet war, wussten einfach nicht, was einen Ritter wirklich ausmachte!

»Ich dachte, ich bleibe ein paar Tage und mache euch irgendwann nachts die Tür auf«, sagte Niki unglücklich. »Aber jetzt sitze ich seit Monaten hier fest.«

Linos wurde ernst. Er betrachtete seine Freundin. »König Tay meint, du könntest gar nicht besser unterkommen. Deine Gastfamilie geht in so vielen reichen Häusern ein und aus …

und wenn du sie verlässt, wissen wir nicht, ob wir dich noch einmal unterbringen können. Und wir brauchen die Beute, die du uns verschaffst. In der Unterstadt hängen Menschenleben davon ab!«

»Und was ist mit deiner Arbeit?«, fragte Niki trotzig. »Hast du immer noch keinen Schatz in den alten Schriften gefunden, die der König dir vorlegt?«

Wieder zupfte Linos an seinem Wams. »Nun ja. Wie du siehst, hält man es für einträglicher, wenn ich den Laufburschen für dich spiele.«

»Und ich dachte, du wolltest mich sehen.« Niki schnaubte.

Linos fasste sie an den Händen. »Natürlich wollte ich dich sehen!«, sagte er. »Aber der König erwartet trotzdem, dass ich eine Nachricht von dir zurückbringe.«

Hastig machte Niki sich los. »Tante Flavia« würde es gar nicht gut finden, wenn sie mit einem Laufburschen Händchen hielt.

»Unlängst waren wir bei den an Gedions zu Gast«, sagte sie. Sie blickte sich um, als wollte sie sichergehen, dass niemand lauschte. Dann senkte sie die Stimme und beschrieb das Gebäude, die Zugänge, die Wachen und wo dort die Wertsachen zu finden waren.

»Der König wird begeistert sein«, stellte Linos wenig begeistert fest.

»Sei vorsichtig«, bat Niki. »Lass dich bloß nicht mit reinziehen, wenn der Bettlerkönig seine Männer zum Einbrechen schickt. Das ist nichts für dich, glaub mir.«

Sie spitzte die Ohren.

»Nikodemia!« Die Stimme drang nur gedämpft zwischen den Zelten und Marktbuden zu ihnen, aber sie klang streng und gereizt. »Nikodemia!«

»Ich muss los!« Gehetzt blickte Niki sich um. Dann machte sie auf dem Absatz kehrt und wollte losstürmen. Doch Linos streckte den Arm aus, bekam ihre Hand zu fassen und hielt sie zurück.

»Hältst du durch?«

Niki wandte sich noch einmal zu ihm um. Sie rang sich ein Lächeln ab. »Sag dem König, es wird jeden Tag schwerer. Er soll mich bald rausholen.«

Sie erwiderte Linos' Händedruck. Ganz kurz. Dann eilte sie davon.

»Ich habe da einen Stand mit Tüchern entdeckt, Tante Flavia …«

Die Priester saßen im Garten. Zindal, der Meister der Alchemie, sah Lacan und Nessa heranreiten und winkte ihnen. Es war ein sonniger Frühlingstag, viel wärmer als bei ihrem ersten Besuch. Das kleine Wäldchen, das die Niederlassung des Ordens der bewahrenden Hand Bponurs umgab, hielt den Wind ab. Die Meister hatten mitten auf dem Rasen einen Tisch aufstellen lassen.

Lacan und Nessa vertrauten ihre Pferde den Novizen an und setzten sich zu den Priestern. Die ließen die letzten Speisen und Getränke auftragen und schickten dann alle Schüler und Mägde fort.

»Hier ist es sicherer als im Haus«, sagte Meister Zindal. »Wenn jemand lauschen will, sehen wir ihn schon von Weitem.«

»Ihr traut euren eigenen Brüdern nicht?«, fragte Lacan.

»Sortor ist die Leiterin des kaiserlichen Geheimdienstes«, gab Zindal zurück. »Wer weiß, wo sie ihre Agenten hat?«

»Wenn sie eine so mächtige Zauberin ist«, gab Nessa zu bedenken, »kann sie uns dann nicht magisch belauschen?«

Ander, der Meister der Runen, zuckte die Achseln. »Man kann sich nicht über alles Sorgen machen. Wenn wir unseren Gegner für so übermächtig halten, haben wir schon verloren.«

»Wir dürfen auch nicht unvorsichtig sein«, wandte Zindal ein. »Die Dame Nessa hat einen berechtigten Einwand vorgebracht. Wir schützen uns, so gut wir können, aber natürlich bleibt eine Gefahr bestehen. Meister Jerathel ist allerdings der Meinung, dass Sortors Aufmerksamkeit derzeit nicht uns gilt.«

Alle blickten den alten Jerathel an. Doch der Meister der Meditation saß in sich gekehrt da und meditierte.

Ander räusperte sich. »Eine Gefahr besteht immer, und es wird noch gefährlicher werden, wenn wir weitermachen. Dennoch haben wir uns entschieden zu handeln. Lasst uns also das Unterfangen planen, so gut wir es vermögen, und ansonsten auf Bponurs Segen hoffen.«

Die Meister nickten mit feierlichem Ernst und hielten einen Augenblick lang inne, wie um zu beten. Das passte gar nicht zu diesen Gelehrten, befand Lacan, die eher Zauberer waren als Priester. »Ich bin noch nicht überzeugt«, wandte er ein. »Wir haben es nie deutlich ausgesprochen, aber am Ende läuft es doch auf eines hinaus: Wir müssen uns in die Hauptstadt schleichen und Sortor umbringen wie Meuchelmörder. Das klingt wenig ritterlich.«

»Wenn wir einen Weg finden, werden wir sie einfach festsetzen«, sagte Zindal. »Ich wäre froh, wenn die Umstände uns eine Wahl lassen würden. Wir könnten Sortor herausschaffen, sie in den Süden bringen und sie hier vor Gericht stellen.«

»Aber wahrscheinlich ist das nicht«, gab Lacan zurück. »Wir können uns vermutlich glücklich schätzen, wenn wir überhaupt Gelegenheit zu einem einzigen Stich mit der Klinge bekommen, oder zu einem Schuss aus der Ferne.«

Die Priester senkten den Kopf und schwiegen.

Und wir können froh sein, wenn ein Schuss oder ein Stich etwas bewirken.

Die Worte ertönten wie eine Stimme in Lacans Kopf. Unwillkürlich blickte er Jerathel an. Der saß mit halb geschlossenen Augen auf seinem Platz. Lacan schüttelte den Kopf und wollte sich schon abwenden. Da fiel ihm auf, dass auch alle anderen auf den Meister der Meditation starrten.

Zindal räusperte sich. »Nun, wie die Dinge stehen, sind unsere Kräfte beschränkt. Sortor hat ein Amt in der Hauptstadt, und wir wissen nicht, was sie sonst noch gegen uns ins Feld führen kann. Wir müssen einfach vor Ort sein und eine Gelegenheit suchen.«

»Ich habe schon einmal ein Heer nach Horome geführt …«, sagte Lacan halbherzig. Der Gedanke, es erneut zu tun, schreckte ihn fast mehr als ein heimtückischer Mord. Letztendlich hatten sie zwar ihr Ziel erreicht, und für manche galt er darum als Held. Aber es war ein verzweifeltes Unterfangen gewesen, und sie hatten einen hohen Preis gezahlt.

»Ich denke nicht, dass Meerbergen einen weiteren Feldzug ausrichten wird«, wandte Nessa ein.

»Das könnten wir herausfinden«, sagte Lacan. »Mir gefällt diese Heimlichtuerei nicht. Habt ihr je den Rat von Meerbergen um Unterstützung gebeten? Ihr hättet Euch an die Flotte wenden können – die haben Spezialisten für Kommandounternehmen!«

»Sortor ist die Leiterin des kaiserlichen Geheimdienstes«, wiederholte Zindal. »Vielleicht haben wir Glück, und ihr alter Orden ist so unwichtig für sie, dass sie uns nicht länger beobachtet. Aber wir müssen vorsichtig sein, wen wir einweihen. In Meerbergen und bei der Flotte hat sie gewiss ihre Spione, und wenn wir auf uns aufmerksam machen, erfährt sie von unseren Plänen.«

»Außerdem hat Meerbergen andere Sorgen«, warf Scipia ein.

Ihre Zwillingsschwester Scabea nickte. »Eine Krankheit löscht ganze Dörfer aus.«

»Dann«, befand Lacan, »sollten wir vielleicht vor unserer eigenen Haustür kehren. Ich habe von der Krankheit gehört, die überall an der Küste wütet. Sollen wir wirklich zu einer Queste ausziehen, wenn Bponurs Zorn über unserer Heimat liegt?«

»Hier könnt Ihr ohnehin nichts ausrichten«, stellte Ander fest. »Ein Ritter kann nicht gegen eine Krankheit kämpfen.«

»Und ihr?« Lacan sah die Priester an.

Scipia und ihre Schwester tauschten einen Blick. »Wir wissen nichts über diese Krankheit«, sagte Scipia.

»Ich weiß nicht einmal, ob sie natürlichen Ursprungs ist«, sagte Scabea.

»Aber wir kennen Sortor«, schloss der Meister der Meditation.

Alle starrten den Alten an. Der verzog das Gesicht. »Ach. Nun bin ich also eurer Aufmerksamkeit wert.« Er hob seinen leeren Becher und blickte vorwurfsvoll in die Runde. »Doch wenn der Wein eingegossen wird, dann denkt niemand an mich …«

Bevor das Heer aus dem Norden die Stadt erreichte, trafen die Gesandten ein. Ein Herold überbrachte der Kaiserin die Forderungen des Grafen von Guthügeln. Danach versammelte Aruda den Kronrat, um darüber zu beraten.

Der kleine Ratssaal, der zwischen den kaiserlichen Gemächern und dem zugänglichen Teil des Palastes lag, war voller Menschen. Es war voller als zu Zeiten des alten Kaisers, voller als im ersten Jahr von Arudas Herrschaft – obwohl die schlimmsten Günstlinge des wahnsinnigen Kaisers aus dem Rat entfernt worden waren, obwohl der Kanzler später seine Gegner hinausgedrängt hatte und obwohl nach dessen Sturz bei einer dritten Säuberung die Speichellecker des Kanzlers verschwunden waren.

Aber Aruda wusste nicht, wem sie vertrauen konnte. Einst hatte sie mit Dauras darüber gesprochen, dass sie bei Hofe von Wölfen umgeben war und dass sie darum so viele von ihnen versammeln musste, damit ein Wolf den anderen in Schach hielt und keiner von ihnen stark genug wurde, um ohne die Gunst der Kaiserin seine Ziele zu erreichen. So konnte Aruda verhindern, dass einer der Fürsten sich gegen sie wandte.

Leider war sie nicht allzu geschickt bei diesem Spiel. So thronte sie über dem Gewimmel der Räte, die dicht gedrängt an der langen Tafel vor ihr saßen, lauschte den lautstarken Diskussionen und hatte das Gefühl, dass sie mit ihrer ganzen Taktiererei nur ein wirres Durcheinander erzeugt hatte, in dem keine Stimme mehr Gehör fand.

Fürst Gavardon von Effelen versuchte, das Getöse zu übertönen: »Das ist unerhört!«, rief er. »Wir dürfen uns diese Anmaßung nicht gefallen lassen!«

Gavardon – ein braunhaariger Adliger in mittleren Jahren – saß noch nicht lange hier und war stets bemüht, sein Ansehen durch besonders forsches Auftreten zu erhöhen. Aruda wusste, dass seine Worte bedeutungslos waren. Sie überlegte, ob sie ihn unterbrechen sollte, doch sie war unschlüssig. Sie wollte seufzen, aber sie wagte es nicht in dieser Gesellschaft.

Sie vermisste Dauras.

Und sie vermisste Meris! Vermutlich war sie da die Einzige im Raum. Aruda wusste sehr gut, dass die Hälfte der Fürsten die kaiserliche Agentin als Emporkömmling verachtete und dass die andere Hälfte sie wegen ihres neuen Amtes als kaiserliche Inquisitorin hasste. Darum beharrte die Kaiserin nicht länger auf Meris' Anwesenheit.

Aber einst waren Dauras und Meris die Stützen an ihrer Seite gewesen, zwei Schutzengel, mit denen sie eine gemeinsame Vergangenheit verband. Die beiden waren die einzigen Menschen, bei denen Aruda sicher sein konnte, dass deren

Treue ihr selbst galt und nicht nur dem Amt oder dem eigenen Vorteil. Doch dann waren die zwei verschwunden, und nur Meris war zurückgekehrt, und sie hatte sich verändert. Aruda musste zugeben, dass Meris' Anwesenheit beim Rat den Ärger nicht mehr aufwog, den sie verursachte.

Nichts ist wie vorher, nichts wird besser.

»Wir können uns diese Anmaßung nicht gefallen lassen!«, wiederholte Gavardon. »Die Nordleute sind Barbaren. Ein einfacher *Bote* erdreistet sich, in Gegenwart der Kaiserin zu reden, als hätte er Ansprüche gegen sie!«

»In der Tat«, stimmte die Fürstin an Efforel ihm zu. »Diese Leute haben hier überhaupt keine Ansprüche!«

»Sie haben ein Heer«, warf der Graf an Gontaron halblaut ein. »Das sollte man nicht vergessen.«

»Mir scheint zudem, dass die Forderung nicht ganz unbegründet ist.« Hamur an Gedion meldete sich zu Wort, der Metropolit der Stadt. So sorgsam der Greis seine Worte auch wählte, seine hohe Fistelstimme klang aufgeregt. »Ich will damit sagen, der verstorbene Kaiser hat dem Grafen von Guthügeln in der Tat die Hand seiner Tochter versprochen. Und Rodbert von Guthügeln hat in der Vergangenheit stets das Banner des Kaisers im Norden verteidigt in Treue zum Glauben und zu den Sitten des Omukchar.«

»Mit einem Heer gegen die Hauptstadt ziehen, das nennt Ihr Treue?«, fauchte Fürst Gavardon den alten Priester an.

Hamur an Gedion zog den Kopf ein, blieb in der Sache jedoch standhaft. »Ich nenne es jedenfalls Treue, wenn jemand zu seinem Wort steht – und wenn das Wort eines Kaisers geachtet wird. Wir sollten zumindest überlegen, ob wir mit diesem Mann zu einer friedlichen Übereinkunft gelangen können.«

»Nun«, bemerkte die Hofrätin Marozia an Cradir. »Ich habe den Auftritt des Herolds im Thronsaal erlebt. Ich gehe davon aus, dass der Graf von Guthügeln einer Übereinkunft nur zustimmen wird, wenn sie seine Vermählung mit der Kaiserin beinhaltet!«

Alle Blicke im Saal richteten sich auf Aruda. Die saß stumm da und umklammerte die Armlehnen ihres hochlehnigen Sessels. Als klar wurde, dass die Kaiserin nichts beitragen wollte, ergriff Ottlingar von Galdon das Wort, der kaiserliche Kämmerer.

»Wir sollten nicht zu lange über diesen Fragen brüten«, begann er und wedelte bedeutungsschwer mit einem Bündel Papieren. »Wir haben schlimmere Probleme. Die Kassen sind leer. Wir haben kein Gold, um die Hofämter zu bezahlen, und es ist schon über der Zeit. Die Nordleute werden irgendwann eintreffen – aber ich weiß nicht, ob bis dahin überhaupt noch jemand hier ist, um ihnen entgegenzutreten.«

»Darum müssen wir uns keine Sorgen machen«, stellte Marozia an Cradir voller Sarkasmus fest. »Wenn der letzte Edelmann den Palast verlassen hat, werden die wilden Horden vom Ostufer die Insel recht schnell besetzen. Manchmal sieht man sie auf der anderen Seite des Flusses. Wie untote Gestalten spuken sie dort in den Ruinen herum und warten nur auf eine Möglichkeit, über das Wasser zu kommen.«

»Es gibt keine Horden mehr«, bemerkte der Graf an Gontaron trocken. »Die Ritter aus Barratain haben die meisten Bürger erschlagen – nur die Bettler, die sich in den Kanälen versteckt haben, sind wieder herausgekommen.«

Die Hofräte redeten durcheinander. Die Gesandtschaft aus dem Norden geriet immer mehr in Vergessenheit, als die alltäglichen Sorgen des Hofes zur Sprache kamen: die schwierige Lage in der Stadt und am Hof, die schlechte Versorgung, die Verräter im Westen, der Hunger, der inzwischen sogar den Palast erreicht hatte – das alles heischte Aufmerksamkeit und machte das heranrückende Heer zu einer Gefahr unter vielen.

»Wenn wir die Küchen nicht mehr füllen können, werden selbst die Beamten im Schloss aufbegehren«, rief von Galdon erregt. »Wir müssen Vorkehrungen treffen.«

»Wir können eine Miliz ausheben«, schlug Gavardon von Effelen vor. »Wir bewaffnen den ganzen Pöbel, den wir derzeit entbehren können, und schicken ihn den Feinden entgegen … Dann wären wir in jedem Fall eine Sorge los, womöglich sogar beide.«

»Den Pöbel bewaffnen.« Marozia grinste spöttisch. »Großartige Idee.«

Sortor, die an der Längsseite saß, gleich zu Füßen der Kaiserin, blickte von den Unterlagen auf, in denen sie geblättert hatte, und klopfte leise auf den Tisch. »Bewahrt die Ruhe, Fürsten des Reiches!«, sagte sie in den Raum und hob kaum die Stimme dabei. »Ruhe! Bedenkt die Anwesenheit der Kaiserin.«

So wie ihr Vorgänger, der Hofrat Ennod von Reinenbach, ganz selbstverständlich den Platz des Kanzlers eingenommen hatte, war nun Sortor an diese Stelle gerückt. Aruda wusste nicht, was sie von der Zauberin mit den weißen Haaren halten sollte – eine Gestalt, die den Legenden der Schwarzen Berge entsprungen zu sein schien und die aussah wie ein Wiedergänger, in dessen blutleerem Leib der letzte Lebensfunke hinter den Augen glomm …

Sortor war im Schatten des wieder eingesetzten Kanzlers aufgestiegen, doch nach Arnulfs Sturz war sie es gewesen, die den Hof überhaupt noch zusammenhalten konnte. Sie hatte diese Machtstellung niemals ausgenutzt, begegnete der Kaiserin mit Achtung und fügte sich deren Wünschen. Aruda konnte Sortor nicht trauen – Dauras hatte ihr nicht getraut! Aber sie brachte es auch nicht über sich, Sortor auf deren Posten abzulösen.

Und wieder einmal setzte Sortors ruhige Stimme sich

durch. Die Diskussion im Ratssaal, die in zahlreiche hitzige Zwiegespräche zerfallen war, verebbte allmählich.

»Uns bleibt noch ein wenig Zeit«, sagte Sortor in die zunehmende Stille hinein. »Edern hat uns das Gold genommen, doch der Krieg ist noch nicht vorbei. Viel kann geschehen. Und wir haben Mittel in der Stadt, von denen wir zehren können.«

Aruda erkannte, dass einige Fürsten die Ankündigung voller Zweifel aufnahmen. Manche blickten wütend drein, andere betreten.

»Und ich nehme an, Ihr wisst bereits, wo Ihr die Mittel hernehmt!«, entfuhr es dem Kämmerer.

Sortor sah ihn an. Alle Gespräche waren verstummt. Die Stille zog sich hin.

Ottlingar von Galdon schnaubte verärgert. Er winkte ab und sah betont in eine andere Richtung.

»Wir haben viele Stimmen gehört«, hielt Sortor fest. »Heute wollten wir über die Botschaft des Grafen von Guthügeln reden. Der Gesandte hat uns eine Frist gesetzt. Sobald die Fürsten des Nordens vor unseren Toren stehen, wollen sie unsere Antwort hören. Bis dahin halten wir durch – und noch länger, wenn es der Kaiserin beliebt.

Aber es ist die Kaiserin, die eine Entscheidung treffen muss!«

Alle blickten Aruda an.

Die rutschte unbehaglich auf dem Thron herum und neigte sich zur Seite. Sortor hatte es nicht ausgesprochen, doch am Ende lief es darauf hinaus: Der Graf von Guthügeln wollte *sie*. Er wollte Aruda selbst – die Hand der Kaiserin! Wie konnte sie eine solche Forderung annehmen?

Aus den Augenwinkeln sah sie eine Gestalt schräg hinter sich stehen – ruhig, verlässlich, zum Kampf gerüstet, das Schwert an der Seite. Es war Gander von Lichtingen, ihr

Waffenmeister. Er war schon ein Vertrauter ihres Vaters gewesen, dem alten Kaiser, der dem Grafen aus dem Norden die Hand seiner Tochter versprochen hatte. Hier stand die Entscheidung seines früheren Gebieters gegen den Willen seiner neuen Herrin. Aruda fragte sich, wie ihr Waffenmeister darüber dachte, doch Ganders Gesicht blieb ungerührt und verriet nichts.

Er stand auf Dauras' Platz, doch er war nicht Dauras. Dauras, der für die Gesandten des Grafen von Guthügeln schon einmal eine Antwort gefunden hatte. Dieses Mal konnte Aruda keine solche Hilfe erwarten.

Sie lehnte sich wieder zurück, hielt sich an den Lehnen ihres Sessels fest und schwieg.

Es dauerte Stunden, bis Linos über den Fluss kam. Nur wenige Boote fuhren zum Ostufer, und obwohl er in seiner Verkleidung als livrierter Laufbursche an den Wachen auf der Insel vorbeikam, zog er damit auch gierige Blicke auf sich.

Endlich erreichte er die Trutzburg der *Edelschnorrer*, einen alten Tempel, der gewiss nicht Bponur geweiht gewesen war, dessen feste Mauern aber alle Kämpfe und Brände in der Stadt überstanden hatten. Er kämpfte sich durch das Gewühl der Anhänger vor bis zu der Empore, wo der König Hof hielt. Tay hatte dort, wo einst der Altar gestanden hatte, seinen Thron aufgestellt, ein Ungetüm, das aus vergoldeten Holzstatuen zusammengezimmert und standesgerecht mit allerhand glitzerndem Tand verziert war.

Der Bettlerkönig saß darauf, eine schlanke Gestalt mit gepflegtem Spitzbart, in Pluderhose, einen Degen an der Seite. Als Linos zurückkam, scheuchte er die Männer weg, mit denen er sich eben beraten hatte.

»Mein liebster Ritter!«, begrüßte er den Jungen. »Ich hoffe, du bringst frohe Kunde von der Insel der Seligen. Wie dürstet es uns Sterbliche hienieden doch nach Nektar und Ambrosia aus den Heiligen Hallen!«

Mit gesenktem Kopf huschte Linos an dem Gesindel vorbei, das ihm entgegenkam. Einst waren die Edelschnorrer ein harmloser Schlag gewesen, ausgewählt wegen ihres guten Benehmens und der edlen Haltung. Sie hatten es verstanden, die abgelegten Lumpen aus den Häusern des Adels zu tragen und sich selbst als Ritter oder Fürstensöhne auszugeben, die ins Unglück gestürzt wurden und verarmt waren.

Mit solchen Geschichten hatten sie manchen Pfennig ergattert von mitleidigen Seelen, denen einfache Herumtreiber oder die Krüppel-Bettler, die ihre eigene Gilde hatten, zu schmutzig vorgekommen waren, als dass man eine Gabe an sie verschwenden wollte. Doch dies war im alten Horome gewesen, wo Besucher vom Hof sich in die Stadt verirrt hatten und wo reiche Kaufleute sich durch eine milde Gabe dem gestrauchelten Adel überlegen fühlen konnten.

Doch im neuen Horome hatte niemand etwas zu verschenken, und die Sitten waren rauer geworden. Raubritter gaben heute den Ton an, und die Reihen der Gilde füllten sich mit Männern, die sich auf Faust und Klinge verstanden, deren Benehmen jedoch zu wünschen übrig ließ. So hatten die Bettelritter mit Gewalt ein ganzes Stadtviertel gefügig gemacht, in dem sie jetzt für Ordnung sorgten.

Doch der König war bei aller Veränderung derselbe geblieben, denn hinter seiner gezierten und gekünstelten Art hatte sich immer schon ein Mann verborgen, der sich Respekt verschaffen konnte. Er wurde allerdings öfter herausgefordert als früher – nicht, weil seine neuen Untertanen härter waren, sondern weil viele ihn nicht so gut kannten wie die alten Weggefährten.

Linos berichtete ihm leise, was er auf der Insel erfahren hatte.

König Tay sprach nach der Begrüßung ebenfalls mit gedämpfter Stimme weiter. Nicht jede Information war für alle Ohren bestimmt – auch das war ein Weg, die Herrschaft zu erhalten.

Linos fragte sich mitunter, ob Tay das geruhsame Leben der alten Gilde vermisste. Es musste immerhin einen Grund geben, dass ein Mann wie er sich mit diesem Dasein begnügt hatte, und die Veränderung, wiewohl er sie schließlich bereitwillig annahm, war ihm aufgezwungen worden. Linos wagte nicht, seinen neuen König danach zu fragen.

»Niki …«, schloss er stattdessen. »Sie hat mich gebeten, dass wir sie herausholen. Ich habe das Gefühl, sie hat es sich anders vorgestellt bei den Rittern.«

»Ja nun.« Der König zuckte die Achseln. »Ich bezweifle, dass sie ein Ritterleben, wie sie es sich vorstellt, irgendwo finden kann. Es sei denn, sie lernt, in ein Märchenbuch einzutauchen.«

»Sie ist im Haus meines Vaters aufgewachsen«, erinnerte Linos den Bettlerkönig. »Als Magd bei einem Ritterorden. Sie kennt richtige Ritter.«

»Ich wusste schon, dass sie die Märchen nicht in einem Buch gelesen hat. Die Ritterorden in Barratain halten die alten Geschichten gern lebendig und versinken dabei in ihren Träumereien. Bei mir hat Niki mehr über wahre Ritter gelernt als in all den Jahren vorher. Darum ist sie auch gut vorbereitet auf das, was sie auf der Insel erwartet. Und wahrscheinlich lebt sie dort besser als wir alle hier.«

»Trotzdem kann sie nicht ewig da bleiben. Am Ende öffnet sie uns die Türen, und wir holen sie wieder ab, wenn wir das Haus ihrer Gastfamilie leer räumen. So war es vereinbart.«

»Und so wird es geschehen«, versprach der König. »Aber einstweilen zeigt sie uns neue Fischgründe …« Er zog ein

Pergament aus dem Stapel unter seinem Thron und faltete die Karte eines Stadtviertels auf der kaiserlichen Insel auseinander. »Das Haus, das sie dir beschrieben hat, liegt ungefähr hier. Ich schätze, in drei Tagen haben wir alles geplant und können zuschlagen.«

»Ich will dabei sein«, verkündete Linos, und das Herz schlug ihm bis zum Hals bei diesen Worten. Doch wenn Niki sich auf der Insel in Gefahr brachte, konnte er nicht zurückstehen. Sie hatte ihn daran erinnert, dass er ein Ritter war … oder wenigstens einer hätte sein sollen.

Der König musterte ihn von oben herab. »Du?«

»Gehöre ich nicht auch zu den Edelschnorrern? Bin ich nicht *der* Bettelritter schlechthin?«

Während die meisten der ursprünglichen Edelschnorrer den verarmten Adel nur vorgetäuscht hatten, war Linos tatsächlich von ritterlichem Geblüt. Sein Vater hatte den Feldzug der Ordensritter aus Barratain angeführt, und Linos war von ihm getrennt worden, als das Ritterheer sich zurückgezogen hatte. Auf eigene Faust konnte er den Heimweg nicht schaffen, und so war er froh gewesen, dass König Tay ihn aufgenommen hatte – ihn und Niki, die einzige bekannte Seele, die ihm aus seinem früheren Leben geblieben war.

Der König lachte nur. Er fasste Linos am Arm und zog ihn mit sich. Hinter dem Thron klaffte ein Loch mit einer Treppe, die in eine Krypta hinabführte. Der König hatte mehrere alte Kammern dort leer geräumt – nicht ohne die Bewohner vorher höflich zu fragen, wie er betonte. Keiner von ihnen hatte irgendeinen Einwand erhoben.

Jetzt nutzte Tay die Gewölbe als Lager und als Rückzugsort, und es gab Verbindungen in die Kanäle, geheime Wege, auf denen weitere Boten zu ihm gelangten. Er brachte Linos in einen großen Raum, der als Bibliothek diente. Unmengen von Folianten und Pergamenten, von kleinen Notizbüchern und Stapel mit losem Papier lagen darin, alles, was den Bettlern bei ihren Beutezügen in der Stadt in die Hände gefallen war und was dem König interessant erschien.

Er führte Linos zu einer Reihe von Stapeln mit Schriften, die sich wie eine Brustwehr um ein Pult in der Ecke des Raumes auftürmten. Eine helle Grubenlampe hing von der Decke und warf ihren Schein auf die Arbeitsfläche.

»Gewiss bist du ein Ritter«, erklärte der König. »Der wertvollste meiner Vasallen. Diebe und Gassenschleicher habe ich genug unter meinen Leuten. Deine Kenntnis der alten Sprachen und Schriften kann uns zu weit größerem Reichtum verhelfen.«

Lustlos stieß Linos einen Haufen Pergamentrollen vor den Stapeln mit dem Fuß an.

»Ich wühle schon seit Monaten in alten Schriften. Die Schätze liegen ebenso wenig unter der Straße wie darauf.«

»Darum …«, der König wies auf den Wall um den Schreibtisch, »… habe ich dir eine neue Auswahl zusammengestellt. Wusstest du, dass die Kaiserliche Insel von mehr Tunneln und Gängen durchzogen ist als der ganze Rest der Stadt? Es ist der bei Weitem älteste Teil von Horome.«

»Ich weiß«, sagte Linos. »Ihr habt mich dort schon nach verborgenen Schätzen suchen lassen. Jedenfalls in Büchern. Ich will nun wirklich etwas von der Insel holen.«

»Oh, ich will dich nicht länger nach Schätzen suchen lassen. Ich weiß schon, wo sich der Schatz befindet. Der größte Schatz von allen, wertvoller als Gold und Edelsteine. Nämlich magische Artefakte, heilige Reliquien, das Erbe von Jahrhunderten. Genug, dass wir deine kleine Freundin nach Hause holen und den Rest unserer Tage sicher von der Beute leben können.«

»Was soll ich dann noch erforschen?«, fragte Linos.

»Ich weiß, wo der Schatz liegt«, sagte der König. »Aber ich

weiß nicht, wie ich dorthin gelange. Hier habe ich Karten der Kanäle und die Pläne von alten Kellern gesammelt. Ich will, dass du einen Durchgang findest, der uns geradewegs unter allen Mauern hindurch und an sämtlichen Wachen vorbei bis in den kaiserlichen Palast bringt.«

Wortlos wies ihm der Bauer die Richtung. Dann zog er den Kopf zwischen die Schultern und rannte davon.

Taranc von Edern richtete sich in den Steigbügeln auf und blickte dem Mann nach, bis dieser in einer Hütte verschwand. Dann blickte er in die angewiesene Richtung. Eine alte Windmühle thronte dort auf einem Hügel, die gewaltigen Flügel hingen abgeknickt und zerfetzt zu Boden. Hier war seit Jahrzehnten kein Korn mehr gemahlen worden.

Aber Runnik hatte diesen Ort als Zuflucht gewählt, nachdem er seinen Posten als kaiserlicher Hofmagier verlassen hatte und nach Edern geflohen war. Der Graf hatte ihm ein Dorf angeboten, wo er unterkommen konnte, und Runnik hatte die Ruine auf der Anhöhe für seine Zwecke ausbauen lassen und anderthalb Jahre dort gelebt.

Taranc hatte sich nie viel darum gekümmert. Sein Vater führte Krieg, und Taranc zog los, wenn ein Mitglied der gräflichen Familie gebraucht wurde. Aber jetzt war er unterwegs nach Raghabar, zu Runnik, und er hatte inzwischen so viel über den Magier gehört, dass er sich selbst ein Bild machen wollte, bevor er ihm gegenübertrat.

Taranc hatte ein Dutzend Berittene bei sich, einige Ritter und deren Knechte. Er sah, wie die Männer fröstelnd den Kopf einzogen, weit mehr, als es in dem kühlen Abendwind angemessen war. Hatten auch sie Gerüchte gehört, oder waren es Tarancs eigene Empfindungen, die sich auf seine Männer übertrugen?

Einer der Ritter nickte in Richtung Sonne, die schon dicht

über den Baumwipfeln im Westen stand. »Ich habe ein Gasthaus am Ortseingang gesehen«, sagte er. »Wir könnten morgen früh zu dem Unterschlupf von diesem Hexenmeister gehen, bevor wir aufbrechen.«

Taranc schüttelte den Kopf, sodass die blonden Locken ihm ins Gesicht fielen. Mit einer heftigen Bewegung strich er sie zurück. »Ich will sehen, wofür ich gekommen bin«, verkündete er und gab seinem Pferd die Sporen.

Die Schar galoppierte den Hügel hinauf. Die Mühle war von kleineren Wirtschaftsgebäuden umgeben, manche alt und mit neuerem Holz ausgebessert, andere bloße Verschläge, die hastig zusammengezimmert aussahen. Auf einer Seite der Mühle ragte ein großer grasüberwachsener Erdhügel auf. Flecken von aufgeworfener Erde zogen sich an der Hügelböschung entlang bis zum Wald dahinter.

»Sieht aus wie Gräber«, stellte ein Ritter fest, während sein Blick auf den Hügel geheftet war. »Und ich will nicht wissen, was da drunterliegt.«

»Gar nichts«, sagte Taranc. »Die Bauern im Dorf haben erzählt, der Zauberer hätte einen Keller anlegen lassen. Das muss der Aushub sein.«

»Was, bei der dreckigen Seele Gotors, stinkt denn hier so?« Ein anderer Ritter zog den Kragen seines Mantels vor das Gesicht. Alle blickten zum Eingang der Mühle, ein Loch in die Finsternis ohne eine Tür darin.

»Schauen wir nach.« Taranc ließ sich aus dem Sattel gleiten. Die Knechte zündeten Kienspäne an. Dann drangen die Männer in die Mühle ein. Ein paar der Ritter zogen das Schwert. Der Gestank schlug ihnen noch stärker entgegen.

Das Erdgeschoss war leer, eine baufällige Treppe führte hinauf in die höheren Stockwerke. Die Zwischendecken waren nur mehr löchrige Tritte aus morschen Planken.

Eine Leiter führte in einen Schacht hinab. Der Gestank

war überall. Taranc rümpfte die Nase, dann atmete er bewusst ein, aber er konnte nicht sagen, was für ein Geruch das war.

Er schien sich mit jedem Atemzug zu verändern – wie ein höllischer Dämon, der allein aus Geruch bestand und dessen Bewegung man nur mit der Nase wahrnahm, nicht mit den Augen.

Die Ritter stiegen die Leiter hinunter.

»Das sind lauter verdammte Tunnel!«, rief einer.

Der ganze Keller war von Gängen durchzogen. Die Räume dazwischen waren zumeist klein. Es war eng und stickig, und es war wärmer, als es an so einem Ort sein sollte.

Die Männer entdeckten Kammern, vor deren Eingang hölzerne Gitter standen. Es gab Räume mit fleckigen Tischen, Gerüste, an denen Stricke hingen. Manche dieser Gerüste waren mit Dornen gespickt. Riesige Bögen aus Pergament spannten sich über die Wände, übersät mit fremdartigen Zeichen. Einer der Ritter schlug einen Bogen an einer Ecke zurück, hielt kurz inne, dann wandte er sich ab, schlug die Hände vors Gesicht und stürzte hinaus.

Taranc wollte sehen, was der Ritter entdeckt hatte, doch er fand nur eine nackte Erdwand unter dem ledrigen Pergament. Dann aber erkannte er auf dem Bogen eine Andeutung von Hals und Armen und Beinen, die Spuren von Brustwarzen an dem grob bearbeiteten Pergament, und er wusste, was den Ritter so erschüttert hatte.

Sie entdeckten Regale mit ranzigen Salben, Präparate in Tongefäßen oder an Trockengestellen: missgebildete Krallen, Augen mit schlitzförmigen oder sternförmigen Pupillen, Tentakel, an deren Enden Säuglingsfinger wuchsen.

Schweigend verließen die Männer die Tunnel.

»Die Gräber«, sagte Taranc, als sie wieder draußen waren.

Die Sonne versank hinter dem Wald, und die Knechte gruben im Licht der behelfsmäßigen Fackeln. Bald hatten sie das erste Skelett freigelegt. Mit dem Blick des Kriegers erkannte Taranc die Kerben einer Messerklinge am Brustbein.

Nach und nach fanden sie noch mehr Knochen, die meisten von kleinen und zierlichen Körpern. Von Frauen, Knaben, Säuglingen. Manch toter Leib war noch nicht verwest, und alle waren gezeichnet. Einige sahen aus, als hätte ein Dämon sich aus dem Inneren herausgeschoben; ein Torso klaffte vorne auf wie ein Maul, aus dem die Rippen hervorstachen wie scharfe Zähne. Gliedmaßen waren verdreht und verstümmelt, Gesichter verzerrt, als wäre der Schädel geschmolzen und in ganz neuer Form wieder erstarrt. Sie fanden Menschen, deren Beine an die Gliedmaßen von Fröschen erinnerten, und Überreste, die eine Verbindung von Mensch und Tier zu sein schienen.

Einer der Ritter zog sich zum Brunnen zurück und wusch sich die Hände und murmelte unablässig Gebete dabei.

»Ich wollte, ich hätte das nicht gesehen.« Ritter Urt von Roppensprung war neben seinen Herrn getreten.

»Ich bin froh, dass ich es gesehen habe«, stieß Taranc zwischen zusammengebissenen Zähnen hervor. »Es ist eine Sache, wilde Geschichten aus der Hauptstadt zu hören oder Gerüchte in Edern, aber es ist etwas ganz anderes, wenn man es mit eigenen Augen sieht.

Wir wissen jetzt, wen mein Vater da aufgenommen hat. Mit wem wir es zu tun haben. Vergessen Sie das nicht, Urt. Vergessen Sie das niemals.«

5. KAPITEL

Bponur zeigte sein Antlitz, als die Truppen aus dem Norden vor Horome aufmarschierten. Das Wasser des großen Stroms funkelte silbergrau im Sonnenlicht, das von Osten her einfiel. Die Türme der Stadtmauern warfen lange Schatten über das Land. Aber hinter dem Heer färbte sich der Himmel schwarz. Die Krieger aus den nördlichen Grafschaften brachten Sturm über die Stadt.

Gaban von Guthügeln sammelte seine Streitmacht wenige Hundert Schritte vor dem Gänsetor und ließ die Banner aufpflanzen: den braunen Stierkopf von Guthügeln auf blauem und grünem Grund, den grünen Lindwurm von Senkenberg, die Pferdestandarte von Vandrel und die Wappen der übrigen Verbündeten.

An der Nebelfurt hatte Gaban die Wahl gehabt, ob er im Westen oder östlich des Ragnat vorrücken wollte. Er hatte sich für das Westufer entschieden. Die Barratainer hatten den Osten bereits verwüstet. Wenn Gaban nun die andere Seite angriff, nahm er der Kaiserin ihr letztes Hinterland und konnte die gesamte Stadt belagern, ohne je einen Fuß über den Fluss setzen zu müssen.

Graf Weynot von Senkenberg, ein alter Kämpe mit grau melierten Haaren und Gabans Stellvertreter bei diesem Kriegszug, ließ den Blick über die angetretenen Reihen der Krieger wandern, dreitausend Schwerbewaffnete zu Fuß und zu Pferd. Dann blickte er weiter bis zum dunklen Horizont hinter den Soldaten.

»Mir gefällt die Symbolik«, stellte er fest und strich sich den Bart. »Aber das Wetter gefällt mir nicht.«

»Wir werden einen Boten schicken und unsere Ankunft melden«, sagte Gaban. »Wenn die Kaiserin nicht gleich antwortet, lasse ich das Lager befestigen. Ich glaube allerdings nicht, dass sie einen Vorteil hätte, wenn sie das Gewitter nutzen und uns überrumpeln wollte. Der Regen würde ihren Truppen ins Gesicht wehen, und die Krieger aus Guthügeln sind schlechtes Wetter gewohnt.«

»Die Männer aus Senkenberg genauso«, gab Graf Weynot mürrisch zurück. »Aber so viel Eisen auf freiem Feld bei einem Gewitter, das macht mich unruhig.«

In diesem Augenblick hörte Gaban jemanden aus den eigenen Reihen rufen: »Die Tore gehen auf!«

Er straffte sich im Sattel. Weynot griff nach seiner Lanze. Hatte die Kaiserin sich entschieden, die offene Feldschlacht zu wagen?

Doch nur ein kleiner Trupp ritt aus der Stadt auf sie zu: ein Bannerträger in voller Rüstung mit rotem Überwurf und einer Drachenbrosche auf der Brust, gefolgt von einem kräftigen, hochgewachsenen Herold, der stolz auf seinem Pferd saß und dessen dichtes goldblondes Haar um sein ebenmäßiges Gesicht lag wie ein Heiligenschein. Eine kleine Ehrenwache folgte den beiden Männern.

Die Ritter aus Guthügeln und Senkenberg traten vor und bildeten eine Reihe vor ihren Herren. Der Herold blieb vor ihnen stehen, und seine klare Stimme klang über die Bewaffneten hinweg.

»Ich, Hludovicus von Danneberg, Erster Herold der Kaiserin, überbringe die Worte Ihrer Majestät. Wer ist der Anführer dieser Streitmacht?«

Niemand antwortete. Aber Gaban hob den Kopf, und das Verhalten der Männer um ihn verriet dem Herold genug.

»Kaiserin Aruda Callindrin Beahad, Gräfin zu Horome und Erbin des Reiches, begrüßt die Fürsten aus dem Norden. Sie lädt den Führer der Bewaffneten, die hier vor ihren Mauern erschienen sind, zu einer Unterredung in den Palast. Sollte es Grund zum Zwist geben, hofft sie, im friedlichen Gespräch eine Einigung zu finden.«

»Was gibt es da zu verhandeln?«, rief Ritter Rudert von Flanwisen, der im Bündnis der Nordleute die Interessen des Fürsten von Wingenfurt vertrat. »Sie soll erklären, ob sie die Bedingungen annimmt, die wir ihr übermitteln ließen.«

»Herr von Flanwisen«, ermahnte Gaban ihn. »Wägen Sie Ihre Worte gut! Wir sind hier, um die Hand einer Kaiserin zu gewinnen, nicht um die Bedeutung ihrer Stellung zu schmälern.«

»Prinz Gaban«, murmelte Graf Weynot. »Ihr habt doch wohl nicht ernstlich vor, allein in den Palast zu gehen?«

»Nun, eine Ehrenwache werden Sie mir kaum abschlagen«, erwiderte Gaban leichthin.

»Ehrenwache.« Weynot schnaubte. »Ein paar Schafe mehr auf der Schlachtbank. Ihr dürft den Schutz Eures Heeres nicht verlassen. Nicht bevor die Kaiserin uns allen die Tore öffnet und wir die Stadt sichern können.«

»In der Tat«, warf Ritter von Flanwisen ein. »Bedenkt, was mit Graf Rabal geschehen ist.«

Die Umstehenden nickten einmütig. Dieser Vorfall hatte dem ganzen Norden bewiesen, wie ehrlos und niederträchtig der Kaiserhof war und wie wenig man dem Wort eines Kaisers vertrauen durfte.

Graf Rabal war ein treuer Vasall der Krone gewesen, genau wie Gabans Vater. Doch die Fehde mit den Feinden des Kaisers und mit den Emporkömmlingen und den selbst ernannten Königen in den abgelegenen Provinzen hatten ihm schwer zugesetzt. Er hatte alle diese Kriege für den Kaiser geführt und nie um Unterstützung gebeten. Als er jedoch in die Hauptstadt reiste und wegen der großen Belastung um eine

Stundung der jüngsten Steuerlast bat, hatte Kaiser Aredrel Callindrin ihn sofort hinrichten lassen. Er entzog der Familie das Lehen und schickte stattdessen einen dahergelaufenen Abenteurer als neuen Grafen in den Norden, was den ohnehin schwelenden Bürgerkrieg dort weiter anheizte.

Gaban schüttelte den Kopf. »Wie kann ich die Einladung einer Kaiserin ausschlagen?«

»Wie könnt Ihr zulassen, dass die Tochter des wahnsinnigen Kaisers mit einem einzigen verräterischen Hieb unserem Heer den Kopf abschlägt?«, gab Weynot hitzig zurück.

Gaban lachte. »Seid nicht so ein Kleingeist«, sagte er. »Wenn ich nicht zurückkomme, vertretet Ihr unsere Sache. Dann wisst Ihr wenigstens, was von unserem Gegner zu halten ist.«

Runnik stürmte in den Audienzsaal. Dabei riss er dem Pagen am Eingang ein parfümiertes, in warmem Wasser getränktes Tuch aus der Hand und wischte sich die Finger ab. Dann warf er das nunmehr schwarz- und rotfleckige Stück Stoff zu Boden.

Der Bote wartete am Hauptportal auf ihn. »Herr Gouverneur!« Der Mann verneigte sich.

Runnik schnaubte. Er hasste es, wenn man ihn von seiner Arbeit wegrief.

»Was ist?«, fuhr er den Mann an.

Der Bote starrte Runnik an und schauderte. Runnik blickte an sich hinab und entdeckte dort, wo sein Kittel endete, einen großen Spritzer Blut an seinem Hosenbein, durchsetzt mit einer ölig-eitrigen Flüssigkeit. Hinter ihm schlenderten weitere Mitglieder seines Gefolges in den Raum: Marnok, Runniks Hauptmann mit seinem schlaffen Schlägergesicht, der das schmutzig gelbe Wams trug wie einen Wappenrock.

Dicht hinter ihm ging Ratze, ein kleiner Kerl mit Haaren,

die ihm am Kopf klebten wie ein zerrissener Lappen. Runnik nahm an, dass Ratze den Spitznamen seinem Gesicht verdankte, an dem alles ein bisschen schief wirkte, und dem verschlagenen Ausdruck in den schräg gestellten Augen. Ratze hatte sich selbst zu Runniks Leibwächter ernannt und folgte ihm auf Schritt und Tritt. Runnik ließ ihn gewähren, denn der Mann war nützlich und tat, was man ihm sagte, meistens, ohne dass man viel erklären musste, anders als der Großteil der Schläger, die Runnik angeheuert hatte, seit er hier Stadtherr war.

Die beiden Handlanger und die Soldaten aus Edern, die an der Seite der Halle Wache standen, tauschten hasserfüllte Blicke. Die Abneigung beruhte auf Gegenseitigkeit, doch im Augenblick waren Runniks einheimische Helfer noch nicht stark genug, um die Stadt aus eigener Kraft zu halten.

»Was ist?«, knurrte Runnik den Boten an. »Ich habe zu tun.«

»Herr Gouverneur …« Der Bote konnte die Augen nicht von dem besudelten Hosenbein wenden. »Der Graf von Edern … Er schickt seinen Sohn Taranc, um … Euch zu unterstützen.«

Um nach dem Rechten zu sehen. Runnik verzog den Mund zu einem schiefen Grinsen. »Ich verstehe … Bereitet die Gemächer für den Prinzen vor!«, wies er die Wachen an und bedeutete dem Boten mit einem Winken, dass er gehen könne.

Er trat ans Fenster und blickte auf die Stadt. Strohköpfchen, seine Magd, schlurfte in den Raum. Sie hob den blutigen Waschlappen auf, schob ihn unter ihr Kleid, und ein zufriedener Ausdruck erschien auf ihren verquollenen Zügen.

Runnik blickte vom Festungshügel, wo die Residenz stand, auf den Sindon und die zwei fast runden Stadtteile hinab, die jeweils an einem Ufer lagen wie die Schwingen eines Schmetterlings, dunkle geduckte Häuschen, aus dem festen grauen Stein der umliegenden Berge gemauert.

Lautlos trat Ratze hinter ihn. »Ist das ein Problem, Herr?«, flüsterte er. »Soll ich mich darum kümmern?«

Runnik blickte sich um. Die Wachen waren fort, der Lakai bei dem Wasserbecken, unter dem stets ein Kohlefeuer glühte, war außer Hörweite. Aber Runnik machte sich nichts vor. So weit, dass er mit ihnen einen Verrat geplant hätte, traute er den Halunken an seiner Seite nun doch nicht.

Er lachte. »Du wirst den Prinzen in Ruhe lassen. Der Welpe wird kommen, und er wird auch wieder wegreiten.«

»Und wenn er gekommen ist, um Euch abzusetzen?« Beunruhigt blies Marnok die Backen auf. Mit den Bartstoppeln auf den schlaffen Wangen sah er aus wie ein Kugelfisch in Not. Runnik hatte den Abschaum der Stadt angeheuert, skrupellose Schläger, Herumtreiber und Wegelagerer, die vorher schon verhasst gewesen waren. Und nach allem, was sie seither getan hatten, mussten sie die Rache der Stadtbevölkerung fürchten, sobald sie ihren Schutzherrn und ihren Posten als Büttel verloren.

»Der Graf trifft die Entscheidungen«, sagte Runnik. »Und der alte Bluthund weiß, was er an mir hat. Aber wenn seinem Sohn etwas zustößt, wird er nicht einfach darüber hinwegsehen. Also müssen wir diesen Besuch ertragen.«

Runnik drehte sich brüsk um und schritt den Gang hinunter, den er gekommen war. Die beiden Handlanger folgten ihm, Strohköpfchen schlenderte langsamer hinterdrein.

»Die Gilden werden sich bei ihm beschweren …« Marnok schürzte die fleischigen Lippen, als wollte er etwas Schmutziges ausspucken. »Und man hört Gerüchte von einem Haufen Unzufriedener, die sich in einem Lager in den Bergen sammeln. Sie sind bewaffnet.«

»Verfluchte Aufrührer und Verräter«, knurrte Runnik. »Wir müssen für Ruhe sorgen, und wenn es nur für ein paar Tage ist, solange der kleine Kläffer hier herumschnüffelt. Treib das Pack zusammen. Hol jeden Mann, der je gegen mich das Wort erhoben hat, heute Nacht aus dem Bett. Stecht sie einfach alle ab und verscharrt sie vor der Stadt – keine Zeit, was Brauchbares damit anzufangen.«

»Und die Frauen?« Marnok leckte sich die Lippen.

Runnik grinste. Er wusste, warum seine Leute ihm treu ergeben waren und wie er sie bezahlen musste. »Gehören euch. Sorgt nur dafür, dass man keine Schreie hört, solange das Prinzlein hier ist.«

»Und dass keiner sie erkennt«, fügte Marnok hinzu. »Ich verstehe.«

»Was die Rebellen betrifft, die sich in den Bergen sammeln …«

Runnik und seine Begleiter waren die Treppe zu den Kerkern hinuntergegangen. Diese Gewölbe waren in den Fels gehauen und älter als das Bauwerk darüber. Fackeln steckten in den halbwegs geglätteten Wänden, und der dunkle Stein schluckte gierig das schwache Licht.

Runnik blieb wie angewurzelt vor einer Kammer stehen, die durch ein Gitter vom Gang getrennt war. Sie war leer gewesen, als er vor wenigen Augenblicken daran vorbeigegangen war. Jetzt war sie voll mit Männern und Frauen in zerschlissenen Fetzen, Fellwesten, Lederhosen, Stiefel oder Gamaschen – der Kleidung von Jägern und Goldsuchern aus dem Umland. Entsetzt starrten die Menschen in den Gang hinaus, manche umklammerten die Gitterstäbe oder wühlten verzweifelt in ihren Gewändern, als ob sie dort Werkzeuge oder Waffen zu finden hofften.

Runnik grinste. »Ich glaube, unsere Verbündeten haben sich schon darum gekümmert. Hol ein paar handfeste Kerle mit Hakenstäben, Marnok, und schaff etwas Ordnung bei unseren Neuankömmlingen.«

»Ein Dorf!« Ander, der Meister der Runen, wies die Flussstraße hinauf, der sie seit dem Morgengrauen folgten. »Endlich ein Gasthaus und ein richtiges Mahl zu Mittag.«

Die fünf Meister begleiteten Lacan und Nessa nach Horome, um ihre abtrünnige Schwester aufzuhalten. Ihre vertrautesten Schüler und einige Bedienstete aus dem Kloster waren auch dabei. Lacan hatte Sobrun an seiner Seite, den alten Söldner, der in den Schwarzen Bergen sein Kampfgefährte geworden war. Nessa hatte einen Knecht mitgenommen, der für ihre Rüstung und die Waffen sorgte.

Lacan fühlte sich unbehaglich in dieser Gesellschaft. Er hätte lieber mehr Bewaffnete mitgenommen und weniger von dem schwatzenden Priestervolk, von denen kaum einer das Reisen gewohnt war. Aber wenn sie ihr Unterfangen in Meerbergen geheim halten wollten, durften sie keine weiteren Ritter einweihen – zu schnell hätte sich herumgesprochen, dass der einstige Heerführer der Stadt, der zugleich der Sohn des Erzverräters war, eine neue Streitmacht sammelte.

Zumindest hätten sie Jerathel zurücklassen können, befand Lacan. Weder die Reise selbst noch das, was sie in Horome erwarten mochte, war das Richtige für einen Greis.

Nessa richtete sich in den Steigbügeln auf. »Ich glaube nicht, dass wir da ein Gasthaus finden«, sagte sie.

Schweigend zogen sie weiter. Lacan betrachtete Jerathel. Der Meister der Meditation saß unbewegt auf seinem Maultier und hielt sich an dessen Ohren fest.

Die Gebäude, die Ander am Horizont gesehen hatte, rückten näher. Es stellte sich heraus, dass es nur mehr Ruinen waren, abgebrannte Fachwerkhäuser, aus deren Mauern die geschwärzten Stümpfe der Balkenwände ragten.

»Du meine Güte«, sagte Zindal. »Sind wir schon in den Landen, die vom Krieg verwüstet wurden?«

»Jedes Land leidet unter dem Krieg«, sagte Lacan.

Aber Nessa schüttelte schweigend den Kopf. Sie waren immer noch in den südlichen Provinzen – in den Gegenden, die von Meerbergen und der abtrünnigen kaiserlichen Flotte beherrscht wurden. Hier waren allenfalls Räuber und vagabundierende Banden unterwegs.

Die Ritter und Sobrun nahmen Waffen und Schilde auf und ritten wachsam weiter. Nichts regte sich zwischen den Ruinen am Straßenrand.

»Sie waren in den Häusern!« Nessa wies durch eine klaffende Fensterhöhle auf dunkle Skelette, die in der Asche lagen.

Da bewegte sich eine der verbrannten Gestalten, die an einem verkohlten Pfosten der Hausmauer gelehnt dasaß. Ander schrie auf. »Ein Untoter! Banne ihn, Zindal!«

»Ich bin Alchemist.« Zindal zügelte sein Pferd und blickte angewidert auf die schwarze Gestalt hinab. »Bannzauber sind *dein* Fachgebiet.«

Die Priester brachten ihre Pferde ein gutes Stück von den Häusern entfernt zum Stehen. Nur der Meister der Meditation zockelte auf seinem Maultier gleichmütig die Straße entlang und verriet mit keiner Geste, dass er überhaupt etwas mitbekam.

Lacan und Nessa fassten ihre Schwerter und trennten sich, um das Wesen von zwei Richtungen her anzugehen. Sobrun murmelte ein Gebet und folgte in der Mitte.

»Der Mann ist nicht tot!« Nessa ließ die Waffe sinken.

Lacan sah es auch. Es war ein grässlich ausgemergelter Mensch, der zwischen den Überresten gehockt hatte. Jetzt klopfte er die Asche von seiner Tunika und näherte sich schwankend.

»Erbarmen«, krächzte er. »Essen.«

Nessa wollte sich vom Pferd schwingen und dem geschwächten Bettler entgegeneilen. Da streckte Lacan die Klinge vor und versperrte ihr damit den Weg.

»Was soll das?« Nessa funkelte ihn an.

Doch Lacan schüttelte nur den Kopf. Das Grauen schnürte ihm die Kehle zu.

Nessa folgte seinem Blick, und in ihren Augen sah Lacan, dass sie es auch bemerkte: Die Flecken im Gesicht des Mannes rührten nicht von der Asche her oder von dem Feuer. Die Haut war schwarz und geschwollen, dunkle Geschwüre hingen an seinem Hals wie kleine Beutel.

»Aussatz«, flüsterte sie.

»Schlimmer«, sagte Lacan.

Der Kittel des Mannes klaffte auf, und auf der bloßen Brust sahen sie weitere sackartige Geschwulste. Einige waren aufgeplatzt, und Schleim und Eiter troffen heraus, und der Kragen war voller Blut.

Der Bettler hielt inne. Er bemerkte den Abscheu in den Gesichtern. »Erbarmen«, flüsterte er und krümmte sich unter einem Hustenanfall. Blut spritzte auf den Boden, und es dauerte lange, bis er röchelnd wieder zu Atem kam.

»Bei Bponur«, sagte Lacan. »Was ist hier geschehen?«

Der Alte – Lacan hatte die hagere, gebeugte Gestalt mit dem schütteren Haar für einen alten Mann gehalten, aber jetzt kamen ihm Zweifel! – starrte aus großen gelb unterlaufenen Augen zu den Reitern hinauf.

»Die Fremden«, stieß er hervor. »Die Fremden.«

»Was für Fremde?« Lacan schaute auf die verbrannten Häuser.

»Sie kamen von Süden. Meinten, sie wollten nach Hause. Waren in einem Krieg gewesen, irgendwo bei den Teufeln. Wir haben sie aufgenommen. Viele von ihnen waren krank.«

Lacan sah den Mann an, der selbst todkrank aussah. Er fragte sich, ob das die Fieberträume eines Verrückten waren.

»Dann sagte der Priester, sie sind verflucht. Haben eine Plage aus den Höllen mitgebracht. Wir haben uns nachts rausgeschlichen, die Häuser von außen verriegelt und alles niedergebrannt. Heiliges Feuer. Bponur.«

Er wies auf die Sonne.

Jetzt sah Lacan die Ruinen mit anderen Augen. Die Bewohner selbst hatten ihre Häuser in Brand gesteckt – aus Angst. Aus Wahnsinn. Ob die Seuche von den Rittern und Knechten eingeschleppt worden war, die sich einem heiligen Krieg im Osten angeschlossen hatten und die jetzt, da der Mahdi die lange Straße abgeriegelt hatte, mit dem Schiff oder zu Land am Meer entlang heimkehren mussten?

»Und dann?«, fragte Nessa. »Wo sind die Bewohner?«

»Wir sind in den Wald geflohen«, erzählte der Mann. »Wir haben gesehen, wie das Dorf brannte. ›Wartet, ob der Fluch aufgehoben wurde‹, sagte der Priester. Dann ging es mir schlecht, und sie haben mich weggejagt.«

Nessa und Lacan sahen sich an. Die Einwohner dieses Ortes würden nicht zurückkehren. Vielleicht hatte die Seuche sie alle geholt. Oder sie waren verschont geblieben und fortgezogen, um diesem Schicksal zu entgehen.

Nessa nestelte nach ihrem Brotbeutel.

Etwas zischte an ihr vorbei, und mit einem hohlen Knall bohrte sich ein Armbrustbolzen in die Stirn des Kranken.

Ohne einen weiteren Laut kippte der Mann nach hinten und blieb still liegen.

Nessa fuhr zu Sobrun herum. »Was soll das?«, herrschte sie den Söldner an.

»Erbarmen«, sagte der nur und packte die Armbrust weg.

Aruda nutzte den Thronsaal selten. Ihr Vater hatte hier residiert. Der riesige ovale Raum war zweigeteilt: niedrige Stufen führten auf ein Podest, das an der Rückseite zungenförmig in den Saal hineinreichte. Der Boden der Halle war mit schwarzen Marmorfliesen ausgelegt, in die ein zartes Muster aus Kreisen und geschwungenen Ornamenten in Silber und Gold eingelassen war.

Heute saß Aruda auf der erhöhten Fläche und trommelte mit den Fingern auf die Armlehnen ihres Throns. Zwei Jahre zuvor war sie einer Gesandtschaft des Grafen von Guthügeln entkommen. Jetzt holte die Vergangenheit sie wieder ein. In der Zwischenzeit war ihr Vater gestorben, und das Reich war zerfallen. Von ihrem Garten aus konnte sie die Stadtteile im Osten sehen und wurde unablässig daran erinnert, wie es der Stadt ergangen war.

Und das alles nur, weil sie vor zwei Jahren nicht ihre Pflicht getan hatte?

»Eure Majestät!«, rief der Herold von der Türe her. »Die Gesandtschaft des Grafen von Guthügeln und der verbündeten Fürsten des Nordens.«

Aruda biss die Zähne aufeinander. Sie hörte, wie die Wachen hinter dem Thron Stellung einnahmen. Sie fühlte eine Bewegung an ihrer Seite, fast eine Berührung – eine bestärkende Geste.

Es war nur Gander, der Waffenmeister ihres Vaters, der jedoch Dauras' Rolle nicht ausfüllen konnte. Weder mit dem Schwert, auch wenn er als der zweitbeste Schwertkämpfer des Reiches galt, noch als Stütze, bei der ihr flatterndes Herz Halt suchen konnte.

Die Höflinge merkten auf, die Ritter im Saal warfen sich in Positur, andere Edle, die sich in den gewölbten Längsseiten der weiten ovalen Halle versammelt hatten, rückten neugierig nach vorn.

Dann traten die Nordleute ein.

Aruda blickte auf und erhob sich unwillkürlich.

An der Spitze der Gesandtschaft ging ein junger Mann mit wilden roten Locken, die ihm über die breiten Schultern, das Kettenhemd und den Wappenrock mit dem Stierkopf von Guthügeln fielen. Seine Brauen waren fein und gerade, die Augen darunter blickten offen. Die Nase des jungen Fürsten war so edel geformt wie der Entwurf eines Bildhauers, und tatsächlich fühlte Aruda sich an das Bild eines Ritters erinnert, das sie aus einem der Lieblingsbücher ihrer Kindheit kannte.

Der Mann überstrahlte sein Gefolge, so wie er es an Körpergröße überragte.

Als sein Blick auf Aruda fiel, stockte er kurz. Einen Moment lang sahen sie einander in die Augen, dann musterte er sie von oben bis unten, bevor er wieder aufblickte. Er hielt den Blick unverwandt auf sie gerichtet, während er wieder weiterging.

»Ihr seid der Graf von Guthügeln?«

Die Worte rutschten Aruda heraus, kaum dass der Besucher die Stufen des Podests erreicht hatte; das Protokoll und die Regeln der Vorstellung waren vergessen.

Der junge Fürst lächelte. Seine Lippen wirkten ausdrucksvoll, und in dem rundlichen Gesicht fand Aruda nichts von dem Hochmut, den die ersten Boten des Grafen gezeigt hatten.

»Verzeiht, Majestät«, sagte der Jüngling und verbeugte sich mit einer ausholenden Armbewegung, die eine natürliche Eleganz verriet und keine höfische Geziertheit – der Schwung eines Mannes, der gemeinhin ein Schwert in der Hand hielt und nicht den Mantelsaum. »Gaban von Guthügeln, Sohn und Erbe des Grafen, sein Feldherr und sein Gesandter. Leider erlaubt es die Lage im Norden nicht, dass mein Vater selbst kommt.«

»Oh.« Aruda sank auf den Thron zurück. Ihre Finger schlossen sich um die Armlehnen.

»Mein Vater ist in Sorge, dass Ihr das Versprechen Eures Vaters nicht einlösen könntet«, sagte Gaban, ganz so, als wäre die Frage noch völlig offen, als wäre sie nicht vor zwei Jahren vor der Verlobung geflohen, als wären die getreuesten Ritter des Grafen nicht bei der Flucht erschlagen worden. »Ich bin hier, um Eure Entscheidung in dieser Angelegenheit zu erfahren. Was für eine Antwort darf ich nach Guthügeln schicken?«

Aruda erhob sich wieder. Die neugierige Erwartung, die sie eben erfüllt hatte, war aus ihrer Haltung gewichen. Sie stand steif da, und ihre Stimme klang förmlich.

»Mein Vater hat das Versprechen gegeben. Er hat als Vater entschieden, nicht als Kaiser, und die Verträge sind von keiner Institution des Reiches gesiegelt. Und jetzt bin ich Kaiserin.«

Aruda schwieg einen Augenblick. Sie sah Gaban an und senkte den Kopf. »Doch als Kaiserin trägt man eine große Verantwortung und muss mehr bedenken als das eigene Wohl. Darum werde ich das Angebot des Grafen von Guthügeln annehmen. Zum Wohle des Reiches und zum Wohl meiner Stadt.«

Ein Raunen ging durch den Saal wie ein einziger Atemzug des versammelten Hofstaats. Aruda fand, dass es klang wie ein erleichterter Atemzug, denn selbst die Hofräte, die im Kronrat ein forsches Wort geführt hatten, waren in Wahrheit nicht allzu versessen auf einen weiteren Gegner und auf einen neuen Krieg.

Gaban setzte zu einer Antwort an, aber Aruda hob die Hand. Sie wunderte sich selbst, wie gebieterisch die Geste wirkte. Ihr Gesicht fühlte sich an wie Eis.

»Doch zum Wohle meines Volkes und zum Wohle meiner Stadt habe ich Bedingungen. Die Hauptstadt ist vom Krieg verwüstet, die Bewohner hungern. Bevor ich die Verlobung bestätige, soll der künftige Kaiser seine Großzügigkeit unter Beweis stellen und die Versorgung der Hauptstadt gewährleisten.

Zudem ist die Krone bedroht. Der künftige Kaiser muss stark genug sein, um alle Provinzen zu vereinen. Darum soll die Hochzeit erst dann stattfinden, wenn mein Verlobter seinen Mut bewiesen und den letzten Verräter niedergeworfen hat, den Mann, der offen Anspruch auf den Thron erhebt und sogar vor Anschlägen auf das Leben der Kaiserin nicht zurückschreckt.

Sorgt für die Sicherheit der Hauptstadt und der Krone und bringt den Grafen von Edern zur Strecke. Dann soll die Befriedung des Reiches eingeleitet werden.«

»Warum soll der Graf die Feinde der Krone besiegen, bevor es *seine* Krone ist?«, rief Ritter Godemund von Felstetten aus Gabans Gefolge keck dazwischen.

Gaban fuhr herum. Der Ritter wich zurück vor dem Blick des Fürsten.

Dann verneigte sich Gaban noch tiefer vor der Kaiserin.

»Was Ihr als Forderung anbringt«, sagte Gaban, »das erachte ich als Selbstverständlichkeit. Der künftige Kaiser sorgt für sein Volk. Und bei uns im Norden beschützt ein Mann sein Eigentum und seine Braut – ob gegenwärtig oder zukünftig. Zudem haben wir die Krone immer verteidigt, eben darum hat der alte Kaiser meinem Vater ja diese Ehre erwiesen.

Ich gebe Euch mein Ehrenwort, Majestät, dass Guthügeln diese Pflichten erfüllen wird. Ich selbst werde mich Eurer Stadt annehmen, und ich werde im Namen meines Vaters dafür sorgen, dass die Schurken bestraft werden, die Euer Leben bedrohen.«

»Dann …« Aruda schluckte. »Dann gebe ich Euch mein

Wort, dass das Haus Callindrin und von Guthügeln in Zukunft verbunden sein sollen.«

Ein Unwetter war über die Stadt gezogen. Die Luft roch nach Regen, auf dem Pflaster der Oberstadt standen die Pfützen, und immer noch troff das Wasser von den Dächern und rauschte in den Kanälen. Unter dem wolkenverhangenen Himmel war es so dunkel, dass man kaum die Gebäude entlang der Straße sah.

Linos atmete tief ein. Er liebte diese Augenblicke, wenn Horome so sauber wirkte und die Nacht alles Fremde zudeckte. Er hätte sich fast zu Hause fühlen können.

»He! Pass doch auf!«

Linos war gegen einen Bettler gestoßen, der sich in der Dunkelheit lautlos durch die Gassen tastete. Dann und wann hörte man angestrengtes Atmen, das Platschen von Schuhen im Wasser und einen unterdrückten Fluch.

»Wo lang?«, flüsterte Raban, der den Raubzug anführte. »Junge, verdammt! Wo sind wir hier eigentlich?«

Es dauerte eine Weile, bis Linos begriff, dass der Mann mit ihm sprach. Im Dunkeln konnte er die Gesichter seiner Begleiter nicht sehen. Überhaupt sah alles anders aus – die Pläne und Skizzen, die der König ihnen mitgegeben hatte, waren völlig nutzlos.

»Wenn wir weiter nach Westen gehen«, erklärte er, »müssen wir auf die Kaiser-Quidda-Straße kommen. Die dürften wir erkennen. Unser Ziel liegt ganz in der Nähe.«

»Und wo ist Westen?«, fragte einer der Männer mürrisch.

Sie wagten nicht, eine Laterne anzuzünden. Bei diesem Wetter war kaum ein Nachtschwärmer unterwegs, und die wenigen Fußgänger mit Lampe waren mit größter Wahrscheinlichkeit Wachen. Die Abordnung des Bettlerkönigs vermied jede Begegnung, wenn sie ein Licht erblickten.

Linos unterdrückte einen Schrei, als ihn unvermittelt eine Hand an der Schulter fasste.

»Wo wollt ihr hin?«

Er erkannte die Stimme an seinem Ohr. »Niki! … Nein, steckt die Waffen weg!« Er hatte das Schaben gehört, mit dem die Bettler das Messer zogen. »Sie gehört zu uns. Was machst du hier?«

»Das sollte ich dich fragen, du Bücherwurm«, gab Niki neckisch zurück.

Sie trat aus einer Seitengasse, die kaum mehr war als ein Spalt zwischen zwei Häusern, so gut wie unsichtbar in der Finsternis.

Linos straffte sich. »Ich bin dabei, weil ich mich besser auskenne als alle anderen. Ich war schon mal auf der Insel. Und ich habe Informationen aus erster Hand über unser Ziel.«

»Informationen aus *meiner* Hand«, antwortete Niki. »Und ihr wärt fast am Ziel vorbeigelaufen.«

Sie wies auf ein Gebäude, das sich kaum von dem schwarzen Nachthimmel abhob. Alle Fenster waren dunkel, und erst auf den zweiten Blick sah man geschwungene Erker und Giebel am Dach, und die schemenhaften Umrisse von Wasserspeiern, die über dem Eingang wachten.

Es passte zu der Beschreibung, die sie hatten.

»Wir hätten es schon bemerkt«, sagte Linos. »Und jetzt geh wieder zurück. Das ist viel zu gefährlich für dich.«

»Ich könnte gleich mit euch zurückgehen«, schlug Niki vor.

»Du bist die kleine Spionin, eh?«, mischte Raban sich ein. »Geh mal schön wieder dahin, wo du hergekommen bist. Der König meint, du bist Gold wert da.«

»Aber da ist es grauenhaft!«, sagte Niki gekränkt. »Wenn es nach der Familie geht, sollte ich nur an mein damenhaftes Benehmen denken. Dabei muss ich schon immer die Schüchterne spielen, damit keinem auffällt, wie wenig ich mich darauf verstehe.«

»Ich dachte, der König hat dich gut auf deine Rolle vorbereitet.«

»Ein paar Monate lang, ja. Ich hätte ein ganzes Leben gebraucht, um alles zu lernen, was eine Ritterdame nach Meinung meiner ›Tante‹ wissen müsste.«

»Du warst 'ne Pferdemagd«, knurrte Raban. »Also beklag dich nicht, wenn du in seidenen Betten schlafen darfst. Und jetzt verschwinde, Kleine.«

»Ich bleibe zumindest noch bei dem Einbruch dabei!«, rief Niki. »Immerhin habe ich das Haus ausgekundschaftet.«

»Viel zu gefährlich.« Linos fasste nach ihr und wollte sie in die Seitengasse zurückschieben.

Niki stemmte sich gegen seinen Griff. Sie stampfte mit dem Fuß auf, dass das Pfützenwasser nur so spritzte. »Es ist zu *langweilig!* Ich muss endlich wieder etwas erleben, wenigstens für eine Nacht einmal nicht die Dame spielen. Wenn ihr wollt, dass ich weitermache, dann will ich auch was von dem Spaß haben.«

Die bunten Träume verschwammen. Meris versuchte, sie festzuhalten, doch sie watete in einem Meer von grauen Wolken, und vom Horizont schob sich die Dunkelheit heran.

Sie wälzte sich herum und spürte, dass sie auf dem Boden lag. Die dichten Wolken entpuppten sich als Kissen, deren Flickenmuster im Zwielicht kaum zu erahnen waren. Ein Kohlebecken stand auf Höhe von Meris' Gesicht, leichter Rauch stieg kräuselnd daraus auf, und Sortors Antlitz schwebte in den Schwaden.

»Die schönen Träume sind vorbei«, murmelte Meris mit schwerer Zunge. Träge wedelte sie mit der Hand, um die Erscheinung zu vertreiben. Am Anfang hatte das Opium ihre

Gedanken auf eine Reise geschickt, die echter war als das Leben – so sinnlich, so wirklich, so wunderbar. Aber sie hatte bereits gehört, dass die Wirkung nicht von Dauer war. »Ich muss mir wohl was anderes suchen.«

Der Rauch verteilte sich, aber das Gesicht der Hexe blieb. Sortor stand tatsächlich neben ihr. Sie packte Meris und zog sie auf die Füße.

»Was tun Sie hier?« Sortor musterte Meris mit einem verächtlichen Zug um die Mundwinkel. »Wissen Sie, wie Sie aussehen? Wie lange haben Sie sich nicht mehr umgezogen?«

Als Sortor losließ, konnte Meris sich nicht mehr auf den Beinen halten und sank zurück auf die Kissen. »Keine Ahnung. Was für ein Datum haben wir?«

Sie hatte wohl einige Stunden hier verbracht. Aber es konnten genauso gut Tage sein.

»Sie lassen sich gehen«, stellte Sortor fest.

Meris zuckte die Achseln. »Ich zerstreue mich. Ich befolge Euren Rat.«

»Das ist …« Sortor sah sich in dem dunklen Schuppen um. Die Decke war so niedrig, dass selbst die kleine Zauberin den Kopf einziehen musste. Links und rechts des schmalen Flurs befanden sich hölzerne Nischen, durch löchrige Vorhänge abgetrennt, und darin lagen kraftlose Gestalten, manche bis auf die Knochen abgemagert. »Das geht zu weit«, sagte Sortor. »Sie sollten Ablenkung finden und sich erholen. Aber das hier … hier gehören Sie nicht hin.«

»Wo gehöre ich sonst hin?«, fragte Meris. »Hier finde ich Ablenkung.«

»Sie kommen gar nicht mehr zur Arbeit«, sagte Sortor sachlich.

»Stard macht die Arbeit«, gab Meris zurück. »Das hat er mir zugesichert.«

»Er kann nicht alles erledigen«, sagte Sortor. »Sie müssen

sich blicken lassen. Sie sind eine Vertraute der Kaiserin. Stard taugt für die Arbeit im Keller, aber Aruda wird ihn wohl kaum in den Kronrat lassen. Wissen Sie eigentlich, was gerade in der Stadt vor sich geht? Man hat Sie bei der letzten Sitzung vermisst.«

Meris blickte zu Sortor auf. Sie hatte Mühe, die Augen offen zu halten, und allmählich spürte sie eine dumpfe Übelkeit im Bauch. Sortor war eine Krankheit, dachte sie.

»Ich komme morgen«, sagte sie, um die Hexe loszuwerden.

»Das hoffe ich«, erwiderte Sortor. »So nutzen Sie mir gar nichts. Die Kaiserin braucht Sie. Sie müssen nur körperlich anwesend sein – ansonsten ist es mir egal, was Sie den Rest der Zeit treiben.«

Wohin konnte sie bloß verschwinden, damit die Leiterin des kaiserlichen Geheimdienstes sie nicht mehr fand? Meris dachte darüber nach, die Stadt zu verlassen. Aber würde sie anderswo das Vergessen finden, das sie suchte? In Horome gab es immer noch eine Menge Ablenkung für jeden, der bezahlen konnte. Und der Palast bot ihr trotz allem die Mittel dazu.

»Ich komme ja schon«, murmelte sie und blickte auf.

Doch sie war allein. Sortor war verschwunden. Vielleicht war sie überhaupt nicht da gewesen. Meris hatte gehört, dass einen im Opiumrausch Albträume heimsuchen konnten. Sie musste sich wirklich einen anderen Stoff suchen – vielleicht fand sie noch ein wenig von dem neuen Zeug, das der Straßenfaun ihr zum Fest des Lebens gegeben hatte.

Raban setzte das Messer an dem Fenster an, das Niki ihnen zeigte. Hier hatte sie bei ihrem Besuch heimlich von innen den Riegel präpariert, damit er leicht brach. Mit einer geübten Bewegung schob Raban die Klinge unter den Rahmen und hebelte das Fenster auf.

»Ich bin die Kleinste«, sagte Niki. »Ich klettere durch und öffne euch die Tür.«

»Kommt nicht infrage«, widersprach Linos. »Du … Du bist viel zu wichtig für uns, um vorauszugehen. Ich mache das.«

»Aber ich …«, protestierte Niki.

Raban hielt ihr mit der Hand den Mund zu und zischte. Linos nutzte die Gelegenheit und drängte sich an ihr vorbei. Er hangelte sich auf die hohe Fensterbank, dann zog er sich hoch und hievte sich darüber und war im Haus.

Das Fenster führte in eine Abstellkammer, die voller Gerümpel war. Linos tastete sich im Dunkeln zur Tür und bewegte sich ganz vorsichtig, damit er nichts umstieß. Er war froh, dass sie nicht alle hier hineingeklettert waren – die Männer hätten unmöglich geräuschlos durchschlüpfen können.

Der Flur war beleuchtet. Überall an den Wänden brannten Öllampen. Die Dochte waren heruntergedreht, sodass es kaum mehr als glimmende Punkte waren – wie ein Schwarm Glühwürmchen, die über den Dielenbrettern und über der Treppe schwebten. Aber nach der pechschwarzen Nacht reichte das Licht, um sich zurechtzufinden.

Rasch war Linos beim Eingang und hob den Riegel an.

Triumphierend verkündete er: »Ich habe doch gesagt …«

Raban legte den Finger an den Mund. »Pst!« Er schob Linos zur Seite. Ein halbes Dutzend Bettler drängte in das stille Herrenhaus. Raban sah sich um, prüfte die Zugänge und die Treppe und verglich in Gedanken das, was er sah, mit den Plänen, die sie vorher durchgegangen waren. Dann gab er seinen Männern Anweisungen, und sie verteilten sich im Haus.

Linos und Niki blieben am Eingang zurück. Ab und zu hörten sie ein Brett knarren und das gedämpfte Quietschen einer Tür, die langsam aufging. Linos hoffte, dass die Geräusche keinen der Bewohner aufweckten, und er zuckte bei jedem verräterischen Laut zusammen. Sein Herz schlug wie wild. Er beugte sich zu Niki. »Warum bist du nicht mit ihnen gegangen?«

Sie lächelte verschwörerisch und fasste ihn bei der Hand. »Komm mit«, hauchte sie ihm ins Ohr. »Das Beste habe ich für uns aufgehoben.«

Sie zog Linos mit sich. Der blickte sich sehnsüchtig nach dem Ausgang um, nach ihrem Fluchtweg. Er hätte gern dort Schmiere gestanden. Er hoffte nur, dass Niki sich alles richtig eingeprägt hatte und dass sie sie nicht aus Versehen in irgendein Schlafzimmer führte …

Eine Diele knarrte unter seinem Fuß, und er erstarrte. Fast wäre er gestolpert, als Niki ihn weiterzog.

»He, pass doch …«

»Pssst.«

Vor einer schweren vertäfelten Holztür hielt Niki inne. Rankenmuster zierten den Türrahmen. Linos glaubte, kleine Blüten dazwischen wahrzunehmen. Dann erkannte er, dass es Buchstaben waren, umrahmt von Blattschnitzereien. Er versuchte, den Text zu lesen, doch es ergab keinen Sinn.

Niki legte die Hand auf die Türklinke, die aus korbartig geflochtener Bronze bestand.

»Pass auf«, wisperte Linos. »Womöglich ist hier ein Schutzzauber eingeschnitzt.«

»Ach, du alter Märchenonkel«, raunte Niki grinsend. Sie zog die Tür auf.

In dem Zimmer dahinter war es vollkommen dunkel. Niki nahm eine Lampe von der Wand im Flur, drehte den Docht hoch und ging voraus. Der Schein der aufflackernden Flamme fiel auf nussbraunes Holz und goldglänzende Buchrücken.

»Eine Bibliothek«, hauchte Linos.

Der Raum war nicht groß. Neben drei massiven Bücherregalen befand sich ein wuchtiger Schreibtisch darin und zwei lederbezogene Sessel. Dazwischen war kaum mehr Platz als in der Abstellkammer, durch die Linos hereingekommen war. Aber jedes einzelne Buch war eine Kostbarkeit. Linos sah Folianten, die so schwer aussahen, dass er sie wohl nicht heben konnte. Die Einbände waren fest, Holzrahmen, mit Leder bespannt, und manche waren mit Metallbeschlägen versehen.

Wie verzaubert trat Linos näher und fuhr mit dem Finger über die Buchrücken.

Niki stellte die Lampe auf den Tisch, schloss die Tür hinter ihnen und drehte das Licht noch höher. Dann zog sie ein Buch heraus und schlug es auf.

»Wir müssen die anderen holen«, sagte Linos. »Das ist der wahre Schatz in diesem Haus.«

»Ach«, erwiderte Niki. »Ich wusste, dass dir das gefällt. Der Hausherr sammelt solche Wälzer. Hat sie uns stolz vorgeführt, als wir zu Gast waren. Aber die Bettler sind eher auf Schmuck und Münzen aus, nehme ich an.

Das hier fand ich allerdings auch hübsch.«

Linos warf einen Blick auf das Buch in ihrer Hand. Die Seiten waren prachtvoll illustriert mit Bildern von Rittern vor rosenumrankten Schlössern, neben Drachen, die sich um einen Berg schlangen, und unter dem Fenster von feinen Damen. Der Text schmiegte sich unauffällig zwischen die Zeichnungen, in verschnörkelten Linien, die selbst anmuteten wie Kunstwerke.

»Höfische Lieder«, stellte Linos fest. »Die Texte sind alt, das Buch sieht allerdings neuer aus. Womöglich finden wir auch wirklich alte Schriften hier … Die Art von Texten, die den Bettlerkönig interessieren.«

Niki verzog gekränkt den Mund, als Linos ihr Buch so beiläufig abtat. Sie schloss es mit einem dumpfen Knall. »Viel können wir eh nicht tragen. Die sind so sperrig wie Pflastersteine. Du solltest dir welche von den kleinen raussuchen, wo Gold drauf ist.«

Linos zog einige Bände heraus und versuchte, rasch den Inhalt zu erfassen. »Blattgold ist kaum was wert«, murmelte er abwesend. »Der König sucht Bücher über die Geschichte der Stadt – und über ihre Schätze.«

Er blätterte eine Weile in den Seiten, während Niki hinter ihm auf den Zehenspitzen stand und mit der Lampe über seine Schulter leuchtete.

»Beeil dich«, sagte sie. »Such was aus und pack es ein. Die Bettler wollen bestimmt gleich verschwinden, und du willst sicher nicht allein hierbleiben.«

»Gleich …«, sagte Linos. »Einen Moment noch …«

Dann blickte er auf. »Was war das?«

Ein Schrei gellte durch das Haus, und Linos ließ vor Schreck das Buch fallen, das er gerade in der Hand hatte.

Dann brach vor der Zimmertür ein Tumult los. Niki und Linos hörten Rufe, Türenschlagen, hastige Schritte.

»Sie wurden entdeckt!«, rief Niki.

»Wir müssen hier raus!« Linos wollte zur Türe rennen, doch Niki riss ihn zurück.

»Bist du verrückt?«, sagte sie. »Bis wir draußen sind, ist der Gang schon voller Knechte.«

»Dann … Dann …« Hastig sah Linos sich um. »Wir müssen die Tür verbarrikadieren.«

Aber Niki zog ihn neben ein Regal. Ein Vorhang verdeckte dort ein kleines Fenster mit bleiverglasten Scheiben. Rasch ließ Niki die Riegel aufschnappen und stieß es auf. Kühle Nachtluft wehte herein.

»Erste Regel bei einem Einbruch«, dozierte Niki. »Immer an den Fluchtweg denken. Das Fenster zeigt auf eine Gasse hinter dem Gebäude. Im Moment laufen alle zum Eingang, da haben wir einen Vorsprung.«

Linos verzog das Gesicht. »Hat dir das auch der Bettlerkönig beigebracht, die Regeln der Einbruchskunst?« Er blickte hinaus in die Schwärze. Während im Flur der Lärm anschwoll, blieb hinter dem Fenster alles still.

»Man schnappt so einiges auf«, erwiderte Niki lässig. »Komm, ich helf dir raus.«

Sie stützte Linos, als der durch die Öffnung kletterte. Kurz darauf folgte sie ihm geschickt. So gut es ging, zog sie das Fenster von außen zu. Mit dem Vorhang würde es eine Weile dauern, bis jemand von drinnen den Fluchtweg entdeckte.

»Augenblick!«, rief Linos. »Wir haben die Bücher vergessen.«

»Zu spät«, sagte Niki. »Ich hab dir ja gesagt, pack erst ein und lies später.«

Sie zog ihn hinter sich her. Von der Hauptstraße her drang Lärm. Lichter tanzten dort auf dem feuchten Pflaster. Niki streckte zwei Finger in den Mund und pfiff laut, ein Signal, das Linos schon bei den Bettlern gehört hatte.

»Was machst du da?«, fragte er.

»Hörst du denn nicht?«, gab Niki zurück. »Sie laufen in die falsche Richtung. So werden deine Freunde nur den Wachen in die Arme laufen, bevor sie den Fluss erreichen.«

Niki hastete weiter und stieß immer wieder einen Pfiff aus. Linos folgte ihr, und nach einer Weile hatte er in der Dunkelheit völlig die Orientierung verloren.

Aber Niki schaffte es tatsächlich, Raban und seine Gesellen zu sich zu locken, und gemeinsam rannten sie weiter.

»Was ist passiert?«, fragte Linos den Anführer der Betteltruppe.

»Das ist doch egal!«, rief Niki. »Lauft!«

Schweigend rannten sie. Schnaufen und Klappern hallte durch die Nacht, gelegentlich ein Ächzen, wenn einer der Bettler gegen einen Steinvorsprung lief. Immer noch hörten sie die Rufe der Verfolger hinter sich, aber Niki führte den ganzen Trupp durch schmale Gassen, die Linos in der Dunkelheit gar nicht gesehen hätte.

»Wo … wollt ihr hin?«, stieß sie hervor, als sie einen Vorsprung gewonnen hatten.

»Wir haben ein Boot«, sagte Raban. »Bei dem Gasthaus … mit den Steinbögen und den vertrockneten Girlanden … unten am Fluss.«

6. KAPITEL

Das Volk versammelte sich, als Taranc von Edern in Raghabar einritt. Aber niemand jubelte. Schweigend standen die Menschen im Schatten der geduckten grauen Häuser. Bewaffnete sorgten dafür, dass die Straße frei blieb – finstere Gestalten mit Keulen und in Rüstungen, die so aussahen, als wären sie von einem Hufschmied hastig zusammengehämmert oder von einem Schlachtfeld geplündert worden.

Taranc ließ den Blick über die Menge schweifen. In vielen Gesichtern stand Hass, und er spürte, wie seine Männer hinter ihm ihre Waffe umklammerten. Aber keiner der Bürger begehrte offen auf.

»Man sollte meinen, sie wären dankbarer«, murmelte der Ritter von Roppensprung. »Wir haben ihre Stadt eingenommen, ohne zu plündern und ohne ein Gebäude zu beschädigen. Selbst die Stadtmauer ist noch instand.«

»Mag sein, dass wir die Festung brauchen«, bemerkte Taranc. »Auch wenn mir scheint, als hätten wir zu viele Feinde auf der falschen Seite des Walls.«

»Wo sind eigentlich unsere Soldaten?« Urt von Roppensprung richtete sich in den Steigbügeln auf und sah sich um.

Taranc sprach einen der Bewaffneten auf der Straße an – einen bulligen Kerl, der in seinem braunen Leinenkittel und dem groben Kettenhemd mit den verrutschten Metallbeschlägen aussah wie ein Fass.

»He da! Was bist du für einer?«

Der Mann drehte sich um. Er hatte ein feistes Gesicht, fettige schwarze Haare und eine platt gedrückte breite Nase, die wohl zu viele Schlägereien erlebt hatte.

»Wache«, gab er zurück und tippte sich nachlässig mit der Keule, einem armlangen, eisenbeschlagenen und spitzenbewehrten Prügel an die Schläfe, um zu salutieren.

»Die alte Stadtwache von Raghabar?«, fragte Taranc. »Haben wir die Soldaten übernommen?«

Der Mann grinste und entblößte ein paar abgebrochene Vorderzähne. »Neee … Runnik hat sie aus dem Weg geräumt. Wir sind Runniks Büttel.«

»Wo sind die Soldaten aus Edern? Der verfluchte Hexenmeister hat eine ganze Kompanie hier.«

»Die haben auch alle Hände voll zu tun«, gab der grobschlächtige Büttel zurück. »Sie lagern im Gotorsende …« Der Mann wies nach Westen, wo die Straße an der Residenz vorbei zum Fluss führte.

Raghabar war eine Doppelstadt. Der Ostteil der Stadt, der traditionell Bponur gewidmet war und in dem der Palast des Statthalters lag, war dem Reich zugewandt. Der Stadtteil auf der westlichen Seite des Sindon hingegen lag im Schatten der Schwarzen Berge, und dort wurde der finstere Kult Gotors geduldet wie nirgendwo sonst im Omukchar, so viel hatte Taranc schon vor seiner Reise erfahren.

Er folgte der Geste des Wachmanns und erschauerte. Wenn Edern seine Herrschaft gefestigt hatte, würde er das ändern.

»Hier im Osten sorgen wir für Ordnung«, fügte der Bewaffnete hinzu.

»Mich wundert, dass Runnik nicht die Westseite beansprucht«, warf Roppensprung ein. »Das hätte zu ihm gepasst.«

»Er ist der Stadtherr«, gab Taranc grimmig zurück. »Warum auch immer mein Vater ihm dieses Amt zugedacht hat. Ich könnte mir vorstellen, dass es ihm eine boshafte Freude bereitet, wenn er unsere Leute zwischen den Dämonentempeln hausen lässt.«

»Ich nehme an, das hat ganz praktische Gründe«, mischte

sich der Büttel ein. Runniks Kriegsknechte hatten anscheinend wenig Respekt, wenn Ritter miteinander sprachen. »In den Tälern wimmelt es von Rebellen, und vom Westen aus führt die Straße in die Berge. So sind die Ritter schneller da, wo man sie braucht. Die haben nämlich die Pferde.«

Taranc blickte auf den Burschen hinab wie auf einen besonders widerwärtigen Käfer, den er am liebsten unter den Hufen seines Schlachtrosses zertreten hätte.

»Die Goldminen«, fügte der Mann hinzu. »Die sind wichtig.«

Taranc atmete durch. Runniks Auswahl unter den einheimischen Hilfskräften mochte genauso abstoßend sein wie der Hexenmeister selbst. Aber natürlich hatte der Mann recht: Edern war nur aus einem einzigen Grund in Raghabar – wegen der Goldminen in den Bergen ringsum! Und wenn diese von Rebellen bedroht wurden, war es sinnvoll, dass die berittenen Truppen aus Edern sich darum kümmerten.

»Weiter«, befahl er und winkte sein Gefolge mit.

Nach wenigen Schritten hatten sie die Residenz erreicht: ein kreisrundes Gebäude mit einem Kuppeldach und zwei hohen Türmen an beiden Seiten. Eine breite Treppe führte hinauf zu einem Eingang, der unter einem umlaufenden, von Säulen gestützten Vordach lag.

Der Zauberer stand dort oben in einer blauen, mit Silberfäden und einer goldenen Sonne bestickten Robe. Er sah auf die Reiter herab und lächelte.

»Mein Fürst!« Runniks Stimme hallte weit über den Platz, und er breitete grüßend die Arme aus wie ein König, der seine Gefolgsleute willkommen hieß. »Ich hoffe, Ihr hattet eine angenehme Reise. Die Knechte sollen für Eure Pferde sorgen, und Ihr kommt herauf. Ich habe Räume herrichten und eine Erfrischung für Euch und Eure Begleiter bereitstellen lassen.«

»Mir wäre ein Zimmer in der Garnison lieber«, flüsterte Roppensprung.

»Warten wir ab«, gab Taranc zurück. »Erst einmal nehmen wir uns diesen Zauberer vor.«

Er sprang von seinem Pferd und übergab den Dienern, die herangeeilt waren, die Zügel. Seine Männer taten es ihm gleich. Leder knarrte, Eisen klirrte, als die schwer gepanzerten Ritter absaßen.

Taranc stapfte die Treppe hinauf, bis er bei Runnik angekommen war, und blickte auf den Zauberer hinab. »Runnik!«, rief er. Er bemerkte eine Frau, die hinter dem Hexenmeister im Schatten des Eingangs wartete – ein aufgedunsenes blasses Gesicht unter strohigen Haaren. Etwas an der Gestalt ließ Taranc erschauern.

Runnik ergriff gleich wieder das Wort. »Kommt herein!« Jovial legte er die Hand an Tarancs Seite. »Ich freue mich so, dass ich den Sohn meines Lehnsherrn und Gönners empfangen kann. Ihr wart sehr beschäftigt in den letzten Jahren, als ich in Edern lebte. Vielleicht finden wir jetzt ein wenig Zeit, um uns kennenzulernen.«

»Ihr wart auch nicht untätig, habe ich gehört«, knurrte Taranc. »Als mein Vater Euch auf seinem Land wohnen ließ. Manch einer in Edern fragt sich allerdings, ob Ihr der Richtige für diesen Posten seid.«

»Nun …« Der Zauberer lächelte unbeirrt. »Ich hoffe, Ihr gehört nicht zu diesen Schlechtrednern. Ihr werdet alles wohlgeordnet vorfinden, das versichere ich Euch. Edern hat Raghabar fast ohne Blutvergießen eingenommen; da bleibt es nicht aus, dass viele Anhänger der alten Ordnung noch am Leben sind. Aber wir haben die Aufrührer im Griff.«

»Ihr habt die Hälfte unserer Schwerbewaffneten und einen beachtlichen Teil des Heeres in der Stadt behalten«, gab Taranc zurück. »Ich hoffe doch, dass Ihr damit ein paar Rebellen niederhalten könnt. Mein Vater hatte sich allerdings mehr erhofft – er braucht seine Krieger im Osten.«

»Und jetzt seid Ihr mit reichlich Verstärkung zu uns gestoßen.« Runnik führte Taranc in das palastartige Gebäude. Seine abstoßende Dienerin war von der Türschwelle verschwunden, aber sie folgte in einigen Schritt Abstand im Schatten der Säulen, die den Flur säumten.

Tarancs eigene Leute trotteten langsam hinter dem Zauberer und ihrem Feldherrn her.

»Ich bin mir sicher, mit Eurer Hilfe können wir den letzten Widerstand zerschlagen«, fuhr Runnik fort. »Und dann kann ich die meisten der Männer entbehren.«

»Das hättet Ihr längst aus eigener Kraft schaffen müssen«, sagte Taranc. »Mein Vater hat Euch zum Stadtherrn ernannt. Und Monate später braucht Ihr immer noch das Heer, das man Euch nur zur Seite gestellt hat, damit Ihr die Stadt einnehmen könnt; dabei habt Ihr sogar noch eigene Männer angeheuert, wie ich sehe.«

Runnik zuckte die Achseln. »Die Berge sind weitläufig und bieten dem Gesindel viel Unterschlupf. Und ein paar einheimische Helfer, die sich hier auskennen, sind nützlich. Ich verschwende Ederns Mittel nicht.«

Sie gelangten in die große Empfangshalle, einen kreisrunden Raum mit mehreren Galerien an der Seite, die bis hinauf zur Kuppel reichten. Die Wände waren aus weißem Marmor. Taranc hielt einen Augenblick inne und betrachtete die Reliefs mit den goldenen Einlegearbeiten.

»Raghabar, die goldene Stadt des Reiches«, stellte er fest. »Sie sollte uns neue Mittel für den Krieg bringen, nicht weitere Mittel binden. Wir werden sehen, ob Ihr dieser Aufgabe gewachsen seid. Ihr solltet darauf hoffen, dass mein Vater nicht die Geduld verliert.«

Hammerheim war voller Flüchtlinge. Lacan und seine Begleiter bekamen dennoch sofort Zimmer in einem Gasthaus. Die Priester hatten Geld, um dafür zu bezahlen, und der Wirt räumte ihnen gern einen Tisch in der überfüllten Gaststube frei.

Hier trafen die Menschen aus den verwüsteten Kriegsgebieten im Norden auf jene, die vor der Krankheit geflohen waren, die sich in den südöstlichen Küstenregionen auszubreiten schien. Die Luft in der Stube war nicht nur zum Schneiden dick, sondern auch erfüllt von den Geschichten der Ankömmlinge – beängstigende, albtraumhafte Berichte aus dem Umland.

Während Lacan am Tisch saß und mit den Meistern die weiteren Pläne durchging, lauschte er in den Raum hinein und überlegte, inwiefern das, was er aufschnappte, ihre Reise beeinflusste, was von den wilden Gerüchten überhaupt der Wahrheit entsprach und was man als Übertreibung abtun konnte.

»Huhu, Lacan!« Nessa wedelte ihm mit ihrem Panzerhandschuh vor der Nase herum. »Bist du noch bei uns, oder brauchst du ein bisschen ritterliche Aufmunterung?«

Lacan hob den Kopf und verzog das Gesicht. Es war Nessa durchaus zuzutrauen, dass sie ihm die mit Eisenringen verstärkten Lederhandschuhe um die Ohren haute.

»Ich frage mich gerade«, setzte er an, »warum die Lande südlich des Tanyun am schlimmsten heimgesucht zu sein scheinen. Wenn die Krankheit von der Küste kommt, sollte es dann nicht die großen Hafenstädte am heftigsten treffen?«

Nessa zog die Handschuhe zurück und schlug ein Bponurszeichen. Kurz flackerte Besorgnis auf in ihren Zügen, die sonst selten ernst wirkten. »Bewahre«, murmelte sie.

Ihre beiden Landgüter lagen in der Nähe von Meerbergen. Aber nur Nessa hatte zahlreiche Verbindungen in die Stadt, wo viele Verwandte und Freunde ihrer Familie lebten.

»Nur so ein Gedanke«, erklärte Lacan hastig. »Wo doch in Meerbergen die Schiffe aus dem südlichen Kontinent einlaufen.«

»Es fühlt sich an wie ein Fluch der Ronurer«, warf Sobrun ein. »Trotzdem scheint das Land bis zu den Schwarzen Bergen nicht davon betroffen zu sein. Jedenfalls habe ich von dort nichts gehört.« Gemeinsam mit Lacan hatte der Kriegsknecht in den Bergen gekämpft und das Reich vor den Hinterlassenschaften dieser alten Feinde geschützt, und es war verständlich, dass er jede Gefahr zuerst aus dieser Richtung vermutete.

Dennoch hatte er nicht unrecht. Aus vielen Legenden wusste Lacan, dass Seuchen zumeist einen solchen Ursprung hatten. Sie kamen von jenseits der Grenze oder brachen in Gegenden aus, die vom Krieg verwüstet waren. Diesmal aber schien die Krankheit aus dem Nichts zu kommen und wütete vor allem in einer Gegend, die von den Schrecken des Krieges bislang verschont geblieben war.

»Es könnte eine Hexerei dieser Sortor sein«, mutmaßte Nessa. »Sie will den Süden schwächen.«

»Ich kann mir schwerlich vorstellen, dass ihr Arm so weit reicht«, wandte Scabea ein, die Meisterin der Natur.

»Nicht nachdem sie die Quelle ihrer Macht im Norden verloren hat«, stimmte Scipia ihrer Zwillingsschwester zu.

»Das Land zwischen dem Tanyun-Forst und dem Städtebund hat sich am Bürgerkrieg kaum beteiligt«, sagte Meister Zindal. »Gerade darum gab es dort viele Ritter, die dem Ruf zum heiligen Krieg in den Osten gefolgt sind.«

Die Gefährten am Tisch schwiegen eine Weile.

»Das würde wiederum dafür sprechen, dass die Heimkehrer von diesem Feldzug die Krankheit einschleppen«, fasste Ander, der Meister der Runen, zusammen.

Sobrun zuckte die Achseln. »Einerlei. Wir können nichts

daran ändern und werden einfach beten müssen, dass wir verschont bleiben.«

Lacan hob die Hand. Er hatte im Raum etwas aufgeschnappt. »Still«, flüsterte er. »Bemerkt ihr das?«

Die übrigen Gäste sprachen leiser als zuvor. Verstohlenes Getuschel mischte sich unter das übliche Stimmengewirr. Lacan sah sich unauffällig um und fing die Blicke einiger Leute auf.

»Wir haben Aufmerksamkeit erregt«, stellte Lacan fest. »Vielleicht halten die Menschen euch für Hexer …«

Er sah die Priester am Tisch an. Die Meister waren nicht wie Ordensleute gekleidet, und Schnitt und Farbe der Kutten, die sie anhatten, waren ungewöhnlich. Scabea trug sogar ein grünes Gewand, eine Farbe, die bei den Priestern Bponurs gemieden wurde.

Verstohlen rollte Lacan die Karte zusammen. »Wir sollten uns auf unsere Zimmer zurückziehen. Wir können keinen Ärger gebrauchen«, befand er. »Wir stehen gerade erst am Anfang unserer Mission.«

Der Wirt trat zu ihnen an den Tisch. Er hatte das Tuch in der Hand, das sonst am Gürtel seiner Schürze hing, und knetete es beunruhigt.

»Ich bitte um Vergebung, Herr«, sagte er zu Lacan. »Ein paar Gäste haben mich darauf aufmerksam gemacht …«

»Schon gut«, erwiderte Lacan. »Wir wollten gerade nach oben gehen.«

»Nicht doch!« Erschrocken hob der Wirt die Hand. »So kann ich Euch nicht gehen lassen. Ich habe Euch nicht sofort erkannt, verzeiht, aber natürlich werde ich ein Festmahl für Euch auftragen. Ich habe eine Nachricht an den Stadtrat geschickt. Die hohen Herren von Hammerheim wollen Euch gewiss willkommen heißen.

Außerdem seid Ihr natürlich meine Gäste, Ihr und alle

Eure Begleiter. Ich müsste mich ja schämen, wenn ich Geld verlangen würde!«

»Was?« Lacan starrte den Wirt verständnislos an.

Unsicher ließ der Wirt die Hand sinken. »Ihr seid doch Ritter Lacan, nicht wahr? Der Feldherr, der unsere Stadt vor den Barratainern gerettet hat?«

Der Thronsaal im Kaiserpalast war festlich geschmückt. Die Banner des neuen Bündnisses, der Häuser des Nordens und der führenden Familien bei Hofe, hingen an den Wänden. Die Küche machte das Beste aus den spärlichen Vorräten, und die Gäste hatten das Ihrige dazu beigetragen und vor allem verderbliche Lebensmittel beigesteuert.

Fürst Gaban von Guthügeln feierte seinen Einzug in den Palast. Im Kronrat hatte es deswegen heftige Diskussionen gegeben. Viele fürchteten um die Sicherheit der Stadt, wenn man den Kriegern des Nordens die Tore öffnete. Zwar hatten sie ein Bündnis geschlossen, aber Gabans Truppen waren dem kaiserlichen Heer weit überlegen. Wer konnte gewährleisten, dass die Nordleute sich nicht einfach nahmen, was ihnen beliebte, wenn sie erst einmal innerhalb der Mauern waren?

Die Kaiserin hatte einen Kompromiss durchgesetzt und zumindest den Feldherrn und dessen engste Vertraute mitsamt seinem Gefolge eingeladen. Das war für beide Seiten ein Vertrauensbeweis. Für die Stadt mochte es ein Wagnis sein, eine starke Abordnung des größeren Heeres in die Festung zu lassen; umgekehrt bedeutete es aber auch, dass Gaban sich von seiner Streitmacht trennte und sich selbst der Gefahr eines Verrats aussetzte.

Aber Gaban wollte ebenso wenig am Ehrenwort der Kaiserin zweifeln wie Aruda an dem seinen. Sie hatte rasch dieses Fest angesetzt, um ihn willkommen zu heißen. Die Garde des Feldherrn mischte sich unter die Ritter des Hofes. Gaban stand am Fuß der Stufen, die zum Thron hinaufführten, und beobachtete, wie seine Männer mit den Hofdamen plauderten.

Er wusste, dass die wirklichen Kämpfe noch vor ihm lagen, doch nun ging es um die Befriedung des Reiches. Das erste Anliegen seines Zuges hatte er bereits erreicht, und er war erleichtert darüber. Er konnte sich keinen besseren Anlass für ein Fest denken, und alles, was das Vertrauen bei dem frisch geschmiedeten Bündnis förderte, konnte seiner Sache nur dienlich sein.

Er spürte eine Bewegung an seiner Seite und blickte sich um. Die Kaiserin trat zu ihm, blickte zu ihm auf und lächelte. Sie trug ein blaues Kleid, einen Purpurmantel und einen einfachen goldenen Reif auf dem Kopf. Gaban sah sie an und erwiderte das Lächeln.

Ihrer Sache!

»Woran denkt Ihr, Fürst Gaban?«, fragte Aruda.

Gaban sah sich um. Zahlreiche Augen waren auf sie gerichtet, aber die anderen Gäste des Abends hielten Abstand von dem Paar. Er senkte die Stimme und beugte sich zu Aruda hinab.

»Als ich aufbrach, da glaubte ich, ich würde in einen Bürgerkrieg ziehen. In einen Krieg, über den wir so viel Schreckliches gehört haben. Mir war schon ein wenig mulmig zumute …«

»Ihr macht nicht den Eindruck, als ob Ihr einen Kampf fürchtet«, stellte Aruda fest.

Gaban lachte. »Oh, im Norden kämpfen wir jeden Tag. Und mein Vater hat ein Talent, sich Feinde zu machen. Meinen ersten Feldzug habe ich erlebt, als ich noch keine zwölf Jahre alt war …«

Er hielt kurz inne. Aruda sagte nichts, aber ihre Augen waren unverwandt auf ihn gerichtet. Einen Moment lang begegneten sich ihre Blicke.

Gaban schluckte und fuhr fort: »Ich hatte keine Angst vor dem Krieg. Ich hatte Angst davor, was dieser Krieg anrichtet. Unsere Familie war dem Kaiserhaus stets treu ergeben. Als ich noch ein Kind war, hat mein Vater diese Treue sogar als Grund genannt, warum wir mit unseren Nachbarn so oft im Streit liegen. ›Wir müssen die Ehre des Kaisers im Norden verteidigen!‹« Gaban zuckte die Achseln. »Dass er mich nun mit einem Heer gegen die Hauptstadt entsendet, wollte gar nicht dazu passen.«

»Jetzt können wir etwas aufbauen, anstatt es zu zerstören«, sagte Aruda, »wenn Euer Vater das Bündnis bestätigt und uns zukommen lässt, was wir hier in der Hauptstadt benötigen.«

»Wie könnte er das verweigern?«, erwiderte Gaban. »Es wird bald seine Hauptstadt sein, und wir im Norden achten auf unser Land. Ich für meinen Teil bin jedenfalls froh, dass die Fronten wieder klar sind. Die Macht von Guthügeln gegen die Feinde des Kaiserhauses – so sollte es sein. Ich werde befreiten Herzens in die Schlacht ziehen.«

Gaban spürte, wie Aruda zusammenzuckte. »Aber nicht sofort?«

»Nicht sofort«, bestätigte er. »Ich muss auf die Antwort meines Vaters warten. Das kann Wochen dauern. Und bis dahin …« Sein Blick schweifte durch den Raum, über die Feiernden hinweg und über die schlanken Säulen im Osten, als könnte er die Wände dahinter durchdringen.

»Ich habe mich umgehört«, fuhr er fort. »Die Hauptstadt auf der anderen Seite des Flusses ist zur Wildnis geworden, heißt es. Ich will dort Ordnung schaffen, noch bevor die Unterstützung meines Vaters eintrifft.«

Aruda nickte. »Wir gehen gemeinsam dorthin.«

Gaban runzelte die Stirn. »Der Osten Horomes wurde verwüstet. Ihr solltet Euch nicht auf so unsicheren Boden begeben.«

»Ich war schon öfter da«, sagte Aruda. »Es ist meine Stadt. Ich muss meinem Volk helfen. So gut ich kann. Mit Eurer Hilfe werde ich mehr tun können. Aber zumindest kann ich Euch alles zeigen.«

Auch sie blickte nun nach Osten. Gaban bemerkte, wie ein Schatten über ihr Gesicht fiel.

»Ich erinnere mich«, murmelte sie. »Ich erinnere mich daran, wie es früher war.«

Gaban legte ihr die Hand auf den Arm. »Und so wird es wieder sein. Irgendwann muss ich gegen Eure Feinde ziehen. Aber ich verspreche Euch, ich lasse Euch hier nicht im Stich, bevor ich die Hauptstadt befriedet habe.«

Ein lautes Summen ertönte von dem kaiserlichen Podest.

Gaban blickte auf. Er bemerkte, dass die Kaiserin wieder lächelte.

Sie hatte den Thron beiseiteräumen lassen, und Musikanten versammelten sich nun auf der erhöhten Fläche. Einer von ihnen stand vor einem großen, fremdartigen Instrument, einer Art Holzkasten, der ringsum geschlossen aussah. Gaban hatte keine Ahnung, wie man diesem Ding Töne entlocken mochte – aber der Musiker tippte mit den Fingern auf ein Sims an dem Kasten, und augenblicklich erfüllte wieder dieses metallische Summen den Raum, wie von eine Harfe, die auf ganz eigentümliche Weise geschlagen wurde. Die übrigen Musikanten fielen ein, mit Takthölzern, Flöten und Streichinstrumenten, und allmählich verbanden sich die verschiedenen Töne zu einem einzigen Klang von einer Vielschichtigkeit, wie Gaban es noch nie zuvor gehört hatte.

Die Melodie aber kam ihm vertraut vor, sie erinnerte an ein Tanzlied, das er von der Burg seines Vaters her kannte, wenn auch mit einer Tiefe und einem schwermütigen Ausdruck, der ihm das Herz erbeben ließ.

Aruda stieß ihn an.

Gaban bemerkte, dass er mit offenem Mund dagestanden und geglotzt hatte wie ein Bauerntölpel.

Aruda lächelte und hob eine Hand. »Was ist, mein Fürst? Wollt Ihr mich nicht zum Tanz bitten? Zeigen wir unseren Lehnsleuten, dass der Norden und das Kaiserhaus im Einklang zusammen schreiten.«

Als der Ball begann, stand Meris unbehaglich am Rand der Halle und kämpfte gegen die Müdigkeit an. Zum ersten Mal seit Wochen hatte sie sich heute pflichtbewusst in den Palast bemüht, angetrieben von Sortors Stimme, die sie bis in ihre Träume zu verfolgen schien.

Aber die Gespräche rauschten an ihr vorüber, und sie wusste nicht, was sie beitragen sollte. Es ging nur um diese Nordleute, und darüber wusste Meris kaum mehr als das, was man auf den Straßen der westlichen Viertel so aufschnappte.

Sortor trat auf sie zu und begrüßte sie. »Es ist gut, dass Sie hier sind«, erklärte die Zauberin.

Meris verzog das Gesicht und murmelte irgendeine Floskel. Voller Unbehagen stand sie da, ihr Weinglas in der Hand, und schlich davon, sobald Sortor von einem anderen Höfling angesprochen wurde und abgelenkt war.

Warum habe ich mich eigentlich herbemüht, wenn außer der Hexe doch keiner etwas von mir will?, dachte sie. Und warum hatte Sortor sie überhaupt dazu gedrängt?

Gewiss nicht um Arudas willen. Die Kaiserin bewegte sich ungewohnt beschwingt und schien Meris nicht zu vermissen. Der rothaarige Hüne an ihrer Seite musste der Feldherr aus dem Norden sein. Die beiden schienen sich ausgezeichnet zu verstehen.

Meris überlegte schon, wie sie sich unauffällig entfernen konnte, doch etwas an dem Bild hielt sie gefangen. Gegen ihren Willen blieb sie stehen und betrachtete die Kaiserin.

Sie sah, wie Aruda vor dem jungen Fürsten auf den Zehenspitzen wippte und große Mühe hatte, einen majestätischen Abstand zu wahren. Immer wieder hob sie die Hände, als wollte sie den Jüngling berühren, nur um sie gleich wieder wie ertappt sinken zu lassen. Meris sah, wie Aruda ihn anblickte und wie der Feldherr Arudas Blick erwiderte. Und dann wurde ihr klar, was diese Szene bedeutete.

»Oh Bponur«, hauchte sie und fasste an die Säule neben ihr. Einen Augenblick lang hatte sie das Gefühl, dass der Boden unter ihren Füßen schwankte und sie Halt suchen musste. »Was hat der Graf sich nur dabei gedacht, seinen Sohn zu schicken?«, murmelte sie.

Ein Bild blitzte in ihrem Kopf auf, die Erinnerung an ein Ereignis, das sie selbst nicht miterlebt hatte: das Blutbad in einem Gasthaus, zu dem es gekommen war, weil Aruda den Mann nicht heiraten wollte, der ihr zugedacht gewesen war. Meris war damals zum Aufräumen geschickt worden, und für sie war es der Beginn eines Albtraums, der zum Untergang des ganzen Reiches geführt hatte.

Konnte es sein, dass die Geschichte sich auf andere Weise wiederholte?

Sie wollte mit jemandem darüber reden und blickte sich um. Sortor war nicht mehr zu sehen. Meris schüttelte den Kopf. Wahrscheinlich sah sie Gespenster. Aruda selbst hatte dieses Mal der Übereinkunft zugestimmt. Und sie wirkte glücklicher und sorgloser, als Meris sie je erlebt hatte. Der Frieden im Reich war zum Greifen nahe, die Geschichte wiederholte sich nicht …

Und überhaupt, was konnte sie schon tun, außer alles noch viel schwieriger zu machen?

Doch während Meris am Rande der Menge stand, hatte sie das Gefühl, dass sie gerade die ersten Anzeichen eines drohenden Unheils wahrnahm und dass sie etwas tun musste … und dass sie die Kaiserin und das Reich im Stich ließ, weil sie einfach nichts tun konnte.

Rückwärts schob sie sich aus dem Thronsaal und eilte davon.

Sie könnte Sortor von ihren Befürchtungen berichten. Doch vermutlich wusste die Zauberin ganz genau über alles Bescheid, was am Hofe vor sich ging. Der alte Hofrat hätte es selbst bemerkt.

Überhaupt war der Gedanke verlockend, einfach alles zu vergessen und die Verantwortung anderen zu überlassen.

Das Fest in dem Gasthaus kam in Fahrt. Der Wein floss in Strömen, und Lacan sah, wie weitere Fässer in den Keller gerollt wurden. Inzwischen hatte der Wirt die meisten Fremden hinausbefördert, und die Gaststube füllte sich mit Bürgern und mit den Würdenträgern von Hammerheim. Jeder wollte Lacan die Hand schütteln.

Nessas Gesicht war gerötet vom Alkohol, und sie schien die Aufmerksamkeit zu genießen. Immerhin hatte sie selbst in Lacans Heer gekämpft und war dabei gewesen, als die Truppen aus Meerbergen im letzten Jahr die Barratainer an der Hammerschlagfurt zurückgeschlagen hatten. Sie hatte ihre Geschichte an diesem Abend bereits mehrmals erzählt, vor Ratsmitgliedern, Rittern und Kaufleuten aus der Stadt, und immer wieder mit neuen Bewunderern angestoßen.

Jetzt stieß sie Lacan in die Seite. »Es ist schön, ein Held zu sein, ne?«

Lacan runzelte die Stirn. »Wir haben für unsere eigenen Ziele gekämpft. Und wir haben Glück gehabt.«

»Ach, du alter Grubenmuffel.« Nessa lachte. »Trotzdem

haben wir ihre Stadt gerettet. Warum sollten wir uns nicht ein bisschen feiern lassen? Als wir im letzten Jahr hier waren, hatten wir ja kaum Zeit dafür.«

»Zeit haben wir jetzt genauso wenig«, erinnerte Lacan sie. »Und genau genommen haben nicht wir die Stadt gerettet. Es war das Kriegsschiff, das Stor uns beschafft hat.«

Nessa zuckte die Achseln. »Und wenn schon. Wir haben alle gekämpft, und du warst der Anführer. Auch wenn wir gleich nach Horome weiterreisen müssen, genau wie damals, so hindert uns doch niemand daran, den Abend zu genießen.«

Sie mischte sich wieder unter die Menschen. Lacan sah ihr nach, wechselte ein paar Worte mit einem Hammerheimer, der trotz der stickigen Luft und der Enge einen Anzug mit Pelzbesatz trug. Danach war er froh, als er wieder einige Augenblicke allein dastehen konnte. Er nippte an seinem Wein.

Nessa hatte recht. Die Reise über unsichere Straßen und durch verwüstete Dörfer war trostlos gewesen, und es würde noch schlimmer werden, bis sie Horome erreichten. Die Zeit in Hammerheim war eine Atempause, die sie nutzen sollten.

Und dennoch.

Lacan sah, dass die Gruppen von Bürgern, die beisammensaßen, ständig in seine Richtung starrten; er beobachtete das einfache Volk, das immer wieder von der Straße hereinschwappte und sich am Eingang drängte und einen Blick auf die Besucher zu erhaschen suchte, bevor der Wirt sie wieder hinausjagte …

Lacan runzelte die Stirn. Sein Auftrag erforderte Vertraulichkeit, doch bald würde jeder erfahren, dass der frühere Feldherr von Meerbergen wieder in der Gegend unterwegs war. Und er fragte sich, wessen Ohren diese Botschaft wohl erreichen würde.

Ein feiner Nieselregen fiel. Der Wind wehte ungehindert über den Fluss und trug die Kälte aus dem Norden heran. Linos saß in der Mitte des Bootes, und ihn fröstelte.

Es war noch dunkler geworden, und die Wolkendecke ließ den Nachthimmel über ihren Köpfen in unergründlicher Schwärze versinken. Linos wusste nicht, wie sie bei dem Wetter überhaupt irgendetwas finden wollten. Aber Tay war ungeduldig.

»Bponur ist mit uns«, bemerkte der Bettlerkönig, der Anführer der *Edelschnorrer*. »Bei dem Wetter sieht uns keine Wache.«

Er blickte zu den düsteren Mauern der Palastinsel hinauf, deren Zinnen in der Finsternis nicht zu erkennen waren. Dann und wann schimmerte ein Licht hindurch, nur um gleich wieder hinter Regenschleiern zu verblassen.

Linos seufzte. Er balancierte den großen Stapel Pergamente auf dem Schoß und versuchte, alles trocken zu halten unter der Lederplane, die er wie ein Zelt über den Kopf gebreitet hatte. »Denkt daran, dass wir auch etwas sehen müssen«, sagte er.

»Ja, schon gut«, erwiderte Tay. »Behalt du nur die Karten im Auge … He, ihr Tölpel! Bringt uns näher an die Wälle, und seid leise mit den Rudern.«

Die beiden kräftigen Bettler im hinteren Teil des kleinen Bootes legten sich in die Riemen gegen die Strömung. Tay blendete seine Laterne auf, und der Strahl huschte über die Felsen der Insel unterhalb der Mauern.

»Da! Da ist was. Linos …«

Der König richtete die Lampe auf eine Stelle, wo zwei Vorsprünge einen Schatten malten. Der Lichtkegel zitterte aufgeregt. Die Ruderer hielten inne und reckten neugierig den Hals. Träge gluckernd wälzte sich der Fluss an den Steinen entlang und trug das Boot mit sich. Der Lichtfleck verblasste.

»Rudert«, zischte der König. »Rudert … Linos, was sagen die Karten?«

Hektisch blätterte Linos in den Pergamenten und versuchte, im Licht seiner Sturmlaterne etwas auf den Seiten zu erkennen und zugleich alles unter dem Schutz der Plane zu halten. Er fluchte, wenn er mit den Fingern an das heiße Gehäuse der Lampe stieß.

Anhand der alten Bücher und neuerer Pläne von der kaiserlichen Insel hatte er eine Karte gezeichnet, die die Kanalisation, natürliche Grotten und die Gegebenheiten an der Oberfläche abbildete, so gut es ging. Jetzt suchte der König nach einem Zugang.

»Ich weiß nicht«, sagte Linos. »Ich nehme an, das war nur ein Schatten. Keiner der Gänge endet hier.«

»Als ob du wüsstest, wo wir überhaupt sind«, gab der Bettlerkönig gereizt zurück. Sein Blick flog über die Mauern und versuchte, die Umrisse von Türmen auszumachen. Es war schwierig, in der Dunkelheit ihre genaue Position zu bestimmen, und die Strömung, die sie immer wieder forttrug, machte es nicht einfacher.

»Es muss hier einen Tunnel geben, der uns vom Fluss direkt in den Palast bringt«, murmelte der König. »Es muss einen Zugang geben, und ich werde ihn finden!«

7. KAPITEL

Die Fährboote landeten an. Zwei Dutzend Gardisten sicherten die Ufermauern, dann stieg die Kaiserin mit ihrer Leibwache vom mittleren Boot. Diener entluden hinter ihnen Kisten und Säcke.

Mit einem großen Schritt trat Gaban ans Ufer und sah sich unbehaglich um. Er bemerkte Gestalten, die an den Zugängen zur Stadt herumlungerten, und legte die Hand auf den Schwertgriff.

Aruda schüttelte den Kopf. »Das sind nur Bettler«, sagte sie. »Verzweifelte Menschen. Sie werden uns nichts tun.«

»Ich weiß, wozu verzweifelte Menschen fähig sind«, erwiderte Gaban.

»Gewiss werden sie keinen Krieg mit bewaffneten Gardisten anfangen«, sagte Aruda. »Sie sind die Opfer in diesem Krieg!«

»Wir sind ohne Pferde hier.« Gaban versuchte, sich zu entspannen.

Aruda lachte. »Glaubt mir: Wo wir hingehen, bringen Pferde keinen Vorteil.«

»Allerdings«, bestätigte Gander von Lichtingen, der an ihrer Seite ging.

Der Tross setzte sich in Bewegung. Auf der Zufahrt zur Anlegestelle trafen die Wachen auf die herandrängenden Bewohner der Stadt – elende Gestalten, die flehend die Arme ausstreckten. Es gab ein Gedränge. Die Gardisten schoben die Bettler weg und bahnten den Trägern eine Gasse. Aruda begab sich an den Rand des Zuges, sprach zu den Menschen, tröstete sie, kündigte an, dass weitere Hilfe unterwegs war.

Mütter hoben ihr kranke Kinder entgegen, und Aruda segnete sie.

»Wir teilen Essen an der Kirche des heiligen Ventin aus«, rief Aruda. »Für die Kranken.«

Gander blieb an ihrer Seite, brüllte die Wachen an und musterte die Menge grimmig. Er ließ den Griff seiner Waffe nicht los, und seine Anspannung übertrug sich auf Gaban. Nur Aruda wirkte ruhig. Sie redete entspannt zu dem Volk, und die Masse teilte sich vor ihr.

Gaban wäre ihrem Beispiel gerne gefolgt, doch er sah den Schwertmeister an, jeden Augenblick auf das Schlimmste gefasst. »Vielleicht könnt Ihr den Menschen ein wenig Silber geben, Majestät«, flüsterte er Aruda zu.

Sie schüttelte den Kopf. »Wenn wir hier etwas verteilen, drängen nur noch mehr heran.« Ihre Stimme klang traurig. Gaban spürte, dass sie aus Erfahrung sprach.

Der Zug bog in eine hohle Gasse mit überhängenden Häusern. Gaban musste nicht einmal die Arme ausstrecken, um die Wände an beiden Seiten zu berühren. Die Reihen der Soldaten zogen sich auseinander, und Gander hielt seine Kaiserin zurück. »Wir können das Gebiet nicht sichern«, sagte er. »Ich rate vom Weitermarsch ab. Lasst das Volk zum Hafen kommen und verteilt die Güter dort.«

»Sie wissen genauso gut wie ich«, entgegnete Aruda, »dass wir die Bedürftigsten nicht erreichen, wenn wir nicht zu ihnen gehen.«

Schweigend traten sie ins Halbdunkel, und Gaban hatte das Gefühl, als würden sie durch ein unterirdisches Labyrinth wandern. Manchmal rückten die Gebäude so dicht zusammen, dass man den Himmel nicht mehr sehen konnte. In den schmalen Gassen war es so dunkel wie in der Abenddämmerung, und leere Tür- und Fensteröffnungen gähnten um sie herum wie finstere Höhlen.

Nach einer Weile schloss Aruda zu ihm auf und berührte ihn am Arm. »Solange wir nicht allen helfen können«, sagte sie, »müssen wir zumindest die unterstützen, die es am nötigsten haben.«

»Ihr seid oft hier?«, fragte Gaban.

»Sooft ich etwas zu verteilen habe«, gab Aruda zurück. »Ich bitte die Wohlhabenden um Spenden und versuche, Nahrungsmittel zu kaufen, wo ich sie kriegen kann. Das ist nicht einfach, wenn das Umland verwüstet ist. Und jeder bei Hofe will mir einreden, dass der Reichtum selbst in der Oberstadt erschöpft ist.

Trotzdem findet Sortor regelmäßig Gold bei den Verrätern, die sie festnehmen lässt; also nehme ich an, dass viele der Großen einiges beiseitegeschafft haben.«

Gaban blickte unbehaglich drein.

»Sortor«, sagte er. »Eine Zauberin. Ich traue ihr nicht.«

»Sie war eine Vertraute des Kanzlers.« Aruda schüttelte sich. »Aber seit Arnulf gefallen ist, hält sie den Hof zusammen. Wie könnte ich auf sie verzichten, wo alles in der Stadt auseinanderfällt? Wenn ich andere Verbündete hätte ...«

Sie blickte Gaban an.

Schweigend gingen sie weiter, bis der Weg in einen winzigen Platz mündete, eher eine Mulde im Boden mit Treppen und Pfaden, die sich wie Galerien an den Seiten entlangzogen und zwischen den Gebäuden verschwanden.

An einer Stelle stand ein kleiner Tempel, mit den umliegenden Häusern verschmolzen. Aruda klopfte an die Pforte.

»Bruder Aldred«, rief sie. »Ich habe neue Spenden.«

Die Tür ging auf. Aruda und ihre Begleiter traten in eine hohe schmale Halle. In besseren Zeiten war dieser Tempel kaum mehr gewesen als eine Kapelle. Jetzt war es ein luftiger Raum, in dem die Schwächsten der Stadt Zuflucht fanden. Kinder drängten sich um die Kaiserin, viele bis auf die

Knochen abgemagert und mit aufgequollenem Bauch. Die Bänke waren zur Seite geräumt worden, auf dem Boden und auf den Stufen lagen Kranke mit eitrigen Geschwüren, mit abgetrennten Gliedmaßen und entzündeten Wunden. Mönche huschten zwischen ihnen umher und kümmerten sich um sie. Die Geistlichen sahen kaum weniger elend aus als ihre Schutzbefohlenen.

Aruda folgte Gabans Blick. »Sie helfen denen, die sich nicht selbst helfen können«, erklärte sie. »Viele von ihnen sind vor dem Krieg keine Mönche gewesen – sie haben die Kutten derer angelegt, die den Tod fanden oder geflohen sind. Es ist bewundernswert, dass in dieser Stunde manche die Kraft finden, für andere zu sorgen.«

Die Ordensbrüder kamen herbei, und Aruda übergab ihnen die mitgebrachten Vorräte: Brot und Säcke mit Mehl, Öl in Krügen, Äpfel vom Vorjahr und frisches Gemüse. Dann redete sie mit den Menschen in der Halle, tröstete die Kranken, sah zu, wie das Brot verteilt wurde.

Gaban schlenderte durch die hohe Halle und durch einen angrenzenden Innenhof, der in Wahrheit ein niedergebranntes Gemäuer war. Nach einer Weile führten seine Schritte ihn wieder aus dem Portal hinaus auf den kleinen Platz und zu der Gasse, durch die sie gekommen waren.

Es war still geworden. Die Gardisten befanden sich im Inneren des Tempels oder lagerten vor der Pforte. Die Menge hatte sich zerstreut. Gaban wunderte sich. Er hatte mehr Bittsteller an den Türen erwartet.

Er ging um den Bau herum und gelangte schließlich an einen rückwärtigen Zugang. Dort sah er eine Gruppe zerlumpter Gestalten, die gar nicht aussahen wie Kranke – robuste Gesellen mit vernarbten Gesichtern. Gaban sah Klingen an den Gürteln, Knüppel und einen Spieß, der lässig an der Wand lehnte.

Die Tür stand offen, und Säcke und Krüge wanderten hinaus auf die Straße.

Gaban straffte sich. Er zückte sein Schwert.

»Was geht hier vor?«, rief er.

Die Männer fuhren herum. Einer packte den Spieß, zwei weitere zogen ihre Waffe.

Gaban holte aus, und mit einem Schlag zertrümmerte er den Schaft des Speeres, tat einen Schritt und rammte dem Speerträger die gepanzerte Faust ins Gesicht. Schon hatte er die Klinge wieder gehoben.

Jetzt wandten sich ihm alle zu, und er hatte das Gefühl, dass alle Gauner und Halunken der Stadt in dieser Gasse versammelt waren. Metall glänzte, die Männer fluchten und rempelten einander an, um sich Platz zu schaffen für den Kampf.

Gaban stieß die Klinge vor …

»Haltet ein …!«

Einer der Priester drängte sich aus der kleinen Eingangstür.

Gabans Schwert hieb einen Dolch zur Seite und hielt die Spitze einem Schurken an die Kehle.

»Was geht hier vor?«, wiederholte er. »Warum verteilt ihr die Gaben der Kaiserin an … dieses Gelichter?«

Er hatte Mühe, den Arm mit dem Schwert zu zügeln. Seine Hand bebte vor Zorn. Diese Männer bestahlen die Kaiserin!

Doch der Priester stellte sich ihm in den Weg und schob sich zwischen Gaban und die Herumtreiber.

»Bitte, Herr«, flüsterte er gepresst. »Die Kaiserin ist in einer Stunde wieder fort. Aber unser Haus … und die Menschen darum herum, sie bleiben. Die Kranken allein können das, was die Kaiserin ihnen bringt, nicht verteidigen. Diese Männer sorgen dafür, dass man uns nicht alles nimmt.«

Gaban sah ihn an. Er spürte, wie sein Zorn verebbte.

Kein Wunder, dass der Pöbel der Stadt die Gardisten der Kaiserin nicht überfiel. Es war um so vieles einfacher, erst einmal abzuwarten und die Nahrungsmittel den Schwachen später wegzunehmen. Gaban war immer noch aufgebracht, aber es war ein hilfloser Zorn.

Er zweifelte nicht daran, dass er allein mit diesen zwölf wilden Gesellen fertigwurde. Doch damit würde er alles nur noch schlimmer machen.

Brüsk steckte er die Waffe ein und kehrte um.

Vor dem Haupteingang traf er die Kaiserin wieder, und gemeinsam zogen sie sich zum Hafen zurück.

»Versteht Ihr jetzt, wie wichtig die Hilfe Eures Vaters für uns ist?«, fragte Aruda.

»Ich verstehe jedenfalls, dass wir nicht auf diese Hilfe warten sollten«, gab Gaban zurück. »Wir können sofort etwas tun. Schon morgen führe ich meine Truppen über den Strom. Wir müssen die Ordnung wiederherstellen.«

»Mein Fürst, ich will mich nicht beklagen …« Der Händler verbeugte sich tief.

Taranc fasste ihn am Arm. »Deswegen bin ich hier«, sagte er. »Um mir die Klagen der Bürger anzuhören und Abhilfe zu schaffen.«

Als der Mann sich wieder aufgerichtet hatte, trat Taranc zurück. Er hatte diesen Tag in der Gildenhalle von Raghabar verbracht, um mit den Einwohnern der Stadt zu reden. Zuerst hatte er vor den Oberhäuptern der Gilde gesprochen, dann war er in der Halle geblieben und empfing die Würdenträger einzeln. Ob sie nun unter vier Augen offener sprachen oder ob sie die Stütze von ihresgleichen brauchten, um ihre Angst zu verlieren: Taranc wollte alles erfahren.

»Ich weiß, dass Runnik … einen gewissen Ruf hat«, fügte er aufmunternd hinzu. »Nicht ohne Grund. Und wenn es darum geht, diese Stadt sicher zu machen, werde ich auch über die Versäumnisse des Statthalters nicht hinwegsehen.«

Taranc trat vor das Rednerpult in der Ratshalle. Drei seiner Ritter lehnten an der Wand, aber sie waren weit genug entfernt, dass die Bürger vertraulich sprechen konnten. Der Kaufmann vor ihm sah sich um. Schweiß stand ihm auf der Stirn.

»Es gehen seltsame Dinge vor sich in Raghabar.«

»Ich habe schon so manches gehört«, ermunterte Taranc ihn. »Von den Frauen, die in Runniks Palast verschwinden. Vom Treiben seiner sogenannten Büttel.«

»Ein Trupp von seinen Schlägern ist in mein Haus gekommen«, sagte der Händler. »Sie haben sich umgesehen, als wenn ihnen alles gehören würde. Dann sprachen sie davon, dass ich den Aufrührern helfe. Sie verlangten Geschenke zum Beweis meiner Treue …« Der Mann zuckte die Achseln. »Aber das ist nicht das Schlimmste«, fügte er hinzu.

»Was ist es dann?«

»Runnik ist … ein Zauberer.« Jetzt zitterte der Kaufmann. »Er führt die Stadt wie ein Räuberhauptmann, nicht wie ein Fürst. Er holt jeden, den er des Verrats verdächtigt, bei Nacht aus dem Haus, und er hat ehrbare Bürger auf dem Marktplatz hinrichten lassen, nur weil einer seiner Männer gegen sie ausgesagt hat …

Aber dann ist da noch das, was man nicht sieht. Die Menschen, die verschwinden. Viele der Anklagen sind falsch und unbegründet, doch andererseits weiß Runnik Dinge, die eigentlich kein Mensch wissen dürfte. Und man hat Dämonen gesehen in den Wäldern außerhalb der Stadt …«

Als die Sonne sank, beendete Taranc die Audienzen für den Tag. Er hatte einiges erfahren und versucht, die aufgebrachten Bürger zu beruhigen. Ihr Vertrauen zu gewinnen. Ihnen klarzumachen, dass er nicht ihr Feind war – dass Edern nicht ihr Feind war. Dass der Graf von Edern für Recht und Gesetz sorgte und ein offenes Ohr auch für ihre Klagen hatte.

Jetzt wandte er sich seinen Rittern zu.

»Also«, meinte er. »Was ist euer Rat?«

»Nehmen wir Runnik fest«, schlug Roppensprung vor. »Damit sollten wir alle Probleme in dieser Stadt lösen können.«

»Ein verlockender Gedanke«, gab Taranc zurück. »Aber glauben Sie wirklich, die kaisertreuen Rebellen in den Bergen strecken die Waffen, nur weil wir den Zauberer hängen?«

»Die Stadt würde es bejubeln.«

»Die Stadt interessiert uns wenig«, sagte Taranc. »Die Minen und den Weg dorthin, die müssen wir sichern. Es hilft uns nicht, wenn wir unsere Kräfte spalten und uns gegenseitig zerfleischen.«

»Runnik ist nur ein Zauberer«, gab ein anderer Ritter zu bedenken. »Ihr seid der Sohn des Grafen. Die Truppen werden Euch folgen.«

»Dennoch hat mein Vater Runnik zum Statthalter ernannt. Und Runnik hat eigene Wachen. Die Menschen hier hassen ihn – trotzdem hat er die Stadt bis jetzt gehalten. Wenn wir offen gegen ihn vorgehen, weiß niemand, was daraus entsteht.«

»Oh«, sagte Roppensprung. »Es muss nicht offen sein. Eine zufällige Begegnung auf der Straße, mit dem Schwert in der Hand … und sobald der Zauberer aus dem Weg ist, sollten seine Leute kein Problem mehr darstellen.«

»Immerhin hat er die Stadt für uns eingenommen.« Nachdenklich strich Taranc sich über das Kinn. »Wir dürfen ihn nicht unterschätzen. Und mein Vater hält ihn aus irgendeinem Grund für nützlich …« Er schüttelte den Kopf. »Nein. Ich werde weitere Beweise sammeln, damit wir diesen Zauberer rechtmäßig absetzen können. Und bis es so weit ist, werden wir ihm auf die Finger schauen und unsere Stellung hier stärken.«

Lacans Trupp folgte der Flussstraße. Der Weg schlängelte sich zwischen kleinen Wäldchen hindurch. Bald verschwanden die Mauern von Hammerheim hinter den Bäumen, und der große Strom geriet außer Sicht, dann wieder rückte er so dicht heran, dass die vom Frühlingsregen angeschwollenen Wassermassen an der Straße leckten.

Gegen Mittag erreichten sie die Furten. Lacan hielt inne und betrachtete den Ort, an dem er im letzten Jahr seine größte Schlacht geschlagen hatte. Vor seinem inneren Auge sah er noch die Toten im Wasser treiben, und sein Blick suchte unwillkürlich nach den Schlieren von Blut in den Fluten. Aber längst hatte der Ragnat alle Spuren des Kampfes fortgespült – und einen großen Teil der Befestigungen und Anlagen, die einst zu der Furt gehört hatten. Der Übergang, über Generationen hinweg ausgebaut, war heute nicht mehr sicher. Lacan verspürte einen Stich, wenn er daran dachte, wie viel er zu der Zerstörung beigetragen hatte.

Rasch wandte er sich ab und winkte seine Gefährten weiter. »Wir schaffen noch eine Wegstunde vor der Rast«, sagte er.

Nessa sah ihn an. »Mancher Feldherr würde gern am Ort seines Triumphes verharren.«

Lacan dachte an die Söldner, die die gefallenen Ritter abgeschlachtet und geplündert hatten. Und er dachte an die zweite Schlacht in Horome, die um ein Haar in einem Desaster geendet hätte, in einem Blutbad gegen einen überlegenen Gegner. Es grenzte an ein Wunder, dass dieser Gegner sich am Ende zurückgezogen und ihnen den Sieg regelrecht geschenkt hatte.

Es grenzte an ein Wunder, dass sie entkommen waren!

»Es war kein Triumph«, sagte er. »Es war nur ein Kapitel in der langen Folge von Unglücken, die das Reich heimgesucht haben. Und Bponur hat verhindert, dass wir das schlimmere Ende zu tragen hatten.«

»Bponur war in den letzten Jahren oft auf deiner Seite«, erinnerte ihn Nessa. »Und irgendwann, wenn alles vorbei ist, wirst du es zu schätzen wissen. Unser Gott hilft den Gerechten. Aber er hat nie versprochen, dass er seine Hilfe ohne einen Preis gewährt.«

»Nun, unsere Sache ist gerecht«, befand Sobrun.

Danach zog die Gruppe schweigend weiter, und Lacan konnte nicht anders, als darüber nachzudenken, was für einen Preis der Gott auf dieser Mission fordern würde. Er blickte auf Nessa, die an der Spitze ritt, auf ihren schlanken Leib, der das Kettenhemd mit kraftvoller Anmut trug. Von hinten hätte man sie für einen Jüngling in der Blüte seiner Jugend halten können. Lacan konnte ihr nicht absprechen, dass sie mit Recht die Waffen eines Ritters führte.

Und doch, wenn er vor ihr stand, sah er das Gesicht der Frau, die er liebte. Es wäre ihm lieber gewesen, sie zu Hause und in Sicherheit zu wissen. Und der Anblick der Furt erinnerte ihn daran, dass sie nun eine Grenze überschritten hatten. Sie ließen die südlichen Provinzen hinter sich und drangen in die Gebiete vor, die vom Krieg verwüstet waren.

Oberhalb der Furt war offenes Land. Die Felder waren unbestellt und von Unkraut überwuchert. Über den Stromschnellen im Norden hingen graue Regenwolken. Sie machten kurz Rast in den Ruinen eines niedergebrannten Gutshofs, der auf einem Hügel lag und dessen zentraler Platz immer noch geschützt und befestigt war.

Dann zogen sie weiter.

Nach einer Weile bog die Straße scharf vom Fluss ab, und das Uferland ging in ein Feld voller Steine und schroffer Findlinge über, zwischen denen das Wasser in glitzernden Tümpeln stand. Dahinter rauschten die Stromschnellen, doch das Geräusch verebbte bald, je weiter sich die Reisenden entfernten. Der Weg führte hinein in das Hügelland und in einen Wald aus verschlungenen Weiden, die ein undurchdringliches Dickicht bildeten. Das Grün wucherte so hoch, dass selbst die Reiter nicht darüberblicken konnten.

Plötzlich knackte es in dem Gehölz, und auf einer Länge von zwanzig Schritten brach eine Horde wilder Gestalten hervor und stürzte sich brüllend auf den Zug. Die Männer sahen zerlumpt aus, aber sie hatten Schwerter und Speere und sogar Schilde, und einige trugen Teile von Rüstungen.

Die Pferde scheuten. Die Knechte kämpften mit den Packtieren. Scipia, die Meisterin der Elemente, rutschte aus dem Sattel, ein Schüler aus dem Kloster hing noch mit einem Bein an seinem Gaul und klammerte sich verzweifelt an einem dünnen Bäumchen fest, während das Tier unter ihm weiterdrängte.

Ein vierschrötiger Angreifer sprang auf ihn zu und schlug den hilflosen Novizen mit dem Schwert fast in zwei Hälften.

Lacan zog seine Waffe, Nessa an der Spitze des Zuges wendete ihr Pferd. Sobrun hielt schon sein Schwert in der Hand. Geschickt lenkte er sein Ross zwischen den aufgeregten Tieren hindurch, hieb nach links und nach rechts und hatte zwei der Gesetzlosen erschlagen, noch bevor irgendjemand einen Überblick über die Lage hatte.

»Vorwärts!«, rief Lacan. »Wir müssen weg von den Bäumen.«

Er widerstand der Versuchung, sich ins Getümmel zu stürzen. Stattdessen hielt er den Zug von hinten zusammen, kümmerte sich um die Pferde, die ins Gestrüpp gerieten, trieb die Priester an und half den Knechten.

Nach dem ersten Ansturm zogen sich die Räuber in das Gehölz zurück. Sie stachen mit Spießen, und ein schlecht gezielter Pfeil surrte quer durch das Gemenge.

Es gibt einfach zu viele Waffen in diesem Land, dachte Lacan. Er schlug eine Speerspitze mit dem Schwert zur Seite und ließ sein Ross steigen. So drängte er den Angreifer tiefer ins Unterholz.

Eine Räuberbande wie diese hätte vor zwei Jahren vielleicht Keulen oder ein paar rostige Dolche besessen. Doch inzwischen war das ganze Land ein Marktplatz für sie, auf dem sie sich kostenlos bedienen konnten. Schwerter und Rüstungen im Gegenwert eines ganzen Dorfes waren leichter zu bekommen als eine anständige Mahlzeit.

Das Dickicht bot den Gesetzlosen Deckung, und der schmale Pfad zwischen den Bäumen behinderte die Reiter. Aber der dichte Bewuchs verhinderte auch, dass die Angreifer ihnen einfach folgen konnten. Dazu mussten sie sich auf den Weg herauswagen, und dort waren sie schutzlos. Ein einzelner bewaffneter Ritter konnte mühelos das Ende des Zuges verteidigen.

Lacan beugte sich aus dem Sattel, packte einen schwer verletzten Knecht, der blutend über den Weg irrte, an der Schulter und zog den Mann vor sich halb über den Rücken des Pferdes.

Sobrun wartete auf ihn. Seite an Seite bildeten sie die Nachhut, aber von den Räubern war nichts mehr zu sehen.

»Wir müssen so schnell wie möglich freies Feld erreichen«, sagte Lacan.

»Kehren wir lieber um und geben wir ihnen den Rest«, schlug Sobrun vor. »Das ist nur Gesindel. Hätte nie gedacht, dass solche Herumtreiber so eine starke Gruppe angreifen würden … noch dazu eine, die von Rittern angeführt wird.«

Lacan blickte über die Schulter. »Wer weiß, wie verzweifelt sie sind«, sagte er. »Wir haben mehr Priester als Krieger in unseren Reihen, und wir wissen nicht, wie viele Räuber in diesem Wäldchen lauern.«

Widerstrebend fügte sich Sobrun, und sie entfernten sich vom Schauplatz des Kampfes. Vor ihnen lichtete sich das Weidengehölz. Ein großer Teil ihrer Begleiter hatte den Schatten der Bäume bereits hinter sich gelassen. Lacan sah Nessa am Ende des Gehölzes stehen, dort, wo die Straße aus dem Wald hinausführte. Die Ritterin ließ den Rest der Gesellschaft an sich vorüberziehen und behielt das Dickicht im Auge.

Lacan schloss zu ihr auf. Kaum waren sie alle drei aus dem Hain heraus, da ertönte zur Rechten ein lauter Pfiff. Mit Gebrüll stürmten die Räuber den Weg entlang, ein geschlossener Haufen von zwanzig Mann.

Lacan wendete sein Pferd. »Sprengt sie auseinander!«, rief er.

Er nahm den Schild hoch, stellte sich in den Steigbügeln auf und trieb sein Schlachtross wieder auf den Wald zu. Nessa folgte.

»Wartet, Herr. Wart…«

Sobruns Worte brachen unvermittelt ab. Er lenkte sein Pferd neben den Ritter und wedelte mit dem Schild. Er schwankte im Sattel, dann scherte sein Reittier nach links aus.

Lacan blieb keine Zeit, auf seinen Kriegsknecht zu achten. Am Waldrand stieß er auf die Gesetzlosen. Mit Schwert und Schild fing er ihre Angriffe ab und sprengte den Haufen mit der gepanzerten Brust seines Pferdes auseinander. Nessa ritt dicht hinter ihm. Ihre Klinge sauste auf die Wegelagerer nieder, die ohne Deckung dastanden.

Gleich darauf war das Scharmützel vorbei. Die Räuber, die noch auf den Beinen standen, flüchteten ins Gehölz, wohin die Reiter ihnen nicht folgen konnten.

Lacan erinnerte sich wieder an seinen Begleiter. Er ritt am Rand des Wäldchens entlang und spähte in das Dickicht. Irgendwo musste sich ein Kundschafter verstecken, der mit seinem Pfiff die Verstärkung gerufen hatte … Nichts bewegte sich zwischen den dichten Weidenzweigen, und nur ein fernes Rascheln verriet, dass sich jemand durch das Unterholz kämpfte und tiefer in den Wald floh.

Schließlich entdeckte Lacan das Pferd seines Kampfgefährten. Sobrun lag am Boden daneben. Lacan stieg ab.

»Was ist mit ihm?« Nessa war herangekommen. Sie blickte immer wieder über die Schulter zurück, doch anscheinend hatten sie die Angreifer nun endgültig vertrieben.

Lacan drehte den alten Söldner um. Sobrun gab ein Röcheln von sich. Aber sein Blick blieb leer, Blut lief ihm aus dem Mund. Ein dunkel lackierter Armbrustbolzen war ihm in die Brust gedrungen, fast unterhalb des linken Arms. Die Spitze hatte sein Kettenhemd durchschlagen, und die durchtrennten Ringe verrieten Lacan, dass es ein panzerbrechendes Geschoss gewesen war.

Das war eine spezielle Waffe, aus größerer Entfernung und in einem ungünstigen Winkel vom Waldrand aus abgeschossen. Hatte da ein Räuber einen glücklichen Fund vom Schlachtfeld zum Einsatz gebracht und damit einen glücklichen Treffer gelandet?

Lacan mochte nicht an so einen Zufall glauben. Er dachte an Sobruns letzten Anritt, an die nicht zu Ende gesprochene Warnung – der alte Söldner musste den Angreifer gesehen haben. Und er hatte sein Pferd an Lacan vorbeigelenkt, als der Bolzen ihn getroffen hatte.

Sobrun hatte das Geschoss abbekommen. Aber Lacan war das Ziel gewesen. Er konnte an nichts anderes denken, während er auf den toten Kampfgefährten hinabblickte.

»Du kanntest ihn nicht so lange, wenn ich das recht verstanden habe.«

Die Gefährten lagerten wenige Hundert Schritt vom Waldrand entfernt, und sie behielten das Weidengehölz im Auge. Sie hatten ihre Toten aufgebahrt – außer Sobrun war noch ein Knecht gestorben, ein Priester war tot im Wald geblieben, drei weitere Männer waren verletzt. Die Räuber lagen dort, wo sie gefallen waren, aber zwei von ihnen, die verwundet waren, hatten Lacan und Nessa mitgebracht und befragt.

Die Meister stritten gerade darüber, was dieser Vorfall für ihre Mission bedeutete. Lacan konnte den Blick nicht von Sobrun abwenden, der unter einer Decke lag. Nessa versuchte, ihm Trost zu spenden.

»Ich kenne ihn erst seit drei Jahren«, sagte Lacan. »Er war mehr als ein Knecht – ein Kampfgefährte. Wir haben uns an der Grenze kennengelernt, und ich konnte mich immer auf ihn verlassen.«

»In den Schwarzen Bergen«, ergänzte Nessa.

Lacan nickte. Das bedeutete etwas. Die Schwarzen Berge waren ein verfluchter Ort, die Grenze zu den Landen, aus denen einst die Ronurer gekommen waren, und sie waren immer noch voll von deren Hinterlassenschaften, von Ungeheuern und von verzauberten Orten. Der Dienst in diesem Grenzland stellte die Krieger auf die Probe – und schweißte jene zusammen, die diese Prüfung bestanden.

»Er war treuer als jeder Hausknecht«, sagte Lacan. »Ich kann es kaum glauben, dass er hier gestorben ist – auf dem Boden des Reiches, durch die Hand von ein paar Halunken.«

»Durch die Hand dessen, der die Halunken angeheuert hat«, gab Nessa zurück.

Lacan nickte. Nach allem, was die überlebenden Gesetzlosen erzählt hatten, war der Überfall auf der Straße nur eine Ablenkung gewesen. Die Räuber hatten gar nicht gewusst, mit wem sie es zu tun hatten; sie hatten allerdings auch nicht zufällig in dem Wald gelauert: Jemand hatte sie dafür bezahlt und hatte sie vorher eingewiesen.

Derjenige hatte gewusst, wer hier entlangkam, und er hatte vorausgesehen, wie sich die Ritter verhalten würden. Er hatte

Lacan eine Falle gestellt. Es musste jemand sein, der sich in solchen Dingen auskannte und der einen Grund hatte, sein Augenmerk auf ihren Trupp zu richten.

»Der Gemeindienst der Kaiserin«, stellte Lacan fest.

»Der inzwischen Sortor dient«, ergänzte Nessa.

Lacan nickte. Zum Glück war es eine überhastete Aktion gewesen, ein einziger Agent vor Ort, der eine Handvoll Gauner angeworben hatte, die gerade verfügbar waren. Trotzdem hatte der Überfall einen hohen Preis gefordert. Und er bewies auch, dass man sie im Visier hatte und dass sie mit besser geplanten Angriffen rechnen mussten.

»Sie müssen in Hammerheim auf uns aufmerksam geworden sein«, sagte Lacan.

»Kein Wunder«, bemerkte Nessa. »Wir haben genug Aufmerksamkeit erregt.«

»Ich weiß«, sagte Lacan. »Ich hatte von Anfang an kein gutes Gefühl dabei.«

»Ich dachte, Hammerheim stünde nicht auf der Seite der Kaiserin.« Zindal war zu ihnen getreten.

»Die Stadt ist neutral geblieben«, erklärte Lacan abwesend. »Was bedeutet, dass sie weder einen Treueschwur geleistet noch ihn offen verweigert haben und dass niemand allzu hartnäckig nachgehakt hat. Aber es wäre dumm zu glauben, dass die Kaiserin keine Gewährsleute dort hat.«

»Ich frage mich, wer genau dahintersteckt«, überlegte der Meister der Alchemie. »Die Kaiserin … oder die Hexe.«

Lacan zuckte die Achseln. Es war eigentlich gleichgültig, ob die Agenten Sortors ihre alten Gegenspieler aus dem Kloster der »bewahrenden Hand« wiedererkannt hatten oder ob sie einfach nur darauf aufmerksam geworden waren, dass der bekannte Feldherr der aufrührerischen Südprovinzen ein weiteres Mal nach Norden reiste. Wichtig war nur eins: Sie konnten nicht länger hoffen, unbemerkt durchzuschlüpfen.

»Wir müssen von der Flussstraße herunter«, befand Lacan.

»Wir können zurück zur Furt und auf die andere Seite wechseln«, schlug Ander vor.

Lacan schüttelte den Kopf. »Das Land auf dieser Seite des Flusses ist zwar vom Krieg verwüstet. Aber im Westen ist der Krieg noch im vollen Gange. Da wollen wir nicht hineingeraten.«

»Dann werden wir in einem Bogen über die Dörfer reiten, auf den Nebenstraßen«, entschied Nessa. »Da dürften wir von Sortors Geheimdienst unbehelligt bleiben. Und wenn doch jemand auf uns aufmerksam wird, gibt es so viele Wege, die wir nehmen könnten, dass sie unmöglich alle überwachen können.«

Die laue Frühlingsnacht brachte eine Ahnung des nahen Sommers. Linos empfand es fast ein wenig zu warm in seiner gedeckten Pagenuniform aus grober Wolle. Der Wind wehte von Westen über den Fluss und trug den Geruch nach Rauch mit sich, an den Linos sich inzwischen gewöhnt hatte. Im letzten Jahr hatte er es als den Geruch des Krieges gedeutet, doch anscheinend brannte in der Stadt immer irgendwo ein Feuer.

Linos kauerte sich in sein Versteck, eine dunkle Mauernische gegenüber dem großen Herrenhaus, und versuchte, die Nacht zu genießen. Später, in den Sommernächten selbst, stand die Luft schwer und stickig in den Straßen, und kein Windhauch brachte Linderung. Der allgegenwärtige Geruch nach Rauch verschwand hinter einem Miasma von Fäulnis und Verwesung, das über dem Fluss hing und aus den Kanälen stieg.

Linos hatte seine neuen Freunde davon reden hören. Ein wenig hatte er es selbst im letzten Jahr noch erlebt; auch das hatte er damals als Nachhall des Krieges gedeutet, aber die

Bettler hatten ihm erklärt, dass der Geruch des Sommers sogar in den besseren Jahren schon einmal die Ratten aus den Kanälen an die Oberfläche trieb. Linos fragte sich, ob er einen weiteren Sommer in der Stadt erleben würde.

Wenn der König Erfolg hatte, wenn er an alle Reichtümer gelangte, die er zu erbeuten hoffte, würde dann genug für ihn und Niki abfallen, damit sie die Rückreise wagen konnten? Er hatte gehört, dass die Straßen in den Westen unpassierbar waren, dass es dort einen weiteren Krieg gegeben hatte. Aber es musste einen Weg an der Küste entlang geben, zu Fuß oder mit dem Schiff, wenn man es nur bezahlen konnte.

Vermutlich brauchte man außer dem Geld auch zuverlässige Begleiter. Linos wusste nicht, ob er sich die Reise zutraute. Er redete sich gerne ein, dass ihn nichts mehr erwartete in der Heimat. Dass sein Vater gefallen war, dass er sich ohnehin nicht für die Laufbahn als Ritter eignete, zu der seine Eltern ihn gedrängt hatten.

Aber die Berichte über seinen Vater waren widersprüchlich, und seine Mutter lebte noch in Barratain und wartete gewiss auf ihn. Und auch wenn der König der Edelschnorrer Linos' Gelehrsamkeit zu schätzen wusste, blieb die Stadt ihm doch fremd. Er sah seine Zukunft nicht in Horome, doch es erschien ihm auch nicht möglich, den Traum von einer Heimkehr in die Tat umzusetzen.

Ein Geräusch ertönte, und er schrak hoch.

An dem Gebäude gegenüber ging ein Fenster auf. Das Holz schabte leicht am Rahmen, und im nächsten Augenblick kletterte eine kleine Gestalt heraus. Ein helles Hemd blitzte unter einem dunklen Kapuzenumhang auf.

Linos spähte um den Mauervorsprung und sah, wie die Gestalt kurz innehielt und in alle Richtungen lauschte und dann das Fenster leise schloss.

Linos spannte sich an, und als der schattenhafte Schemen

auf die Einmündung einer Gasse gleich zu seiner Rechten zuhuschte, sprang er hervor und packte ihn am Arm.

Die Gestalt schrie unterdrückt auf und riss sich los.

»Niki«, flüsterte Linos. »Ich bin's. Verrat uns nicht!«

»Linos!« Niki presste die Hand auf ihr Herz. Die Wolken am Himmel rissen kurz auf, und Linos sah ihr Gesicht. Es war bleich.

Er packte sie wieder und zog sie in die Gasse.

»Wir können nicht hier auf der Hauptstraße stehen bleiben«, wisperte er.

»Dann solltest du mir vielleicht nicht auf der Straße auflauern und mich zu Tode erschrecken.« Niki stieß ihn mit dem Ellbogen in die Seite. »Was machst du überhaupt hier?«

»Ich hab auf dich gewartet.«

»So?« Linos kannte Niki gut genug, um sich den Gesichtsausdruck vorzustellen.

»Ich habe gedacht, dass du dich wieder wegschleichen willst.«

»Nun«, sagte Niki. »Du hättest einfach bei den anderen auf mich warten können. Ich weiß genau, wo ihr heute einsteigen wollt – immerhin hab ich euch den Hinweis gegeben.« Sie kicherte leise.

»Die anderen wollen dich dort nicht sehen«, sagte Linos. »Es ist zu gefährlich.«

»Und für dich nicht, Bücherritter?«

»Mich wollen sie auch nicht dabeihaben. Ich habe mich nur deinetwegen auf die Insel geschlichen. Um zu verhindern, dass du eine Dummheit begehst.«

»Danke. Ich kann ganz gut auf mich selbst aufpassen.«

Sie schob Linos zur Seite und setzte sich wieder in Bewegung.

Er lief ihr hinterher. »Überleg doch mal.« Hastig sprach er auf sie ein und hatte Mühe, seine Stimme zu dämpfen.

»Du hast deine eigene Aufgabe. Du bist nicht nur bei dem Einbruch in Gefahr, du könntest schon auffliegen, wenn du dich nur aus dem Haus schleichst. Immerhin sollst du die Edeldame spielen.«

»Jaaa …«, fauchte Niki zurück. Sie fuhr herum und hielt die erhobenen Fäuste vor Linos' Brust. »Ich sollte ein paar Tage bei dieser Familie bleiben und ihr Haus auskundschaften. Jetzt sieht es so aus, als müsste ich den Rest meines Lebens dort verbringen.«

»Das ist doch Unsinn«, sagte Linos. »König Tay hat seine Pläne. Niemand konnte vorhersehen, dass deine Gastfamilie so eine Goldgrube ist und dass sie so viele Bekannte haben. So eine Gelegenheit bekommen wir bestimmt nie wieder.«

»Meinetwegen«, lenkte Niki ein. »Ich habe getan, was von mir verlangt wurde. Aber keiner kann von mir erwarten, dass ich nur die Dame spiele, während andere die Abenteuer erleben.

Wenn du schon nicht an meiner Seite stehst, dann steh mir wenigstens nicht im Weg.«

Sie machte wieder kehrt und stapfte los.

Linos seufzte. Was sollte er nun anfangen? Wenn er mit ihr bei dem Trupp auftauchte, der in dieser Nacht im Haus der Familie von Walstetten einbrechen sollte, würde er Ärger kriegen. Niki hingegen konnte vielleicht auffliegen, doch die Bettler konnten sie kaum bestrafen für ihren Ungehorsam. Am Ende der Nacht würde jeder alles dafür tun, dass Niki unversehrt zu ihrer Familie zurückkam. Umgekehrt hinderte den König nichts daran, Linos in Zukunft einzusperren, wenn er bei seinem Ausflug auffiel.

Zögernd ging er los und folgte dem Weg, den Niki genommen hatte. Er schwankte noch, ob er sie weiter begleiten oder ob er zum Fluss und zu seinem Boot zurückkehren sollte, da hörte er vor sich ein Geräusch.

Schwere Stiefel scharrten auf dem Pflaster. Niki schrie auf, laut diesmal, und Schmerz schwang in ihrem Schreckenslaut mit.

»Wen haben wir denn da?«, rief eine raue Stimme. »Sieht so aus, als hätte jemand die Kleiderkammer geplündert.«

Licht sickerte um die nächste Ecke. Linos beschleunigte vorsichtig den Schritt. Je näher er den Stimmen kam, umso langsamer wurde er. Schließlich spähte er um die Abzweigung. Er sah drei Büttel der Nachtwache. Sie standen um Niki herum. Einer der Männer hatte eine Laterne in der Hand, und nachdem er den Docht hochgedreht hatte, hielt er die Lampe tiefer und betrachtete die Gefangene. Er schlug ihren Mantel zurück.

»He, ist das ein Nachthemd?«, fragte er.

Anscheinend hatte Niki die Hose eines Hausburschen über ihr Nachtgewand gestreift und sich irgendeinen dunklen Umhang von der Garderobe genommen. Im Licht der Laterne sah es aus wie der Samtmantel einer Dame.

Niki sträubte sich, doch der Wachmann drehte ihr den Arm auf den Rücken, und mit einem Aufschrei ging Niki in die Knie.

»Woher kommst du, Mädchen?«, fragte der Posten mit der Laterne.

»Ich … Ich …«, stammelte Niki. Mit geweiteten Augen blickte sie zu den Soldaten auf. Sie hätte versuchen können, die Wachen zu beeindrucken: als adliges Mädchen, das nachts auf der Suche nach Abenteuern aus dem Haus geschlichen war. Aber alle höfische Erziehung durch den Bettlerkönig und ihre Gasteltern schien vergessen.

»Lasst mich … ich …«, stammelte sie, immer noch auf Knien, mit auf den Rücken gedrehtem Arm festgehalten, und Linos erkannte eine leichte Sprachfärbung, die das Stallmädchen aus dem Westen verriet.

»Sieht nicht aus wie ein Dieb«, stellte der dritte Wachmann fest.

Wenn du wüsstest, dachte Linos. Immerhin hatte Niki kein Werkzeug dabei.

»Was schleicht sie dann bei Nacht durch die Gassen?«, knurrte der Mann, der sie festhielt.

Linos' Gedanken überschlugen sich. Selbst wenn Niki die Nerven behielt und eine Geschichte erzählte, was würde es ihr nutzen? Die Wachen würden darauf bestehen, sie zu ihrem Haus und zu ihrer Familie zu bringen. Es würde Fragen geben, einen Skandal. Und Nikis Tarnung würde auffliegen.

Und wenn herauskam, wer sie wirklich war …

Linos wusste, dass ihr der Tod drohte.

Jetzt brach das Mädchen in Tränen aus. Der Posten zog sie wieder auf die Füße. Linos hoffte, dass Niki den Zusammenbruch nur spielte – war sie sonst nicht immer so forsch und mutig und findig?

Womöglich wollte sie die Männer in Sicherheit wiegen und in einem günstigen Moment entkommen. Aber der Mann hielt sie weiterhin fest, die beiden anderen standen vor ihr.

»Bringen wir sie zur Wache«, sagte der Mann mit der Laterne. »Dort kriegen wir mehr aus ihr heraus.«

Sie setzten sich in Bewegung. Linos' Herz raste.

Was konnte er tun?

Er konnte nicht gegen drei Wachen kämpfen. Aber vielleicht konnte er eine Gelegenheit schaffen …

Er biss die Zähne aufeinander und rannte los, so leise wie möglich auftretend, heraus aus dem Dunkel. Er war fast heran, als die Wachen ihn bemerkten.

»He, Achtung!«, rief der Laternenträger erschrocken.

Da prallte Linos schon gegen den Mann, der Niki festhielt.

»Lauf, Ira!«, schrie er.

Er hatte das Gefühl, als würde er gegen einen Stein rennen.

Er spürte einen Panzer unter dem Überwurf der Wache, und der Mann geriet kaum ins Wanken. Aber der wusste nicht, wer da aus dem Dunkel auf ihn zustürmte, und er fuhr herum, hob abwehrend einen Arm und griff nach der Waffe.

»Linos!«, rief Niki.

Linos zuckte zusammen, als er seinen Namen hörte, nachdem er so darauf bedacht gewesen war, den ihren nicht zu nennen.

Egal. Niemand kennt mich hier.

»Kümmere dich nicht um mich. Lauf nach Hause!«, rief er.

Der Wächter schlug nach ihm. Linos sprang zurück und wich zu der Seite aus, wo der zweite Posten herankam. Niki zögerte nicht länger. Sie rannte los, tauchte unter der Hand des Laternenträgers hindurch und verschwand blitzschnell in der Dunkelheit.

Der zweite Wachposten konnte sie nicht verfolgen, weil Linos ihm im Weg stand.

»Ihr nach!«, brüllte er.

Der Mann mit der Laterne machte zwei halbherzige Schritte hinter Niki her, blieb dann aber bei seinen Gefährten. Doch Linos saß nun zwischen den beiden anderen Soldaten in der Falle. Der erste Wachmann hatte ein Kurzschwert gezogen, und Linos versuchte, seitlich an dem Mann vorbeizulaufen und so zu entkommen.

Der zweite Posten packte ihn. Linos wollte sich losreißen, aber die Hände des Wachsoldaten schlossen sich wie Eisenringe um seine Arme, und als der Wachmann mit der Klinge hinzutrat, gab Linos den Widerstand auf.

Es musste eine bessere Gelegenheit zur Flucht geben … falls die Männer ihn nicht gleich auf der Stelle erstachen.

»Ich gebe auf!«, rief er. »Ich gebe auf.«

»Oho, ein Ritter.« Der Soldat mit dem Kurzschwert grinste.

Der Laternenträger leuchtete ihn an. Das Licht huschte

über die braune Pagenuniform, ähnlich wie die eines Laufburschen in einem adligen Haushalt.

»Ein Ritter wohl kaum«, stellte der Soldat fest. »Aber ich weiß auch nicht, was wir da erwischt haben.«

Kampfgeräusche drangen in Meris' Gedanken. Ein Poltern, und sie hörte Holz splittern. Dekka rief ihren Namen, rief immer lauter.

Die Männer des Kanzlers kamen, um sie zu holen!

Meris fuhr von ihrem Lager auf. Der Gestank von Erbrochenem mischte sich mit dem süßlichen Geruch von Opium und würzigem Räucherwerk, der die üblen Ausdünstungen, die sonst noch im Raum hingen, kaum überdecken konnte. Unwillkürlich musste sie würgen.

Wieder ein Albtraum. Sie musste dringend eine andere Droge finden, denn was half das Vergessen, wenn der Rausch die Lücke mit neuen Schrecken füllte?

Doch der Lärm ging weiter. Meris hörte Schritte wie von schweren Stiefeln über den morschen Holzboden stampfen. »Aus dem Weg, du Abschaum!« Eine herrische Stimme, dann wieder Gepolter. Irgendetwas schlug dumpf gegen eine Wand. Es knackte, als ob etwas brechen würde. Und die Schritte kamen näher.

Meris kämpfte sich auf die Füße, taumelte und kroch schließlich auf allen vieren von ihrem Lager weg. Sie tastete nach ihrer Waffe. Hatte sie nicht einen Degen bei sich gehabt?

Das verfluchte Opium! Es taugte nur dazu, ihr im entscheidenden Augenblick die Kräfte zu rauben.

Von überall her drangen nun aufgeregte Rufe. Stahl klirrte. Die Vorhänge zu dem Seitengang, in dem sie lag, klafften auf. Ein Mann in voller Rüstung schob sich hindurch.

Meris sprang auf und stützte sich an der Wand ab. Alles

drehte sich. Aber sie erkannte die Farben des Waffenrocks, Gold und Purpur, und ganz verschwommen das Abzeichen einer Krone. Es war ein Gardist aus dem Palast!

Meris beugte sich vornüber und erbrach sich vor die Füße des Mannes.

Der packte sie an den Haaren, riss sie zurück und schleuderte sie angewidert auf ihr Kissenlager. »Ich hab sie!«, brüllte er. »Ziehen wir ab.«

Ein zweiter Gardist trat hinzu. Die beiden Männer wischten Meris' Gesicht mit einem Zipfel des Vorhangs sauber und schleiften sie hinter sich her durch das Gebäude auf die Straße, wo sie Meris zwischen sich nahmen.

»Kann selber laufen«, murmelte sie. »Sortor hätte nur nach mir schicken müssen.«

Die Büttel der Oberstadt schleppten Linos in ihre Wachstube. Sie stellten ihm Fragen und schlugen ihn, als er nicht antwortete – oder wenn seine Antwort ihnen nicht gefiel. Dann warfen sie ihn in eine Zelle.

Linos wischte sich das blutende Gesicht mit dem Ärmel ab und kroch in eine Ecke – so weit wie möglich weg von den Gestalten, die bei ihm in dem engen stinkenden Raum kauerten: betrunkene Knechte, narbengesichtige Kerle, die aussahen wie Halsabschneider, ein kleiner, wieselartiger Bursche mit flinken Augen, die aufmerksam unter einem Hut hervorspähten.

Linos zog die Beine an den Körper und schlang schützend die Arme darum.

Er hörte die Wachen vor der Tür, neue Gefangene kamen herein, er nahm Stimmen im Vorraum wahr, wie bei Fragen und Antworten in einem Verhör, und aufgebrachte Bürger, die offenbar ihr Anliegen vortrugen.

Im ersten Augenblick hatte Linos gedacht, dass die Posten allein ihretwegen auf der Straße gelauert hatten, dass die Raubzüge der Edelschnorrer so viel Aufmerksamkeit erregt hatten, dass die Stadtwache gezielt Jagd auf sie machte.

Während der Stunden in der Zelle erfuhr er, dass die Wache tatsächlich aufgestockt worden war, dass sich Greifertrupps in Torbögen und gut getarnten Durchgängen verbargen und jeden mitnahmen, der verdächtig an ihnen vorbeischlich. Die Edelschnorrer waren anscheinend nicht die Einzigen, die zu diesen Maßnahmen Anlass gaben. Das Verbrechen hatte die kaiserliche Insel erreicht, trotz aller Mauern und trotz der abgebrochenen Brücken in die verheerten Stadtviertel.

Und neben den Einbrüchen gab es zahllose Überfälle auf späte Spaziergänger oder Bettler und Belästigungen.

Der Morgen graute schon, als das Treiben auf der Wache sich beruhigte und eine gebieterische Stimme durch die Gänge hallte. Linos setzte sich auf. Es dauerte eine Weile, doch dann wurde auch er dem diensthabenden Ritter vorgeführt.

Er blinzelte gegen das Tageslicht, das durch die Fenster fiel.

»Was haben wir da?«, fragte der Ritter barsch.

»Einen Pagen, behauptet er zumindest. In den Diensten eines der Ritter aus dem Norden.«

»So?« Der Ritter baute sich vor Linos auf, der zwischen zwei Bütteln in dem karg eingerichteten Hinterzimmer des Wachgebäudes stand. Ehrerbietig senkte Linos den Kopf.

»Und was willst du auf der Insel? Oder gehörst du zu den Nordleuten, die Einlass in den Palast erhalten haben?«

Linos schüttelte den Kopf. »Ich …«, stammelte er kleinlaut. »Ich bin in eigenen Angelegenheiten hier. Bitte erzählt meinem Herrn nichts. Der bringt mich um.«

»Was kann ein Page schon für eigene Angelegenheiten haben?«, fragte der Ritter abfällig. »Wer ist dein Herr?«

»Bitte«, sagte Linos. »Sagt ihm nichts. Es ist uns verboten, durch die Tore der kaiserlichen Stadt zu gehen.«

Der Ritter gab ihm eine Ohrfeige. »Allerdings«, sagte er. »Und jetzt beantwortest du meine Frage.«

»Da war noch ein Mädchen bei ihm«, warf einer der Wachmänner ein. »Die ist entkommen.«

Der Ritter musterte Linos.

»Bitte, Herr«, flehte der. »Es ist gegen die Ehre. Ich kann sie nicht verraten.«

»Ehre.« Der Ritter betrachtete Linos von oben bis unten. Die braune Uniform sollte den Eindruck vermitteln, er sei ein Laufbursche, aber Linos hoffte darauf, dass der Ritter aus der Stadt nicht genau einschätzen konnte, ob so eine Kleidung unter den Nordleuten für einen Pagen ritterlicher Abkunft angemessen war. Er hatte oft sagen hören, dass die Nordleute grob und armselig waren verglichen mit dem Adel aus den zivilisierten Teilen des Reiches.

Der Ritter wandte sich an seine Leute. »Klopft ihn ein bisschen weich, damit er redseliger wird.«

»Bitte!« Linos hob die Stimme. »Ich bin nur ein Page, aber sie ist eine Dame!«

Der Ritter wandte sich wieder zu ihm um.

»Was?« Er runzelte die Stirn.

»Ich bin ihr im Gartenviertel begegnet. Auf dem Markt vor den Mauern, gleich nachdem die Kaiserin und unsere Herren Frieden geschlossen haben. Wir haben uns verabredet. Darum habe ich mich auf die Insel geschlichen, um sie zu sehen.

Bitte, Herr. Ihr könnt nicht von mir verlangen, dass ich eine Dame verrate!«

Der Ritter sah seine Leute an.

»Das Mädchen, das wir gesehen haben, steckte in einer groben Hose«, erklärte ein Wachsoldat. »Aber darunter schien sie nur ein Nachthemd zu tragen. Mit Spitzenbesatz. Und ihr Mantel war fein … und weich.«

»Seht ihr«, sagte Linos. »Sie hat sich aus dem Haus geschlichen, um mich zu sehen. Wir lieben uns doch.«

Der Ritter verzog das Gesicht.

»Was machen wir mit ihm?«, fragte der Wachsoldat. »Man könnte ihn für einen Spion halten.«

»Wie ist der Name deines Herrn?«, fragte der Ritter erneut. »Und dein eigener?«

Linos nannte zwei Namen, die ihm glaubwürdig erschienen. Nicht umsonst hatte er seine Jahre in Barratain damit verbracht, die Wappenrollen des Reiches zu lernen. So fiel es ihm nicht schwer, zwei Familiennamen zu finden, die nach Rittern aus dem Norden klangen und die ihm halbwegs unbekannt und unbedeutend zu sein schienen – er konnte nur hoffen, dass der diensthabende Ritter nicht zufällig mit einer dieser Familien verwandt war.

Der Mann musterte Linos nachdenklich.

»Er ist ein elender Herumtreiber«, sagte der Ritter. »Er hätte den Tod verdient, allein schon, weil er ein Mädchen aus edlem Haus aus der Obhut ihrer Eltern weggelockt hat. Aber wir haben ein Bündnis mit den Nordleuten …«

Und ein ganzes Heer dieser Nordleute steht vor den Toren, dachte Linos bei sich.

»… und ich kann weder Ärger mit den Gästen noch mit der Familie des Mädchens gebrauchen. Sorgt dafür, dass er wieder in den Westen kommt. Doch verpasst ihm vorher eine so kräftige Tracht Prügel, dass ihm das Liebeswerben erst einmal vergeht. Und wenn ich dich noch mal hier sehe ohne deinen Herrn …«

Er beugte sich zu Linos hinab und sah ihm in die Augen. »Dann lasse ich dich in den Fluss werfen, und keiner erfährt, wo du geblieben bist. Haben wir uns verstanden?«

Irgendwann auf dem Weg hatte Meris das Bewusstsein verloren, und als sie wieder zur Besinnung kam, sah sie feste Mauern um sich. Fackelschein fiel auf graue Steinquader, der Boden war braun wie Erde und so hart wie Stein. Sie kauerte nackt in der Mitte eines großen Raumes. Zwei bewaffnete Gardisten standen an den Seiten, ein halbes Dutzend Knechte in Lederschürzen beugten sich über sie.

»Nein«, murmelte Meris. »Nein!«

Sie hatte Sortors Warnung in den Wind geschlagen. Jetzt hatte die Hexe sie abholen lassen, in den Kerker, in dem Meris noch vor wenigen Monaten die Befehlsgewalt gehabt hatte.

Sie sah sich um und blickte in die bärtigen Gesichter der Folterknechte. Sie kannte keinen von ihnen. Hatte Stard ihre alten Helfer ersetzt? Auch der Keller kam ihr nicht bekannt vor. Aber es war ein Kerker, ganz ohne Zweifel.

Zwei der Männer hielten Schrubber mit derben Borsten in der Hand. Einer tauchte einen Eimer in ein bereitstehendes Fass und kippte das Wasser über ihren Körper. Es war eiskalt.

Meris prustete. Kopfschmerzen schossen in ihren Schädel. Sie sprang auf und versuchte, zwischen den Bütteln hindurchzulaufen, doch zwei der Folterknechte stießen sie zurück. Dann drückten die beiden anderen sie mit den Besen zu Boden und schrubbten sie ab wie einen groben Dielenboden. Die Borsten rissen ihr die Haut auf.

»Nein!«, rief Meris.

Ein weiterer Schwall traf sie im Gesicht, und sie schluckte Wasser und atmete es ein. Sie hustete. Wieder schrubbten die Männer über ihren nackten Körper. Sie wehrte sich kraftlos, doch nach wenigen Augenblicken blieb sie einfach liegen, stöhnte und wimmerte, während sie von den Schrubbern hin und her gewälzt wurde.

Nach einer Zeit, die ihr vorkam wie eine Ewigkeit, ließen die Männer von ihr ab. Zwei der Knechte packten sie am

Arm, zogen sie hoch und brachten sie aus dem Raum. Ihre Haut brannte, aber auf dem Weg durch die Gänge wurden die Schmerzen gedämpft von der Kälte. Das Wasser hatte die ganze Wärme aus ihrem Körper gespült, und Meris zitterte wie unter Schüttelfrost.

Dann hörte sie eine schwere Tür, und im nächsten Augenblick wurde sie in eine Zelle gestoßen. Mit einem metallischen Schlag fiel die Tür hinter ihr zu, und es war dunkel. Eine Weile lag Meris da, rührte sich nicht und zitterte weiter. Ihre Zähne schlugen aufeinander.

Zoll um Zoll schob sie sich schließlich auf Händen und Knien durch die schmale Kammer. Sie ertastete eine strohgefüllte Matratze, eine Decke. Sie hatte gerade genug Platz, um ausgestreckt zu liegen.

Sie wickelte sich in die Decke, atmete und wartete, dass ihr Körper sich nicht länger anfühlte, als würde er in Eiswasser getaucht, doch wirklich warm wollte ihr nicht werden.

Ihr Geist versank in der Finsternis, die sie umgab.

8. KAPITEL

Ein warmer Schimmer erschien über den Hausdächern im Osten. Gaban beschirmte die Augen und spähte über den Strom. »Es ist so weit«, stellte er fest. »Gleich Sonnenaufgang.«

Ritter Godemund von Felstetten runzelte die Stirn. Gaban wusste genau, dass sein Gefolgsmann nicht viel von diesem Einsatz hielt. Dennoch spitzte Felstetten die Lippen und stieß einen lauten Pfiff aus. Überall zwischen den Häusern außerhalb der Wälle am Westufer stürmten Krieger hervor und schleppten im Laufschritt Boote zum Fluss hinab. Gaban nickte Felstetten zu und eilte hinterher.

Gaban sprang in das Führungsboot, sobald es im Wasser lag. Seine Männer folgten ihm. Sie nahmen die Ruder auf, und bald setzte die kleine Flotille über den Fluss. Auf den grauen Fluten waren die Boote fast unsichtbar – die Sonne stand noch zu tief am Horizont, und die Gebäude im Osten warfen schwarze Schatten über den Strom.

Gaban steuerte einen hoch aufragenden Turm in den Ostvierteln an. Und dann, gerade als das Sonnenlicht wie ein Feuersturm über die Dächer rollte, landeten die Boote knirschend am jenseitigen Ufer an. Die Krieger sprangen heraus. Gaban zog sein Schwert, die anderen Nordmänner packten ihre Speere und schlossen die Schilde zusammen.

Gaban spitzte die Ohren. »Hören Sie das?«, fragte er Felstetten.

»Es wird gekämpft«, bestätigte der Ritter.

Gaban wies auf eine Straße, die vom Ufer fortführte. »Wie abgesprochen. Sie führen Ihre Männer über die Südstraße, ich komme vom Norden.« Er wandte sich ab und winkte seinen Kriegern.

Felstetten hielt ihn zurück. »Herr, noch könnt Ihr Euch anders entscheiden. Wenn sich nicht jeder an die Absprache hält, könnten wir in eine Falle geraten. Wollt Ihr wirklich auf diese Verbündeten vertrauen?«

Gaban zuckte die Achseln. »Ich glaube nicht, dass sie uns verraten werden. Aber man muss immer damit rechnen, dass sie der Aufgabe nicht gewachsen sind. Umso wichtiger ist es, dass wir uns sputen.«

Er lief los, und sein Trupp folgte ihm. Hundert schwer bewaffnete Krieger hasteten geduckt hinter ihrem Schildwall die Hauptstraße entlang. Horome wirkte wie ausgestorben. Sie kamen an hoch aufragenden Gebäuden mit eingeschlagenen Scheiben und leeren Türen vorbei, an verbrannten Ruinen und an Häusern, die ganz unbeschädigt aussahen. Das schien das größte Wunder zu sein.

Die Kampfgeräusche kamen näher. Die Straße mündete vor ihnen auf einen großen Platz, und Gaban sah Gestalten, die sich dort im Licht der Morgensonne bewegten. Er hob das Schwert.

»Auf sie, Männer!«, brüllte er und stürmte los.

Die Nordleute folgten ihm, und mit lautem Geheul brachen sie auf die freie Fläche hinaus.

Ein Haufen abgerissener Gestalten schien dort in einen Kampf verwickelt. Eine kleine Schar suchte bei den Mauern eines ausgebrannten Gebäudes Deckung, während ein weit größerer Trupp sie dort in die Enge getrieben hatte und sie zu überwältigen drohte. Die Kämpfenden sahen so aus, als hätten sie sich auf den Abfallhalden der Stadt bedient. Ihre Kleidung bestand aus schäbigen Fetzen oder bürgerlichen Gewändern in allen Farben. Manche trugen Leder, andere Eisenteile zum Schutz, aber niemand war vollständig gerüstet, und ihre Waffen waren eine Sammlung von allem, was man finden konnte: Schmiedehämmer, Mistgabeln, angespitzte Stuhlbeine und richtige Spieße, Schwerter und Äxte.

Angreifer und Verteidiger unterschieden sich nur dadurch, dass Letztere eine helle Schärpe trugen, aus Stoffteilen geknotet, aus Tauen oder gewickelten Tischdecken. Gabans Männer kümmerten sich nicht um die Schärpenträger, sondern stürzten sich sofort auf den größeren Trupp. Rasch kesselten sie die Männer ein.

Es war kein Kampf, es war ein Gemetzel. Die Strauchdiebe aus der Stadt hatten den schwer bewaffneten Kriegern nichts entgegenzusetzen, und die Truppen aus Guthügeln ließen keinen am Leben.

Es wurde still. Gaban ließ sein Schwert sinken. Die Schärpenträger waren bis ganz an die Mauern zurückgewichen. Sie und die Nordleute beäugten einander argwöhnisch. Da trat ein sehr fetter Mann mit einem langen schwarzen Bart aus dem rußgeschwärzten Gemäuer. Das Gesicht über dem Bart war so von Pockennarben übersät, dass die Augen fast dazwischen verschwanden. Er trug einen breiten Gürtel über einem braunen Ledermantel und einen viel zu kleinen Brustpanzer, der wie ein Schmuckanhänger auf seiner breiten Brust lag, und in der Hand hielt er ein breites, makelloses Zierschwert, das zuvor ohne Zweifel über irgendeinem Kamin gehangen hatte.

Der Mann lachte laut. »Fürst Gaban!«, rief er dröhnend. »Ich dachte schon, Ihr lasst uns im Stich!«

Gaban verzog das Gesicht. Dann rang er sich ein Lächeln ab, steckte die Waffe in die Scheide und trat zu dem Mann. Er reichte ihm die Hand.

»Guthügeln steht immer zu seinem Wort, Herr Gorin«, sagte er. »Aber haben auch Sie Ihren Teil der Abmachung erfüllt?«

Gorin lachte dröhnend, trat zu einem der toten Herumtreiber, einem großen Mann mit schweren Armen, der in einer Blutlache auf dem Pflaster lag. Gorin versetzte der Leiche mehrere Tritte, sodass sie ein Stück über den Boden rutschte.

»Das ist das Schwein. Hab ihn aus seinem Loch gelockt, ganz wie vereinbart. Bei Sonnenaufgang auf diesem Platz!«

Gaban hatte den Toten noch nie zuvor gesehen, doch er wusste, wer der Mann gewesen war: Haval Kaltgesicht, der Anführer einer der größten Banden der Stadt und ein Räuberhauptmann wie Gorin. Aber anders als Gorin hatte Haval das Bündnis mit Gaban abgelehnt.

»Meinen Glückwunsch, Gorin«, sagte Gaban. Von der Seite hörte er weiteren Kampfeslärm – Felstettens Truppen, die in dem Viertel aufräumen sollten, nachdem Gorin die meisten von Havals Männern herausgelockt hatte. »Wie es scheint, sind Sie nun Herr über diesen Teil der Stadt.«

»Da vorn ist wieder ein Dorf!« Nessa stellte sich in den Steigbügeln auf und wies über die brachliegenden Äcker.

Lacan verzog das Gesicht. Seit sie den Fluss hinter sich gelassen hatten und in einem Bogen nach Osten ritten, war er nie angenehm überrascht worden. Sie fanden verlassene Weiler und Ortschaften voller Toter, niedergebrannte Gehöfte und gesetzlose Banden, die Reisende verfolgten oder die Siedlungen überfielen, die bisher verschont geblieben waren. Leichen lagen auf den Feldern oder trieben aufgebläht im Straßengraben. Und die Überlebenden verkrochen sich in ihren Häusern und versuchten notdürftig, auf einem kleinen Streifen Land etwas anzubauen oder einen Garten zu unterhalten, versteckt vor den entwurzelten Flüchtlingen, die allenthalben umherstreiften.

Lacan hatte gehofft, dass es besser würde, wenn sie die Hauptstraßen verließen. Abseits der Städte und der wichtigen Verkehrswege sollte der Krieg nicht so viele Spuren hinterlassen haben. Aber das Land war überall verwüstet, und das Einzige, was sich veränderte, war, dass, je weiter sie sich von den großen Schlachtfeldern entfernten, weniger Waffen herumlagen und die Räuber tatsächlich nur halb verhungerte Bauern mit hölzernen Forken waren, die keine große Bedrohung für einen schwer bewaffneten Ritter zu Pferd darstellten.

Ihr Trupp war tagelang über die Nebenstraßen geirrt und hatte selbst Hunger gelitten, denn wo es nichts gab, konnten sie nichts kaufen. Dann wieder fanden sie für einen Tag oder zwei Unterkunft und Wegzehrung in einer Burg oder einem Kloster, die unversehrt geblieben waren und wo die jeweiligen Besitzer ihre Standesgenossen aufnahmen.

Dort hörten sie von den besonderen Nöten der entlegenen Provinzen. Nachdem erst die Schergen des Kanzlers und später die Ritter aus Barratain die Gegend geplündert hatten, trugen die Menschen, die dort wohnten, nun ihre eigenen Kriege aus. Diejenigen, die alles verloren hatten, suchten ihre reicheren Nachbarn heim, wollten bei ihnen Hilfe finden. Und diejenigen, die etwas hatten, verteidigten es.

Und zu alledem fraß sich die Seuche durch das Land und verschlang alles.

»Was erwartet uns diesmal?«, fragte Meister Ander. »Ein Haufen verfluchter Kranker, die bei lebendigem Leib verfaulen, oder der selbst ernannte Kriegsherr der Umgebung mit seinem Bauernhaufen?«

Zindal, der Meister der Alchemie, runzelte die Stirn. »Der Zynismus steht dir nicht, Bruder Ander. Denk daran, dass wir diesen Menschen helfen wollen. Das ist unsere Aufgabe.«

»Wir sind ausgezogen, damit wir uns um unsere gefallene Schwester kümmern«, gab Ander zurück. »*Das* ist unsere Aufgabe. Und erzähl mir nicht, dass Sortor an allem schuld ist. Sie ist unser spezielles Problem, aber sie ist nicht das Einzige, was dieses Land heimsucht.«

Lacan nickte unwillkürlich. Je länger die Reise dauerte, umso mehr zweifelte er an dem Sinn. Vielleicht war Sortor eine Hexe, die Böses im Schilde führte und aufgehalten werden musste. Doch es war einfältig zu glauben, dass alles wieder ins Lot kam, wenn sie gestürzt würde. Wieso machten sie sich überhaupt diese Mühe, nahmen die Gefahren auf sich, nur um eine einzige Schurkin zu Fall zu bringen, während ringsum das Reich auseinanderbrach und genug Mächtige ihre eigenen Ränke schmiedeten und den Krieg weiterführen würden, bis nichts mehr übrig war, um das es sich zu kämpfen lohnte?

Die Priester mochten ihre Gründe haben, weshalb sie ausgerechnet dieses eine Übel zu ihrem eigenen Anliegen machten. Aber warum war er bei ihnen? Was bedeutete es Nessa?

Sollten sie nicht lieber zu Hause sein und ihre Heimat schützen?

Doch dann musste Lacan an die Worte seines Mentors Valdar denken: *Magie fordert immer einen Preis, in Leben oder in Seelen. Wenn du je einen Zauberer siehst, der große Magie scheinbar mühelos zuwege bringt, dann traue ihm nicht. Ein Zauberer dieser Art zahlt den Preis mit dem Blut und mit den Seelen seiner unschuldigen Opfer und hat den Pfad der Menschlichkeit längst verlassen.*

Es war eines seiner letzten Gespräche mit dem alten Gelehrten gewesen. Kurz darauf hatte Valdar sein Leben für Nessa gegeben. Und nach allem, was Lacan über Sortor gehört hatte, traf Valdars Beschreibung genau auf die Hexe zu.

Es war, als hätte sein Mentor selbst ihm gesagt, was er tun sollte. Und wie hätte er dessen Rat missachten können?

Der Klang einer Glocke drang an ihre Ohren. Es war ein gedämpfter, ein berührender Laut. Unwillkürlich verhielten sie die Pferde und lauschten. Jerathel, der Meister der Meditation, der kaum je ein Wort sprach, legte den Kopf schräg.

»Das klingt eigenartig«, sagte Zindal.

»Jedenfalls glaube ich nicht, dass Räuber solche Glocken schlagen«, befand Nessa. Sie setzte sich an die Spitze, und sie ritten ein wenig schneller auf das Dorf zu.

Lacan zählte ein Dutzend Häuser, die Hälfte davon war eingestürzt, zwei waren ausgebrannt, und der Rest war so baufällig, dass es eher auf zwei Jahrzehnte der Vernachlässigung schließen ließ als auf zwei Jahre Krieg.

Ein paar elende Gestalten in zerfetzten Kutten schlichen aus den Gebäuden, selbst aus solchen, die Lacan im ersten Augenblick als Ruinen gedeutet hätte. Sie sahen Frauen mit eingefallenem Gesicht und mit so dünnen Armen, dass die Gelenke hervorstanden. Verhärmte Kinder klammerten sich an die Rockzipfel und schlurften mit leerem Blick hinter den Eltern her.

»Seht mal, da!« Nessa wies auf einen Mann mit aufgedunsenem Gesicht. Schwarze Geschwüre hingen ihm wie leere Beutel am Hals, und seine schäbige Tunika war voller Blut und voller Eiterflecke. Ein fauliger Geruch stieg den Reisenden in die Nase.

Lacan konnte nicht glauben, dass dieser Mann noch auf den Beinen war.

»Die Krankheit ist hier«, stellte Nessa fest, und unwillkürlich hielten sie Abstand von den Menschen auf der Straße.

Da schlug die Glocke wieder.

Lacan hob den Kopf und erblickte auf der anderen Seite des Dorfes ein hohes Holzgestell aus so dünnen Streben, dass es vor dem Wald dahinter kaum auszumachen war. Oben auf einer Plattform stand eine schlanke Gestalt, einen Stock in den Händen. Neben ihr hing ein dunkles Rohr, das fast so lang war wie der Mann selbst.

Dieser hob nun den Stab, schlug damit gegen das Rohr, und ein weiteres Mal hallte der eigentümlich gedämpfte Laut über das Land.

»Wenn ich das Ding nicht sehen würde«, bemerkte Ander, »würde ich sagen, es ist weiter entfernt.«

»Das ist kein Metall«, sagte Scabea. »Das ist Holz.«

Überrascht blickten die Reisenden auf. Der Meister der Meditation nickte.

»Nun«, stellte Zindal fest. »Dafür trägt der Klang ganz ordentlich.«

Neugierig gingen sie näher heran.

Am Fuß des behelfsmäßigen Glockenturms mit seiner offenen Plattform hatte sich eine kleine Menschenmenge versammelt. Die armseligen Bauern aus dem Ort bildeten eine eigene Gruppe, doch um das Turmgerüst standen weit mehr Menschen. Ihre Kleidung war bunt zusammengewürfelt, hatte aber etwas Festliches: Lacan entdeckte Bauernkittel mit roten Schärpen darüber, die ohne Zweifel aus besseren Gewändern ausgeschnitten worden waren; Priesterkutten in allen Farben und von verschiedenen Orden. Viele der Kleidungsstücke hatten Risse oder waren blutbefleckt.

Die Menschen sahen nicht so aus, als hätten sie die Gewänder bei einem Überfall erbeutet: Sie waren so abgemagert wie die Bauern aus dem Dorf, und sie trugen keine Waffen.

»Da!« Nessa zeigte auf ein paar Gestalten um den Glockenturm, die mit fiebrigen Gesichtern dastanden, und sie sahen die Schwellungen an den Körperstellen, die nicht vom Kittel verdeckt waren, und die Narben am Hals, die von aufgestochenen und abgeheilten Geschwüren zeugten. »Auch hier sind Kranke.«

»Und sie haben sich irgendwie als Priester verkleidet.« Griesgrämig strich Ander über seine Kutte.

Der Glockenturm war aus einem Gitterwerk aus Latten

gefertigt. Nun kletterte einer der Fremden daran hinauf, ein junger Mann mit dünnem spitzen Bart, schmutzig weißer Tunika und einem roten Überwurf darüber. Er stieg bis auf halbe Höhe und wandte sich der Menge zu. Sein Blick wanderte kurz über die Reisegruppe zu Pferde, er lächelte und sprach daraufhin, an die Bauern aus dem Dorf gewandt.

»Meine Freunde«, sagte er. »Brüder und Schwestern. Wir alle hatten das Gefühl, unser Land würde heimgesucht. Bponur hätte uns verlassen. Aber das ist nicht so: Seine Engel sind unter uns. Ich selbst habe einen gesehen!«

»Ach …« Scipia winkte ab. »Ein Wanderprediger. Das Elend der Welt scheint solche Leute auszubrüten, und in Zeiten wie diesen …«

Lacan nickte. Bereits im Meerbergener Land hatten sie manch eine Predigt und manch eine Prophezeiung gehört. Es gab Priester, die das Ende der Welt kommen sahen und die zur Umkehr mahnten. Und es gab genug Menschen von einfachem Stand, die sich berufen fühlten, denen das Fieber oder der Hunger Visionen eingab und ihnen den Verstand vernebelte.

Dieser Prediger forderte die Bewohner des Dorfes auf, durchzuhalten; sich auf der Stelle vorzubereiten und die Herrschaft Bponurs zu erwarten oder mit den übrigen durchs Land zu ziehen und das Wort zu verbreiten.

»Kommt«, schlug Lacan vor. »Reiten wir weiter. Es gibt nichts in diesem Dorf, was uns für die Reise nutzen könnte. Außer Krankheit und religiösen Wirrköpfen, und beides brauchen wir nicht.«

»Der Mahdi ist schlimm genug«, pflichtete Nessa bei. »Noch mehr religiöse Fanatiker braucht das Reich wirklich nicht in dieser Stunde … nichts für ungut.« Sie sah die Priester an, die mit ihnen ritten.

»Schon gut«, sagte Ander. »Wir sind zwar Priester, aber wir

sind keine wahnsinnigen Eiferer. Diese Leute sind merkwürdig … He!« Er wies nach vorn. Jetzt sahen sie, dass Meister Jerathel zwischen den Sektierern hindurch auf den Turm zuging.

»Was macht er da?« Nessa legte die Hand an ihre Waffe und verfolgte misstrauisch, was hier geschah.

Einer der Wanderprediger stellte sich dem Meister in den Weg und wollte ihn zurückhalten. Jerathel berührte ihn sanft an der Schulter, beugte sich zu ihm, und ein paar Augenblicke standen sie einander gegenüber. Es war nicht auszumachen, ob Worte gewechselt wurden. Aber schließlich trat der Mann zur Seite und ließ Jerathel durch. Behände stieg der alte Meister den Turm hinauf, vorbei an dem Prediger, der nun schwieg und den Priester nur verdattert ansah.

Lacan, Nessa und ihre Begleiter traten näher heran.

Oben auf der Plattform schien es einen weiteren lautlosen Disput mit dem Glöckner zu geben. Dann packte der Mann mit an, und gemeinsam lösten sie das dunkle Rohr aus der Halterung, an der es hing, und ließen es am Trageseil von der Plattform hinab.

Die beiden Männer bewegten das übermannshohe Rohr mühelos. Es konnte also tatsächlich nicht aus Metall sein.

Als das Klangrohr am Boden lag, traten die Reisenden hinzu und betrachteten es eingehend. Die Maserung des Holzes war deutlich zu erkennen, doch es stammte nicht von einem Baum, der im Reich heimisch gewesen wäre – jedenfalls kannte Lacan ihn nicht. Das Rohr sah so aus, als wäre es aus einem einzigen Stamm geschnitzt, und die Oberfläche war mit einem kunstvollen Muster verziert, das abstrakt war und zugleich lebendig wirkte.

Ander beugte sich vor und ließ den Finger über die Linien gleiten.

Das Rohr war innen hohl, und Lacan nahm an, dass die

Öffnungen und die unterschiedliche Wanddicke an der Seite die akustische Wirkung erzeugten, aber mehr verstand er von der Sache nicht.

»Sollen wir es mitnehmen?«, fragte Scabea.

Scipia schüttelte den Kopf. »Ich glaube nicht, dass sie es sich einfach so wegnehmen lassen.«

»Und es hat nichts mit unserer Reise zu tun«, fügte Ander hinzu. »Ein interessanter Fund, aber es wäre uns nur im Weg.«

Inzwischen kamen auch die Dorfbewohner neugierig näher. Der Trupp der Wanderprediger hatte sich im Kreis um das Klangrohr am Boden aufgestellt und um die Menschen, die davor standen. Lacan roch Krankheit und Fieber und Hunger. Als die Priester sich von dem Glockenrohr abwandten und auch Jerathel sich nicht weiter darum kümmerte, führte Lacan sie aus der Menge heraus. Hinter ihnen hatte der Prediger die Fassung wiedergewonnen und erhob die Stimme.

»Seht, das Geschenk der Engel. Das ist unser Zeichen. Bponurs Ruf, den wir für die Gläubigen ertönen lassen.«

Die Gruppe saß auf und verließ den Ort.

»War es magisch?«, fragte Lacan Meister Ander.

Der schüttelte den Kopf, wirkte aber unsicher dabei.

»Nur ausgeklügelte Handwerkskunst«, urteilte Zindal mit ein wenig mehr Überzeugung.

»Nur Handwerk«, sagte Jerathel. »Aber nicht von Menschenhand.«

Meris zählte die Tage nicht in ihrer kleinen Zelle. An dem Essen, das man ihr brachte, erkannte sie, dass es in der Bedienstetenküche des Palastes zubereitet worden war.

Die meiste Zeit ließ man sie in Ruhe. Gelegentlich zerrte man sie von ihrem Lager, schleifte sie in einen Nebenraum und übergoss sie mit kaltem Wasser. Sie konnte nicht sagen, ob das jeden Tag geschah oder nur dann, wenn es ihren Peinigern gerade einfiel.

Niemals sah sie Tageslicht.

Man stellte ihr keine Fragen, man verlangte nichts von ihr. Die Wärter redeten nicht einmal, wenn Meris sie ansprach. Es ging ihr sehr schlecht. Lange Zeit lag sie zitternd auf der Strohmatratze, ihr wurde übel, sie übergab sich. Sie lag im Delirium und schwitzte, und manchmal, wenn sie einen wachen Augenblick hatte, fragte sie sich, ob man ihr Drogen ins Essen mischte – es fühlte sich fast so an wie in der Opiumhöhle, nur dass jede Annehmlichkeit dabei fehlte.

Meris wand sich in Krämpfen. Sie rief um Hilfe, bettelte und flehte. Erst um ihre Freiheit, dann einfach nur um Antworten. Dann um etwas, das ihre Schmerzen linderte und ihr Vergessen schenkte.

In den letzten Monaten hatte sie auf den Straßen der Westviertel so vieles probiert, dass es ihr fast gleichgültig war, was sie bekam – wenn man ihr nur irgendetwas gab!

Aber ihre Wärter machten sauber, brachten, was sie zum Leben brauchte, und hielten sich ansonsten fern. Meris wollte fliehen, doch sie erkannte, dass sie zu schwach war, um zu kämpfen. Sie konnte nicht einmal klar denken.

Es kam der Tag, da lag sie teilnahmslos auf dem Strohlager. Sie hatte geweint, aber die Tränen waren versiegt. Da hörte sie den Riegel, und ein matter Lichtkegel fiel durch die Tür. Meris vernahm gedämpfte Stimmen auf dem Gang, dann trat jemand in ihre Zelle.

Sie richtete sich halb auf, kauerte sich auf ihrem Lager zusammen und zog die Decken bis zum Kinn. Wenn man ihr Essen brachte, würde man sie gleich wieder allein lassen. Wenn man sie zum Wassertrog schleifen wollte, würde sie gleich die schwieligen Hände der Folterknechte an den Schultern spüren. Meris spannte sich an.

Doch nichts geschah.

Stattdessen verhielten die Schritte bei der Tür, und einen Augenblick lang herrschte Stille. Meris zitterte.

»Was für ein erbärmlicher Anblick«, sagte eine Stimme schließlich.

Meris ließ die Decken sinken und schaute zur Tür. Eine Gestalt stand dort im offenen Durchgang, umstrahlt vom Fackelschein, der aus dem Flur hereinfiel. Selbst dieses schwache Licht war zu viel für Meris. Sie musste blinzeln.

Sie sah die Stiefel, den Saum eines Kettenhemds und einen Wappenrock. Der Besucher hatte die Hand am Schwert – es war Gander von Lichtingen, der Waffenmeister der Kaiserin und Oberbefehlshaber der Garde.

Meris funkelte den dunkelhäutigen Schwertkämpfer an.

»Ihr! Ich hätte nicht gedacht, dass Ihr die schmutzige Arbeit von Sortor macht!«

»Sortor?« Gander zog überrascht die Brauen hoch. »Die Hexe hat nichts, womit sie mich kaufen könnte wie manch anderen bei Hofe.«

»Was wollt Ihr dann hier?« Meris sah zu ihm auf. Ihr Verstand bewegte sich träge, und sie musste sich eingestehen, dass ihr Körper genauso schwerfällig war. Die Gegenwart des Waffenmeisters erinnerte sie daran, dass auch sie einst eine ganz annehmbare Kämpferin gewesen war, aber das schien lange her zu sein. »Wollt Ihr mich befreien?«

»Irgendwann schon«, sagte Gander. »Zu gegebener Zeit.«

Er musterte sie, wie ein Schlachter auf dem Markt das Vieh prüfte.

»Also habt *Ihr* mich herbringen lassen.«

Gander nickte.

»Warum?«

»Irgendeiner musste es tun.«

Meris sah ihn verständnislos an.

»Ich habe es für dich getan, du dummes Weib«, sagte Gander. »Oder sollte ich etwa mit ansehen, wie du dich zugrunde richtest?«

»Für mich?«, fragte Meris ungläubig, und dann, ohne es zu wollen, musste sie lachen. Es war kaum mehr als ein kraftloses Schnauben.

Sie hatte Gander nie zu ihren Freunden gezählt. Zugegeben, verglichen mit vielen anderen Edlen bei Hofe war er ihr respektvoll begegnet, hatte sogar zwanglos mit ihr geplaudert. Im Grunde war sie es gewesen war, die dem Mann Vorbehalte entgegenbrachte. Dennoch …

Gander verzog das Gesicht. »Nun, vielleicht nicht unbedingt für dich. Aber wir beide haben eine Aufgabe am Hof. Eine Verantwortung. Mir obliegt der Schutz der Kaiserin. Da kann ich nicht zulassen, dass sie eine ihrer wenigen Verbündeten verliert.«

Meris betrachtete Gander genauer. »Ich hätte nicht gedacht, dass Ihr Eure Pflichten so ernst nehmt.«

Ein missglückter Scherz? Eine trotzige Beleidigung? Echte Überraschung? Meris wusste selbst nicht, warum sie diese Worte aussprach. Aber Gander war ein Vertrauter des alten Kaisers gewesen – des wahnsinnigen Kaisers. Und Meris *wusste*, dass er Gewalt liebte, dass er zum Spaß tötete. Niemand stellte seine Fähigkeiten im Kampf infrage. Doch Meris hätte nie gedacht, dass Treue zu seinen besonderen Tugenden gehörte – vor allem Treue zu einer Kaiserin, die ihn nur behalten hatte, weil sich kein anderer für den Posten anbot.

»So kann man sich irren«, antwortete Gander nur.

»Und Ihr irrt Euch genauso«, sagte Meris. »Ich habe keine Aufgabe am Hof mehr. Ich habe ein Amt, doch Sortor zieht die Fäden. Und ihr Mann füllt meine Position inzwischen allein aus.«

»Stard.« Gander spie das Wort aus wie ein Stück ranziges

Fett und hielt kurz inne, bevor er weitersprach: »Es geht nicht um dein Amt. Es geht darum, dass du eine Vertraute der Kaiserin bist. Jemand, dem Aruda vertrauen kann.«

»Da bin ich mir nicht so sicher«, sagte Meris bitter. »Sortor hat mir im letzten Jahr deutlich gemacht, dass ich nur ihre Puppe bin.«

»Eine Puppe mit einem eigenen Willen«, entgegnete Gander. »Auch wenn man im Augenblick nicht viel davon merkt. Das muss anders werden!«

»Ich kann nicht gegen Sortor kämpfen«, gab Meris einfach zurück. Es war das Eingeständnis einer Niederlage.

»Nicht in diesem Zustand«, bestätigte Gander. »Und nicht offen. Aber mitunter geben Kleinigkeiten den Ausschlag. Wir wissen beide, dass Sortor dich nur als Sündenbock aufbauen will, den man im rechten Augenblick opfern kann. Trotzdem bleibt dir die Wahl, ob du dich dorthin treiben lässt oder ob du deine Möglichkeiten nutzt. Denn für die Kaiserin kann es einen Unterschied machen, wenn eine Vertraute nahe bei ihrer Feindin steht.«

Meris betrachtete Gander mit neuen Augen. Sie hatte ihn immer für einen tumben Schwertkämpfer gehalten. Doch er war am Hofe des alten Kaisers bis in die höchsten Ränge aufgestiegen – sie hätte sich denken können, dass Intrigen für ihn nichts Neues waren.

»Ihr haltet Sortor also für eine Feindin?«, fragte sie.

»Jeder ist ein Feind, der mehr Macht hat als die Kaiserin«, sagte Gander. »Spätestens dann, wenn dessen Wünsche und die der Kaiserin auseinanderlaufen.«

»Dann hat Aruda sehr viele Feinde«, bemerkte Meris zynisch.

»Ist mir nicht entgangen«, erwiderte Gander ohne jede Spur von Belustigung. »Darum sammle ich auch ihre Freunde von der Straße auf, mache sie sauber, bessere sie aus und bringe sie ihr zurück. Obwohl das eine schmutzige Arbeit ist, die ich lieber vermeiden würde.«

Meris wurde rot. »Dann lasst mich gehen«, sagte sie. »Ich habe verstanden.«

Gander trat in den Türrahmen zurück.

»Du wirst deine Pflicht tun?«, fragte er. »Als Agentin des kaiserlichen Kurierdienstes?«

Meris stand von ihrem Lager auf. Sie legte die Decke wie einen Mantel um sich und sah den Waffenmeister an. »Ich weiß, was ich zu tun habe.«

Gander von Lichtingen blieb lange stehen und musterte sie.

Dann presste er die Lippen zusammen und sagte: »Das muss reichen. Mehr kann ich nicht tun. Ich hoffe, du nutzt die Gelegenheit, die ich dir verschafft habe.«

Er schloss die Tür hinter sich. Meris hörte den Riegel einrasten, doch das war ihr egal. Sie fühlte, wie die Kraft aus ihr wich und ihre Knie zitterten. Sie lehnte sich an die Wand.

Ich komme hier raus.

Sie durfte nicht wieder so tief sinken, dass sie sich selbst vergaß. Sie musste sich Ziele setzen. Ja, sie würde die Gelegenheit nutzen, die er ihr verschafft hatte.

Für ihre eigenen Zwecke.

Als Gaban aus den Ostvierteln zurückkehrte, erwartete Aruda ihn vor seinen Räumlichkeiten. Sie stand im Kreise ihrer Kammerzofen, und ihr Blick war finster.

Gaban zögerte. Er fühlte sich erschöpft. Mit seinen Männern war er an diesem Tag in vielen Stadtvierteln gewesen, es hatte Kämpfe gegeben – kleine unbedeutende Scharmützel oder auch nur einen Austausch von Drohgebärden.

Aber die Stadt war ein verwinkelter Irrgarten.

Als er die Kaiserin erblickte, klemmte er den Helm fester unter den Arm und wischte sich den Schweiß von der Stirn.

»Geht voraus«, wies er seine Männer leise an.

Er selbst blieb vor der Kaiserin stehen und verbeugte sich.

»Majestät«, sagte er.

»Ach, komm mir bloß nicht so!« Aruda funkelte ihn an und stellte sich mit gespreizten Beinen hin, als müsste sie ihm standhalten. »Mir sind *Dinge* zu Ohren gekommen.«

Gaban lächelte. Es gefiel ihm, wenn sie ihren Platz behauptete. »Was für Dinge?«

»Stimmt es, dass du in der Stadt Räuberbanden angeheuert hast?«

Gaban wies auf die zweiflügelige Tür aus weißem Holz, die zu den Gastquartieren führte. »Wenn ich Euch auf ein Glas Wein einladen dürfte, damit wir diese Angelegenheit besprechen können?«

»Was gibt es da zu besprechen? Stimmt es, oder stimmt es nicht?«

»Eben das gilt es zu besprechen.« Gaban lächelte und bot ihr den Arm.

Aruda ging mit ihm, die Zofen folgten. Doch in Gabans Suite blieben die Mädchen im großen Vorraum zurück, und Aruda und Gaban begaben sich ans andere Ende des Zimmers, wo sie reden konnten, ohne dass jemand sie hörte, solange sie die Stimme dämpften.

Aruda zeigte allerdings wenig Neigung, sich zurückzuhalten.

»Also?«, fragte sie herausfordernd.

Gaban schenkte ihr ein. Der Wein war kein Mitbringsel aus dem Norden, Gaban hatte ihn selbst in der Stadt gekauft. Er wusste, dass es im Palast nichts Besseres gab.

»Was hast du gehört?«, fragte er.

»Ich habe einige Kirchen besucht«, sagte Aruda. »Und die

Leute haben mir erzählt, dass du Gesetzlose zu Richtern ernannt hast. Du hast einem der Bandenführer geholfen, die umliegenden Straßenzüge einzunehmen und diejenigen zu erschlagen, die sich gegen ihn gestellt haben.

Du hattest mir versprochen, dass du in der Stadt für Ordnung sorgen willst!«

»Bei uns im Norden gibt es viele Fürsten«, erklärte Gaban. »Und kaum einer will einen anderen Herrn über sich dulden. Ritter herrschen wie Grafen. Und Grafen ernennen sich zu Königen.«

»Was hat das mit Horome zu tun?«, fragte Aruda empört. »Willst du in meiner Stadt auch jeden Strauchdieb zu einem König machen?«

»Die Frage ist«, gab Gaban geduldig zurück, »warum die Dinge im Norden so stehen, wie sie stehen, und wie man damit umgeht. Und ob man daraus etwas für die Hauptstadt lernen kann.«

Aruda sah ihn an.

»Die erste Antwort lautet«, erklärte Gaban, »dass Ordnung eine Macht braucht, um sie durchzusetzen. Der Kaiser sollte die oberste Macht im Norden sein, aber schon seit Jahrzehnten hat er nicht mehr genug Soldaten, um Gehorsam zu erzwingen. Und wenn er es versuchen würde, hätte er den ganzen Norden gegen sich.«

»Du trittst für den Norden ein!«, erinnerte Aruda ihn.

»Und für das Kaiserhaus«, bestätigte Gaban. »So wie mein Vater seit Jahren in unserer Heimat für den Kaiser eingetreten ist. Und die Wahrheit ist, du hast die Macht in dieser Stadt verloren, so wie der Kaiser einst die Macht im Norden verloren hat. Wenn wir versuchen, sie mit Gewalt zurückzugewinnen, haben wir bald sämtliche kleineren Mächte in der Stadt gegen uns; und wir sind nicht stark genug, um an allen Seiten zugleich zu kämpfen und den Frieden zu sichern.

Darum müssen wir es so halten, wie unsere Väter es im Norden gehalten haben: Man sucht sich Verbündete, die für einen kämpfen.«

»Strauchdiebe und Halsabschneider«, sagte Aruda.

»Die stärksten Verbündeten, die man finden kann«, erwiderte Gaban. »Leider sind das selten die friedlichen und einfachen Leute.«

»Aber was für einen Wert hat eine solche Ordnung?«, fragte Aruda. »Wenn wir nichts weiter tun, als den Gesetzlosen, die nach dem Krieg in meiner Stadt die Herrschaft übernommen haben, nun auch noch den Segen des Kaiserhauses zu versprechen?«

»Mitunter muss man die Kriegsherren hinnehmen, wenn man den Frieden will«, erklärte Gaban. »Denn nur die sind stark genug, um den Frieden in ihren Gebieten zu bewahren. Wir müssen dann nur noch stark genug sein, um als Zünglein an der Waage zu dienen und dafür zu sorgen, dass unsere Verbündeten über gemeinsame Widersacher triumphieren und untereinander ein gewisses Gleichgewicht finden.«

»Was nutzt eine Ordnung, wenn sie auf Unrecht gebaut ist?«, fragte Aruda. »Was ist mit den Menschen, die unter dem Krieg gelitten haben und die nun unter neuen Herren leiden, die nur deswegen auf ihren Platz gekommen sind, weil sie am skrupellosesten einen Vorteil aus dem Unglück ziehen?«

»Das ist nicht das letzte Wort«, sagte er bestimmt. »Es ist der Anfang. Wir ordnen die Stadt. Und wo es eine Ordnung gibt, wird das Recht folgen.«

Als der Abend anbrach, zog ein Unwetter über das Land. Lacan und seine Gefährten suchten Schutz in einer alten Scheune, die halb verfallen auf einem leeren Feld stand. Kein Dorf weit und breit.

Am nächsten Morgen ritten sie weiter. Das Land glitzerte

wie von Seen durchzogen, und der unbefestigte Weg, dem sie bis hierher gefolgt waren, verlor sich im Morast.

»Ich habe keine Ahnung, wo wir sind«, seufzte Meister Zindal.

»Wir müssen fast wieder beim Fluss sein«, sagte Ander. Er richtete sich im Sattel auf, um über das Land zu blicken. Aber ein Waldstreifen versperrte ihnen die Sicht nach Westen.

Lacan schüttelte den Kopf. »Wenn wir hier einen Fluss finden, dann bestimmt nicht den Ragnat.«

Sie ritten weiter. Bei jedem Huftritt spritzte Schlamm auf ihre Mäntel und Kutten. Sie suchten sich einen Weg zwischen den Tümpeln und waren doch bald durchnässt und verdreckt. Selbst Nessa war nicht mehr so frohgemut und murrte und fluchte, während sie ihr Ross durch den Morast trieb.

Sie zogen die Reihen ein wenig auseinander, und in Schlangenlinien versuchten sie, wieder eine Straße zu finden.

Lacans Blick fiel auf ein Stück aufgewühlten Boden. Eisiges Unbehagen kroch in sein Herz, noch bevor sein Verstand die Abdrücke deuten konnte.

Nessa ritt neben ihn.

»Was ist?« Beunruhigt blickte sie sich um, doch ihre Aufmerksamkeit galt vor allem dem nahen Wald – dem Ort, wo ein Angreifer sich verbergen konnte.

Lacan hielt sie zurück, damit sie nicht auf die Spuren trat. »Solche Abdrücke habe ich schon einmal gesehen.«

Nessa folgte seiner Hand, mit der er auf die Stelle wies. Die Abdrücke im Schlamm waren verwischt, nur drei waren überhaupt als Spur zu erkennen: ein kreisförmiger Abdruck mit drei spitzen, dicht beieinanderliegenden Zehen. Die Anordnung ließ vage auf einen Vierbeiner schließen, ein wenig größer als ein Pferd.

»Was ist das?«, fragte Nessa.

»Keine Ahnung«, gab Lacan zurück. »Ich habe das Tier, das

diese Abdrücke hinterlassen hat, nie selbst gesehen. Es war im Westen, beim Kadaver einer furchterregenden Bestie, die ein blutiges Ende genommen hat. Ich nehme an, es ist etwas, das aus den Schwarzen Bergen gekommen ist.«

»Auf ein Wort, mein Fürst.« Sortor trat Gaban am Tor des Palastflügels, der von den Gastquartieren auf den Appellplatz führte, in den Weg.

»Frau Hofrat.« Gaban hielt inne. Seine Begleiter stellten sich im Halbkreis hinter ihm auf und sahen die Zauberin an – Ritter aus Gabans Hausstand und die Fürsten des Nordens, die als sein Stab mit in den Palast gezogen waren.

»Begleitet mich ein Stück.« Sortor bot ihm die Hand und lächelte.

Missbilligend blickte Gaban auf sie hinab. Er schüttelte sein wildes rotes Haar. »Ich habe zu tun«, sagte er. »Ich habe der Kaiserin ein Versprechen gegeben.«

»Genau darüber will ich mit Euch reden«, erwiderte Sortor. »Kommt mit. Es gibt einen Gang, der vom Palast gleich zum Sitz des kaiserlichen Kurierdienstes führt. Von dort erreicht Ihr den Hafen genauso schnell, und wir können auf dem Weg über unsere Pflichten sprechen.«

»Ich wüsste nicht, was ich mit Euch zu besprechen hätte«, entgegnete Gaban. Dennoch folgte er Sortor, ohne die gebotene Hand zu nehmen.

Sein Gefolge schloss sich an, aber an der nächsten Biegung warteten zwei Lakaien, die Gabans neugierige Begleiter zurückhielten.

Gaban achtete nicht auf die Unruhe, die dadurch hinter ihm entstand. Wenn die Hexe mit ihm unter vier Augen reden wollte, war dagegen nichts einzuwenden. Er wusste, dass seine Männer sich nicht allzu weit von ihm entfernen würden.

Eine Weile gingen sie nebeneinander her und bogen mehrmals in einen anderen Gang. Nur eine Veränderung in der Wandtäfelung verriet, dass sie in ein anderes Gebäude traten: erst weißes Holz, dann dunkle, mit sakralen Mustern verzierte Eiche. Dieser Teil des Palastes war älter als der, aus dem sie kamen.

»Also«, drängte Gaban. »Worüber wollt Ihr reden?«

»Ich weiß nicht recht, wie ich am besten anfange«, sagte Sortor. Ihre Stimme klang süß, aber Gaban hörte nichts von der Unsicherheit darin, die ihre Worte andeuten sollten. »Auch ich habe meine Pflichten gegenüber der Kaiserin.«

»Ich weiß«, bemerkte Gaban mit leisem Spott. »Ihr seid die Hofrätin für den Kurierdienst. Mag sein, dass mein Vater eine andere Vorstellung vom Umfang Eurer Verantwortlichkeiten hat, als ich sie derzeit erlebe. Mag sein, dass er den Kronrat ganz neu ordnet.«

»Mag sein«, antwortete Sortor liebenswürdig. »Aber Euer Vater ist nicht hier. Und damit er einen Grund hat herzukommen, müsst Ihr erst Euren Teil der Vereinbarung erfüllen.«

»Das werde ich«, sagte Gaban. »Ich habe mein Ehrenwort gegeben.«

»Mag sein«, gab Sortor zurück, »dass Euer Vater auch von Euren Prioritäten in diesen Dingen eine andere Vorstellung hätte.«

»Er wird unseren Vertrag billigen«, sagte Gaban. »Immerhin verlangt die Kaiserin nur das von ihm, was ohnehin zu den Pflichten des kaiserlichen Gemahls gehört.«

»Dann frage ich mich, ob er diese Pflichten nicht gern schneller erfüllt sähe. Edern ist der Feind der Kaiserin – und der Rivale Eures Vaters um die Krone. Ihr zögert den Kampf hinaus.«

Gaban blieb stehen. »Was wollt Ihr damit sagen?«

»Nichts«, sagte Sortor. »Außer, dass Ihr noch hier seid.«

»Ihr bezichtigt mich der Feigheit«, stellte Gaban fest.

»Oh!« Sortor sah ihn von unten her an mit einem feinen Lächeln auf den Lippen. »Ich will nicht über die Gründe mutmaßen, die Euch im Palast halten. Schon gar nicht will ich etwas unterstellen, was Eurer Ehre Abbruch tut. Ich will nur meine Pflicht als Hofrätin erfüllen und die Interessen meiner Kaiserin vertreten. Wir alle werden sicherer leben, wenn Edern zur Strecke gebracht ist. Und je länger Ihr das hinauszögert, umso eher kann Edern seine Kräfte gegen Euch bündeln oder gar zuerst losschlagen.«

Gaban lachte. »Überlasst die strategischen Überlegungen den Feldherren, Hofrätin. Ich wurde hergeschickt, um einen Krieg zu führen. Und ich weiß auch schon, wie ich ihn führen werde.

Aber vorher habe ich Aruda versprochen, dass ich Ihre Stadt rette. Und ich werde nicht aufbrechen, bevor die Kaiserin sicher ist. Denn was nutzt ein Sieg über Edern, wenn wir das verlieren, was mein Vater zu gewinnen wünscht?«

»Die Kaiserin wird hier sein, wenn Ihr aus Edern zurückkehrt«, sagte Sortor. »Die Stadtviertel im Osten ändern nichts daran, weder zum Guten noch zum Schlechten. Sie können Euch für den Krieg nicht von Nutzen sein. Und sie stellen auch keine Bedrohung für die kaiserliche Insel dar.«

Gaban beugte sich ganz dicht zu dem Gesicht der rotäugigen Zauberin hinab. »Ich weiß genau, was Ihr in Wahrheit erhofft: dass wir von Edern nicht zurückkehren. Dass Ihr die lästigen Anwärter auf die Krone loswerdet und wir uns im besten Falle gegenseitig vernichten.

Ich versichere Euch, das wird nicht geschehen. Wir im Norden wissen, wie man einen Krieg gewinnt. Ob wir nun überstürzt zu dem Feldzug aufbrechen oder ob wir abwarten, das ändert nichts am Ausgang. Am Ende wird die Kaiserkrone an das Haus von Guthügeln fallen, ganz so, wie mein Vater es wünscht.«

Sortor schrak nicht zurück vor der Nähe.

»An Gaban von Guthügeln«, fragte sie. »Oder an Rodbert?«

»Wo ist da der Unterschied?«, fragte Gaban. »Ich bin der Sohn und der Erbe meines Vaters. Ihr werdet uns nicht entzweien.«

»Ihr seid der Erbe des Grafen von Guthügeln«, stellte Sortor fest. »Aber wisst Ihr auch, was ›In Purpur geboren‹ bedeutet?«

»Was?« Gaban runzelte überrascht die Stirn.

»Ach«, sagte Sortor. »Ich bin mir sicher, Euer Vater weiß es nur zu gut.«

Entsetzt blickte Scipia auf das alte Kloster. »Es war hier«, sagte sie. Hilfe suchend sah sie Meister Jerathel an, der auf seinem Maultier saß und ins Leere starrte.

Ihre Zwillingsschwester schwieg.

Die Mauer vor ihnen war teilweise abgerissen, und dahinter standen die Ruinen von niedergebrannten Nebengebäuden. Aber nicht alles war zerstört: Ein Teil der großen Quadersteine war zur nördlichen Mauer gebracht worden, die man damit aufgestockt und verlängert hatte.

Das Kloster, in dem die Mönche der »bewahrenden Hand« Zuflucht und Freunde zu finden gehofft hatten, war zu einer Festung umgebaut worden. Ein halbes Dutzend Gestalten saßen auf der Krone des neu aufgeschichteten Walls, und keiner von ihnen sah aus wie ein Priester. Ein Mann mit wildem Bart und in einer Rüstung, die aus Lederfetzen und Eisenteilen zusammengenäht war, hob einen Stein auf und warf ihn auf die Gruppe.

»He!« Drohend hob Nessa die Armbrust.

»Lass sie.« Lacan streckte die Hand nach ihr aus. »Ziehen wir weiter.«

Das Gesindel auf dem ehemaligen Klostergelände sah nicht sehr einschüchternd aus, aber sie hatten eine Mauer, und wer weiß wie viele Verbündete dahinter. Lacan und seine Begleiter hingegen waren fremd an diesem Ort und nicht in der Verfassung, einen Kampf anzufangen.

Langsam folgten sie der Straße entlang des verwüsteten Grundstücks, tiefer hinein in das Häuserdickicht.

Sie hatten Horome gestern Abend erreicht, und die Umrisse der Stadt vor dem Schein der sinkenden Sonne hatten etwas Erhabenes ausgestrahlt. Endlich geschafft, hatte Lacan gedacht und eine ganze Weile nur dagesessen und auf das Meer der Dächer gestarrt.

Sie hatten Wochen gebraucht, um hierherzukommen, und die Reise glich einer Wanderung durch die Höllen. Sie hatten Hunger gelitten, hatten grauenvolle Dinge gesehen in dem vom Krieg verwüsteten Land. Sie hatten Begleiter zurücklassen müssen und Reittiere und Gepäck.

Aber jetzt waren sie am Ziel, so hatte Lacan gemeint, und die Stadt versprach Sicherheit und Unterschlupf.

Doch seitdem hatte er kein Auge zugetan.

Es gab keine Gasthäuser mehr, und die Menschen, die in den Außenbezirken herumschlichen, erinnerten an Untote. Als es schließlich zu dunkel wurde, um weiterzuziehen, hatten sie sich in einem verlassenen Haus verkrochen und eine unruhige Nacht verbracht. Lacan hatte die ganze Zeit Wache gehalten.

Seit dem Morgen zogen sie umher und suchten einen Ort, wo sie zur Ruhe kommen konnten. Die Priester hatten Verbindungen in der Hauptstadt, Freunde – das hatten sie immer wieder gesagt. Aber Horome hatte sich verändert.

Lacan hätte es wissen müssen.

»Bruder Lucan hatte eine Studierstube im Färberviertel«, brachte Zindal zögernd vor. Sein Blick wanderte misstrauisch über die Fenster und Hauseingänge.

Das Stadtviertel, in dem sie sich nun befanden, war nicht verlassen. Blicke folgten den Reisenden, ein paar zerlumpte Kinder liefen am Straßenrand mit ihnen mit. Nessa hatte die Armbrust an den Sattel gehängt und legte die Hand auf den Schwertgriff. Ihr Gaul war unruhig – seit ihr gutes Ross verendet war, saß sie auf dem Zossen, das ihr Knecht zuvor als Lasttier geführt hatte.

»Kaum mehr als eine Wohnung«, gab Ander zurück. »Wie sollen wir da unterkommen?«

»Und warum sollte Lucan noch dort sein?«, fügte Scipia hinzu und bedachte die Stadt mit einem Blick, als wären die Zustände hier eine persönliche Kränkung.

»Die Wecara-Kirche«, sagte Ander. »Die dürfte unbeschädigt geblieben sein. Ich kenne den Prälaten …«

»Auf der anderen Seite des Flusses«, wandte Zindal ein. »Da müssen wir erst mal hinüberkommen.«

»Und das ist das Problem«, sagte Lacan.

Er versuchte, sich an seinen letzten Besuch in Horome zu erinnern. Damals war er mit einer Armee gekommen, und das veränderte den Blick. Vermutlich sahen auch die Straßen dann anders aus, wenn man hindurchschritt.

Und er hatte wenig Bekanntschaften knüpfen können.

»Wir müssen herausfinden, wie die Zustände auf der Insel sind«, stellte Zindal fest. »Und wir brauchen einen Plan, um an Sortor heranzukommen. Ich weiß nicht, wie wir das in Ruhe vorbereiten wollen, wenn wir keine Zuflucht finden.«

»Wir suchen uns einfach ein leeres Haus«, sagte Nessa. »Und verschaffen uns Respekt in der Nachbarschaft. Dann hören wir uns um.«

Lacan war nicht wohl bei dem Gedanken. Die Reise hierher war immer wieder ein Kampf ums Überleben gewesen. Und wie es aussah, waren die Zustände in Horome nicht besser. Wenn sie sich auf eigene Faust durchschlagen mussten, bestand die Gefahr, dass sie dabei ihre ganzen Kräfte verausgabten und sie keine Gelegenheit bekamen, ihre eigentliche Mission voranzutreiben. Und, schlimmer noch: Sortor war ihnen bereits auf den Fersen, und wenn sie zu lange brauchten, fand Sortor womöglich den Weg zu ihnen statt umgekehrt.

»Meister!« Scabea trat neben den Meister der Meditation. Sie fasste das Maultier am Zaumzeug und hielt es an. Nun versammelten sich die Priester um den Alten, als wären sie seine Schüler, denn auch wenn sie inzwischen alle Meister waren, lag doch wenigstens eine Generation Altersunterschied zwischen Jerathel und den übrigen Mitgliedern des Ordens.

Jerathel senkte den Blick.

»Meister Jerathel«, fuhr Scabea ermutigt fort. »Wisst Ihr nicht, wohin wir uns wenden können? Ihr müsst noch Verbindungen aus der Zeit vor der Gründung des Ordens haben.«

Lacan vermeinte, ein spöttisches Lächeln auf den schmalen Lippen des Alten wahrzunehmen. *Verbindungen, die lange schon tot sind*, führte er den Gedanken weiter.

»Ich kenne Sortor«, sagte Jerathel. »Wir müssen uns selbst eine Zuflucht schaffen.«

II. TEIL

SOMMER

9. KAPITEL

Juli 964, horomische Zeitrechnung

Das Fest des Sieges wurde in diesem Jahr mit Verspätung gefeiert. Doch heute kam die Kaiserin in die Unterstadt. Am Ostufer legten so viele Boote an, wie Gaban und die Kaiserin nur beschaffen konnten. Sie waren mit Wimpeln versehen, die Soldaten, die an Land gingen, trugen geschmückte Uniformen und Wappenröcke wie zu einer Parade.

Arbeiter luden Kisten und Säcke aus. Auf dem Platz bei der früheren Marktbrücke hatte Aruda ein Gerüst aus Steinen und Balken errichten lassen. Dort stand sie selbst und lächelte und verteilte die Gaben an das Volk. Die Gardisten bei ihr starrten misstrauisch auf die unüberschaubar große Menge, die sich bis in die angrenzenden Straßen drängte.

In einem verfallenen Lagerhaus am Rand des Platzes traf sich Gaban mit den Abordnungen seiner Verbündeten. Sie tauschten Papiere aus, feilschten um Lieferungen, und Gabans Krieger wiesen die Fahrer ein, die Vorräte auf großen Fuhrwerken in die Stadt bringen sollten.

Gorin, der Anführer der Altviertel-Bande, knetete die Hände und blickte mürrisch auf das Treiben auf dem Platz, und auf die Kaiserin. »Sie verteilt unsere Lebensmittel!«, knurrte er.

Gabans Kopf fuhr hoch. Der riesenhafte Nordländer sprang auf Gorin zu und stieß ihn mit den Fingern gegen die Brust, sodass der massige Räuberhauptmann zu Boden ging wie ein Reh durch den Tatzenhieb eines Bären. Er schnappte nach Luft. Gorins Männer griffen nach ihren Waffen, aber

Gaban riss das Schwert aus der Scheide und setzte einem Handlanger die Spitze an die Kehle.

»Mein Vater hat diese Vorräte geschickt«, sagte Gaban. »Für die Kaiserin. Aruda kann damit tun, was ihr beliebt. Und Ihr werdet Sorge tragen, dass sie unbehelligt bleibt.«

Gorin hob eine Hand. Er keuchte immer noch. »Schon gut«, presste er hervor.

»Ihr habt Männer auf den Straßen, damit die Dinge nicht aus dem Ruder laufen?«

Gorin nickte.

»Südlich vom Marktplatz sorgen meine Leute für Ordnung«, warf ein anderer von Gabans Verbündeten ein. »Wie abgesprochen – ein Festtag für die Kaiserin. Und die Verteilung der übrigen Vorräte in den Stadtvierteln übernehmen wir.«

»Gut«, sagte Gaban. »Und verwendet sie weise.«

Seine Hand zuckte vor, und die Schwertspitze drang in die Kehle des Handlangers vor ihm. Die Bewegung war so beiläufig, dass viele in dem Lagerraum es zuerst nicht glauben wollten. Als der Mann zusammenbrach, röchelte und das Blut aus seinem Hals spritzte, schnappten die Versammelten nach Luft. Ein Rascheln und Klirren lief durch die zerstörte Halle, als ein jeder nach seiner Waffe griff.

Gelassen stand Gaban da. Sein blutiges Schwert schwang herum und wies auf Gorin, der vor ihm kauerte. Hinter Gaban warteten seine Leibwächter, grimmige, schwer gerüstete Fußsoldaten aus dem Norden, mit Brustpanzer und langen Schilden und mit Lanzen.

Die Oberhäupter der Stadtviertel und ihre Begleiter hatten die Hände an den Waffen, aber mehr wagten sie nicht. Gaban sah Gorin an.

»Ihr seid in die Dienste des Grafen von Guthügeln getreten«, erklärte er. »Ihr habt die Hilfe meines Vaters angenommen, und mein Vater erwartet dafür, dass in der Stadt Ordnung herrscht, wenn er eintrifft. Sollte einer von euch dieser Aufgabe nicht gewachsen sein, sollte er die Güter verschwenden, die wir euch zur Verfügung stellen, oder sollte er gar einen Verrat planen …« Gaban zuckte die Achseln. »Nun. Wir finden gewiss jemanden, der gern an die Stelle des Nichtsnutzes tritt.«

»Klar … klar!«, stammelte Gorin.

Gaban sah sich um. Bei manchem Räuberhauptmann bemerkte er ein Blitzen in den Augen, als sie ihre Standesgenossen taxierten. Wieder andere blickten empört und konnten ihren Zorn nur mit Mühe zügeln – Gaban prägte sich die Gesichter ein. Er würde die Namen an die Hofrätin Sortor weiterleiten. Es war von jeher die Aufgabe des kaiserlichen Geheimdienstes gewesen, dafür zu sorgen, dass Störenfriede verschwanden, bevor sie Ärger machten. Und auch die Hexe würde zeigen müssen, ob sie ihre Stellung ausfüllen konnte.

»Schon gut«, sagte ein anderer Anführer aus der Stadt. »Aber Ihr könnt nicht herumgehen und unsere Männer töten. Was soll das für ein Bündnis sein?«

Gaban wischte sein Schwert ab und steckte es weg. Die Strauchdiebe in der Halle beruhigten sich wieder. Sie waren an Gewalt gewöhnt, und wahrscheinlich hatten sie alle im letzten Jahr Schlimmeres erlebt und durchgestanden, um dorthin zu gelangen, wo sie nun waren. Gaban legte die Hand auf eine Kiste und betrachtete sie.

»Das soll eine kleine Mahnung sein«, sagte er. »Mein Vater ist kein duldsamer Mensch. Guthügeln hat zu wenig Soldaten, als dass er diese Stadt ohne eure Hilfe kontrollieren könnte. Aber wir haben genug, um sie niederzubrennen und jeden Bewohner zu töten. Vergesst das nie. Wenn mein Vater kommt, wird er beurteilen, ob ihr nützliche Gefolgsleute seid und ob eure Stadtviertel ein Gewinn sind oder eine Last für seine Herrschaft. Ihr solltet ihn nicht enttäuschen.«

Gabans Blick schweifte hinaus, zwischen den angesengten Balken in den halb eingestürzten Wänden hindurch auf den Platz, wo Aruda auf ihrem Podest inmitten der Menge deutlich zu sehen war. Die Kaiserin beugte sich gerade über die Kante und reichte einen Wecken an ein Kind weiter, das auf der Schulter seines Vaters saß.

»Ihre gnadenreiche Majestät jedoch, Aruda Callindrin, eure Kaiserin, sie ist sehr sanftmütig. Das Wohl der Stadt liegt ihr am Herzen. Allein um ihretwillen hat mein Vater Vorräte geschickt statt Stahl, um ihretwillen hat er euch das Bündnis angeboten, statt den Unrat, der nach den Kämpfen geblieben ist, gleich in den Strom zu fegen.

Also rate ich euch, betet für ihr Wohlergehen und tragt dazu bei, dass ihre Liebe zu dieser Stadt nicht erlischt. Enttäuscht sie nicht. Denn bald wird der Krieg ein Ende finden, und dann wird die Kaiserin entscheiden, ob ihr als Ritter und Verteidiger des Reiches geehrt werdet …«

Er zog ein Silberstück aus der Tasche, nickte in Richtung des toten Handlangers und schnippte Gorin die Münze zu. »… oder ob ihr einfach nur Pöbel seid, den man für ein Wergeld an seinen Herrn erschlägt, wenn er sich einem Ritter in den Weg stellt.«

Zur Mittagszeit kehrten Lacan und Zindal in ihren Unterschlupf zurück. Sie hatten eine verlassene Wohnung in einem Gebäude gefunden, das die Unruhen in der Unterstadt halbwegs unbeschadet überstanden hatte. Es war geplündert worden – nicht nur die Möbel waren verschwunden, sondern auch die Scheiben und die Fensterrahmen fehlten oder waren eingeschlagen.

Aber das Mauerwerk war unversehrt, kein Rauchgeruch

hing in den Räumen, und einmal Durchfegen hatte gereicht, um sie einigermaßen wohnlich zu machen. Lacan und seine Begleiter hatten irgendwo in der Stadt eine Tür gefunden und notdürftig in den Rahmen eingepasst, wo sie nun mit Balken gesichert den Zugang versperrte.

Ander, der Meister der Runen, war beim Meister der Meditation zurückgeblieben und ließ sie ein. Jerathel saß unbewegt auf der Fensterbank und schaute hinaus. Er hatte sich keinen Zoll bewegt, seit Lacan aufgebrochen war.

Die Wohnung lag im ersten Stock, mit freiem Blick auf den Fluss.

»Und?«, fragte Ander.

Lacan schüttelte den Kopf.

»Das nächste Mal komme ich mit«, kündigte der Meister der Runen an. »Wir dürfen nicht noch mehr Zeit verlieren.«

»Und was willst du erreichen?«, fragte Zindal, der Meister der Alchemie.

»Ich finde schon etwas«, gab Ander zurück. »Meine Familie stammt aus dem Umland. Ich kenne Horome wie meine Westentasche.«

Es war nicht das erste Mal, dass die beiden Meister darüber sprachen. Der Runenmeister mochte zwar aus der Gegend stammen, aber Zindal war zuletzt und häufiger in der Metropole gewesen.

Lacan trat neben Meister Jerathel ans Fenster.

»Die Stadt ist wie leer gefegt, was Boote angeht«, erklärte Zindal. »Die Barratainer haben alles eingesammelt, was auf dieser Seite des Flusses lag und sich über Wasser halten konnte. Und dann wurde jedes einzelne Wasserfahrzeug bei ihrem ersten gescheiterten Angriff auf die Insel versenkt.«

»Das ist jetzt ein Jahr her«, wandte Ander ein. »Genug Zeit, um neue Boote zu bauen.«

»Die Menschen hatten andere Sorgen«, sagte Zindal. »Wer im Elend lebt, kauft keine Boote.«

»Natürlich gibt es Boote.« Lacan drehte sich um und sah die beiden Priester an. »Dinge über den Fluss zu schmuggeln ist ein einträgliches Geschäft. Und wo ein Geschäft ist, finden sich auch Leute, die ihm nachgehen.

Aber wer ein Boot hat, der hütet es eifersüchtig. Und niemand in der Stadt ist begierig darauf, seine Geheimnisse mit ein paar fragwürdigen Besuchern aus dem Süden zu teilen.«

»Fragwürdig, pah!« Ander klang gekränkt. »Vielleicht sollten wir uns doch an die Fähren halten, die offiziell verkehren. Wenn es auf dieser Seite des Flusses keine Schiffe gibt, müssen halt die genügen, die jeden Tag von der anderen Seite herüberkommen.«

»... und streng bewacht werden«, ergänzte Zindal. »Die Bewohner auf der Insel sind sehr misstrauisch, wen sie aus diesen Elendsvierteln hinüberlassen. Zu Recht misstrauisch, will ich meinen.«

»Und selbst wenn Sortor nicht nach uns suchen lässt und niemand uns erkennt«, warf Lacan ein, »müssen wir doch damit rechnen, dass *alle* Besucher aus dem Süden als Spione betrachtet werden.«

Ander stieß ein Brummen aus. Er blickte auf den Fluss, als könnte er einen Weg hinüber erspähen.

Da klopfte es wieder an der Tür, und die Frauen kehrten zurück. Scipia und Scabea hatten ihre auffälligen Gewänder gegen einfache Priesterkutten getauscht, und Nessa begleitete sie in voller Rüstung, um die Bewohner der Unterstadt abzuschrecken, die keinen Respekt vor der Geistlichkeit zeigten.

Sie brachten einen großen Beutel mit, und Nessa packte lächelnd Brot und Käse und sogar zwei magere Hühner aus. Lacan starrte auf die Nahrungsmittel – es war mehr, als sie in der ganzen Zeit, seit sie hierhergekommen waren, hatten auftreiben können.

»So«, sagte Nessa. »Wenigstens einer hatte heute Erfolg bei seiner Suche.«

Lacan runzelte die Stirn und fragte sich, wie Nessa innerhalb eines Augenblicks und ohne nachzufragen wissen konnte, dass er nichts heimgebracht hatte.

»Wir sind nicht länger nur auf das Essen angewiesen, das Scabea mit ihrer Heilkunde eintauschen kann«, fuhr Nessa fort. »Zum ersten Mal gibt es wieder etwas zu kaufen für unser Geld!« Krankheit verschonte niemanden, und die Hoffnung auf Heilung wog mitunter schwerer als der Gedanke an die nächste Mahlzeit. In einer Stadt, in der Nahrung das knappste Gut war, konnte man nur mit der Verzweiflung ein Geschäft machen.

»Für *mein* Geld, willst du wohl sagen«, warf Ander ein. »Und warum ging es plötzlich?«

»Die Kaiserin hat Essen verteilen lassen.«

»Die Kaiserin bringt öfter Gaben in die Stadt«, erwiderte Lacan.

»Dieses Mal hat sie wirklich viel verteilt, heißt es. Nicht nur an besondere Einrichtungen, sondern auf dem Marktplatz. Zumindest ein paar Leute sind jetzt so gut versorgt, dass sie nicht mehr nur an ihren Bauch denken, sondern auch ihre Börse wieder füllen wollen.«

Lacan verzog das Gesicht. »Warum hat mir niemand davon erzählt?«, fragte er. »Ich war gar nicht weit vom alten Marktplatz entfernt.«

»Wir hätten die letzten Knechte nicht bei den Kranken und den Schülern in diesem Dorf vor der Stadt zurücklassen sollen.« Ander rümpfte die Nase. »Sie hätten vielleicht einen besseren Zugang zum Volk gefunden als Ritter und Priester von guter Abkunft.«

Er sah Lacan an. Jeder wusste, dass Lacan derjenige gewesen war, der dazu geraten hatte, die unbewaffneten Begleiter und die unbedarften Novizen an einem sichereren Ort zurückzulassen, um sie nicht den Gefahren auszusetzen, die in der Hauptstadt und bei der weiteren Mission drohten.

Lacan ging nicht auf die versteckte Kritik des Runenmeisters ein.

»Die Kaiserin ist oft in der Unterstadt«, murmelte er.

»Das ist wahr!« Nessa horchte auf. »Wir kommen vielleicht nicht auf die kaiserliche Insel, aber die Kaiserin kommt zu uns. Wir könnten versuchen, sie dabei in unsere Gewalt zu bringen und den Weg zu Sortor zu erpressen!«

Lacan schüttelte den Kopf. »Nein«, sagte er. »Wir könnten bei einem ihrer wohltätigen Besuche an sie herantreten.«

Nessa musterte ihn zweifelnd. »Und dann?«, fragte sie.

»Vielleicht finden wir Gehör … Ich meine, wenn Sortor wirklich nach der Macht im Reich strebt, kann das der Kaiserin nicht recht sein. Wir müssen ihr nicht feindselig begegnen – wir können sie warnen und zu unserer Verbündeten machen!«

Licht fiel durch den schmalen Spalt jenseits der Wasserfläche und tauchte die Grotte in einen bläulich wabernden Schimmer. Meris untersuchte die Kisten und Packen, die am Ufer standen, und verstaute alles sicher in Nischen zwischen den erhöht liegenden Felsen, abgedeckt mit fleckigen graubraunen Planen. Feuchtigkeit war der größte Feind, obwohl der Ragnat zu dieser Jahreszeit nicht ansteigen würde.

Vor zwei Tagen waren die Vorräte eingetroffen, die der Graf von Guthügeln in die hungernde Stadt geschickt hatte. Während viele Beauftragte der Kaiserin und des Feldherrn Gaban damit beschäftigt gewesen waren, die Güter zu erfassen und für die weitere Verteilung vorzubereiten, hatte Meris einen Teil davon abgezweigt. Sie hatte haltbares Fleisch, getrocknetes Brot und eingelegtes Gemüse noch einmal sicher verpacken lassen und dann hier herunter zu ihrer Zuflucht geschafft: der Höhle mit der kleinen Bucht und dem Zugang zum Fluss. Meris ging davon aus, dass man ihr verborgenes Lager kaum entdecken würde, selbst wenn sich zufällig jemand hierherverirrte.

Bisher hatte sie keine Anzeichen dafür gefunden, dass außer ihr noch irgendwer diesen Raum kannte und nutzte. Und jetzt, da die heißen Monate des Jahres nahten, waren die Vorräte in der kühlen Kammer vermutlich am sichersten untergebracht.

Meris wusste nicht, wie lange es halten musste. Sie wusste nicht, wann sie die Stadt verlassen würde, wann der beste Zeitpunkt für ihre Flucht gekommen war. Wann sie alles zusammenhatte, was sie brauchte.

»Zuallererst«, ermahnte sie sich selbst, »brauche ich ein Boot.« Sie blickte über das Wasser hinweg, auf dem Lichtflecken und Schatten im trägen Wellengang tanzten, bis zu dem hellen Spalt zwischen den Felsen, durch den ein Boot hindurchfahren konnte.

Ein Boot zu beschaffen war nicht leicht, aber es war machbar. Es hierherzubringen, ohne dass Sortor davon erfuhr, erforderte mehr Mühe.

Meris zuckte die Achseln. Es gab keinen Grund zur Eile. Sie hatte in der Stadt ohnehin noch einiges zu tun. Einer ihrer Gewährsleute in der Weststadt hatte von einem Alchemisten gesprochen, der aus Opium angeblich eine neue Form der Droge gewann, einen Stoff, der für gute Stimmung und ruhigen Schlaf sorgte, ohne dabei den Geist zu trüben und ohne einem Albträume zu schicken.

Sie machte sich auf den Rückweg und erwog kurz, denselben Umweg zu nehmen, auf dem sie hierhergelangt war.

Aber dann wählte sie doch den direkten Pfad, der zu Runniks ehemaligen Gewölben führte, die nun das Reich von Stard und seiner Geheimpolizei waren.

Bald erreichte sie das vertraute Tonnengewölbe, vor sich das Licht der Öllampen, die den ganzen Trakt erhellten. Ein Geruch nach Fäulnis und Exkrementen hing in der Luft, aber es war ungewöhnlich still. Vielleicht waren Stards Leute unterwegs, um Nachschub zu holen.

Meris senkte den Kopf, ballte die Fäuste in den Taschen und eilte weiter.

»Dame Meris!« Unvermittelt stürmte einer von Stards Schergen aus einem Seitengang und blieb vor ihr stehen. Er wirkte ebenso überrascht wie sie. »Wir suchen Euch!« Er klang vorwurfsvoll.

»Was ist?«, fragte sie. »Ich dachte, wir wären alle übereingekommen, dass Stard nun die Geschäfte leitet.«

Der Mann blickte unbehaglich zur Seite und räusperte sich. Meris nahm an, dass nicht jeder aus der ehemaligen Truppe die Änderung an der Spitze begrüßte, doch das spielte keine Rolle. Im Zweifel würden die Männer dem schwarzen Hexer folgen, und sei es nur aus Furcht.

»Sortor hat nach Euch gefragt«, fuhr der Mann fort.

»Was will sie?«, fragte Meris schroff. Es war lange her, dass Sortor nach ihr gefragt hatte. Seit Gander von Lichtingen sie aus der Zelle herausgelassen hatte, achtete Meris darauf, zumindest dann und wann bei Hofe zu erscheinen. Sie war davon ausgegangen, dass dies auch für Sortor genügte.

»Soweit ich verstanden habe, hat die Hofrätin einen Auftrag für Euch«, erklärte der Handlanger. »Ihr sollt mit dem Fürsten Gaban sprechen.«

Aruda führte Gaban in einen Teil des Palasts, den er noch nie betreten hatte. Ihre Zofen folgten ihnen in einigem Abstand und unterhielten sich leise. Die Gänge wirkten verlassen, die Räume unbenutzt. Oft gab es keine Türen, sondern nur leere Türöffnungen. Das Mauerwerk und die gesprungenen Bodenplatten wirkten alt.

»Es gefällt mir nicht, dass du alle Vorräte an … deine Verbündeten gegeben hast.« Aruda rümpfte die Nase. »Das sind nicht die Vögte und Ratsherren, die Bürgermeister und die Gildenvorstände, die früher in den Stadtvierteln das Sagen hatten.«

Gaban seufzte. »Das ist richtig. Die meisten unserer neuen Bundesgenossen sind unappetitliche Gesellen und kennen nur das Recht des Stärkeren. Ich habe sie daran erinnert, wer hier der Stärkste ist. Das muss für den Augenblick genügen, fürchte ich. Es erfordert Zeit und Mühe, die alte Ordnung wiederherzustellen.«

»Sie werden das Essen nicht weiterverteilen«, stellte Aruda fest. »Sie werden sich daran bereichern!«

»Männer wie diese lassen sich nicht allein mit Worten und Drohungen zügeln«, gab Gaban zu bedenken. »Ich musste ihnen etwas geben, was den Nutzen des Bündnisses für sie unterstreicht. Das Versprechen auf künftigen Aufstieg und auf etwas, was sie sofort einstreichen können. Wenn sie damit ihre eigene Macht und ihren Reichtum mehren, wird das auf Dauer auch nützlich für uns sein. Je mehr sie gewinnen, umso mehr haben sie zu verlieren, wenn sie sich gegen uns stellen.«

»Die ganzen Vorräte«, sagte Aruda verbittert. »Diese Kriegsfürsten werden sie an ihre Anhänger verteilen oder an die verkaufen, die dafür bezahlen können. Nichts kommt bei denen an, die es am dringendsten brauchen.«

»Du gibst etwas an die Bedürftigen«, sagte Gaban. »Und mein Vater hat versprochen, mehr zu schicken. Wir müssen an die Zukunft denken. Ich habe unseren Verbündeten zu verstehen gegeben, dass wir auf Dauer ebenfalls einen Gewinn aus der Zusammenarbeit erwarten. Die Klügeren von ihnen werden sich als nützliche Bundesgenossen erweisen wollen und ihre Stellung und die Mittel, die wir ihnen zukommen lassen, sinnvoll verwenden. Sie werden Handel und Handwerk fördern, für Ordnung sorgen, Häuser wiederaufbauen und dadurch Bürger in Lohn und Brot setzen. Und selbst den Schwächsten wird es damit auf Dauer besser gehen.«

Aruda lachte auf. »Glaubst du, einer von denen ist so schlau?«

»Der ein oder andere vielleicht schon.« Gaban zog eine Schulter hoch. »Die Dümmeren werden nach und nach …«

Er wandte sich um, als die weiblichen Stimmen hinter ihnen plötzlich verstummten, und sah, dass die Mädchen am Anfang des Gangs stehen geblieben waren. Das Gebäude sah nun sehr baufällig aus. Wurzeln arbeiteten sich durch das Mauerwerk, die gewaltigen Steinquader waren verschoben, die Wände feucht und dunkel.

Aruda ging auf ein düsteres Treppenhaus zu, das noch weiter nach oben führte.

Gaban blieb stehen und räusperte sich unbehaglich. Seit er Aruda kannte, waren die Zofen ihr noch nie von der Seite gewichen.

Aruda sah sich zu ihm um, lächelte und streckte die Hand aus.

»Komm«, sagte sie. »Ich möchte dir etwas zeigen. Diese dummen Gänse sind zu abergläubisch, um weiter mitzukommen – aber ich hoffe, du bist nicht so schreckhaft.«

Gaban straffte sich und betrat hinter Aruda das Treppenhaus. Die Platten auf den Stufen waren ausgewaschen und verwittert, wie Fels in den Bergen und nicht wie behauener Stein im Schutz eines Gebäudes. Es gab keine Fenster, doch von oben fiel ein schmaler Streifen grünes Licht herein.

Bald erblickte Gaban einen Durchgang, der durch einen

Vorhang aus Ranken verdeckt war. Aruda schob das Gewirr zur Seite, und sie gelangten in einen Dachgarten voller üppigem Leben. Bäume und Sträucher wuchsen entlang der Wege und schlossen sich wie zu einem Dach darüber. Aruda führte Gaban durch den Laubengang und tiefer in das Dickicht hinein.

Im ersten Augenblick mutete es an wie ein Urwald, doch als Gaban genauer hinschaute, erkannte er kunstvoll geschnittene Umrisse: Die grüne Wand, die sie von allen Seiten umgab, überwucherte den Pfad nicht wild, sie wies Muster auf: Blätter und Bäume, Kreise und Wellenlinien, die aussahen wie Vogelschwingen, schälten sich aus dem Laub heraus und schienen sich zu verändern oder verschwanden ganz, sobald man daran vorbeiging und aus einem anderen Winkel darauf schaute.

Irgendwo sang eine Nachtigall, dabei war es gar nicht die Tageszeit dafür.

»Was ist das für ein Ort?« Staunend blieb Gaban stehen und berührte das Buschwerk neben sich. Kaum zu glauben, dass man natürlich gewachsene Pflanzen in eine solche Form bringen konnte.

»Man nennt ihn den Garten der kaiserlichen Dame«, erklärte Aruda. »Es war immer mein liebster Ort. Als Kind kam ich oft hierher. Ich wollte ihn dir zeigen …« Aruda brach ab und schluckte, als hätte sie Angst, zu viel zu verraten.

»Ein Dachgarten …« Gaban blickte auf seine Füße. Der Weg zog sich wie eine Furche durch den weichen Waldboden und war mit alten Steinplatten ausgelegt, zwischen deren Fugen Gras und Erde hervorquollen.

Aruda führte Gaban weiter, bis der Pfad auf eine kleine Lichtung mündete, eine wilde Wiese voller Blumen, gesäumt von überwucherten Säulen und eingesunkenen Sockeln mit Statuen darauf. Eine steinerne Bank stand bei einem leeren

Brunnenbecken, und tiefer im Gehölz erkannte Gaban die Umrisse eines größeren Bauwerks aus hellem Stein. Das alles sah so alt und verwittert aus wie sonst kein Teil des Palastes.

Enttäuscht blickte Aruda sich um. Dann wandte sie sich Gaban zu und lächelte. »Ein Vorfahr soll diesen Ort einst um das Grabmal einer Geliebten herum errichtet haben, und es gibt ein paar Legenden über den Ort, die der Dienerschaft Angst machen. Aber für mich war es immer der friedlichste Platz, den man finden kann. Er wirkt … behütet. Der Garten ist wichtig für mich. Ich wollte, dass du ihn siehst …«

»Aruda.« Gaban trat auf sie zu. Unwillkürlich legte er ihr die Hand auf den Arm. »Mein Vater hat die Unterstützung geschickt, um die du gebeten hast. Ich habe deine Stadt so sicher gemacht, wie ich nur konnte. Ich muss …«

Aruda wandte das Gesicht ab. »Ich weiß. Du musst gehen. Darum habe ich dich hergebracht. Es schien mir der richtige Ort zu sein, um Abschied zu nehmen. Der einzige im Palast, wo wir allein sein können … wo ich *Aruda* bin und nicht nur …«

»Du wirst nicht lange allein bleiben«, sagte Gaban, doch er wusste genau, dass sie es so nicht gemeint hatte. »Ich werde dein Land wieder sicher machen. Ich sorge dafür, dass du überall behütet bist!

Und wenn mein Vater hier eintrifft, wird er Ordnung schaffen in der Stadt. Er hat sich um die Vorräte für deine Bürger gekümmert – Bponur allein weiß, was er dafür aufwenden musste. Du siehst, er nimmt seine Pflichten ernst.

Wie wir alle.«

Die Nachtigall war verstummt.

Gaban und Aruda blickten einander an.

»Ich hoffe, du kommst auch noch einmal zurück«, sagte sie. »Wenn der Krieg vorbei ist.«

Gaban lachte, auch wenn ihm nicht zum Lachen zumute

war. Der Wald um ihn her wirkte mit einem Mal bedrückend, obwohl der Bewuchs kaum ein paar Schritte tief sein konnte und dahinter eine ganze Stadt lag, vor der dieser Streifen Grün winzig und bedeutungslos war.

»Sicher«, sagte er. »Ich werde vor dem Herbst wieder in der Hauptstadt sein. Und dann bleibe ich …« *Bis mein Vater hier ist*, hatte er sagen wollen, aber irgendwie verschluckte er die Worte.

»Es wird umso schneller gehen, je stärker du bist. Ich werde dir meine Legion zur Seite stellen!«

Gaban trat einen Schritt von ihr weg und musterte sie. Er runzelte die Stirn.

»Die letzte kaiserliche Legion«, erklärte Aruda. »Das waren einmal über tausend Soldaten. Nach allem, was geschehen ist, sind es wohl ein paar weniger.«

»Ich kenne die Stärke deiner Streitmacht«, sagte Gaban. »Aber du brauchst sie hier.«

Aruda schüttelte den Kopf. »Du hast die Stadt gesichert, nicht wahr? Mir bleibt immer noch meine Garde. Und ich habe Ritter und Büttel und genug andere Männer auf der Insel, die eine Waffe halten und die Festung besetzen können.

Mein Heer sollte dort stehen, wo die entscheidende Schlacht geschlagen wird – unter deinem Oberbefehl. Unseren vereinten Truppen kann Edern unmöglich standhalten.«

Als Fürst Gaban von Guthügeln den Trakt der Kaiserin verließ, wartete Meris auf ihn.

»Herr von Guthügeln«, sprach sie ihn an. »Auf ein Wort.«

Gaban blieb stehen und musterte sie. »Ihr gehört zu den Ratgebern der Kaiserin«, stellte er fest.

Meris nickte. »Ihr wollt bald aufbrechen«, sagte sie.

Gaban schaute sie an. In seinen Augen sah Meris Argwohn aufblitzen.

Sie rang sich ein Lächeln ab. »Keine Sorge«, fügte sie hinzu. »Ich bin keine Spionin Eurer Feinde. Ich leite die geheime Polizei, die gegen Spione bei Hofe vorgeht.«

Gabans Gesicht verdüsterte sich noch mehr. »Ich habe davon gehört«, sagte er. »Doch ich dachte, dieser seltsame Kerl, der aussieht wie ein Hexenmeister, hätte dort das Sagen.«

»Ein Hauptmann, den die Hofrätin Sortor mir aufgezwungen hat«, erklärte Meris. »Ich billige seine Methoden nicht, aber am Ende hat die Hofrätin das letzte Wort, was die Sicherheit des Palastes angeht.«

»Noch«, erwiderte Gaban vielsagend.

Meris zuckte die Achseln. »Noch«, antwortete sie. »Und es ist nicht an mir, das zu hinterfragen. Ich lasse also ihren Hauptmann seine Arbeit tun. Dennoch fühle auch ich mich verantwortlich für den Schutz der Kaiserin, und manche Dinge muss ich selbst in die Hand nehmen.«

»Ich werde die Sicherheit Ihrer Majestät nicht gefährden«, entgegnete Gaban.

»Das ist die Frage«, erwiderte Meris. »Sie hat Euch ihre Legion als Unterstützung angeboten. Ihre einzige Legion.«

Gaban verzog das Gesicht. »Gerüchte verbreiten sich schnell im Palast«, sagte er. »Sie hat gerade erst unter vier Augen mit mir darüber gesprochen.«

Meris schnaubte. »Eine solche Truppenbewegung lässt sich nicht von heute auf morgen umsetzen, wie Ihr selbst am besten wisst. Natürlich hat Ihre Majestät bereits Dinge in die Wege geleitet. Der kaiserliche Kurierdienst weiß schon seit Tagen von den Plänen.«

Jetzt wirkte Gaban verärgert. »Sortor«, sagte er.

»Es ist die Aufgabe der Hofrätin, über alles Bescheid zu wissen«, antwortete Meris. »Aber um sie geht es hier gar nicht. Sobald Sortor mir berichtet hat, was die Kaiserin plant, war ich selbst ziemlich besorgt. Wir dürfen diese Festung nicht ohne Schutz zurücklassen.«

Gaban schnaubte. »Aruda hat mir versichert, dass durchaus ein paar Männer übrig bleiben. Die kaiserliche Insel ist fast uneinnehmbar, die Stadt habe ich befriedet, und gegen die größte Bedrohung ziehe ich zu Felde. Die Kaiserin kann die Soldaten entbehren.«

»Seid Ihr sicher?«, fragte Meris. »Was ist, wenn Edern Euren Truppen ausweicht und in voller Stärke auf Horome marschiert, um die Festung im Handstreich zu nehmen?«

»Unwahrscheinlich«, befand Gaban.

»Mag sein«, sagte Meris. »Aber verheerend, wenn es gelingt. Die Kaiserin und die Hauptstadt wären in der Hand des größten Gegners Eures Vaters!

Edern hat Unterstützer in den westlichen Stadtvierteln, Verräter, die dem Grafen die Tore öffnen könnten. Dazu kommen die Rebellen aus dem Süden – Sortor weiß von Agenten in den Vierteln des Ostens. Die Kaiserin ist nicht so sicher, wie sie glaubt. Wollt Ihr sie dieser Gefahr aussetzen?«

Meris sah, wie Gaban zögerte.

»Ich … werde über den Einwand nachdenken«, sagte er schließlich.

Meris verbeugte sich. »Dann will ich Eurer strategischen Einschätzung vertrauen.«

Gaban nickte knapp und entfernte sich. Meris blickte ihm nach, bis er hinter einer Biegung des Flurs verschwand.

Strategische Einschätzung … Meris schnaubte. Sie hatte gesehen, wie Gaban und Aruda miteinander umgingen. Inzwischen nannte er sie schon beim Vornamen! Er würde die Kaiserin keiner Gefahr aussetzen.

Dennoch war Meris nicht wohl dabei. Es war nicht ihre Idee gewesen, mit dem Fürsten zu sprechen. Sortor hatte sie beauftragt! Die Zauberin hatte gewusst, dass Gaban wenig von ihr hielt und nicht auf ihre Worte hören würde, deswegen hatte Meris darauf geachtet, sich zu Beginn des Gesprächs von ihrer Dienstherrin abzusetzen.

Nun fragte sie sich, ob Sortor wirklich nur um die Sicherheit der Kaiserin besorgt war. Das Bündnis mit dem Norden gefährdete ihre Stellung, und Sortor mochte durchaus ein Interesse daran haben, dass Gaban scheiterte. Aber konnte ihr wirklich daran gelegen sein, dass Edern triumphierte?

Meris schüttelte den Kopf.

Ich muss auf das strategische Geschick des Feldherrn vertrauen, dachte sie.

10. KAPITEL

Tags darauf schritt Meris gemeinsam mit der Kaiserin durch die Straßen der Ostviertel. Sie hatten nur ein paar Priester bei sich, eine Handvoll Gardisten und einige Träger. Meris empfand Unbehagen. Soweit sie wusste, war es das erste Mal seit Ausbruch des Krieges, dass die Kaiserin ohne ihren Waffenmeister Gander und ohne eine Wache in Kompaniestärke auf dieser Seite des Flusses unterwegs war. Aruda hatte sich regelrecht davongeschlichen!

Meris beobachtete die zerlumpten Gestalten, die aus den baufälligen Häusern schauten, die Kinder, die dem Zug folgten oder in die Seitenstraßen liefen und wer-weiß-wem Bescheid gaben, die Gruppen von Männern, die betont gelassen an den Straßenecken standen und ein Sammelsurium von Waffen zur Schau stellten. »Ich weiß nicht, ob das eine gute Idee ist«, flüsterte sie Aruda zu.

Die Kaiserin lachte. »Du machst dir zu viele Sorgen. Die Stadt ist wieder sicher. Gaban hat es mir gesagt.«

Meris schüttelte leicht den Kopf und seufzte. Aber jetzt trat die Kaiserin aus dem Zug und mischte sich unter die Leute. Sie sprach mit den Bürgern an den Fenstern, beugte sich zu den Kindern hinab, und es war, als läge eine göttliche Aura um sie. Die Bewohner von Horome, die so viel durchlitten hatten, neigten das Haupt vor ihrer Monarchin oder streckten ihr die Hände entgegen, als könnte eine bloße Berührung alle Sorgen lindern. Selbst die abgerissensten Halunken am Straßenrand zogen den Hut und verbeugten sich, wenn Aruda in ihre Nähe kam; andere vermieden die Begegnung und wichen in Seitengassen oder Hauseingänge zurück.

Nichts deutete auf eine Bedrohung hin.

Sie erreichten den alten Tempel, der heute ihr Ziel war. Die Tore fehlten, die Scheiben unter dem Kuppeldach waren eingeworfen. Die Halle war geplündert, nur Scherben und Unrat waren zurückgeblieben. Meris erkannte die Reste von Feuerstellen. Aber das Gebäude war leer, und die Mönche, die mit ihnen gekommen waren, machten sich gleich ans Aufräumen.

Aruda sprach mit den Menschen, die sich neugierig am Eingang sammelten. Sie erklärte, was hier vor sich ging, und bald tauchten die ersten Bürger auf und brachten Möbel oder halbwegs unversehrte Planken, die sie zu Bänken zusammenfügten. Immer mehr Helfer stießen dazu.

Der Orden von der goldenen Hand Bponurs hatte beschlossen, ein weiteres Haus für die Kranken am Ostufer zu eröffnen. Sie hatten dieses Gebäude erworben von irgendeiner Bande, die es während der Wirren des Krieges besetzt hatte. Und die Kaiserin ließ es sich nicht nehmen, die Ordensleute bei dem Umzug zu begleiten und selbst Heilmittel, Verbandszeug und Vorräte zu spenden.

Meris' Befürchtungen bestätigten sich nicht. Der Tempel füllte sich mit Gestalten, von denen viele wie Straßenräuber oder Totschläger aussahen, aber niemand machte Ärger. Stattdessen beugten alle die narbigen Häupter vor Aruda, folgten jedem ihrer Befehle und strahlten wie Kinder, wenn die Kaiserin sie beachtete. Wie es schien, hatte Aruda recht gehabt: Gaban hatte den Osten der Stadt befriedet in einem Umfang, wie Meris es nie für möglich gehalten hätte.

Sie langweilte sich. Hier gab es nichts für sie zu tun – es war an der Zeit, dass sie anderswo Zerstreuung fand. Sie warf einen letzten Blick auf die Kaiserin, die zwischen den Menschen stand und glücklich wirkte.

Dann kämpfte Meris sich gegen den Strom der Menge nach draußen und tauchte in die Stadt ein.

»Runnik!« Taranc stürmte in den Raum, gefolgt von seinen Rittern. »So geht es nicht weiter!«

Runnik saß in einem Arbeitszimmer im dritten Stock der Residenz, einem Raum, fast schon ein Saal, mit hohen Fenstern und mit einem Boden aus Holzdielen, auf dem die Stiefeltritte nachhallten. Er blickte von seinem Pult auf. Behutsam hob er die Feder, brach seine Arbeit an den akkuraten Buchstaben ab und zwang sich zu einem Lächeln.

»Worum geht es, mein Fürst?«

»Kennst du Ruitgar den Böttcher?«

Keine Höflichkeiten mehr, mein Fürst?, dachte Runnik und hob die Brauen. Als Stadtherr hatte er einen fürstlichen Posten inne, und Taranc hatte das bisher in seiner Anrede gewürdigt. Nun jedoch war Runnik anscheinend gleich zwei Stufen in der Gunst gefallen.

Strohköpfchen, die im Schatten zwischen den Fenstern stand, schob sich ein paar Schritte nach vorn. Runnik hielt sie zurück mit einem unauffälligen Wink hinter dem Rücken.

»Ich habe keinen solchen Bedarf an Fässern wie Eure Soldaten«, antwortete er. »Ich muss zugeben, mir ist nicht jeder Name in diesem Gewerbe gegenwärtig.«

»Der Mann ist verschwunden seit heute Nacht.« Taranc trat näher an Runniks Pult. »Die Nachbarn haben mir berichtet, dass deine Leute den Böttcher und seine ganze Familie weggeschleppt haben.«

»Das scheint ein beliebter Zeitvertreib zu sein dieser Tage«, sagte Runnik leichthin. »Dass die Bürger Euch irgendetwas über mich erzählen.«

»Meister Ruitgar tat sich darin sogar besonders hervor«, erwiderte Taranc. »Und wenn du es für eine gute Idee hältst, die Bürger verschwinden zu lassen, die mit mir reden …«

Runnik hob die Hand. »Gemach, mein Fürst. Fragen wir doch meine Büttel. Wir können uns im Kerker umschauen, ob dieser Böttcher dort ist. Vielleicht hatten meine Männer einen Grund, ihn festzunehmen; vielleicht seid Ihr auch nur dem böswilligen Gerede von Nachbarn aufgesessen, von Rebellen, die uns gegeneinander ausspielen wollen.«

»Du behauptest also, dass du nichts von der Sache weißt?«

»Es ist unruhig in der Stadt«, sagte Runnik. »Aufrührer schleichen aus den Bergen herein. Meine Wachen tun, was sie können, aber ich bin nicht über jeden Vorfall informiert.«

»Eine ehrbare Familie, die bei Nacht aus ihrem Haus verschwindet!« Tarancs Stimme troff vor Hohn. »Das ist ja wohl kaum eine Kleinigkeit, die bei den Meldungen untergehen sollte – ob deine Leute nun jemanden *verhaftet* haben oder ob es ein Überfall von *Rebellen* war.«

Runnik zuckte die Achseln. »Wie gesagt, wenn es einen Grund zur Klage gibt, werden wir es aufklären.«

Er steckte die Feder in das Tintenfass, stand auf und kam hinter dem Pult hervor mit einer Geste, als wollte er Taranc zusammen mit dessen Begleitern aus dem Raum führen. Doch Taranc blieb einfach stehen, und Runniks Hand landete auf dem Wappenrock über dem Stahl der Rüstung wie auf einem unbeweglichen Felsen.

»Wenn es der einzige Vorfall dieser Art wäre …«, fuhr der Grafensohn fort. »Aber es gibt weitere Beschwerden über das Verhalten deiner Büttel, und diese Überfälle in der Nacht …«

»Wie ich bereits erklärt habe«, wiederholte Runnik. »Wir haben diese Stadt erst vor Kurzem eingenommen, der Widerstand dauert an. Die Straßen sind unsicher.«

»Dann frage ich mich«, sagte Taranc, »warum vor allem die Bürger im Dunkeln ein Messer in den Körper bekommen, die gegen dich das Wort erhoben haben. Ich habe dir gesagt, dass sich das ändern muss. Dennoch fährst du fort in deinem Treiben. Unter meinen Augen!«

Runnik schwieg.

Taranc beugte sich zu ihm herab.

»Mein Vater mag dir seine Gunst geschenkt haben«, sagte er. »Aber ich werde mir das nicht länger ansehen. Über deine Verbrechen mag ein anderer richten, doch ich lasse nicht zu, dass du weiter Unruhe stiftest, während ich versuche, die Dinge hier in Ordnung zu bringen.«

Runnik holte tief Luft. »Ich versichere Euch«, erklärte er, »ich tue alles, um die Ruhe in der Stadt zu bewahren. Der alte Kaiser …«

Tarancs Hand schoss vor, und er packte Runnik am Kragen und schüttelte ihn. »Der alte Kaiser war ein wahnsinniges Ungeheuer, und er ist tot!«, brüllte er. »Wann kommt das endlich bei dir an?«

Schwer atmend löste er die Finger von der Robe. Mit unbewegter Miene strich Runnik sein Gewand glatt. Der feine dunkle Stoff war eingerissen.

»Der alte Kaiser«, setzte er wieder an, »wusste sehr genau, wie man unbotmäßige Untertanen anpacken muss. Eure Vorgehensweise ist eine andere, gut. Das muss ich respektieren. Es mag unserer Sache womöglich schaden, wenn wir nicht an einem Strang ziehen. Darum entschuldige ich mich … dafür, dass ich übereifrig war in meinem Bemühen, die Anliegen von Edern zu vertreten.«

Runniks Hände zitterten, und er versteckte sie hinter seinem Rücken. Es fiel ihm schwer, die Ruhe zu bewahren. Zu lange hatte er seine Forschungen vernachlässigt, denn es war schwer zu arbeiten, solange dieser junge Geck in der Stadt war.

Aber Taranc war zu stark, um sich offen gegen ihn zu stellen. Die meisten Ritter folgten ihm, und Runniks Ruf, der in der Hauptstadt ausgereicht hatte, den Menschen Respekt einzuflößen, hatte seit dem Tod des alten Kaisers in der Tat gelitten.

Er lächelte. »Ich bitte um Vergebung«, sagte er. »Ich werde mich bessern. Erlaubt mir, dass ich die Dinge in Ordnung bringe.«

Als Linos aus dem »Palast« des Königs trat, sah er eine Gruppe von Edelschnorrern vor dem Eingang stehen und diskutieren. Neugierig kam er näher.

»Was ist los?«, fragte er. »Ist etwas passiert?«

Jord, eines der älteren Mitglieder der Bande, blickte ihn an. Bevor König Tay die Reihen mit derberen Gestalten besetzt hatte, mit Söldnern und Totschlägern, war Jord einer der anrüchigeren Schnorrer gewesen, ein Mann, der in jüngeren Jahren wohl einen abenteuerlustigen, gestrauchelten Ritter abgegeben hatte und der später auch vor Diebstahl und Einbruch nicht zurückschreckte.

Linos hatte gehört, dass Jord deswegen früher oft Schwierigkeiten mit dem König bekommen hatte. Inzwischen, wo den Schnorrern jedes Mittel zum Überleben recht war, geriet Jord in der anderen Richtung ins Hintertreffen: Vom Gauner, der die Gemeinschaft verunglimpfte, war er zum Möchtegern geworden, der von den fähigeren Neulingen auf seinem eigenen Feld ausgestochen wurde.

Wie es hieß, kämpfte er darum, seinen Ruf zurückzugewinnen.

»Die Kaiserin ist in der Stadt«, erklärte er. »Wir wollen hin.«

»Wo?«, fragte Linos aufgeregt. Er hatte gehört, dass die Kaiserin oft in die Unterstadt kam und sich um die Bedürftigen kümmerte. Aber das war stets im Stadtkern gewesen, in den Stadtteilen, die der kaiserlichen Insel gegenüberlagen.

Die Macht der Edelschnorrer lag viel weiter im Norden. Nicht einmal der fremde Feldherr war bis dorthin gekommen, als er in Horome ein wenig Ordnung geschaffen hatte –

niemand hatte Tay ein Bündnis angeboten. Und Linos hatte die Kaiserin noch nie zu Gesicht bekommen.

Jord grinste. »Geh einfach mit uns mit.«

Sie liefen durch die verwinkelten Straßen eines alten Wohnviertels bis fast an die Grenze des Gebiets, das König Tay für seine Edelschnorrer beanspruchte. Linos hörte den Lärm schon von Weitem. Eine große Menge Volk drängte sich vor dem Eingang zu einem Tempel, der bis vor Kurzem von einer gegnerischen Bande besetzt gewesen war. Aus dem Inneren ertönten Rufe und ein Getöse, als würden dort Bauarbeiten stattfinden, nicht als würde eine Audienz abgehalten. Linos sah, dass die Bürger Balken, alte Möbel und Decken und Tücher hineintrugen.

Die Schnorrer drängten sich durch den Eingang. Drinnen herrschte großes Durcheinander: Ein paar Frauen fegten mit Reisigbesen Schutt aus der Halle, andere breiteten Decken und Strohsäcke auf einer Empore aus und errichteten ein Lager. Linos bemerkte junge Männer, die unter der Anleitung eines schimpfenden Alten behelfsmäßige Bettgestelle aus alten Möbeln zusammenfügten.

Im hinteren Teil des Raums sammelten sich Menschen, die offenbar verletzt oder krank waren, und zwischen ihnen erblickte Linos nun auch Mönche, livrierte Pagen und ein paar Wachen aus dem Palast, die am Rand standen und das Treiben verfolgten.

»Sie richten ein Krankenhaus ein!«, erkannte er.

»Ja, ist wohl so«, bestätigte Jord. »Ein paar Betbrüder haben das Haus den Kanal-Kanaillen abgehandelt, heißt es. Aber die Kaiserin ist nur heute hier, um dem Ganzen ihren Segen zu geben. Du …« Er wies auf einen seiner Begleiter. »Und du – ihr kommt von links. Ihr da – schleicht euch in Zweiergruppen von der anderen Seite an.«

Linos stutzte. »Was hast du vor?«, fragte er.

»Ich?«, fragte Jord. »Ich komme mit Stoffel und Dickohr von vorn, und wir machen ein bisschen Krawall. Dann müsst ihr zulangen.«

»Zulangen?« Linos fröstelte.

Jord kniff die Augen zusammen und maß ihn mit dem Blick. »Du bist klein und kommst überall durch«, sagte er. »Du gehst mit Albered.«

Er schob Linos auf seinen hageren Kumpel zu.

Linos stemmte sich dagegen.

»Was habt ihr *vor?*«, rief er aufgebracht.

Jord presste die Lippen aufeinander und zischte. »Nicht so laut. Was haben wir wohl vor? Die Kaiserin und ihre Mädchen filzen – was die an Schmuck dabeihaben, das dürfte dem Schatz gleichkommen, von dem Tay immer schwatzt.«

Flavia von Naudingen-Ebertzungen kam zu spät zum Mittagessen. Das war ungewöhnlich. Beschwingt und heiter schritt sie durch den Speisesaal, vorbei an Niki, die unwillkürlich den Kopf einzog und den Suppenlöffel sinken ließ, und nahm gegenüber ihrem Mann an der Schmalseite der kleinen Tafel Platz.

Ritter Frideric von Ebertzungen hielt mit dem Löffeln der Suppe inne, hob die Brauen und sah sie an.

»Es gibt ein Fest!«, verkündete Flavia, den Blick auf Niki geheftet.

Frideric zuckte die Achseln. »Wir haben in diesem Jahr schon viele Einladungen erhalten«, sagte er. »Aber selbst zu den Feiertagen waren die Bälle eher traurig.«

»Genau darum geht es ja«, erklärte Flavia. »Du weißt, dass der Graf von Guthügeln vor ein paar Tagen eine Lieferung an den Hof geschickt hat. Weitere sollen folgen. Die Kaiserin hat deswegen beschlossen, einen Einführungsball zu geben!«

»Einen Einführungsball?« Frideric runzelte die Stirn. »Der

würde normalerweise am Erntefest stattfinden, und das ist noch zwei Monate hin.«

»Die Kaiserin will es vorzeitig als Gartenfeier ausrichten. Auf den Feldern im Süden der Insel.«

»Warum?«, fragte Frideric griesgrämig.

Niki hielt den Kopf gesenkt und starrte auf ihre Suppe.

»Die Prälatin von Hochstein nimmt an, dass die Kaiserin damit Mut machen will, weil die meisten Familien wegen des Krieges den Sommer in der Stadt verbringen müssen. Ein Fest im Freien kann Aufheiterung bringen. Und vielleicht …« Flavia beugte sich vor, als wollte sie verschwörerisch über den langen Tisch hinweg flüstern. »Vielleicht hat die Kaiserin den Feiertag im Herbst schon für eine Hochzeit ins Auge gefasst.«

»Alles gerät durcheinander«, seufzte Frideric und wandte sich wieder seinem Teller zu.

Auch Niki nahm den Löffel wieder auf. Da schlug Flavia zwei Mal mit dem Löffel hart auf den Tisch.

»Du vergisst vielleicht, was das für eine Gelegenheit ist«, sagte sie, an ihren Mann gewandt, während sie mit dem Löffel auf Niki wies. »Zum ersten Mal seit zwei Jahren werden wieder junge Leute in aller Form bei Hofe eingeführt. Wir könnten unsere Nikodemia vorstellen!«

Frideric von Ebertzungen blickte auf. »Hältst du das für klug?«

»Denkst du immer noch an den Krieg mit den Barratainern?« Flavia schüttelte den Kopf. »Denk lieber an die Zukunft! Der Krieg ist bald vorbei, wir bekommen einen Kaiser, und alles wird wie früher. Dieser Ball ist der beste Beweis dafür. Die Verbindungen, die abgerissen sind, müssen neu geknüpft werden. Wir können *alle* unseren Vorteil daraus ziehen.«

Niki bemerkte, dass alle sie anstarrten, sogar die aufwartenden Diener und Hausmädchen schienen sie verstohlen zu beäugen.

»Was …«, murmelte sie, räusperte sich, setzte sich auf und legte den Löffel weg. »Was meint Ihr damit, Tante Flavia?«

»Ein Ball für die Jünglinge und die Fräuleins bei Hofe«, sagte Flavia und legte den Kopf schräg. »Selbst ein dummes Ding vom Land wie du sollte erkennen, was sich da für Gelegenheiten bieten.«

Lacan erreichte den Tempel und hielt inne. Der Bau war heruntergekommen, die Türflügel an dem breiten Portal fehlten, und in der Öffnung drängte sich das Volk.

Lacan hatte sein Kettenhemd unter einem Umhang verborgen.

Vorsichtig bahnte er sich den Weg in das Gebäude und schob sich durch die Menge, und er zuckte jedes Mal zusammen, wenn jemand gegen seine harte Rüstung stieß.

Lacan wollte mit der Kaiserin reden, und er hoffte auf eine friedliche, eine ehrenvolle Lösung. Er war allein gegangen, auch ohne Nessa, und wenn er hier in Schwierigkeiten geriet, war er auf sich gestellt.

Er gelangte durch den Eingang, ohne dass jemand ihn aufhielt, und im Tempel selbst löste sich das größte Gedränge auf. Es war zugig in der Halle, und es roch nach Staub und nach Schweiß und nach Urin und Kot und Blut. Ein Geruch, wie Lacan ihn aus Heerlagern und Burgen nach einem Kampf kannte – der Geruch von Blut und schwärenden Wunden, von Exkrementen, von Eiter und Fäulnis. Er hatte gehört, dass die Kaiserin an diesem Tag und an diesem Ort ein neues Siechenhaus einrichten wollte, und anscheinend waren die ersten Kranken bereits hier.

Sie gingen unter zwischen den Besuchern, die mit anfassten oder die einfach nur die Kaiserin sehen wollten, sie womöglich berühren und ihren Segen erhalten. Lacan stellte sich auf die Zehenspitzen und spähte in den hinteren Teil der Halle, wo die Menge sich wieder dichter ballte.

Bestand überhaupt Aussicht, in diesem Gewühl ein vernünftiges Wort zu wechseln? Lacan wollte sich einen Platz in der Nähe der Kaiserin suchen und auf eine günstige Gelegenheit warten.

»Eine Gabe, Herr Ritter!« Ein kleiner Junge stand vor ihm und zupfte ihn am Mantel. Das Kind sah elend und abgemagert aus, und Lacan wollte schon nach seiner Börse greifen, als er unvermittelt innehielt.

Misstrauisch blickte er sich um.

Er hatte von den Taschendieben der Stadt gehört. Manche schickten Kinder oder Krüppel vor, die den Angesprochenen zu einer verräterischen Geste verleiten sollten, um herauszufinden, wo er sein Geld aufbewahrte, um zu sehen, ob sich ein Überfall lohnte, oder um das Opfer abzulenken, während ein Kumpan von der anderen Seite zugriff.

Lacan nahm keine verdächtige Bewegung um ihn herum wahr, aber bei den vielen Menschen, die sich an ihm vorbeidrängten, konnte er sich nicht sicher fühlen.

Unwillig schüttelte er den Kopf. Er war ein Ritter, und was würde Nessa sagen, wenn er sich vor lauter Mitgefühl davon abhalten ließ, das Richtige zu tun? Er musste aufmerksam bleiben.

»Hier.« Lacan griff unter seinen Mantel und gab dem Kind zwei Kupfermünzen. »Bponur segne dich!«

Das Kind tauchte in der Menge unter, ohne sich zu bedanken. Lacan bewegte sich auf das größte Gedränge zu. Da, wo das Raunen und die gelegentlichen Rufe am lautesten ertönten, würde er die Kaiserin finden.

Er war kräftiger als die meisten, und so schob er sich vorwärts, vorbei an einer Schwangeren und einem Krüppel mit

Krücken und einem Beinstumpf, die ihm den Weg versperrten.

Vor ihm, im rückwärtigen Teil der Tempelhalle, brandete auf einmal Lärm auf, und Lacan wurde zurückgedrängt. Er griff nach seinem Schwert, aber ihm wurde klar, dass er mit der Waffe in der Menge kaum etwas ausrichten konnte.

Lacan reckte sich und versuchte zu erkennen, was da vor sich ging. Er sah die Helme der Wachen, die vorher am Rand der Halle gewartet hatten und nun in der brodelnden Masse schwammen wie Rettungsboote auf stürmischer See.

»Beschützt die Kaiserin!«

Der Ruf kam nicht von einem der Gardisten, sondern von einem der zerlumpten Helfer in diesem Tempel, einem breitschultrigen Kerl mit kantigem Gesicht.

»Macht Platz für die Kaiserin!«

Das Volk wogte zur Seite. Lacan schwamm gegen den Strom an und gelangte zu den Stufen, die im hinteren Teil der Tempelhalle auf einen breiten Absatz führten. Rasch sprang er hinauf und sah von oben, wie die Wachen auf den Ausgang zuschritten.

Ein Stück weit entfernt rangen ein paar Männer miteinander, ein wütender Mob hatte ein paar Gestalten zu Boden gestoßen. Die Kerle wehrten sich wild, aber immer mehr Menschen mischten sich ein und traten und schlugen die Gefangenen.

Lacan zog sein Schwert unter dem Mantel hervor und hob die Klinge. Sein Kettenhemd klirrte, der Stahl schimmerte im Sonnenlicht, das durch ein eingeschlagenes Fenster fiel.

»Was geht hier vor?«, brüllte er donnernd.

Seine Stimme übertönte das Getöse, und ein paar der Kämpfenden ließen tatsächlich von ihren Opfern ab, einer der Gestrauchelten versuchte, sich aufzurichten und die Gelegenheit zur Flucht zu nutzen. Aber sogleich warfen sich ein

Dutzend Umstehende auf ihn und prügelten mit Fäusten auf ihn ein.

»Sie haben die Kaiserin angegriffen!«, rief ein dicklicher Kerl mit breiter platter Nase. »Sie müssen sterben!«

Die Umstehenden nickten, und beifälliges Murmeln erhob sich.

»Ein Sakrileg!«

»Ich kenne die – das ist das Bettelpack vom Theaterviertel!«

»Wir …« Ein hagerer Bursche mit breiten Schultern, wirren Haaren und zerrissener, aber offenbar einmal gut geschnittener Kleidung kämpfte sich in dem Getümmel hoch und rief flehentlich. »Wir haben niemanden angegriffen! Wir wurden angegriffen!«

»Genau!«, rief ein kahlköpfiger Kerl mit der Statur eines Ringers und einem grotesk verformten Ohr, der sich gegen den Griff von einem halben Dutzend aufgebrachter Bürger wehrte. »Wir wollten nur den Schmuck von den edlen Damen!«

Die Menge zischte und schimpfte erregt und prügelte erneut auf die Gefangenen ein. Der Mann, der zuerst gesprochen hatte, warf seinem Begleiter einen fassungslosen Blick zu, bevor er wieder in der Masse unterging.

»Diebe!«

»Räuber!«

»Hängt sie auf!«

»Die Kaiserin hat uns verlassen, und sie sind schuld!«

Lacan zögerte. Dann steckte er das Schwert weg, trat zurück und zog den Umhang wieder über die Schultern. Das waren keine unschuldigen Opfer, die er als Ritter verteidigen musste. Und die Kaiserin war fort!

Er war zu spät gekommen.

Lacan fluchte unterdrückt. Wer weiß, ob sie sich überhaupt noch einmal in die Stadt wagte?

Die Menge schleifte die verhinderten Räuber aus dem Saal. Lacan wandte sich ab.

Ihm gefiel die Art nicht, wie hier Gerechtigkeit geübt wurde. Aber die Priester, die nun herbeieilten und auf das Volk einredeten, konnten vermutlich mehr erreichen als er.

»Der war dabei!«

Eine Frauenstimme schnitt schrill durch den Saal. Die Frau wies in eine Richtung, und Lacans Blick folgte der Geste. Ein Junge stand dort am Rand des Getümmels und starrte mit weit aufgerissenen Augen auf die wütende Menge und auf die Gefangenen, die sie fortschleifte.

»Ich?« Der Knabe schrak hoch wie aus den Gedanken gerissen. Lacan bemerkte einen Anflug von Bart im Gesicht des Jungen – er musste älter sein, als seine Größe vermuten ließ, fast schon ein Jüngling. Irgendetwas an seiner Haltung passte nicht in diese Gesellschaft.

»Er ist mit den beiden Halunken gekommen!« Die Frau zeigte auf zwei Männer, die vom aufgebrachten Volk festgehalten wurden. »Ich habe ihn bei der Kaiserin gesehen!«

Der Junge schüttelte den Kopf. »Ich wollte die Kaiserin sehen!«, sagte er. »Diese Männer kenne ich nicht!«

Die Leute, die die Anschuldigung hörten, hielten unschlüssig inne, und der Junge trat einen Schritt zurück und verschwand im Getümmel.

Lacan streckte sich und versuchte, den Jungen in der Masse der Leiber zu entdecken. Doch es war aussichtslos. Dann fiel ihm ein, dass der Jüngling irgendwann durch den Ausgang musste und dass er ihn dort abpassen konnte.

Lacan machte kehrt und kämpfte sich zur Pforte, fest entschlossen, vor der Menge und vor dem Jungen dort anzukommen. Denn er hatte diesen jungen Burschen doch schon einmal gesehen, kurz nachdem er den Tempel betreten hatte. Zwar nur von hinten, aber die Haltung und die Kleidung verrieten ihn. Der Knabe hatte da gerade mit dem Hageren gesprochen, der offenbar der Anführer der Räuber gewesen war!

Und hatte nicht irgendwer angedeutet, dass diese Räuber zu einer größeren Gemeinschaft gehörten? Also konnte der Knabe ihn möglicherweise zu jemandem führen, der ein Boot besaß und der sie auf die Insel schleusen konnte!

Draußen auf dem Platz suchte Lacan sich eine verborgene Nische und behielt von da aus das Portal im Auge. Eine Menschenmenge quoll heraus, die tatkräftigeren Männer warfen Stricke über die stehen gebliebenen Balken eines eingestürzten Bauwerks gegenüber. Hoffentlich übersah er den Jungen in dem Treiben nicht. Hoffentlich gab es keinen anderen Ausgang. Und hoffentlich war der Junge nicht schneller gewesen als er und bereits fort.

Je länger Lacan dort stand und wartete, umso mehr fiel ihm ein, warum sein Plan nicht gelingen konnte. Dann stellte er fest, dass seine Börse verschwunden war, und seine Laune sank noch weiter.

Bis der Junge schließlich aus dem Tor des Tempels trat, fast verborgen zwischen den herausdrängenden Menschen.

Am späten Nachmittag ließ Gaban das Heer rasten. Die Mauern Horomes waren kaum außer Sicht, und Gaban fragte sich, ob die Häuser, an denen sie zuletzt vorbeigezogen waren, immer noch zur Stadt gehörten. Die schiere Größe der Metropole erschütterte ihn jedes Mal, dabei war der Teil westlich des Ragnat sogar der kleinere.

Dennoch, der Machtbereich der Kaiserin endete an den Mauern, so hieß es. Egal ob dieses Gebiet einst zur Hauptstadt gehört hatte oder nicht – jetzt befanden sie sich in Edern. Auf dem Land ihres Feindes.

Er ließ das Lager befestigen und berief den Kriegsrat ein. Die Banner der Verbündeten wurden vor dem großen Zelt aufgepflanzt, und die Grafen und Fürsten und ihre Vertreter trafen sich drinnen zu einem frühen Abendessen.

Graf Weynot, Gabans Stellvertreter, wirkte unzufrieden.

»Erst brechen wir im Morgengrauen auf, dann machen wir mittags schon wieder halt. Was soll das?«

Gaban lächelte. »Ein wenig später ist es schon. Ich dachte, wir brauchen Zeit, um den Feldzug zu planen.«

»Das ist auch so eine Sache«, befand Weynot. »Wir hätten die letzten Absprachen ruhig in der Stadt treffen können. Dieser Aufbruch, das war ja fast eine Flucht!«

Gaban errötete. »So ein Unsinn«, sagte er. »Jetzt ist einfach der richtige Zeitpunkt.«

»Nun denn«, warf der Ritter von Flanwisen ein. »Für welchen Plan habt Ihr Euch entschieden?«

»Edern hat kein Heer gegen uns aufgeboten, wenn man den Berichten dieser Hofrätin glauben darf.« Weynot runzelte die Stirn. »Die Gefolgsleute des Grafen verschanzen sich auf ihren Burgen. Wir hätten nicht so viel Zeit in der Stadt vertändeln dürfen. Das wird eine langwierige Angelegenheit, fürchte ich, und wenn der Winter kommt …«

Gaban schnaubte belustigt. Er stand von seinem Platz am Kopf der Tafel auf und beugte sich über den Tisch, der noch mit Speisen und Geschirr gedeckt war. Weynot bedeutete den Pagen, abzuräumen und die Karte auszubreiten. Aber Gaban winkte ab.

»Wir werden die Zeit schnell aufholen. Ich will mich nicht lange mit Burgen und Dörfern aufhalten. Wir marschieren gerade durch auf der Hauptstraße bis nach Edern.«

Einige der Herren am Tisch schnappten nach Luft.

Anklagend stieß Graf Weynot hervor: »Die Luft bei Hofe ist Euch zu Kopf gestiegen, junger Prinz. Wir können nicht mitten ins Feindesland vorstoßen und Heerscharen von Gegnern in unserem Rücken belassen.«

»Das habe ich auch nicht vor«, sagte Gaban. »Sie wollen uns an ihren Mauern ausbluten lassen. Aber ich sage Euch, wenn wir an ihnen vorbeilaufen, werden sie zu uns kommen. Einer nach dem anderen.«

»Da müssten sie ziemlich dumm sein«, hielt Weynot dagegen. »Ederns Truppen sind über das ganze Land verstreut. Außerhalb ihrer Mauern können sie einzeln nichts gegen uns ausrichten. Also werden sie sich hinter uns erst einmal sammeln, wenn wir sie in Ruhe lassen, und uns im ungünstigsten Augenblick in den Rücken fallen. Nämlich dann, wenn wir in der Falle sitzen zwischen ihnen und dem Heer, das in Edern gewiss auf uns wartet.«

»Wenn Graf Angwar in Edern so ein Heer stehen hat«, warf der Feldherr aus Vandrel ein, »warum hat er es dann nicht gegen uns losgeschickt? Es ergibt keinen Sinn, dass er einen Teil seiner Kräfte hier im Land verteilt und einen anderen zurückhält, sodass keins der beiden Aufgebote stark genug ist, um uns entgegenzutreten.«

»Ein großer Teil seiner Truppen steht noch in den Bergen«, erklärte Weynot. »Bei den Goldminen, so heißt es. Ohne diese Ritter kann er die Schlacht nicht wagen. Also nutzt er die Kräfte, die er hat, um uns aufzuhalten, bis die Streitmacht aus Raghabar wieder bei ihm ist. Das geht am besten, indem er die bestehenden Krieger auf möglichst viele Burgen verteilt und uns zu Belagerungen zwingt.«

»Ganz genau«, sagte Gaban. »Und was passiert, wenn wir uns auf das Spiel nicht einlassen?«

Die anderen Führer des Zuges sahen ihn an.

»Das ist die Schwachstelle unseres Feindes, so wie ich es sehe«, führte Gaban aus. »Edern selbst hat keine Mauern! Wir können die Residenzstadt des Grafen leichter einnehmen als jede Burg irgendeines seiner Ritter. Deswegen versucht er ja, uns aufzuhalten. Und deswegen werden seine Gefolgsleute, wenn wir sie nicht angreifen, den Schutz ihrer Mauern verlassen und kommen – weil sie uns aufhalten *müssen*, koste es, was es wolle!«

»Sie könnten einfach abwarten«, gab Flanwisen zu bedenken. »Selbst wenn wir die Stadt Edern einnehmen, heißt das nicht, dass wir damit die gesamte Grafschaft erobern. Der Graf könnte sich anderswo in Sicherheit bringen und dort seine Kräfte bündeln.«

»Schlimmer noch«, sagte Weynot. »Was, wenn seine Verstärkung eintrifft und in Edern auf uns wartet und der Rest seiner Männer sich doch in aller Ruhe hinter uns sammelt? Dann nehmen sie uns bei der Schlacht in die Zange.«

»Unwahrscheinlich«, befand Gaban. »Die Ritter auf dieser Seite des Waldes werden keine Zeit haben, sich abzusprechen oder auf eine Botschaft ihres Herrn zu warten. Sie müssen sofort entscheiden, ob sie uns ungehindert durchziehen lassen und dabei Gefahr laufen, dass wir ihren Herrn besiegen und die Grafschaft im Handstreich nehmen. Das werden sie nicht wagen. Sie werden zumindest versuchen, uns aufzuhalten.

Und wenn ein paar von ihnen auf ihren Burgen sitzen bleiben und andere Pläne schmieden, umso besser! Das wird Ederns Kräfte nur noch mehr zersplittern. Sie sind einfach viel zu weit verstreut, um sich sinnvoll abzustimmen. Vielleicht entkommt uns der Graf, aber wenn wir jetzt geradewegs vorstoßen, nehmen wir ihm den Kern seines Machtbereichs und reißen seine Stellung in der halben Grafschaft auseinander.

Was ihm dann noch bleibt, wird kaum reichen für einen langen Krieg.«

»Wenn der Plan gelingt.« Weynot strich sich über den Bart. »Wenn er scheitert, landen wir im schlimmsten Falle zwischen Hammer und Amboss.«

»Vergesst eines nicht«, sagte Gaban. »Diesen Hammer

können beide Seiten schwingen. Die Legion der Kaiserin ist in der Hauptstadt zurückgeblieben, aber auch dort bleibt sie nützlich für uns: Sie steht nun im Rücken unserer Feinde!

Solange Ederns Verbündete von beiden Seiten bedroht werden, können sie keine größere Bewegung wagen. Und wir stoßen ins Herz ihrer Grafschaft vor und erzwingen dort die Entscheidung!«

11. KAPITEL

Es war kein Zufall, dass das Leben in der verheerten Stadt sich auf die Gotteshäuser konzentrierte. Das bedeutete jedoch nicht, dass die Schrecken des Krieges die Menschen zurück zum Glauben geführt hätten.

Die Tempel waren oft die einzigen Bauten, die alle Verwüstungen überstanden hatten. Wie Berge ragten sie aus den Trümmern auf, erhoben sich über niedergebrannten Vierteln mit mannsdicken Mauern und mit hohen Dächern, außer Reichweite von jedem Zerstörungsdrang. Die Tempel hielten der Heimsuchung durch feindliche Heere, durch Räuberbanden und durch einfache Bürger, die im Winter verzweifelt nach Feuerholz suchten, am besten stand. Und unter den erhaltenen Gebäuden boten sie genug Raum für eine größere Gemeinschaft.

Von einer Seitenstraße aus betrachtete Lacan das Bauwerk, zu dem der Junge ihn nach dem Zwischenfall beim Tempel geführt hatte. Es war eindeutig, dass hier eine der stärkeren Banden der Stadt ihren Unterschlupf hatte. Die Tore waren instand gesetzt und die hoch liegenden Fenster zumindest mit Pergament abgedichtet. Menschen gingen ein und aus, meist in Gruppen, und viele Männer machten einen abenteuerlichen Eindruck. Ein paar der kräftigsten standen in einigem Abstand vor dem Portal herum, als würden sie es bewachen.

Welcher Gottheit dieser Ort einst geweiht war, das war schwerer zu bestimmen. Der Grundriss kam Lacan falsch vor, ein lang gezogenes Rechteck mit einem gedrungenen Turm am Ende. Einzelne farbige Glasstücke steckten noch in manchem Fenster, aber wenn sie einst Bilder oder Muster dargestellt hatten, waren diese jetzt nicht mehr erkennbar. Ein Tempel Bponurs war es jedenfalls nicht.

Lacan wandte sich an seine Begleiter. »Hier sind wir also«, stellte er fest.

Nessa und alle fünf Meister vom Orden der bewahrenden Hand Bponurs drängten sich hinter ihm in der Gasse. Lacan hatte beschlossen, in voller Stärke herzukommen. Er wusste nicht, was sie erwartete. Und wenn sie in Schwierigkeiten gerieten, konnte er nur darauf hoffen, dass die Priester von Nutzen waren und nicht nur eine Bürde, die des Schutzes bedurfte.

Vermutlich war es besser, wenn sie das jetzt herausfanden und nicht erst, wenn sie vor Sortor standen.

Lacan bemerkte, dass sie die Blicke auf sich zogen. Die Wachen wurden auf sie aufmerksam. Die Einmündung der Gasse war kaum ein geeignetes Versteck, und je länger sie sich hier herumdrückten, umso verdächtiger waren sie.

»Also gut«, sagte Lacan. »Überlasst mir die Verhandlungen.«

»Und seit wann ist das deine Stärke?«, fragte Nessa spitz.

»Seit ich alles ausgekundschaftet habe«, erwiderte Lacan selbstsicher. »Ich wollte euch als Rückendeckung dabeihaben, damit diese Leute uns ernst genug nehmen, um zu verhandeln. Aber ich glaube kaum, dass wir sie auf ihrem eigenen Grund und Boden zu etwas zwingen können.«

Lacan legte die Hand auf den Schwertgriff und schritt über den Platz. Die Halunken vor dem Tor schraken hoch und schickten sich an, ihnen in den Weg zu treten. Beim Anblick der beiden in Eisen gerüsteten Ritter an der Spitze der kleinen Gruppe zögerten sie, sodass Lacan und seine Begleiter ungehindert zum Eingang gelangten.

»Gib hinten acht«, flüsterte Lacan Nessa zu, als er bemerkte, wie die Wachen auf die Priester zuhielten, die keine Rüstung trugen.

Nessa nickte und blieb zurück.

In der lang gezogenen Tempelhalle war es dämmrig, und es roch nach Staub und Schweiß und scharfem Schnaps. Ein Sammelsurium von Möbeln, von Bänken, von Stühlen und Sesseln, von Strohsäcken und Matratzen stand an den Wänden des Saales und zu kleinen Inseln in der Mitte zusammengeschoben, auf denen abgerissene Gestalten saßen, manche zerlumpt, manche in edle Gewänder gehüllt, die verschlissen aussahen, wieder andere notdürftig angetan mit Teilen von Rüstungen, Brustpanzern, Kettenhemden. Alle waren bewaffnet, und als Lacans Trupp hereintrat, erhoben sie sich, die Gespräche verstummten und viele Dutzend Augenpaare folgten den Fremden misstrauisch.

Am anderen Ende des Raumes, im Altarraum, war ein Haufen Vagabunden versammelt. Die traten nun beiseite und gaben den Blick frei auf eine Gestalt, die sich auf einem zurechtgezimmerten und mit glitzerndem Tand verzierten Thronsessel lümmelte: ein schlanker Bursche von mittlerer Größe, mit auffällig wirkender Kleidung, einem gepflegten Bart und einem Degen mit ungewöhnlich schmaler Klinge an der Seite.

Während seine Begleiter nach den Waffen griffen, blieb der Anführer sitzen, schräg auf eine Seitenlehne gestützt, die Beine locker über der zweiten Armlehne baumelnd. Er musterte Lacan neugierig.

Andere Mitglieder der Bande traten ihnen in den Weg.

»Was wollt ihr hier?«, fragte ein kleiner Bursche mit dunklen Haaren und einem vor Dreck fast schwarzen Gesicht. Er trug ein geschnürtes Hemd, das so weit offen stand, dass man die dichten Brusthaare sah, und der lange Dolch in seiner Hand zuckte unruhig.

Lacan hob die leeren Hände. »Wir wollen euren Anführer sprechen!«

Er ruckte mit dem Kinn zu der Gestalt auf dem Thron, die nun hinter den heranrückenden Strauchdieben kaum mehr zu erkennen war.

»Euren König«, warf Jerathel hinter Lacan halblaut ein. »Wir bitten um eine Audienz bei eurem König.«

Lacan verdrehte die Augen und drehte sich kurz zu seinen Begleitern um. Dann wandte er sich wieder dem Mann auf dem Thron zu. »Eine Audienz!«, rief er laut. »Wir wollen … mit eurem Herrn reden.«

Er brachte es einfach nicht über sich, den Anführer dieser städtischen Herumtreiber als König anzureden.

»Lasst sie durch«, rief der Mann auf dem Thron und winkte lässig mit der Hand, die in seinem Schoß lag. »Ich will erfahren, was diese Leute zu meiner Residenz führt.«

Die Stimme klang melodisch, die Betonung der Silben zeugte von einer gewissen Bildung und hatte keine besondere Sprachfärbung. Lacan hätte nicht zu sagen vermocht, woher der Mann kam – er hätte in jeden Salon des weltläufigen städtischen Adels besser gepasst als an diesen Ort.

Die wilden Gesellen wichen zurück und ließen Lacan vorbei.

Der näherte sich der Apsis und musterte den Räuberhauptmann genauer. Die bunte gepluderte Hose, das rötliche Seidenhemd unter der mit Goldbrokat bestickten Weste, das Halstuch und die akkurat in Form gebrachte Frisur – das alles gab dem Mann ein geckenhaftes Aussehen. Er wirkte ein wenig verloren unter den vierschrötigen Halsabschneidern um ihn herum. Doch dass er sich in dieser Gesellschaft als Anführer halten konnte, sagte Lacan, dass er sich von der Erscheinung nicht täuschen lassen sollte.

Als Lacan an die Stufen zum Chor gekommen war, hob der

Mann auf dem Thron die Hand. »Das ist nah genug, um zu reden«, sagte er.

Lacan hielt inne und sah sich um. Hinter seinen Begleitern drängten die Herumtreiber neugierig heran, rings um den Thron standen die Unterführer der Bande. Lacan war nicht wohl bei dem Gedanken, dass so viele Ohren der Verhandlung folgten.

Der Räuberkönig maß ihn mit dem Blick. »So«, sagte er schließlich. »Ein echter Ritter erscheint an meinem Hofe!« Er winkte, und eine kleine Gestalt spähte hinter dem Thron hervor – der Junge, der Lacan an diesen Ort geführt hatte. »Das dürfte alle die erfreuen«, fuhr der Anführer fort, »die ein wenig unzufrieden sind mit den Veränderungen in der Stadt und in unserer Gemeinschaft. Doch ich nehme nicht an, dass Ihr gekommen seid, um Euch uns anzuschließen?«

Lacan räusperte sich. »Nein«, sagte er knapp. »Ich wollte mit Euch verhandeln, über … ein Anliegen.«

»Ich sehe, Ihr seid in Begleitung der Geistlichkeit«, bemerkte der König. »Ich hoffe sehr, es sind nicht ursprüngliche Bewohner dieses Hauses, die ihr altes Domizil zurückfordern möchten. Das müssten wir bedauernd ablehnen, denn viele meiner Untertanen hängen inzwischen an diesen Mauern.«

Lacan hörte, wie Ander hinter ihm einen abfälligen Laut von sich gab. »Ich weiß nicht, was für Götzen früher in diesem Tempel angebetet wurden«, warf der Meister der Runen ein. »Aber ganz gewiss war es keine Gottheit, mit der wir etwas zu tun haben wollen.«

»Das freut mich außerordentlich«, entgegnete der König. »Dann will ich Euch an meinem Hof willkommen heißen und Euer Anliegen hören. Ich bin übrigens Tay, der König der gestrauchelten Ritter und der Edlen der Straßen in dieser Stadt.«

Fast hätte Lacan die Vorstellung mit einer Verbeugung erwidert, doch er beherrschte sich gerade noch. »Herr … Tay«, sagte er. »Ich bin Lacan von Galdingen. Und es wäre mir lieb, wenn wir die Angelegenheit vertraulich verhandeln könnten.«

Tays Blick schweifte über seine Untertanen. Er zuckte die Achseln. »Ich nehme an, das wäre höflich – husch, husch!«

Er wedelte seine Unterführer fort. Die grobschlächtigen Kerle um ihn herum blickten missbilligend drein, aber sie gehorchten.

»Sorgt dafür, dass die Männer Abstand halten«, rief Tay seinen Leuten zu. »Und das Gefolge dieses Ritters ebenfalls. Wir wollen unter vier Augen reden.«

Nessa wollte protestieren, doch schließlich wich sie mit den Priestern ein paar Schritte zurück, während der König Lacan zu sich winkte.

Lacan entging nicht, dass der Junge hinter dem Thron stehen blieb, aber wenn König Tay wollte, dass der Knabe der Verhandlung folgte, konnte Lacan wenig daran ändern.

Er begann mit gesenkter Stimme: »Meine Begleiter und ich«, erklärte er, »wir müssen auf die Insel.«

Tay schnaubte belustigt. »Ja«, sagte er. »Das ist ein Bedürfnis, welches Ihr mit vielen Bewohnern dieser Stadt teilt.«

»Ihr scheint mir ein Mann mit Verbindungen zu sein«, fuhr Lacan unbeirrt fort. »Wir haben darauf gehofft, dass Ihr über Boote verfügt und die Schleichwege kennt, die uns in die Kaiserstadt bringen.«

»Es ist eine Festung«, antwortete Tay. »Ganze Heerscharen sind an den Mauern gescheitert.«

»Dennoch gibt es Wege hinein«, sagte Lacan. »Immerhin war das alles einmal eine einzige Stadt. Da sollte es mich wundern, wenn die Ritter der Straße nicht auch im Schatten des Palastes anzutreffen sind. Und wir können die Überfahrt bezahlen.«

»So?« Tay schwang die Beine von der Lehne zurück auf den Thron und beugte sich vor.

»Unsere Priester können auf gewisse Mittel zurückgreifen. Wir könnten zehn … vielleicht zwanzig Goldmark herbeibringen, wenn ihr uns übersetzt.«

»Oder vielleicht noch mehr?«, fragte Tay mit undurchdringlicher Miene.

Lacan verzog das Gesicht und überschlug die Barschaft, die er und seine Begleiter dabeihatten. Er überlegte, was sie noch alles bezahlen mussten, und was sie für den Rückweg auf die Seite legen sollten … *Nein,* dachte er. *Vergiss den Rückweg. Daran können wir denken, wenn wir erledigt haben, wofür wir hier sind.*

»Vielleicht sogar mehr«, bestätigte er, und ihm war bewusst, dass er schrecklich schlecht handeln konnte.

»Ich werde sehen, was möglich ist«, sagte Tay.

»Ich dachte, wir könnten …«, setzte Lacan an, aber der König der Herumtreiber schnitt ihm mit einer scharfen Handbewegung das Wort ab.

»Ich muss meine Berater konsultieren …« Er wies auf den Jungen, der hinter dem Thron wartete. »Ich muss unsere Mittel prüfen und sehen, was getan werden kann … und zu welchem Preis. Ihr könnt … morgen wiederkommen und meine Entscheidung hören.«

Lacan stand unschlüssig da. »Aber wir *müssen* auf die Insel!«, sagte er endlich. »Das Schicksal des Reiches hängt davon ab! Unsere Priester …« Er stockte. Wenn Tay erfuhr, dass seine Besucher es auf die Leiterin des kaiserlichen Geheimdienstes abgesehen hatten, ermunterte ihn das gewiss nicht zur Mithilfe. Schlimmer noch: Womöglich rechnete er sich aus, dass Sortor ihn besser bezahlen würde, wenn er die Gemeinschaft verriet!

Lacan brauchte eine glaubwürdige Lüge. Aber er war nicht

gut darin, Lügen zu erfinden. »Es ist wichtig für uns alle«, sagte er dann. »Vielleicht können wir den Krieg beenden.«

Tay sah ihn an. Bisher hatte sein Auftreten etwas Spielerisches gehabt. Doch jetzt wirkte er ernst. »Alle wollen diesen Krieg beenden«, sagte er. »Vor allem die, die ihn führen und anheizen, die wollen ihn zu ihrem eigenen Vorteil und zu ihren eigenen Bedingungen beenden. Ich muss an die Interessen meiner Gemeinschaft denken, Herr Ritter.

Ich werde sehen, was ich tun kann.«

Lacan blieb noch einen Augenblick regungslos stehen. »Zwanzig Goldmark«, wiederholte er dann schwach. »Vielleicht kriegen wir noch mehr zusammen. Für eine Überfahrt so rasch wie möglich.«

Das Land westlich von Horome war grün und vom Krieg unberührt. Die Äcker und Gärten waren wohlbestellt, und je weiter das Jahr voranschritt, umso besser konnte Gabans Heer sich von dem versorgen, was die Natur bot.

Gaban hatte Trupps ausgeschickt, um einzusammeln, was bereits reif war, um Vieh heranzutreiben, das nicht hinter festen Mauern gehalten wurde. Vielleicht wäre es klug gewesen, die Felder zu verwüsten, das Getreide niederzutrampeln oder abzubrennen, die Tiere zu töten, die Bauerndörfer zu plündern und nichts zurückzulassen, was ihren Feinden nutzen konnte. Damit hätten sie die Burgen belagern können, ohne einen Mann davor zu postieren – denn wenn die Ernte ausfiel, würde der Winter den Rest besorgen.

Dennoch konnte Gaban sich nicht dazu entschließen. Bponur wusste, wie dringend die Früchte dieses Landes im ganzen Reich gebraucht wurden. Die Vorräte im Norden mussten erschöpft sein, nachdem sein Vater so viel in die Hauptstadt geschickt hatte. Horome selbst würde im Winter wieder Hunger leiden. Er wollte den Krieg vor der Ernte entscheiden, dann würden sie alles nutzen können, was hier wuchs.

»Mein Fürst!« Ein Bote galoppierte heran. »Einer unserer Trupps wurde angegriffen. Ein Dutzend Berittener, keine halbe Stunde her.«

»Wo?«, fragte Gaban. Es war nicht das erste Mal, dass die Ritter von Edern einen Ausfall wagten und sich auf ein Scharmützel mit den Kriegern einließen, die ihr Land heimsuchten.

Der Bote wies die Richtung.

Godemund von Felstetten riss sein Pferd herum. »Wir müssen ihnen zu Hilfe eilen!«

Gaban hob die Hand. »Der Kampf ist längst vorbei!«, sagte er. Die nächste Burg lag ein gutes Stück weit weg, und es sprach einiges dafür, dass die Angreifer von dort kamen. Wenn er seine Männer direkt dorthin führte, konnte er den feindlichen Rittern womöglich den Rückweg abschneiden. »Folgt mir!«

Er gab seinem Ross die Sporen. Die dreißig Berittenen, die zu seiner Schar zählten, ritten hinterher. Pferdehufe trommelten über den Boden, entfernten sich vom Heerzug und pflügten durch die üppigen Wiesen. Gaban richtete sich in den Steigbügeln auf und versuchte, sich in dem fremden Land zu orientieren.

Sie ritten um ein Wäldchen herum und kamen an einem verlassenen Dorf vorbei.

»Dort!« Ritter Godemund zeigte nach Westen. Eine Schar Reiter sprengte aus einer Senke heraus und hielt fast genau auf sie zu. Dann bemerkten die heranpreschenden Krieger die Reiter aus dem Norden und schwenkten um, während Gaban seine Männer in einem Bogen hinterherjagen ließ, sodass sie ihren Gegnern den Weg zu deren Burg abschnitten.

Eine Weile trieben beide Gruppen ihre Pferde verbissen an.

Doch die feindlichen Reiter konnten nicht entkommen. Ein Teil von ihnen blieb zurück, um die Verfolger aufzuhalten. Unter denen, die weiterritten, war ohne Zweifel der Anführer.

Gaban knurrte. »Ein feiger Ritter sucht das Weite!«, brüllte er. »Ich fordere Euch zum Zweikampf!« Seine Stimme trug weit über das Feld, über die trommelnden Hufe hinweg.

Die Hälfte der Feinde hielt ihre Pferde an und machten, schließlich kehrt. Die vordersten Reiter aus Gabans Schar holten ihre Gegner ein, aber sie warteten ab. Keiner hob die Waffen.

Beide Trupps nahmen einander gegenüber Aufstellung und verharrten in dreißig Schritt Abstand. Die Kontrahenten maßen einander mit dem Blick. Gaban erkannte den Anführer sofort: ein Ritter in mittleren Jahren, mit einem Hauch von Grau in dem sauber gestutzten Bart und mit einem Wappenschild, das den Baum von Edern mit einem Vogel verband.

»Ein ritterlicher Zweikampf zu Pferde«, sagte der Mann. »Wenn ich gewinne, ziehen wir weiter.«

»Einverstanden«, rief Gaban zurück.

»Wann gilt der Kampf als gewonnen?«, fragte der Ritter.

Gaban grinste. »Ich habe nicht vor, irgendeinen Zweifel an meinem Sieg zu lassen!«

Der ältere Mann funkelte ihn wütend an. Er löste sich aus den Reihen seiner Begleiter, und Gaban tat es ihm gleich, und sie stellten sich so auf, dass genug Platz für das Anreiten blieb. Jeder schätzte den anderen ab.

Beide trugen einen offenen Helm. Der Ederner hatte einen Brustpanzer über dem Kettenhemd und zusätzliches Eisen an Armen und Beinen. Dazu hatte er eine richtige Lanze, während Gaban nur mit einem einfachen Speer bewaffnet war. Doch Gaban überragte seinen Widersacher deutlich und war fast doppelt so breit. Das mochte ein Vorteil sein beim Zusammenprall.

Die Ritter und Knappen feuerten ihre Herren an.

Gaban gab seinem Ross die Sporen.

Grassoden spritzten auf. Der Ritter aus Edern beugte sich im Sattel vor, brachte die Lanze in Anschlag, fasste sein Ziel ins Auge und wappnete sich für den Aufprall. Gaban hob den Schild und holte mit dem Speer leicht aus.

Er ließ sein Pferd antraben, spannte die Muskeln und schleuderte den Speer dann mit so viel Wucht, wie nur ein Hüne wie Gaban sie aufbringen konnte.

Die Waffe sauste durch die Luft, bevor der Gegner die Gefahr erkannte, und traf den Ritter aus Edern mitten im Gesicht. Das schwere Geschoss bohrte sich durch Fleisch und Knochen, prallte an der Rückseite von innen gegen den Helm und riss ihn halb vom Kopf, bevor es den Reiter vom Pferd riss.

Einen Augenblick später galoppierte Gaban an dem reiterlosen Schlachtross vorbei, dann an seinem toten Gegner. Vor der Reihe seiner Feinde wendete er sein Tier und zog sein Schwert.

»Euer Herr ist geschlagen«, rief er. »Wollt ihr kämpfen, oder legt ihr die Waffen nieder?«

»Was meinst du?«, fragte Tay, als die Fremden fort waren.

Linos trat aus dem Schatten hinter dem Thron hervor. »Ich traue ihm nicht«, sagte er. »Diesem Ritter. Er war dabei, als Jord gestorben ist.«

Der König der Edelschnorrer winkte ab. »Jord war ein Dummkopf. Die Kaiserin anzugreifen!«

»Er hat sie nicht angegriffen …«, entgegnete Linos und wiederholte damit beinahe Jords letzte Worte. »Und es sind auch noch andere gestorben.«

»Wir können froh sein, wenn das der einzige Preis bleibt, den unsere Gemeinschaft für diese Dummheit bezahlen muss.

Irgendwann wird sich das Augenmerk des Palastes wieder auf unsere Viertel richten, und wer weiß, woran die Leute sich dann erinnern werden.«

»Womöglich ist es schon so weit«, sagte Linos. »Dieser Ritter, der hat bei dem Zwischenfall das große Wort geführt. Und jetzt taucht er hier auf.

»Du glaubst, er ist ein Ermittler vom Kaiserhof?« Tay fasste sich ans Kinn und strich sich durch den sauber gestutzten Spitzbart. »Wer weiß? Der Kurierdienst hat ein neues Oberhaupt, heißt es. Es mag gut sein, dass er seine Krakenarme wieder in die Unterstadt ausstreckt, nun, da die Krieger aus dem Norden ihm den Weg geebnet haben.«

»Jedenfalls hat der Bursche unser Versteck gefunden«, gab Linos zu bedenken. »Wir sollten untertauchen.«

»Alles aufgeben, was wir hier aufgebaut haben, nur weil ein Ritter mit undurchschaubaren Absichten an meinem Hof vorspricht?« Tay schüttelte den Kopf. »Wohl kaum. Ich kann mir auch nicht vorstellen, dass die Kaiserin uns angreifen wird. Nicht jetzt, wo der Krieg im Westen andauert und wo *ein* falscher Zug die ganze Unterstadt wieder ins Chaos stürzen könnte.

Allerdings kann ich mir gut vorstellen, dass die feinen Herren in der Oberstadt gern erfahren würden, wie viele Boote wir haben und was für Wege wir kennen, um uns dort einzuschleichen. Das würde erklären, warum dieser Ritter uns ersucht hat, ihn und seine Freunde auf die Insel zu schleusen.«

»Was werdet Ihr also tun?«, fragte Linos.

»Ihm höflich absagen«, erwiderte Tay. »Und ein bisschen die Augen aufhalten in nächster Zeit. Es ist ohnehin kein großer Verlust. Das Gold, das sie uns für die Überfahrt geboten haben, ist nichts verglichen mit den Schätzen, die deine Nachforschungen uns einbringen werden. Gotor müsste mir den Verstand geraubt haben, wenn ich für die paar Münzen unsere geheimen Wege verraten würde.«

»Was diese Nachforschungen betrifft …« Linos trat von einem Fuß auf den anderen. »Ich weiß nicht, ob wir Euren Plan weiter verfolgensollten. Wir wissen ja gar nicht, ob es überhaupt einen geheimen Weg in den Palast gibt. Und hier sieht es auch nicht mehr so elend aus wie zuvor. Vorräte gelangen in die Stadt. Der Krieg ist bald vorbei, heißt es. Und wenn alles wieder so wird, wie es einmal war …«

»Nichts wird wieder so, wie es einmal war«, sagte der König bestimmt. »Lass dir nichts einreden von den Narren auf den Straßen. Es führt kein Weg zurück ins Paradies.«

Linos vernahm ein leichtes Seufzen hinter den Worten. Ein Schatten zog über Tays Gesicht.

»Nein«, fuhr der Bettlerkönig fort. »Wenn wir ein sorgloses Leben wollen, werden wir es mit Gold bezahlen müssen. Und das Gold liegt auf der Insel, darum sind die Boote und die Schleichwege unser wertvollstes Gut. Lassen wir den Schatz einmal beiseite – jeder Einbruch, den deine kleine Freundin uns vermittelt, wiegt mehr als die Börse dieses Ritters! Nein …« Er winkte ab. »Vergessen wir diese Angelegenheit, und halten wir uns an die Geschäfte, von denen wir etwas verstehen.« Plötzlich, mitten in der Bewegung, erschien ein Blatt in seiner Hand. Er hielt es Linos hin. »Deine Freundin hat uns übrigens einen Brief geschrieben.«

»Niki kann schreiben?«, fragte Linos überrascht.

»So weit würde ich nicht gehen«, erwiderte Tay. »Ich habe versucht, ihr diese Kunst zu vermitteln, und ihre Gastgeber haben wohl an diese Versuche angeknüpft. Aber mehr als ein paar krude Zeichen bekommt sie nicht zustande. Es bedarf eines wahren Gelehrten, um dieses Gekrakel zu deuten …

Zum Glück fällt es nicht sonderlich auf, wenn ein Ritterfräulein vom Lande mit den Buchstaben zu kämpfen hat.«

»Aber was schreibt sie denn?«, fragte Linos. »Warum schreibt sie?«

Er fasste nach dem Papier, doch Tay zog es wieder weg. »Sie ist wohl in Sorge, weil so lange keiner mit ihr in Verbindung getreten ist. Sie wurde von der Kaiserin zum Ball geladen. Sie fleht uns an, dass wir sie vorher erretten.«

»Und?« Linos schnappte nach dem Blatt, mit dem Tay grinsend vor seinem Gesicht herumwedelte. Er strich es glatt, kniff die Augen zusammen und versuchte, die Zeichen zu deuten, die so aussahen, als hätte ein Bauerntölpel sie mit dem Messer in einen Baum geritzt. Es war schwer, überhaupt einen Buchstaben zu erkennen, geschweige denn die grauenhaft entstellten Wörter zu verstehen.

»Ein Ball bei der Kaiserin.« Tay fläzte sich auf seinem Thron. »Viele Höflinge mit vielen Verbindungen. Da sind ein paar eigentümliche Gestalten versammelt. Und die Debütanten werden im Mittelpunkt der Aufmerksamkeit stehen. Wusstest du, dass der kaiserliche Hof ein eigenes Amt für Heraldik und Wappenrollen unterhält?«

Linos schrak hoch. Er war ganz in den Brief vertieft gewesen, der kaum mehr als vier kurze Sätze enthielt. Er sann über die Worte des Königs nach. Die Pflege der Wappenrollen war eine der wichtigsten Aufgaben am Hofe des Königs von Barratain. Es verwunderte also nicht, dass es am Kaiserhof etwas Ähnliches gab. Aber worauf wollte Tay hinaus? Hoffte er etwa, dass Nikis Ausflug an den Hof ihr neue Möglichkeiten für Raubzüge eröffnete?

»Was … wollt Ihr Niki antworten?«, fragte er vorsichtig.

»Dass wir sie abholen, natürlich«, sagte Tay. »Ich habe ihr schon einen Boten geschickt, um das auszurichten. Ihre Sorgen sind allzu berechtigt. Wer weiß, ob ihre Tarnung einen Besuch bei Hofe übersteht? Ich habe mein Bestes gegeben bei ihrer Ausbildung, aber selbst ich kann keine Wunder vollbringen. Nein …« Er zog seinen Degen und richtete die Spitze auf Linos. »Du wirst einen weiteren Ausflug auf die Insel unternehmen und deiner kleinen Freundin ausrichten, dass sie sich bereithalten soll. Der König selbst wird erscheinen, um sie heimzuführen und alle Schätze, die ihre Gastfamilie zu bieten hat, gleich dazu!«

»Und … Schwung. Und … Schwung. Die Arme! Die Arme oben halten!«

Die Anweisungen des Tanzlehrers hallten durch den Raum, in dem Flavia Platz für den Unterricht geschaffen hatte. Es war nicht gerade ein Ballsaal, und Niki konnte kaum ein paar Schritte machen, ohne den Tanzlehrer umzurennen. Aber, wie Flavia von Naudingen-Ebertzungen erklärt hatte, sie sollte ja nur die Schritte und die Haltung einstudieren. Vergnügen konnte sie sich dann auf dem Ball!

»Mich vergnügen!«, brach es aus ihr heraus. »Wie soll man sich denn dabei vergnügen!«

Der Tanzlehrer runzelte die Stirn.

»Die meisten jungen Damen haben Freude beim Tanz«, sagte er. »Doch dazu bedarf es einer Leichtigkeit, die man erst erwerben muss.«

Niki schnaubte. Sie hatte nie so viel Gefallen an Festen gefunden wie andere Mädchen, die sie in ihrem früheren Leben gekannt hatte. Gewiss, in der alten Heimat hatte sie an den Feiertagen auch getanzt. Aber nie hatte sie dafür üben müssen, als ginge es um eine ernste Sache – wie die Kampfausbildung eines Ritter oder der Umgang mit Pferden. Das war so eine nutzlose Zeitverschwendung!

Es müssen verdammt schlechte Feste sein hier in der Stadt, dachte sie, *wenn man sich so eine Mühe geben muss, um dabei Spaß zu haben.*

Sie blieb stehen, hob einen Fuß und ruckelte an dem Schuh.

»Und die Schuhe drücken so«, sagte sie. »Jeder Schritt tut weh!«

In diesem Moment betrat Flavia wieder den Raum. Sie war kurz hinausgegangen, weil ein Hausdiener sie nach unten gebeten hatte – ein Bote war eingetroffen. Sie hielt einen Brief in der Hand und las, während sie ging.

»Das ist nur angemessen, Nikodemia«, sagte sie kühl, ohne den Blick von dem Brief zu heben. »Damit du nicht immer auftrittst wie ein Pferd. Es muss ja nicht jeder gleich merken, dass du vom Land kommst. Die feinen Schuhe sollen dir helfen, ein wenig achtsamer zu schreiten.«

Schmollend schob Niki die Unterlippe vor. *Von wegen helfen!* Aus reinem Geiz hatte Flavia ihr ein paar Schuhe aufgedrängt, die sie zufällig noch im Haus hatte, ganz egal, ob sie passten oder nicht.

»Fahren Sie fort«, sagte Flavia, an den Tanzlehrer gewandt. »Uns bleibt kaum mehr als ein Zehnttag Zeit, um das Mädchen vorzeigbar zu machen. Und als gäbe es nicht schon Probleme genug, hat nun auch noch mein Vetter seinen Besuch angekündigt!«

»Lomert kommt her?« Ritter Frideric trat in den Raum. »Egbert hat mir vermeldet, dass ein Brief von dem Gecken eingegangen ist. Aber ich hätte nicht erwartet, dass er kommen möchte! Wie will er das denn anstellen? Das Land ist vom Krieg verwüstet!«

Flavia wandte sich zu ihrem Mann. »Mit dem Schiff«, erklärte sie. »Er ist bereits in Hammerheim und sucht dort Arbeiter, die sein Boot an den Stromschnellen vorbeibringen!«

Niki wich zurück an die Wand, wo Flavia die Möbel hatte hinschieben lassen, und setzte sich auf einen Stuhl.

»Das ist unmöglich«, befand Frideric von Ebertzungen. »Die Anlage zum Schiffstransport ist seit Jahren nicht mehr in Betrieb. Ich habe gehört, die Bauern aus der Umgebung haben Teile davon herausgeschlagen und als Brennholz verwendet.«

»Er ist nicht mit einer Galeasse unterwegs«, wandte Flavia ein. »Ein kleineres Boot lässt sich vielleicht noch transportieren. Und ich nehme an, der Krieg hat eine Menge Gesindel angespült, das dankbar für einen Tagelohn ist und anpacken kann.«

Ritter Frideric schüttelte den Kopf. »Ein ganzes Schiff über Land bringen lassen! Das tut er nur, um mit seinem Vermögen zu prahlen.«

»Tatsächlich ist der Fluss in diesen Tagen die sicherste Möglichkeit zu reisen«, stellte Flavia fest. »Und das kurze Stück an den Stromschnellen vorbei ist womöglich leichter zu bewältigen als die gesamte Strecke mit Wagenzug und Packpferden. Wie lange es allerdings dauert, wusste er auch nicht.«

»Sag ich doch.« Frideric rümpfte die Nase. »Prahlerei. Nur darum hat er dir geschrieben – nicht, um sein Kommen anzukündigen.«

»Noch ein Besucher, den wir unterbringen müssen!« Flavia wischte sich über die Stirn. »Wir haben wirklich Last genug mit Gästen in diesem Haus.«

»Nach dem Ball … werden wir möglicherweise eine Lösung finden.«

Beide Eheleute wandten sich wieder Niki zu. Stirnrunzelnd musterten sie das Mädchen. Niki gefielen die Blicke nicht. *Warum sagt ihr eurem Vetter nicht, er soll anderswo unterkriechen, wenn er so ungelegen kommt?*, hätte sie ihren Gasteltern am liebsten zugerufen. Aber natürlich stand es ihr nicht zu, einen solchen Vorschlag zu machen.

»Ich habe gesagt, macht weiter!«, fuhr Flavia sie schließlich an.

Niki sprang so heftig vom Stuhl auf, dass ihr der Schmerz

in die Füße schoss und ihr die Tränen in die Augen trieb. Unwillig wischte sie sich mit den Ärmeln über das Gesicht. Sie war kein zimperliches Dämchen, was auch immer diese »Tante« aus ihr machen wollten!

Zehn Tage noch!

Sie atmete unmerklich durch. Am Morgen hatte sie endlich die ersehnte Botschaft von den *Edelschnorrern* erhalten: Tay wollte sie abholen lassen. Vor dem Ball.

»Ein Lösegeld käme schon gelegen«, befand Godemund von Felstetten. »Es ist an der Zeit, dass dieser Feldzug endlich die Beute einbringt, die Euer Vater uns versprochen hat. Aber Gefangene halten uns auch auf.«

Gaban betrachtete die Reiter, die sie gefangen genommen hatten – Reitknechte, Knappen, vielleicht ein paar Edelknechte. Viel Lösegeld war nicht zu erwarten. Sein Blick wanderte zu dem Ritter, gegen den er gekämpft hatte. Vermutlich der Burgherr.

Der Körper lag noch genauso da, wie er gestürzt war. Der Speer steckte in der Stirn. Unterhalb des Helms und um den Kragen war erstaunlich wenig Blut zu sehen – der Mann musste schon tot gewesen sein, bevor er vom Pferd gefallen war.

»Wir könnten mehr gewinnen als das Lösegeld für die paar Gefolgsleute«, überlegte er. »Ich denke da an eine Burg, die gerade ihre besten Kämpfer verloren hat.«

»Ihr wollt jetzt eine Belagerung anfangen?«, fragte Godemund, und Gaban bemerkte einen zweifelnden Zug um dessen Lippen.

»Es ist eine kleine Burg, nach allem, was unsere Späher melden«, sagte er. »Und der Ausfall hat sie ein Dutzend Schwerbewaffnete gekostet. Da dürfte kaum ein ausgebildeter Krieger innerhalb der Mauern geblieben sein.«

»Trotzdem«, sagte Godemund. »Ein Haufen Knechte kann eine gute Mauer lang genug verteidigen. Es wird uns aufhalten.«

»Vielleicht nicht«, sagte Gaban. »Nicht, wenn sie uns das Tor öffnen – und das werden sie möglicherweise tun, wenn ein Dutzend Männer in vertrauten Wappenröcken in der Abenddämmerung auf das Tor zureiten …«

Graf Angwar von Edern hatte den Kriegsrat einberufen. Während die Ritter und Fürsten eintrafen, blickte er aus einem der hohen Fenstern der Residenz über das kleine Städtchen und zum Wald, der sich als langes schwarzes Band vor dem Horizont abzeichnete.

Andere Fürsten des Reiches hausten in Festungen und zogen Wälle um ihre Städte, die doch immer wieder überwunden wurden. Aber Edern war etwas Besonderes. Es lag geschützt inmitten des Forstes und war unangreifbar durch seinen Reichtum und seine Größe.

Nun fragte sich Angwar, ob Bponur ihn für seine Überheblichkeit strafen wollte. War Edern nur so stark erschienen, weil es im Schatten der Hauptstadt lag, unter dem Schutz des Kaiserthrons? War er etwa nicht gut genug vorbereitet gewesen, um aus diesem Schatten herauszutreten und mehr zu fordern?

Der Graf schüttelte den Kopf.

»Diese Nordleute werden nie die Kaiserkrone tragen«, murmelte er. »Nicht auf Dauer. ›Die Dynastie derer von Guthügeln‹ … Schon der Name stinkt nach Provinz! Die Fürsten des Reiches werden so eine Herrschaft niemals hinnehmen.«

»Mein Vetter?« Aldard von Edern-Winterrand trat zu ihm. Er war stets einer von Angwars engsten Beratern gewesen. Der Graf blickte ihn an.

»Die Herren des Nordens sind Emporkömmlinge«, stieß

er wütend hervor. »Wie können sie es wagen! Die jüngeren Söhne von Grafenfamilien, die einst in die Marken zogen, um dort im leeren Land einen eigenen Stammsitz zu gründen. Oder es sind einfache Ritter und Abenteurer, die im Grenzgebiet mit dem Schwert in der Hand einen kleinen Besitz für sich herausschneiden konnten. Wie können sie nach der Krone greifen? Es ist schon eine Anmaßung, wenn sie sich überhaupt Grafen nennen!«

»Ja«, erwiderte Aldard. »Dennoch sind sie bald hier, wenn man den Berichten glauben darf. Dieser Fürst Gaban lässt sich nicht aufhalten und marschiert an allem vorbei, was wir ihm in den Weg gestellt haben.«

Angwar blickte seinen Verwandten und alten Ratgeber an und wartete darauf, dass der einen Vorschlag machte, wie man die Lage verändern konnte. Aber Aldard schwieg.

Da ergriff Alan von Sindelfeld das Wort: »Und er bringt ein verdammt großes Heer mit, wie man hört!«

Nach und nach verließen alle Würdenträger den Tisch und traten zu dem Grafen ans Fenster.

»Ein Heer!« Angwar spie die Worte hervor. »Zugegeben, an Köpfen mag es groß erscheinen. Aber wen haben sie schon in ihren Reihen? Bauern, ein Volksaufgebot, nur für den Feldzug ausgehoben.«

»Die Bauern im Norden sind ein wehrhafter Schlag«, wandte Thomus von Bergwart ein. »Ganz anders als unser Landvolk. Sie leben an den Grenzen, zwischen den Ungeheuern der Schwarzen Berge, dem Dämonenwald und den Nomaden des Ostens.«

»Das ist wahr«, sagte Sindelfeld abschätzig. »Jeder Landmann vermag dort eine Axt zu schwingen und nennt sich Krieger. Aber unser Graf hat recht: Ein Ritter wird nicht gleich daraus.«

»Keine ausgebildeten Krieger«, sagte Angwar. »Und nur

wenige Ritter. Und diese Ritter sind schlecht ausgerüstet und haben schlechte Pferde. Der Norden ist arm. Wir müssten mit ihnen fertigwerden. Und heute will ich hören, wie.«

Die Räte des Grafen redeten durcheinander. Angwar spürte die Aufregung. Er sah wieder aus dem Fenster. Die Stadt lag so friedlich da – zu friedlich. Er hatte zu wenig Kämpfer hier. Und der Feind marschierte heran.

Sein erster Plan, mit den Truppen, die ihm zur Verfügung standen, die Grenze zu sichern, war gescheitert. Ihm fehlten die Krieger, um den Nordleuten auf offenem Feld gegenüberzutreten.

»Wir könnten mit ihnen fertigwerden«, sagte Aldard. »Wenn nicht ein großer Teil unserer Ritter und unsere besten Krieger in Raghabar wären. Immer noch. Wo in Gotors Namen bleibt Euer Sohn?«

»Man könnte meinen, die Schwarzen Berge hätten ihn verschlungen«, warf Thomus ein.

Angwar schüttelte den Kopf. »Er hat mir Berichte geschickt. Taranc versucht weiterhin, Raghabar zu sichern. Ich habe ihm mehrmals geschrieben, dass er sich beeilen soll, doch anscheinend … ist es schwierig.«

»Ich weiß nichts von Schwierigkeiten in Raghabar«, entgegnete Aldard barsch. »Aber *hier* ist es gefährlich! Vor zwei Monaten hätten wir Tarancs Truppen gebraucht. Jetzt sind unsere Kräfte gespalten, selbst wenn er aus Raghabar zurückkehrt. Die Krieger, die wir an die Grenze schicken mussten, werden wir kaum wieder mit dem Hauptheer vereinen können.«

»Taranc hatte gehofft, dass er Verstärkung mitbringen kann«, erklärte Angwar. »Aus Raghabar selbst, wenn wir die Stadt endgültig auf unsere Seite ziehen.«

»Nun, wenn Taranc nicht *jetzt* zurückkehrt, müssen wir fort«, sagte Aldard. »Wir müssen dem Feind die Hauptstadt überlassen; wir müssen den Krieg auf der Flucht führen. Wir könnten uns selbst nach Raghabar zurückziehen und uns mit den Truppen dort vereinen. Ich glaube allerdings nicht, dass es eine gute Position ist, wenn wir an den Grenzen kleben wie eine Fliege an der Wand, mit den Bergen im Rücken.

In Raghabar mag es Gold geben und vielleicht sogar – möge Bponur die Worte Eures Sohnes bestätigen! – Verbündete. Doch nichts davon kann ersetzen, was uns jetzt hier fehlt.«

Angwar sah aus dem Fenster, als könnte er die Berge in der Ferne erkennen. Aber sie waren weit weg. Die Eroberung Raghabars war ihm als großer Triumph erschienen. Die letzte Bastion der Kaiserin außerhalb der Hauptstadt, die Schatzkammer des Reiches. Wie konnte es sein, dass das so wenig zählte?

»Ich werde einen Boten schicken«, sagte er. »Nein, ich entsende meinen Herold! Taranc soll zurückkehren mit so vielen Kriegern, wie er nur zusammenbekommt.«

»Er soll *sofort* zurückkommen«, sagte Aldard. »Mit so vielen Männern, wie er *sofort* mitnehmen kann.«

Angwar nickte. »Das soll mein Befehl sein.«

Lacan zögerte, als er ihre Zuflucht betrat. Er war am frühen Morgen aufgebrochen, um die Antwort zu holen, noch bevor seine Begleiter auf den Beinen waren. Jetzt oblag es ihm, sie zu überbringen.

Schließlich trat er durch die Tür. Er zuckte die Achseln und rang sich ein Lächeln ab. »Tay hat mit seinen Verbündeten gesprochen. Sie können uns nicht auf die Insel bringen.«

»Sie können nicht?«, fragte Nessa.

»Sie konnten kein fahrtüchtiges Boot auftreiben, sagt er. Es wurde alles im Krieg zerstört.«

»Und das hast du geglaubt?« Nessa hatte am Fenster gesessen und die Klinge geschärft, als er zurückkehrte. Jetzt stand sie mit dem Schwert in der Hand auf. »Ich hätte ihm eine andere Antwort entlockt.«

Beschwichtigend hob Lacan die Hand. Er war froh, dass er allein gegangen war. »Spielt es eine Rolle, ob sie wirklich kein Boot haben oder ob unser Angebot sie einfach nicht überzeugen konnte? Wir können sie kaum zwingen, uns über den Fluss zu bringen.«

»Dann schau mal zu, wie ich das mache!«, erwiderte Nessa.

»Wir sind nur zwei Kämpfer«, sagte er, »gegen die Halsabschneider eines ganzen Stadtviertels. Du hast gesehen, was da für Gestalten versammelt waren.«

»Ein paar Strauchdiebe«, sagte Nessa. »Gegen zwei *Ritter*.«

»Trotzdem«, beharrte Lacan. »Was willst du erreichen? Selbst wenn wir ihren König überwältigen … Das sind abgebrühte Gesellen. Die werden sich kaum erpressen lassen, wenn wir Tay eine Klinge an die Kehle setzen. Vermutlich gibt's einen Haufen Männer in dem Saal, die nur darauf warten, dass der Thron frei wird. Nein … Belassen wir es dabei. So eine abschlägige Antwort ist nicht das Schlimmste, was wir hätten kriegen können.«

Er sah Nessa an.

Die steckte in einer wütenden Geste das Schwert ein. »Nach einem Monat in der Stadt haben wir nicht mehr erreicht! Wie lange sollen wir noch hier herumsitzen?«

Lacan blickte aus dem Fenster. »Gar nicht mehr«, sagte er. »Das alte Horome gibt es nicht mehr – seit die Barratainer hier waren, ist die Oststadt feindliches Gebiet, von dem sich die Insel abschottet. Wahrscheinlich kommen wir an jedem anderen Ort leichter über den Fluss als hier.«

»Ach?«, fragte Nessa. »Und wo?«

»Wir ziehen nordwärts«, sagte Lacan. Zustimmung heischend sah er die Priester an. »Irgendwo oberhalb der Stadt werden wir ein Fischerboot finden. So weit in diese Richtung ist der Krieg nicht gekommen. Dann kehren wir am Westufer nach Horome zurück. Dort ist die Brücke noch unversehrt, und die Höflinge vom Palast gehen in den Westvierteln ein und aus.«

»Aber im Westen führen sie Krieg gegen Edern«, wandte Meister Zindal ein. »Und auch die Stadtmauern sind dort noch unversehrt. Sie werden nicht jeden Fremden bereitwillig durch die Tore lassen.«

»Ganz genau«, sagte Ander mürrisch. »Warum sollten wir einen Umweg machen, nur um dann vor demselben Problem zu stehen wie hier?«

»Weil wir uns hier mit dem Gesindel der Stadt abgeben müssen, wenn wir etwas erreichen wollen«, sagte Lacan. »Auf der anderen Seite des Flusses reden wir mit unseresgleichen. Da sollte es uns nicht schwerfallen, unauffällig aufzutreten oder die richtigen Worte zu finden.«

12. KAPITEL

Die Schwarzen Berge waren ein düsterer Ort. Weit im Süden, wo die Pässe hinüber in das verwüstete Hexenreich der Ronurer führten, wachten die Ritterorden über die Grenzen des Omukchar und hielten das Grauen fern, das auf der anderen Seite lauerte.

Hier, in den Bergen von Raghabar, galt das Gebirge als unüberwindlich für Menschen und Ungeheuer gleichermaßen, und die östlichen Ausläufer zählten längst zum Gebiet des Reiches.

Dennoch – die Schwarzen Berge blieben ein verfluchter Ort, egal wo man sie betrat.

Ritter Lioban von Amselfink hob den Arm, und der Zug der Krieger von Edern kam hinter ihm zum Stehen. Ein Dutzend Ritter und zahlreiche bewaffnete Kriegsknechte zu Fuß und zu Pferd drängten sich auf dem schmalen Pfad zwischen den Bäumen. Als sie von Raghabar aufbrachen, war ihm die Schar sehr stark erschienen. Doch hier, in den tiefen dunklen Wäldern an den Bergflanken, kam sie ihm verloren vor.

»Was ist, Herr?«, fragte sein Knappe.

Amselfink hörte das Schnauben der Pferde, das Knarren des Geschirrs. Waffen und Rüstungen klirrten, manche Männer tuschelten, andere atmeten schwer.

Lioban schob den Helm hoch und versuchte zu lauschen. Er bedeutete seinem Knappen, leise zu sein. Es ging auf die Mittagsstunde zu, aber das dichte Laub schluckte alles Licht und verbarg Bponurs strahlendes Auge. In den hohen Kronen rauschte der Wind, Vögel zwitscherten in der Ferne.

»Ich dachte, ich hätte etwas gehört«, erklärte Amselfink

schließlich, doch er wusste, dass es unmöglich war unter dem Helm und bei dem Lärm seiner Truppe. Dennoch, das Unbehagen blieb.

Er winkte ein paar leicht bewaffnete Reitknechte heran und ließ sie als Späher vorausreiten. Dann setzte der Zug sich wieder in Bewegung.

»Wir könnten umkehren«, sagte sein Knappe. »In diesem Dickicht finden wir ohnehin nichts.«

»Umkehren?«, erwiderte Amselfink scharf. »Ein Ritter weicht niemals zurück, egal was sich ihm in den Weg stellt. Runnik hat uns berichtet, dass die Rebellen sich bei der aufgelassenen Mine am Ende dieses Pfades sammeln. Und dorthin werden wir vorstoßen.«

»Woher will der Hexer das wissen?«, wandte der Knappe ein. »Der ist bestimmt nie so weit aus der Stadt herausgekommen. Wer sagt uns, dass da überhaupt eine Mine ist und dass der Weg sich nicht irgendwo im Forst verliert?«

»Red keinen Unsinn«, wies Amselfink den Jüngling zurecht. »Natürlich ist dort eine Mine – niemand legt in diesen Wäldern einen Weg nur zum Vergnügen an. Was die Rebellen angeht … Runniks Hinweise haben sich oft als hilfreich erwiesen, ob er nun gute Spione hat oder ob er sein Wissen aus unheiligen Quellen bezieht. Wir werden dem also … Was bei Gotor?«

Amselfink verstummte. Nebelstreifen krochen über den Pfad wie bleiche Schlangen, Dunst waberte zwischen den Blättern. Das war ungewöhnlich für diese Tageszeit.

»Was für eine Teufelei ist das?«, murmelte er.

Der Jüngling neben ihm verzog besorgt das Gesicht. Amselfink straffte sich. »Schneller voran!«, rief er den Kriegern zu. »Es kann nicht mehr weit sein. Ich will diese Mine erreichen, bevor die Sicht zu schlecht wird und die Rebellen untertauchen können.«

Er trieb sein Pferd an. Doch hier im Wald, unter den überhängenden Zweigen, wagte er nicht, in Trab zu fallen, zumal der Nebel immer dichter wurde. Er hörte die Männer hinter sich keuchen, als er das Tempo anzog.

»Warum kommen die Späher nicht zurück?«, fragte er sich.

Kälte kroch ihm unter den Umhang und den Wappenrock. Bei ihrem Aufbruch war es heiß gewesen, aber nun fühlte es sich an, als wären sie durch ein magisches Tor in eine andere Jahreszeit getreten. Amselfink dachte an die Geschichten über Nebelpfade, er dachte an Hexerei.

Unmöglich, dachte er. *Der schlimmste Hexenmeister des Reiches steht auf unserer Seite. Und wer hätte je gehört, dass die armseligen Rebellen zu derlei fähig wären?*

Aber sie waren in den Schwarzen Bergen, und hier gab es Mächte, gegen die die Kriege der Menschen nur Kinderspiel waren …

»Warum melden sich die Späher nicht, verdammt!«, fluchte er. »Sie müssten die Mine längst erreicht haben.«

Da ertönte hinter ihm ein Aufschrei. Er hörte Schilde gegeneinanderschlagen, Warnrufe. Dann nahm er das vertraute Singen von Bogensehnen wahr.

»Zusammenrücken!«, brüllte er. »Wir werden angegriffen!«

Er hob die Waffen und richtete sich in den Steigbügeln auf, versuchte, im Wald etwas zu erkennen. Inzwischen ließ der Nebel alle Umrisse verschwimmen. Amselfink sah eine Bewegung neben sich und wusste nicht, ob es das Blattwerk war oder ein Mensch. Er fluchte.

»Herr!«, rief der Knappe an seiner Seite.

Pfeile zischten heran. Er hörte, wie die Geschosse sich in die Schilde bohrten und über Rüstungen schrammten. Schmerzerfüllte Schreie ertönten, wenn jemand getroffen wurde. Die eigenen Armbrustschützen erwiderten den Beschuss, es ratschte, wenn sie ihre Waffen neu spannten.

»Das hat keinen Zweck«, brüllte Amselfink in die neblige Düsternis. »Schießt nur, wenn ihr ein Ziel seht.«

Wie konnten die Angreifer überhaupt so genau zielen? Der Wald musste sie genauso behindern wie seine eigenen Leute. Sie hätten gleich neben dem Weg stehen müssen, wenn sie etwas treffen wollten, doch Amselfink sah niemanden.

Kaum hatte er das gedacht, da sauste ein Schwert auf ihn zu. Der Ritter parierte mit der eigenen Klinge, lenkte sein Pferd zur Seite gegen den Knappen. Er hatte das Schwert gesehen, nicht jedoch den Angreifer, nur einen Schatten im Nebel. Dann wurde ihm bewusst, dass der Angriff auf seiner Höhe erfolgt war, obwohl er selbst auf einem Pferd saß, während der Angreifer sich zwischen den Bäumen befand, wo man nicht reiten konnte.

Sie mussten etwas tun!

»Reiter, absitzen!«, rief der Ritter und schwang sich selbst aus dem Sattel. »Reihe bilden. Wir rücken in den Wald vor. Wir müssen diese Aufrührer stellen!«

Im Nahkampf waren sie dem Bauernpack überlegen. Sie mussten den Feind nur zu fassen bekommen.

Amselfink hielt den Schild vor sich und hob das Schwert. »Voran!«, befahl er und tastete sich zwischen den Bäumen vor. Pfeile flogen heran. Dann und wann hörte er Degen klirren wie in einem kurzen Zweikampf. Doch der Feind ließ sich nicht greifen.

Wie konnte es sein, dass sie keinen Angreifer in die Enge treiben oder zum Straucheln bringen konnten? Er bekam einen klirrenden Schlag auf den Helm, hieb blindlings mit dem Schwert zu, doch dann merkte er, dass er nur gegen einen tief hängenden Ast gelaufen war.

Die Krieger aus Edern stiegen über Wurzeln und wichen

Stämmen aus. Die Linie riss auseinander. Amselfink hörte Kampfgeräusche und versuchte, zu diesen Stellen vorzustoßen, aber der Nebel machte alle Geräusche trügerisch.

Er verlor seinen Knappen kurz aus den Augen, fand ihn dann aber wieder. »Bleib bei mir«, sagte er und berührte ihn mit dem Schwertarm. »Jetzt müssen wir uns so durchschlagen, und denk daran: Ein Ritter weicht niemals zurück!«

»... Diese erste Burg, die ich auf dem Feldzug erobert habe, will ich dir persönlich widmen. Der Rest der Grafschaft soll bald folgen. Die bisherigen Angriffe unserer Feinde waren schwach und ungerichtet und konnten unseren Vormarsch nicht aufhalten. In Zukunft werden sie vermutlich noch mehr Vorsicht walten lassen.

Edern muss inzwischen wissen, dass wir uns seiner Strategie nicht unterwerfen und dass er uns auf offenem Felde begegnen muss – entweder hier oder unmittelbar vor seinen Toren. Dass er zulässt, dass wir sein Land verwüsten, deutet darauf hin, dass er einem Treffen nicht gewachsen ist.

So wie die Dinge stehen, bin ich also voller Hoffnung, dass wir den Feldzug sogar schneller abschließen werden als erwartet. Die Stunde rückt näher, da der Graf die Entscheidung nur durch eine Flucht noch weiter verzögern kann. Damit jedoch würde er uns den Weg in die Berge öffnen und den Zugriff auf die Minen von Raghabar, und alle seine Ländereien diesseits des Waldes lägen schutzlos vor uns.

So oder so werde ich mich freuen, dich und das Reich in Sicherheit zu wissen. Wenn Bponur will, erwarte mich vor dem nächsten Festtag zurück, auf dass wir den Sieg gemeinsam feiern können ...«

Aruda glaubte, Gabans Stimme zu hören und ihn vor sich zu sehen. Ein Bild von einem Ritter und ein Mann wie eine Burg!

Sie hielt das Blatt eine Weile in der Hand und stellte sich

vor, wie Gaban die Zeilen geschrieben hatte. In seinem Feldlager. Unbewegt, ruhig, während die Feinde vor ihm zerstoben wie Blätter im Wind. Wer wollte ihm auch standhalten?

Der Krieg dauerte an, doch die Veränderung war bereits spürbar. Bei der letzten Sitzung des Kronrats hatte Aruda erfahren, dass der Handel in der Weststadt sich belebte. Im Umland der Stadt war keine Bedrohung mehr zu spüren, und man merkte, dass Edern seine Kräfte anderswo brauchte. Güter kamen herein. Die Stadt war nicht länger allein von den Hilfen abhängig, die Gaban schickte.

Einige der Ritter von Edern, die in der Nähe der Hauptstadt lebten und deren Burgen nun ungeschützt und abgeschnitten zwischen Gabans Truppen und den Mauern Horomes lagen, waren sogar freiwillig bei Hofe erschienen und wollten ihren Treueeid vor der Kaiserin erneuern, weil sie sonst keine Möglichkeit sahen, die Ernte sicher einzubringen und den Bestand ihrer Güter zu gewährleisten.

Gaban war wie die Morgensonne des Reiches, die sich erhoben hatte und Bponurs Ordnung wieder erstrahlen ließ!

Ich muss ihm antworten …, dachte Aruda.

Die Bäume ragten vor ihnen auf wie eine schwarze Wand, die Straße lief in den dunklen Forst hinein und verschwand dort wie im Rachen eines Ungeheuers.

Gaban verhielt sein Pferd und blickte auf den Wald, der sich nach beiden Seiten erstreckte, soweit das Auge reichte. Die Bäume sahen dick und alt aus und hatten etwas Bedrohliches an sich. Gaban hörte, wie das Heer hinter ihm zur Ruhe kam, doch er konnte den Blick nicht von diesen dunklen Wächtern wenden.

Weynot von Senkenberg, sein Stellvertreter, lenkte das Ross neben ihn. »Der Forst von Edern«, stellte der Graf fest.

Gaban nickte. »Ich habe mich getäuscht«, sagte er, und

er hörte, wie belegt seine Stimme klang. »Edern hat einen Wall – einen lebenden Schutzwall!«

»Es ist nur ein kurzes Stück durch den Wald«, bemerkte Graf Weynot. »Ein Tagesmarsch vielleicht. Der Forst ist riesig, wenn man den Karten glauben darf. Doch der größte Teil zieht sich weit in den Süden, und nur ein kleiner Zipfel umschließt die Stadt Edern.«

»Wenn man davorsteht, sieht es nicht so klein aus«, befand Gaban.

Ritter Rudert von Flanwisen schloss zu ihnen auf. »Vorwärts!«, rief er voller Tatendrang. »Morgen ist der Krieg entschieden.«

Weynot schüttelte den Kopf. »Wir sollten hier vor dem Wald lagern. Unter den Bäumen müssen wir unsere Reihen weit auseinanderziehen, und wir könnten in einen Hinterhalt von beiden Seiten geraten.«

»Eine kleine Rast ändert daran nichts.« Gaban räusperte sich.

Mittlerweile hatten sich sämtliche Unterführer an der Spitze gesammelt.

»Ich schicke eine Schar Reiter als Späher voraus«, schlug Godewin von Vandrel vor.

Gaban schüttelte den Kopf. »Eine Vorhut reicht auch nicht. Die Wege im Wald sind verschlungen, und der Nunklar liegt um Edern wie ein Burggraben. Nein, dieser Forst ist nicht einfach eine Landschaft. Er ist eine Festung, die wir erobern müssen. Unser schneller Vormarsch endet hier.«

»Prinz Gaban!«, rief Flanwisen aus. »Der Sieg ist zum Greifen nahe.«

»Oder die Niederlage«, entgegnete Gaban. »Dieser Wald bietet zu viele Möglichkeiten, wo ein schwächerer Gegner ein überlegenes Heer zermürben und schlagen könnte. Wir haben Dutzende Meilen vor uns, bevor wir wieder auf freiem Gelände sind, und niemand weiß, ob wir es überhaupt an einem Tag schaffen. Wir müssen darauf gefasst sein, dass Edern uns an diesem Ort entgegentritt.«

»Im Wald kann Edern seine größte Stärke nicht ausspielen«, gab Weynot zu bedenken. »Die Panzerreiter brauchen freies Feld, um ihre Wirkung entfalten zu können.«

»Das ist wahr«, sagte Gaban. »Im Wald können sie uns nur besiegen, wenn wir töricht in eine Falle laufen. Eben darum müssen wir mit Bedacht vorrücken. Unser Fußvolk ist den Kampf in den Wäldern gewohnt. Ich sage also, wir marschieren nicht einfach auf der Straße hindurch, wir *erobern* diesen Forst! Ich werde die Krieger mit Walderfahrung flankierend vorausschicken. Die sollen die Seitenwege erkunden, bevor wir die Reiter und den Tross losschicken.«

»Runnik!« Taranc stürmte in den Saal. Die Dämmerung brach bereits herein, und die Berge warfen tiefe Schatten über die Stadt. Runnik saß auf seinem Thron, auf jeder Seite eine Feuerschale. Er blickte ernst, doch er lächelte in sich hinein. Taranc kam mit Rittern und Kriegsknechten. Runnik hatte vorgesorgt und sich mit seinen eigenen Männern umgeben.

»Mein Prinz!« Runnik erhob sich und streckte Taranc grüßend die Arme entgegen. »Ihr seid zurück von dem Feldzug gegen die Rebellen?«

Taranc hatte ein Schwert in der Hand, eine lange dunkle Klinge. Es war nicht seine Waffe – die hing unberührt an seiner Seite. Der Fürst holte aus und schleuderte das Schwert in Runniks Richtung, als er noch eine halbe Saallänge von dem Zauberer entfernt war. Klirrend schlitterte das Schwert über den Boden und blieb vor Runniks Füßen liegen.

»Kennst du dieses Wappen, Runnik?«

Runnik äugte auf die Waffe hinab, ohne sie zu berühren.

Unter dem Heft war ein Zeichen in den Stahl geätzt, so etwas wie eine Deichsel und ein Winkel. Ganz gewiss kein adliges Emblem.

»Was hat es damit auf sich, mein Herr?«, fragte Runnik. »Ich dachte, Ihr wolltet jene Aufrührer zur Strecke bringen, die unserem Trupp aufgelauert haben.«

»Das war alles, was ich dort im Wald gefunden habe«, sagte Taranc. »Dieses Schwert und andere Waffen. Pfeile, grobe Bögen, Spieße, Dolche … Ein ganzes Sammelsurium von Kriegsgeräten, mit denen uns die Gesetzlosen in den Bergen seit Monaten zusetzen.«

»Nun.« Runnik schob die Klinge mit dem Fuß von sich weg. »Ich verstehe nicht, was daran verwunderlich sein soll. Wir wussten, dass unsere Männer von Rebellen angegriffen wurden.«

Strohköpfchen trat neben ihn und hob das Schwert auf und starrte ausdruckslos auf den schwarzen Stahl, als suchte sie ihr Spiegelbild darin. Auf einen Wink von Runnik hin reichte sie die Waffe an Ratze weiter.

»Wir wussten, dass sie angegriffen wurden«, knurrte Taranc. »Auf einer Mission, zu der du sie ausgeschickt hast. Aber die Kriegsknechte, die zurückkamen, haben im nebligen Wald keinen der Gegner erkennen können.«

Runnik zuckte die Achseln. »Das könnt Ihr mir wohl kaum zum Vorwurf machen. Ich habe keine Macht über das Wetter in den Bergen, und der Trupp, den ich ausgesandt habe, war stark genug für ein paar Gesetzlose.«

»Wenn es Gesetzlose waren.« Taranc starrte Runnik an, einen wütenden Ausdruck in den Augen.

»Wer sonst sollte es gewesen sein? Ich wüsste nicht, dass eine andere Streitmacht sich auf unserem Land herumtreibt. Ihr konntet die Verantwortlichen nicht stellen?«

»Wir haben diese Waffen gefunden, und unsere eigenen

Gefallenen. Überall im Wald an der Bergflanke verstreut. Aber keinen der Angreifer, weder tot noch lebendig.«

»Sie werden ihre Toten mitgenommen haben«, sagte Runnik.

»Und ihre Waffen haben sie weggeworfen?«, fragte Taranc. »Das müssen ja ungewöhnlich wohlhabende Gesetzlose sein, mit denen wir es hier zu tun haben.«

»Ich habe immer gesagt, dass sie aus der Stadt Hilfe erhalten«, gab Runnik zurück. »Aber Ihr wolltet nicht auf mich hören, wenn ich dazu geraten habe, unter den Würdenträgern im Ort hart durchzugreifen.«

Taranc hielt inne und holte tief Luft. Er musterte Runnik eindringlich, wie um herauszufinden, ob der Hexenmeister sich über ihn lustig machte.

»Hörst du mir zu, Hexer?«, fragte er dann. »Die Waffen lagen nicht bei den Toten und Verwundeten. Sie lagen da, als hätte ein ganzer Trupp sie nach dem Kampf einfach weggeworfen. Was für eine Erklärung kannst du mir dafür bieten? Und dieses Schwert …« Er suchte mit dem Blick die Waffe, die irgendwo durch die Reihen von Runniks Handlangern wanderte. »Ich habe das Wappen erkannt. Es gehört dem Oberhaupt der Zimmermannsgilde in der Stadt.«

»Das ist ja großartig!« Runnik rieb sich die Hände. »Damit haben wir eine Spur. Ihr solltet den Mann befragen, dann werden wir die Angreifer schon dingfest machen.«

»Ich habe den Mann befragt.« Taranc knirschte mit den Zähnen. »Er hat mir gestanden, dass sein Sohn die Waffe mitgenommen hat. Er ist nach der Eroberung der Stadt mit dem Schwert in die Berge gezogen und hat sich den Rebellen angeschlossen.«

»Na also!« Runnik lächelte nun wirklich. »Na also!«

»Nichts *also*!«, stieß Taranc hervor. »Der Sohn des Gildemeisters wurde hingerichtet, kurz nachdem ich gekommen bin. Er war unter jenen Gefangenen, die du plötzlich aus deinen Kerkern geholt hast, ohne dass irgendwer sagen konnte, wie sie überhaupt verhaftet wurden.«

»Ja«, sagte Runnik. »Ein großartiger Erfolg. Ich dachte, Ihr würdet mir das zugutehalten.«

»Die Gefangenen, mit denen ich noch reden konnte, wussten selbst nicht, auf welche Weise sie in den Kerker gelangt sind«, sagte Taranc.

»Sie waren verwirrt, ohne Frage«, befand Runnik.

»Es waren bewaffnete Rebellen aus den Bergen«, sagte Taranc. »Du hast sie festgesetzt. Aber ihre Waffen sind nie aufgetaucht. Bis jetzt!«

In einer ratlosen Geste breitete Runnik die Arme aus. »Was wollt Ihr damit sagen, mein Fürst?«

»Du hast diesen Trupp in die Berge geschickt«, zählte Taranc auf. »Du hast die Einheiten für das Unterfangen ausgewählt. Und zufällig waren vor allem die Ritter und Offiziere darunter, mit denen ich über deine Ablösung und über die Zeit danach gesprochen habe …«

»Ihr habt Euch gegen mich verschworen?« Gespielt gekränkt legte Runnik die Hand auf die Brust. »Das trifft mich sehr. Ich bin ein treuer Gefolgsmann Eures Vaters, und er hat mir diese Stadt anvertraut!«

»Ich weiß nicht, wie du von meinen Plänen erfahren hast, Hexer.« Tarancs Stimme grollte tief und bedrohlich, und er trat auf Runnik zu. »Doch obwohl zwei Drittel der Truppen, die in den Hinterhalt gerieten, nach und nach in die Stadt zurückkehrten, war nicht ein Einziger meiner Getreuen darunter. Ich weiß auch nicht, wie deine Schergen im Nebel ihre Opfer so genau auswählen konnten, aber ich weiß, dass deine Hand dahintersteckt, denn sie wurden mit den Waffen der Männer erschlagen, die du zuletzt festgenommen hattest.«

Runnik wich so weit zurück, bis er mit den Beinen an den

Thron hinter ihm stieß. »Eine schwerwiegende Anschuldigung, mein Fürst«, sagte er. »Doch woher sollte diese meine geheimnisvolle Armee wohl kommen? Keiner meiner Männer hat die Stadt verlassen, während die Ritter dort draußen angegriffen wurden. Jeder konnte sie auf den Straßen sehen. Jeder konnte *mich* hier im Palast sehen!

Glaubt Ihr wirklich, wenn ich die Streitmacht für so einen Überfall hätte, dass in dieser ganzen Gegend nicht schon längst Ruhe herrschen würde? Glaubt Ihr wirklich, wenn ich so mächtig wäre, würde ich hier stehen und mit Euch darüber diskutieren?«

»Ich habe keine Ahnung.« Taranc zog sein Schwert. »Und ich habe auch keine Lust mehr, nach Erklärungen zu suchen. Mein Vater hat dich hier als Stadthalter eingesetzt. Und ich setze dich ab. Du wirst als Gefangener nach Edern gehen, oder ich erschlage dich auf der Stelle.«

Er hob die Klinge. Runniks Magd schob sich zwischen den Fürsten und ihren Herrn und hob abwehrend die Arme. Sie öffnete den Mund, als wollte sie etwas sagen, doch sie spuckte nur ein paar Strohhalme aus.

Taranc hielt inne und rümpfte die Nase. »Und das hier … diese Perversion … diese Verhöhnung der göttlichen Ordnung … Das dulde ich auch nicht länger!«

Ohne Vorwarnung, ohne merkliches Ausholen, schlug er mit der Klinge zu. Er schnitt durch den Kittel der Magd und schlitzte den Leib darunter der Länge nach auf. Der Bauch des Mädchens klaffte auf, aber weder Blut noch Eingeweide quollen hervor, sondern nur geschwärztes fleckiges Stroh.

Die Magd starrte Taranc an. Sie nestelte mit den Händen an ihrem durchtrennten Gewand herum, tastete nach der bleichen Haut, die lappig herabhing, und versuchte, die Wunde zu schließen. Sie tappte auf Taranc zu. Stroh rieselte zu Boden, und ihr Körper sackte ein.

Taranc verzog das Gesicht und schlug ein weiteres Mal zu. Der Schlag trennte der Magd den Kopf ab, mit solcher Wucht, dass er durch den Raum flog. Runnik, der mit vor Entsetzen geweiteten Augen hinter ihr stand, fing ihn auf und schleuderte ihn dann weg wie einen Klumpen Unrat.

Der Körper der Magd hielt sich immer noch wankend auf den Beinen. Sie ruderte mit den Armen. Taranc ging an ihr vorbei und fegte mit dem Schwert eine Feuerschale um, und das brennende Öl schwappte heraus. Taranc fuhr herum, wich der Flammenwolke elegant aus und stieß die kreisende Schale mit der Klinge auf die lebende Strohpuppe.

Runniks Magd ging sofort in Flammen auf. Das Feuer loderte hoch, und Strohköpfchen tanzte, von Flammen umzüngelt, und dichter Qualm und der Gestank von brennender Haut breitete sich im Raum aus. Dann brach sie zusammen.

Taranc wies mit dem Schwert auf Runnik.

»Und auch du wirst brennen, Hexenmeister, wenn ich etwas zu sagen habe!«

Runnik starrte auf Stohköpfchens brennende Überreste hinab. »Löscht sie, verdammt!«, fuhr er seine Männer an. Die musterten einander nur, doch sie blieben untätig stehen.

Nun zogen auch Tarancs Begleiter das Schwert und rückten vor. Da erwachten Runniks Handlanger aus ihrer Erstarrung und hoben die Waffen.

»Herr!«, rief Marnok, Runniks Hauptmann, und seine Stimme klang schrill vor Erregung. »Was sollen wir tun?«

»Herr!« Eine weitere Stimme hallte vom anderen Ende der Halle herüber, wie ein Echo des ersten Ausrufs. »Herr Taranc! Ein Bote … ein Bote …!«

Die Soldaten hielten inne. Ein Kriegsknecht in den Farben Ederns bahnte sich den Weg zwischen den angetretenen Kameraden hindurch. Ihm folgte ein zweiter Mann auf dem

Fuße, ein Ritter in voller Rüstung und in prachtvollem Wappenrock mit weißen Lilien auf blauem Grund und dem Baum von Edern.

»Bernard von Nimengrund!«, entfuhr es Runnik, und er blickte den Herold des Grafen ratlos an.

Der Herold wandte sich ohne Umschweife an Taranc. »Mein Fürst.« Grüßend hob er die Rechte und deutete eine Verneigung an. Seine Stimme wurde förmlich.

»Ich überbringe den Befehl von Angwar, Graf von Edern und Kirbingen. Er weist seinen Sohn Taranc, Befehlshaber seines Heeres, an, unverzüglich mit allen verfügbaren Truppen nach Edern zurückzukehren.«

»Ja, ja«, stieß Taranc hervor. »Das wissen wir. Aber wir haben noch ein paar Dinge zu klären ...«

»Unverzüglich!«, wiederholte von Nimengrund. »Euer Vater legte Wert darauf. Ihr sollt sofort alles zum Aufbruch bereitmachen, wenn Ihr diese Botschaft erhaltet, und innerhalb einer Stunde losreiten. Wenn Ihr zögert, bin ich befugt, Euch Eures Kommandos zu entheben und die Truppen selbst in der vorgegebenen Zeit auf den Weg zu bringen.«

»Sind Sie verrückt, Mann?« Taranc wies mit dem Schwert auf die Fenster, hinter denen die Schwärze sich zusammenzog. »Die Nacht bricht an!«

»Das Heer der Kaiserin marschiert auf die Residenz«, erklärte der Herold. »Oder das Heer der Grafen aus dem Norden – das scheint auf das Gleiche herauszukommen in diesen Tagen. Sie können jeden Augenblick in der Stadt sein. Es kommt auf jede Stunde an.«

Taranc atmete durch. »Gut«, sagte er. »Also gut.« Er fuhr herum, die gezückte Klinge wieder auf Runnik gerichtet. »Aber du kommst mit. Du wirst dich vor meinem Vater verantworten.«

»Seid Ihr von Sinnen, junger Prinz?«, herrschte Runnik

ihn an. »Wenn Ihr abzieht und alle Truppen mitnehmt und mich gleich dazu, hat Edern ganz Raghabar verloren. Was wird Euer Vater sagen, wenn er die Stadt und die Goldminen einbüßt, nur weil Ihr auf dem Rückmarsch Euren Streit mit mir fortsetzen wolltet?

Ich und meine Männer, wir sind die Einzigen, die diese Gegend noch für Euch halten können.«

»Ich weiß nicht, ob er ein Ritter ist oder ein Fürst«, sagte Aruda. »Ich meine, was zählt mehr? Sind es nicht meistens Ritter, wenn man von den Helden liest?«

Aruda saß an einem Tisch in ihren Privatgemächern, und das Geschirr für den Tee war aufgetragen und stand zwischen Papieren und Schreibzeug. Gelangweilt stand Meris bei ihr und blickte aus dem Fenster.

»Gaban marschiert mit Leichtigkeit durch Feindesland«, fuhr Aruda schwärmerisch fort und schwenkte das Schreiben, das sie von dem Heerführer aus dem Norden an diesem Tag bekommen hatte. »Dabei wirkte Edern immer so stark und unangreifbar, seit mein Vater gestorben ist. Glaubst du wirklich, es war der Graf von Edern, der mich umbringen wollte?« Aruda schüttelte den Kopf. »Es kommt mir so unwirklich vor. Zwei Jahre, und damals war Dauras noch bei uns. Der hat mich beschützt. Aber Gaban …«

Aruda blickte Meris an. »Gaban wird diese Gefahr endgültig beseitigen. Ein Fürst kann gewiss auch ein Ritter sein, wenn er ritterlich handelt.«

»Ohne Zweifel, Majestät«, erwiderte Meris. »Ich habe viele Fürsten kennengelernt, die sich das ritterliche Ideal zu eigen gemacht haben.«

Wie beispielsweise die Führer dieser Ordensritter, die im letzten Jahr unsere Stadt verwüsteten, dachte sie bei sich. *Nachgeborene Söhne ohne Erbe, die aus der Not eine Tugend machen. Oder junge*

Erben, denen solche Flausen schnell vergehen, wenn sie Verantwortung tragen.

»Nicht wahr?« Aruda strahlte Meris an. »Und wenn ich daran denke, was für Sorgen mir diese Nordleute bereitet haben …«

Ihre Miene verdüsterte sich. Offenbar dachte die Kaiserin an den zweiten Teil ihres Handels und an den Vater dieses Sohnes. Sie wandte sich kurz ab, und Meris nutzte den Augenblick für ein verstohlenes Gähnen.

»Kann ich etwas für Euch besorgen, Majestät?«, fragte sie. »Ich habe eigentlich nur vorbeigeschaut, um zu sehen, ob ich Euch zu Diensten sein kann.«

Aruda schrak hoch. Ihre Miene hellte sich wieder auf.

»In der Tat, das kannst du«, sagte sie. Sie wühlte in dem Schreibzeug und ihren Entwürfen und zog einen versiegelten Umschlag hervor. »Ich habe einen Brief geschrieben!«

Meris nickte.

»Ich möchte, dass Gaban mein Feldherr bleibt«, sagte die Kaiserin. »Ich meine, auch nach dem Krieg. Oder dass er eine vergleichbare Position erhält … Er ist so anders als die Männer bei Hofe. Er ist offen, aber trotzdem stark. Wir bräuchten mehr Männer wie ihn, Männer, denen ich vertrauen kann.«

Meris nickte.

Aruda reichte ihr den Umschlag. »Meine Antwort an Fürst Gaban«, sagte sie. »Ich weiß nicht, wie ich sie ihm am besten schicke … Sortor ist wohl irgendwie dafür zuständig.« Aruda verzog das Gesicht. »Doch es kommt mir nicht richtig vor, dass sie die Nase da reinsteckt.«

»Der Brief ist versiegelt«, stellte Meris fest.

»Trotzdem«, entgegnete Aruda. »Gaban mag die Zauberin nicht. Kannst du dafür sorgen, dass das Schreiben vertraulich zugestellt wird?«

»Selbstverständlich, Majestät.« Meris nahm den Brief entgegen. Sie verneigte sich und verabschiedete sich hastig.

Als sie im Flur stand, atmete sie auf.

War sie selbst je so gewesen? Jung. Schwärmerisch.

Sie verspürte einen kurzen Stich und fragte sich, ob sie etwas versäumt hatte. Dann schüttelte sie den Gedanken ab und machte sich auf den Weg zum Kurierdienst.

»An das Heer der Nordleute«, sagte sie zu dem zuständigen Beamten. »Für den Feldherrn. Sorg dafür, dass der Brief sicher ankommt.«

Runnik stand allein im Saal der Residenz. Es war still geworden hier drin, doch draußen auf den Straßen versetzte der plötzliche Aufbruch der Truppen die ganze Stadt in Aufruhr. Er würde hart durchgreifen müssen, um mit den verbliebenen Kräften die Ordnung aufrechtzuerhalten. Doch das hatte Zeit bis morgen. Heute musste er damit fertigwerden, was er verloren hatte.

Er fühlte sich wie betäubt. Langsam ging er um Strohköpfchens schwelende Überreste herum und schob sie mit einem Stecken zusammen. Asche, versengte Stofffetzen und verkohlte Haut – mehr war nicht geblieben von seinem Meisterwerk.

Die Trauer lastete auf ihm, als flösse in seinen Adern Blei statt Blut.

So viele Experimente, so viele Tote, um die Geheimnisse des Lebens zu enträtseln. Und Strohköpfchen war das einzige Leben gewesen, das er je erschaffen hatte. Ja, sie war lebendig gewesen! Erfüllt von einem ganz eigenen Leben, von *seiner* Art Leben. Etwas Einzigartiges, was er in diese Welt gebracht hatte.

Das ganze Blut, das er gebraucht hatte, um dieses Leben zu erhalten – verloren.

Er stocherte in den Überresten und würgte bei dem Geruch, der davon aufstieg. Er konnte sie nicht wieder zusammensetzen.

Und er wusste nicht, ob er noch einmal ein solches Werk zustande bringen würde.

Strohköpfchen war mehr als eine Magd – sie war ein Teil von ihm gewesen.

Den Wert mancher Dinge, befand Runnik, erkannte man erst, wenn man sie verlor.

Er legte den Kopf in den Nacken und schrie seinen Schmerz in die Nacht hinaus.

»Taranc! Ich werde mich rächen für das, was du mir genommen hast, hörst du? Wir sind noch nicht fertig miteinander!«

13. KAPITEL

Das Heim der Ebertzungens glich einer Festung, die nicht nur von der architektonischen Ausschmückung her einer Burg nachgebildet war. Das Eingangstor war dick und massiv und mit Bronze beschlagen, vor den Scheiben aus trübem Bleiglas saß ein festes Gitter. Ein Lakai schlief im Flur hinter dem Portal und auch nicht weit vom Hintereingang entfernt.

Sie mussten also leise sein, das war Niki klar. Es war etwas anderes, ob sie sich in der Nacht allein davonschlich oder ob sie einen Haufen Strauchdiebe ins Haus lassen wollte.

Aber Niki hatte eine Möglichkeit gefunden: Durch den Schacht des Lastenaufzugs kletterte sie von einer Stube im ersten Stock bis in den Keller, wo sie im hintersten Winkel des Hauses eine Kohleklappe entriegelte.

In den Nächten zuvor hatte sie die Angeln gefettet und nachgefeilt, so dass die rostige Luke lautlos aufschwang. Jetzt wartete sie geduckt in der Finsternis hinter der seit Langem nicht benutzten Kohleschütte, die Öllampe auf ein kleines Flämmchen heruntergedreht, und lauschte. Die Beine wurden ihr steif, und vermutlich war sie viel zu früh dran. Sie fröstelte in dem Arbeitskittel, den sie über das Nachthemd gestreift hatte. Doch sie bebte vor Erwartung.

Endlich würde sie diesen Ort verlassen!

Die heruntergekommene Unterstadt, der Schlupfwinkel des Bettlerkönigs mit seinen rauen Gesellen erschien ihr in der Erinnerung wie ein Paradies. Und hatte es nicht allenthalben geheißen, dass sich die Lage auf der anderen Seite des Flusses besserte?

Sie konnte es kaum erwarten, von hier wegzukommen, und der bevorstehende Einbruch mit all seinen Schwierigkeiten – immerhin mussten sie irgendwann an dem Lakai im Treppenhaus vorbei! – mutete an wie eine letzte lästige Verzögerung.

Ein leises Kratzen an der Klappe schreckte sie auf.

Sie lauschte. War eine Katze darübergelaufen, oder war das schon das vereinbarte Klopfen?

»Linos?«, wisperte sie, obwohl sie nicht darauf hoffen konnte, dass ihr Freund dabei war. Es war zu gefährlich geworden in der Oberstadt, und der Bettlerkönig duldete seine Streifzüge nicht länger.

Wieder ein Laut an der Klappe, diesmal deutlicher.

Niki schob sie ein Stück auf.

»Linos?«, flüsterte sie in den dunklen Hinterhof.

»Nicht ganz«, gab eine halblaute Stimme wohlgemut zurück. Behandschuhte Finger schlossen sich um die Kante und zogen die Klappe weiter auf. »Bponur sei's geklagt, aber mit diesem Maß an Jugend kann ich nicht mehr aufwarten.«

»König Tay!«, entfuhr es Niki. »Was macht Ihr hier? Es ist gefährlich auf den Straßen der Oberstadt!«

»Darum bin ich mitgekommen.« Der Bettlerkönig sprang in den dunklen Keller hinab und landete federnd neben Niki auf dem Boden. »Wer, wenn nicht ich, kann sich dort sehen lassen?«

Seine Begleiter streckten den Kopf über die Öffnung und starrten misstrauisch ins Dunkel. Niki drehte die Lampe höher, und ein gelblicher Lichtschein breitete sich aus. Tay trug einen kurzen Mantel, kniehohe Stiefel, einen Hut mit breiter Krempe, ein geschnürtes Wams aus Seide und einen Degen an der Seite. Er sah verwegen aus, und jede Wache hätte ihn gewiss für einen Ritter gehalten.

Tay zog die Klinge und prüfte mit dem Zeigefinger die

Spitze. »Und wenn die Büttel uneinsichtig sind … Du weißt, wozu diese Waffe dient?«

Die Ordenskrieger, unter denen Niki aufgewachsen war, hatten stets über die feinen Spielzeugschwerter der höfischen Ritter im Westen gespottet. Sie galten als bloße Zierde dieser Gecken, die Samt und Seide trugen statt Eisen. Aber Niki hatte Tay kämpfen sehen. Sie wusste, dass ein Degen tödlich sein konnte und sich in den engen Gassen der Stadt mitunter besser führen ließ als eine schwere Waffe.

»Man kann damit töten, nehme ich an«, sagte sie.

Tay lachte. »In der Tat. Man kann damit Ritter töten! Die schmale Klinge dringt sauber durch die Ringe eines Kettenhemds bis ins Fleisch.

Ich habe lange kein Abenteuer mehr erlebt. Also dachte ich mir, wenn die Straßen der Oberstadt so gefährlich sind und voll eifriger und schwerbewaffneter Posten, dann sollte jemand dabei sein, der sie schnell und unauffällig aus dem Weg räumen kann.«

Niki schluckte. »Es gibt eine Wache in diesem Haus«, erklärte sie. »Einen Diener im Erdgeschoss. Aber das ist nur ein alter Mann. Ich will nicht, dass er getötet wird.«

»Kein Problem.« Tay grinste und winkte seinen Leuten, woraufhin diese vorsichtig in den Schacht kletterten. »Mit dem werden wir schon ohne Blutvergießen fertig. Was meint ihr, Brüder?«

Seine Begleiter murmelten etwas, was wenig begeistert klang.

»Ich bin so froh, dass ihr da seid«, brach es jetzt aus Niki heraus. »Übermorgen soll dieser Ball stattfinden, und ich weiß wirklich nicht, wie ich das durchstehen soll. Ich fürchte, die Ebertzungens wollen mich loswerden und bei der Gelegenheit einen Bräutigam für mich finden! Außerdem hat sich ein Verwandter der Hausherrin angekündigt. Der kann jeden

Augenblick eintreffen mitsamt Gefolge. Dann wird es so voll im Haus, dass man sich gar nicht mehr bewegen kann.«

»Hm-hm.« Tay nickte zerstreut und blickte sich im Keller um. »Also, wie geht es weiter? Du weißt, wo die Wertsachen liegen … Moment, ein Besucher? Von wo kommt der denn her? Ich hätte nicht gedacht, dass in diesen Zeiten wieder Reisende unterwegs sind.«

»Aus den Kolonien im Süden jenseits vom Meer«, erklärte Niki. »Lomert von Naudingen. Ich glaube, Ritter Frideric hofft immer noch darauf, dass er auf den unsicheren Wegen verloren geht.«

»Lomert von Naudingen?« Tay hob abwehrend den Arm und hielt seine Begleiter zurück, die an ihm vorbei in die anderen Kellerräume drängen wollten.

»Tante Flavia meint, er dürfte den Namen gar nicht tragen. Weil ihr Großvater ihn aus der Familie ausgeschlossen hat …«

Tay lachte auf. »Du dummes Kind. Deine Gasteltern wollen bestimmt nicht, dass *dieser* Verwandte verloren geht! Vermutlich liegen sie nachts wach und überlegen, wie sie ihm um den Bart gehen können, sobald er ankommt.«

»Ich sage nur, was ich höre«, entgegnete Niki gekränkt. »Und keiner von ihnen scheint den Besucher zu mögen.«

»Gut möglich.« Tay tätschelte ihr den Kopf, und Niki schüttelte seine Hand unwillig ab. »Lomert dürfte der reichste Mann in der Stadt sein. Er hat riesige Ländereien in Haranen, heißt es, und er hat ein Vermögen mit dem Gewürzhandel verdient, was unter Rittern allerdings als anrüchig gilt. Vielleicht mögen sie ihn wirklich nicht. Aber sein Geld mögen sie gewiss. Die Frage ist nur, was will er in Horome?«

Raban, Tays Meistereinbrecher, mischte sich ein. »Wir müssen zu Potte kommen, Boss. Wir wollen nicht bei Sonnenaufgang auf der Insel festsitzen.«

»Majestät«, berichtigte Tay seinen Untergebenen abwesend. Die neueren Mitglieder der Edelschnorrer hatten sich nie so recht an die höfischen Gepflogenheiten gewöhnt, die Tay in seiner Bande pflegte.

»'tschuldigung, Chef«, sagte Raban. »Aber was ist jetzt?«

»Ja«, murmelte Tay. »Was tun? Ich kann mir nur einen Grund vorstellen, warum ein Mann wie Lomert von Naudingen so eine gefährliche Reise wagt: Er will bei der Hochzeit der Kaiserin seine Aufwartung machen. Es ist Monate her, dass der Vertrag mit Guthügeln geschlossen wurde – Zeit genug, dass er davon erfahren hat. Und wenn er bei der Hochzeit erscheint, wird er Geschenke dabeihaben. Mit seinem Besitz kann er sich eine hohe Stellung erkaufen, sobald aus den ganzen Wirren eine neue Ordnung, eine neue Dynastie hervorgeht.«

»Was interessiert uns das?«, fragte Raban. »Wir sind wegen Geld hier, nicht wegen der Politik.«

»Und Geld wird in ein paar Tagen eintreffen. Mehr, als wir uns vorstellen können.«

»Nein!« Niki ahnte, worauf es hinauslief, und sie schüttelte heftig den Kopf.

Tay strich ihr wieder über die Haare. »Tut mir leid, Kleine. Du wirst noch ein bisschen länger hierbleiben müssen. Wir verschieben den Einbruch und holen dich und alles Gold, das im Haus ist, nachdem dieser Pfeffersack sich einquartiert hat.«

Lacan und seine Begleiter standen vor dem Gänsetor, in einer langen Reihe von Wagen und Menschen und Vieh, die alle in die Stadt hineinwollten. Die Sonne brannte heiß herab, und sie hatten sich am Wegesrand Strohhüte gekauft. Lacan schwitzte unter dem Kettenhemd.

Der Umweg hatte sie einige Tage gekostet, doch tatsächlich

hatten sie stromaufwärts außerhalb der Stadt recht schnell ein Boot gefunden, das sie übersetzte. Die Reittiere mussten einzeln ans Westufer gebracht werden, aber das war die einzige Erschwernis gewesen.

»Wir hätten gleich hierherkommen sollen«, stellte Nessa fest.

»Unser Ziel war nicht das Ostufer, sondern die Insel«, sagte Meister Ander griesgrämig, »und da sind wir noch lange nicht! So wie ich das sehe, waren wir einen Zehnttag unterwegs, nur damit wir jetzt von der anderen Seite über den Fluss auf die Kaiserstadt starren können.

Und warum dauert das so lange hier?«

»Ich halte das für ein gutes Zeichen«, sagte Lacan. »In diesem Teil der Stadt scheint das Leben wieder aufzublühen.«

»Trotzdem.« Zindal, der Meister der Alchemie, runzelte die Stirn. »Bei meinem letzten Besuch in der Hauptstadt vor ein paar Jahren war mehr Volk auf den Straßen. Doch damals hat niemand vor den Toren gewartet!«

»Das liegt daran, dass die Außenmauern seit Jahrzehnten nicht bewacht wurden«, bemerkte Ander. »Nur der innere Mauerring um das Kronenviertel war besetzt. Ich denke, es ist kein gutes Zeichen, dass sie jetzt schon die Reisenden hier draußen kontrollieren.«

Sie schwiegen.

»Wir sollten uns nicht zu viele Sorgen machen«, ergriff Zindal schließlich das Wort. »Die Kaiserin hat gar nicht genug Leute, um richtige Wachen an den äußeren Stadtmauern zu postieren. Ich nehme an, da stehen nur ein paar Büttel, die nach zollpflichtigen Waren suchen und das schlimmste Gesindel fernhalten sollen.«

Lacans Blick wanderte über seine Gefährten. Scipia und Scabea waren ungewöhnlich still, sie waren noch nie in der Hauptstadt gewesen. Er sah zu Jerathel, doch der Alte saß still auf seinem Maultier. Schweigend rückten sie mit der Schlange auf das Tor zu.

Als sie endlich unter den Torbogen traten, atmete Lacan auf. Er sehnte sich nach einer kühlen Unterkunft und reichlich zu trinken, ob in einem Kloster oder in einem Gasthaus.

Die Büttel durchsuchten den Wagen vor ihnen und die Ladung. Im Hintergrund sah Lacan Soldaten in roter Uniform. Sie hatten Speere und große Schilde neben sich abgestellt, trugen Brustpanzer aus Leder und Eisen und eine Brosche mit Stierkopf auf der Brust. Legionäre der Kaiserin!

»Sie haben reguläre Truppen an den Außentoren«, flüsterte er seinen Begleitern zu.

Die Legionäre schauten gelangweilt zu, wie die Torwachen ihre Arbeit taten. Dennoch stieg Lacans Anspannung. Der Wagen vor ihnen rollte weiter, ein Posten trat auf Lacan zu und musterte ihn von oben bis unten. Dann verengte der Mann die Augen zu Schlitzen.

»Woher kommt ihr?«, fragte er.

»Ich bin Lacan von … äh …«

Nessa zog ihn zurück und trat vor und lächelte liebenswürdig.

»Lacan und Nessa von Erlingen«, erklärte sie. »Wir begleiten diese ehrwürdigen Brüder auf ihrer Reise durch die unsicheren Lande zu ihrem Kloster hier in der Hauptstadt.«

Lacan duckte sich hinter ihr und atmete auf. Zu spät hatte er daran gedacht, dass sein Name in der Hauptstadt möglicherweise bekannt war.

Die Wachen wandten sich den Priestern zu.

Meister Ander schob sich nach vorn und straffte sich. Der Torwächter betrachtete ihn, ließ den Blick über die zerschlissene braune Kutte schweifen, die Ander über seine feineren Gewänder gestreift hatte.

»Laienbrüder?«, fragte er.

»Ich bin ein Priester Bponurs und einer der Vorsteher des Ordens der bewahrenden Hand!«, erwiderte Ander. »Aber der Weg war nicht einfach. Wir mussten an Kleidung mit dem vorliebnehmen, was wir unterwegs finden konnten.«

»So?« Der Wächter betrachtete den Kragen des Unterhemds aus glänzender schwarzer Seide, der unter der Kutte hervorlugte.

Lacan bekam ein mulmiges Gefühl. Die Kleidung, die sie während der Reise besorgt hatten, damit die Priester nicht allzu sehr wie Zauberer aussahen, passte nun nicht zu ihrer Geschichte, und die Wachen waren achtsam genug, um es zu bemerken.

»Was für ein Kloster wollt ihr besuchen?«, fragte der Posten.

»Ich, äh …«, setzte Ander an.

Meister Zindal drängte sich an ihm vorbei. Der hochgewachsene Meister der Alchemie lächelte liebenswürdig und verneigte sich vor den Wachen. »Verzeiht«, sagte er. »Wir sind selbst fremd in der Stadt und begleiten nur unseren Vorsteher, den ehrenwerten Meister Jerathel.« Er wies auf den Greis, der mit gesenktem Haupt auf seinem Maultier hockte. »Er hat die Verbindungen hier, doch ist er im Augenblick in die Andacht versunken. Aber in der Bibliothek des hohen Tempels auf der kaiserlichen Insel ist unser Orden wohlbekannt.«

»Auf der kaiserlichen Insel, so, so.« Die Wächter blickten einander an.

Lacan bemerkte, wie die Legionäre im Hintergrund herüberblickten. Sie nahmen die Waffen und kamen näher.

»Ihr klingt wie die Leute aus Meerbergen«, stellte der Wachposten fest. »Woher kommt ihr?«

»Ich klinge wie jemand aus Meerbergen?« Ander stieß Zindal beiseite und trat vor. Sein Gesicht war gerötet, und er wirkte ernsthaft aufgebracht. »Was erlaubt Er sich? Ich habe gewiss keine Meerbergener Sprechweise! Meine Familie ist von jeher in Larich ansässig!«

»Was ist schlecht an der Meerbergener Sprechweise?«, fragte Scipia empört von hinten.

»Larich«, sagte der Wächter nachdenklich. »Gehört das nicht zu Edern?«

»Was ist das für eine Unruhe?« Der Offizier der Legionäre gesellte sich zu der Gruppe, ein breit gebauter Mann mit einem Langschwert an der Seite und einem weißen Saum am Gewand, der offenbar seinen Rang anzeigte.

»Diese Reisenden sind verdächtig!« Der vorderste Wachposten wies mit dem Finger auf sie. »Ich habe mich gefragt, ob sie Spione aus dem Süden sind. Aber dann hat dieser Bursche zugegeben, dass er aus Edern kommt. Und sieht er nicht eher aus wie ein verkleideter Ritter als wie ein Priester? Wie ein schlecht verkleideter Ritter!«

Der Offizier legte den Kopf schräg. »Er sieht auch nicht aus wie ein Ritter.«

Ander blies die Backen auf. Er sah aus, als würde er gleich platzen. »Meine Familie ist mit den höchsten Häusern des Reiches verwandt! Wie könnt ihr *Bettler* es wagen, meinen Stand infrage zu stellen?«

Er starrte den Büttel an, zitternd vor Wut.

Lacan und seine Begleiter starrten Ander an und schüttelten den Kopf.

Der Meister der Meditation saß auf seinem Maultier und ließ ein leises Schnarchen hören.

Der Offizier zog sein Schwert und wies auf sie. »Wir werden das klären«, sagte er. »Wenn ich so lange um Eure Waffen bitten dürfte … Herrschaften.«

Lacan betrachtete die Legionäre, dann seufzte er und löste sein Schwertgehänge. Nessa biss die Zähne aufeinander und tat es ihm gleich. Zwei Büttel führten ihre Pferde weg, an denen die restliche Ausrüstung hing.

Der Offizier stellte drei von seinen Soldaten ab und nickte den Torwachen zu. »Bringt diese … Besucher zur Wachstation am Markt. Prüft die Namen und seht zu, ob sich ihre Geschichte bestätigen lässt. Schickt einen Boten zum Palast. Soll die *Abteilung* entscheiden, ob sie Spione aus Edern sind.«

Nessa beugte sich zu Lacan und flüsterte: »Entschuldige.«

»Warum entschuldigst *du* dich?«, fragte Lacan verblüfft.

»Weil ich mir deinetwegen Sorgen gemacht habe«, gab Nessa zurück. »Aber anscheinend sind ein paar unserer Begleiter *noch* ungeeigneter, um sich irgendwo unauffällig einzuschleichen.«

Die Felder und Wiesen im Süden der kaiserlichen Insel waren festlich geschmückt mit bunten Wimpeln und Lampions an langen Schnüren, mit Fahnen und Zelten und Pavillons, mit Bäumen in Kübeln, kunstvoll zu Figuren, zu menschlichen Gestalten und zu Tieren oder zu geometrischen Formen gestutzt. Mit weißen Tüchern waren Bahnen abgeteilt, auf denen sich das jüngere Volk der Festgesellschaft zu den verschiedensten Spielen traf, es gab Musikanten und Gaukler auf vorbereiteten Bühnen, und es gab lange Tafeln, an denen das Abendessen angerichtet wurde.

Jetzt, im August, loderte Bponurs Feuer selbst am Nachmittag kraftvoll, und quer über den Platz gespannte Sonnensegel boten den Feiernden Schatten. Der Wind strich über den breiten Strom, ließ Wimpel und Fahnen und Tücher flattern und brachte ein wenig Abkühlung.

Niki stand da in einem ausladenden Kleid in Blau- und Grüntönen, die schon etwas verwaschen wirkten, mit einem Blütenmuster an den Nähten und am Saum und einem viel zu eng geschnürten Mieder darunter, und ihr war gar nicht festlich zumute.

Sie war umgeben von jungen Mädchen, mit denen sie gar nichts anfangen konnte und die sie hinter ihrem Rücken kichern hörte.

Tante Flavia stand am Rand der Menge und behielt sie im Auge, und Niki bemerkte den strengen und missbilligenden Ausdruck in ihrem Gesicht. Niki wagte kaum den Fuß aufzusetzen, denn in dem Augenblick, da sie auf das Feld getreten war, kam die Erinnerung: Sie wusste, was für ein Ort das war!

Genau hier, an dieser Spitze der Insel, hatten im letzten Jahr die Truppen der Ordensritter anzulanden versucht. Dann war ihre kleine Flotille auf dem Fluss versenkt worden, und die Überlebenden, die es hierherschafften, wurden auf eben dieser Wiese niedergemetzelt! Die Leichen waren längst weggeschafft worden, der Platz mochte geschmückt sein, aber Niki wusste, dass sie über blutgetränkten Boden schritt, auf dem Blut der Kameraden, die mit ihr in den Westen marschiert waren.

Und sie sollte am Abend hier tanzen. Eine Welle der Übelkeit stieg in ihr hoch.

Indessen wartete sie zwischen den schnatternden Gänsen, um der Kaiserin ihre Aufwartung zu machen. Denn mit allen anderen jungen Damen, die an diesem Tag bei Hofe eingeführt wurden, sollte auch sie der Monarchin vorgestellt werden und durfte – *was für eine Ehre* – einige Worte mit ihr wechseln.

Endlich war sie an der Reihe. Aruda Callindrin Beahad, Kaiserin des Omukchar und Gräfin von Horome, stand vor ihrem Thron unter einem Baldachin aus roter und weißer Seide, der sich im Wind vom Fluss her träge blähte. Sie trug ein purpurnes Kleid mit Schärpen aus Goldbrokat und einen goldenen Reif auf den langen braunen Locken. Niki stieg die zwei Stufen hinauf und verneigte sich ungeschickt. Als die Kante ihres steifen Reifrocks dabei an den Boden stieß, hätte sie fast das Gleichgewicht verloren.

Und die Mädchen hinter ihr kicherten lauter!

Niki wurde rot, richtete sich wieder auf und erinnerte sich daran, was Tante Flavia und der Tanzlehrer ihr eingeschärft hatten: Eine Dame verneigt sich nicht, sie knickst!

Sie beugte die Knie, sah die Kaiserin an und fragte sich, warum sie selbst so ein Ungetüm von einem Kleid anziehen musste, wenn selbst die Kaiserin sich mit einem gerade fallenden Gewand begnügte.

»Nikodemia von Bürzenfeld!« Ein kräftig gebauter, blond gelockter Ritter, der neben der Kaiserin stand, las von einem Pergament den Namen ab, mit dem Niki sich bei den Ebertzungens vorgestellt hatte.

Aruda beugte sich zu ihr, ein Lächeln auf den Lippen.

»Von Bürzenfeld«, sagte Aruda. »Ich erinnere mich nicht, dass Ihre Familie bereits bei Hofe vorstellig wurde.«

Niki wurde wieder rot und knickste vor Verlegenheit noch einmal. »Ich wohne … bei meiner Tante … Flavia … von Ebertzungen … Naudingen-Ebertzungen«, stammelte sie.

Am liebsten hätte sie jetzt die Flucht ergriffen. Stattdessen stand sie stocksteif da und hoffte, dass Flavia das Gestammel nicht mitangehört hatte.

Aruda lächelte immer noch, und Niki hatte das Gefühl, dass die Kaiserin ein Grinsen unterdrückte. »Und du möchtest eine Hofdame hier in der Stadt werden?«

Niki schüttelte heftig den Kopf. »Nein«, sagte sie. »Das ist gar nichts für mich. Ich will eine Ritterin werden. Eine *richtige* Ritterin, mit einem Schwert und mit einer Rüstung. Egal was Tante Flavia gern aus mir machen möchte.«

Jetzt hörte sie das Gekicher hinter sich noch lauter. Niki streckte den Rücken durch und bemühte sich um eine stolze

Haltung. Was kümmerten sie diese dummen Gänse? Wenn die Räuber oder die Heiden irgendwann hinter die Mauern kamen und ihnen den Hals umdrehten, dann würden diese Schnepfen sich einen richtigen Ritter wünschen!

»Ein Schwert in der Hand«, sagte Aruda, und sie wirkte weniger belustigt als zuvor. »Das läuft am Ende aufs Töten hinaus. Bist du dazu bereit?«

»Ich habe schon mit dem Schwert geübt«, sagte Niki stolz. »Mit dem Sohn unseres Heerführers, auf dem Weg hierher. Mit dem älteren Sohn, meine ich. Und ich kann die Nerven behalten in einer Schlacht, darum habe ich den jüngeren Sohn gerettet. Wir sind durch eine Latrine in den Kanal geklettert …« Plötzlich bemerkte sie, was sie da erzählte, und dass sie vor Aufregung ins Plappern geriet. Das Blut schoss ihr ins Gesicht. »Ein Ritter verteidigt die Schwachen und tötet nur ehrenvoll«, fügte sie hastig hinzu und presste die Lippen aufeinander. Ihr Herz hämmerte so wild, dass es beinahe das Tuscheln und Lachen hinter ihr übertönte. Sie konnte die Kaiserin nicht länger ansehen und senkte den Blick. Sie wünschte sich fort von hier … Weit fort.

Aruda musterte sie. Als Niki zögernd den Blick hob, kam es ihr allerdings so vor, als ob die Kaiserin nach innen schaute und in Gedanken ganz woanders wäre. Die Gesichter der Männer in deren Gefolge waren schwer zu deuten.

Die Kaiserin beugte sich wieder zu ihr. »Ich hoffe, dass du deinem Weg folgen kannst. Und wenn du keine meiner Hofdamen werden willst, treffen wir uns vielleicht zu einem Ausritt.« Sie lächelte wieder, und jetzt vermeinte Niki einen schalkhaften Zug um die Mundwinkel der Kaiserin zu sehen. »Wir könnten überprüfen, wie es in *dieser* ritterlichen Kunst bei dir bestellt ist.«

»Oooh!«, rief Niki. »Im Umgang mit Pferden macht mir so schnell keiner was vor.«

»Majestät.« Der dunkelhäutige Krieger links hinter dem Thron beugte sich vor. »Ich will darauf hinweisen, dass das Umland längst nicht sicher genug ist für einen Ausritt.«

»Ach.« Aruda sah ihn an und winkte ab. »Das wird es bald sein. Gaban sorgt dafür.«

Niki beschloss, die letzten Worte der Kaiserin als Verabschiedung anzusehen. Sie knickste noch einmal und entfernte sich rückwärts. Nach zwei Schritten schwenkte sie scharf herum und versuchte, im Publikum unterzutauchen.

Es war schwer, mit dem steifen Kleid durch die Menge zu kommen. Niki schob sich vorwärts, blickte sich um und rempelte andere Besucher an. Der versteifte Rock knirschte. Bald war sie außer Atem, und neben den Füßen stach ihr nun auch die Lunge.

Dumm, dachte sie. *Was habe ich alles Dummes erzählt!*

Wie zufällig landete sie an den langen Tischen mit den Speisen. Dort stand bereits ein junger Mann von kleinem Wuchs in einem blauen Anzug aus feinem Samt mit einem Halstuch, das von einer silbernen Nadel mit blitzendem Edelstein zusammengehalten wurde, und mit einem kunstvoll geschnittenen Hut mit einer diamantfunkelnden Brosche. Unter den missbilligenden Blicken der Diener füllte er sich einen Teller an der noch nicht fertig gedeckten Tafel. Obwohl er viel zu dick gekleidet war für die sommerliche Wärme, bemerkte Niki keinen Schweißtropfen auf seiner Stirn.

Der Mann sah sie an, als sie sich auf den Tisch stützte, um zu Atem zu kommen.

»Ein hübsches Kleid«, stellte er lächelnd fest. »Meine Mutter hatte solche Blütenbordüren an einem Kleid, als sie meinen Vater kennenlernte.«

»Tatsächlich?« Niki sah den Mann an und runzelte die Stirn. »Woher wisst Ihr das? Hat Eure Mutter das Kleid aufbewahrt?«

Der Mann legte den Kopf schräg und musterte sie. Sein Lächeln veränderte sich, und Niki glaubte, noch etwas anderes in seinem Blick wahrzunehmen. Doch sie konnte nicht sagen, was es war, und das machte sie wütend.

»Was ist?« Hastig richtete sie sich wieder auf.

Der Höfling grinste und drehte den Teller ein Stück von ihr weg, als hätte sie ihm gerade das Essen stehlen wollen. Das machte sie erst recht rasend.

»Nichts«, sagte er. »Aber ich habe das Gefühl, Ihr würdet Euch ein wenig mehr Beweglichkeit wünschen, als man Euch gegenwärtig einräumt.«

»Das könnt Ihr mir glauben.« Niki seufzte. Sie wandte den Kopf ab in der Hoffnung, dass der Fremde dann gehen würde. Doch als sie den Kopf wieder drehte, stand der Mann immer noch da, sah sie lächelnd an. »Wo kommt Ihr her?«, fragte er.

»Was geht Euch das an?«, fauchte Niki.

»Das ist ein Ball … zumindest ein Gartenfest«, sagte er. »Da plaudert man über solche Dinge.«

»Ach?« Flavia hatte ihr beigebracht, wie sie sich bewegen sollte, wie man grüßte, aber wenig über das Plaudern.

»Außerdem habt Ihr gerade den Eindruck gemacht, als wolltet Ihr am liebsten davonstürmen«, sprach der Fremde weiter. »Und da ich eben erst eingetroffen bin, dachte ich mir, wir könnten uns gegenseitig helfen, hier ein wenig Anschluss zu finden.«

»Nikodemia!«

Das war Flavias Stimme. Niki wurde bleich.

»Ich muss … weg«, sagte sie. Aber sie blieb stocksteif stehen.

Flavia kam schnaufend heran, und Niki straffte sich und suchte nach irgendeiner Erklärung. Da fiel ihr auf, dass Flavia sie gar nicht mehr beachtete.

»Lomert?«, rief die Ritterdame und blickte den Fremden an.

»Ihr seid Lomert?« Niki fuhr herum und musterte den Gecken im blauen Samtanzug genauer.

»Mein Ruf eilt mir voraus!« Der Mann grinste. »Anscheinend habt Ihr von mir gehört.«

»Tante Flavia und Herr Frideric haben eine Menge über Euch erzählt«, brach es aus Niki heraus.

»Nikodemia!«, sagte Flavia mahnend. »Ich glaube«, fuhr sie dann, an Lomert gewandt, steif fort, »du stehst nicht auf der Liste der Debütanten, die heute begrüßt werden sollen.«

Lomert zuckte die Achseln. »Macht nichts. Ich verzeihe dem Zeremonienmeister oder wer auch immer für den Fehler verantwortlich ist. Ich bin es gewohnt, dass ich mir selbst die nötige Aufmerksamkeit verschaffen muss.

Dieses andere Versäumnis allerdings …«, er blickte Niki an, »… dass ihr ganz offensichtlich eine weitere interessante Besucherin zu Gast habt und mir überhaupt nichts davon geschrieben habt, das ist wirklich unentschuldbar.«

Flavia und Niki starrten den jungen Mann fassungslos an.

Lomert ließ sich nicht beeindrucken. Er reichte Niki seinen Teller. »Hier«, sagte er. »Stärkt Euch ein wenig. Und dann möchte ich um den ersten Tanz bitten.«

»Ich …« Niki nahm den Teller entgegen und ärgerte sich im selben Augenblick darüber, weil sie nun wie ein Serviermädchen dastand. »Ich weiß nicht … tanzen.«

Lomert beugte sich zu ihr und flüsterte ihr ins Ohr: »Wir können es interessanter machen: Ihr dürft mir auf die Füße treten – wenn Ihr trefft. Aber Ihr müsst schnell sein, denn ich versuche dasselbe.« Er richtete sich wieder auf, zwinkerte und fügte auch für Flavia hörbar hinzu. »Natürlich seid Ihr im Vorteil. Meine Füße sind viel größer und leichter zu treffen als die Jungmädchenschuhe meiner Cousine, die sie Euch so passend zum Kleid überlassen hat.«

Igaud der Schreiber hatte eine eigene Stube gleich unter dem Dach des Kurierdienstes mit einem breiten Giebel und einer zusätzlichen Scheibe in der Schräge. Er schätzte das Licht, und der Dienst schätzte seine Kunst. So war es schon zu Zeiten des alten Hofrats gewesen.

Jetzt stürmte Sortor in die behagliche Kammer, die vollgestellt war mit Töpfen und Tiegeln und Säckchen mit Grundstoffen, aus denen er seine Tinte mischte, mit Bündeln von Pergament und Papier jeder Machart von jeder Mühle des Reiches. Sie warf einen Brief auf seinen Tisch. Das kaiserliche Siegel war abgelöst, aber nicht gebrochen, das Blatt entrollte sich halb auf der Tischplatte und enthüllte eine fein geschwungene Handschrift.

Igaud trat hinzu und begutachtete die Schrift durch ein Augenglas.

»Du weißt, was zu tun ist«, sagte Sortor. »Ich brauche eine Abschrift. Sofort.«

Igaud kicherte. »Ihr kennt meine Arbeit«, entgegnete er. »Meine Kunst braucht Zeit.«

»Ich brauche keine Kunst«, sagte Sortor. »Ich brauche eine Abschrift. Da der Empfänger ohnehin nur deine Kopien kennt und nie ein Original erhalten hat, dürfte die schnellste Arbeit gut genug sein.

Doch das Original muss heute noch mit einem Botenvogel in den Norden, und auch die Abschrift muss so rasch wie möglich aus dem Haus. Die Dinge geraten in Bewegung, und jetzt kommt es auf den richtigen Zeitpunkt an.«

Lacan und seine Begleiter hockten in einem verschlossenen Raum in einem Stützpunkt der Stadtwache. Auch wenn man sie für Spione hielt, stellte zumindest niemand ihre adlige Herkunft infrage. Es blieb ihnen also erspart, die große Zelle im Keller mit den städtischen Halunken zu teilen, mit den Taschendieben, Betrügern und den Betrunkenen, die vom geschäftigen Markt hierhergebracht wurden.

Seit Stunden saßen sie in dem karg ausgestatteten Raum, und niemand kümmert esich um sie. Der Abend brach an, und Lacan fragte sich, ob zuerst die Stadtwache auftauchen würde oder ein Ermittler aus dem Palast.

»Wir müssen hier weg!« Nessa lief unruhig auf und ab. Wieder trat sie an das winzige Fenster und spähte hindurch, aber es war zudem noch vergittert, sodass sie nicht hindurchkommen konnten. Und die Tür war verschlossen.

»Du könntest dir wenigstens etwas einfallen lassen!«, fuhr sie Lacan an.

Der zuckte die Achseln. Vielleicht hatte Nessa recht. Doch er war nicht gut darin, einen durchtriebenen Ausbruchsplan zu ersinnen. Nun hoffte er darauf, dass die Wachen unvorsichtig wurden und mit zu wenig Männern kamen, wenn sie überhaupt kamen. Gemeinsam mit Nessa traute er sich zu, drei oder vier Posten zu überwältigen, wenn sie ihre Gegner überraschen konnten.

Und dann …? Man würde sehen.

Nessa wandte sich zu ihren Begleitern. »Sagt ihr doch irgendwas! Hat sich euer Orden nicht der Magie verschrieben? Könnt ihr mit eurem Zauber nicht wenigstens ein Schloss entriegeln?«

»Mein Fachgebiet ist die Alchemie«, gab Zindal zurück. »Und die Ingredienzen haben sie mir zusammen mit dem Pferd weggenommen.«

»Es ist schwierig«, setzte Ander würdevoll an, »träge Materie zu beeinflussen.«

»Mein Fachgebiet ist die Natur«, erklärte Scabea. »Wir

sind in der Stadt. Wir sollten meine Schwester fragen, was sie Nützliches beitragen kann.«

»Ach?«, gab Scipia zurück. »Und inwiefern beträfe das *mein* Fachgebiet?«

»Alles betrifft dein Fachgebiet«, sagte Scabea. »Die Elemente sind überall um uns, und wenn du nur ein wenig mehr Kunstfertigkeit zeigen könntest …«

Jerathel saß mit übergeschlagenen Beinen in einer Ecke des Raumes. Sein Blick war nach innen gekehrt, die Hände hatte er verschränkt. »Ich empfehle, zum richtigen Zeitpunkt zu schweigen«, sagte er auf einmal.

»Ja«, sagte Ander gereizt. »Klar, dass Ihr das empfehlt.«

»Ich werde daran denken«, blaffte Nessa, »wenn Sortors Agenten uns befragen.«

Ein Schlüssel klirrte im Schloss, und Lacan fuhr hoch. Er hatte sich darauf verlassen, dass sie es hören würden, wenn ihre Wärter den Flur entlangkamen. Jetzt waren sie da, und weder er noch Nessa waren vorbereitet.

»Schnell!« Ein Offizier der Marktwache steckte den Kopf durch die Tür. Lacan sah, dass der Mann ein Kettenhemd trug und offenbar von Stand war. »Wir haben nicht viel Zeit.«

»Wir?«, fragte Lacan zweifelnd. Er stand zu weit entfernt für einen Überraschungsangriff. Aber der Offizier war anscheinend allein.

»Wir haben gehört, dass Edern in Bedrängnis ist. Ihr seid gewiss mit einem Plan in die Stadt gekommen.«

»Wie oft soll ich es noch sagen?«, rief Ander. »Wir haben nichts zu schaffen mit Edern! Nur weil meine Familie aus der Gegend stammt …«

»Schon gut«, sagte der Posten. »Wir können offen reden. Im Augenblick sind nur Verbündete in der Wachstation. Wir haben für einen Tumult gesorgt, der die meisten weggelockt hat. Aber wir müssen uns beeilen.«

»Was soll …?«, setzte Ander an, doch Lacan gebot ihm mit einer Handbewegung Einhalt. *Zum richtigen Zeitpunkt schweigen.*

»Kommt mit«, befahl er.

»Und wenn er uns in eine Falle lockt?«, fragte Zindal.

»Dann sind wir vermutlich genauso schlecht dran wie jetzt«, gab Lacan zurück.

Sie traten auf den Gang. Der Offizier hatte zwei Schwerter in der Hand – die Waffen von Lacan und Nessa. Er wies auf die Treppe ins Erdgeschoss. »Am Ende des Flurs findet ihr die Hintertür. Sie ist unverschlossen, und da hängen Mäntel am Haken. Streift sie über, huscht hinaus und seht zu, dass ihr untertaucht.

Ich nehme an, ihr wisst, wo ihr in der Stadt unterkommen könnt?«

Lacan warf einen Blick auf die Priester und nickte zögernd.

»Gut«, sagte der Offizier. »Edern hat viele Verbündete hier, aber es wäre schwierig, wenn wir auf die Schnelle mehr organisieren müssten.«

»Was ist mit unseren Tieren und dem Gepäck?«, fragte Nessa. »Stehen die draußen?«

Der Offizier verzog das Gesicht. »Wir konnten nichts tun. Die Gardisten haben sie mit in den Palast genommen. Es hieß, sie hätten etwas Verdächtiges darin gefunden. Kommt jetzt!«

Sie hasteten die Treppe hinab. Als die Priester sich die Mäntel überzogen, hielt der Offizier Lacan zurück. »Ihr müsst mit mir nach vorn kommen. Mein Sergeant hat die anderen gefesselt, aber irgendwer muss mir und ihm noch die Fesseln anlegen. Vielleicht solltet Ihr mir auch eine Beule verpassen, damit es glaubwürdiger wirkt.«

»Glaubwürdiger?«, fragte Lacan. »Dass wir aus unserem

Gefängnis entkommen sind und euch alle überwältigt haben?«

Der Mann schüttelte den Kopf. »Wir haben schon eine Geschichte vorbereitet: Agenten des Grafen von Edern haben die Wachstation überfallen und euch herausgeholt.«

Lacan nickte. »Wenn etwas schiefläuft«, flüsterte er seinen Begleitern zu, »dann wartet nicht auf mich. Seht zu, dass ihr euch in Sicherheit bringt.«

»Das könnte dir so passen«, erwiderte Nessa und ging mit ihm nach vorn. In der Wachstube lagen zwei Soldaten fest verschnürt am Boden, ein bulliger Kerl mit pockennarbigem Gesicht stand nervös daneben und trat von einem Fuß auf den anderen. »Na endlich!«, sagte er und hielt den Neuankömmlingen ein Bündel Stricke entgegen. »Ich hoffe, ihr habt nichts Wichtiges vor in der Stadt. Sonst hätte der Graf flottere Spione schicken sollen!«

»Darf man dem Mann auch eine Beule verpassen?«, fragte Nessa höflich.

»Im Ernst.« Der Offizier starrte auf die Tür. »Warum auch immer ihr hergekommen seid – ich hoffe, eure Mission bewirkt etwas. Der Krieg läuft schlecht für Edern, habe ich gehört. Und wenn der Graf unterliegt, sind wir alle in Gefahr. Alle, die in der Stadt Geld von ihm genommen haben.«

Der Lärm schwoll an. Sie waren bereits im Palast!

Runnik packte in seinem Arbeitszimmer Sachen ein und aus. Er vermisste Strohköpfchen wirklich. Wie sollte er das alles alleine tragen?

Ratze stürmte in den Raum. »Herr«, rief er. »Wir müssen weg!«

Runnik wies auf einen riesigen Ledersack. »Nimm das!«

Zögernd trat Ratze auf den Beutel zu, der fast halb so groß war wie er.

»Ich weiß nicht, was dieser undankbare Pöbel will«, sagte Runnik.

»Die Hausdurchsuchungen, Herr«, antwortete Ratze. »Das hat sie aufgebracht!«

»Du lausiger Kläffer!« Runnik fuhr auf seinen schmächtigen Handlanger zu. »Willst du behaupten, meine Befehle wären schuld an allem? Ich musste die Stadt nach Waffen absuchen, jetzt, wo wir auf uns gestellt sind.«

»Ich habe gehört, Marnok und seine Männer haben nicht nur Waffen mitgenommen, sondern auch ein paar Mädchen. So hat es angefangen.«

Runnik winkte ab. »Marnok und seine Großmäuler waren schwach. Wir alle waren viel zu milde. Wir hätten die Hälfte der Bürger erschlagen sollen, als die Truppen aus Edern noch hier waren. Dann würden wir mit dem Rest besser fertigwerden.« Er presste die Hand auf die Stirn.

»Du hast recht«, fügte er hinzu. »Ich trage die Verantwortung an diesem Desaster. Wenn ich daran denke, dass ich dazu beigetragen habe, Raghabar unblutig einzunehmen … Wie konnte ich mir nur einreden lassen, dass diese einfältige Gutmütigkeit ein Vorteil ist?«

»Aber ich habe gar nicht gesagt, dass es Eure Schuld …«, widersprach Ratze.

»Halt die Klappe und nimm das Gepäck. Das Gesindel kann jeden Augenblick hereinplatzen.«

Runnik ging voraus und hörte Ratze hinter sich ächzen. Er wandte sich um und sah, dass sein Handlanger sich den Packen auf den Schultern zurechtrückte und dabei fast in die Knie ging. »Nun mach schon!«, fuhr er Ratze an.

Mit zitternden Knien stapfte der kleine Mann die Treppe hinab. Runnik ging einen Flur hinunter, öffnete eine Pforte, die in die tieferen Kellergewölbe führte, und wartete auf seinen Begleiter, der keuchend nachkam.

»Ich habe Männer ohne Beine gesehen, die schneller kriechen konnten«, sagte er. »Vor allem, wenn ich hinter ihnen herkam.«

Ratze verzog das Gesicht. Ihm fehlte der Atem für eine Antwort.

Als der Handlanger vorbei war, schloss Runnik die Pforte wieder ab. Das würde die Verfolger eine Weile aufhalten. Jetzt war er hinter Ratze, und der Sack bewegte sich unmittelbar vor seinem Gesicht träge auf und ab. Er schien gar nicht voranzukommen.

Runnik überlegte, dem Sack und dem Mann daran einen kräftigen Stoß zu verpassen. Das würde die beiden ein wenig schneller die steile Treppe hinabbringen, wenn auch nicht viel weiter. Da stolperte der Handlanger von selbst, und Runniks Hand schoss vor, packte das Bündel und stabilisierte den Träger wieder.

»Pass auf, Trottel«, knurrte der Zauberer. »Wenn ich wollte, dass meine Unterlagen geknickt und durcheinandergewirbelt werden, hätte ich sie gleich zurücklassen können.«

Ratze schnaufte. Am Fuß der Treppe überholte Runnik ihn wieder und schritt voran. »Schneller, schneller!«, rief er. »Ist denn keiner meiner Männer zu irgendwas nutze?«

Von oben war ein dumpfes Krachen zu hören, so als würde etwas Schweres auf Holz prallen.

Ratze stellte den Sack ab. »Sie schlagen die Tür ein«, stieß er keuchend hervor.

»Da wirst du dich wohl beeilen müssen«, gab Runnik zurück.

»Oh ja.« Ratze machte Anstalten, ohne den Packen weiterzugehen.

»Was soll das?« Runnik wies auf seinen Sack.

»Wir haben keine Zeit für so was, Herr«, erwiderte Ratze. »Mit dieser Last entkommen wir nie.«

»Diese Last ist der einzige Grund, warum ich dich überhaupt mitnehme, du Ratte«, sagte Runnik. »Und jetzt nimm den Sack!«

»Ist das Eure Dankbarkeit?« Ratze zog den Kopf ein und wirkte dadurch noch heimtückischer. »Wir haben alles verloren in Euren Diensten, ich und die anderen. Und jetzt soll ich mein Leben für ein paar Bücher opfern?«

»Leben wie deins gibt's zu Tausenden«, sagte Runnik. »Aber jede meiner Notizen ist einzigartig.«

Ratze zischte. Er zog einen Dolch.

Runnik stellte sich in den Weg. »Ohne mein Gepäck kommst du hier nicht vorbei.«

Ratze hieb nach dem Zauberer. Doch Runnik wich der Klinge aus und legte seinem Begleiter die Hand auf die Stirn. Augenblicklich stand der kleine Mann still da. Er gab einen Laut von sich, der klang wie ein Quieken, das in einer durchgeschnittenen Kehle erstickte.

Der Dolch fiel klirrend zu Boden. Die Hand, die die Waffe gehalten hatte, schrumpfte zusammen, als würde alle Substanz von innen aus ihr herausgesaugt. Dann kam der Arm, der wurde dürr und schwarz wie ein verdorrtes Zweiglein. Schließlich schrumpfte der Leib, und im selben Maße schwoll Ratzes Kopf an, wurde prall und schwer wie ein Wassersack. Blut quoll ihm aus der Nase und den Augen, und schließlich brach er zusammen. Der Körper und die verkümmerten Gliedmaßen knickten unter dem Gewicht des Kopfes ein, und als Ratze der Länge nach hinfiel, platzte sein Schädel wie ein aufgedunsener Kürbis.

Runnik sprang zurück, doch ein Schwall von wässrigem Blut mit unbestimmbaren Bröckchen darin durchnässte den Saum seiner Kutte.

Er atmete schwer, als hätte er gerade eine große Last gehoben.

»Ebenso unappetitlich wie unnütz, der Kerl«, stellte er fest.

Wehmütig blickte er auf seinen Sack, aber jetzt, wo ihm der Träger fehlte, würde er ihn zurücklassen müssen. Er fluchte erneut auf Taranc, der ihm seine zuverlässige Dienerin genommen hatte.

Er wandte sich um und lief weiter, vorbei an Kerkern und Folterkellern und an Lagerräumen, die er für seine Zwecke umgestaltet hatte. In einem davon stand ein magischer Spiegel, und Runnik überlegte, ob er seine Verbündeten kontaktieren sollte.

Nein!

Er schüttelte den Kopf. Es war an der Zeit, dass er verschwand.

Er trat vor eine Wand, die versetzt gemauert war und hinter der sich ein Durchbruch verbarg, ein Stollen, der zu seinem zweiten Versteck außerhalb der Mauern führte, einem verlassenen Hof, unter dem er sich ein zusätzliches Laboratorium eingerichtet hatte.

Runnik trat in den kühlen feuchten Stollen. Raghabar war ein kleiner Rückschlag. Aber die Welt brauchte ihn anderswo.

14. KAPITEL

Gaban brach durch das Unterholz. Die Verfolger waren ihm dicht auf den Fersen. Er lief im Zickzack, und ein Pfeil sauste an ihm vorbei und bohrte sich in einen Baum. Gaban zog den Kopf ein und rannte weiter.

Ein halbes Dutzend seiner Krieger flohen mit ihm. Mindestens zwanzig Feinde waren ihnen auf den Fersen – Fußvolk aus Edern, das zu anderen Zeiten vermutlich als Förster und Jäger in adligen Diensten stand oder als Wilderer durch die Wälder streifte. Edern hatte gegen die Eindringlinge aufgeboten, was die Grafschaft an Truppen hergab.

Das Sonnenlicht flirrte im dichten Blätterdach. Es war still im Forst, bis auf die gedämpft knisternden Schritte laufender Männer, das Knacken im Unterholz, schweres Atmen und das gelegentliche dumpfe Klacken, wenn Eisen auf Holz schlug. Gaban wusste, in welche Richtung er lief, aber er wusste nicht, wie weit sie schon gekommen waren.

»Wo bei Bponurs Auge sind wir?«, brüllte er.

Niemand antwortete. Neben ihm kam ein Krieger ins Stolpern. Ein Pfeil steckte in seinem Bein. »Lauft weiter!«, stieß der Mann hervor. Seine Kameraden zögerten. Sie fassten ihre Waffen. Einer der Waldläufer duckte sich unter einem Pfeil.

»Verdammt«, knurrte Gaban. »Lauft!«, befahl er. »Wenn wir hier kämpfen, machen sie uns nieder.«

Er warf sein Schwert weg, rannte zurück, bückte sich und hob den Soldaten auf. Der Mann schrie, als Gaban ihn unter den Beinen fasste. Gaban trug ihn auf beiden Armen, einen Arm unter den Achseln, den anderen unter den Kniekehlen, und lief keuchend hinter den anderen her. Ein Geschoss traf ihn am Rücken und prallte an seinem Kettenhemd ab. Er hatte das Gefühl, als wollte seine Lunge gleich platzen. Viel länger hielt er das nicht durch.

Er biss die Zähne zusammen, versuchte, schneller zu rennen, und trieb seine Begleiter an. Wie weit waren sie gekommen? Mit der Last auf seinen Armen war es schwer vorwärtszukommen. Jeder Schritt fühlte sich an wie fünf.

»Halt«, keuchte er schließlich und blieb schwer atmend stehen.

Seine Männer hörten ihn nicht und liefen weiter. Gaban zwang die Luft in seine Lungen und hob die Stimme: »Halt!«

Die Krieger aus Guthügeln hielten inne und wandten sich um. Sie suchten Deckung hinter den Bäumen und duckten sich, um den Pfeilen ihrer Gegner zu entgehen. Die Kämpfer aus Edern zögerten. Das gab den Nordleuten Zeit, ein wenig Atem zu schöpfen.

Gaban ließ den Verletzten unter einer alten Eiche zu Boden gleiten und sah sich um. Der Mann atmete gepresst, und Gaban spürte, wie das Blut an seinem Arm durch das Kettenhemd sickerte und den Stoff darunter durchtränkte. Wenn der Mann nicht bald verbunden wurde, würde er an der Oberschenkelwunde verbluten. Vielleicht war es bereits zu spät.

Gaban beobachtete, wie die Gegner sich sammelten und in einem Halbkreis herankamen. Als sie bemerkten, dass die Nordleute keine Schusswaffen hatten, rückten sie entschlossener vor.

»Herr!« Gaban spürte eine Berührung am Bein. Er blickte auf den Mann hinunter, der zu seinen Füßen zwischen den Wurzeln der großen Eiche lag. Der Verletzte hatte offenbar sein Schwert umklammert, während Gaban ihn trug. Nun reichte er die Waffe seinem Feldherrn.

Gaban nahm sie entgegen. »Danke«, sagte er.

Der Verwundete lächelte und schloss die Augen. Sein Atem beruhigte sich, aber das war kein gutes Zeichen.

Gaban sprang auf und stürzte sich mit einem Kampfschrei auf die Feinde.

Die Krieger aus Edern kämpften mit Spießen und Beilen, und sie kämpften geschickt. Sie versuchten, die Nordleute und deren Schwerter auf Abstand zu halten. Einer von Gabans Begleitern schlug einen Spieß zur Seite, wich einem anderen aus und stürmte auf den Speerträger los. Der wich zurück, ein Axtkämpfer parierte die Klinge, und als die Waffen sich ineinander verhakten, stach ein Speerträger aus der zweiten Reihe zu.

»Vorsicht!«, rief Gaban. Er und seine verbliebenen Männer wichen langsam zurück.

Da bemerkte Gaban eine Bewegung im Unterholz hinter den Gegnern. Das Laub hob sich, und dunkle Gestalten erschienen, als wären sie aus dem Boden gewachsen.

»Runter!«, befahl Gaban.

Die Nordmänner duckten sich. Die Feinde zögerten kurz, dann drangen sie vor. Auf einmal zischten Pfeile heran und trafen von hinten in den eng zusammengerückten Haufen. Die Kämpfer aus Edern schrien auf, vor Schreck oder vor Schmerzen. Da folgte schon die nächste Salve.

Als die Ederner wankten, sprangen Gabans Krieger vor. Gaban wirbelte mit der Klinge herum, schlug hölzerne Schäfte entzwei und hieb durch Haut und Knochen. Er rannte seine Gegner mit seiner bloßen Körpermasse um, andere stieß er mit dem gepanzerten Leib zur Seite. Die Überlebenden versuchten zu fliehen.

Nun ließen die neu hinzugekommenen Kämpfer den Bogen fallen, zogen das Schwert und stürzten sich in das Getümmel. Die Hälfte der Ederner war bereits gefallen, und gemeinsam mit den neuen Verbündeten waren Gabans Männer in der

Überzahl. Die Krieger, die getarnt im Unterholz gewartet hatten, schnitten dem Feind den Rückweg ab.

Zwei Ederner schafften es, sich aus dem Kampf zu lösen, und flohen in unterschiedliche Richtungen. Gaban hörte, wie sie durch das Gehölz brachen, sah ihre Bewegung zwischen den Bäumen. Ein paar seiner Leute setzten ihnen nach.

»Nein!«, rief Gaban. »Wir müssen ihr Fort besetzen, bevor sich dort wieder Feinde sammeln können.«

Sie kümmerten sich um ihre Verwundeten. Einer seiner Männer war gefallen, der Verletzte mit der Pfeilwunde atmete nicht mehr. Gaban spürte das trocknende Blut des Toten bei jeder Bewegung an seinem Arm. Es erinnerte ihn daran, dass er nicht mit jeder seiner Entscheidungen etwas gewann, doch dass jede einen Preis forderte.

Gaban blickte hinauf zu den Baumkronen und suchte die Sonne in dem trüben, vielfach gebrochenen Schimmer, der zwischen den Blättern hindurchsickerte. »Oh, Bponur«, flüsterte er.

So gering ihre Verluste auch wirkten angesichts dessen, was der Kampf ihren Gegner gekostet hatte – Gaban fragte sich dennoch, ob die eine, die große Entscheidung richtig gewesen war. Aus August war September geworden, und sie kämpften immer noch in diesem Wald. Von einem Hinterhalt zum nächsten, von einem befestigten Gehöft zum anderen, und Waldweg für Waldweg arbeiteten sie sich voran. Und der Forst schien gar kein Ende zu nehmen.

An Tagen wie diesen wünschte er sich, er hätte alles auf eine Karte gesetzt und eine rasche Entscheidung erzwungen.

Niki steckte den Kopf durch die Tür. Im Haus herrschte eine eigenartige Stimmung. Es war still, aus manchem Zimmer drangen leise Atemzüge oder lautes Schnarchen. Ein paar weitere Türen im Flur standen einen Spalt offen, und Niki wusste, dass in allen diesen Räumen Lomerts Leute schliefen. Auch in dem kleinen Salon, durch den sie früher in den Keller gelangt war.

Niki lauschte, doch nichts. Kein Geräusch von Schritten oder von Türen. Kaum vorstellbar, dass eine Schar Einbrecher sich hier bewegen sollte, ohne Aufsehen zu erregen … Aber immerhin, sie hatte einen Plan, und wenn sich jeder daran hielt, konnte es klappen.

Die Angst und die Hoffnung, danach endlich von diesem Ort wegzukommen, rangen in ihrer Brust um die Oberhand.

Sie schlich auf den Flur hinaus und dann die Treppe hinab. Immer wieder blieb sie unterwegs stehen und horchte, und sie ließ die Stufe aus, von der sie wusste, dass sie knarrte. Der Diener, der sonst im Erdgeschoss bei der Tür gelegen hatte, war fort. Flavia und Frideric hatten nicht gewollt, dass ihre Bediensteten unter Lomerts Augen in der Diele nächtigten. Der Mann schlief nun mit den Küchenhilfen in der Küche, und die Tür dorthin stand offen, damit er dennoch alles mitbekommen konnte.

Niki überlegte kurz, ob sie sie schließen sollte, entschied sich dann aber dagegen. Wenn in der Küche jemand erwachte und die Tür geschlossen fand, mochte das erst recht Verdacht erregen.

Sie nahm den Kittel eines Hausmädchens vom Haken, streifte ihn über ihr Nachthemd und über den Mantel und stieg weiter in den Keller hinab. Als sie schließlich bei dem früheren Kohlenkeller ankam, war sie außer Atem. Sie entriegelte die Luke und hob sie ein Stück an.

»Das wurde aber auch Zeit!«, drang eine Stimme aus dem Hinterhof.

Niki erschrak und hätte fast die Klappe losgelassen. Doch Raban war plötzlich bei ihr und fasste die Luke an der Kante und zog die Falltür vollends auf.

Niki spähte nach draußen, aber sie sah nur Schatten, die sich in der Finsternis bewegten.

»Wo ist Tay?«, fragte sie.

Raban schnaubte. »Der Boss hat heut was anderes zu tun. Meinst du, der ist bei jedem Bruch dabei?«

Niki runzelte die Stirn. Immerhin sollte das der wichtigste Raubzug werden, den die Bande je unternommen hatte. Und die Angelegenheit war heikel. Dem geschickten Bettlerkönig traute Niki am ehesten die Fertigkeiten zu, die in dieser Nacht vonnöten waren.

Raban wollte sich an ihr vorbeidrängen, aber Niki hielt sich an beiden Seiten der Kohlenschütte fest und versperrte ihm den Weg. »Wir müssen uns jetzt absprechen«, sagte sie. »Da oben ist es gefährlich. Kein Wort mehr, sobald wir den Kohlenkeller verlassen!«

»Also dann sprich«, knurrte Raban.

»Das Haus ist voll«, erklärte Niki. »Jedes Zimmer ist besetzt – bis auf den Dachboden. Da haben die Besucher ihr Gepäck untergebracht. Die Tür ist verschlossen, und ein bewaffneter Diener liegt als Wache davor … Ich nehme an, Lomert traut seiner eigenen Base nicht«, zischte Niki gehässig. »Damit müsst ihr fertigwerden.«

»Mädchen«, sagte Raban. »Ich hab so was schon mal gemacht …« Er wollte sich an Niki vorbeischieben, doch die ließ ihn nicht durch.

»Ihr sollt mit dem Posten fertigwerden, *ohne* ihn umzubringen!«, beharrte sie. »Das hat Tay mir versprochen! Und die Schätze, die der König will, liegen alle unterm Dach. Ihr geht hinter mir her, tretet dahin, wo ich hintrete, und keiner schaut woanders rein. Sobald ihr eine andere Tür aufmacht, sind wir geliefert!«

»Wir machen das schon«, sagte Raban. »Hast gute Arbeit geleistet, Mädchen. Jetzt lass uns mal machen.«

Er schob Niki weg, und nach und nach drängten die Einbrecher in den Kellerraum. Niki huschte zum Eingang, wartete, bis der Trupp sich versammelt hatte, und ging dann voraus. »Ab jetzt – still!«, mahnte sie.

Fast geräuschlos stieg die Schar die Treppe hinauf. Niemand stieß irgendwo an, niemand sprach, niemand atmete auch nur laut. Die Schritte scharrten nur ganz leicht auf dem Boden.

Im Erdgeschoss bedeutete sie ihren Begleitern, kurz zu warten. Sie selbst trat in die geöffnete Küchentür, spähte hinein und schloss sie dann. Mit Schrecken dachte sie an den Rückweg, den schwierigeren Teil, wenn sie mit Beute beladen denselben Weg zurück nehmen mussten.

Weiter ging es in den ersten Stock. Niki wies auf die knarrende Stufe, und die Einbrecher stiegen darüber hinweg. Niki führte sie durch den Gang und zur Treppe ins nächste Stockwerk. Gerade, als sie den Fuß auf die unterste Stufe setzte und sich in dem schwach beleuchteten Flur umblickte, ob noch alle hinter ihr waren, schwang neben ihr plötzlich die Tür auf.

Ein Arm schoss hervor, Finger schlossen sich wie Klauen um ihre Schulter, und sie wurde in ein dunkles Zimmer gezerrt. Noch bevor Niki reagieren konnte, fiel die Tür wieder zu. Die Hand hatte sich von ihrer Schulter gelöst. Etwas polterte, und zugleich hörte sie gellendes Geschrei.

»Einbrecher, Diebe, Meuchelmörder! Alarm! Zu den Waffen, Männer!«

Wie erstarrt stand Niki da. Was ging hier vor?

Obwohl die Finger längst losgelassen hatten, spürte Niki immer noch den Griff an ihrer Schulter, so als hätten sie sich eingebrannt.

Zwei Schläge ertönten neben ihr, als wollte jemand die Tür einschlagen, durch die sie gerade gezerrt worden war. Doch sie sah nichts, so dunkel war es in dem Raum. Die Tür hielt stand, so schien es. Und dann brach draußen im Flur ein Tumult aus.

»So«, sagte eine Stimme in der Schwärze. »Und jetzt zu dir.«

Ein Funke erschien und wurde größer. Als Niki sich an das Licht gewöhnte, erkannte sie eine Lampe auf einem Nachttisch. Lomert beugte sich darüber. Er stellte den Schirm beiseite, mit dem er die Leuchte abgedeckt hatte, und drehte den Docht höher. Gleich darauf war das Zimmer in warmes gelbes Licht getaucht.

Lomert stand vollständig bekleidet neben seinem Bett. Dieses stand mitten im Raum, und ein umgekippter Stuhl war so dagegengelehnt und mit der Lehne unter die Türklinke geschoben, dass die Tür blockiert war. Vom Flur drangen Kampfgeräusche herein. Niki trat den Stuhl weg und fasste nach der Klinke.

Mit einem Satz war Lomert bei ihr und riss sie zurück. Niki prallte an die Wand und stieß gegen den Nachttisch. Um ein Haar hätte sie die Lampe umgerissen, und geistesgegenwärtig fasste sie zu und fing sie ab, bevor Öl herausspritzen und etwas in Brand setzen konnte.

»Das … würde ich lieber bleiben lassen«, zischte Lomert. Er atmete durch, zog sein Hemd zurecht und gewann seine Haltung wieder. »Wir sollten warten, bis sich die Unruhe legt«, sagte er. »Meine Männer sind gut bewaffnet und vorbereitet. Sie werden sich um alles kümmern.«

»Aber wie …«, setzte Niki an, doch dann brach sie ab.

Was für eine Rolle spielte Lomert? Was wusste er?

Er wirkte nicht so, als wäre er gerade zufällig wach geworden, aber Niki hatte keine Ahnung, was sie sagen konnte, ohne zu viel zu verraten. Sie hatte keine Ahnung, wie sie aus dieser Lage überhaupt wieder herauskam.

Lomert trat auf sie zu. Er riss ihr den Dienstmädchenkittel herunter.

»Allerdings bleibt uns wenig Zeit«, sagte er.

Er packte ihren Mantelkragen und zog an dem Kleidungsstück. Niki versuchte, seine Hand abzuschütteln, und wich zurück.

»Was wollt Ihr?«, fragte sie schrill.

»Es dürfte verdächtig wirken, wenn du im Mantel oder gar in dieser Schürze im Flur stehst«, entgegnete Lomert. »Also gehst du am besten nur im Nachthemd nach draußen, und wir erzählen allen, dass du von den Dieben geweckt wurdest und ich dich gerade noch in meinem Zimmer in Sicherheit bringen konnte, bevor die Halunken sich auf dich stürzen konnten.«

»Aber das hätten …« Fassungslos starrte Niki ihn an. Ihr wurde klar, was dieser Adlige aus dem Süden gerade vorgeschlagen hatte – eine Geschichte, mit der sie ihre Rolle in der Angelegenheit verschleiern konnte. Eine Geschichte, von der er selbst wusste, dass sie nicht stimmte.

Was bedeutete, dass Lomert auch wusste, dass sie mit drinsteckte!

»Woher wisst Ihr …?«, stammelte sie.

Lomert schob sein Bett mit dem Fuß zurück an die Wand, fegte ihren Mantel und den Kittel mit einem Tritt darunter und zog ihr das Nachthemd zurecht. Er zwinkerte verschwörerisch.

»Im Augenblick reicht es wohl, wenn wir beide wissen, was hier gespielt wird, nicht wahr? Wir werden uns später über alles unterhalten. Doch jetzt hör zu! Es ist ruhiger geworden. Höchste Zeit, dass wir uns sehen lassen. Was soll deine Tante sonst denken?«

Er zog die Tür auf. Im Flur kämpfte niemand mehr, aber jede Menge Bedienstete liefen aufgeregt durcheinander. Niki hörte Flavias zeternde Stimme, Ritter Frideric rief Anweisungen, die keinen Sinn ergaben. Viele Dienstboten auf dem Flur waren nur halb bekleidet, doch Niki sah auch die derberen Hausknechte herumlaufen, die Lomert auf seiner Reise begleitet hatten. Diese Burschen waren voll bewaffnet und trugen ihre gepolsterten Lederwämser.

Zögernd trat Niki aus der Tür. Sie schluckte.

Die erste Leiche lag keinen Schritt entfernt. Es war Raban. Der Einbrecher lag in einer Blutlache, und sein Hemd war über der Brust blutgetränkt. Weitere tote *Edelschnorrer* lagen im Flur auf der Treppe ins Erdgeschoss hinunter. Die Toten auf den Stufen hatten Wunden am Rücken, als hätte man sie auf der Flucht niedergestreckt.

Einer der Knechte trat auf Lomert zu und schlug die Hacken zusammen und legte die Hand an die Schläfe. »Wir haben sie alle erwischt, Herr«, meldete er. »Ganz wie befohlen.«

Niki wurde schwindlig. Sie hielt sich am Türrahmen fest. *Keine Zeugen mehr, die mich verraten können* … Sie fragte sich, ob Lomert genau das geplant hatte. Aber sie hatte keine Ahnung, wie er dazu kam und was er damit bezweckte.

Im Schreibsaal des kaiserlichen Kurierdienstes war an diesem Morgen eine Menge los. Berittene Boten warteten, die Botentaschen an der Seite, und die Schreiber liefen geschäftig umher.

Meris hatte Kopfschmerzen, ihre Haut kribbelte. Und sie wusste, dass Sortor Mittelchen hatte, die ihr helfen würden.

»Sie können da jetzt nicht hinein …«, rief der Sekretär der Hofrätin, aber Meris beachtete ihn nicht, zog die schwere Tür auf und betrat die Amtsstube der Zauberin.

Der Schreibtisch in dem Raum quoll fast über von Stapeln Papier und Pergament. Als Meris näher kam, erkannte sie eine ganze Reihe von Siegeln: Neben dem kaiserlichen Siegel und dem der Kanzlei lagen dort Siegel des Generalstabs und anderer Stellen, dazu Siegelwachs in unterschiedlichen Farben. Sortor saß am Schreibtisch, damit beschäftigt, Dokumente zu ordnen, und blickte unwillig auf, als Meris unangemeldet hereinplatzte.

»Was in Gotors Namen wollen Sie jetzt hier?«, fuhr sie Meris an.

Meris atmete tief durch. Ihr Herz raste, ihr Kopf schwamm. Sie brauchte *irgendetwas*, um ihren Körper zu beruhigen, und sie brauchte es sofort!

Mit der Linken stützte sie sich auf den Schreibtisch, und mit dem rechten Zeigefinger wies sie auf die Hofrätin. »Ihr habt den Weg in die Stadt sperren lassen!«

»Ja«, bestätigte Sortor. »Wir haben nicht genug Leute, um jede Mauer und jedes Tor zu bewachen, und mir wurden Spione gemeldet, die in die Weststadt eingedrungen sind. Darum habe ich beschlossen, den Zugang zur Insel zu beschränken ... Nur für ein paar Tage, bis sich die Lage wieder beruhigt hat.«

»Aber ich muss aufs Festland!«, rief Meris.

»Bei Ihrem Rang sollten Sie problemlos einen Passierschein bekommen«, sagte Sortor. »Ich habe im Augenblick Wichtigeres zu tun, als mich darum zu kümmern.« Sie wedelte mit der Hand vor Meris herum, als wollte sie sie hinausscheuchen.

Doch die blieb schwankend stehen und beugte sich weiter über den Schreibtisch. »Egal. In der Stadt gibt es sowieso nichts mehr. Seit Tagen kommt keine Lieferung aus dem Süden herein, und niemand weiß, warum. Meine Vorräte sind aufgebraucht. Ist das auch Euer Werk?«

Sortor erhob sich. »Gewiss nicht«, zischte sie. »Sie haben Ihre Vorräte wohl allein aufgebraucht. Und die Wege in den Süden ... interessieren mich im Augenblick gar nicht. Verschwinden Sie, und suchen Sie sich irgendein Loch in der Oberstadt, bis ich Sie brauche.«

Meris schüttelte den Kopf.

Sortor hob die Hand, als wollte sie Meris über den Schreibtisch hinweg schlagen, aber die knurrte drohend. Meris packte ein schweres Siegel und umklammerte es wie eine kleine Keule.

»Ihr seid an allem schuld«, stieß sie hervor. »Irgendwie. Und ich werde nicht verschwinden, bevor ich Ersatz von Euch bekommen habe. Ich weiß, dass Ihr … Substanzen hier im Schreibzimmer habt. Irgendetwas, was hilft. Selbst der alte Hofrat hatte immer ein paar Mittelchen griffbereit, und Ihr seid noch dazu eine Hexe!«

Sortor blickte Meris an, dann auf die zitternde Hand, die das Siegel hielt. Sie seufzte. »Nur noch wenige Tage«, murmelte sie. »So lange werden wir durchhalten.«

»Ich brauche jetzt etwas!«, rief Meris.

Sortor griff in eine Schublade und zog ein Säckchen hervor. Meris legte das Siegel weg, zog den Beutel auf und holte ein kleines Klümpchen heraus, in Papier eingeschlagen. Sie erkannte den Geruch von Opium. Zwar nicht das, was sie gern gehabt hätte – eigentlich nahm sie diese Droge nicht länger. Aber in der ganzen Stadt gab es nichts Besseres mehr, und für den Augenblick würde es reichen.

Sie nickte und steckte das eingepackte Klümpchen wieder in den Beutel.

»Und jetzt verschwinden Sie«, befahl Sortor erneut. »Ich habe wirklich zu tun.«

Meris huschte in den Schreibsaal und auf den Ausgang zu, die Hand auf den Beutel mit der Droge gepresst.

Als sie den Trakt des Kurierdienstes verließ und durch die Straßen der Kaiserstadt nach Hause eilte, bemerkte sie geschäftiges Treiben vor einer Kaserne. Die Kompanie der Falken war angetreten, die Legionäre standen voll ausgestattet zwischen ihren Pferden und den Gepäckwagen.

Meris erinnerte sich an ein paar Worte, die sie zufällig auf einem von Sortors Dokumenten gelesen hatte: Befehle für die Legion, ausgestellt »Im Namen der Kaiserin«. Wie es aussah, hatte die Hofrätin nun auch die Verwaltung des Heeres selbst übernommen. Kein Wunder, dass sie keine Zeit hatte!

Meris war froh darüber, dass sie an all das bald nicht mehr denken musste.

Die Kirche vom Allsehenden Auge Bponurs war von der Größe her eher eine Kapelle, ein kleiner, dreieckiger Bau, edel eingerichtet mit Holzvertäfelung, goldenen Intarsien, schmuckvollen Heiligenfigürchen und einem Glockenspiel in der hoch aufragenden Südecke. Es war kein Ordenshaus, doch zu der Einrichtung des Kirchleins gehörten eine gut ausgestattete Bibliothek und ein Wohnhaus, in dem ein halbes Dutzend Priester und Mönche lebten.

Hier hatten Lacan und seine Begleiter Zuflucht gefunden. Lacan war misstrauisch nach den Vorfällen am Tor, aber die Meister vom Orden der bewahrenden Hand schworen, dass man den Geistlichen vertrauen konnte.

Lacan und seine Begleiter wagten sich kaum noch in die Stadt, doch die Priester des Allsehenden Auges hatten viele Verbindungen und hörten sich für sie um. Allerdings schienen sich die Verhältnisse in Horome mit jedem Tag zu verändern, und immer wenn sich eine Möglichkeit abzeichnete, wie sie auf die Insel und in den Palast gelangen konnten, geschah wieder etwas, das alles zunichtemachte.

»Und ich dachte, wir wären einen Schritt weiter«, sagte Nessa düster, »als vor zwei Tagen nicht nur die Wachen von der Stadtmauer abgezogen wurden, sondern auch von den inneren Toren.«

»Ich glaube allmählich, es gibt überhaupt keine guten Nachrichten mehr.« Lacan schaute trübsinnig zum Fenster. »Vielleicht verweigert Bponur uns einfach seinen Segen für das, was wir vorhaben. Vielleicht sollten wir auf diese Hinweise hören.«

»Und was wollt Ihr tun?«, stieß Ander aufgebracht hervor. »Glaubt Ihr, Bponur hätte es lieber, dass wir unverrichteter Dinge abziehen und die Hauptstadt dieser Hexe überlassen?«

Bruder Wilmen, der die kleine Gemeinschaft vom Sehenden Auge derzeit leitete, wiegte bedächtig das Haupt. »In der Tat. Die Lage spitzt sich zu. Mir sind Gerüchte aus dem Palast zu Ohren gekommen, dass die Befehle an die kaiserlichen Truppen nicht nur vom Kurierdienst zugestellt wurden. Der Kurierdienst soll sie sogar selbst ausgestellt haben!

Wie es scheint, reißt die Hexe bereits alles an sich. Warum sie allerdings den Wachen befohlen hat, sich ganz auf die Brücke und die Anlegestellen zu konzentrieren und alle übrigen Stellungen aufzugeben, das konnten meine Gewährsleute mir nicht sagen.«

»Vielleicht liegt es an uns«, überlegte Nessa. »Sie muss auf uns aufmerksam geworden sein, als die Torwachen unsere Festnahme gemeldet haben. Und jetzt, da wir entkommen sind, will sie um jeden Preis vermeiden, dass wir auf die Insel gelangen.«

Lacan schüttelte den Kopf. »Du überschätzt unsere Bedeutung«, sagte er.

Nessa wandte sich an Zindal. »Kann es sein, dass sie weiß, was wir vorhaben?«

Der Meister der Alchemie runzelte die Stirn. »Möglicherweise. Das wäre unglücklich. Wenn sie gezielt gegen uns vorgeht, haben wir weit Schlimmeres zu befürchten als gesperrte Brücken.«

»Das sind alles Mutmaßungen«, widersprach Ander. »Gerüchte aus dem Palast, und seit die Übergänge dichtgemacht wurden, wissen wir gar nichts mehr.«

»Unterschätzt unsere Verbindungen nicht«, sagte Bruder Wilmen. »Die lassen sich von den Wachen nicht unterdrücken. Auf jeden Fall spitzt sich die Lage zu. Ich habe das Gefühl, wir müssen schnell handeln.«

»Aber wie?«, fragte Lacan. »Wir sind ja hergekommen, weil man von der Weststadt aus leichter auf die kaiserliche Insel gelangt als vom Osten her. Aber jetzt ist der Fluss auch auf dieser Seite unpassierbar.«

»Immerhin haben wir Freunde hier.« Zindal sah Wilmen an. »Ortskundige. Da *müssen* wir doch einen Weg finden, egal was passiert.«

Wilmen schaute unglücklich drein. Er musterte seine Mitbrüder und knetete seine Finger. Er räusperte sich.

»Wir sind eine friedliche kleine Gemeinschaft«, sagte er. »Gelehrte, keine Verschwörer. Trotzdem haben wir mit eurem Orden zusammengearbeitet, als die Bedrohung durch die weiße Hexe sich erst nur fern am Horizont abzeichnete. Nun sitzt sie als Hofrätin im kaiserlichen Palast, und das ändert alles.«

»Das ändert nichts«, verkündete Ander. »Wir müssen sie dennoch aufhalten.«

»Wir müssen sie *mehr denn je* aufhalten!«, erwiderte Wilmen. »Aus einer fernen Bedrohung ist eine Gefahr für das ganze Reich geworden.« Er seufzte. »Ich fürchte, wir sind nicht die Richtigen für so eine Aufgabe. Aber in Bponurs Namen dürfen wir nicht zurückweichen. Ihr wollt gegen Sortor kämpfen? Euch dorthin zu bringen ist das Mindeste, was wir tun können. Auch wenn wir dabei in einer Weise in Erscheinung treten müssen, die unsere Feinde auf uns aufmerksam machen könnte ...«

»Eine lobenswerte Einsicht«, fiel Nessa ihm ins Wort.

»Doch wie sieht Euer Plan aus? Spannt uns nicht auf die Folter.«

Lacan sah sie strafend an.

Bruder Wilmen zuckte zusammen. »Wir haben Freunde im Palast, die uns Passierscheine ausstellen können. Selbst jetzt noch. Wir bringen euch selbst über die Brücke und bleiben an eurer Seite … Zumindest bis zu den Toren der Oberstadt.« Er sah seine Mitbrüder an. »Jedenfalls die von uns, die sich dem Wagnis stellen wollen. Wir sind alle keine Ritter. Ich mache niemandem einen Vorwurf, wenn er diesen Weg nicht mit uns gehen will. Doch wer sich so entscheidet, sollte uns in den nächsten Tagen verlassen und sich einem anderen Orden anschließen. Denn ich fürchte, wenn es schiefgeht, ist jeder, der hier im Haus bleibt, ebenso in Gefahr wie diejenigen, die mit uns auf die Brücke kommen.«

Die einheimischen Priester sprachen murmelnd miteinander.

Da stürmte ein Novize durch die Tür, den sie zu ihrer Versammlung nicht eingeladen hatten.

»Die Legion!«, rief er. »Die Legion marschiert!«

Bruder Wilmen zuckte zusammen. »Was?«

»Draußen, auf der Straße!«

Alle im Raum sprangen auf und liefen zum Fenster.

Lacan sah die Flaggen und Wimpel, die roten Uniformen und die Legionsstandarte auf der breiten Straße schon von Weitem. Im ersten Augenblick packte ihn das Entsetzen, weil er glaubte, dass die Truppen ihretwegen anrückten, dass ihr Versteck aufgeflogen war und Sortor nun tausend Krieger schickte, um sie aufzuhalten.

Doch dann erkannte er, dass die Soldaten für den Marsch gerüstet waren und einfach an dem Tempel vorbeizogen, aus der Stadt hinaus.

»Es ist wirklich die ganze Legion, die da ausrückt«, stellte Bruder Wilmen fest, als die letzten Karren vorbeizogen. »Bponur steh uns bei, was geht da vor?«

»Vater!« Taranc betrat den Raum. Er war voller Staub, die Locken klebten ihm an der Stirn, und er war müde von der Reise. Aber er hob grüßend die Arme und deutete eine Verbeugung an. »Dein Heer ist eingetroffen.«

»Gut, gut!« Angwar von Edern kam auf den Jüngling zu und legte ihm die Hände auf die Schultern.

»Ich komme nicht zu spät, habe ich gehört?«

»Hoffentlich.« Der breit gebaute Graf trat einen Schritt zurück. Er ging zum Fenster des Salons und blickte auf den fernen Wald. »Wir haben die Burschen überall im Forst in Kämpfe verwickelt, doch ihr Hauptheer hat noch nicht eingegriffen. Zusammen mit deinen Truppen können wir ihnen nun entgegentreten.«

Taranc runzelte die Stirn. »Ich habe gesehen, was du vor der Stadt versammelt hast«, sagte er. »Auf den ersten Blick eine eindrucksvolle Streitmacht, und es sind mehr Ritter darunter, als ich erwartet habe. Aber das Fußvolk sieht nach einfachen Bauern aus!«

Angwar hob eine Schulter. Sein buschiger Schnurrbart zuckte. »Wir mussten nehmen, was wir kriegen konnten. Wir sind von allen Gütern im Osten abgeschnitten, und die wehrhaftesten Männer aus dem Volk im Umland halten im Wald unsere Gegner auf. Sie haben uns die Zeit verschafft, dass wir die Ritter aus den südlichen Provinzen herbringen konnten.«

»Trotzdem ist der Feind uns überlegen.« Taranc trat an den großen Tisch, den der Graf im Salon hatte aufstellen lassen. Eine Karte des Forstes von Edern war darauf ausgebreitet, Figuren zeigten an, wie die Truppen derzeit standen. Es sah nach einem wüsten Durcheinander aus, und an Taranc nagten Zweifel, ob man allen Angaben vertrauen durfte.

Dennoch durchschaute er die Lage mit einem Blick.

Sein Finger stach auf den Punkt, wo die Hauptstraße aus dem Wald heraus in die offene Landschaft führte, welche die zentrale Provinz von Edern ausmachte. »Wir müssen sie hier stellen«, sagte er. »Wenn sie aus dem Forst herauskommen. Wir erwarten sie auf der freien Fläche, wo unsere Panzerreiter ihre ganze Macht ausspielen können.«

Graf Angwar nickte. »Im Wald wird ihr Zug sich auseinanderziehen«, stellte er fest. »Die Wege sind dort schmal. Die Nordleute werden sich erst sammeln müssen, wenn sie herauskommen. Womöglich können wir sie einzeln einen nach dem anderen überwältigen, wenn sie den Wald verlassen.«

»Ich nehme an, sie werden sich irgendwann in den Wald zurückziehen und sich im Unterholz verstecken.« Taranc runzelte die Stirn. »Ich lasse mir etwas einfallen.«

Er richtete sich auf und grüßte erneut. »Mit Eurer Erlaubnis, Vater. Ich halte heute noch eine Heerschau. Am späten Nachmittag können wir bereits wieder ausrücken.«

Der Graf musterte seinen Sohn. »Deine Truppen sind erschöpft. Und du siehst aus, als hättest du einen Gewaltmarsch hinter dir. Dir bleibt gewiss die Zeit für ein Bad und für eine Nacht Ruhe hier im Palast.«

Taranc schüttelte den Kopf. »Wir wissen nicht, wann der Feind aus dem Wald kommt. Es wäre verhängnisvoll, wenn er sich sammeln könnte, bevor wir ihm begegnen.«

15. KAPITEL

In den Tagen nach dem Einbruch beruhigte sich die Stimmung im Haus der Ebertzungens wieder. Niki geriet noch einmal in Panik, als ihr klar wurde, dass mit dem Raubzug auch ihre Flucht von der Insel gescheitert war, und sie hatte keine Ahnung, wie sie auf eigene Faust zurück in die Unterstadt gelangen sollte.

Aber die Edelschnorrer mussten irgendwann Verbindung aufnehmen, wenn Rabans Gesellen nicht zurückkehrten. Und sobald das geschah, wollte sie das Weite suchen.

Allerdings blieb die Frage offen, was für eine Rolle Lomert bei der Angelegenheit spielte. Doch heute hatten die Ebertzungens eine Einladung zum Mittagessen, und kaum waren sie aus dem Haus, da lud Lomert Niki in den Speisesaal.

Der Tisch war noch nicht gedeckt, und Lomert ließ seine eigenen Diener aufwarten. Er bot Niki einen Platz auf der Couch an und setzte sich neben sie. Seine Diener stellten Getränke auf einen Beistelltisch, und einer nach dem anderen verschwanden sie wieder, nachdem die Tafel gedeckt war.

Sie war allein mit Lomert. Ihr wurde flau im Magen. Sie erinnerte sich, was in jener Nacht geschehen war, und jede Neugier verflog. Wenn die Edelschnorrer sich doch nur schon gemeldet hätten und sie längst fort wäre!

»So.« Lomert fasste über ihr Bein und legte ihr eine Hand auf das linke Knie. »Du fragst dich gewiss, weshalb ich dir geholfen habe.«

Niki räusperte sich. Sie spürte die Wärme der Berührung und dachte an den harten Griff, mit dem Lomert sie in jener Nacht festgehalten hatte. Die blauen Flecken waren immer noch zu sehen. Dennoch wagte sie nicht, seine Hand abzuschütteln.

»Ihr wart wach und angezogen … warum? Habt Ihr vorher gewusst …?«

Lomert lachte. »Jeder Dummbart sieht sofort, was du bist. Besser gesagt, was du *nicht* bist! Ich habe schon auf dem Ball gemerkt, dass du nicht in diese Gesellschaft gehörst. Und als ich dich hier im Haus gesehen habe, war mir klar, dass du dich hereingeschlichen hast.«

»Es gibt genug Leute, die nichts dergleichen bemerkt haben!«, antwortete Niki gekränkt.

Lomert winkte ab. »Meinetwegen. Aber ich bin weit herumgekommen und kenne viele Menschen. Und mein eigener Großvater hat mich aus der Familie ausgeschlossen, kannst du dir das vorstellen? Seiner Meinung nach durfte ich kein Ritter mehr sein.« Lomert schüttelte den Kopf. »Zum Glück zählte das Wort dieses altersschwachen Sturkopfs für die meisten weniger als das, was ich zu bieten hatte.

Trotzdem, niemand weiß besser als ich, was den Stand einer Person ausmacht. In anderer Hinsicht bin ich aber nicht schlau aus dir geworden. Du stammst wirklich aus dem Osten? Deine Sprachfärbung ist nicht vorgetäuscht, glaube ich?«

»Ja, ich komme aus dem Osten.« Niki schluckte.

Sie hatte das Gefühl, als würde eine Wolke von Beklommenheit sich bleischwer auf sie senken, und sie brachte kein Wort mehr hervor.

»Wie dem auch sei.« Lomert plauderte unbefangen weiter. »Nach dem Ball habe ich Erkundigungen eingezogen. Mit ein paar Leuten gesprochen. Das Adelsregister im Palast zurate gezogen. Ich nehme an, kaum einer hat sich bisher ernsthaft für dich interessiert. Denn wenn man erst einmal nachforscht, findet man schnell heraus, dass deine Geschichte nicht stimmen kann.

Blieb nur die Frage, was das Ganze sollte. Aber weißt du, ich konnte es dir am Tag vorher ansehen, dass du irgendetwas erwartet hast, und zwar *bald*. Was das sein sollte, konnte ich mir zusammenreimen. Du musst wissen …«, Lomert zwinkerte, »… ein Mann wie ich hat ein Gespür, wenn es um sein Geld und Gut geht.«

»Dennoch …« Niki fühlte sich, als müsste sie ersticken. Seit dem Ball achtete Tante Flavia besonders darauf, ihr sämtliche »Flausen« auszutreiben. Das hieß auch, dass ihre Kleidung seitdem immer damenhafter wurde, und schwerer, das Mieder enger geschnürt. Flavia hatte alles aus ihrer Garderobe ausmustern lassen, was nicht in dieses Bild passte. Niki legte eine Hand auf die Brust, zog an dem Stoff des engen Mieders, aber sie konnte sich keine Erleichterung verschaffen.

»Dennoch habt Ihr mich nicht verraten«, murmelte sie. »Was habt Ihr vor?«

»Ist das so schwer zu verstehen?« Lomerts Hand wanderte von ihrem Knie hinauf zu ihrem Gesicht. Er fasste sie am Kinn und drehte ihren Kopf zu sich. »Du gefällst mir. Du bist unterhaltsam. Ich fand dich vom ersten Augenblick an interessant, als du so rot und atemlos und mit diesen Tippelschritten wie eine Kuh auf Stelzen zwischen den Feiernden hervorgestolpert bist.«

Niki schnappte nach Luft und wurde wieder rot. Wenn das eine Liebeserklärung sein sollte, taugte Lomert weniger zum galanten Ritter als jeder Pferdeknecht!

»Was wollt Ihr von mir?«, stieß sie gepresst hervor.

»Ich will dich mitnehmen«, sagte Lomert. »Du gehörst nicht hierher, das wissen wir beide. Es geht nicht nur darum, dass du dich hier eingeschlichen hast – es gefällt dir ja nicht einmal! Du hast Feuer. Du bist ein wilder Wein, der in den Süden gehört und nicht in die Gesellschaft einer vertrockneten Rosine, wie meine Base eine ist.

Komm mit mir in die Kolonien. Ein weites Land, in dem man sich wenig schert um höfisches Gehabe. Ich nehme an, das wäre ein Handel, aus dem wir alle Nutzen ziehen könnten. Es würde dir dort gefallen.«

»Ihr … wollt mich heiraten?«, stammelte Niki.

Sie rückte von ihm weg.

Lomert hatte die Hand wieder auf ihr Knie gelegt und lachte. »Heiraten … das nicht. Ich bin hier, um für meine Kinder einen Grafentitel zu kaufen. Für meine Ambitionen brauche ich eine Ehefrau von untadeliger Herkunft, egal wie langweilig.

Doch für die Leidenschaft … Nein, du sollst als mein Liebchen mit mir gehen! Du bekommst ein nettes eigenes Häuschen auf einem meiner Güter. Wir treffen uns nur zum Vergnügen. Und was deine diebischen Anwandlungen betrifft …« Er zuckte die Achseln. »Ich nehme an, die werde ich dir dort unten noch austreiben können.«

Er griff neben sich, und plötzlich kam seine Hand mit einer Reitgerte zum Vorschein. »Zuckerbrot oder Peitsche«, sagte er. »Aber wir werden Spaß haben, wir beide.« Mit einem knappen Streich ließ er die Gerte auf ihren Oberschenkel klatschen.

Niki quiekte und sprang auf. Sie schlug blind nach Lomert und wollte loslaufen. Doch Lomert trat mit dem Stiefel auf den Saum ihres Gewandes. Mit einem Ruck wurde Niki zurückgerissen und landete unsanft auf dem Hintern, und sie hörte ein ratschendes Geräusch von Stoff. Der Schmerz, als sie auf den Boden knallte, trieb ihr die Tränen in die Augen.

Dann bemerkte sie, dass Lomert über ihr stand, ein Lächeln auf dem glatten Gesicht. Doch er hatte die Gerte auf der Couch gelassen und hatte stattdessen eine Ledermappe in der Hand.

»Wie könnt Ihr …« Niki kämpfte sich auf die Füße. Es fiel

ihr schwer, weil sie sich immer wieder in ihrem langen Unterrock verhedderte. Sie zitterte haltlos. »Wie könnt Ihr glauben, dass ich mich darauf einlasse?«

»Habe ich dich erschreckt?«, fragte Lomert. »Ich dachte, du wüsstest ein wenig Würze zu schätzen. Nein, ich bin sogar überzeugt, dass du Gefallen daran finden wirst. Mein Angebot ist gewiss besser als alles, was du sonst in deinem Leben hättest erreichen können. Was für eine Zukunft gibt es schon unter Dieben und Einbrechern?

Und es ist sehr viel besser als das, was dir tatsächlich bevorsteht. Denn solltest du mich abweisen, muss ich deiner Tante leider erzählen, was ich über dich herausgefunden habe. Ich muss die Beweise, die ich gesammelt habe …«, er schwenkte die Ledermappe, »… dem Büttel übergeben. Sie werden dich einsperren. Sie werden dich aufhängen …«

Er beugte sich zu Niki hinab und flüsterte: »Aber das ist nicht das Schlimmste. Ich habe gehört, dass es da ein paar Einbrüche gab in Häuser, in denen du während deiner Zeit hier zu Gast warst. Bei Hofbeamten. Bei Richtern. Sogar bei Hofräten. Ich fürchte, du hast dir viele Feinde gemacht.

Nun, das ist mein Angebot. Du hast Zeit, bis deine Tante zurückkommt. Aber eine Wahl bleibt dir nicht. Du wirst dich zähmen lassen, oder du wirst geschlachtet. Das ist die Art, wie ich mit wilden Pferden umgehe.«

Die letzte Brücke, die zur kaiserlichen Insel führte, war voller Menschen, und die Menge drängte vom Ufer her nach. Es schien kaum voranzugehen. Kaufleute, Handwerker, Adlige standen dort, riefen durcheinander, manche warteten schweigend. Zum Glück waren Büttel an allen Zufahrtswegen postiert, weitere patrouillierten über den Platz und hielten eine Gasse frei für die Neuankömmlinge, die einen Passierschein mit Aussicht auf bevorzugte Abfertigung vorweisen konnten.

»Aus dem Weg! Aus dem Weg!« Einer der Büttel ging voraus und drängte sich durch die Menge. Bruder Wilmen kam als Nächster, gefolgt von einem Dutzend Mönche mit einem Karren, der von einem Maultier gezogen wurde. Nessa lief gleich hinter dem Wagen, den Kopf gesenkt, so als wäre sie in Kontemplation vertieft. Dahinter gingen die Priester von der bewahrenden Hand und die Mönche aus der Stadt, bis auf Jerathel, den Meister der Meditation, der auf dem Maultierkarren fuhr.

An der Zufahrt zur Brücke wartete eine größere Abordnung der Stadtwache, prüfte ihre Papiere und schaute in die Kisten. Lacan streckte sich und musterte seinerseits die Wachen.

Er ging als Letzter in der Schar und sicherte das Ende des Zuges. Er wollte einen Fluchtweg für die anderen schaffen, wenn sie auffielen. Nun fragte er sich, ob das überhaupt möglich wäre. Seine Rüstung und seine Waffen waren auf dem Karren versteckt, in einem doppelten Boden aus festen Planken. Außerdem war ihre Gruppe in der Menge eingekeilt und umringt von Wachen.

Er strich sich über den Kopf, wo sie ihm die Haare geschnitten hatten, damit er mönchischer wirkte. Sie hatten darauf verzichtet, sich mit Kapuzen zu tarnen. Wilmen war der Ansicht gewesen, dass sie sonst erst recht Misstrauen erregten und die Posten dann besonders genau hinschauen würden.

Sie setzten sich wieder in Bewegung. Auf der anderen Seite der Brücke, am Tor zur Festung, war nur ein Flügel geöffnet. Neben weiteren Posten standen Legionäre der Schildkröten-Kompanie davor – die letzte Einheit, die in der Stadt verblieben war. Die Schildkröten wurden wegen ihres Gedächtnisses und wegen ihres besonderen Geschicks beim Erkennen von Gesichtern ausgewählt.

Aber anders als die Wachen in der Vorstadt hatten diese Soldaten Lacan nie zuvor gesehen, der war seit seiner Kindheit nicht mehr in der Hauptstadt gewesen, und die Schildkröten verließen Horome niemals. Darum atmete er auf, als er die Brücke betrat und die Stadtwachen hinter ihm zurückblieben.

Lacan spähte über die Brüstung. Der schlammig braune Strom umspülte tief unten die Pfeiler. Der schwarze Stein zeigte an, wie hoch das Wasser sonst stand, doch jetzt wälzte es sich seicht und träge dahin. Auch hier bot sich kein Fluchtweg an.

Es muss einfach gut gehen, dachte Lacan. Er bemerkte, dass die anderen weitergegangen waren, während er in der Menge auf der Brücke stehen blieb, und Lacan beeilte sich, sie wieder einzuholen.

Wilmen stand bereits am Tor und zeigte das Schreiben vor, das sie auf die Insel bringen sollte. Er hatte einen Auftrag im Namen des Hohen Tempels aufgetrieben mit dem Siegel des Metropoliten höchstselbst, wenn auch nicht von dessen Hand. Sie hatten hochwertige Votivkerzen aus dem Kloster vor der Stadt geladen, das genau für diesen Zweck seine Bienen züchtete.

Die beiden Schildkröten warfen nur einen flüchtigen Blick auf das Pergament und betrachteten die Wanderer eingehend. Lacan nahm seinen Platz am Ende der Reihe wieder ein.

»Ihr seid nicht die, die normalerweise die Kerzen bringen«, stellte einer der Legionäre fest.

»Nein«, erwiderte Wilmen freundlich. »Wir sind Schreiber im Kloster. Wir wollten gern die Bibliothek beim großen Tempel zurate ziehen. Also haben wir uns freiwillig für diesen Dienst gemeldet.« Er zuckte die Achseln. »Zu anderen Zeiten wären wir einfach so gegangen und hätten Schwester Nianna und die Knechte diese Besorgung erledigen lassen wie sonst auch. Aber ihr wisst ja selbst am besten, dass man dieser Tage ohne so einen Auftrag nicht mehr in die Stadt gelangt.«

Die eine Schildkröte, die die Abweichung bei der Lieferung erkannt hatte, ging an der Reihe entlang und musterte jeden Einzelnen prüfend. Zu seiner Überraschung bemerkte Lacan, dass er ruhiger wurde, je näher der Mann kam. Seine Züge entspannten sich. Es fühlte sich an, als wäre der Geist Bponurs über ihn gekommen, um ihm Halt zu geben.

Der Legionär der Schildkröten-Kompanie kehrte zum Tor zurück und hob die Hand. Die übrigen Wachen traten zur Seite, und die Mönche setzten ihren Weg fort. Lacan warf einen letzten Blick zum Ufer, dann ging er hinter seinen Gefährten her.

Der zweite Legionär vor dem Tor hatte die ganze Zeit an der Mauer gelehnt und gleichmütig über die Neuankömmlinge hinweggeschaut.

Wilmen, der Wagen, Nessa und die Priester waren bereits in den Schatten des mächtigen Torgebäudes eingetaucht. Und schließlich kam auch Lacan dorthin.

»He!« Plötzlich löste der zweite Posten sich von der Wand.

Lacan zuckte zusammen und blickte den Mann an.

Der Legionär kam auf ihn zu und verengte die Augen. »Ich kenne dich!«

Lacan lächelte. »Das mag schon sein«, sagte er und hatte das Gefühl, als wäre es nicht er selbst, der so ruhig sprach, während sein Herz einen Schlag aussetzte. »Ich bin hier öfter ein und aus gegangen. In früheren Tagen, als das Tor offen stand.«

»Ach, scheiß der Hund drauf!«, knurrte der Legionär und legte die Hand auf den Schwertgriff. »Ich kenne dich nicht aus der Stadt. Du bist doch dieser Ritter aus dem Süden, der den Kanzler verraten hat und der später ein Feldherr der Aufrührer wurde!«

Lacan wich einen Schritt zurück.

»Da … musst du dich irren«, sagte er und versuchte, weiterhin zu lächeln. »Sehe ich aus wie ein Ritter? Und der Feldherr der Küstenstädte war, soweit ich gehört habe, noch nie in der Hauptstadt.«

»Pfeif auf die Hauptstadt.« Der Mann zog sein Schwert. »Ich war mit den Kämpfern des Kanzlers in Meerbergen, bevor ich diesen Posten bekommen hab. Und ich weiß, was ich dort gesehen hab!«

Nun kam auch der zweite Legionär auf ihn zu. Lacan wich noch einen Schritt zurück, und seine Hand fuhr unwillkürlich an die Hüfte, bis ihm einfiel, dass er kein Schwert trug und dass er vor allem seine Gefährten schützen musste, die bereits durch das Tor getreten waren und jetzt in der Falle saßen.

Er sah Nessa im Schatten des Torbogens stehen. Sie trat zu dem Wagen und streckte die Hand aus, als wollte sie etwas suchen, was sie als Waffe gebrauchen konnte, um ihm zu Hilfe zu eilen.

Ergeben hob er die Hände und sprach lauter. »Also gut!«, sagte er. »Ich gestehe.« Er ließ die Arme wieder sinken, grinste die Legionäre frech an und zog die Schultern hoch. »Aber fast wäre ich durchgekommen. Ich musste nur hinter ein paar Mönchen herspazieren, um die angeblich besten Wachen des Reiches zu täuschen … und wenn ihr mich nicht zufällig erkannt hättet …«

Die erste Schildkröte blickte sich nach den Mönchen um. Die trieben mit dem Strom der übrigen Reisenden weiter, die vor ihnen Einlass gefunden hatten, und schienen gar nicht wahrzunehmen, was hinter ihnen geschah. »Du da«, brüllte der Legionär dem letzten Mönch nach.

Der Mann, ein Priester aus der Kapelle in der Vorstadt, wandte sich um. »Hm?«

»Was ist mit dem da?« Der Soldat wies auf Lacan.

Der Mönch zuckte die Achseln. »Keine Ahnung«, sagte er. »Den kenne ich nicht.«

Er klang so überzeugend, dass Lacan überrascht die Brauen hochzog. Dann wanderte sein Blick weiter, und er sah Nessa, die in ungewohnt kraftloser Haltung hinter dem Wagen hertrottete. Lacan bemerkte die dürre Hand von Meister Jerathel, der ihren Arm umklammerte.

Ob der Meister der Meditation die Fäden zog und die Gruppe zusammenhielt? War Jerathel mächtig genug, um selbst auf die Soldaten einzuwirken? Jedenfalls ließen die Schildkröten den Rest der Schar ziehen und winkten weitere Wachen heran, um Lacan festzunehmen.

Nach drei Tagen, in denen sie in der Nähe des Waldrands lagerten, meldeten Tarancs Späher endlich, dass erste Truppen auf der Straße durch den Forst kamen. Taranc ließ das Heer antreten.

Dann aber traf die Meldung ein, dass keine weiteren Feinde nachrückten, sondern dass deren Vorhut zuerst eine Befestigung aufbaute. Die Krieger aus dem Norden holten zugespitzte Pfähle aus dem Wald und rammten sie in den Boden, sie hoben Gräben aus.

Taranc und sein Vater ließen sich die Pferde bringen.

»Ich hatte gehofft, wir könnten ihre Reiterei erwischen, oder zumindest einen bedeutenden Teil ihrer Streitmacht in einem ersten Angriff zerschlagen. Aber sie gehen umsichtig vor.«

»Sie waren von Beginn an umsichtig«, befand Graf Angwar.

Taranc zuckte die Achseln. »Auf jeden Fall können wir nicht zulassen, dass sie Sperren gegen unsere Ritter errichten und sich dahinter sammeln. Wir müssen sie jetzt zurückdrängen und dann überlegen, wie wir an sie herankommen.«

Sie saßen auf. Edern hatte ein Heer von viertausend Kriegern aufgeboten, aber nur etwa tausend von ihnen taugten nach Tarancs Einschätzung für den Kampf. Den Kern dieser

Truppen stellten die Veteranen, die er aus Raghabar zurückgeführt hatte, hinzu kamen weitere Ritter und deren Hausknechte. Während sie am Wald gelagert hatten, waren noch ein paar Jäger zu ihnen gestoßen: Männer, die im Forst gekämpft hatten und die sich hatten zurückziehen müssen. Das brachte dem Feldheer zumindest erfahrene Schützen.

An diesem Tag jedoch benötigten sie nur die Reiterei.

Taranc ließ fünfhundert Ritter und leichte Reiter antreten und führte sie Richtung Waldsaum. Er selbst nahm die rechte Flanke, sein Vater ritt an der linken.

Als sie die Straße vor sich sahen und die kleinen Gestalten, die sich im Umland bewegten, fielen sie in Galopp. Die beiden Flügel schwenkten herum und bildeten einen Halbkreis. Es mochten gerade einmal zweihundert Gegner sein, und sie trugen keine Rüstung, höchstens einmal ein Lederwams, und keine schweren Waffen.

Als die Reiter herandonnerten, ließen sie die Werkzeuge fallen und rannten auf den Wald zu. Ihr Schanzwerk war kaum vorangeschritten. Zwischen den Pfählen gab es Lücken, wo die Pferde hindurchkonnten. Taranc ritt an der Flanke fast ungehindert am Waldrand entlang, ein paar wagemutige Ritter galoppierten an den zugespitzten Stämmen vorbei und sprangen über halb ausgehobene Gräben.

Sie erreichten den Feind zuerst, streckten einige Fliehende nieder und verfolgten die übrigen zwischen den Bäumen.

Taranc ließ das Horn blasen. »Nicht in den Wald!«, warnte er die Reiter in seiner Nähe.

Schon flogen die ersten Pfeile aus dem Unterholz, prallten an Tarancs Schulterpanzer ab, schrammten über seinen Helm oder klackerten auf den Stahllamellen der Panzerschabracke seines Streitrosses. Viele der anderen Ritter hatten auch die volle Rüstung für ihre Pferde gewählt, sodass die Schützen allenfalls auf Zufallstreffer hoffen konnten.

Dennoch ging Taranc auf Abstand. Die Reiter, die in den Wald eingedrungen waren, kehrten nach und nach zurück … wenngleich nicht alle.

Taranc sammelte seine Truppen in einigen Hundert Schritt Entfernung und starrte auf den düsteren Wald. Sein Vater ritt neben ihn. Er atmete schwer, doch als er das Visier hochklappte, erkannte Taranc das Lächeln auf dem geröteten Gesicht des Grafen.

»Kaum mehr als eine Karnickeljagd!«, befand Angwar.

Taranc nickte.

»Wo sind ihre Reiter?«, fragte der Graf.

»Noch weit zurück, oder sie sind abgesessen, weil sie unter den Bäumen zu Fuß beweglicher sind. Sie haben anscheinend geahnt, dass sie nicht so einfach herausreiten können.«

»Dann hätten wir das Lager gleich in Sichtweite aufschlagen sollen«, erwiderte Graf Angwar. »Wenn wir sie ohnehin nicht in die Falle locken können.«

Taranc zuckte die Achseln. »Es war einen Versuch wert.«

»Und jetzt?« Der Graf schaute nachdenklich drein. »Holen wir das Fußvolk nach und folgen wir ihnen ins Gehölz?«

»Das ist genau das, was sie wollen«, entgegnete Taranc. »Wir wissen nicht, wie viele Krieger sich im tiefen Wald verstecken. Wenn wir uns da hineinlocken lassen, können wir unsere Reiterei nicht mehr ausspielen und müssen unsere Truppen auseinanderreißen. Wir verlieren alle Vorteile.«

»Du willst also bei deinem Plan bleiben«, stellte der Graf fest.

Taranc nickte. »Wir verlegen das Lager hierher. Und heute Nacht … erledigen wir den Rest.«

Die Torwachen sperrten Lacan in eine Zelle, wo er kurz darauf von einem anderen Trupp abgeholt wurde. Als er durch das Tor zur inneren Festung und zur Kaiserstadt schritt, vorbei an den Gardisten in Gold und Purpur, die den Palast bewachten, huschte ein leichtes Lächeln über seine Lippen.

Schau an, dachte er. *So kommt man also am einfachsten hier rein! Zumindest bin ich als Erster am Ziel.*

Aber die Wachen an seiner Seite bogen ab und brachten ihn in ein düsteres graues Gebäude, das nichts von einem Palast an sich hatte. Sie führten ihn über schmale, ausgetretene Stufen in einen Keller hinab, wo sie ihn an einen Kerkermeister und dessen derb aussehende Gesellen übergaben. Die Knechte brachten Lacan in eine winzige Zelle ohne Fenster. Die Wände schimmerten feucht im Fackelschein, und es roch modrig. Es gab kein Bett und keinen Stuhl hier drin, nur einen Haufen Stroh am Boden, und als die Tür zufiel und die Knechte sich mit der Fackel entfernten, wurde es stockdunkel.

»He!«, rief Lacan ihnen nach. »Ich bin immer noch ein Ritter! Wo ist die Höflichkeit geblieben in dieser Stadt?«

Niemand antwortete. Einen Augenblick lang stand Lacan einfach nur da. Dann tastete er sich zur Tür und warf sich mit der Schulter dagegen, fuhr mit den Fingern über die Bohlen und suchte eine Schwachstelle. Das Holz fühlte sich rau an und robust. Es war mehr als eine Handbreit dick und außen mit Metall beschlagen – so viel hatte er gesehen, als er hereingebracht worden war. Nachdem er sich vorsichtig an den Wänden seines Kerkers entlanggetastet hatte, setzte Lacan sich hin, mit dem Rücken an die Mauer gelehnt, und wartete.

Bald roch er die modrig dumpfe Luft nicht mehr, und die Dunkelheit brachte verstörende Gedanken hervor. Wie viele Keller, wie viele Verliese gab es in diesem Palast? Was, wenn man ihn einfach vergaß?

Dann und wann hörte er die Wärter im Korridor, Stimmen, Türenschlagen. Von irgendwoher drang Schluchzen und laute Stimmen wie in einem Streit. Die Stunden vergingen, er wusste nicht, wie viele, und niemand kümmerte sich um ihn.

Irgendwann kamen wieder Schritte den Gang entlang, und dieses Mal verhielten sie vor seiner Tür. Lacan sprang auf, als er das Schloss hörte. Ein hochgewachsener und kräftiger Mann trat in die Zelle. Sein Gesicht war von einem eleganten Hut verdunkelt, der wie die übrige Kleidung von nachtschwarzer Farbe war und das Licht der Fackeln hinter ihm aufzusaugen schien. Der Mann hatte eine Hand an einem grotesken Schwertgriff, in dessen verschlungenen Formen Lacan die Umrisse von Gliedmaßen, einem Kopf, von Klauen und Zähnen auszumachen glaubte.

Er überlegte kurz, ob er auf den Mann stürzen und das Schwert an sich bringen konnte, bevor die Fackelträger dem Schwarzgekleideten zu Hilfe kommen konnten. Doch ein unbestimmter Abscheu, die eigentümliche Waffe zu berühren, hielt Lacan zurück, und dann war der rechte Moment für einen überraschenden Angriff verstrichen.

»Lacan von Galdingen«, sagte der Mann. »Wie bemerkenswert. Der Sohn, der seinen eigenen Vater verraten hat.«

Lacan zuckte zusammen. Er spürte, wie er rot wurde.

»Und mit wem habe ich das Vergnügen?«, fragte er.

Es sah aus, als würde sich das Gesicht des Mannes zu einem Grinsen verziehen. »Stard«, sagte der Neuankömmling. »Ich hoffe, wir werden eine interessante Zeit verbringen und uns in den nächsten Tagen noch besser kennenlernen.«

»Nun«, erwiderte Lacan. »Im Moment seid Ihr im Vorteil. Ihr kennt mich bereits, wie es scheint, aber ich habe noch nie von Euch gehört.«

Stard nickte. Er machte einen Schritt zur Seite, und drei Männer hinter ihm betraten das Verlies. Es waren kräftige Gesellen mit narbigen Gesichtern in unauffälliger Kleidung, mit Knüppeln am Gürtel. Ein vierter kam mit der Fackel hinterher und blieb neben der Tür stehen.

Mit ausgestreckten Armen gingen die Männer auf Lacan zu.

Der holte Luft und schlug zu. Seine Faust traf einen der Knechte in die Brust, und der Mann klappte zusammen und schnappte nach Luft wie ein Fisch auf dem Trockenen. Aber der Kerl daneben packte Lacan am Arm, und der zweite, der noch stand, sprang auf Lacan zu und umklammerte dessen Oberkörper. Lacan versuchte, um sich zu schlagen und zu treten, doch die Angreifer drängten ihn in eine Ecke. Während die beiden Männern ihn niederringen wollten, kam der dritte ächzend wieder auf die Füße und trat Lacan gegen die Knie, sodass der zusammensackte.

Schließlich hatten die drei ihn überwältigt. Zwei drehten ihm die Arme nach hinten und drückten ihn an den Schultern auf die Knie hinab, der dritte legte ihm eine Schlinge um den Hals und zog sie fest, sodass er den Kopf kaum mehr bewegen konnte.

Stard hatte den Kampf regungslos verfolgt. Als Lacan wehrlos war, trat er vor und zog sein Schwert halb aus der Scheide. »Dann erlaubt, dass ich mich ausführlicher vorstelle.« Er setzte ein scharfkantiges Stück des Schwertgriffs an Lacans Stirn, drückte es in die Haut und riss es zur Seite. Lacan schrie auf! Er spürte, wie das Metall über seinen Schädelknochen schrammte, wie es die Haut aufschlitzte. Es fühlte sich nicht an wie eine Wunde, es fühlte sich so an, als stünde sein ganzer Kopf in Flammen und als würde die Hitze durch alle Glieder fahren.

Er zuckte und wand sich im Griff der Schergen.

»*Das* bin ich«, sagte Stard, und es hörte sich so an, als läge ein lustvolles Keuchen in den Worten. »Gestatten, der Schmerz!«

Er schob das Schwert zurück in die breite Scheide. Lacan

erwartete, dass ihm das Blut gleich in die Augen laufen würde, doch zu seiner Überraschung passierte nichts dergleichen. Stattdessen drückte Stard ihm nun Daumen und Zeigefinger der linken Hand in die Augäpfel. Lacan sah grelle Lichtblitze zucken, und in seinen Ohren rauschte es dumpf.

»Neue Eindrücke! Ungeahnte Empfindungen!«, hörte er Stard sagen. »Das alles bin ich! Oh ja, Ihr werdet mich sehr gut kennenlernen, bevor wir miteinander fertig sind.«

Er trat zurück. Lacans Sichtfeld flimmerte.

»Von Euch hingegen«, sagte Stard, »will ich nur ein paar banale Dinge erfahren. Was Ihr vorhattet, zum Beispiel. Ihr seid als Spion hier? Als Attentäter?«

»Ich …«, stieß Lacan hervor. Er spürte, wie der Strick um seinen Hals sich noch mehr spannte. »Ich … wollte nur … ein paar Ungeheuer erschlagen«, stieß Lacan keuchend hervor, »die mir in den Schwarzen Bergen … entkommen sind.«

Stard lachte und ging zur Tür. »Packt ihn gut ein und nehmt ihn mit. Ich will diesen edlen Ritter in unseren eigenen Keller hängen wie einen Schinken, bis wir Gelegenheit finden, ein paar Scheiben von ihm abzuschneiden.«

Gaban ritt aus dem Schatten des Waldes heraus ins Sonnenlicht, hielt sein Pferd an und blickte sich um. Der dunkle Saum des Waldes beschrieb links und rechts von ihm einen weiten Bogen wie zwei Arme, die ihn zu umschlingen drohten. Aber vor ihm erstreckten sich Blumenwiesen und reife Felder; ein paar Dörfer und einzelne Bauernkaten zeichneten sich ab, schwer auszumachen im Gegenlicht der tiefen Nachmittagssonne.

Gaban atmete durch.

Hinter sich hörte er Pferde schnauben, die auf dem engen Pfad nicht an ihm vorbeikamen. Zwei Späher traten neben ihm aus dem Gehölz. Einer von ihnen wies nach links.

»In dieser Richtung wurde der Feind zuletzt gesehen. Wir sind einen halben Tagesmarsch von der Hauptstraße entfernt.«

Gaban nickte. Er ließ sein Ross ein Stück vorwärts traben und wandte sich im Sattel zu den Reitern hinter ihm um. »Als Erstes müssen wir die Dörfer dort sichern«, sagte er. »Sorgt dafür, dass keiner der Bauern die Häuser verlässt, und fangt jeden ab, der draußen herumläuft. Wir wollen den Feind nicht vorzeitig warnen.«

Der Ritter aus Vandrel, der die leichte Reiterei anführte, nickte. Einer nach dem anderen sprengten die Berittenen an Gaban vorbei aus dem Wald hinaus in die Ebene. Dahinter folgte Graf Weynot von Senkenberg in voller Rüstung und lenkte sein Pferd neben den Feldherrn. Sie sahen zu, wie das schwerbewaffnete Fußvolk in einer losen Reihe den Forst verließ.

Weynot blickte den Reitern hinterher. »Vergebliche Mühe«, bemerkte er. »Soll es sich ruhig herumsprechen, dass wir da sind; bis der Feind kommt, haben wir längst alle Truppen gesammelt und stehen bereit zur Schlacht. Es spielt keine Rolle mehr, wo Edern sich uns stellen mag.«

Gaban nickte. In den letzten Zehnttagen hatten sie jeden Wildwechsel in diesem Wald erkundet, jeden einzelnen Späher des Gegners verjagt. Sie konnten sich in diesem Teil des Forstes frei bewegen, und darum war es ein Leichtes für sie gewesen herauszufinden, wo der Feind auf sie wartete, und das Heer dann auf versteckten Pfaden und über Umwege an eine andere Stelle zu leiten. Gefährlich wurde es nur, wenn sie unter den Bäumen hervortreten und sich neu formieren mussten. Das würde Stunden dauern. Doch wie es aussah, war niemand in der Nähe, der sie in dieser Zeit angreifen konnte.

»Die meisten unserer Bogenschützen nehmen am Ablenkungsmanöver an der Hauptstraße teil. Führt sie im Schutz der Nacht unauffällig hierher«, befahl Gaban den Spähern an seiner Seite. »Ich hätte sie gern bei uns, bevor es ernst wird.«

Linos steuerte das Boot durch die offenen Kanäle, die im Theaterviertel in den Ragnat mündeten. Der leichte Kahn hatte auf dem Fluss kaum Probleme gehabt, trotz des niedrigen Wasserstands. Doch im Kanal lief er bald auf Grund.

Linos zerrte den Kahn in einen verdeckten Zugang und ging zur nächsten Treppe. Tränen standen ihm in den Augen. Ein flüchtiger Blick auf den Strom zeigte ihm eine leere Wasserfläche. Es war eigentümlich still.

Er eilte weiter, bis er die Kirche erreichte, in der Tay seinen Sitz hatte. An den Wachen vor dem Hauptportal vorbei huschte er durch den Mittelgang.

Die Edelschnorrer aßen zu Abend. In früheren Zeiten war das ein Ritual gewesen, hatte Linos gehört. Heute saß nur ein wilder Haufen zusammen, aß, was er auftreiben konnte, oder schlug sich um die besten Stücke.

Tay hatte sich vor seinem Thron eine Tafel decken lassen mit einem weißen Bettlaken als Tischtuch und mit Geschirr aus Kirchenbestand. Er aß ein karges Mahl von einem goldenen Teller.

»Linos!« Er schob den Tisch ein Stück weg und scheuchte den Handlanger davon, der ihm als Lakai aufwartete. »Du bist früh zurück!«

Die offiziellen Wege in die Oberstadt waren alle versperrt, aber zum Glück hatte Linos in den alten Karten inzwischen Schleichwege entdeckt, die durch die unterirdischen Kanäle auf die Straßen vor dem Palast führten. Dort kam er mit seiner Verkleidung als Page so gut durch wie eh und je – solange er nicht auf dieselben Stadtwachen traf, die ihn schon einmal festgenommen hatten.

Dennoch, der Weg auf die Insel war gefährlicher geworden, und Tay hatte ihm eingeschärft, den Fluss nur im Schutz der Dunkelheit zu überqueren. Am heutigen Morgen war Linos aufgebrochen, um mit Niki zu reden, und heute Nacht hätte er zurückkehren sollen.

Doch er hatte es einfach nicht mehr ausgehalten.

»Sie haben sie mitgenommen!«

Tay winkte ihn heran. »Still«, sagte er. »Es muss nicht jeder alles mitbekommen über den größten Fehlschlag, den unsere Gemeinschaft in den vergangenen Monaten erlitten hat. Was ist passiert?«

Linos stand vor dem Thron und senkte die Stimme. »Ich habe mich beim Haus der Ebertzungens herumgetrieben, wie Ihr mir aufgetragen habt. Niki hat sich nicht blicken lassen. Aber am Nachmittag hat es plötzlich gewimmelt von Bütteln. Ich musste mich zurückziehen. Doch dann konnte ich sehen, wie Niki weggeführt wurde – in Ketten!«

Der König fasste sich mit einer Hand ans Kinn. »Warum jetzt?«, fragte er. »Raban und seine Bande haben doch bereits vor Tagen einen Fehlschlag hinnehmen müssen. Man sollte meinen, Niki wäre schon da aufgeflogen … oder entkommen.« Er zuckte die Achseln. »Das wird ein Rätsel bleiben, fürchte ich.«

»Wir müssen etwas tun!«, rief Linos.

»Was sollen wir tun?«, fragte Tay. »Wenn man herausgefunden hat, dass sie mit den Einbrüchen zu tun hatte, wird man sie in die Kerker im Palast bringen. Da kommen wir nicht an sie heran.«

»Ich sollte für Euch einen Weg in den Palast finden«, erwiderte Linos. »Ich bin … fast so weit. Ich habe vielversprechende Karten gefunden. Wir könnten es zumindest versuchen.«

»Ich wollte in den Palast, ja«, entgegnete Tay. »Aber ich

wollte gewiss nicht in den Kerker. Dahin könnten wir einfacher gelangen.«

Linos starrte ihn an. »Sie werden Niki aufhängen!«, sagte er flehend.

»Das ist traurig.« Der König blickte an Linos vorbei in die dämmrige Tempelhalle. »Doch das ist ein Wagnis, dessen wir in unserer Profession stets gewärtig sind. Wir dürfen kein weiteres Leben aufs Spiel setzen für eines, das ohnehin schon verloren ist.«

Linos blickte Tay mit geweiteten Augen an. »Ihr seid es ihr schuldig!«, rief er. »Eigentlich hättet Ihr bei dem Einbruch dabei sein müssen. Vielleicht wäre es dann gut ausgegangen.«

»Ich schätze deine hohe Meinung, was meine Talente anbelangt«, sagte Tay. »Aber ich glaube nicht, dass es so einen großen Unterschied gemacht hätte, wenn ich dabei gewesen wäre. Wir wussten von vornherein, dass es sehr gefährlich ist mit den vielen bewaffneten Knechten im Haus. Der Schatz schien das Wagnis wert zu sein, doch ich darf mein Leben nicht leichtfertig aufs Spiel setzen. Ich trage die Verantwortung für alle meine Leute, nicht nur für die, die wir auf die Insel geschickt haben. Und wer außer mir soll diesen Haufen zusammenhalten?«

Er wies auf den Saal, wo die alten Edelschnorrer neben den Schurken und Söldnern, den Schauspielern und all den übrigen Menschen saßen, die im letzten Jahr in dieser Gemeinschaft Zuflucht gefunden hatten.

Linos biss die Zähne aufeinander. »Das ist feige«, stieß er hervor. »Ihr seid kein König. Ihr seid nicht einmal ein echter Ritter!«

Tay sah ihn an. Ein Schatten zog über sein Gesicht. »Das ist die falsche Welt für einen Ritter, mein Junge! Als ich das erkannt habe, da habe ich beschlossen, stattdessen lieber ein König zu werden. Ein König muss nur im Großen und Ganzen für sein Volk sorgen, um als guter König zu gelten. Und zwischendurch darf er sogar Spaß haben.

Mitunter muss ein König eine harte Entscheidung treffen. Ein Ritter soll stets das Richtige tun, ein König hingegen kann abwägen. Auch du wolltest nie ein Ritter sein, sondern ein Gelehrter. Also tu, was klug ist!

Vergiss deine kleine Freundin. Jeder von uns verliert einmal etwas, doch das Leben geht weiter. Wir sollten immer in die Zukunft schauen und niemals zurück.«

III. TEIL

HERBST

16. KAPITEL

September 964, horomische Zeitrechnung

Als die Sonne sank, standen Taranc und sein Vater an einer erhöhten Stelle am Rande des Lagers und überwachten die letzten Vorkehrungen für den nächtlichen Angriff. Handwerker aus den umliegenden Dörfern hatten den Boden bis zum Waldrand eingeebnet, die großen Feuerwalzen aus Stroh und Pech standen bereit neben Fuhrwerken, die mit Öl und Heu und Holz beladen waren.

Während des Nachmittags hatte der Beschuss aus dem Forst nachgelassen.

Tarancs Reiter patrouillierten am Waldrand. Sie würden ihm rasch melden, wenn der Feind sich an einer anderen Stelle sammelte. Im Laufe der Nacht würden die Flammen jeden Trupp zwischen den Bäumen einholen oder vor sich hertreiben, und ein zerstreutes Heer stellte keine Bedrohung mehr da.

»Herr! Herr!«

Taranc und Graf Angwar von Edern blickten sich gleichzeitig um.

Ein Haufen Kriegsknechte lief aufgeregt durch das Lager auf sie zu, gefolgt von einem hageren Reiter mit zwei schwer beladenen und erschöpft aussehenden Kleppern. In der heraufziehenden Dämmerung konnte Taranc kaum erkennen, was da vorging.

»Herr!« Die ersten Soldaten kamen atemlos heran. »Runnik … möchte Euch sprechen.«

Taranc zuckte zusammen. Nun erkannte er den Umriss!

»Runnik!«, knurrte er und griff nach dem Schwert.

Angwar trat neben seinen Sohn. Er blickte grimmig drein. »Der Hexer ist hier«, sagte er. »Das kann nichts Gutes bedeuten.«

Einen Augenblick später hatte der Reiter sie erreicht. Runniks Robe war verschmutzt und zerknittert, der feine Stoff und das Muster darauf waren kaum noch zu erkennen. Er saß inmitten von Packen und Satteltaschen und hatte eine kleine Kiste hinter dem Sattel befestigt. Das Packtier, das er am Zügel mitführte, war mit Säcken, Ballen und Truhen beladen.

Beide Tiere konnten sich kaum noch auf den Beinen halten.

»Runnik«, sagte Taranc kühl. »Du hast es ja nicht lange ausgehalten auf deinem Posten.«

Der Hexer zog den kantigen Kopf ein, sodass der fast verschwand in dem hohen Kragen seiner Robe. Umständlich wand er sich zwischen seinem Gepäck vom Pferd, machte ein paar unsichere Schritte auf den Grafen und auf den Erben von Edern zu und verneigte sich tief.

»Ihr Herren!«, krächzte er. Er hustete theatralisch und verbeugte sich noch einmal. »Edle Herren. Ich bringe schlechte Kunde aus dem Westen …«

»Halt!« Graf Angwar hob die Hand. »Kein Wort mehr. Wir gehen ins Zelt.«

Im Laufe des Nachmittags hatten sie das ganze Lager an den Waldrand verlegt. Das große Zelt des Grafen stand nicht weit entfernt. Angwar wies die Wachen an, einen Ring darum zu bilden und alle Männer auf Abstand zu halten.

Als sie allein im Zelt waren, wandte er sich Runnik zu. »Also gut, du Unglücksbote. Man sollte den Männern am Abend vor der Schlacht nicht den Kopf mit Geschichten von Niederlagen füllen. Und von einer Niederlage willst du uns doch berichten, oder?«

Sehnsüchtig blickte Runnik zu dem großen Tisch, auf dem bereits ein Abendessen für die beiden Fürsten aufgetragen war. Aber dann wandte er sich rasch wieder dem Grafen zu.

»Raghabar ist verloren, Herr!«, verkündete er. »Die Aufrührer sind in die Stadt eingedrungen. Ich bin nur knapp mit dem Leben davongekommen.«

»Das sehe ich«, bemerkte Taranc sarkastisch. »Du hattest gerade noch Zeit, das Notwendigste einzupacken.«

Runniks Kopf fuhr herum. Er funkelte den Grafensohn an, doch dann senkte er wieder demütig das Haupt. »In der Stadt konnte ich überhaupt nichts einpacken, Herr. Alles, was ich im Palast hatte, ist verloren – meine kostbaren Bücher! Aber vor der Stadt hatte ich mir ein kleines alchemistisches Laboratorium eingerichtet für gefährliche Experimente. Dort konnte ich kurz haltmachen, diese beiden Tiere auftreiben und eine Handvoll Hab und Gut zusammenraffen …«

»Es interessiert mich nicht, was du von deinem Plunder retten konntest, du unfähiger Bastard«, fuhr der Graf von Edern ihn an. »Weißt du eigentlich, was du mich gekostet hast?«

Runnik duckte sich. »Verzeiht, Herr. Das ist mir wohl bewusst. Mein Augenmerk galt dem Land von Raghabar und den Minen, die ich für Euch sichern sollte. Aber die Feinde waren übermächtig …«

»Du hattest einen Ruf in der Hauptstadt, Runnik.« Angwars Stimme troff vor Hohn. »Als du zu mir kamst, warst du ein gefürchteter Zauberer. Alle sprachen von deiner machtvollen Magie. Wo ist die geblieben, als es darauf ankam?«

»Verzeiht«, wimmerte Runnik. »Ich kann nichts für meinen Ruf. Ich bin nur ein Gelehrter. Was sollte ich ausrichten gegen den bewaffneten Pöbel, der von allen Seiten auf meinen Palast zustürmte? Die Rebellen müssen Hilfe von unseren Feinden bekommen haben …«

her aus der Ferne auf seine Streitmacht aufme
hätte.

Der Sommer war vorüber, ein kalter Win
Nacht, und es roch nach Regen. Der Wald rau
tönte das Gemurmel der Soldaten.

Graf Weynot von Senkenberg trat mit eine
Hand zu Gaban. Der ältere Mann versuchte,
das Dunkel zu durchdringen.

»Was schaut Ihr, Gaban?«, fragte er. »Gib
Beunruhigung?«

Gaban schüttelte den Kopf. »Mir ist nich
Gedanken, dass meine Leute im Freien über
in einem Zelt sitze, gewärmt von einem Koh

Weynot zuckte die Achseln. Gemeinsam
er zurück ins Zelt, und sie setzten sich auf z
Gaban schenkte sich ein.

»So ist das nun einmal«, erwiderte der Ä
»Auf den schmalen Seitenwegen mussten
Teil des Trosses zurücklassen. Die Männe
schmerzen, wenn wir in zwei Tagen unseren

»Falls wir einen Sieg feiern!«, sagte Gaba
Runde durchs Lager gehen. Mit den Krie
Mut machen.«

Unvermittelt standen die beiden Männ
genblick bevor ihnen bewusst wurde, war
men sie deutlich die Schritte, viele Schri
tes halblautes Gemurmel näher kommen.
Zeltplane auf.

Weynot fluchte und griff nach seiner
zuckte zusammen und starrte den großen
der im Zugang erschien, ein muskelbep
dessen Mantel ein eiserner Kettenpanzer

»Vater!«, rief Gaban aus.

»So ein Unsinn«, fiel Taranc ihm ins Wort. »Von welchen Feinden? Was für erbärmliche Ausreden. Ich habe es dir in Raghabar schon gesagt: Du selbst hast alles dafür getan, um das ganze Volk gegen dich … gegen *uns* aufzubringen!«

»Ja.« Runnik sank auf die Knie. »Ich habe es nicht verstanden. Verzeiht mir. Aber ich bin eben nur ein Zauberer und kein Fürst, der fürs Herrschen geboren wurde. Ich weiß jetzt, dass ich mich übernommen habe …«

Graf Angwar von Edern gab einen unbestimmbaren Laut von sich. »Also willst du die Schuld mir zuschieben«, stellte er fest. »Denn der Fürst, der eine Stadt einem Narren anvertraut, muss ja der dümmste Narr von allen sein!«

»So habe ich das nicht gemeint.« Runnik schüttelte den Kopf. »Natürlich übernehme ich die Verantwortung! Ich dachte, ich wäre der Aufgabe gewachsen, und meine Überheblichkeit hat Euch mehr gekostet, als ich je wiedergutmachen kann. Ich habe Euch Eure Gastfreundschaft schlecht vergolten …«

»Du hast weit Schlimmeres getan«, erwiderte der Graf. »Nach allem, was mein Sohn von dir erzählt hat, wundert es mich, dass du dich überhaupt noch hierherwagst. Was hindert mich daran, dich einfach aufzuspießen und an die Schweine zu verfüttern?«

»Ein Schwert ist zu gut für ihn«, warf Taranc ein. »Er sollte für seine Verbrechen bestraft werden, nicht nur für sein Scheitern als Stadtherr!«

»Ich bin nicht nur gekommen, um Euch vom Verlust Raghabars zu erzählen.« Runnik hob den Kopf. »Jeder hätte Euch diese Botschaft überbringen können. Aber ich kam selbst, in der Hoffnung, zumindest ein wenig von meiner Schuld abzutragen. Ich bin hier, um von Nutzen zu sein.«

»Wie kannst du uns noch von Nutzen sein?«, sagte Taranc. »Hast du nicht selbst gesagt, dass du uns mehr gekostet hast,

als du je zurückzahlen kannst?« Er
»Vater«, sagte er. »Hört nicht länger
er uns anbietet – am Ende verlieren

»Ihr wisst, dass Euer Feind Euc
Runnik. »Ihr wisst, dass Gaban von
rem Land steht und dass er seine Tr
gezogen hat für die Schlacht?«

Tarancs Kopf fuhr herum, und er

»Gaban hat den Wald einen hall
verlassen«, erklärte der Hexenme
Eurer Patrouillen. Hierher hat er
Ablenkung geschickt. Schon morg
stoßen oder Euch in den Rücken f
läuft. Doch dank meiner Warnun
den Hinterhalt ummünzen und E
raschen.«

»Woher willst du das wissen?«
Er blickte auf den immer noch Kn
die Stirn. »Du bist gerade erst aus

Runnik hob den Blick zu ihm.
chelns umspielte seine Lippen. »W
kein Fürst. Ich verstehe nichts d
führt. Aber ich bin ein Zauberer
mein Geschäft.«

Mit Einbruch der Dunkelheit w
Gaban trat vor das Zelt und sah s
blickte er einen dunklen Umriss a
Hauptmasse des Heeres versank i
Inzwischen waren die letzten Kr
aber Gaban hatte Ruhe befohlen
Solange die Möglichkeit bestand
raschen konnten, wollte er alles

Der Mond verbarg sich hinter den Wolken. Unruhig schlugen die Wellen gegen den Kiel, und da war eine Strömung auf dem Fluss, die Linos bei den letzten Überfahrten nicht bemerkt hatte. Am Oberlauf musste es geregnet haben, und nach den trockenen Sommermonaten stieg das Wasser wieder.

Linos hielt kurz inne und überlegte. Ein paar der Gänge, die er in den alten Karten gefunden hatte, lagen tiefer als die neueren Kanäle. Linos legte das Ruder beiseite und griff nach der Tasche im Rumpf des Bootes, die auch eine Auswahl der Notizen und herausgetrennten Pergamente aus Tays Palast enthielt.

Linos schluckte. Ob sein Vater jetzt stolz auf ihn gewesen wäre? *Nein!* Bregar hätte vermutlich nichts von dem gebilligt, was Linos derzeit tat. Nicht dass er bei den Edelschnorrern war, nicht dass er in alten Aufzeichnungen wühlte, nicht dass er einen Einbruch plante – und dass Linos sein Leben für die Rettung einer Pferdemagd aufs Spiel setzte, hätte er wohl sogar als dämlich angesehen.

Aber Linos war kein Ritter, nicht einmal mehr ein Knappe, nur ein Gestrandeter des Krieges, der seine Freundin nicht im Stich lassen würde.

Er zog die Hand wieder zurück und ruderte weiter. Hier auf dem Fluss konnte er ohnehin kein Licht anzünden und in den Papieren wühlen. Das musste warten bis zu den Tunneln.

Schon hatte die Strömung das Boot erfasst und drehte es sanft herum. Linos steuerte dagegen und näherte sich der Insel. Er spähte in die Dunkelheit und lauschte. Bei diesem Wasserstand konnten die Galeassen der Kaiserin nicht aus dem Hafen auslaufen. Doch die Wache hatte kleinere Boote, mit denen sie auf dem Fluss patrouillierte.

Es war so still auf dem Wasser, und Linos sah nicht einmal

ein Licht auf den Mauern, die als drohende Schatten vor ihm aufragten und das Mondlicht fingen, das einen Weg durch die Wolken fand. Linos kämpfte gegen die Strömung und gelangte endlich zu dem Uferstreifen, wo er anlegen wollte, eine blasse Linie am Fuß des Festungswalls. Dunkle Umrisse zeichneten sich auf dem hellen Untergrund ab wie Ungeheuer, die auf einen warteten.

Knirschend lief der hölzerne Rumpf auf Stein.

Linos sprang am Bug hinaus und trat auf den festen Grund aus grobem Sand und Kieseln. Er kannte die Gegend. Während im Norden der Insel das Mauerwerk senkrecht aus dem Fluss ragte, gab es hier einen lockeren Uferstreifen aus angeschwemmtem Land davor. Selten einmal stieg das Hochwasser bis an die Befestigung, und so sammelten sich am Ufer die Wasserfahrzeuge, die keinen Platz in den Häfen fanden: Fischerboote, ausgemusterte Kähne und Wracks, die zumeist umgedreht überall auf dem Strand verstreut lagen. Seit dem letzten Jahr waren angeschwemmte Trümmer der Invasionsflottille hinzugekommen, die auf dem Strom besiegt worden war.

Mühsam zog Linos den Kahn ein Stück aufs Ufer bis zu den übrigen Booten. Er holte seine Tasche heraus und wuchtete das Gefährt dann herum, sodass es kieloben lag. Mitten auf dem kleinen Schifffriedhof würde es so auch bei Tageslicht nicht auffallen.

Er hielt kurz inne, um zu Atem zu kommen, und blickte die Festungsmauer hinauf. Nichts regte sich. Vermutlich war es den Wachen ohnehin egal, was an diesem Ufer vorging. Jeder wusste, dass ein paar gestrandete Existenzen dauernd hier unten lebten. Sie sammelten, was der Fluss an Land trieb und was sie bei Tag mit denen tauschen konnten, die aus welchen Gründen auch immer hier vorbeikamen.

Linos nahm sein Ränzel in die Hand und lief geduckt auf

den Wall zu, dann am Wall entlang Richtung Süden, bis das sandige Ufer von Felsbrocken abgelöst wurde, zwischen denen sonst Wasser gurgelte, wo aber jetzt im Sommer nur getrockneter Schlamm geblieben war. Er kletterte ein paar Meter weiter und stieß auf einen Abfluss, der unter der Mauer herausführte.

Das Eisengitter davor hatten die Edelschnorrer schon bei einem der früheren Besuche sorgfältig herausgelöst und lose wieder eingesetzt. Linos balancierte auf dem Felsen, hielt mit einer Hand die Tasche, hob mit der anderen das Gitter an und zwängte sich hindurch. Keuchend blieb er in dem Gang dahinter stehen, einer steinernen Röhre, die kaum hoch genug war, dass er sich aufrichten konnte.

Mit eingezogenem Kopf ging er in der Mitte des Kanals und achtete darauf, dass er auf dem schlüpfrigen Untergrund nicht ausrutschte. Zum Glück führte die Röhre nur bei Regen Wasser, und sie gehörte nicht zu dem Teil der Kanalisation, der mit den Aborten verbunden war.

Den Weg von hier bis zum nächsten Ausstieg in der Oberstadt war Linos schon so oft gegangen, dass er ihn mühelos auch im Dunkeln gefunden hätte. Heute hingegen hatte er andere Ziele. Als er weit genug in dem Tunnel war, so weit, dass man von keinem Ende her das Licht sehen würde, holte er seine Grubenlampe aus der Tasche. Er hockte sich an die Mauer, klemmte sein Gepäck hinter die angewinkelten Beine und entzündete die Laterne.

Er faltete die Karten und Skizzen auseinander, die er in Tays Auftrag bearbeitet hatte, und überlegte, wo die Zugänge zu den Katakomben liegen mochten. Die alten Pläne waren mitunter schwer zu deuten gewesen, und Linos wusste nicht, ob es die darin verzeichneten Gänge überhaupt noch gab.

Egal!

Heute wollte er alle Wege ausprobieren, bis er einen fand,

der in den Palast führte. Und er würde nicht ohne Niki zum Festland zurückkehren!

Graf Rodbert von Guthügeln stapfte in das Zelt, gefolgt von seinem Kammerdiener, der einen Knappsack trug. Dahinter drängte ein ganzer Schwung Krieger in den Innenraum, Späher, Jäger und Wachen.

Rodbert entriss seinem Diener den Knappsack und stieß ihn weg. »Raus!«, brüllte er die Männer an.

Alle Begleiter zogen sich hastig zurück.

»Vater!« Gaban ging auf Rodbert zu. »Was macht Ihr hier?«

Rodbert funkelte seinen Sohn an. »Überrascht dich das? Nun, du hast es mir ja recht schwer gemacht, dich aufzuspüren. Versteckst dich wie ein heimtückisches Frettchen im Wald … Wenigstens hast du ein paar Männer auf der anderen Seite zurückgelassen, die mich herführen konnten. Von einem versteckten Posten zum nächsten. Mehr als einen Tag hab ich in diesem verfluchten Dickicht verloren!«

»Aber … warum?«, fragte Gaban fassungslos.

Graf Rodbert riss die Tasche auf. Er griff hinein und zog ein Bündel Papiere heraus, das er mit den Fingern umklammerte wie ein Adler ein erbeutetes Lamm.

»Darum!«, brüllte er und warf mit dem Bündel nach Gaban. »Das hat mich hergeführt, nachdem ich Seite für Seite lesen musste, wie du mich hinter meinem Rücken zum Narren hältst.«

Die Blätter trafen Gaban und segelten zu Boden. Der junge Ritter starrte auf die Papiere, dann auf seinen Vater. Hastig fing er einen Bogen auf und fühlte das feine Pergament zwischen den Fingern. »Aber … Ich verstehe nicht …«, stammelte er.

»Du verstehst nicht, wie ich dir auf die Schliche gekommen bin, hä?«, gab Rodbert zurück. »So wie es aussieht, hab ich noch ein paar treue Gefolgsleute in diesem Heer. Die haben dafür gesorgt, dass ich nicht völlig ahnungslos auf meiner Burg sitze, während mein eigener Sohn mir von der Fremde aus das Fell über die Ohren zieht.«

»Ich führe Euren Krieg für Euch!«, widersprach Gaban. »Wie Ihr es mir befohlen habt!«

Er hob das Blatt, das er aufgefangen hatte. Im trüben Schimmer der Holzkohleglut versuchte er zu erkennen, was darauf stand. Er konnte die zierlichen Buchstaben nicht lesen, aber die Handschrift kam ihm bekannt vor.

Er kannte diesen Brief!

»Aruda …«, stammelte Gaban und blickte über die Schulter zu der Truhe, in der er alle Briefe der Kaiserin aufbewahrt hatte. Auch den, den er gerade aufgefangen hatte. Er hätte schwören können, dass das Pergament darin lag!

»Du duzt sie sogar!«, rief Rodbert aus. »Die Kaiserin! Die kaiserliche Hure! Meine Verlobte, die mir die Treue schwört und mich zugleich mit meinem eigenen Sohn hintergeht!«

»Vater!« Gaban ließ den Brief fallen, als stünde das Blatt in Flammen. »Ich habe niemals … Ich würde niemals …«

»Ich habe dir vertraut.« Rodbert schüttelte den Kopf. »Wem soll man sonst vertrauen, wenn nicht der Familie? Ich habe dich in die Hauptstadt geschickt, damit du meine Braut heimführst. War das zu viel verlangt?«

Gaban straffte sich. »Ich habe Euch niemals hintergangen«, verkündete er bestimmt. »Ich und die Kaiserin, wir haben uns zu jeder Zeit angemessen verhalten. Wir haben uns nie allein getroffen …« Kurz erinnerte er sich an den Abschied auf dem seltsamen Dachgarten, aber, verdammt, da war ja nichts passiert! Gaban spürte, wie er rot wurde.

Rodbert bohrte ihm einen Finger in seine Brust und trat auf die Briefe am Boden. »Willst du mich für dumm verkaufen? Ich habe jedes Wort gelesen, das ihr euch geschrieben habt! Und ich will ein verdammter Eunuch sein, wenn das kein Liebesgeturtel ist. Wäre ich auf meiner Burg geblieben, hättest du mir meine Braut noch vor der Hochzeit ausgespannt.

Gib es doch zu! Nach deinem Sieg wärst du zurück in die Hauptstadt geritten, und ihr wärt einander in die Arme gesunken, bevor die Nachricht von dem Triumph in den Norden gelangt wäre.«

Gaban atmete tief ein. Er wollte widersprechen, leugnen, aber er stammelte nur, weil eine plötzliche Wut die Worte einholte und niederwalzte. Er trat vor seinen Vater hin, einen Kopf größer und mindestens ebenso breit wie der alte Graf.

»Ich soll Euch verraten haben, das werft Ihr mir vor?« Er ballte die Fäuste und blickte zu Rodbert hinab. »Und was tut Ihr? Ihr schickt mich, damit ich Eure Braut hole, während ich dabei ahnungslos mein eigenes Erbe aufgebe!«

Graf Rodbert runzelte die Stirn. »Was ist das für ein Unsinn?«, knurrte er.

»Glaubt Ihr, ich bin so dumm und gehe am kaiserlichen Palast ein und aus und bekomme gar nichts mit? ›In Purpur geboren‹ … Ihr wisst, was diese Worte bedeuten, Vater?«

»Das ist doch etwas völlig anderes …«, fing Rodbert an, aber Gaban sah genau, wie die massige Gestalt des Grafen leicht zusammenzuckte. Er bemerkte den schuldbewussten Ausdruck, der für den Bruchteil eines Augenblicks auf dem Gesicht seines Vaters erschien.

Da wusste er, dass Sortors Warnung berechtigt gewesen war. Er selbst hatte den Begriff in Horome zum ersten Mal gehört und bald herausgefunden, was damit gemeint war. Er hatte diese Erkenntnis verdrängt und sich eingeredet, dass es ohne Bedeutung war. Dass sein Vater an so etwas nie denken würde. Jetzt wurde ihm klar, dass der Graf von Guthügeln sehr wohl bedacht hatte, wie seine neue Ehe die Erbfolge beeinflusste, und dass er seinen Sohn absichtlich darüber im Unklaren gelassen hatte!

»Ich habe im Palast gehört«, fuhr Gaban fort, »dass beim Wechsel einer Dynastie das Recht des Erstgeborenen gern missachtet wird. Dass der Sohn die Krone erbt, der nach der Krönung des Vaters geboren wurde, der Sohn, der von Geburt an der Sohn eines Kaisers ist und dessen Anspruch auf den Thron sich nicht bestreiten lässt!

Ihr habt mich in den Süden geschickt, Vater, damit Ihr einen Sohn zeugen könnt, der mir mein Recht nimmt!«

Rodbert wischte den Einwand mit einer scharfen Handbewegung weg. »So ein Unsinn«, sagte er. »Du bist mein ältester Sohn und mein Erbe. Der Erbe von Guthügeln! Du wirst den Grafentitel führen, genau wie unsere Vorväter vor uns.

Aber ich heirate eine Kaiserin, und natürlich muss ein Sohn aus dieser Ehe am Ende die Kaiserkrone tragen. Nur einen solchen Erben werden die Fürsten des Reiches ohne weiteren Krieg hinnehmen. Aber was schert dich das? Du verlierst nichts dadurch. Stattdessen wirst du einen Bruder auf dem Kaiserthron gewinnen, und davon wirst auch du einen Vorteil haben.«

»Ihr habt mir immer erzählt, Ihr wollt die Krone für das Haus Guthügeln erringen«, erwiderte Gaban verbittert. »Ich bin der älteste Sohn und der Erbe dieses Hauses. Wollt Ihr in Horome Kaiser werden und eine eigene Dynastie begründen, soll der Thronerbe ein Guthügeln sein? Oder werdet Ihr als Prinzgemahl der Kaiserin in die zweite Reihe treten, einen Callindrin zeugen und zulassen, dass Euer Name – unser Name! – eine Fußnote in den Geschichtsbüchern bleibt?

Gemäß der Tradition des Reiches ist stets der Graf das Oberhaupt einer fürstlichen Familie. Könnt Ihr Euch einen Kaiser vorstellen, der nicht einmal den ersten Rang in seiner eigenen Sippe einnimmt? Was glaubt Ihr, Vater – wenn ein

Guthügeln die Kaiserkrone trägt, wie lange wird er dulden, dass eine Nebenlinie den Stammsitz bekommt und den Grafentitel mit seinem Namen trägt?«

Rodbert biss die Zähne aufeinander. Er zischte wütend. »Weißt du was, du unverschämter Frischling? Das geht dich gar nichts an! Ich werde die Krone erringen, und ich habe nicht vor, danach weitere sinnlose Kriege zu führen, nur um deine Eitelkeit zu befriedigen …«

»Meine Eitelkeit?«, rief Gaban. »Wessen Eitelkeit hat uns überhaupt in diesen Krieg getrieben? Und wer führt diesen Krieg für Euch?«

»Aber ich weiß ganz genau, was ich *nicht* will.« Rodbert fuhr fort, ohne auf Gabans Einwurf einzugehen. »Ich will nicht, dass du weiterhin mein Heer anführst. Ich entbinde dich von deinem Befehl. Ich selbst werde diesen Krieg zu Ende bringen. Und danach werde ich in die Hauptstadt einziehen.

Du hingegen wirst morgen zurück in den Norden reisen und dich um die Grafschaft kümmern. Dort, wo dein rechtmäßiger Platz ist.«

»Einen Augenblick.« Graf Weynot von Senkenberg trat vor. Er hatte sich zu Beginn der Auseinandersetzung in eine dunklere Ecke zurückgezogen und seinen Becher wieder gefüllt. »Der Vorabend der Entscheidungsschlacht ist kein guter Zeitpunkt zum Streiten. Es ist auch kein guter Zeitpunkt, um übereilte Entscheidungen zu treffen. Vielleicht sollten wir zuvor die übrigen Heerführer und die Verbündeten …«

»Was machst du denn hier?« Wütend starrte Rodbert Weynot an. »Ich habe doch das ganze Gesindel rausgeschmissen.«

Eine steile Falte erschien auf Weynots Gesicht. Er warf den halb gefüllten Tonbecher in die Kohlenschale. Es zischte, und Dampf mit dem säuerlichen Geruch nach Wein breitete sich im Zelt aus. »Ich habe es gehört«, erwiderte er. »Aber ich bin keiner von deinen Männern, denen du Befehle erteilen kannst.«

»Egal«, sagte Rodbert. »Ich rede mit meinem Sohn. Das ist unser Zelt. Du hast hier nichts verloren.«

»Oh, das sehe ich ganz anders«, sagte Weynot. »Ich habe fast so viele Krieger auf diesen Feldzug geschickt wie du. Und es war ein Teil unseres Bündnisvertrags, dass keiner von uns beiden vor dem anderen den Oberbefehl erhält. Wenn du also den Befehlshaber wechselst, habe ich ein Wörtchen mitzureden.«

Rodbert legte die Hand an den Schwertgriff. »In meiner Familie bestimme ich. Und jetzt verschwinde.«

»Du schickst mich weg?«, fragte Weynot. »Überleg dir das gut.«

Rodbert trat auf ihn zu. »Du anmaßender Intrigant! Ich weiß genau, was hier gespielt wird. *Du* steckst dahinter! Du hast meinen Sohn aufgehetzt. Du dachtest wohl, du kannst dich zum wahren Herrn machen, wenn der Welpe selbst nach der Krone greift und mir entfremdet wird!«

»Vater!« Gaban hielt Rodbert zurück, der das Schwert ziehen wollte.

»Gut.« Weynot legte ebenfalls die Hand auf das Schwert, aber er zog die Waffe nicht. »Ich verstehe. Und jetzt weiß ich auch wieder, warum ich nie mehr unter deinem Oberbefehl einen gemeinsamen Feldzug führen wollte.

Wenn das deine Vorstellung von unserem Bündnis ist, dann werde ich gehen.«

»Bündnis!« Rodbert spuckte aus. »Ich verfluche den Tag, da ich dich meinem Sohn als Ratgeber zur Seite stellte! Die Krone gehört mir, Weynot, hörst du? Der Kaiser hat mir seine Tochter gegeben, und du wirst sie mir ebenso wenig nehmen wie mein Sohn oder die ganze andere Räuberbande!«

In aller Eile brachen Graf Angwar und Taranc das Lager ab. Wenn sie den Feind noch überraschen wollten, mussten sie schnell handeln. Sobald der Tag anbrach und die Nordleute sich nach ihrem Marsch durch den Wald orientiert hatten, war die letzte Gelegenheit verstrichen.

Die Ritter und die Krieger machten sich sofort bereit zum Aufbruch. Angwar und Taranc verließen mit den übrigen Befehlshabern das Kommandozelt, um die Befehle überall im Lager zu verbreiten. Inzwischen bereiteten die Diener ihre Brünne und ihre Pferde vor. Runnik blieb mit ihnen zurück.

Er hatte angeboten, sich um den Tross zu kümmern und dafür zu sorgen, dass die Wagen und die Knechte so bald wie möglich dem Heer folgten. Nun ließ er sein eigenes Gepäck auf eins der Fuhrwerke laden, er kommandierte die Bediensteten herum und legte auch selbst Hand an bei den Vorbereitungen. Er ordnete die Rüstung und die Waffen für seine Herren, prüfte die Sättel und die Taschen und die Packpferde, die den Fürsten in den Kampf folgen sollten. Und in einem unbeobachteten Augenblick nahm er Tarancs Wasserflasche und füllte den Inhalt einer kleinen Phiole hinein.

Er lächelte, als er das winzige Fläschchen unauffällig im Ärmel verschwinden ließ. »Ein gutes Tröpfchen vor der Schlacht kann nicht schaden«, murmelte er bei sich. »Von Meisterhand gebraut, mein Fürst.«

Linos hatte das Gefühl, als würde der Klang seiner Schritte in dem Stollen immer ein wenig länger nachhallen, als es eigentlich sein sollte. Ihn fröstelte, und er hielt inne und lauschte. Seine Lampe warf einen grellweißen Schein auf das alte Mauerwerk. Die Steine in dem Tonnengewölbe über ihm waren teilweise verschoben und sahen aus, als wollten sie jeden Augenblick herunterfallen.

Doch Linos hörte nur Wassertropfen, die durch die Decke

sickerten, und er entspannte sich. Erst jetzt bemerkte er, wie sein Herz hämmerte. Dabei war er so müde!

Er hatte keine Ahnung, wie lange er schon durch die Gänge stapfte. Draußen dämmerte vielleicht schon der Morgen, doch er irrte immer noch hier unten herum und wusste nicht einmal, ob er überhaupt wieder zurückfinden würde.

Er hatte es sich leichter vorgestellt.

»So viel zu meinen hochfliegenden Plänen.« Linos sprach den Satz laut aus, einfach nur, um eine menschliche Stimme zu hören. Doch er bereute es sofort. Der kalte feuchte Stein dieser Katakomben schluckte die Worte und verdrehte das Echo in der Ferne, sodass Linos den Kopf einzog und unbehaglich in das Dunkel außerhalb des Lichtkreises starrte.

Es war so unheimlich hier!

Linos zog zwei Blätter aus der Tasche und hielt sie aneinander. Er verglich die Linien darauf mit den Gängen, die er vor sich sah. Ein Plan zeigte Keller und Korridore unter dem Palast, der andere eine alte Begräbnisstätte. Linos war überzeugt, dass die Karten sich überlappten, dass einige der Örtlichkeiten auf beiden eingezeichnet waren! Er befand sich nun in einem Teil der Kanalisation, der mit dem alten Friedhof verbunden war, und wenn seine Überlegung stimmte, musste es irgendwo einen Übergang geben, der unter den Palastmauern hindurchführte.

Nur wollte das, was er hier vorfand, nicht zu dem Kartenwerk passen!

Vielleicht waren manche Durchgänge zugemauert. Oder er hatte längst die Orientierung verloren. Müde steckte Linos die Karten weg und schleppte sich weiter. Ein schmales Rinnsal lief in der Mitte des Ganges. Ein Tunnel aus behauenem Fels ging von dem gemauerten Gang ab, und Linos erkannte ein paar leere Grabnischen in der Seitenwand. Er war so erschöpft, dass er sich am liebsten hineingelegt hätte!

Aber er konnte nicht stehen bleiben, solange er nicht zumindest den Zugang gefunden hatte. Wer wusste schon, wie viel Zeit Niki noch hatte?

Er ging an den Gräbern vorbei, und einen Moment lang stiegen unheimliche Bilder in ihm auf. Er sah vor sich, wie die Toten bei Nacht ihre Ruhestätte verließen und durch die Gänge schlichen. Warum waren diese Grabstätten *leer?*

Wieder hielt er inne und lauschte, und von irgendwo vernahm er ein Scharren. Ratten? Wenigstens brannte sein Licht hell und weiß und ohne Flackern. Die Grubenlampe zählte zum Besten, was man am Hof eines Königs der Bettler und Einbrecher finden konnte, eine Pumplampe mit einem Glühstrumpf aus Metall. Aber allmählich machte Linos sich Sorgen um den Brennstoff.

Widerstrebend drehte er die Flamme herunter, und die Dunkelheit rückte näher.

In den dunklen Stunden zwischen Mitternacht und Morgengrauen kamen die Reiter über die Straße aus dem Wald. Etwa hundert von ihnen schwärmten aus über das Feld, sie ritten durch die halb fertigen Befestigungen, vorbei an den aus Stroh und Pech gerollten Feuerwalzen, die vor dem schwarzen Saum des Forstes standen wie vergessene Mahnmale.

Sie stießen nicht auf Gegenwehr und fanden nichts weiter als ein paar zurückgelassene Planen, kleine Fässer und Werkzeuge, erkaltete Feuerstellen.

Die Reiter kehrten zur Straße zurück und hielten wieder auf den Wald zu. Inzwischen waren noch mehr Truppen unter den Bäumen hervorgekommen, und dahinter folgte eine Schar schwer gerüsteter Lanzenreiter, die »Drachenkompanie« der kaiserlichen Legion, die die Standarte mit sich führte und an deren Spitze die Befehlshaber des Feldzugs ritten: Hludovicos von Danneberg, der kaiserliche Herold, der an diesem Tag seine prunkvolle und mit Gold beschlagene Rüstung ohne Helm trug, sodass ihm die langen goldblonden Locken offen bis auf die Schultern fielen; Ritter Elzar von Mesingen, der in den Wirren des Bürgerkriegs zum Hauptmann der Adler aufgestiegen war und damit zum höchstrangigen Offizier innerhalb der festen Mannschaft des Heeres; dann noch einige andere hochrangige Ritter von fürstlichem Geblüt, die sich dem Feldzug angeschlossen hatten.

Als die Reiter am Waldrand zur Seite wichen und den Rest der Legion an sich vorbei auf die Ebene marschieren ließen, begab sich schließlich auch der offizielle Feldherr des Zuges zu ihnen: Marschall Ridarius an Ephorir, der den Oberbefehl über die kaiserlichen Streitkräfte jahrelang nur als Hofamt ausgeübt und die Stadt nie verlassen hatte. Auf dem Weg durch den Wald war der dickliche alte Fürst zurückgeblieben. Jetzt reihte er sich neben Hludovicos ein und wischte sich den Schweiß von der hohen Stirn.

»Der Weg ist tatsächlich frei«, stellte er fest.

»In der Tat.« Belustigt blickte der hochgewachsene Herold auf den kleineren Marschall hinab. »Ganz wie es uns verheißen wurde.«

»Es gefällt mir nicht, dass wir derart aus der Ferne gelenkt werden.« Elzar von Mesingen verzog das Gesicht. »Die Hofrätin hat uns sogar verboten, eigene Späher vorauszuschicken, damit diese nicht dem Feind in die Hände fallen und ihn warnen können.«

»Und dann kommt mitten in der Nacht der Befehl aus der Hauptstadt, dass wir *sofort* marschieren müssen!« Marschall Ridarius schüttelte den Kopf. »Woher will die Hexe das so genau wissen? Besser, als wir es vor Ort selbst herausfinden können?«

Hludovicos schnaubte und wies auf das Feld, wo nur noch die Überreste des Lagers von dem feindlichen Heer zeugten, das Stunden zuvor diesen Weg noch versperrt hatte. »Sie weiß es, wie Ihr selbst sehen könnt. Sollten wir uns nicht darüber freuen, dass die Leiterin des geheimen Kurierdienstes so geschickt darin ist, Informationen zu beschaffen? Das ist immerhin ihre Aufgabe. Ich frage nicht lange danach, woher sie ihr Wissen gewinnt, solange sie nur recht behält.«

»Vielleicht sollten wir danach fragen. Allein schon die Art, wie sie uns ihre Befehle überbringt …« Der Marschall erschauerte. »Mit schwarzen Raben! Das sind nicht die üblichen Botenvögel des kaiserlichen Dienstes.«

»Und sie können uns unmöglich auf natürlichem Weg aufspüren«, ergänzte Elzar. »Bei Dunkelheit, während wir im Walde lagern! Nein, Herr von Danneberg, das geht nicht mit rechten Dingen zu. Mir wäre es lieber, wir würden den Krieg mit ehrlichen Mitteln gewinnen, statt von einer Hexe am Nasenring geführt zu werden.«

Hludovicos sah seine Begleiter an und verengte die Augen. Dann glitt sein Blick über den langen Heerwurm hinweg, der sich durch die Nacht bewegte und am Waldrand entlang nach Nordosten schwenkte, dem befohlenen Ziel entgegen.

»Auch ich würde mir manches anders wünschen«, sagte er schließlich. »Dass der Kaiser noch lebte. Dass unsere Stadt wieder so wäre, wie sie einmal war. Da scheint mir die Frage, *wie* wir diesen Krieg gewinnen, noch das allerkleinste Übel zu sein.

Wichtig ist allein, *dass* wir ihn gewinnen! Die Hofrätin Sortor hat uns versprochen, dass wir den Feinden des Reiches in den Rücken fallen können, wenn sie am schwächsten sind. Morgen Abend soll keiner der Rebellen mehr am Leben sein.«

17. KAPITEL

Geisterwache – das letzte Drittel der Nacht. Es war die schwerste Wache für einen Krieger: die Zeit, da die Müdigkeit am größten war, die Aufmerksamkeit am geringsten und wo die Kälte in Glieder und Gedanken kroch; die Zeit, die der Feind für einen tückischen Angriff nutzen konnte, und die Zeit, wo Dunkelheit über dem Land lag und die Mauern der Wirklichkeit brüchig machte. Bponurs Ordnung war zu dieser Stunde am schwächsten, weil die Welt das göttliche Licht schon so lange vermisste.

Es war die Zeit, wo alles in Unsicherheit versank und wo Geister die Menschen heimsuchten und als greifbare Schrecken den Leib bedrohten oder als zehrende Nebelstreife den Verstand befielen.

Keuchend fuhr Nessa von ihrem Lager auf. Sie krallte die Hände in die Decke und starrte mit weit aufgerissenen Augen in die Dunkelheit, und die Nacht war still, aber ohne Frieden.

Nach dem Vorfall an der Brücke hatten sie ihre Zuflucht erreicht: das Gästehaus der weisen Dame der Insel, das der Tempelbibliothek angeschlossen war. Hier fanden sie Unterschlupf bei Freunden und Verbündeten von Bruder Wilmen. Nessa erinnerte sich kaum, wie sie hergekommen waren. Sie wusste nur, dass sie Lacan verloren hatten!

Die Mönche hatten sie beschwichtigen wollen, sie hatten ihr erklärt, dass Lacan sich geopfert hatte, damit die Mission weiterging. Tatsächlich aber saßen sie den Rest des Tages nur herum und kamen ihrem Ziel keinen Schritt näher.

Wie sollten sie in den Palast gelangen? Und wenn sie es schafften, was sollten sie dann tun? Und Lacan war fort!

Nessa dachte daran, dass sie ihn zu diesem Unterfangen überredet hatte, und sie verfluchte sich dafür.

Sie bemerkte die Tränen in ihren Augen und wischte sie entschlossen mit dem Ärmel des Nachthemds weg.

Nessa schlug die Decke zurück und schwang die Füße über die Bettkante. Dann stand sie auf und spürte die kalten Dielen unter den Sohlen, tastete im Dunkel nach dem Gepäck und kleidete sich an. Nachdem sie angekommen waren, hatte sie die versteckte Rüstung aus dem Wagen geholt, und Nessa kämpfte sich mühsam in das Kettenhemd, sie gürtete das Schwert und überlegte kurz, ob sie die Mönchskutte wieder darüber streifen sollte.

Nein.

Sie biss die Zähne aufeinander.

Lacan war fort. Sie war nun der einzige Ritter in ihrer Schar. Und was der Tag auch bringen würde, sie wollte als Ritterin leben oder sterben. Sie wollte nicht noch einen Sonnenlauf hier herumsitzen, während Lacan in irgendeinem Kerker saß und sich für sie alle opferte!

Unschlüssig stand Nessa mitten im Raum in dem stillen Haus, und noch immer sickerte kein Licht durch die Fensterläden. Ihr wurde klar, dass sie warten musste, bis ihre Gefährten aufwachten.

Da hörte sie verstohlene Schritte auf dem Flur.

Ihr Herz tat einen Satz. Die Stimmung der Geisterwache wich aus ihren Gedanken wie Nebel in der frischen Morgenbrise. Sie trat seitlich an die Tür, zog leise die Klinge aus der Scheide und lächelte.

Die Tür schwang auf, eine Gestalt steckte den Kopf in den Raum. Nessas freie Hand schoss vor, und sie riss den Eindringling ins Zimmer und trat ihm die Füße unter dem Körper weg, sodass der Mann mit dem Gesicht auf den Boden knallte. Mit einem raschen Blick vergewisserte sie sich, dass kein weiterer Angreifer im Flur lauerte, dann presste sie dem Gestürzten ein Knie in den Rücken und setzte ihm die Schwertklinge an den Nacken.

»Bewege dich nicht«, knurrte sie. »Was willst du hier?«

»Ne… Nessa?«

Sie erkannte die Stimme des Meisters der Alchemie.

»Zindal?«, fragte sie. »Warum im Namen der Höllenfürsten schleicht Ihr Euch in finsterer Nacht in mein Schlafzimmer?«

»Ich … Ich …«, stammelte der Priester. »Dame Nessa! Es ist nicht so, wie Ihr denkt!«

»Ich weiß nicht, was ich denken soll.«

Nessa stand auf und steckte das Schwert ein. Sie bot ihrem Gefährten keine Hand an, um ihm aufzuhelfen.

»Ich wollte Euch behutsam wecken.« Zindal rappelte sich auf und strich sein Gewand glatt. »Ich wusste ja nicht … Was habt Ihr …«

»Plappert nicht herum«, fuhr Nessa ihn an. »Sagt mir lieber, was Euch herführt.«

Durch die offene Tür hörte sie jetzt weitere Geräusche in dem Gästehaus. Die Bewohner erwachten. Sie trat ans Fenster, öffnete es und stieß die Läden auf, und tatsächlich nahm sie draußen nun ein graues Licht wahr. Die ganze Stadt erwachte!

Ein unbestimmter Lärm drang von weit her an ihr Ohr.

»Jerathel hat uns geweckt«, berichtete Zindal. »Er hat uns erklärt, dass wir uns fertig machen müssen. Kaum waren wir auf den Beinen, da klopfte schon der Bruder Pförtner bei uns an und meldete uns, dass es Unruhe auf der Straße gibt. Er wollte jemanden schicken, um nach dem Grund zu sehen. Es kann sein, dass wir gleich fliehen müssen.«

»Ich fliehe nirgendwo mehr hin«, verkündete Nessa. »Ich bin die Heimlichtuerei und das Davonlaufen leid.«

Aber mit Zindal zusammen ging sie die Treppe hinab in

den Speiseraum, wo sich der Rest ihrer Schar versammelte. Neben den Meistern der Bewahrenden Hand war Bruder Wilmen hier, seine Begleiter und ein paar der Brüder und Schwestern, die sie aufgenommen hatten – Nessa zögerte, sie als »Mitverschwörer« zu bezeichnen.

Dann kam der Bruder Pförtner herein, gefolgt von zwei atemlosen Novizen.

»Dumo und Kartmar sind gerade aus der Stadt zurück«, erklärte der Mönch. »Und sie wissen immer noch nicht, was da los ist, obwohl man sie um ein Haar erschlagen hätte!«

»Erschlagen?«, fragte Meister Ander. »Wer wollte sie erschlagen?«

»Sind die Angreifer auf dem Weg hierher?«, fragte Nessa.

Der Pförtner sah die Novizen an. »Das konnten sie mir auch nicht sagen. Eins ist allerdings gewiss: Diese Unruhe hat nichts mit uns zu tun! Aus dem Palast ist ein regelrechter Tumult zu hören, Ritter und Büttel kämpfen in der Stadt, aber niemand versteht so recht, was überhaupt vorgeht.«

Nessa blickte Wilmen an, der so etwas wie ihr Führer in Horome war.

Der einheimische Priester zuckte die Achseln. »Ich habe keine Ahnung. Agenten aus Edern. Eine Revolte. Wir sollten einfach den Kopf einziehen!«

Nessa schnaubte. »Von wegen!«, sagte sie. »Was auch immer das für ein Tumult ist – das ist die Gelegenheit! Wenn selbst im Palast gekämpft wird, können wir vielleicht unbemerkt hineinschleichen.« Sie legte die Hand auf den Schwertgriff und sah in die Runde. »Und wir gehen sofort, bevor sich die Lage wieder beruhigt hat und der günstige Augenblick verstrichen ist!«

Licht sickerte durch das Fenster und weckte Meris. Und der Lärm! Ein Poltern auf den Fluren, Rufe vor dem Gebäude.

Sie setzte sich auf und versuchte, den Nebel wegzuwischen, der ihren Blick trübte.

Meris fasste mit der Hand zum Nachttisch. Dort musste noch die Pfeife liegen, und das Säckchen mit einem Rest Opium, von dem sie am letzten Abend geraucht hatte. Während sie danach tastete, setzte ihr Verstand irgendetwas zusammen, und von einem Moment zum anderen war sie hellwach.

Das waren Kampfgeräusche!

Fluchend sprang sie aus dem Bett und taumelte ein paar Schritte, bevor sie sicher stand. Sie griff nach ihrer Waffe. Misstrauisch spähte sie zur Tür. Schließlich legte sie den Degen griffbereit auf einen Hocker und kleidete sich hastig an.

Sie konnte die Geräusche nun immer besser unterscheiden. Der Lärm drang von überall her, aus dem Gebäude, von den Höfen, von irgendwo aus der Stadt. Etwas ging dort draußen vor, und es wurde höchste Zeit, dass sie das Weite suchte!

Meris schob den Degen in den Gürtel und ging zur Tür. Dann machte sie wieder kehrt und steckte das Opium ein. Sie trat auf den Flur. Sie hatte sich ein Zimmer in einem Flügel des Palasts ausgesucht, der hauptsächlich von Rittern bewohnt wurde, die im Heer dienten. Jetzt, wo die Legion ausgerückt war, stand das Haus fast leer. Auf dem ganzen Stockwerk war niemand geblieben außer ihr.

Sie schlich zum Treppenhaus. Von einem der Fenster hatte sie einen guten Blick in den Innenhof. Dort kämpfte ein Haufen Bewaffneter in einer Livree, wie sie oft im Palast getragen wurde, mit den Bewohnern einer angrenzenden Kaserne. Überall lagen leblose Körper. An einer Ecke des Gebäudes loderten Flammen. Das sah nicht aus wie ein Angriff von außen, eher wie blindwütiger Aufruhr.

Meris blinzelte. Sie tastete nach dem Beutel in ihrer Tasche und fragte sich, ob sie wirklich schon wach war oder ob ihr das Opium einen Streich spielte.

»Egal«, murmelte sie schließlich. »Es ist so oder so an der Zeit, dass ich diese Stadt hinter mir lasse.«

Sie stieg die Treppe hinab. Ihr Mund fühlte sich an wie ausgedörrt, und sie dachte an den Wasserkrug in ihrem Zimmer. Aber es war zu spät, sie konnte nicht mehr umkehren. Sie schlich durch die Gänge und wählte verborgene Seitenwege, um unbehelligt zu Runniks ehemaligen Räumlichkeiten zu gelangen. Von dort aus führte der nächste Zugang zu der Grotte und zu ihrem Boot.

Kurz bevor sie dorthin kam, bog ein Stück vor ihr plötzlich ein Haufen Bewaffneter um die Ecke. Überrascht blieben die Männer und Meris stehen und starrten einander an. Die Männer, ein halbes Dutzend, trugen robuste braune Lederwämser, und sie hatten Schwerter, Kurzschwerter und lange Dolche in der Hand. Meris kannte diese Kerle – einst waren es ihre eigenen Leute gewesen!

Nur die roten Tücher, die sie als Erkennungszeichen um den Oberarm trugen, waren neu.

»Fräulein Meris!«, brachte einer von ihnen schließlich heraus.

Meris erinnerte sich an seinen Namen. »Esgar«, sprach sie ihn an. »Was geht hier vor?«

»Wir suchen die Kaiserin«, erklärte der Söldner.

Meris nickte. Ja, alle Kräfte des Palastes mussten zuerst die Kaiserin schützen! »Ich wollte nicht wissen, was ihr vorhabt«, erwiderte sie trotzdem. »Ich wollte wissen, was dieser Krawall überhaupt soll!«

Die Männer blickten einander an. »Hat Euch niemand Bescheid gegeben, Herrin? Heute ist der Tag! Die Hofrätin übernimmt das Kommando. Stard hat uns befohlen, die Kaiserin festzunehmen, aber sie ist nicht mehr in ihren Quartieren!«

Esgar verstummte, und ein unbehagliches Schweigen breitete sich zwischen ihnen aus. Meris und die Männer blickten einander wieder an. Meris' Gedanken rannen so träge wie Sirup. Sie spürte, wie ihr der Schweiß ausbrach.

»Ich dachte, Ihr wüsstet Bescheid«, fügte Esgar unsicher hinzu. »Weil Ihr ja eigentlich die Kommandeurin seid. Neben Herrn Stard, meine ich …« Er sah seine Begleiter an.

Etwas in Meris nahm die Zügel in die Hand.

»Natürlich weiß ich Bescheid«, sagte sie. »Ich hatte nur vergessen, dass es heute geschehen soll. Ich war wohl ein wenig abgelenkt in letzter Zeit.«

Ein Lächeln erschien auf ihren Zügen. Auch die Männer vor ihr grinsten verlegen. Sie alle hatten ihren Streit mit Stard mitbekommen – sie alle wussten, wie Meris sich in den vergangenen Monaten vom Dienst zurückgezogen hatte. Aber immerhin betrachteten sie Meris noch als eine der Ihren, und sie musste alles tun, damit das auch so blieb.

»Ich war ohnehin gerade auf dem Weg zum Hauptquartier«, behauptete sie. »Ich werde mich von Stard auf den neuesten Stand bringen lassen. Ihr sucht weiter nach der Kaiserin.«

Die Männer nickten, und forsch schritt Meris an ihnen vorüber.

Da streckte Esgar den Arm aus und hielt sie fest. Meris zuckte zusammen. Ihre Hand umklammerte den Degen, und ihr Herz raste.

»Herrin!« Esgar löste seinen Griff um ihren Oberarm und zog ein rotes Band aus seiner Tasche. Er wies auf seinen eigenen Arm, um den ein rotes Band geschlungen war. »Ihr tragt gar kein Tuch! Das ist unser Erkennungszeichen, damit wir sehen, wer zu uns gehört.«

Linos schrak auf. Er hatte sich auf einem verwitterten Sarkophag am Rand einer Halle niedergelassen und musste dann eingenickt sein. Jetzt hallten Stimmen durch das Gewölbe, und sie kamen näher!

Linos sprang von seinem Platz herab und kroch in den schmalen Spalt zwischen dem Steinsarg und der Wand und drehte die Lampe herunter. Keinen Augenblick zu früh. Schon kam ein Licht aus einem der Seitengänge näher, und bald sah er einen gelben Lichtkreis im Raum. Linos duckte sich tiefer in den Schatten.

Er hörte Füße über die Bodenplatten scharren. Eine Frauenstimme stach aus dem Gemurmel hervor. »Ich wollte keine Führung durch die Grabmäler unserer Vorfahren. Ich wollte in den Palast!«

»Es ist nicht mehr weit«, antwortete eine andere Frau. »Ein paar Abzweige noch, dann müsste es einen Ausgang geben. Der bringt uns auf den Vorhof, und von da aus …«

Linos glaubte, ein Schulterzucken aus der Stimme herauszuhören.

»Müsste?«, hakte die erste Frau mürrisch nach. »Ich dachte, Ihr wärt Euch des Weges sicher! Keiner weiß, wie lange die Unruhen andauern, und wenn wir uns hier verirren, verpassen wir den rechten Zeitpunkt. Wir hätten die Straße nehmen sollen.«

»Ihr müsst vernünftig sein, Nessa!« Jetzt war es ein Mann, der sprach, und die Stimmen entfernten sich bereits wieder.

Vorsichtig schob Linos den Kopf vor und spähte um die Ecke. Er sah ein paar Gestalten in Gewändern, die aussahen wie Priesterkutten und die gerade durch einen weiteren Durchgang verschwanden.

»Auf der Straße wären wir in die Kämpfe verwickelt, noch bevor wir den Palast erreichen«, fuhr der Mann fort. »Und die Tore werden sie nicht unbewacht lassen, egal was da vorgeht.«

Die Stimmen verklangen. Das Licht verblasste.

Linos überlegte fieberhaft. Er hatte sich verirrt. Und diese Fremden wollten ohne Zweifel in den Palast!

Hastig schob er sich aus seiner Nische und schlich hinter den merkwürdigen Geistlichen her. Die Laterne ließ er weit heruntergedreht, sodass ihr Licht im Schein der helleren Lampe untergehen musste. Und er trat so behutsam wie möglich auf.

Dann mischte sich ein anderer Schimmer in den Lampenschein – Tageslicht! Linos wäre am liebsten losgelaufen. Erst jetzt wurde ihm bewusst, wie sehr er in diesen Gräbern die Sonne vermisst hatte.

»Die Treppe hinauf«, sagte eine der beiden Frauen. »Da oben ist ein Gitter, das müssen wir vielleicht aufbrechen. Das Schwert sollte als Hebel ausreichen.«

Linos zuckte zusammen. Er hatte Priesterkutten gesehen, aber Priester trugen keine Waffen. Etwas stimmte nicht mit diesen Leuten, und er beschloss, Abstand zu halten.

»Was ist das?«, fragte die zweite Frau, die immer ein wenig forscher klang als die anderen. »Diese Holztür scheint doch tiefer in den Palast zu führen.«

»Sie führt in ein altes Kellergewölbe.« Ein unbestimmtes Grauen schien in der Stimme der Frau mitzuschwingen. »Es gibt Gerüchte, dass dort irgendwo Runniks Kerker sind.«

Die Schar bog ab und entfernte sich. Linos konnte nicht mehr hören, was weiter gesprochen wurde. Ein lautes Scheppern ertönte, dann wurde es still. Als er schließlich langsam hinterherging, fand er sich am Fuß einer langen Treppe wieder. Das obere Drittel war in so helles Licht getaucht, dass Linos kaum hinblicken konnte. Er blinzelte nach der langen Zeit in der Finsternis.

Ein frischer Luftzug fuhr verheißungsvoll über sein Gesicht, und alles in ihm drängte danach, die Katakomben hier zu verlassen.

Dennoch zögerte er. Außerhalb der Gänge hatte er keine Deckung, und kein Lampenlicht würde ihn rechtzeitig warnen, wenn er den bewaffneten Mönchen zu nahe kam.

Außerdem hatten sie von Kerkern geredet … Linos wusste nicht, was es mit diesem Runnik auf sich hatte. Aber er wusste, dass man Niki in den Kerker des Palastes gebracht hatte, und dorthin musste er gelangen. In einem Seitengang, ein Stück entfernt von der Treppe, erblickte er die Holztür, von der die Fremden gesprochen hatten.

Da hörte er von oben wieder ein metallisches Scharren. Schritte kamen die Stufen herab. Ohne nachzudenken, rannte Linos auf die kleine Türe zu. Er rüttelte daran, doch sie war verschlossen.

Die Schritte näherten sich. Vom Fuß der Treppe aus würde man ihn unweigerlich entdecken!

Linos ruckelte heftiger, und da bewegte sich etwas. Das Holz war so morsch, dass es nachgab wie ein Schwamm und der ganze Schließmechanismus darin sich so tief eindrückte, dass er die Tür öffnen konnte.

Linos schob sich durch den Spalt in die Dunkelheit dahinter und drückte die Tür wieder zu. Er atmete auf und hockte sich auf den Boden, mit dem Rücken an die Wand gelehnt, drehte die Lampe heller und griff in seine Tasche. Es war an der Zeit, dass er nach Hinweisen suchte, die ihn weiterbrachten.

Nachdem Nessa das Heft in die Hand genommen hatte, ging es erstaunlich schnell voran. Gamia, eine der Priesterinnen des Gästehauses, wusste von einer alten unterirdischen Grabstätte, die von einer Kapelle in der Nähe aus zu erreichen war und von wo aus man in den Palast gelangen konnte. Sie bot an, alle durch die Katakomben hinzuführen.

Die dunklen Gänge zerrten an Nessas Nerven, aber endlich brachte Gamia sie über eine schmale Treppe in ein winziges Torhäuschen, das sich fast wie ein Erker an die Ecke eines größeren Gebäudes schmiegte. Von dort aus gelangten sie auf einen weiten, gepflasterten Hof. Mehrere Verwaltungsbauten umgaben die freie Fläche, und zwischen dem Torhäuschen und der Gebäudemauer hindurch sah Nessa die Außenmauer der Zitadelle und das Tor zur Oberstadt.

Das Tor stand offen, ein paar leblose Körper im Gold und Purpur der Palastwache lagen daneben auf dem Boden. Ein Dutzend Krieger mit roter Armbinde hielten im Durchgang Wache. Meister Ander sah sich um und schüttelte den Kopf.

»Was in Bponurs Namen geht hier vor?«

»Egal«, befand Zindal. Er wandte sich an Gamia. »Wie kommen wir zum Amt für Kurierwesen? Dort wird Sortor zu finden sein … Nach allem, was wir gehört haben …«

Er blickte den Meister der Meditation an und suchte Bestätigung. Aber Jerathel wirkte abwesend.

»Der Sitz des Kurierdienstes …« Gamia blickte sich um und wies schließlich eine Straße hinunter. »Ich fürchte, da sind wir hier ganz falsch. Der liegt im Osten der Kaiserstadt, in der Nähe der Marmorbrücke … Der alten Brücke, die früher vom Palastviertel über den Fluss führte.« Sie verzog das Gesicht wie in einer schmerzlichen Erinnerung.

»Gut!« Zindal wollte losmarschieren, geradewegs in Richtung der Straße. Doch Nessa streckte die Hand aus und riss ihn zurück.

»Erstens«, sagte sie, »werden die Wachen am Tor uns sehen, sobald wir aus dem Schatten des Gebäudes treten. Zweitens kann Sortor in ihrer Poststelle eine Weile warten. Wir holen erst Lacan heraus!«

Sie wandte sich zu der Priesterin, die sie hergebracht hatte und die nun vor dem aufgebrochenen Zugang zu den Katakomben von einem Fuß auf den anderen trat. »Was meint Ihr, Gamia? Wo können sie ihn hingebracht haben?«

»Wenn er überhaupt noch lebt«, warf Ander ein.

Nessa funkelte ihn wütend an. »Wenn er noch lebt«, bestätigte sie.

»Nun …« Gamia wies über den Platz auf ein gedrungenes Gebäude gegenüber. »Da drüben liegt das Hauptquartier der Wachen … Nicht der Palastwachen, sondern der normalen Legionäre, die zum Wachdienst in der Stadt eingeteilt sind. Es gibt einen großen Kerker im Keller. Da werden so ziemlich alle Festgenommenen aus der Oberstadt hingebracht. Es sei denn, man findet einen besonderen Grund, sie woandershin zu schaffen …« Sie zuckte die Achseln. »Euer Freund könnte dort sein, sonst weiß ich auch nicht weiter.«

»Einen Versuch ist es wert«, befand Nessa. »Da gehen wir zuerst hin. Danach könnt Ihr uns zum kaiserlichen Kurierdienst führen.«

Gamia schüttelte den Kopf. »Es tut mir leid.« Sie sah sich nervös nach den Toten um, die beim Tor lagen. »Von hier an … müsst ihr allein weitergehen. Ich wünsche Euch Glück.«

Nessa zog ihr Schwert und trat auf sie zu.

»Was … was habt Ihr vor?«, stammelte die Priesterin.

Nessa grinste. »Kennt Ihr nicht die alte Sitte, dass eine Dame ihrem Ritter vor dem Kampf ein Pfand als Glücksbringer überlässt? Nun, ich nehme an, ein paar Streifen von Eurer schönen roten Prälatenrobe könnten uns eine Menge Glück bringen.«

Der Garten der Dame trotzte den Jahreszeiten. Im Frühling ein Blütenmeer, im Sommer spross das Grün selbst bei der größten Dürre noch üppig, und sogar im Winter wuchsen

Büsche und Sträucher so dicht, dass man nie den Rand des Daches erblickte.

Der Dachgarten über dem alten Flügel des Palastes war ein entrückter Ort, den die Übel der Welt nicht erreichten. Aruda hatte hier stets Schutz und Ruhe gefunden. Und hierher war sie geflüchtet, als der Tumult losbrach – als die Wachen und die Hofdamen zurückblieben, um die Verfolger aufzuhalten. Aruda wusste noch immer nicht, was vorging. Aber der Garten war die einzige Zuflucht, die sie kannte.

Doch wie es schien, hatte der Herbst den magischen Ort endlich doch eingeholt. Aruda stand mitten in einer braunen Ödnis und zitterte. Büsche und Bäume streckten kahle Zweige gen Himmel, das Gras unter ihren Füßen lag blassgelb auf dem Boden und knirschte unter den Sohlen. Überall sah sie trockene, verfärbte Blätter, und die Ranken vor dem Eingang waren spröde Stecken, die brachen, wenn man sie berührte. Zum ersten Mal sah Aruda die Einzelheiten der Architektur – die verwitterten Säulen und Statuen, die Pergola am Rand, die winzige Gruft, die teilweise ins Dach eingesunken war … alles, was seit Jahren stets überwachsen gewesen waren.

Den Garten der Dame so tot zu sehen war beängstigender als alles, was im Palast geschah!

Aruda stand da wie betäubt und nahm alles um sich herum wie durch einen Schleier wahr. Sie sehnte sich nach der Geborgenheit, die sie hier immer gefunden hatte.

Die Hüterin schritt neben ihr durch das Gesträuch, strich über welkes Grün, richtete vertrocknete Strünke und umgefallene Pflanzentöpfe auf. Aruda wagte nicht, näher an die Frau heranzutreten, obwohl sie sich ihr am liebsten in die Arme geworfen hätte. Sie wagte nicht einmal zu sprechen, aus Angst, damit den letzten Rest des Zaubers zu vertreiben, den es nur noch in ihrer Erinnerung gab.

»Wir müssen bald aufbrechen«, stellte die Hüterin fest. »Hier ist nichts geblieben, was sich retten ließe.«

Die Worte rissen Aruda aus ihrer Starre. Sie schlang die Arme um den Körper und versuchte, sich selbst zu wärmen. Sie schniefte. »Aufbrechen?«, fragte sie. »Wohin?«

»Du wirst die Stadt verlassen«, sagte die Hüterin.

Aruda schüttelte den Kopf. Sie erinnerte sich an ihre Reise mit Dauras durch ein feindliches Land. In den Jahren des Krieges war es noch fremder und feindseliger geworden, und Dauras war fort. Sie war die Kaiserin gewesen, und sie hatte versagt! »Ich bin allein«, sagte sie. »Ich komme nicht einmal aus dem Palast heraus.«

»Du wirst nicht allein bleiben«, antwortete die Hüterin. »Du wirst deine Freunde treffen.«

»Freunde?« Aruda schnaubte bitter. »Ich weiß nicht, ob ich Freunde habe oder wie ich sie finden soll. Und hier ist nie jemand hergekommen außer uns.«

Die Hüterin des Gartens zog eine welke Blume aus einem Kübel. Ein brauner Wurzelballen baumelte daran. Die dünnen Stränge hingen heraus, verwirrt und verknotet.

»Es wird sich fügen«, erklärte sie. »Die Wege laufen zusammen wie die Wurzeln unter dieser Pflanze, die feinen Fäden vereinen sich an einer Stelle. Ich habe mich immer darum gekümmert, dass hier alles richtig wächst.«

»Jetzt ist alles tot«, sagte Aruda. »Der Garten. Das Reich. Alles ist verloren. Wohin soll ich noch gehen?«

Die Hüterin stellte die verdorrte Pflanze in den Kübel zurück und wandte sich Aruda zu. Die hatte Tränen in den Augen und sah das Gesicht der Gärtnerin nur verschwommen. Sie wischte sich über die Augen und versuchte, sich an die Züge der Frau zu erinnern, an markante Linien … Doch es gelang ihr nicht, und sosehr sie sich auch die Augen rieb, das Gesicht der Hüterin blieb blass und unbestimmt.

»Aruda.«

Aruda ließ die Hände sinken und blickte auf. Die Hüterin beugte sich zu ihr, und Aruda fühlte sich plötzlich benommen. Die Hüterin legte die Faust auf die Brust.

»Nichts ist verloren, solange wir leben und solange das, wofür wir stehen, in uns weiterlebt. Ein Garten kann an anderer Stelle neu erblühen. Der Gärtner muss nur dorthin gelangen und ihn wieder anlegen. Nichts ist verloren, solange du nicht aufgibst.«

»Ich bin kein Gärtner«, flüsterte Aruda.

»Nein«, sagte die Hüterin. »Aber bist du nicht wie eine Tochter für mich?« Sie zwinkerte Aruda zu. »Zum Abschied will ich dir ein Geschenk geben. Solange du das bei dir trägst, werde ich bei dir sein.«

Die Hüterin legte etwas in Arudas Hände und schloss deren Finger darum.

Aruda schrak hoch wie aus einem Traum.

Es war alles wie zuvor. Der tote Garten. Die brüchigen Steine. Doch Aruda war allein. Weit und breit war niemand zu sehen. Die Zuflucht ihrer Kindheit war verwüstet, und Aruda wusste, dass es nie mehr gewesen war als ein Trugbild.

Es war nur ein vergessener Dachgarten, in den sie sich als kleines Mädchen geflüchtet hatte, wenn sie einsam war und verängstigt. Und die Hüterin war die Mutter, die sie in der wirklichen Welt nicht hatte. Der Traum eines Kindes.

Es tat weh aufzuwachen.

Da fühlte sie einen Gegenstand zwischen den Fingern. Sie hob die Hand und öffnete sie. Ein kleines, fleischiges Blatt lag auf der Handfläche, grün und feucht und prall. Das letzte Stück Leben aus dem Garten ihrer Kindheit, und sie hatte keine Ahnung, wie es dort hingekommen war.

Zindal zupfte an dem roten Stoffstreifen, den er sich, wie alle seine Begleiter, um den Arm geschlungen hatte. »Das gefällt mir nicht«, flüsterte er, als sie über den Platz gingen. »Wir wissen ja gar nicht, was dieses Zeichen bedeutet!«

»Nun, die da tragen es.« Nessa nickte in Richtung der Torwachen, die zu ihnen herüberblickten. Die Männer nahmen es offenbar als Gruß und nickten zurück. »Das reicht mir erst einmal.«

Unbehelligt erreichten sie den Eingang des Amtsgebäudes der Stadtwache und traten hindurch. Es war gespenstisch still in den Räumen.

»Selbst wenn die Legion ausgerückt ist«, befand Zindal, »sollte hier mehr los sein. Ich meine, wir haben ja gesehen, dass die Schildkrötenkompanie weiterhin im Dienst ist.«

»Zumindest liegen keine Leichen herum«, stellte Scabea fest.

»Noch nicht«, sagte Scipia düster.

Nessa behielt ihr Schwert in der Hand.

Gleich hinter dem Eingang führte eine Treppe nach unten. Auf dem Weg in den Keller kamen sie an leeren Wachstuben und Lagerräumen vorbei, wo Ketten und Halseisen zeigten, dass sie am richtigen Ort waren. Aber die Männer, die hier Dienst tun sollten, waren alle fort.

Nessa nickte. »Lasst uns das schnell erledigen«, sagte sie. »Wenn wir Glück haben, holen wir Lacan heraus, bevor irgendwer zurückkommt.«

Als sie den Zellentrakt erreichten, fühlten sie sich sicher genug, um sich aufzuteilen. Zu zweit folgten sie jeweils einem Gang und blickten durch die Gucklöcher in die Zellen.

»Lacan!«, rief Nessa. »Lacan, bist du hier?«

»Hier bin ich, Liebchen!« Ein feistes Gesicht presste sich grinsend an eine der vergitterten Öffnungen. »Hol mich nur raus, Schätzchen!«

Nessa schnaubte verächtlich. Im Vorbeigehen stieß sie mit dem Schwert zu, ohne genau hinzusehen, und der Mann sprang mit einem Aufschrei zurück.

»Mein Gesicht!«, brüllte er. »Du hast mir das Gesicht aufgeschlitzt, verdammte Schlampe!«

»Ähm, Fräulein Nessa.« Meister Zindal, der mit ihr gegangen war, räusperte sich. »Diese armen Menschen … Sollten wir die Gelegenheit nicht nutzen und sie auch befreien?«

Nessa blieb stehen und blickte den Priester an, als hätte der den Verstand verloren. »Was glaubt Ihr, wo wir hier sind, Zindal? Auf dem Sklavenmarkt der Adar-Piraten, wo die Helden des Reiches festgehalten werden?

Ihr habt Gamia gehört: Das ist das Gefängnis der Stadtwache, wo sie die schlimmsten Verbrecher hinbringen! Wir holen Lacan heraus, aber was immer derzeit im Palast und in der Stadt vorgeht: Ich werde das Durcheinander nicht noch größer machen, indem ich den ganzen Abschaum laufen lasse.«

Sie liefen weiter. Inzwischen hatten noch mehr Gefangene bemerkt, dass etwas vorging. Unruhe breitete sich aus. Manche riefen, bettelten, drohten aus ihren Zellen, andere verkrochen sich, sodass Nessa Mühe hatte, sie genauer anzusehen.

Sie zögerte. Lacan würde sich wohl kaum im Stroh vergraben. Sie ging von einer Luke zur nächsten, immer hastiger und immer verärgerter.

»Verdammt. Er ist nicht hier.«

»Vielleicht haben die anderen ihn gefunden?«, sagte Zindal.

»Vielleicht.« Nessa spähte kurz in die letzte Zelle und wandte sich ab. Plötzlich hielt sie inne, machte kehrt und blickte erneut durch die Luke.

»Was bei Tradars Übeltaten …«

Sie zog den Riegel zurück und trat ein. Ganz hinten in

der Ecke saß ein junges Mädchen mit dunklen Haaren in einer weißen Tunika, die auf den ersten Blick aussah wie ein Büßerhemd und sich auf den zweiten als ein feines leinenes Unterkleid entpuppte. Das Mädchen hatte Blutergüsse im Gesicht und an den Armen.

Nessa wandte sich zu Zindal. »Das ist ein Kind«, rief sie empört. »Schaut, was sie mit ihm gemacht haben!«

Der Meister der Alchemie trat vorsichtig näher und blickte in die Zelle. »Ihr habt selbst gesagt, dass sie die schlimmsten Verbrecher hierherbringen. Vielleicht ist sie …«

»Meister Zindal«, sagte Nessa streng, »Ihr hättet wirklich in Eurem Kloster bleiben sollen.«

Sie trat auf das Mädchen zu. Doch das wich vor ihr zurück und blickte ängstlich zu ihr auf. Nessa musterte die Züge und die Figur; sie schätzte das Kind auf höchstens fünfzehn. Aber sie wurde nicht recht schlau aus dem, was sie sah. Das Gesicht, die Hände, die eigentümliche Kleidung …

Sie ging vor ihr auf die Knie, legte das Schwert vor sich hin und streckte die Hand aus. »Ganz ruhig«, sagte sie. »Du musst keine Angst haben. Wer bist du? Warum bist du hier?«

Das Mädchen starrte sie an. Der Blick wanderte über Nessas Gestalt und heftete sich auf das Kettenhemd. Nessa sah etwas in den dunklen Augen aufblitzen. Das Mädchen schniefte.

»Ich wollte Ritterin werden!«, erklärte es leise. »Ich wollte nur Ritterin werden.«

Meris hastete den Flur entlang, den Degen in der einen Hand, das rote Tuch immer noch in der anderen. Wieder stieß sie auf einen Trupp Bewaffneter, die durch die Hintertür, durch die Meris hinauswollte, in den Palast kamen.

Meris blieb stehen. Die Neuankömmlinge bemerkten sie und schlossen sich misstrauisch zusammen. Es waren Soldaten der kaiserlichen Garde, mit goldschimmerndem Brustpanzer und purpurnem Mantel. Aber der kleine Trupp sah zerschlagen aus, die Uniformen waren unvollständig. Manche trugen nur den Überwurf ohne Rüstung, bei anderen war die Kleidung zerfetzt. Meris sah, dass ein paar der Männer verletzt waren. Alle hatten ein blutiges Schwert in der Hand.

Ein breitschultriger Krieger im Kettenhemd drängte sich zwischen den Soldaten hindurch nach vorn und sah Meris an. Sie erkannte die dunklen Züge, das vernarbte Gesicht – es war Gander von Lichtingen, der Waffenmeister der Kaiserin und der Hauptmann der Garde! Der Mann, der Meris aus der Opiumhöhle hatte entführen und in den Kerker bringen lassen!

Sie presste die Lippen aufeinander und umklammerte das Heft ihrer Waffe. So standen sie da, zehn Schritte voneinander entfernt, und musterten einander schweigend.

Schließlich ergriff Meris das Wort. »Was wollt Ihr, Gander?«

»Das sollte ich dich fragen«, erwiderte Gander. »Wir suchen die Kaiserin.«

Meris schnaubte. »Ihr wollt mir erzählen, dass Ihr der Kaiserin immer noch treu seid? Jetzt, da ihre Sache verloren ist?«

Ganders Blick wanderte über Meris und fiel auf das Tuch, das sie locker in der Linken hielt. Seine Miene verdüsterte sich. »Und du?«, fragte er zurück. »Die Kaiserin hat dir vertraut wie niemandem sonst. Dennoch dienst du der Hexe, die sie hintergangen hat. Ich hatte dich anders eingeschätzt, als wir zuletzt miteinander sprachen. Was meinst du? Wird dein Verrat das Mädchen nicht tiefer treffen als die Klingen, die an diesem Tag gegen sie erhoben werden?«

Angewidert warf Meris das rote Tuch weg. »Ich quittiere meinen Dienst. Ab heute tue ich nur noch, was ich für richtig halte.«

Gander sah sie an. Ihre Blicke begegneten sich. Dann lachte der Waffenmeister. Er schob sein Schwert in den Gürtel, ging auf sie zu und streckte ihr die Hand hin.

Zögernd ließ Meris die eigene Waffe sinken und schlug ein.

Gander hielt ihre Hand fest. Sein Gesicht wurde ernst. Er nickte in Richtung der Gardisten, die hinter ihm im Gang standen. »Diese Dummköpfe wollen ihre Kaiserin beschützen. Aber deine Antwort spricht mir aus dem Herzen. Und ich habe Lust, ein paar Hexenmeister und ihre Handlanger zu erschlagen.

Was meinst du, Meris? Liegen unsere Interessen nah genug beieinander, dass wir ein Stück gemeinsam gehen können?«

»Vielleicht«, sagte Meris. »Wenn Eure Schritte in die richtige Richtung führen, will ich mich gern anschließen.«

Gander ließ ihre Hand los und blickte über Meris hinweg. »Du kommst aus dem Hauptflügel. Ich nehme an, Aruda ist nicht mehr dort. Aber sie lebt noch, sonst würdest du anders dreinschauen.«

Meris betrachtete den Waffenmeister. Gander hatte etwas in ihr gesehen, genug, um ihr zu vertrauen. Sie fragte sich, ob sie dasselbe wagen wollte. Dabei wusste sie nicht einmal, ob sie sich selbst vertraute – und sie hatte keine Ahnung, ob der zusätzliche Schutz, den ein paar angeschlagene Gardisten der Kaiserin bieten konnten, tatsächlich das Aufsehen rechtfertigte, das sie als größere Gruppe erregten – und die Gefahr eines Verrats vonseiten dieser Männer.

Sie hatte einen Plan gehabt, doch es war ein Plan für sie und Aruda gewesen.

Meris seufzte. »Die Kaiserin ist geflohen, aber ich ahne, wo sie ist. Ich wollte sie über die Katakomben aus der Stadt bringen. Folgt mir.«

Sie ging weiter. Gander schloss zu ihr auf, die Soldaten kamen hinterher. Meris führte die Gruppe auf selten benutzten Wegen durch die Palastanlage.

»Warum kommt Ihr erst jetzt?«, fragte sie. »Ihr hättet die Kaiserin beschützen sollen, als es losging!«

Gander verzog das Gesicht. »Du wirst es nicht glauben, aber auch ich schlafe mitunter. Im Morgengrauen haben die Verräter das Hauptquartier gestürmt, und viele meiner Männer wurden im Bett getötet. Ich musste die Überlebenden sammeln, dann haben wir uns durchgeschlagen. Seitdem versuchen wir, uns Zugang zum Hauptgebäude zu verschaffen.«

»Das sind alle, die überlebt haben?« Erschrocken blickte Meris sich um.

»Alle, die in meiner Nähe waren.« Gander zuckte die Achseln. »Die Gardisten, die Dienst hatten, standen überall verteilt auf ihren Posten. Ich glaube nicht, dass noch viele übrig sind. Die Hexe hat eine Menge Verbündete, und die haben geballt zugeschlagen.«

»Was ist mit den einfachen Bütteln? Den Rittern im Palast? Ihr hättet gewiss mehr Unterstützung für die Kaiserin finden können!«

Gander lachte auf. »Wo bist du gewesen? Sortor hat die kaisertreuen Ritter für ihren Feldzug gegen die Rebellen angeworben. Wer für die Kaiserin kämpfen kann und will, ist mit der Legion gezogen. So hat sie eine Menge Gegner aus der Stadt entfernt. Ihre eigenen Leute hat sie natürlich dabehalten.

Sie hat auch versucht, ein paar von ihren Getreuen in meine Garde einzuschleusen. Aber ich nehme an, dabei ist sie nicht weit gekommen.«

Meris blickte sich zu dem halben Dutzend Soldaten um, die ihnen folgten, und ihre Zweifel kehrten zurück. Ein einziger Verräter mit einem tückischen Messer reichte aus, um großen Schaden anzurichten.

»Also gut«, lenkte sie ein. »Eure Männer mögen bereit sein, für ihre Kaiserin zu sterben. Und ich setze womöglich mein Leben für eine Freundin aufs Spiel. Aber Eure Beweggründe verstehe ich nicht. Aus einer Laune heraus wollt Ihr alles aufs Spiel setzen?«

Gander zuckte die Achseln. »Sterben müssen wir alle. Am Ende zählt nur, dass man diejenigen, die man nicht mag, vorher zu den Höllen schickt. Der Tod und das Töten ist kein Mittel zum Zweck. Es ist mehr wert als alle Politik!

Der alte Kaiser hat das verstanden. Und wenn ich ihn wiedersehe, soll er wissen, dass ich mir meinen Posten verdient habe. Kümmere du dich um seine Tochter, denn ich will sie nicht im Weg haben, wenn ich beweisen kann, dass ich Aredrels Schwertmeister bin.«

Meris senkte den Kopf und ging schneller. Sie hatten den alten Flügel erreicht, der unter der Last des Gartens auf dem Dach fast zusammenbrach und dessen Mauerwerk durchzogen war von Wurzelwerk, das sich längst in den Räumen der unteren Stockwerke ausgebreitet hatte. Wie durch ein Wunder stand das Gebäude nach all den Jahrhunderten immer noch, doch etwas fühlte sich heute anders an. Ein eigentümlicher Geruch hing in der Luft. Strohig. Dumpf.

Wie der Tod, dachte Meris und erschauerte.

Wurzelenden ragten aus den Mauern und hingen kraftlos und trocken herab, und durch leere Türöffnungen, an denen sie vorbeikamen, sahen sie eingestürzte Räume mit Trümmern und zermalmten Pflanzenresten wie in einer überwucherten Ruine. Teile der Wand waren herausgebrochen, die Steine lagen im Flur und hatten das Wurzelgeflecht zerrissen, das sie vorher gehalten hatte.

Meris war nur selten hier gewesen, doch sie hätte schwören können, dass die Schäden neu waren. Sie fragte sich, ob Sortor dahintersteckte, ob die Hexe herausgefunden hatte, wo

Aruda sich verbarg, und nun mit einem Zauber diesen Ort zerstörte.

»Wir sollten uns beeilen«, sagte sie.

Gander nickte.

Sie gelangten an den letzten Treppenschacht, eine schmale Stiege, die auf das Dach hinausführte. Licht drang von oben herein, und der Trupp hastete die Stufen hinauf. Sie brachen durch das trockene Rankenwerk. Dann erblickten sie die Kaiserin, die wie erstarrt vor dem Eingang stand.

»Aruda!«, rief Meris. Sie bemerkte die Tränen in Arudas Augen. Aruda trug nur ein Nachthemd und einen Mantel, den sie flüchtig übergeworfen hatte.

»Me… Meris?«, stieß sie hervor.

»Wir sollten verschwinden.« Gander trat aus dem Durchgang und sah sich auf dem Dach um. »Hier ist es nicht sicher.«

»Geht schon einmal vor«, erwiderte Meris. »Sichert den Weg. Ich kümmere mich um die Kaiserin.«

Sie nahm Aruda bei der Hand und führte sie hinter den Soldaten her. Sie beugte sich zu ihr und senkte die Stimme, damit die Männer sie nicht hören konnten. »Ich habe ein Boot in einer Höhle unter dem Palast. Redet so wenig wie möglich darüber, wenn wir bei den anderen sind. Wir wissen nicht, wem wir vertrauen können.«

»Warum duldet Ihr Runnik noch?«, fragte Taranc seinen Vater auf dem Marsch durch die Nacht. »Wir hätten ihn in Ketten zurück nach Edern schicken sollen, bevor wir aufgebrochen sind. Stattdessen habt Ihr ihm das Kommando über den Tross überlassen.«

»Ich weiß, dass du den Hexer nicht magst.« Angwar grinste.

Taranc spürte, wie der Ärger in ihm hochstieg. »Das ist es

nicht«, sagte er. »Schaut, was er angerichtet hat! Und wenn seine Verbrechen Euch schon gleichgültig sind, dann bedenkt zumindest, was er uns gekostet hat! Was auch immer Ihr Euch erhofft habt, Vater, als Ihr Runnik in Eure Dienste nahmt: Ihr müsst zugeben, dass es sich nicht erfüllt hat! Er ist jetzt vollkommen nutzlos für uns geworden.«

»Ich hätte mehr Klugheit von dir erwartet«, versetzte Angwar. »Glaubst du wirklich, ich habe Runnik bei uns aufgenommen, damit er uns ein paar magische Tricks zeigt, oder weil er so ein guter Statthalter ist?«

»Dennoch habt Ihr ihn zum Statthalter gemacht«, stellte Taranc bitter fest. »Und das hat uns Raghabar gekostet.«

»Vielleicht war das nicht meine klügste Entscheidung«, sagte Angwar. »Doch es ist leicht, im Nachhinein einen Fehler zu erkennen und sich vorzustellen, wie es anders hätte kommen können.

Zugegeben, ich hatte mir mehr von Runnik versprochen. Ich dachte, sein Ruf würde unsere neuen Untertanen einschüchtern. Aber vor allem wollte ich ihn bei Laune halten, damit er noch bei uns ist, wenn wir seiner Dienste wirklich bedürfen.«

»Und wann soll das sein?«, fragte Taranc. »Wenn Bponur uns verlässt und wir in den Höllen einen Fürsprecher brauchen?«

Angwar verzog das Gesicht. »Nein, Runnik ist ein Gewächs aus Horome, und er ist hier bei uns genauso fehl am Platze wie auf seinem Posten in Raghabar. Aber bedenke eines: Sollte der Krieg nach Plan verlaufen, wird er uns irgendwann in die Hauptstadt führen! Runnik hat immer noch Verbindungen dort. Bis an den Hof. Er kennt jeden Winkel, und nirgendwo wirkt sein Ruf einschüchternder als an der Stätte seines Wirkens. Und was am wichtigsten ist: Er kennt einen geheimen Weg unter dem Fluss hindurch auf die kaiserliche Insel. Den muss er uns zeigen, wenn wir die Vorstadt eingenommen haben.

Das ist der Grund, warum wir ihn bei uns behalten!«

»Der Krieg läuft bereits anders als geplant«, stellte Taranc fest. »Und bevor wir in die Hauptstadt gelangen, müssen wir erst unser eigenes Land zurückgewinnen.«

Angwar sah sich nach seinen Truppen um. »Wer weiß?«, sagte er. »Vielleicht hat Runnik uns mit seinem Hinweis wieder auf die Straße zum Sieg geführt. Wenn wir die Nordleute schlagen, marschieren wir gleich weiter. Du weißt, was für eine Festung die kaiserliche Insel ist und wie die Barratainer gescheitert sind, als sie sie stürmen wollten.

Wenn wir es also bis dahin schaffen, dann brauchen wir Runnik. So lange werden wir seine Gegenwart wohl ertragen müssen.«

Schweigend ritten sie weiter. Der Himmel über dem Wald färbte sich rot, und noch immer hatten die Späher das feindliche Heer nicht gemeldet. Taranc fürchtete schon, dass sie zu spät kamen, da hielt ein Bote auf sie zu.

»Herr!« Der Reiter zügelte sein Pferd vor den beiden Fürsten. »Unsere Vorhut wurde in Kämpfe verwickelt. Der Feind hat Truppen in den Dörfern postiert, die auf uns aufmerksam wurden.«

Taranc fluchte. »Konntet ihr wenigstens verhindern, dass sie Boten entsenden? Vielleicht können wir ihr Lager doch noch einnehmen, während sie schlafen.«

Der Späher schüttelte den Kopf. »Das wird nicht gelingen, Herr. Wir sind bis in Sichtweite des Lagers vorgestoßen, und dort ist alles auf den Beinen. Es ging so geschäftig zu, als wären sie schon vor Stunden aufgestanden.«

»Verflucht.« Taranc ballte die Faust. »Sie müssen bemerkt haben, dass wir uns nähern. Dabei haben wir nicht einen ihrer Kundschafter gesehen.«

Angwar zwirbelte seinen Schnurrbart. »Vielleicht haben sie ebenfalls einen Zauberer, der sie gewarnt hat.«

Taranc schob den Gedanken weg. »Ganz egal«, befand er. »Wir können eine offene Feldschlacht nicht vermeiden. Wenn sie auf uns vorbereitet sind, müssen wir mit Bedacht handeln. Das wird ein hartes Kräftemessen, fürchte ich.«

»Sie sind nicht wirklich vorbereitet«, warf der Späher ein.

»Wie das?« Taranc sah ihn an.

»Das Lager der Feinde ist auf den Beinen. Aber sie sind nicht in Schlachtordnung angetreten.« Der Reiter runzelte die Stirn. »Wir sind nicht recht schlau daraus geworden, was da vorgeht. Es sah nach einem großen Durcheinander aus.«

Taranc und sein Vater tauschten einen Blick.

»Vielleicht ist es noch nicht zu spät«, sagte Taranc. »Wie weit ist das Lager entfernt?«

»Mit dem Fußvolk …?« Der Bote betrachtete die Truppen, die hinter den Anführern und den Rittern in der Ferne im Dämmerlicht verschwanden. »Gewiss eine Stunde.«

»Zu lang.« Verärgert schlug Graf Angwar auf den Sattel. »Sie sind wach und auf den Beinen, und wenn sie uns bis jetzt noch nicht bemerkt haben, dann wird sich das bald ändern. Es wird schon hell! Wir können unmöglich bei ihnen sein, bevor sie ihre Streitmacht für die Schlacht geordnet haben.«

»Vielleicht doch …«, sagte Taranc.

»Unsinn«, widersprach der Graf. »Wenn wir es jetzt versuchen und zu hastig vorpreschen, stürmen wir am Ende selbst mit völlig aufgelöstem Fußvolk gegen ihre geschlossenen Reihen.«

Taranc nickte. »Darum teilen wir uns auf«, erklärte er. »Ich werde die Reiterei voranführen, Vater. Ihr sammelt das Fußvolk und rückt geschlossen nach. Unsere Reiter sind den ihren überlegen. Wir dürften stark genug sein, um sie in Kämpfe zu verwickeln und zu verhindern, dass sie sich formieren können. Spätestens, wenn Ihr mit den Fußtruppen nachstoßt, zersprengen wir sie endgültig.«

18. KAPITEL

Im Morgengrauen stritt Gaban immer noch mit seinem Vater. Das Lager war in Aufruhr. Da brachte ein Reiter die Nachricht, dass die Truppen von Edern nahten.

»Wie weit? Wie weit?«, bedrängte Gaban den Boten.

»He«, knurrte Graf Rodbert. »Du führst das Heer nicht mehr.«

Verwirrt blickte der Reiter von einem zum anderen. »In mehreren Siedlungen wird gekämpft«, erklärte er. »Und es gab Angriffe auf ein paar Höfe, wo wir Männer einquartiert haben. Doch wir haben nur Stoßtrupps gesehen, kein ganzes Heer.«

Rodbert schnaubte. »Sie würden sich nicht auf solche Scharmützel einlassen, wenn sie keine Streitmacht in der Nähe hätten.«

Gaban nickte und sah sich im Lager um. Er hatte seinen Vater angefleht, sich bei Weynot von Senkenberg zu entschuldigen. Rodbert und Weynot waren wie zwei streitlustige Brüder mit einer Vergangenheit voll gegenseitiger Fehden und Versöhnungen, mit gemeinsamen Feldzügen, mit Zank und mit erneuten Bündnissen. Sie würden sich ohnehin bald wieder vertragen, warum also nicht sofort anstatt im nächsten Jahr?

Aber Gaban drang nicht zu seinem Vater durch. Wenn er ihn ansprach, antwortete Rodbert nur mit neuen Vorwürfen und Flüchen. So zog Weynot vor Sonnenaufgang ab und nahm ein Fünftel des Heeres mit sich.

Die Nordleute hatten noch gar nicht angefangen, eine Schlachtordnung ohne die Senkenberger zu planen. Wie es derzeit um das Heer stand, reichte ein halbwegs entschlossener Reiterangriff aus, um sie zu überrennen und aufzureiben.

»Vater …« Gaban wandte sich dem Grafen zu. »Lass uns später über alles andere reden. Ich will jetzt die Reiter sammeln, die ich kriegen kann, und sie dem Feind entgegenwerfen. So gewinnst du Zeit, um das Fußvolk zu ordnen.«

»Du willst die Reiter führen?« Rodbert blickte seinen Sohn an und kniff die Augen zusammen. Dann nickte er. Seine Aufmerksamkeit galt jetzt ebenfalls dem Lager. Jeder wusste, was ihnen bevorstand: Edern hatte die stärkeren Ritter. Allein mit den Truppen zu Pferde hatte Gaban wenig Aussicht auf einen Sieg. Und wenn Rodbert das Fußvolk nicht schnell genug in Stellung brachte, fehlte sogar die Deckung für einen Rückzug.

Gerade, als Gaban loslaufen wollte, fühlte er die Hand seines Vaters auf seinem Arm.

»Pass auf dich auf, mein Sohn.«

Bald nachdem er durch die Holztür getreten war, verlor Linos die Orientierung. Aber er war im Palast, und die merkwürdigen Priester hatten versichert, dass dieser Weg zum Kerker führte. Er durfte also nicht aufgeben!

Immer wieder geriet er in Sackgassen, stand vor verschlossenen Türen oder kam in anderweitig genutzte Kellerräume – in Lager, Weinkeller oder hinauf in bewohnte Gebäudeteile.

Endlich gelangte er über eine Eisenleiter aus einem Abwasserkanal in einen beleuchteten Gang, in dem ihm ein eigentümlicher Geruch entgegenschlug nach Fäulnis und Moder, nach Exkrementen und Blut. Linos schauderte, aber der Gestank passte zu seinen Vorstellungen von einem Kerker, also ging er weiter.

Er wollte nicht daran denken, was es für Niki bedeutete, wenn sie hier war.

Schließlich stieß er auf die erste Bohlentür, mit Eisen beschlagen, mit Riegeln an der Außenseite und mit einer winzigen vergitterten Luke.

Voller Erwartung eilte er an das Guckloch. Der kleine Raum dahinter war leer. Er hastete von Tür zu Tür, und bald schlug seine Freude um in Entsetzen. In einer der Zellen lag ein Körper, der nur eine blutige, zerschlagene Masse war! Linos riss die Zellentür auf, aber der Tote darin war ein Mann mittleren Alters, auch wenn das erst auf den zweiten Blick zu erkennen war. Offenbar hatte man ihn langsam mit stumpfen Werkzeugen zu Tode geprügelt, bis die zertrümmerten Knochen durch die Haut traten und das Blut aus den Platzwunden floss.

Fassungslos stand Linos da und kämpfte gegen die Übelkeit. Was für ein Gefängnis war das, wo die Leichen wie wahllos abgeschlachtet herumlagen?

Bponur, dachte er. *Niki!*

Er rannte los, noch schneller als zuvor. Er spähte in Zellen und größere Räume, entdeckte Bänke und Sitze mit Ledergurten und eingetrockneten Blutflecken, Ketten mit Fleischerhaken und Folterwerkzeuge mit scharfen Klingen und Spitzen. Und überall klebte geronnenes Blut, manchmal noch rot oder rostbraun, manchmal alt und dunkel und kaum noch zu erkennen.

Er fand Hunde und Ratten in Käfigen. Die Tiere kläfften und knurrten und warfen sich gegen die Gitterstäbe, wenn er in die Nähe kam. Und immer wieder Tote! In einer großen, offen stehenden Zelle, die nur durch ein Gitter vom Gang getrennt war, lagen mehr als zwanzig Leichen, Männer, Frauen und Kinder, wie achtlos niedergestochen. Das Blut hier drin war noch feucht und klebrig, der Gestank war fast unerträglich. Linus bückte sich und berührte zögernd einen der Körper. Er fühlte sich warm an.

Linos taumelte zurück. Er wusste, dass er die Toten umdrehen sollte, nach Niki suchen, wenn sie in dem Haufen lag, aber er brachte es nicht über sich.

»Niki?«, murmelte er nur.

Ihm wurde bewusst, dass er keinen Laut gehört hatte, seit er in diese Gewölbe gekommen war. Dass er auf keine einzige Wache gestoßen war. Er hatte Glück gehabt, doch wie es aussah, war vor Kurzem jemand hier gewesen und hatte alle Gefangenen umgebracht.

»Niki!«

Linos stolperte weiter. Das Blut in seinen Ohren rauschte. Alles in ihm wollte weglaufen, aber er konnte nicht aufgeben. Nicht, bevor er jede Zelle überprüft hatte.

Schon sah er eine Treppe, die nach oben führte. In der letzten Zelle fand er einen Mann. Der hing in einem engen Netz aus Kettengliedern mitten in der kleinen Kammer. Linos fragte sich, ob er noch lebte. Er sah keine Wunden.

Es ist nur ein Mann, dachte er. *Niki ist nicht hier.*

Er wollte schon weitergehen, doch dann zögerte er. Konnte er den Gefangenen einfach zurücklassen, an diesem Ort des Todes?

Er legte die Hand auf den Riegel, zog sie aber wieder zurück. Es war verrückt. Er war hier, um Niki zu retten. Die Mörder konnten jeden Augenblick zurückkommen. Er konnte sich jetzt nicht mit irgendwelchen Gefangenen belasten!

Aber vielleicht kann er mir sagen, was mit Niki geschehen ist?

Entschlossen öffnete Linos die Tür und spähte in die Zelle. »Hallo?«, rief er. »Seid Ihr am Leben?«

Der Mann regte sich und schlug die Augen auf. Linos erkannte das Gesicht hinter den Kettengliedern! Erschrocken wich er einen Schritt zurück. »Ihr?«

Es war der Ritter, der an Tays Hof vorgesprochen hatte!

»Was macht Ihr hier?«, fragte er. »Ich dachte, Ihr seid … Ist das nicht ein Kerker der Kaiserin?«

Der blonde Ritter rang sich ein Lächeln ab. Linos sah eigentümliche Schatten auf dessen Gesicht, die nicht vom Licht herrührten. Blutergüsse vielleicht oder alte Narben, aber er hatte nichts dergleichen bemerkt, als der Mann vor wenigen Zehnttagen vor dem Thron des Bettlerkönigs gestanden hatte.

»Eine Kaiserin habe ich nicht gesehen«, antwortete der Ritter. »Doch ich nehme an, der Ort gehört wohl zu ihrem Palast.«

»Ich dachte, Ihr seid ein Spion der Kaiserin!«, entfuhr es Linos.

»Wie kommst du darauf?«, der Ritter sah ihn an. »Wer bist du?«

»Wir sind uns begegnet …«, erklärte Linos. »In der Stadt. Ihr wart in dem Tempel, als die Kaiserin überfallen wurde …«

Erkennen blitzte in den Augen des Ritters auf. »Der kleine Dieb«, sagte er. »Was machst du hier? Du bist kein Gefangener …«

Unruhig blickte Linos zur Treppe. »Ich suche eine Freundin«, antwortete er. »Es heißt, sie wurde in den Kerker gebracht.« Hastig beschrieb er Niki.

Der Ritter schüttelte den Kopf. »Ich habe kaum jemanden gesehen«, sagte er. »Sie haben mich gestern erst hergebracht und mich gleich in dieser Zelle abgeladen. Aber ich habe Schreie gehört. Dieser Hexenmeister … Stard. Der hat Befehle gegeben.«

Der Ritter blickte Linos an, als würde er etwas von ihm erwarten. »Stard?«, fragte der. »Ich weiß nicht, wovon Ihr redet …«

»Er hat das Sagen hier«, erklärte der Ritter. »Und soweit ich verstanden habe, hat er alle Gefangenen umbringen lassen, um Platz für neue und wichtigere ›Gäste‹ zu schaffen.«

»Alle – außer Euch!« Linos musterte den Mann misstrauisch.

Der Ritter lächelte gequält, seine Lippen waren rissig. »Ich nehme an, mich hat er bereits zu den wichtigen Gästen gerechnet. Jedenfalls sind die Wachen vor ein paar Stunden nach oben gegangen. Da geht etwas vor, aber ich weiß nicht was.«

Linos erinnerte sich an die merkwürdigen Priester, die in den Katakomben herumgeschlichen waren. Dann dachte er wieder an die Zellen voller Leichen. Das Herz wurde ihm schwer.

»Und Niki?«, fragte er. »Meine Freundin …?«

»Ich weiß es nicht«, sagte der Ritter.

Linos stand an der Tür. Seine Knie drohten unter ihm nachzugeben. Er musste noch einmal durch die Zellen gehen. Die Toten genauer betrachten. Er musste Gewissheit haben.

»Deine Freundin«, sagte der Ritter. »Vielleicht war sie nie hier.«

»Wie kommt Ihr darauf?«, fragte Linos.

»Soweit ich verstanden habe, ist das ein Gefängnis des geheimen Kurierdienstes«, erklärte der Ritter. »Hierhin bringen sie die politischen Gefangenen. Wenn deine Freundin auch eine Diebin war, würde ich sie im Kerker der Stadtwache gleich am Tor vermuten.«

Linos horchte auf. Hoffnung regte sich in ihm. »Ihr wisst, wo das ist?«

»Dort bin ich zuerst gewesen.«

Linos straffte sich. »Dann hole ich Euch heraus. Ihr müsst mir zeigen, wie wir dorthin kommen.«

Das Netz mit dem Ritter hing an einer Kette von der Decke. Das andere Ende war an einem Haken an der Wand befestigt. Der Ritter war zu schwer, Linos konnte die Kette nicht lösen. Das Netz aus Kettengliedern wurde von einem Schloss zusammengehalten. Das Eisen war nicht allzu dick, doch mit bloßen Fingern ließ sich kaum etwas ausrichten.

»Du musst den Schlüssel suchen.« Der Ritter schien trotz seiner beengten Lage nun Hoffnung zu schöpfen. »Es muss hier so was wie eine Wachstube geben.«

»Ich habe eine bessere Idee.« Linos wandte sich um und lief los. Er erinnerte sich an die Folterwerkzeuge. Darunter waren ein paar verdammt große Zangen gewesen.

Augenblicke später war er wieder da. Linos setzte die langstielige Zange an den Kettengliedern an. Mühsam gruben sich die Zähne in das Metall und durchtrennten es. Einzelne Ringe fielen in das Stroh, und nach dem dritten Schnitt klaffte das Netz auf, und der Ritter plumpste zu Boden.

Stöhnend blieb er liegen. Er bewegte seine Gliedmaßen und streckte sich. Dann sah er Linos an und gab ihm die Hand. »Danke«, sagte er. »Ich bin übrigens Lacan. Und wie heißt du?«

So schnell wie möglich führte Meris den kleinen Trupp aus dem alten Gebäude heraus. Das Mauerwerk hinter ihnen knackte, und sie hörten, wie uralte Zwischendecken mit dumpfem Prasseln einstürzten, wie das Wurzelwerk, das den ganzen Bau so viele Jahre lang getragen hatte, mit trockenem Knistern nachgab.

Sie rannten auf einen Innenhof hinaus. Als aus einem Fenster im Obergeschoss Staub und Schutt flogen und ein Teil der Dachkante als Trümmerlawine abging, wichen sie weiter zurück.

»Fast hätten wir die Kaiserin verloren, ohne dass Sortor einen Handgriff tun musste«, bemerkte der Waffenmeister.

»Und wenn wir noch länger herumstehen, werden Sortors

Männer auftauchen«, stellte Meris fest. Sie ging voraus und suchte durch die Gassen der Kaiserstadt einen Weg zurück zum Hauptflügel.

Die Kämpfe hatten sich anscheinend verlagert, und die Schergen Sortors waren anderswo unterwegs. Niemand hielt sie auf, und Meris lenkte ihre Schritte auf selten begangene Nebenwege und in einem Bogen den Weg zurück, den sie vorher auf der Suche nach der Kaiserin gegangen waren.

Dann, als sie um eine alte Kapelle herumgingen, standen sie plötzlich einem weiteren Trupp gegenüber: Eine Ritterin im Kettenhemd kam ihnen mit dem Schwert in der Hand entgegen, gefolgt von einem halben Dutzend Priestern – einer Schar Geistlicher, die mit ihrer Leibwache vor den Unruhen flohen.

»Aus dem Weg!«, brüllte Gander. Er fuchtelte mit dem Schwert und wollte achtlos an der Gruppe vorbeistürmen, aber etwas an den Gestalten erregte Meris' Aufmerksamkeit. Die Roben der Priester passten nicht recht zusammen, und jetzt erkannte sie auch die roten Bänder, die sie alle um den Arm trugen. Ein leicht bekleidetes Mädchen mit Prellungen im Gesicht lugte ängstlich hinter der Ritterin hervor.

Meris hielt den Waffenmeister zurück. »Wartet«, flüsterte sie. »Haltet Abstand, bis wir wissen, was die vorhaben.« Lauter wandte sie sich an die Fremden und wies mit dem Degen auf den vordersten Mönch, einen Riesen mit scharf geschnittenen Zügen, dessen Kutte nur knapp bis über die Knie reichte und an den Schultern spannte: »Du da – was habt ihr vor?«

Sie hatte schon gedacht, der Mann sei ein verkleideter Söldner, aber er reagierte viel zu erschrocken dafür. »Wir … äh … sind als Seelsorger … für die Verletzten …«

Die Ritterin, die vor den Priestern stand, zog die Augenbrauen zusammen. Sie hob das Schwert. »Ach, Schluss mit dem Geschwätz. Wir sind hier, um die weiße Hexe zu töten! Wenn ihr uns in den Weg tretet, müssen wir euch eben vorher beseitigen!«

Gander lachte. »Große Worte. Für eine einzelne bewaffnete Frau mit einem Haufen berockter Prediger hinter sich.«

»So?«, erwiderte die Ritterin. Ihr Blick wanderte von dem Waffenmeister zu den angeschlagenen Gardisten. »Und Ihr seht so aus, als hättet Ihr heute schon einmal Prügel bezogen. Vielleicht seid Ihr es ja, der seine Worte mit mehr Bedacht wählen sollte.«

»Ihr fordert mich heraus?« Gander lächelte.

»Genug!« Meris legte ihm die Hand auf den Arm. »Vor einer halben Stunde habt Ihr mir noch erzählt, dass Ihr dasselbe vorhabt wie diese Frau. Und jetzt wollt Ihr gegeneinander kämpfen?«

»Ihr wollt Sortor töten?« Die Ritterin musterte Meris' Schar zweifelnd. »Ihr seid Soldaten der Kaiserin!«

»Und Ihr tragt die Farben Sortors!« Meris wies auf die Armbinde der Ritterin.

Die grinste. »Ach, so ist das. Na, umso besser.«

Aruda spähte zwischen den Gardisten hindurch, um zu erkennen, was vorging. Im selben Augenblick schrie das junge Mädchen hinter der Ritterin überrascht auf und schob sich nach vorn. Sie starrte die Kaiserin an.

Die drängte sich nun an den Soldaten vorbei.

»Du meine Güte!«, rief sie aus. »Die kleine Ritterin!«

Meris drehte sich zu ihr um. »Ihr kennt diese Leute?«

»Nur das Mädchen«, gab Aruda zurück. »Ich habe sie unter den Debütantinnen beim Hofball gesehen. Ich erinnere mich noch gut an sie.« Sie lächelte.

Die Ritterin vor ihnen setzte das Schwert auf den Boden und verdrehte die Augen. »Kleine Mädchen und Hofbälle! Das muss ein Fluch Sortors sein. Bekommt denn jeder, der die Hexe erledigen will, gleich eine junge Dame im Nachthemd aufgehalst, um die er sich kümmern muss?«

Einer der Gardisten stellte sich wieder vor Aruda. »Was erlaubt Ihr Euch?«, fragte er. »Ihr redet mit der Kaiserin!«

Die Ritterin starrte Aruda an, und Meris musterte das Mädchen in dem Untergewand. Sie trat einen Schritt vor. »Eine Hofdame?«, fragte sie. »Wo habt ihr die aufgetrieben?«

»Sie saß bei den Stadtwachen im Kerker«, erklärte die Ritterin. »Wir haben dort nach unserem Gefährten gesucht, der den Wachen in die Hände fiel; stattdessen haben wir nur die Kleine gefunden. Was geht hier eigentlich vor? Wer kämpft gegen wen, und warum wollen die Soldaten der Kaiserin die Hofrätin des Kurierdiensts ermorden?«

»Sortor führt einen Putsch gegen die Kaiserin an«, berichtete Meris hastig. »Darum müssen wir sie erst aus der Stadt bringen, bevor wir gegen die Hexe vorgehen können.«

Die Ritterin blickte ihre Begleiter an. »So lange können wir nicht warten«, entschied sie. »Aber ihr könnt unsere kleine Hofdame mitnehmen.«

»Ich bin keine Hofdame!«, rief das Mädchen. »Und ich will bei Euch bleiben.«

Meris runzelte die Stirn und ließ den Blick über die andere Gruppe wandern. »Ihr wollt Sortor entgegentreten – mit fünf Priestern als einziger Verstärkung?«

»Sie kennen sich aus mit Magie«, erwiderte die Ritterin. »Ich nehme an, das ist die beste Unterstützung gegen eine Hexe.«

»Sortor wird nicht ohne Wachen sein.«

Die Ritterin zuckte die Achseln. »Wir müssen es versuchen. Darum sind wir hier.«

»Was ist mit Eurem verschwundenen Gefährten?«

Das Mädchen meldete sich zu Wort. »Ich habe gehört, wie

ein Fremder in den Kerker kam. Er nannte sich Stard. Er hat einen Ritter mitgenommen.«

»Und das ist alles, was wir darüber wissen«, fügte die Ritterin hinzu. »Vielleicht war dieser Ritter mein Freund. Aber da wir nicht wissen, wo man ihn hingebracht hat, müssen wir uns wohl unserer eigentlichen Aufgabe zuwenden.

Lacan hätte es so gewollt. Dafür hat er sich geopfert!«

Meris' Blick wanderte von dem Mädchen zu der Ritterin. »Stard!«, murmelte sie.

»Stard!«, zischte Gander hasserfüllt.

»Wenn Stard ihn mitgenommen hat, weiß ich vermutlich, wo Euer Freund ist«, sagte Meris. »Wir kommen ohnehin dort vorbei. Und ich kenne Sortor und den Palast. Ich denke also, gemeinsam können wir mehr erreichen.«

Lacan und Linos hasteten die Stufen hinauf, aber der Ausgang war schwerer zu finden, als sie gedacht hatten. Immer wieder zweigten schmale Gänge ab, und eine Wendeltreppe führte in einer Nische ganz nach oben.

Schließlich bogen sie in einen Gang ab und drückten eine Tür auf. Dahinter lag ein Rittersaal, dessen Wände von Statuen gesäumt waren. Als der Zugang sich hinter ihnen wieder schloss, war er perfekt von einer Figur getarnt.

»Was für eine Behörde verbirgt sich hinter solchen Geheimtüren?«, fragte Lacan. Erschöpft stützte er sich auf die Waffe, die er aus dem Keller mitgenommen hatte. Sie hatten dort weder Schwerter noch Spieße gefunden, aber Lacan hatte unter den Folterwerkzeugen einen langstieligen Haken ausgewählt, dessen Spitze besonders scharf geschliffen war.

»Ich dachte, Ihr wisst, wo wir herauskommen«, bemerkte Linos vorwurfsvoll. »Immerhin haben sie Euch hergebracht.«

»Dieser Hexenmeister da …« Lacan schauderte bei der Erinnerung an die Begegnung. »Er hat irgendwas mit mir angestellt. Ich war nicht ganz klar, als sie mich reingeschleppt haben.«

»Aber Ihr wisst, wie wir zu dem Kerker zurückgelangen, in dem Ihr zuerst wart?«, fragte der Junge.

Sie verließen den Rittersaal und folgten dem Korridor dahinter.

»Was das angeht – ich muss vorher noch etwas anderes tun.«

»Wir müssen meine Freundin retten!«, rief Linos. »Dafür habe ich Euch herausgeholt. Ihr müsst mich zu diesem Gefängnis bringen.«

»Wir wissen nicht genau, ob sie wirklich dort ist«, sagte Lacan. »Und der Ort ist voller Wachen. Ich glaube kaum, dass wir da viel ausrichten können.«

»Ihr seid ein Ritter!«, sagte der Junge. »Was ist mit Eurer Ehre? Ihr seid es mir schuldig. Ich habe Euch gerettet, und jetzt müsst Ihr mir helfen, meine Freundin zu retten.«

Lacan zuckte zusammen. Der Junge hatte recht. Doch was bedeutete das schon, wenn das Schicksal des ganzen Reiches auf dem Spiel stand?

»Ich werde dir helfen«, sagte Lacan. »Und wenn es mich das Leben kostet. Aber vorher muss ich versuchen, die Zauberin Sortor zu töten. Deswegen bin ich mit meinen Freunden hergekommen. Wenn ich es nicht tue ... werden schreckliche Dinge geschehen.«

»Ach?«, fragte Linos. »Ich habe von Sortor gehört. Sie ist Hofmagierin und die bedeutendste Rätin der Kaiserin. Und Ihr glaubt, da stoßen wir nicht auf Wachen?«

Lacan zuckte die Achseln. »Ich weiß nicht, was mich dort erwartet. Darum müssen wir unterwegs einen sicheren Ort finden, an dem du dich verstecken kannst. Und wenn ich überlebe, komme ich zurück, und wir suchen gemeinsam deine Freundin.«

Linos blieb stehen. »Das reicht mir nicht. Wenn Ihr nicht mitkommen wollt …«

»Ach, sieh an!« Eine spöttische Stimme unterbrach ihr Gespräch. »Ist es nicht verblüffend, wer dieser Tage alles frei im Palast herumläuft?«

Lacan fuhr herum.

Stard!

Der düstere Hexenmeister kam auf die beiden zu, ein Lächeln auf den schmalen Lippen. Im Gehen griff er an den Gürtel und zog sein Schwert. Zum ersten Mal konnte Lacan die Klinge sehen. Der schwarze Stahl war geflammt und mit verästelten Linien überzogen wie von einer eisernen Dornenranke, die mit der Klinge verschmolzen war. Nadelspitze Stacheln ragten aus der Schneide.

Lacan trat einen Schritt vor und schob Linos hinter sich. Er hob den Haken und spürte etwas hinter seiner Stirn, dort, wo das Metall des Schwertgriffs über seinen Knochen geschrammt war, ohne eine Wunde zu hinterlassen. Seine Hände zitterten.

»Wie wundervoll«, sagte Stard, »dass Ihr mir entgegeneilt. Ihr könnt es wohl gar nicht mehr erwarten, bis ich wieder Zeit für Euch habe! Ein Mann weiß zu schätzen, wenn seine Künste auf so viel Gegenliebe treffen. Ich werde Euch nicht enttäuschen. Sobald ich mir an Eurem kleinen Freund die Finger gelockert habe, heißt das.«

Lacan bis die Zähne aufeinander. Er sprang vor, fintierte, wartete die Parade des Zauberers ab und schlug dann mit dem Haken von der Seite zu.

Stard ließ das Schwert herumwirbeln. Wie beiläufig wischte er Lacans Angriff weg. Die Dornen an der Klinge verhakten sich im Holzgriff von Lacans Waffe, sodass sie ihm aus der Hand gerissen wurde. Klirrend flog der Haken in den Flur.

Stards Schwert fuhr zurück, die flache Seite klatschte an

Lacans Schläfe und holte ihn von den Beinen. Lacan knallte gegen die Wand. Die Dornen zerfetzten ihm die Haut, und diesmal spürte er, wie ihm das Blut über die Wange lief. Sein Kopf brummte.

Er versuchte sich wieder aufzurichten, doch seine Beine hatten jede Kraft verloren, und hilflos kroch er am Rand des Korridors entlang.

»Aaah!« Stard legte den Kopf in den Nacken. Seine Finger krallten sich um den Schwertgriff. »Das … ist gut.«

Er drehte sich zu Linos. Der Junge starrte den Zauberer an. Lacan sah, wie er das Gewicht verlagerte, so als wollte er davonlaufen, aber seine Füße blieben wie festgewachsen auf dem Boden. Der Hexenmeister wedelte mit der Linken, und die Augen des Jungen folgten wie gebannt der Bewegung.

»Schön«, sagte Stard. Er trat auf Linos zu. »Du bist der getreue Knappe, der seinen Herrn befreien wollte? Wie ein treuer Hund. Mal sehen, ob ich deine Form ein wenig nach deinem Geist zurechtschneiden kann.«

Er senkte die gezackte Klinge und setzte die Spitze auf Linos' Bauch. Ein Wimmern entrang sich der Kehle des Jungen, aber er bewegte sich immer noch nicht. Lacan wälzte sich auf dem Boden, versuchte, die Arme aufzustützen, doch er fühlte sich wie eine Marionette, der man die Fäden durchtrennt hatte.

Da hallte eine tiefe Stimme über den Flur.

»Meister Stard! Von unserer ersten Begegnung an habe ich mir gedacht, dass Ihr die Art Mann seid, der seine protzige Klinge nur trägt, um damit Kinder zu erschrecken.«

Auch Edern hatte, wie es schien, seine Ritter vorausgeschickt. Auf den Feldern hinter den Dörfern am Waldrand stießen die beiden Heere aufeinander.

Gaban teilte seine Streitmacht in zwei Flügel, einen mit

den Reitern aus Vandrel, den anderen mit den übrigen Verbündeten. Er ließ sie versetzt anreiten, um den Gegner in die Zange zu nehmen. Sie mussten den Feind hier aufhalten, denn wenn Edern durchbrach, wäre der Krieg entschieden. Das eigene Fußvolk war derart aufgelöst, dass nicht einmal ein geordneter Rückzug möglich war.

Die Entscheidung war gefallen, und sie konnten dem Schicksal nicht länger ausweichen.

Gaban stürmte auf den Feind zu und schätzte dessen Stärke ein. Zahlenmäßig war der Unterschied überraschend gering. Aber Gaban wusste, dass die Ritter aus Edern besser gerüstet waren und mehr schwere Reiterei ins Feld führten. Es war schon ein Wunder nötig, wenn sie diesen Entlastungsangriff überleben wollten – an einen Sieg wagte er gar nicht zu denken. Innerhalb einer Nacht hatte Bponur sie von den Höhen des Triumphs in die tiefste Verzweiflung gestürzt.

»Jetzt zeigt es sich, was ein Krieger wert ist«, rief er Godemund von Felstetten zu.

Felstetten lachte und schwang den Schild. »Und ich will verdammt sein, wenn wir uns von Vandrel überflügeln lassen!« Er gab seinem Pferd die Sporen und galoppierte schneller.

Die Ederner griffen ebenso ungestüm an, und beide Heere krachten wuchtig gegeneinander. Pferde gingen laut wiehernd zu Boden, Lanzen schlugen hart auf Schilde, Brustpanzer und Kettenhemden. Die Reiter zogen das Schwert. In einem wilden Getümmel hieben sie verbissen aufeinander ein, die Hufe rissen die Erde auf, die Krieger tränkten sie mit ihrem Blut. Schreie, Schwerterklirren, das Krachen von Holz und Eisen und das Wiehern der Pferde hallten über das Schlachtfeld.

Gaban ragte aus dem Gewühl heraus, ein Hüne auf einem riesigen Schlachtross. Die Klinge in seiner Hand reichte so weit wie der Speer eines kleineren Mannes. Er zerschlug Lanzenschäfte, eisengerahmte Schilde, gepanzerte Schabracken; er streckte Ross und Reiter nieder, und die Ritter und die berittenen Knechte aus Guthügeln hielten ihm den Rücken frei, so gut sie konnten.

Dennoch verloren sie an Boden. Gaban behauptete seine Stellung, aber seine Verbündeten fielen schneller als die Gegner.

»Wir müssen eine Entscheidung erzwingen!«, rief er keuchend und sah sich nach Felstetten um. Mit dem Schwert wies er die Richtung: Aus einem dicht geschlossenen Ring von schwer gepanzerten Rittern erhob sich die Standarte von Edern. Neben dem Bannerträger ritt ein kräftiger Mann in prachtvoller Rüstung, silberglänzend mit blau emaillierten Flächen und mit dem Baum von Edern auf dem Wappenrock.

Das musste der Anführer der Feinde sein. Wenn sie dorthin durchbrechen könnten, ließe sich die Schlacht vielleicht noch wenden.

Gaban trieb sein Schlachtross an. Mit der ganzen Masse von Pferd und Reiter ritt er auf eine Reihe der Gegner zu und sprengte sie auseinander. Seine Begleiter folgten ihm. Doch die Ederner schlossen sich rasch wieder zusammen und bedrängten seinen kleinen Trupp von allen Seiten.

Gabans Vorstoß stockte. Eingekeilt in einem Gemenge von Leibern, von Pferden und Reitern, schlug er mit dem Schwert um sich und musste mit ansehen, wie ein Speer Felstetten unter dem Helm in den Hals fuhr.

Der Feldherr der Feinde bemerkte den Vorstoß und ließ seine Wache einschwenken und ritt auf Gaban los. Zwanzig schwer bewaffnete Ederner in hochgeschlossener Vollrüstung und mit gepanzerten Pferden bahnten sich einen Weg durch das Getümmel.

Gaban hatte einen Kampf mit dem feindlichen Anführer erzwingen wollen, doch jetzt war er eingekeilt, und seine eigenen Leute wurden abgedrängt.

Wütend trieb er sein Tier an. Er verschaffte sich Raum, hob sein Schwert.

Und dann, mitten im Anritt, sah er, dass sein Gegner strauchelte. Der Reiter in der silberblauen Rüstung schwankte kaum merklich, das Ross unter ihm geriet aus dem Tritt. Die Kämpfer neben ihm wichen aus, und schon kippte der Feldherr aus dem Sattel. Gaban hatte keinen Speer, keinen Pfeil heranfliegen sehen, nichts, was den Sturz erklärte.

Einen Augenblick lang bildete die Leibwache des Feldherrn ein wildes Durcheinander um ihren Anführer, das Banner senkte sich, als der Bannerträger sich zu dem gestürzten Fürsten beugte.

Gaban griff an.

»Zu mir!«, brüllte er. »Auf den Feind!«

Er trieb sein Pferd gegen den Gegner vor ihm. Beide Tiere strauchelten. Gaban sprang aus dem Sattel und hieb den Ritter nieder, drängte sich an dem gestürzten Ross vorbei, schlug einen Reitknecht dahinter aus dem Sattel und schwang sich selbst auf dessen Rappen. Nun war er dankbar, dass er nicht die volle Rüstung trug, mit der die Edlen unter den Feinden in die Schlacht gezogen waren. Keiner von ihnen hätte sich so bewegen können.

Die Ederner hatten bemerkt, dass mit ihrem Feldherrn etwas nicht stimmte, und verloren die Ordnung. Gaban stieß in die Lücken vor, die sich bildeten, und alle seine Männer, die noch im Sattel saßen, drängten ihm nach.

Mit zwei Sätzen war Gaban bei dem ungeordneten Pulk, der sich um den am Boden liegenden Anführer gebildet hatte. Gabans Schwert sauste durch die Luft. Er durchschlug den Schaft der Standarte, wehrte eine Lanzenspitze ab und stieß dem Bannerträger die Spitze der eigenen Klinge unter dem Brustpanzer in den Leib.

Die Fahne von Edern war gefallen!

Er hörte Rufe und wütende Schreie von seinen Gegnern. Drei schwer gepanzerte Ritter drangen auf ihn ein, und Gaban konnte den Lanzen nur ausweichen, indem er sich aus dem Sattel gleiten ließ und hinter dem Pferd Schutz suchte.

Die Ederner bildeten einen Ring um den Feldherrn. Die Reiter lösten sich aus den Kämpfen und sammelten sich um die Leibwache. Schritt für Schritt zogen die Ederner sich zurück und brachten den Gefallenen vom Schlachtfeld.

Und der Rest ihres Heeres folgte ihnen.

»Linos!«, rief Niki überrascht und trat vor, doch Nessa streckte den Arm aus und schob sie wieder hinter sich.

Der Name riss den Jungen aus seiner Erstarrung, und er wich vor dem Schwert des dunkel gekleideten Mannes zurück. Auch Lacan, der halb betäubt über den Boden kroch, kam zur Besinnung. Er rollte zur Seite, packte den Knaben und riss ihn zu Boden und zog ihn zu sich.

Der Zauberer stach zu, aber er hatte sich zu lange von dem Waffenmeister und seinen Begleitern ablenken lassen. Seine Dornenklinge fuhr durch die leere Luft.

Nessa eilte zu Lacan und zog ihn in Sicherheit. Gander blieb neben ihr. Der dunkelhäutige Waffenmeister hielt die Klinge vor sich gesenkt. Stard wich einen Schritt zurück und hob sein Schwert.

Gander blickte ihn an. »Auf diesen Kampf habe ich lange gewartet!«

»Ihr hättet nur etwas sagen müssen, Hauptmann«, erwiderte Stard. »Ich wäre Euch stets gern zu Diensten gewesen.«

Der Junge kam rasch wieder auf die Füße und lief zu dem Mädchen. »Niki!«

Lacan umklammerte Nessas Hand. Er rang sich ein Lächeln ab, aber seine Beine gaben immer wieder nach, wenn er aufstehen wollte.

»Was haben sie mit dir gemacht?«, flüsterte Nessa.

Scabea schob sich an ihr vorbei. »Lass mich helfen«, sagte die Priesterin.

Inzwischen rückten auch die Gardisten vor. Sie hoben die Waffen und stiegen über Lacan und die beiden Frauen hinweg. Gander streckte die Linke nach hinten und hielt sie zurück.

»Verschwindet hier«, befahl er. »Der Hexenmeister gehört mir.«

»Aber Herr!«, rief einer der Soldaten.

»Kümmert euch um die Kaiserin«, sagte Gander scharf. »Bringt sie in Sicherheit. Wenn ihr dann noch Lust auf einen Kampf habt … Nun, ihr wisst, wo ihr mich findet.«

Zögernd wichen die Gardisten zurück. Nessa und Scabea halfen Lacan auf und stützten ihn. Allmählich sammelte sich die Schar wieder zu einem dichten Haufen: der Knabe und das Mädchen; die junge Kaiserin; die Priester, Nessa und Lacan – und die kleine Frau, die anscheinend wusste, wo es langging.

»Zurück«, zischte Meris ihnen zu.

»Ich dachte, wir müssten dorthin!« Nessa wies in die Richtung, wo der Waffenmeister nun abwartend drei Schritte vor dem Hexenmeister stand. »Und warum schlägt Gander den Kerl nicht einfach tot, damit wir weiterkönnen?«

»Wir dürfen Stard nicht unterschätzen«, flüsterte Meris. »Wenn Gander den Kampf verliert, ist die Kaiserin in Gefahr. Also zögert er den Kampf hinaus, bis wir fort sind.«

»Der Waffenmeister der Kaiserin soll im Schwertkampf gegen einen Zauberer unterliegen?« Nessa schnaubte verächtlich. Sie hob das Schwert und erwog, die Sache selbst in die Hand zu nehmen. Doch sie wollte Lacan nicht loslassen, denn sie spürte, dass der aus eigener Kraft nicht stehen konnte.

Der Anflug eines Lächelns erschien auf Meris' Lippen. »Gander rechnet bestimmt nicht damit. Aber immerhin ist er klug genug, seine Zuversicht nicht in Leichtsinn umschlagen zu lassen und unser aller Glück auf die Probe zu stellen.

Wir sollten die Zeit nutzen, die er uns verschafft.«

Sie wichen zu der Ecke zurück, um die sie eben gekommen waren – gerade rechtzeitig, dass der Schwertmeister mit seinem Ruf das Leben des Jungen hatte retten können, und vielleicht auch das von Lacan. Nessa sah ihren Gefährten an. Sein Gesicht war bleich mit dunklen Flecken, und die Wange war aufgerissen.

»Ich kenne einen anderen Weg«, sagte Meris. »Schnell jetzt.«

Gander und Stard bewegten sich vorsichtig und maßen den Gegner. Der Korridor war breit, aber nicht so breit, dass sie aneinander vorbeigehen konnten, ohne sich gefährlich nah zu kommen. Und sie hielten so viel Abstand von der Wand, dass sie den Schwertarm nicht behinderten.

Gander stieß mit dem Schwert nach vorn, doch es war, als würde seine Klinge sich in der Luft biegen, am Körper des Hexenmeisters vorbei. Dann parierte Stard, und Gander spürte, wie die schwarze Dornenklinge an seiner Waffe zog. Er umklammerte den Griff fester und riss sein Schwert zurück. Das brachte Stard aus dem Gleichgewicht. Gander stieß sofort nach. Doch Stards Schwert kam wie aus dem Nichts und wischte den Angriff seitlich weg.

Beide Kämpfer wichen einen Schritt zurück. Sie atmeten schneller und maßen sich mit dem Blick. Was Gander bei dem Schlagabtausch gesehen hatte, passte nicht zu den Bewegungen und zu dem, was er fühlte. Der Hexer beeinflusste seine Sinne.

»Du kämpfst mit Tricks«, zischte er.

Stard grinste. »Ach kommt, Hauptmann von Lichtingen. Jeder kämpft mit den Fertigkeiten, die ihm gegeben sind. Was habt Ihr erwartet?«

»Du glaubst, deine Zauberei schüchtert mich ein?« Gander schnaubte abfällig. »Als Aredrel noch geherrscht hat, da hatten wir einen echten Schwarzmagier im Palast. Runnik. Das war ein furchterregender Hexenmeister. Aber seit die Tochter die Herrschaft übernommen hat, sammeln sich die zweitrangigen Gestalten am Hof. Deine Spielereien werden dir das Leben nicht retten.«

Stard lachte leise. »Ihr lebt in einer Vergangenheit, die es nie gab, Gander. Die großartige Zeit von Kaiser Aredrel? Man muss schon im Dunst von dessen Wahnsinn groß geworden sein, um daran zu glauben.

Runnik ist nichts weiter als ein Popanz. Er dient längst meiner Gemahlin und Gebieterin. Wusstet Ihr das nicht? Während wir hier kämpfen, führt Runnik alle ins Verderben, die uns die Krone streitig machen. Ganz so, wie Sortor es ihm befohlen hat. So weit reicht die Macht von uns zweitrangigen Hexenmeistern.«

Wieder stieß Gander mit dem Schwert nach Stard. Doch der Raum schien sich vor Stard zu krümmen. Aber Gander war der Schwertmeister des Kaisers. Er wusste, wie man seinen Gegner las und dessen Bewegung vorausahnte. Er kümmerte sich nicht um die verzerrte Wirklichkeit, die er sah, sondern folgte seinem Gespür.

Ratschend fuhr seine Klinge durch Stoff. Er wehrte Stards Gegenangriff ab und parierte das Schwert des Hexenmeisters an einer ganz anderen Stelle, als seine Augen es ihm vorspiegelten. Er hieb wieder zu. Stard taumelte zurück, und ein blutiger Streifen erschien auf seiner Stirn, obwohl Ganders Klinge sie scheinbar nicht berührt hatte.

»Illusionen und Trugbilder«, sagte der Waffenmeister befriedigt. »Wenn das alle deine Fertigkeiten sind, wirst du nicht weit kommen.«

Stahl klirrte auf Stahl, und Gander drängte seinen Gegner immer weiter zurück, auf das Ende des Korridors zu. Stard hatte bald keinen Raum mehr, um Ganders Angriffen auszuweichen.

Noch einmal hielten sie inne. Gander atmete schneller. Stard keuchte. Sein Wams war an vielen Stellen aufgeschlitzt, und er blutete aus oberflächlichen Wunden. »Ich gebe zu, Ihr könnt mit dem Schwert umgehen«, stieß der Hexer hervor. »Aber das hat auch niemand bezweifelt.«

»Wollt Ihr aufgeben?«, fragte Gander. »Das hättet Ihr besser bei dem Ritter versucht, mit dem Ihr es gerade zu tun hattet. Ich hole mir erst Euren Kopf, und dann den Eurer weißen Hexe. Danach wird Eure kleine Rebellion ein schnelles Ende nehmen.«

»Glaubt Ihr wirklich, dass man mich so leicht töten kann?«, erwiderte Stard.

»Ich habe viele großspurige Zauberer gesehen«, entgegnete Gander. »Aber noch nie einen, der mit Stahl nicht zu töten war.«

Er stieß nach Stard, doch der parierte. Gander griff wieder an, und Stard wich zurück bis an die Wand.

Auf eine Finte des Waffenmeisters hin hob er die Klinge, sodass sein Körper einen Augenblick lang ungedeckt war. Gander trieb dem Hexer das Schwert in den Bauch und drehte sich weg. Stards Gegenangriff ging ins Leere, und das schwarze Schwert fuhr eine Handbreit an Ganders Gesicht vorbei.

Da spürte der Schwertmeister plötzlich Stards Hand am Kragen, und er zuckte erschrocken zurück. Er hatte zu sehr auf den Waffenarm geachtet und Stards Linke aus dem Blick verloren. Damit packte der Hexer Gander am Wappenrock und am Kettenhemd und zog ihn mit einer unheimlichen Kraft zu sich heran.

Ihre Gesichter waren nur noch eine Unterarmlänge voneinander entfernt. Gander sah die bleiche Haut, umrahmt von schwarzen Haaren, den unnatürlichen Ton darin, der an einen geschminkten Toten erinnerte. Er roch Stards Atem. Er sah, wie der Zauberer würgte und wie ihm das Blut über die schmalen Lippen lief.

»Gut getroffen, Schwertmeister«, stieß Stard keuchend hervor. »Aber die Vergeltung folgt auf dem Fuße.«

Mit einem Ruck riss Gander sich los. Dann bemerkte er, dass Stards Schwert nicht dort war, wo es sein sollte. Im selben Moment bohrte sich ein glühender Schmerz in seinen Fuß, und Gander krümmte sich, als ob sich ein unsichtbares Netz in seinem Leib zusammenzöge. Er konnte sich nicht mehr bewegen.

Gander erkannte, dass schon der letzte Gegenangriff des Hexers nur eine Sinnestäuschung gewesen war. Stard hatte nie die Klinge gegen Ganders Kopf geführt! Er hatte die Waffe gesenkt gehalten und sie nach unten gestoßen, als sein Gegner abgelenkt war.

Das schwarze Dornenschwert stak in Ganders Fuß. Stards lange Finger schlossen sich um den bizarr geformten Griff und zuckten. Er spie das Blut aus, packte mit der Linken Ganders erstarrten Schwertarm und schob ihn zurück, sodass die Klinge des Schwertmeisters langsam aus dem Bauch des Zauberers gezogen wurde, und Gander konnte nichts dagegen tun. Er war wie eine Gliederpuppe in Stards Händen.

Schmatzend glitt der Stahl aus dem Fleisch. Gander sah die bleiche Haut unter der aufgerissenen Kleidung, aber es quoll kein Blut mehr aus der Wunde, die er Stard geschlagen hatte, sondern sie schloss sich.

Der Hexer legte den Kopf in den Nacken und stöhnte.

Gander keuchte. Die schwarze Klinge stak immer noch in seinem Fuß, und es war, als würde der in Flammen stehen. Stard atmete durch, und Gander sackte zusammen. Der Schmerz wich einer Taubheit, und dumpfe Benommenheit zog in seinen Geist.

»Hättet Ihr mir mal den Kopf genommen«, plauderte Stard und wirkte nun wieder ganz spöttisch und unbeschwert. »Stattdessen habt Ihr Euch nur mit Eurem eigenen Schwert an meinen Leib gekettet. Und ich brauchte doch diesen Moment, wo Ihr stillhaltet, um auch mal einen Treffer zu landen! So unverwundbar wie Sortor bin ich leider nicht …«

Stards Stimme wisperte in Ganders Geist, als die Welt um ihn schwarz wurde.

»… Ihr erlaubt also, dass ich mir meinen Siegpreis hole und mit Eurer Lebenskraft die Wunden heile, die Ihr mir geschlagen habt?«

19. KAPITEL

Meris führte ihre Begleiter aus dem Gebäude. Der Ritter, den sie gerettet hatten, konnte bald wieder selbst gehen, aber er war langsam und unsicher auf den Beinen.

Sie eilten zu einem Tordurchgang und verschwanden hastig in den Gassen zwischen den Nebengebäuden. Meris war froh, dass sie in den letzten Monaten verschiedene Wege zu ihrem Boot ausgekundschaftet hatte. Durch Runniks alte Räumlichkeiten gelangte man zwar am schnellsten dorthin, doch die Begegnung mit Stard hatte sie daran erinnert, dass sie die Kaiserin nicht dort hindurchführen sollte. Wenn Stard da war, waren seine Handlanger vermutlich nicht weit, und vielleicht waren sogar welche in den Kellern zurückgeblieben.

»Was soll dieses Gerenne«, sagte Nessa, die Ritterin, anklagend zu den Priestern. »Wo wollen wir eigentlich hin?«

Sie gelangten auf einen gepflasterten Hinterhof, der mit Unkraut überwuchert war und in dessen Mitte ein Brunnen stand. An der Seite führte eine Treppe zu einer eisernen Gittertür. Meris zog sie auf.

»Kennt Ihr nicht das Sprichwort: Wenn du den Fluss suchst, folge dem Wasser?«

Schemenhaft konnten sie eine kleine Kammer ausmachen, die bis unter den Brunnen reichte. Dort befand sich ein Becken und ein handgetriebenes Pumpwerk. Alles war moosbewachsen und verrostet und wurde seit Langem nicht mehr genutzt.

Im hinteren Teil führte ein breiter Abfluss in die Tiefe. Der eiserne Deckel darüber stand halb offen, und an der Seite konnte man Sprossen erkennen.

Nessa starrte in die Finsternis. »Da entlang? Ich hoffe, jemand hat eine Lampe dabei.«

Die Priester blickten einander an. »Gamia hat sie wieder mitgenommen, als sie zurückgegangen ist«, stellte einer von ihnen fest.

Verärgert biss sich Meris auf die Lippen. »Verdammt«, stieß sie hervor. »Ich habe nicht daran gedacht, als ich heute Morgen mein Zimmer verließ.« In Runniks Gewölben hätten sie Fackeln und Laternen gefunden.

Sie fuhr sich über die Stirn und spürte den Schweiß darauf. Die Erschöpfung traf sie mit einer Wucht, die sie schwindeln machte. Die Kraft, die sie auf den Beinen gehalten hatte, seit sie die Kampfgeräusche gehört hatte, schwand mit einem Mal. Und der Tag war noch lang, und sie hatte so viel vor.

Erst einmal musste sie ein Licht besorgen … Also umkehren!

»Ich habe eine Lampe!« Der Junge meldete sich zu Wort. »Aber ich glaube, der Brennstoff ist fast leer.«

Erleichterung durchströmte Meris. Sie versuchte, sich an den Namen des Knaben zu erinnern. »Das ist nicht schlimm, Linos«, sagte sie. »Wenn es nur für den Hinweg reicht. In meiner Grotte finden wir alles, was wir brauchen.«

Linos holte eine Grubenlampe aus der Tasche und betätigte die Pumpe. Meris wollte ihm helfen und schlug die Flamme an. Sie hatte Mühe, die Hände ruhig zu halten. In der Zwischenzeit kümmerte sich eine der Priesterinnen um den Ritter. Sie stellte irgendwas mit ihm an und verband die aufgerissene Wange.

»So!« Die Laterne brannte. Meris überlegte, ob sie sie an sich nehmen sollte, überließ sie dann aber doch dem Jungen. »Dreh sie so weit wie möglich runter!«, wies sie ihn an.

Sie stiegen in den Schacht hinab. Meris war den Weg schon Dutzende Male gegangen. Der Abfluss führte in die Kanäle, und dort befand sich auch der Durchgang zu ihrer geheimen Grotte.

Die Strecke vom Brunnen aus war ein wenig länger und gewundener als der Weg durch Runniks Kerker, und ein paarmal hielt Meris inne, weil ihr flau wurde und sie die Orientierung verlor. Sie atmete auf, als sie an den Spalt gelangten.

Schließlich lag die Grotte vor ihnen – die blau schimmernde Wasseroberfläche, das Boot mit dem umgelegten Mast, die Umrisse der Felsen am Ufer … Es wirkte so vertraut, dass sie hätte weinen mögen.

Erschöpft ließ sie sich nieder.

Ihre Gefährten blickten sich um.

»Und jetzt?«, fragte Nessa.

Meris wies in die Schatten hinter sich. »Ich habe dort Vorräte gehortet. Alles, was man für eine längere Reise braucht. Wir müssen das Boot beladen, und dann …«

»Was ist mit Sortor?«, fragte der Ritter.

»Lacan! Du kannst wieder reden?«, rief Nessa. »Du hast ausgesehen wie ein Untoter, als wir dich in dem Gang vom Boden aufgeklaubt haben.«

»Es geht mir gut«, sagte Lacan. »Scabea … hat mir die Hand aufgelegt. Tatsächlich habe ich mich seit dem Zwischenfall am Tor nicht mehr so kräftig gefühlt.«

»So?« Nessa musterte ihn. »Wenn ich deine Wange ansehe, denke ich, du solltest noch eine andere Heilerin zurate ziehen und eine zweite Meinung einholen.«

Scipia stieß ihrer Zwillingsschwester den Ellbogen in die Seite. »Ha! Das meine ich auch. Ihr wisst, dass sie ihre Heilkunst nicht im Tempelhospital gelernt hat, sondern bei einem Eremiten, der unter wilden Tieren lebt und geschwächte Eichhörnchen pflegt?«

Scabea seufzte, zu müde zum Streiten. »Es ist nicht leicht, mit Magie eine körperliche Wunde zu heilen. Das Fleisch wird von selbst zusammenwachsen müssen. Aber seine Schwäche rührte nicht von der Verletzung her, sondern von irgendeinem Zauber. Das konnte ich richten. Der Riss im Gesicht …« Scabea zuckte die Achseln. »Der wird ihn nicht behindern.«

»Allerdings bleibt eine hässliche Narbe zurück«, sagte Scipia.

»Wenn eine Narbe alles ist, was ich heute davontrage«, sagte Lacan, »dann will ich mich glücklich schätzen.«

Meris begab sich in den hinteren Teil der Höhle und wühlte in ihrem Gepäck. Sie fand eine winzige Trinkflasche aus Metall, die mit starkem Branntwein gefüllt war. Sie drückte den letzten Rest Opium durch den Flaschenhals, verschloss das Fläschchen und ließ es kreisen, um den Klumpen aufzulösen.

Das Opium war schon die zweite Wahl gewesen – sie hätte anderes bevorzugt. Die kleine Pfeife in ihrem Zimmer war die nächste Einschränkung – aus den entsprechenden Etablissements in der Stadt war sie Besseres gewohnt. Was noch an Wirkung blieb, wenn sie das Zeug einfach schluckte, wusste sie nicht. Aber es musste reichen.

Fahrig fuhr sie sich über das Gesicht, nahm einen Schluck aus der Flasche, setzte sich, trank noch einen Schluck.

Da spürte sie Arudas besorgten Blick.

»Meris«, fragte die Kaiserin. »Bist du krank?«

Meris lächelte. »Ich hab mir wohl was eingefangen. Keine Sorge. Es geht mir gleich besser.«

Alle blickten auf Meris. Die straffte sich und nahm sich zusammen. »So lautet der Plan: Diejenigen von uns, die Sortor stellen wollen, brechen bald wieder auf. Die Kaiserin bleibt mit den anderen hier. Ihr beladet das Boot und macht es klar zum Auslaufen. Am besten steigt ihr schon ein und lenkt es zu dem Spalt …« Sie wies über die Wasserfläche, dorthin, wo das Licht schimmerte. »So könnt ihr entkommen, falls man euch aufspürt. Ansonsten solltet ihr bis Einbruch der Dunkelheit warten. Wenn wir Erfolg haben, wenn die weiße Hexe stirbt und wir den Palast sichern können, holen wir Euch zurück, Majestät.« Sie nickte Aruda zu. »Wenn wir bis heute Abend nicht wieder hier sind, sind wir gescheitert. Dann fahrt Ihr im Schutz der Nacht auf den Fluss hinaus, und …« Sie verstummte. Sie hatte keine Ahnung, was dann geschehen sollte. »Bringt Euch in Sicherheit«, sagte sie.

»Und wo bleibst du?«, fragte Aruda. »Ich will nicht ohne dich gehen. Wir sind schon einmal zusammen geflohen. Es ist viel sicherer, wenn du dabei bist!«

Meris lächelte matt. Sie erinnerte sich an ihre Reise mit Dauras und der Prinzessin. *Nicht sicherer für mich*, dachte sie. »Ich wollte mit dem Boot fliehen«, sagte sie laut. »Darum liegt es hier. Ich wollte einfach fort. Aber dann kam Gander, der Verrückte, und wollte gegen Sortor kämpfen. Und jetzt haben diese fremden Ritter dasselbe vor. Wie kann ich da zurückstehen? Ich bin die Einzige, die einen Plan dafür hat.«

»Und wie sieht Euer Plan aus?«, fragte Nessa.

»Nun«, erklärte Meris. »Ich kenne den Palast, und ich kenne Sortor. Ich werde also zu ihr gehen und sie in einen Hinterhalt locken. Dort werdet ihr auf sie warten.«

»Ihr glaubt, die Hofrätin lässt sich von Euch täuschen?«, fragte einer der Gardisten. »Jeder weiß, dass Ihr eine Vertraute der Kaiserin seid. Wie wollt Ihr die Hofrätin davon überzeugen, dass Ihr die Seiten gewechselt habt?«

»Gar nicht«, gab Meris leichthin zurück. »Ich will sie nur überzeugen, dass ich ein Schwachkopf bin, der gar nichts mitbekommt. Das sollte nicht schwerfallen nach unseren letzten Begegnungen.«

Die anderen starrten sie an, doch Meris sagte nichts mehr dazu.

»Wohin soll ich mich wenden?«, fragte Aruda schließlich.

»Die Legion steht irgendwo da draußen«, stellte einer der Gardisten fest. »Dort findet ihr treue Ritter. Ihr müsst Kontakt zur Legion aufnehmen!«

Arudas Gesicht hellte sich auf. »Gaban ist auch da draußen mit seinem Heer! Ich muss zu ihm stoßen.«

Meris wandte sich ab. Die Legion war keine große Bedrohung für Sortor. Ein kleines Heer, viel zu schwach, um die Stadt anzugreifen, ohne Versorgung und ohne Hinterland abgeschnitten. Sortor konnte sie einfach ignorieren.

Die Nordmänner und die Streitmacht des Grafen von Edern hingegen waren eine andere Sache, und ohne die Legion war die Stadt zu schwach, um sich gegen solche Gegner zu verteidigen. Sortor musste also einen Plan für sie haben, und Meris ahnte sogar, wie dieser Plan aussah … Doch sie war nicht diejenige, die Aruda davon erzählen wollte.

»Schickt jemanden, um Kontakt aufzunehmen«, sagte sie. »Aber geht kein Risiko ein und haltet Euch selbst versteckt. Ein paar von uns sollten bei Euch bleiben und Euch helfen.«

Sie blickte in die Runde.

»Die Kinder, natürlich!« Nessa wies auf Linos und Niki. »Dann hat sie schon mal eine Hofdame.«

»Du solltest hierbleiben«, sagte Lacan zu ihr.

Nessa fuhr auf. »Wie kommst du darauf? Wenn einer von uns bleiben sollte, dann du!«

»Ich bleibe auch nicht hier!«, erklärte Niki. »Ich gehe mit ihr!« Sie trat an Nessas Seite.

Linos verdrehte die Augen. »Das ist so unvernünftig!«

Niki stemmte die Arme in die Hüften. »Sie ist eine Ritterin!«, sagte sie. »Es ist also möglich, siehst du!«

»Wenn du gehst, gehe ich mit«, verkündete Linos. »Ich bin nächtelang durch alte Gräber geschlichen, um dich zu befreien. Jetzt werde ich aufpassen, dass du nicht wieder in Schwierigkeiten gerätst.«

Lacan schaute alle drei an und lächelte. »Siehst du«, sagte er. »Ihr seid schon eine eingeschworene Truppe.«

Nessa blickte grimmig. Sie zog das Schwert und richtete die Spitze auf Lacan. »Du hältst mich für eine schwache Frau, die man in Sicherheit wissen muss? Glaubst du wirklich, dass du der bessere Kämpfer bist?«

»Das glaube ich«, entgegnete Lacan. »Und ich glaube, dass du viel besser mit Booten umgehen kannst als ich. Am Ende des Tages wird hier jemand gebraucht, der diesen Kahn aus der Grotte heraus und über den Fluss ans Ufer steuert. Glaubst du wirklich, dass ich der Richtige dafür bin?«

Nessa ließ die Klinge sinken. Sie drehte sich um und sah das Boot an. Dann steckte sie ihr Schwert weg, trat auf Lacan zu und hielt ihn fest. »Wir bleiben beide!«, erklärte sie. »Fürs Bootfahren taugst du nichts, aber du bist angeschlagen. Wir sollten gemeinsam kämpfen, egal wo.«

»Vergiss nicht, wozu wir hergekommen sind.« Er nickte in Richtung der Priester. »Was für ein Ritter lässt seine Schutzbefohlenen auf einer Mission im Stich? Wir können Sortor nicht gänzlich anderen überlassen.«

»Nein«, sagte Nessa. »Das können wir nicht. Und ich glaube, diese traurigen Gestalten haben dein Glück dringend nötig.« Sie legte die Arme um ihn.

Lacan erwiderte die Umarmung, und sie standen einfach nur da.

»Aber wenn wir wieder zu Hause sind«, flüsterte Nessa, »das schwör ich dir: Dann bring ich dir eigenhändig Rudern und Segeln bei, und wenn ich es dir mit den Riemen einprügeln muss.«

Nach dem Rückzug der Ritter von Edern hatte das Heer der Nordmänner sich formieren können. Graf Rodbert von Guthügeln führte den Gegenangriff, und er stellte die Fußtruppen der Ederner fast am selben Ort, wo zuvor die Reiter gekämpft hatten.

Die Ederner wankten unter dem Ansturm. Zu Fuß war der Norden stärker, und Rodberts Truppen drückten die Linien der Feinde an mehreren Stellen ein. Wo der Schildwall brach, floss das Blut in Strömen.

Der Graf bemerkte, dass seine Gegner weit weniger tief standen, als es den Anschein hatte. Die Krieger vorn hielten dagegen, aber im hinteren Feld schien Edern kaum Rückhalt zu haben. Die Soldaten dort wichen schnell zurück und stellten sich nicht dem Kampf.

»Setzt nach!«, rief Graf Rodbert. »Brecht ihre Reihen auf! Dann ist der Krieg entschieden!«

Seine Stimme ging fast unter in dem Getöse. Überall brüllten und schrien die Angreifer ebenso wie die Verwundeten. Stahl prallte auf Stahl, Waffen und Schilde barsten. Die Schlacht tobte wie ein Gewittersturm, und Lachen von Blut benetzten die Erde.

Da kehrten die Ritter von Edern zurück. Um den Flügel ihres Heeres herum fielen sie den Nordleuten in die Flanke. Gaban schickte seine Reiter dorthin, um eine Umklammerung zu vermeiden, aber der Angriff brachte den Edernern dennoch Entlastung. Das Blatt wendete sich. Edern war jetzt überlegen, es war nur eine Frage der Zeit, bis Rodberts Verbündete aufgerieben waren.

Auf dem Höhepunkt des Gemetzels stieß Gaban zu seinem Vater, und gemeinsam warfen sie sich gegen den Feind mit einem wilden Schlachtruf, der die Männer an ihrer Seite mitriss. Der Schildwall vor ihnen brach, und tief bohrten sich die Truppen aus Guthügeln in die Massen der Gegner. Gaban hieb mit dem Schwert auf Arme und auf Köpfe, stieß die einen Krieger zurück und erstach die nächsten.

Der Kampf war in der Schwebe.

Die Ritter aus Edern hätten die Nordländer längst umzingeln können, aber viele von ihnen mussten zurückbleiben und hinter den eigenen Reihen verhindern, dass das Fußvolk die Flucht ergriff. Gaban und sein Vater hatten den Durchbruch fast geschafft; sie steckten so weit hinter den feindlichen Linien, dass sie sehen konnten, wie die Ritter aus Edern absaßen und sich unter die Fußtruppen mischten in dem verzweifelten Versuch, den Kampfgeist zu heben.

Überall brach nun die Formation, kleine Gruppen fochten gegeneinander. Nun, wo den Kriegern kein Schildwall mehr Deckung bot, wuchs der Blutzoll rasch.

Die Geräusche auf dem Schlachtfeld veränderten sich. Es klang wie das Ende der Welt. Gaban hatte so etwas noch nie gehört, ein grauenvolles Reißen und Sausen, ein Schreien und Stöhnen und Wehklagen, das nichts Menschliches mehr an sich hatte. Die Luft war dick von Staub, sodass das Atmen schwerfiel und die Umrisse verschwammen.

Ederns Männer waren in der Überzahl und hatten inzwischen die Reiter im Rücken des feindlichen Fußvolks. Wenn sie nur standhielten, mussten sie am Ende die Oberhand behalten.

Aber das Fußvolk von Edern war schlecht bewaffnet und wankte bereits. Es waren zu viele einfache Knechte darunter, die hastig eingezogen worden waren und nur mit Gewalt in der Schlacht gehalten werden konnten. Und sobald die schwächeren von Ederns Truppen nachgaben, würden sie das ganze Heer mitreißen wie eine Lawine. Rodbert setzte alles daran, den Druck aufrechtzuerhalten, denn jeder Augenblick mochte den Umschwung bringen.

Beide Seiten hatten den Sieg vor Augen, und keiner wollte zurückweichen. So wurde das Gefecht zu einem wilden Gemetzel.

Und dann, als das Getöse schon nachließ, als die Kämpfer

müde wurden und die Kräfte erlahmten, da bemerkte Gaban eine Bewegung hinter den feindlichen Reihen.

Er streckte sich und versuchte, durch den Staub und den Dreck in der Luft etwas zu erkennen. Frische Truppen marschierten in Schlachtordnung heran. Hatte Edern etwa eine Reserve zurückbehalten?

»Was ist los?«, fragte sein Vater, der sich zu Gaban begeben hatte. Er war zu klein, um über das Schlachtengetümmel hinwegzublicken, und Blut lief ihm aus einer Kopfwunde ins Gesicht.

Da wehte eine leichte Brise über das Feld und vertrieb den Staub.

Gaban sah die Flaggen und die Standarte des neu erschienenen Heeres, er konnte sogar die rote Linie der Krieger darunter ausmachen.

»Die Legion!«, brüllte er und hob das Schwert wieder. »Die Kaiserin hat uns ihre Legion geschickt! Los, Männer, treiben wir den Feind in ihre Lanzen!«

Linos und die Soldaten beluden das Boot. Aruda saß auf einer Ruderbank, schob die Packen zurecht, die hineingehievt wurden, und blickte stumm auf die Planken hinab. Nessa lief am Ufer auf und ab, und Niki sah ihr zu und stand unschlüssig da.

»Du könntest mal mit anfassen«, zischte er Niki zu, als er an ihr vorbeikam.

Niki äugte zu Nessa hinüber. »Das ist keine Aufgabe für eine Ritterin!«, entgegnete sie hochnäsig.

»Aber für einen Knappen«, gab Linos zurück. »Wenn du dich also für den Posten empfehlen willst, hast du jetzt die Gelegenheit.«

Niki zögerte, dann eilte sie über die Felsen und versuchte, ein schweres Fass zum Ufer zu rollen. Doch es war zu schwer.

Nachdem sie einige Kisten und Bündel über den zerklüfteten Grund geschleppt hatten, zogen die Gardisten sich zurück. Einer ließ sich erschöpft auf einem Stein nieder, streckte sein verletztes Bein aus, und bald sank sein Kopf auf die Brust. Sein Kamerad lehnte sich daneben an einen Felsen. Er zupfte an seinem Uniformrock, der mit getrocknetem Blut verklebt war, und verzog das Gesicht vor Schmerz.

Nessa hielt inne und blickte die Soldaten an.

»Ich verstehe, warum sie euch nicht mitnehmen wollten«, sagte sie. »Aber hätten sie für ihre Kaiserin nicht wenigstens eine Wache zurücklassen können, die gesund genug ist, um sich auf den Beinen zu halten?«

Der Gardist betrachtete sie finster. »Wir stehen schon unseren Mann, wenn es nötig ist. Doch es wird nicht nötig sein. Hauptmann Gander will sich um Sortor kümmern! Die anderen werden zu ihm stoßen, und gemeinsam werden sie die Hexe zur Strecke bringen. Hauptmann Gander ist unbesiegbar! Es hat also keine Eile mit dem Kahn.«

Nessa schnaubte und ging wieder zum Seeufer. Linos fasste bei Niki mit an, und zusammen rollten sie das kleine Fass über die Steine bis zum Boot und wuchteten es hinein.

Als es im Rumpf stand, richtete Niki sich auf, wischte sich den Schweiß von der Stirn und blickte missbilligend auf das Fässchen. Dann stieg sie in das Boot und ließ sich auf dem Bootsrand nieder.

Ein Schatten bewegte sich hinter den Gardisten. Etwas Dunkles sauste durch die Luft und riss dem Soldaten, der an dem Felsen lehnte, ein großes Stück Fleisch aus der Schulter. Der taumelte nach vorn, schrie gellend und wedelte mit dem unverletzten Arm. Blut spritzte aus der Wunde. Die Waffe, die ihn getroffen hatte, schwang zurück und enthauptete den zweiten Soldaten, der gerade erschrocken den Kopf hob.

Nessa fuhr herum und riss ihr Schwert aus der Scheide.

Lächelnd schritt Stard an den beiden Männern vorbei auf das matt erleuchtete Seeufer zu. Dabei trat er den verletzten Soldaten um, drückte ihn mit dem Fuß auf den Boden und stieß ihm die Klinge in den Rücken. Der Gardist schrie und bäumte sich mit dem Oberkörper auf.

Stard zog die Dornenklinge aus dem Körper. »Sieh an«, sagte er. »Welch illustre Gesellschaft. Da will ich mich gar nicht lang mit dem Fußvolk aufhalten.« Während er sprach, stach er weiter auf den liegenden Soldaten ein, langsam und bedächtig. Er schob die Klinge schräg durch den Rücken in den Unterleib. Die Schreie des Mannes wurden rasch leiser und erstickten in einem Gurgeln.

Niki und Aruda sprangen auf, das Boot schaukelte. Linos wich dorthin zurück. Nessa stürmte auf Stard zu und holte zum Schlag aus.

Der Hexenmeister ließ von dem Gardisten ab und ging auf sie zu. Mühelos parierte er ihren Streich und stieß Nessa die Klinge in den Bauch, durch die Ringe ihres Kettenhemds. Die bizarr geformte Klinge glitt tief in den Leib. Lächelnd packte Stard ihren zurücksausenden Schwertarm mit der Linken am Handgelenk.

»Fällt Euch eigentlich auf, meine Schöne«, sagte Stard, »wie sehr unsere Haltung an einen Tanz erinnert?«

Das Schwert entglitt Nessas Fingern und landete klirrend zwischen den Steinen. Nessa starrte Stard aus großen Augen an. Sie keuchte, ihr Blick wurde trüb. Langsam zog er die Klinge aus ihrem Bauch, und Fleisch und Fetzen von aufgerissenen Eigenweiden hingen an den Dornen. Er stieß Nessa weg, und die Ritterin stürzte rücklings zu Boden.

Niki und Aruda schrien auf.

Linos nahm ein Ruder aus dem Boot und stellte sich vor die Mädchen.

Stard schüttelte seine besudelte Waffe, sodass Blut und

Fleischfetzen wegspritzten. Der schwarze Stahl war kaum noch zu erkennen.

Er zwinkerte Linos zu. »Ich glaube, wir hatten dort oben gerade etwas vor, als wir unterbrochen wurden. Was meinst du, kleiner Knappe? Sollen wir weitermachen?«

Linos biss die Zähne aufeinander und sprang Stard in den Weg. »Fahrt los«, rief er den Mädchen zu. »Flieht auf den Fluss!«

Niki hockte sich hin und fingerte hektisch an dem Tau, mit dem das Boot am Ufer festgemacht war, doch ihre Finger glitten an dem nassen Knoten ab.

Stard kam eiliger auf sie zu. Er schlug Linos' das Ruder aus der Hand und trat den Jungen in den Bauch. Linos kippte neben dem Boot ins Wasser. Niki schrie und sprang zur Seite. Aruda hob abwehrend die Hände und wich ins Heck zurück.

»Tut mir leid«, sagte Stard. »Aber wir wollen die Rangfolge nicht aus dem Blick verlieren. Zuerst die Kaiserin! Ihr anderen wollt die Zeit vielleicht nutzen und hinaus in die Kanäle fliehen. Damit ich mich heute zumindest ein Mal herausgefordert fühle ...«

Prustend kam Linos an die Oberfläche. Er schnappte nach Luft und schlug verzweifelt mit den Armen. Stard setzte den Fuß auf den Bootsrand.

Da brach aus Arudas Fingern ein Licht hervor. Die Kaiserin riss die Augen auf und stieß einen erschrockenen Laut aus.

»Was zur Hölle ...« Stard runzelte die Stirn.

Das Licht wurde heller. Wie eine Wolke schwebte es zwischen Aruda und Stard, und eine Gestalt formte sich darin – der Umriss einer zierlichen Frau, die vor dem Hexer die Arme hob.

Ein gleißender Strahl schoss hervor und traf Stard mitten ins Gesicht. Der Hexenmeister schrie gellend auf, riss schützend die Arme hoch und taumelte zurück ans Ufer. Das Licht brannte immer greller und erfüllte die ganze Höhle. Es legte sich über Nessa wie ein warmer Mantel. Der Schmerz in ihrem Leib verebbte, und frische Kraft floss ihr zu.

Sie nahm ihr Schwert, sprang auf und ging auf Stard los.

Der hörte das Scharren von Metall auf Stein, ihre Schritte, und wandte sich zu ihr um. Geblendet hielt er den linken Arm vor die Augen, aber er wehrte Nessas ersten Angriff ab. Stard fuchtelte mit seiner Klinge blind in ihre Richtung, und obwohl es hätte einfach sein sollen, traf Nessa ihn nicht. Sie bewegte sich so mühsam und zäh, als würde sie unter Wasser fechten, und Stard stand nie da, wo sie ihn erwartete. Dabei bewegte er sich kaum!

Nessa fluchte.

Plötzlich schlich Niki sich von hinten an den Hexer heran. Sie schwang das Ruder, das er Linos aus der Hand geschlagen hatte. Mit Wucht klatschte das Blatt gegen Stards Hinterkopf und schleuderte ihn nach vorn.

Nessa streckte das Schwert aus, und die Klinge bohrte sich in Stards Kehle. Dann riss sie das Schwert aus der Wunde, wich Stards Waffe aus, die ziellos durch die Luft fuhr, während der Zauberer versuchte, das Gleichgewicht zu halten, und stach ihm die Klinge in die Brust.

Stards Augen weiteten sich, seine Arme sanken herab, das dunkle Schwert entglitt seinen Fingern. Und Nessa zog ihre Waffe wieder aus seinem Körper, holte aus und schlug dem Hexenmeister den Kopf ab.

Dann stand sie keuchend da. »So«, sagte sie leise.

Sie trat an das Boot und sah Aruda an. »Ich muss die offizielle Position Meerbergens wohl überdenken«, verkündete sie, »was den göttlichen Segen für Eure Herrschaft und Eure Eignung für den Thron anbelangt. Was war das gerade?«

»Die Gestalt …«, stammelte Aruda. »Das war die Frau, die

meinen Garten pflegt. Als wir den Palast verlassen haben, da hatte ich mich schon mit dem Gedanken abgefunden, dass sie nur eine eingebildete Freundin ist. Sie hat mir das da zum Abschied geschenkt.«

Sie streckte die Hand aus. Auf der Handfläche lag ein kleines braunes vertrocknetes Blatt.

»Ah … ja.« Nessa runzelte die Stirn.

Sie trat zurück und drehte sich zu Stard um. Der schwarz gekleidete Torso verschmolz mit dem dunklen Boden und war kaum auszumachen in der Dunkelheit. Der Kopf war irgendwo zwischen die Steine gerollt.

Sie taumelte. Ein Schmerz fuhr glühend in ihren Bauch, und sie presste die Hand darauf. Die Wunde blutete wieder. »Magische Heilung«, murmelte sie. »Ich hätte wissen müssen, dass es nichts taugt.« Sie tastete sich zu einer ebenen Stelle am Ufer und ließ sich auf den Boden sinken.

»Kinder«, sagte sie. »Beladet das Boot fertig. Wenn der Hexer uns gefunden hat, können andere das auch. Es ist besser, wenn wir jederzeit aufbrechen können.«

Sie lehnte sich gegen einen Stein und schlief ein.

Sortor stand mitten in der großen Halle, umringt von Kurieren und bewaffneten Handlangern, die aufgeregt miteinander redeten. Von den Schreibern war keiner zu sehen.

Im Schatten der Tür trank Meris noch einen Schluck aus dem kleinen Fläschchen. Es war beinahe leer. Sie straffte sich, trat ein und ging durch den Raum.

»Sortor!«, rief sie. »Zum Glück seid Ihr hier!«

Die Gesichter wandten sich zu ihr. Belustigt hob Sortor eine Braue.

»Meris«, sagte sie. »Ich hatte nicht erwartet, dass Sie wach werden.«

Meris drängte sich zwischen Sortors Männern hindurch.

»Die Kämpfe haben mich geweckt!«, erklärte sie. »Feinde sind im Palast! Ich habe nirgendwo eine Wache gefunden, doch zum Glück haltet Ihr noch die Stellung. Die Kaiserin braucht Hilfe!«

Sortor rümpfte die Nase. »Sie haben getrunken.«

»Nur ganz wenig«, antwortete Meris. »Ich bin gleich zu Aruda geeilt, als der Tumult losging. Die Eindringlinge waren ihr bereits auf den Fersen. Ich konnte sie in Sicherheit bringen.«

»Wo ist die Kaiserin?«, wollte Sortor wissen. Sie blickte an Meris vorbei.

»Ich konnte sie nicht mitbringen«, sagte Meris. »Allein hätte ich sie auf dem Weg hierher niemals beschützen können. Darum habe ich sie in einem Versteck zurückgelassen. Ihr müsst Aruda mit Euren Wachen zu Hilfe kommen!«

»Wo ist sie?«, fragte Sortor.

»In einem Geheimgang«, erwiderte Meris. »Wir haben von Runniks alten Gewölben aus eine Menge verborgene Gänge und Kammern gefunden. Ein Irrgarten, schwer zu beschreiben. Aber ich bringe Euch hin.«

Sortor lächelte. »Zeigen Sie uns den Weg, Meris. Keine Sorge, wir kümmern uns um die Kaiserin … Endes, Sie übernehmen hier. Und ihr kommt mit!« Sie fuhr mit dem Finger eine Reihe Wachen ab, die am Rand der Gruppe standen.

Dann zog die Zauberin die Kapuze ihrer himmelblauen Kutte über den Kopf und folgte Meris. Die führte Sortor und deren Begleiter auf verschlungenen Wegen durch das Palastviertel in einen Nebenflügel. Dort öffnete sie eine Tapetentür, die in einen Tunnel führte.

Einer von Sortors Rittern steckte den Kopf durch die Öffnung. »Ich glaube, da brauchen wir ein Licht.«

»Haben Sie Angst im Dunkeln?«, fragte Sortor. »Wir haben keine Zeit für so einen Unsinn!«

Sie drängte ihre Männer weiter, und sie tasteten sich in der Dunkelheit vorwärts. Bald wurde es heller. Durch Spalten und dünne Holzwände fiel ein wenig Licht in den Gang, und ihre Augen gewöhnten sich an die Dämmerung. Es gab viele enge Stellen und Gabelungen, wo Meris und Sortor mühelos hindurchkamen, durch die sich die kräftigen Krieger in ihren Kettenhemden allerdings fluchend hindurchzwängen mussten.

»Wo sind wir?«, fragte Sortor nach einer Weile. »Es fühlt sich an, als gingen wir im Kreis.«

»Wir sind noch im Palast«, sagte Meris. »Runniks geheime Gänge sind sehr verwinkelt.«

Meris blieb vor einer weiteren Geheimtür stehen und wartete, bis die Gruppe aufgeschlossen hatte, dann drückte sie die Klappe auf und schlüpfte hindurch. Sortor und ihre Männer folgten. Sie blinzelten, als sie aus dem Dämmerlicht in einen Raum mit großen Fenstern traten, durch die helles Licht hereinfiel.

»Das ist doch …«, setzte Sortor an, und in dem Augenblick stürmten von allen Seiten Bewaffnete auf sie zu.

Eine Reiterschar donnerte heran, und am Rande des Lagers herrschte große Aufregung, Rufe ertönten, und Diener rannten umher.

»Was ist das für ein Tumult?«, fragte Runnik, nachdem er hinzugetreten war.

»Der junge Fürst ist gefallen!«, rief einer der Ritter erregt und wies auf eine Stelle vor ihm. »Er stürzte vom Pferd, als hätte ihn der Schlag getroffen. Seitdem ist er nicht mehr ansprechbar.«

Runnik sah den Körper am Boden. Heilkundige aus dem Tross drängten sich darum, Diener schälten Taranc aus seiner Rüstung.

»Bringt ihn ins Zelt«, befahl Runnik. »Bettet ihn auf das Lager.« Er musterte die Reiter. Viele waren abgesessen. Sie standen herum, sprachen miteinander und ließen sich von den Dienern Erfrischungen reichen. »Habt ihr den jungen Herrn mit dem ganzen Heer hierher begleitet?«, frage er.

»Taranc war unser Anführer«, antwortete der Ritter.

»Der Graf ist noch mit Fußvolk unterwegs«, sagte Runnik. »Er wird kaum auf seine Reiterei verzichten wollen, wenn er auf den Feind stößt. Husch, macht Euch auf den Weg!«

Der Ritter betrachtete Runnik finster. »Ihr habt uns gar nichts zu befehlen, Zauberer.«

Runnik zuckte die Achseln. »Ihr habt recht«, sagte er. »Ihr könnt warten, bis der Graf eintrifft. Oder Eure Befehle in Zukunft gleich von den Nordleuten entgegennehmen, wenn der Graf unterliegt.« Er ging zum Zelt und hörte die scharrenden und stampfenden Geräusche, als die Reiter sich hinter ihm zum Aufbruch bereit machten.

Taranc lag bereits auf dem Feldbett, als Runnik eintrat. Die Diener hatten ihn entkleidet, die Heilkundigen untersuchten ihn, einige standen ratlos um ihn herum. Der junge Fürst sah äußerlich unversehrt aus. Sein Brustkorb hob und senkte sich schwach, sein Gesicht wirkte erhitzt und fiebrig gerötet. Manchmal drang ein leises Stöhnen aus seiner Kehle, seine Augen blickten verzweifelt umher.

»Also gut«, sagte Runnik. »Ich kümmere mich um ihn.«

Die anderen sahen ihn an.

»Alles hinaus!«, rief Runnik.

»Wir können den Fürsten nicht allein lassen!«, erwiderte der Priester, der die Wundheiler des Heeres anführte. »Schon gar nicht mit Euch!«

»Papperlapapp«, sagte Runnik. »Was könnt Ihr denn schon ausrichten? Der Fürst wurde nicht von einem Schwertstreich niedergestreckt, er braucht keine Wundheiler.«

»Wir können ihm mit Gebeten zur Seite stehen«, entgegnete der Priester. »Manchmal lässt Bponur jene genesen, die vom Schlag gefällt wurden.«

»Gut«, antwortete Runnik. »Dann betet draußen. Ich hingegen bin ein Zauberer, und meine Kunst kann hier drin etwas bewirken. Doch die okkulten Kräfte weichen, wenn zu viel Volk die Ruhe stört. Verschwindet also, bevor ich euch von den Wachen fortschaffen lasse.«

»Ihr wollt die Macht Bponurs anzweifeln?«

»Nein«, erwiderte Runnik sanft. »Ich will den jungen Fürsten retten, wenn es Euch recht ist. Sobald Taranc genesen ist, könnt Ihr das gern Euren Gebeten zuschreiben. Wenn Ihr mir jedoch weiter im Wege steht, tragt Ihr die Verantwortung für sein Schicksal. Ich jedenfalls werde dem Grafen berichten, dass ich seinen Sohn hätte heilen können, aber von Euch daran gehindert wurde.«

Murrend verließen die Heiler mit den Dienern das Zelt. Runnik wies die Wachen an, den Platz draußen in weitem Umkreis abzuriegeln. Dann ging er ans Werk.

Aus seinem Gepäck holte er einen tragbaren alchemistischen Ofen und baute rasch ein Gebilde aus Röhren, Kolben und Kesseln auf. Er entfachte ein Feuer, träufelte verschiedene Essenzen in seine Apparatur.

»Ihr müsst Euch keine Sorgen machen, mein Fürst«, sagte er zu dem Kranken. »Alles läuft wie geplant. In Kürze werden neue Nachrichten vom Schlachtfeld eintreffen. Die Knechte, die im Lager geblieben sind, werden fliehen. Euren Bediensteten und den Wachen habe ich bereits einen ähnlichen Trank ins Frühstück gemengt, wie ich ihn Euch zu trinken gab. Bald sind wir ganz ungestört. Aber ich werde bleiben und mich um Euch kümmern, bis alles erledigt ist.«

Taranc schien etwas sagen zu wollen, doch es kam nur ein schwächliches Schnarren heraus.

»Ich weiß ja, dass Ihr nicht viel von mir haltet. Aber ich kann mich bessern! Nicht mehr lange, dann sitze ich als Statthalter in Edern – die Herrin hat es mir versprochen! Ich werde Eure Heimat besser im Griff behalten, als es mir in Raghabar gelungen ist. Das verspreche ich Euch. Eure drei jungen Schwestern, die dort auf unsere Rückkehr warten …« Runnik schnalzte mit der Zunge. »Denkt Ihr an sie? Sie werden mir bald zu Diensten sein. Auf die eine oder andere Weise.«

Das Feuer brannte unter dem Ofen. Runnik holte farbigen Staub aus seinen Truhen, ein Säckchen nach dem anderen, und zog damit einen bunten Kreis um seine Destillieranlage und um das Lager des Kranken, streute verschlungene Zeichen und Siegel. Dabei murmelte er Beschwörungsformeln.

Schließlich brachte er Schläuche an den brodelnden Kolben an, mit langen hohlen Eisennadeln am Ende. Er stach die Nadeln in Tarancs Adern und pumpte, bis das Blut in die alchemistische Konstruktion rann und etwas anderes von dort aus in Tarancs Leib zurücklief. Er legte Taranc eine mit Nadeln gespickte Matte auf den Bauch und drückte sie ins Fleisch, verband sie über Kupferdrähte mit seiner Apparatur. Zuletzt bereitete er einen Einlauf vor und führte den Schlauch in den Darm des Fürsten ein. Ein scharfer, würziger Geruch breitete sich in dem Zelt aus, in den sich ein fauliger Gestank mischte. Runnik schob eine größere Nadel mit dickerem Schlauch durch die Seite in Tarancs Eingeweide und pumpte wieder, bis eine dunkle Brühe daraus zu seinen Kesseln strömte.

Taranc wand sich auf seinem Lager und stöhnte lauter, die Augen weit aufgerissen. Mit einem wohlwollenden Lächeln beugte Runnik sich über ihn.

»Ihr seht, ich habe alles genau so geplant, wie es dann auch geschehen ist – bis hin zum Untergang Eures Vaters! Das gefällt Euch nicht, gewiss. Aber zum Glück lässt sich ein großer Geist wie der meine durch kleinliche Animositäten nicht beeindrucken. Ich bin also fest entschlossen, Euch heute beizustehen, auch wenn Ihr noch so wenig von mir halten mögt. Ich werde Eure Seele und Euren Körper retten!«

Runnik holte eine winzige Kristallphiole aus seinem Gepäck. »Am wichtigsten«, fuhr er im Plauderton fort, »ist natürlich Eure unsterbliche Seele. Ich nehme an, selbst dieser unerträgliche Priester würde mir darin beipflichten. Darum werde ich die als Erstes aus Eurem Körper lösen und in diesem Flakon sicher verwahren.«

Er stellte das Fläschchen unter ein Röhrchen an seiner Apparatur. Ein kristallklarer Tropfen wuchs langsam hervor und mochte jeden Augenblick in die Phiole fallen. Es zischte und brodelte über dem Herd. Die Drähte an der Stachelmatte knisterten, und blaue Funken sprühten und tanzten um das Kupfer, als würden sie miteinander flüstern.

»Das Wichtigste ist, dass ich so viel von Eurem lebenden Gewebe wie möglich flüssig durch meine Maschine leite und die Essenz daraus extrahiere, bevor Euer Leib stirbt. Wenn Eure Lebenskraft schließlich in meinem Fläschchen konzentriert ist, wird die Seele daran gebunden, sobald sie den Körper verlässt, und schwupp …« Runnik machte eine Bewegung mit der flachen Hand, als würde er eine Flasche verkorken. »Schon ist sie gefangen. Ich weiß noch nicht, was ich damit anfange. Aber wenn sich kein anderer Zweck findet, kenne ich immer ein paar Wesen des Abgrunds, die so eine Seele gern als Zahlungsmittel annehmen. Ihr könnt Euch also mit dem Gedanken trösten, dass Euer Tod nicht ohne Nutzen bleibt.«

Ein erster Tropfen landete in der Phiole. Taranc bäumte sich auf. Sein Atem ging abgehackt.

Runnik trat an das Lager und strich ihm eine goldblonde

Locke aus der schweißbedeckten Stirn. Dann kniff er ihm in die Wange und fuhr ihm mit dem Finger sanft über das Gesicht.

»Was Euren Leib angeht …«, fuhr er fort. »Ihr erinnert Euch an unseren kleinen Streit in Raghabar? Ich vergebe Euch alles, mein Fürst. Denn zufällig habe ich bereits eine ansehnliche Hülle für meinen nächsten Strohgolem im Blick.«

Zwei Gardisten hatten links und rechts des Zugangs auf Sortor und deren Begleiter gewartet. Sie stießen den Kriegern, die ganz hinten aus dem Gang kamen, das Schwert in den Rücken, während die Männer noch geblendet waren. Die Getroffenen gingen zu Boden, und schon stürzten die Gardisten sich auf die nächsten Wachen.

Lacan und ein dritter Gardist griffen von vorn an. Auch sie streckten zwei halb blinde Gegner mit dem ersten Streich nieder; die nächsten beiden hielten kaum länger stand. Das Schwert von Lacans folgendem Widersacher zersplitterte beim Aufeinanderklirren, und Lacans Klinge traf den überraschten Feind.

Lacan verzog das Gesicht. »Entschuldigung«, murmelte er.

Der Gardist neben ihm durchbohrte den letzten Gegner. Die Spitze glitt durch das Kettenhemd wie durch Butter, die durchtrennten Stahlringe kräuselten sich und fielen in einer Wolke von Roststaub zu Boden.

Es wurde still in dem Raum. Sortors Begleiter waren tot oder wälzten sich noch schwach in ihrem Blut. Die Zauberin stand allein in ihrer blauen Kutte mitten in der kleinen Halle, umzingelt von ihren Feinden. Zwei Gardisten traten mit erhobener Waffe auf sie zu.

»Nein!«, rief Meister Zindal von der anderen Seite. »Greift sie nicht an!«

Meris erinnerte sich an ihre erste Begegnung mit Sortor – auf einer Wiese weit vor der Stadt, umringt von den Kriegern des Mahdi. Auch damals war Sortors Leibwache niedergemetzelt worden. Doch um die unbewachte Sänfte herum lagen tote Mahdi-Krieger ohne sichtbare Verletzung.

»Bleibt weg von ihr!«, schrie Meris. »Lauft!« Sie zeigte auf einen weiteren Ausgang, der hinter dem Meister der Alchemie auszumachen war.

Einer der Gardisten zögerte. Der zweite schlug zu, und sein Schwert traf Sortor auf den Kopf. Die blaue Kapuze bog sich rings um den Stahl zur Seite, aber der Hieb wurde abgefangen wie von einem Helm. Sortor fuhr herum, ihr Arm schoss aus der Kutte, und die kleinen Finger krallten sich kurz um das Handgelenk des Angreifers. Dann ließ Sortor wieder los, und der Gardist brach zusammen. Seine Augen starrten leer und tot zur Decke, seine Klinge klirrte neben ihm auf die Dielen.

»Vorsicht«, rief Lacan. »Sie benutzt ihre Magie!«

Sortor richtete die Hand auf den zweiten Krieger, der zwei Schritte entfernt innegehalten hatte. Der Mann krümmte sich, kippte nach vorn und blieb liegen.

Lacan und der letzte Gardist wichen zurück, das Schwert gegen die Zauberin erhoben.

Die wandte sich ihnen zu und lächelte. Sie wies an dem Ritter vorbei auf den Meister der Alchemie. »Sie können mir kaum etwas vorwerfen«, sagte sie. »Auch Sie haben sich übernatürlicher Hilfe bedient, wie ich sehe!«

Lacan zog den Kopf ein. »Dieser andere Priester … hat unsere Waffen gesegnet«, murmelte er.

»Ja«, erwiderte Sortor. »Sie werden bald Gelegenheit haben, Ihren Gott nach seiner Meinung in dieser Sache zu befragen.«

»Lasst Euch nicht einschüchtern«, sagte Zindal. »Sie muss Euch berühren, um zu töten. Nur wenn sie auf diese Weise die Lebenskraft eines Menschen gewinnt, kann sie einen anderen aus der Ferne treffen, das hat Jerathel uns versichert!«

»Ja, Meister Jerathel!«, gab Sortor höhnisch zurück. »Ich erkenne seine Welpen, und ich nehme an, der alte Mann ist auch nicht weit weg. Es ist an der Zeit, dass ich den Orden auflöse, den ich mitbegründet habe.«

Meris und ihre Freunde hatten sich inzwischen vor der zweiten Geheimtür versammelt. Sortor stand noch immer mitten im Raum. Sie sah zu dem kleinen Trupp hin und zuckte die Achseln.

»Nun.« Sie blickte Meris an. »Ich würde sagen, Ihr Hinterhalt ist gescheitert. Haben diese Priester Sie aufgestachelt? Es war dumm, ihnen zu vertrauen. Deren Magie ist nichts gegen die meine!«

»Wir haben die Ronurer besiegt«, rief Lacan. »Die Meister der Magie. Wir lassen uns nicht einschüchtern von einer Hexe!«

Sortor schnaubte. »Oho, ein stolzer Ritter. Womöglich hat er sogar eine Weile über die Ruinen der Ronurer gewacht. Aber wissen Sie wirklich, wovon Sie reden? Ich schon. Ich habe die Geheimnisse der Ronurer enträtselt.

Heute werde ich Ihnen zeigen, dass nicht Sie die Ronurer besiegt haben. Das waren Ihre Vorfahren, mit denen Sie sich nicht messen können.«

Sie lächelte, streckte eine Hand aus und kam langsam auf Lacan zu.

Der hob das Schwert. Die Klinge zitterte unsicher in seiner Hand.

»Raus, raus!«, flüsterte Meris ihm zu. »Über den Fluchtweg!«

Sie stürzten durch die Tür und liefen los, Sortors Schritte hinter sich.

Die weiße Hexe rannte nicht, aber die Gänge waren genauso schmal wie die auf der anderen Seite. Meris' Begleiter hatten Mühe hindurchzukommen, und so holte die Zauberin immer wieder auf.

»Fräulein Meris!«, rief sie zuckersüß hinter ihnen her. »Warten Sie doch. Ihnen werde ich nichts tun!«

Meris schnaubte.

»Nein, im Ernst«, rief Sortor. »Wenn das alles vorbei ist, will ich eine Schuldige für die Revolte und für den Tod der Kaiserin präsentieren und Sie bei einer öffentlichen Hinrichtung vorführen.«

Meris stockte kurz in ihrem Lauf. »Ihr rechnet doch nicht ernsthaft damit, dass Ihr mit so einer Geschichte durchkommt!«

»Das dumme Volk glaubt, was man ihm erzählt«, flötete Sortor. »Alle meine erklärten Gegner werden fort sein oder nicht mehr am Leben. Die anderen werden es dankbar begrüßen, dass die Ordnung wiederhergestellt ist. Wer wird einen Einwand erheben, wenn ich die verhasste Leiterin der Geheimpolizei als Schuldige präsentiere? Das ist eine Geschichte, an die alle zu gern glauben wollen.«

»Weiter!« Meris stieß Lacan an, der an einem engen Winkel stecken geblieben war. »Ich bereue inzwischen, dass ich Euch diese Waffenkammer gezeigt und Euch zu einem Kettenhemd verholfen habe.«

»Sie sollten aufgeben, Meris«, rief Sortor ihr nach. »Das ist leichter für uns alle. Was kostet Sie das schon? Wir wissen beide, dass Sie den Tod suchen, seit Sie Ihre Tochter verloren und sich am Kanzler gerächt haben. Ihnen fehlt einfach der Sinn im Leben. Ich nehme nur, was Sie bereitwillig wegwerfen, und sorge dafür, dass Ihr Opfer einen Sinn hat. Sie können hier nichts mehr ausrichten, Ihr Hinterhalt ist gescheitert. Aber ich brauche Sie noch!

Wenn Sie zu mir kommen, lasse ich sogar Ihren edlen

Ritter und meinetwegen den Gardisten am Leben, wenn die beiden sich nicht länger gegen mich stellen und einfach verschwinden. Nur die Priester, die will ich haben. Es ist mein eigener Orden und unsere Angelegenheit. Diesen Teil meiner Vergangenheit will ich endlich bereinigen – aber sonst muss heute keiner mehr sterben, solange Sie nur vernünftig sind …«

»Da vorn!«, rief Meris Lacan und Zindal zu, die vor ihr liefen. »Der Ausgang!«

Der Gang wurde breiter. Meris rannte an die Spitze, riss eine weitere Tür auf und trat hindurch in helles Licht. Ihre Begleiter folgten ihr.

»Jerathel«, flüsterte Zindal. »Jetzt hängt alles an Jerathel.«

Sie taumelten in einen riesigen Saal.

Schon erschien Sortor an dem Durchgang hinter ihnen und machte einen Schritt in den Raum hinein. »Ich werde niemals müde. Und ich werde niemals …«

Die Zauberin verstummte. Sie stieß die Luft aus. Ihr Blick glitt durch den Saal und von der erhöhten Fläche hinab, auf der sie herausgekommen waren, in den Rest der Halle und über die Säulen, die die hohe Decke trugen, über die schwarzen Steinfliesen am Boden, die von goldenen und silbernen Linien durchzogen war. Sie erkannte, wo sie war.

»Das ist …«, brachte sie hervor.

Lautlos erschien Jerathel in dem Durchgang hinter ihr. Er warf sich mit seinem ganzen Gewicht gegen Sortor und stieß sie hinaus auf das Podest des Thronsaals, wo die Kaiserin bei Bällen und offiziellen Audienzen ihre Gäste empfing.

20. KAPITEL

Die Krieger aus dem Norden trieben den aufgelösten Gegner vor sich her. Zwischen den Nordleuten und den Soldaten der Kaiserin waren die Truppen von Edern eingeschlossen und konnten nicht fliehen. Die Legionäre rückten über Tote und Verwundete hinweg vor und erschlugen alle, die ihnen in den Weg gerieten.

Ederns Reiter wollten zu den Seiten ausbrechen. Die berittenen Kompanien der Kaiserin fielen ihnen in die Flanken und fingen gezielt die Anführer ab. Gaban sah, wie die Ederner einen kräftigen Mann in kostbarer Rüstung aus dem Schlachtgetümmel retteten, nur damit dessen Trupp kurz darauf von den Kaiserlichen eingeholt und niedergehauen wurde.

Er schluckte. Das entsprach nicht seinen Vorstellungen von einem ritterlichen Kampf.

Schließlich blieb Gabans Vater schwer atmend stehen. »Warte«, sagte er. »Die Schlacht ist geschlagen.«

»Wir müssen uns mit den Truppen der Kaiserin vereinen«, rief Gaban. »Wir müssen gemeinsam auf Edern marschieren. Wir müssen den Krieg beenden!«

»Ja«, sagte Rodbert von Guthügeln keuchend. »Aber bevor wir alle beisammenstehen und jeder Adlige aus der Hauptstadt unser Gespräch mit anhört, möchte ich unseren eigenen Streit abschließen.«

»Ich habe Euch gesagt, lasst uns das später klären«, gab Gaban störrisch zurück.

Sie stapften über das Schlachtfeld, die Kämpfe um sie her verebbten.

»Nein, jetzt«, sagte der Graf. »Ich war ein alter Narr, und

ich will, dass du das weißt. Kaiser Aredrel hat mir einen Gewinn versprochen, und ich bin drauf angesprungen wie ein gieriger Krämer und hätte um ein Haar meine Familie dafür geopfert. Wir im Norden, wir sollten bessere Menschen sein. Zum Glück hast du mir die Augen geöffnet.«

»Vater …«, sagte Gaban.

»Nein«, unterbrach ihn der Graf, »dein Liebchen hat uns heute gerettet, und ich habe dein Gesicht dabei gesehen. Ihr beide gehört zusammen und gebt ein weit besseres Paar ab, als wenn ich alter Bär in der Hauptstadt übers Parkett tanze und mich zum Narren mache. Soll die Jugend das Reich übernehmen. Geh du nach Horome, heirate deine Kleine, und mein Enkel wird das Reich erben und die Grafschaft dazu. Das Haus Guthügeln wird die Kaiserkrone tragen, ohne sinnlosen Zwist und Verwicklungen. Ich hätte gleich erkennen sollen, dass es so am besten ist.«

»Das kann ich nicht annehmen«, sagte Gaban. »Ich habe versprochen …«

»Wirst du wohl aufhören, mir ständig zu widersprechen?«, fuhr Rodbert ihn an. »Verdammter, aufmüpfiger Frischling! Noch bin ich das Oberhaupt unserer Familie, und ich bestimme, wer hier wen heiratet. Wie kommst du darauf, dass ich mir von dir lieber dreinreden lasse als von Weynot, dem alten Ziegenbart?

Also hör endlich auf mit den Widerworten und tu einmal das, was ich dir auftrage. Wenn ich schon nicht die Kaiserkrone bekomme, will ich wenigstens die Freuden eines Vaters genießen, der sich auf seinen gehorsamen Sohn verlassen kann!«

»Ja, Vater«, sagte Gaban.

Sie gingen weiter.

»Und bilde dir ja nichts ein«, fuhr der Graf fort. »Ich opfere gar nichts für dich. Aber es gab diesen Augenblick auf dem

Schlachtfeld, da hatte ich die Niederlage vor Augen und hatte schon abgeschlossen mit meinem Traum vom Thron. Wärest du nicht standhaft geblieben, hättest du nicht immer weitergekämpft, wären wir schon verloren gewesen, bevor deine Freunde gekommen sind. Du hast die Krone gewonnen, und von mir kriegst du nur noch meinen Segen dazu.«

»Ja, Vater.« Gaban grinste.

Sie traten vor die Truppen der Kaiserin. Die hatten für den Sieg nicht kämpfen müssen. Die Legionäre standen mit blutigen Lanzen vor ihnen, die Schilde abwartend aufgestützt, und es hätte Gaban gewundert, wenn sie auch nur einen Mann bei dem Vormarsch verloren hatten. Ihr bloßes Auftauchen hatte jeden Widerstand erlahmen lassen.

Die Feldherren saßen in einer Lücke des Schildwalls auf ihren Pferden und blickten auf die Nordmänner herab. Gaban erkannte an Ephorir, den plumpen Feldmarschall, davor den kaiserlichen Herold Hludovicus von Danneberg, der wie der eigentliche Führer der Legion wirkte und die Lanze locker gesenkt in der Rechten hielt.

»Herr von Danneberg!« Gaban hob den Arm zum Gruß. »Ihr seid im letzten Augenblick gekommen!«

Hludovicus klappte mit der Linken sein Visier auf. Er blickte ernst.

»Wir sind gerade im rechten Augenblick gekommen, wie mir scheint«, sagte er. Er hob die schwere Lanze an, holte kurz aus und stieß sie Gaban in die Brust. Ein fester Brustpanzer hätte den Stoß abgehalten, aber Gabans Kettenhemd zersprang unter der Wucht. Tief drang das Holz in seine Lunge, dann wurde Gaban nach vorn gerissen, als Hludovicus die Waffe wieder herauszog, und fiel der Länge nach hin.

Benommen blieb er liegen und schnappte nach Luft. Die Stimmen und den aufbrandenden Lärm um ihn her hörte er nur wie aus weiter Ferne.

»Was haben Sie getan?«, rief sein Vater fassungslos.

»Die Kaiserin hat uns geschickt, um ihre Feinde zu erschlagen«, verkündete der Herold kalt. »Jeder, der mit Waffengewalt die Krone fordert, soll heute sterben.«

Gaban hörte Kampfgeräusche. Die Legion nahm die Schilde auf und senkte die Lanzen. Stahl klirrte, traf dumpf auf Schilde oder auf Fleisch. Männer schrien. Die Legion rückte über Gaban hinweg vor und trat ihn mit Füßen.

Es wurde leiser. Gaban sah das niedergetrampelte Gras, das in der Dunkelheit versank.

Er dachte an Weynot und den Ritter von Flanwisen, wie sie ihn vor Horome vor der Tücke des Kaiserhofs gewarnt hatten. Er erinnerte sich an seine Zeit in der Metropole und wie anders sich dort alles angefühlt hatte. Er bereute seine Entscheidung nicht. Die Augenblicke waren kostbar gewesen, und er hätte sie festhalten sollen.

In diesem Moment bedauerte er nur, dass er die Hauptstadt je wieder verlassen hatte. Dass er so fern davon den Augenblick erlebte, wo Aruda ihn verriet. Dass er sie nicht einmal fragen konnte, warum …

Sortor taumelte über den schwarz schimmernden Marmorboden, dann brach sie in die Knie. Sie atmete schwer.

Hinter ihr trat Ander, der Meister der Runen, neben Jerathel und versperrte den geheimen Durchgang. Scipia und Scabea standen neben dem Portal, das zum Trakt der Kaiserin führte. Meris und ihre Begleiter hatten kehrtgemacht und warteten in einem Halbkreis bei den Stufen, die in den tieferen Teil des Saals hinabführten. Sortor war umzingelt.

Mühsam kam sie wieder auf die Füße. Nach einem Augenblick der Unsicherheit drückte sie die Beine durch und straffte sich. Dennoch sah das bleiche Gesicht unter der Kapuze leidend und kränklich aus. Meris nickte zufrieden.

Zum Glück hatte sie sich an Dauras' Worte erinnert, die der blinde Schwertkämpfer zu ihr gesagt hatte, nachdem er Sortors Auftritt auf einem Ball des Kanzlers erlebt hatte: *Wenn ich jemals Streit mit einem Zauberer hätte, würde ich ihn im Thronsaal austragen.*

Und jetzt war es so weit, als hätte Dauras es vorausgesehen!

Ander grinste von einem Ohr zum anderen.

»Schwester Sortor! Wie freue ich mich, Euch kennenzulernen, nachdem Meister Jerathel mir so viel über Euch erzählt hat!«

Sortor drehte sich zu ihm um. »Da fühlt sich der Welpe stark«, zischte sie, »wenn er unter den Rock seines Herrn flüchten kann.«

Ander lachte. »Meint Ihr, ich brauche Jerathels Schutz? Wohl kaum. Ich bin der Meister hier! Wusstet Ihr, dass magische Zeichen mein Fachgebiet sind? Ich war derjenige, der die machtvolle Rune erkannt hat, nachdem unsere neue Bekannte uns diesen Raum gezeigt hat. Noch nie habe ich einen so gewaltigen Bannkreis gegen Magie gesehen, wie er im Thronsaal der Kaiserin in den Boden eingelassen ist. Nicht einmal Tradar hätte in dieser Halle einen Zauber wirken können, nehme ich an.«

Er betrachtete Sortor nachdenklich. »Obwohl es mich schon überrascht, wie heftig Ihr reagiert. Das Zeichen unter unseren Füßen unterdrückt Magie. Aber es sollte einem Zauberkundigen nicht so zusetzen, wie ich es bei Euch erlebe.«

»Sie hat die Welt der Menschen schon beinahe verlassen«, flüsterte Jerathel neben ihm. »Sie hat so viele Zauber in ihren Körper gebunden, dass der Bannkreis ihre eigene Essenz angreift. Es hängt von der Stärke eines Magiers ab, wie sehr der Gegenzauber auf ihn wirkt.«

»Genug Geschwätz«, rief der Gardist. »Bringen wir es zu Ende!«

Meris hielt ihn zurück. »Je länger sie dem Zeichen ausgesetzt bleibt, umso schwächer wird sie. Soll sie selbst entscheiden, ob sie den Kampf aufnehmen will.«

Sortor versuchte auf den Ausgang zuzuspringen, der von den beiden Priesterinnen bewacht wurde. Doch sie bewegte sich so schleppend, dass Lacan und der Gardist sie im Nu einholten. Beide schlugen gleichzeitig zu. Selbst jetzt noch fing Sortors Kutte die Hiebe der Klingen ab. Aber die Wucht der Schläge drang dieses Mal durch, und Sortor fiel der Länge nach zu Boden.

Der Gardist hieb auf die verhüllte Gestalt zu seinen Füßen ein. »Stirb, Hexe! Stirb endlich, du verfluchte Verräterin!« Er führte sein Schwert mit beiden Händen, und bei jeder Silbe ließ er es auf Sortors Rücken niedersausen. Das Gesicht des Soldaten war verzerrt, Hass sprühte aus seinen Augen. Die Klinge konnte den Stoff nicht durchschneiden, aber Sortor wand sich unter den Hieben und schrie. Meris hörte ein Knacken wie von brechenden Rippen.

Lacan schaute den Mann neben ihm an und fiel ihm schließlich in den Arm.

»Es reicht!«, sagte er.

Der Gardist riss sich los. »Sie hat Osk und Baro getötet. Sie wollte auch uns töten. Verdammt, sie *wird* uns alle töten, wenn sie aus diesem Raum herauskommt!«

»Trotzdem.« Lacan schob den Mann zur Seite. »Es muss … einen anderen Weg geben.«

Er ging neben Sortor in die Hocke und drehte sie auf den Rücken. Die Zauberin stöhnte. Blut lief ihr aus dem Mund und glänzte rot in dem totenbleichen Gesicht. Die Augen waren matt. Lacan streifte die Kapuze zurück. Dann richtete er sich auf und sah auf sie hinab.

»Wir sollten ihr einen sauberen Tod gewähren und sie nicht zu Tode prügeln wie ein Haufen Straßenräuber.«

Er hob sein Schwert.

»Donelordt«, flüsterte Sortor. »Das … hast du mir nicht gezeigt …«

»Donelordt?« Der Gardist runzelte die Stirn. »Hat hier etwa noch ein Zauberer die Finger im Spiel?«

»Donelordt ist einer der *Holoim*«, ertönte eine melodische Stimme. »Ein alter Wurm. Diese Menschenfrau hat zu viel Zeit mit ihm verbracht, und er hat ihre Gedanken verwirrt und vergiftet und die Gier in ihr geweckt, als er ihr die Geheimnisse der Magie enthüllte. Die schwächeren Gattungen sollten den Umgang mit Drachen vermeiden, denn ihr Geist nimmt Schaden, selbst wenn der Wurm keine offene Feindseligkeit zeigt.«

Eine hochgewachsene Gestalt trat zwischen Scipia und Scabea hindurch in den Raum. Sie war von schlanker Statur, obwohl sie ein knielanges Kettenhemd und einen Brustpanzer und einen Überwurf darüber trug. Das Gesicht, eingerahmt von dunklen Haaren, wirkte lang gezogen und doch wohlgeformt, eine fremdartige Anmut lag in den bleichen Zügen und dem Schwung der mandelförmigen Augen. Die Gliedmaßen sahen dürr aus und ein wenig zu lang, die Bewegung hatte etwas Unheimliches an sich, so als würden die Gelenke nicht ganz an den richtigen Stellen sitzen.

Lacan erkannte auf den ersten Blick, dass er keinen Menschen vor sich hatte, auch wenn die genauen Unterschiede schwer zu benennen waren.

Das weich fließende Kettenhemd, der Panzer, der Überwurf und die Hose – alles, was das Wesen trug, war von nachtschwarzer Farbe. Aber das Schwert in seiner Hand glänzte hell, der zierliche Griff zwischen den Fingern schimmerte golden.

Der Fremde schlug zu, ohne auszuholen, und traf Scabea in

den Bauch. Die Wunde klaffte auf, als er die Waffe zurückzog, die Priesterin verdrehte die Augen und sank zu Boden. Ihre Zwillingsschwester auf der anderen Seite des Zugangs schrie auf, doch schon sauste die Klinge herum und fuhr ihr in die Brust.

Es wurde still.

»Meister!«, murmelte Sortor. »Rettet mich!«

Der Fremde ging auf sie zu. Blut lief über den blanken Stahl in seiner Hand und perlte ab, bis die Waffe wieder makellos war. Lacan trat ihm entgegen. Der Gardist hob sein Schwert, blickte von Sortor zu dem Wesen und fluchte.

Ein Summen erfüllte den Raum, als würde es aus dem Boden selbst kommen. Lacan und der Soldat hielten einen Augenblick stand, dann rissen sie schmerzerfüllt die Arme an die Ohren und wichen zurück. Das Geräusch schwoll an zu einem Dröhnen und drang in jeden Winkel des Saals. Der Boden bebte.

Der Fremde schritt langsam weiter.

Die goldenen und silbernen Ornamente, die in die Steinfliesen eingelassen waren, glühten auf, heller und heller. Die Menschen in der Halle sprangen von den glühenden Linien. Sortor wälzte sich hin und her, und Brandgeruch stieg von ihrer Robe auf. Dann schmolz das Metall. Der Marmorstein barst, und zischend verliefen die magischen Zeichen. Das Dröhnen erstarb.

Jerathel und Ander wichen an der Wand entlang zurück, bis sie bei ihren Gefährten an der Treppe waren. Das fremdartige Wesen blieb neben Sortor stehen. Die sah zu ihm auf und versuchte, sich aufzurichten.

Der Fremde stieß ihr das Schwert in die Stirn. Sortor zuckte und blieb dann regungslos liegen.

Das Wesen hob den Kopf und ließ den Blick über die Menschen schweifen, die wie erstarrt ein paar Schritte entfernt von ihm standen. »Der Hohe König«, sagte er, »braucht keine Diener, die zu schwach sind, das zu tun, was ihnen aufgetragen wurde. Und …« Er blickte sich um. »… wenn ich es recht besehe, brauchen die Menschen auch keine Städte.«

»Wer …«, stieß Lacan hervor, »… *was* bist du?«

Der Fremde lächelte und entblößte makellos weiß schimmernde Zähne. »Ich bin ein Engel Bponurs …«, verkündete er.

Die Menschen sahen ihn fassungslos an, und er ließ die Worte einen Augenblick lang wirken, bevor er hinzufügte: »Jedenfalls hat eine unserer Schwestern uns geraten, uns als solche vorzustellen. Diese Engel sollen die Wesen sein, die ihr in der Stunde der Not ersehnt. So werdet ihr unsere Herrschaft am leichtesten hinnehmen, hieß es.« Der Fremde zuckte die Achseln.

»Niemals!« Lacan hob die Waffe.

»Ich diene nur der Kaiserin!«, rief der Gardist.

Der Engel stieß sein Schwert in den Boden, und wieder erfüllte ein Dröhnen die Luft, tiefer, langsamer als beim ersten Mal und als würde es von tief unten zu ihnen heraufdringen. Die Wände der Halle erzitterten, das Dach knirschte.

Lacan wollte sich auf den Fremden stürzen, aber Meris hielt ihn zurück.

»Wir müssen die Kaiserin in Sicherheit bringen!«, rief sie.

»Es ist Eure Kaiserin!« Lacan riss sich los. »Bringt ihr euch in Sicherheit. Ich halte das Ungeheuer auf.«

»Nein!«, sagte Jerathel mit einer Stimme, die Lacan tief in seinem Inneren spürte. »Wir haben getan, wofür wir gekommen sind. Mehr können wir nicht tun.«

Kaum hatten sie den Thronsaal verlassen, da verebbte das Beben. Die Mauern hielten stand.

Meris führte sie auf die Straße hinaus und dann durch

die Gassen und Wege auf dem Palastgelände. Sie entfernten sich immer weiter von den zentralen Gebäuden und wurden schließlich langsamer, weil Jerathel und Ander kaum mehr folgen konnten.

»He!«, rief der Gardist. »Das ist nicht der Weg …«

Meris fuhr herum. Plötzlich hielt sie den Degen in der Hand, und die schmale Klinge fuhr dem Soldaten durch eine Öffnung in seinem Panzer von der Seite ins Herz. Der Mann fiel tot zu Boden.

»Bei allen Dämonen Gotors!« Lacan hob sein Schwert. »Was tut Ihr …?«

»Er war zu geschwätzig«, sagte Meris. »Und was geht es Euch an? Das ist nicht Euer Kampf. Ihr seid Ritter Lacan aus Meerbergen, ein Feind der Kaiserin, nicht wahr? Und diese Priester sind nur eine Last. Es ist besser, wenn wir von nun an getrennte Wege gehen.«

»Was für ein Wahnsinn.« Lacan sah die Priester an. »Das Wesen hat sie in seinen Bann geschlagen, das muss es sein.«

Die Priester tauschten einen bedeutungsvollen Blick. Zindal fasste Lacan am Ärmel. »Sie hat recht«, sagte er. »Soll sie sich selbst um ihre Kaiserin kümmern. Wir müssen den Weg nach Hause finden.«

»Seid ihr verrückt?« Lacan blickte in die Runde. »Habt ihr vergessen, was gerade geschehen ist?«

»Nein«, sagte Jerathel. »Ganz und gar nicht.«

»Ich kenne mich besser aus auf der Insel«, sagte Meris. »Und ihr könnt in dem Durcheinander gewiss über die Brücke in den Westen entkommen.«

Der Erdstoß war auch auf den Straßen zu spüren gewesen. Die Menschen, die sich vor den Kämpfen verkrochen hatten, liefen aus ihren Häusern. Lacan hörte Rufe und aufgeregte Stimmen. Viele sprachen vom Ende der Welt.

Sie erreichten das Tor zur Kaiserstadt, und niemand hielt sie auf. Aber Lacan zögerte.

»Was war das gerade?«, fragte er.

Zindal zog ihn am Ärmel weiter. »Nicht jetzt«, sagte er.

»Nessa ist dort unten! Wir können sie nicht zurücklassen!«

»Wir werden sie später wiedertreffen«, erwiderte Zindal. »Glaubt mir: Wenn wir Abstand zu ihr halten, ist sie besser dran.«

Lacan schwankte einen Augenblick, doch dann folgte er den Priestern. Bis zum Sonnenuntergang blieb Zeit genug, um zurückzuschleichen.

Die Brücke, über die sie gestern gekommen waren, wirkte unversehrt. Die Wachen davor waren verschwunden. Zwischen all den Volksmassen, die mit ihnen flohen, kämpfte die Gemeinschaft sich zum Westufer vor. Dort verlief sich das Volk, und bald wurde es überraschend still um sie.

»Wir hätten bleiben sollen und kämpfen«, befand Lacan.

»Und wie?«, fragte Zindal.

Lacan wies auf das Schwert, das er wieder eingesteckt hatte. »Ich habe immer noch die Waffe, die Ander verzaubert hat. Und ihr habt eure Magie. Wir hätten eure Schwestern nicht ungerächt lassen dürfen!«

»Seid kein Dummkopf«, sagte Zindal. »Die Rune auf dem Schwert reichte nicht einmal, um durch Sortors Mantel zu dringen. Und Ander hat sich gänzlich verausgabt, als er sie angebracht hat. Selbst wenn unsere Magie gegen dieses Wesen etwas ausrichten könnte, der Augenblick wäre denkbar ungünstig gewesen.«

»Diese Kreatur, sie hat alle Menschen bedroht!«, rief Lacan. »Und wir sind die Einzigen, die davon wissen. Es ist unsere Pflicht, sie aufzuhalten!«

Jerathel blieb stehen. Sein Gesicht war ernst. »Es ist unsere Pflicht, dass wir am Leben bleiben und darüber berichten!

Wir müssen die Menschen warnen, wir müssen Verbündete sammeln. Wir müssen mehr über diesen Feind erfahren und seine Schwäche herausfinden. Ihr habt die Kreatur gehört: Es gibt noch mehr solche wie ihn. Es gibt einen König! Wir hätten wenig gewonnen, selbst wenn wir diesen einen Gegner überwinden könnten. Aber für den Versuch müssten wir alles wagen.«

Es war die längste Rede, die er vom Meister der Meditation je gehört hatte. Nachdenklich ging Lacan weiter und folgte den Priestern. Sie gelangten in ein abseits gelegenes Viertel, in einem Teil der Stadt, der unberührt geblieben war von Krieg und von Unruhen. Gepflegte Gärten erstreckten sich um luftig stehende Gebäude, die wenigen Menschen auf den Straßen wirkten ruhig und zielstrebig.

»Wir müssen der Wahrheit ins Auge sehen«, befand Ander. »Wir haben Sortor getötet, aber wir haben damit nichts geändert. Unser Feind ist stärker denn je, und wir wissen nichts über ihn. Wir müssen ganz von vorn anfangen und völlig neu planen.«

»Alles hat sich geändert.« Grimmig runzelte Lacan die Stirn. »Es ist nicht mehr allein euer Feind und nicht mehr allein unsere Angelegenheit. Und es ist ein wirklicher Feind! Der Bruderkrieg ist vorbei, und das Reich wird vereint kämpfen. Das ist ein weit ritterlicheres Anliegen als der Mordanschlag auf eine einzelne Hexe.«

Die Kirche des Allsehenden Auges lag vor ihnen. Lacan nickte in Richtung des Gotteshauses. »Sind wir dort sicher?«

Die Priester blickten sich um. »Nichts ist sicher, nehme ich an«, antwortete Zindal. »Doch wir müssen zu Atem kommen. Wir werden abwarten, wie sich die Dinge entwickeln.«

»Was sollte dieser Wahnsinn vor dem Palast?«, fragte Lacan. »Warum hat diese Frau ihren eigenen Soldaten getötet?

Ich kann verstehen, warum ihr nicht bleiben und kämpfen wolltet. Aber warum sind wir später noch so kopflos davongerannt?«

»Die Kaiserin«, gab Jerathel kurz angebunden zurück.

Lacan blickte den Alten verwirrt an. Zindal führte es genauer aus: »Ihr habt die Kreatur gehört: Er und seinesgleichen wollen das ganze Reich unterwerfen! Wer könnte ihnen da mehr im Weg sein als die Kaiserin?«

»Ein kleines Mädchen«, stellte Lacan abfällig fest. »Die nicht einmal ihre eigene Hauptstadt regiert hat – schon bevor alles zusammenbrach.«

Ander verzog das Gesicht. »So ungern ich es zugebe, aber die Kaiserin ist mehr als ein Mädchen. Sie ist ein Symbol, um das sich die Menschen scharen werden. Besonders, wenn eine Gefahr von außen droht.«

Zindal nickte. »Und darum wird jeder Feind von außen sie gern aus dem Weg räumen wollen. Die Dame Meris hat das erkannt. Darum hat sie angekündigt, dass sie zur Kaiserin will. Sie wollte den Fremden auf ihre Fährte locken und ihn ablenken. Sie wollte uns die Flucht ermöglichen. Uns – und ihrer Kaiserin.

Und deswegen können wir nicht dorthin, wo Nessa sich aufhält. Dieses Wesen wird Meris bestimmt im Auge behalten, und vielleicht auch uns. Wir dürfen nicht riskieren, dass wir es zu Nessa und ihren Begleitern führen.«

Nachdem Meris sich von ihren Gefährten getrennt hatte, wandte sie sich nach Osten. Sie lief ein Stück und ging dann langsamer. Aufmerksam sah sie sich um.

Das Palastviertel war wie ausgestorben gewesen, als sie Sortor abgeholt hatte. Jetzt kamen sie alle aus ihren Löchern: die Lakaien und die Dienstmädchen, die Schreiber und die Beamten, die Laufburschen und die Hausknechte und die

Höflinge. Bewaffnete und Unbewaffnete, mit oder ohne rote Armbinde – alle rannten durch die Straßen, blickten besorgt zum Himmel, zu den Dächern oder zu den Mauern, sie weinten, und sie beteten.

Der Bürgerkrieg in der Festung war vergessen, ein größerer Schrecken hatte die Menschen erfasst.

Meris sah keine Spur von einem Verfolger. Vielleicht konnte der Fremde die Gestalt wechseln, oder er konnte sie allein mit der Kraft seiner Magie verfolgen – sie hatte erlebt, über was für eine Macht er gebot.

Sortor hatte nach der Kaiserin gesucht, bis zum letzten Augenblick, und Sortor war eine Dienerin dieser Dämonen gewesen. Also musste Aruda auch für sie von Bedeutung sein. Und es war unmöglich ein Zufall, dass die Kreatur ihr Werk der Zerstörung in dem Augenblick abgebrochen hatte, als Meris die Kaiserin erwähnte!

Sie blickte über die Schulter, während sie langsam weiterging. Sie konnte nichts erkennen, aber tief in ihrem Inneren wusste sie, dass sie beobachtet wurde. Dass der Fremde sie nur darum hatte entkommen lassen, weil er darauf hoffte, dass sie ihn zur Kaiserin führte.

Meris erreichte die Flussmauer und lief die Treppe zum Wehrgang empor.

Zwölf Schritte unter ihr wälzte sich der Strom träge dahin. In den letzten Tagen war das Wasser gestiegen, aber es stand immer noch niedrig. Sie konnte die Tiefe nicht schätzen, sie konnte nur hoffen, dass es reichte.

Meris zog das Metallfläschchen aus der Tasche, trank den letzten Schluck und hob das leere Behältnis wie zum Salut. »Auf den kaiserlichen Kurierdienst«, rief sie. »Auf die Kaiserin!«

Das war ihre letzte Mission. Das Reich, dem sie gedient hatte, existierte nicht mehr. Sortor hatte recht gehabt. Sie,

Meris, hatte ihre Tochter verloren und ihre Aufgabe. Aber das bedeutete nur, dass sie frei war!

Meris warf die kleine Flasche in den Fluss, und die dunklen Wellen hatten es verschlungen, sobald es das Wasser berührte.

Meris erschauderte.

Dann straffte sie sich. Dauras war im Winter durch den Strom geschwommen, im aufgewühlten eisigen Hochwasser. In einer Stunde, da er so blind gewesen war wie nie zuvor in seinem Leben. Wenn er das geschafft hatte, sollte sie an diesem lauen Spätsommertag keine Schwierigkeiten damit haben …

Sie blickte zurück zum Palast. An manchen Ecken stieg Qualm auf, aber es gab niemanden mehr in diesen Gebäuden, der ihr noch etwas bedeutete. Sie hatte nichts mehr zu verlieren, und es war an der Zeit loszulassen.

Am gegenüberliegenden Ufer wartete ein neues Leben auf sie. Ihren Platz in der Welt, wie immer diese in Zukunft auch aussehen mochte, würde sie selber wählen. Ohne Bindungen und Verpflichtungen. Sie konnte ein anderer Mensch werden.

»Ihr werdet mich nicht aufhalten!«, rief sie den Wogen zu, die hungrig unter ihr Strudel bildeten und mit hohlem Glucksen nach ihr zu schnappen schienen. Das Monster aus dem Thronsaal sollte sehen, wie es ihr dahin folgen konnte!

Sie trat zwischen die Zinnen und sprang.

EPILOG

Dunkelheit lag über dem Strom, ein kühler Wind wehte von Süden.

Nessa segelte mit ihren Schützlingen den Fluss hinauf, bis die düsteren Umrisse der Gebäude am Ufer weiter und weiter auseinanderrückten und die zerzausten Silhouetten von Bäumen und Gestrüpp das Land prägten.

Ihre Wunde brannte immer noch. Sie hatte sie in der Grotte notdürftig verbunden. Immerhin war das Blut verschorft, und der Schnitt öffnete sich nicht wieder. Als Nessa aus ihrem Schlummer erwacht war, hatte sie sich matt gefühlt, jedoch kräftig genug, um weiterzumachen. Kräftiger, als es eigentlich möglich war.

Inzwischen hatte sie sich an den Gedanken gewöhnt, dass sie überleben würde.

Typisch, dachte sie. *Ob Zauberer, Geister oder Engel: Geizig sind sie allesamt! Sie tun das Nötigste, aber auch keinen Handschlag mehr.*

Als sie am Ufer Lichter sahen, lenkte Nessa das Boot an Land. Sie holte das Segel ein und bewältigte das letzte Stück mit den Rudern. Im Schutz des Ufergestrüpps schlich sie an das Lager heran und fand dort Flüchtlinge aus der Stadt, einfaches Volk, Kaufleute und geflohene Ritter.

Nessa zögerte, doch dann entschied sie, dass sie die junge Kaiserin herbringen sollte. Das war Arudas Volk!

Sie holte Aruda und Niki und Linos aus dem Boot und trat zwischen die Leute.

»Die Kaiserin!«

Nessa wusste nicht, wer sie zuerst erkannt hatte. Jedenfalls dauerte es nicht lange. Die Ritter liefen herbei, aber sie hatten bereits Mühe, einen Weg durch die Massen zu finden, die die Nähe ihrer Kaiserin suchten. Die Menschen erhofften sich Trost und Rat, sie wollten wissen, was in Horome geschehen war und was sie tun sollten. Aruda sprach mit ihnen und versuchte, die Menschen zu beruhigen.

Nessa blieb unauffällig zurück. Sie hörte, wie Arudas Stimme die Menge übertönte, wie sie Befehle an die Höflinge weitergab, die zu ihr gestoßen waren, und wie sie versuchte, das Lager vor der Stadt zu ordnen.

Nessa nickte und machte kehrt.

Im selben Augenblick stürmte Niki atemlos auf sie zu, gefolgt von dem Jungen, den sie gerettet hatten.

»Ihr wolltet Euch fortschleichen!«, rief das Mädchen vorwurfsvoll.

»Meine Aufgabe ist erfüllt«, antwortete Nessa. »Ich gehöre nicht hierher. Ich komme aus Meerbergen – wir liegen im Krieg mit der Kaiserin! Schon vergessen?«

Niki starrte sie an, und Nessa erkannte, dass das Mädchen keine Ahnung hatte, wovon sie sprach. Sie seufzte.

»Ich habe Freunde in der Stadt zurückgelassen«, sagte sie. »Ich muss sehen, was aus ihnen geworden ist.«

»Sie wollten bis zum Abend wiederkommen …«, warf der Junge zögerlich ein.

»Nun«, sagte Nessa. »Wenn ich sie in Horome nicht finde, muss ich wohl allein nach Hause wandern. Da ist eine Hochzeit vereinbart, die ich nicht versäumen will! Es ist eine lange gefahrvolle Reise den Fluss hinunter. Ihr bleibt am besten bei der Kaiserin. Ihr kennt Euch ja bereits.« Sie lächelte Niki an.

Die schüttelte den Kopf. »Ich komme mit Euch«, rief sie.

»Mein Auftrag lautete nur, euch ans Ufer zu bringen«, gab Nessa abweisend zurück.

»Ich war Knappe!«, sagte Linos. »Ich kann Euch zu Diensten sein. Wir werden Euch nicht zur Last fallen … Aber wir gehören auch nicht hierher. Wir sind aus dem Osten gekommen und nur in Horome gestrandet. Von Meerbergen aus haben wir bessere Aussicht, nach Hause zurückzufinden, jetzt, da der Weg über Land versperrt ist.

Bitte, Fräulein Nessa. Lasst uns mit Euch reisen.«

Niki drängte sich an ihm vorbei. »Lasst mich Eure Knappin sein!«, rief sie. »Ich will eine Ritterin werden, so wie Ihr. Ich habe auch schon viel gelernt.«

Nessa lächelte. »Nun«, sagte sie. »Jedenfalls hast du einen beachtlichen Schlag. Und nachdem wir so erfolgreich miteinander gekämpft haben, kann ich dein Anliegen kaum ablehnen. Ich will dich also erst einmal ganz formlos aufnehmen, und das Weitere können wir klären, wenn wir in zivilisierteren Landen sind. Ich nehme an, wir wollen alle unsere Familien und unsere Freunde wiedersehen.«

Ihr Lächeln verblasste, sie schnaubte resolut, streckte die Arme aus und trieb ihre Schützlinge zum Boot. Sie wollte vor Mitternacht noch auf der anderen, ruhigeren Flussseite lagern. Und im Morgengrauen ging es dann weiter nach Süden …

Wenn der Rest ihrer Gemeinschaft überlebt hatte, würde sie spätestens in Meerbergen auf sie stoßen. Lacan würde dorthin zurückkommen. Er war ein Ritter, der zu seinem Wort stand.

Um Mitternacht zog Aruda sich in einen Hain am Rande des Lagers zurück. Sie hatte erfahren, dass diese Flüchtlinge nicht von den Kämpfen vertrieben worden waren – bis auf eine Handvoll, die wie sie heute über den Fluss gekommen waren. Die anderen flohen vor einer Krankheit, die die Ostviertel heimsuchte. Vor wenigen Tagen war die Seuche aufgeflammt und fraß sich seitdem durch den vernachlässigten Osten Horomes wie eine Feuerwalze.

Aruda hatte es auf der Insel nicht einmal bemerkt!

Die Menschen erwarteten etwas von ihr, dabei war sie selbst gerade erst aus der Stadt geflüchtet und hatte nicht einmal ihren eigenen Palast verteidigen können. Was sollte sie hier ausrichten?

Erschöpft setzte sie sich auf einen Stamm, der, bizarr gebogen, fast einer Schaukel glich. Sie hörte raue Stimmen vom Waldrand her. Mit Mühe hatte sie einen Streit zwischen dem halben Dutzend Rittern im Lager und einer Schar abgerissener Strauchdiebe verhindert, die sich ihr als Leibwache angedient hatten und wohl zu den von Gaban gebändigten Banden gehörten. Aruda hatte beiden Gruppen Aufgaben zugewiesen und sie getrennt voneinander an den Seiten des winzigen Wäldchens postiert.

Es raschelte in den Zweigen, und ein Windstoß fuhr vom Fluss her durch die Bäume. Aruda fröstelte. Sie zog den Mantel, den einer der Ritter ihr besorgt hatte, enger um die Schultern.

Da vernahm sie ein Knistern aus dem Gehölz und blickte sich um. Es klang nicht wie Schritte, auch nicht wie ein Tier. Es war leise, trocken, wie ein Heer von Schmetterlingen, die mit den Flügeln schlugen. Es jagte ihr einen Schauer über den Rücken.

Aruda sprang auf.

Sie bemerkte eine feine Bewegung um sie her, wie das Wimmeln von Ameisen. Dann erkannte sie im matten Mondlicht, dass es die Pflanzen selbst waren, die sich bewegten … Nein, sie bewegten sich nicht. Sie verdorrten!

Blätter rieselten dürr und trocken von den Bäumen, die Farne und Grasbüschel um sie her rollten sich ein und welkten. Zweige knackten, und die Rinde löste sich von den Stämmen, die plötzlich nackt und bleich im Mondlicht schimmerten.

Arudas Herz schlug schneller. Das Laub fiel um sie herum zu Boden, streifte knisternd über ihr Haar und sammelte sich um ihre Füße. Sie nahm ein Taschentuch von ihrem Gürtel, das sie in der Grotte mit einer Schnur zu einem Säckchen gebunden hatte, und holte das Blatt heraus, das die Hüterin ihr gegeben hatte.

Als sie es vor ihrem Aufbruch hineingelegt hatte, war es dürr und trocken gewesen wie der Garten, den sie zurückgelassen hatte. Nun lag es feucht und fleischig auf ihrer Handfläche, und es war, als würde es pulsieren.

»Aruda«, sagte eine vertraute Stimme hinter ihr.

Aruda drehte sich nicht um. »Wer bist du?«, fragte sie.

»Ich bin die, die ich immer war«, antwortete die Hüterin. »Nur haben wir beide jetzt keine Heimat mehr.«

»Du hast uns gerettet in dieser Höhle«, sagte Aruda. »Aber du hast diesen Ort getötet. Genau wie unseren Garten im Palast!«

Die Hüterin lachte. Aruda sah deren blasse Hand an ihrer Wange. Sie glaubte die Berührung zu spüren, doch es fühlte sich flüchtig an wie ein Sonnenstrahl auf der Haut.

»Mein Kind«, sagte die Hüterin. »Ich *bin* der Garten! Ich musste eine andere Form annehmen, um dich zu begleiten.«

Aruda erschauerte. »Du bist ein Geist«, sagte sie. »Oder ein Dämon! Die Priester erzählen von den Dämonen des Waldes …«

»Ein Geist bin ich«, entgegnete die Hüterin. »Und meine verderbten Geschwister, die dir die Stadt genommen haben, mag man vielleicht als Dämonen bezeichnen.«

»Das war Sortor«, widersprach Aruda. »Die weiße Hexe. Sie hat sich gegen mich erhoben. Das hat Meris mir erzählt.«

Die Hüterin nahm Arudas Kopf in die Hände. Aruda

spürte einen Hauch an ihrem Ohr, als ob die Frau sich zu ihr herabbeugte. »Deine Zauberin war nur ein Werkzeug. Die Mächte, die nach deinem Reich greifen, sind von anderer Art.«

»Von deiner Art?« Aruda fuhr zu ihr herum.

Die Hüterin schien über dem Boden zu schweben und von innen heraus zu leuchten. Sie sah wirklich aus wie ein Geist. Nein, in der Stadt war es niemals so gewesen, dachte Aruda. Die Hüterin hatte an Substanz verloren!

»Älter«, flüsterte die Hüterin. »Eine schlechte Generation meines Volkes.«

»Warum hast du sie nicht aufgehalten?«, fragte Aruda bitter.

Die Hüterin lächelte traurig. »Ich bin ein Geist, hast du das vergessen? Aber ich hätte ihnen auch früher wenig entgegensetzen können.«

»Dennoch bist du hier«, sagte Aruda tonlos.

»Du bist das letzte Kind meines Geliebten«, fuhr die Hüterin fort. »Ich lasse dich nicht im Stich. Zumindest mit meinem Rat werde ich dir zur Seite stehen. Dies ist nicht der Ort, an dem der Garten neu entstehen kann. Aber ich zeige dir, wo!«

»Ich lasse mein Volk nicht zurück!«, stieß Aruda hervor.

Die Hüterin sah aus dem Wald hinaus. Die Wachen dort schienen nichts von dem zu bemerken, was unter den Bäumen vorging. »Ich weiß«, sagte sie. »Ich führe dich, und du führst dein Volk.

Du musst es in den Norden bringen, wenn es überleben soll.«

DIE WICHTIGSTEN FIGUREN DES BUCHES

Angwar von Edern – ein Graf, der nach der Krone greift

Aredrel Callindrin – der tote Kaiser des Omukchar

Aruda Callindrin Beahad – Tochter von Kaiser Aredrel und umstrittene Kaiserin von Horome

Gaban von Guthügeln – Sohn des Grafen Rodbert und dessen Feldherr

Gander von Lichtingen – kaiserlicher Waffenmeister und Befehlshaber der Leibgarde

Lacan von Galdingen – junger Ritter aus dem Meerbergener Land und unehelicher Sohn des verstorbenen Kanzlers Arnulf von Meerbergen

Linos – ehemaliger Knappe, der in Horome für den Bettlerkönig arbeitet

Meris – Sonderermittlerin und Agentin der Kaiserin

Nessa von Erlingen – Ritterin aus dem Meerbergener Land und Lacans Freundin

Niki – ehemaliges Stallmädchen bei Linos' Vater, jetzt auch in Diensten des Bettlerkönigs

Rodbert von Guthügeln – ein Graf aus dem Norden und verschmähter Verlobter der Kaiserin

Runnik – Hofmagier des alten Kaisers

Sortor vom Silberquell – Hofmagierin der Kaiserin in Horome und Hofrätin für Kurierwesen

Stard – Schwarzmagier und Sortors Ehemann

Taranc von Edern – Sohn des Grafen von Edern

Weynot von Senkenberg – ein Graf aus dem Norden und Verbündeter von Rodbert

Weitere Informationen unter: www.expedition-zur-freiheit.de

DIE CD ZUM BUCH

Auf der beiliegenden CD finden Sie sechs Themenlieder zu den Leitmotiven der einzelnen Wochen und ein Segenslied. Noten zu den Liedern finden Sie als PDF-Dateien im Internet:

http://noten.expedition-zur-freiheit.de

Lieder	**Track**
Gut, dass du bei mir bist	01
Psalm 23	02
Spuren des Himmels	03
Dein Wort ist meines Fußes Leuchte	04
Du baust dein Haus aus lebendigen Steinen	05
Schlüssel zur Freiheit	06
Mit all seinem Segen	07

Text und Musik aller Lieder: Fabian Vogt
Gesang: Miriam Küllmer-Vogt und Fabian Vogt
Arrangements und Aufnahme: Peter Krausch